馒头说历史

历史的温度6

站在十字路口

张玮 著

中信出版集团 | 北京

图书在版编目（CIP）数据

历史的温度．6，站在十字路口 / 张玮著．-- 北京：中信出版社，2021.12（2025.11重印）
ISBN 978-7-5217-3754-7

I. ①历… Ⅱ．①张… Ⅲ．①随笔–作品集–中国–当代 Ⅳ．① I267.1

中国版本图书馆 CIP 数据核字（2021）第 221737 号

历史的温度 6——站在十字路口
著者：　　张玮
出版发行：中信出版集团股份有限公司
（北京市朝阳区东三环北路 27 号嘉铭中心　邮编　100020）
承印者：　北京通州皇家印刷厂

开本：880mm × 1230mm　1/32　　印张：17　　字数：457 千字
版次：2021 年 12 月第 1 版　　印次：2025 年 11月第20次印刷
书号：ISBN 978-7-5217-3754-7
定价：68.00 元

服务热线：400-600-8099
投稿邮箱：author@citicpub.com

目　录

潜入水面之下

面对真实世界

处在剧变前夜

置身血肉战场

同在五环之下

自　序

嘿！第六本了。

每次开始写《历史的温度》下一本自序的时候，我就会意识到：又一年过去了。

而就像是养成了一个习惯一样，每年，借一本书的序言部分，我似乎就得到了一个和一群素未谋面的人聊天的机会——对，你们知道的，说的就是各位。

我特地翻了下《历史的温度 5》的序言，开头就提到了一句："过去这一年，感觉过得太快了。"

这句话，这次似乎可以直接照搬过来啊。

过去的这一年，很多发生的事情也像轮回的四季一样：有些事似乎有了冰雪消融的迹象，有些事焕发了生如夏花的活力，有些事让人目睹了高楼坍塌的萧瑟，而又有些事，依旧让人感觉到寒风凛冽的刺骨冰冷。

斗转星移，又是一年。面对扑面而来的时代，我们知道自己是避无可避的，但每每站在各自需要抉择的十字路口，又难免生出一些彷徨和无奈。

是的，这次和出版社的编辑商量下来，第六本的主题就是：“站在十字路口”。

当然，这是个很宽泛的主题，因为老读者都知道，《历史的温度》系列从某种程度上说就是一个“大杂烩”，囊括古今中外，五花八门，其实并没有一个非常明显的主题——可以随时翻开书读一篇，也可以随时放下书去做你想做的事。

但如果认真梳理一下，还是可以梳理出一些相对清晰的脉络的，比如第四本是“信念”，第五本是“博弈”，而这一本，是“十字路口”。

在我的理解里，面临十字路口抉择的，不仅仅是个人，也包括团队、民族乃至国家，影响抉择的因素也不仅仅是人性，还有环境、对手乃至时代。

所以，这本书划分了六个部分，分别是“站在十字路口”“潜入水面之下”“面对真实世界”“处在剧变前夜”“置身血肉战场”“同在五环之下”。其中的一个个故事，有关于个人的，也有关于群体的，有关于民族的，也有关于国家的，有台面上的，也有台面下的，有文质彬彬的，也有血肉横飞的……

在我的微信公众号“馒头说”的后台，一直不断有读者留言提问，那些提问，其实不少都是关于站在“十字路口”如何抉择的：如何选择专业或职业，如何面对感情或婚姻，如何评价一个热点或观点，如何看待一个国家或未来……

我一般不会给出明确的回答。一是因为我能力不够，完全没资格回答很多问题。二是因为“解铃还须系铃人”，真正能在十字路口做出抉择的还是你自己——其实很多人问我问题的时候，我相信他们心里是有答案的，只是他们没有发现，或者只是期望得到我的认同而已。

对了，其实最初编辑和我商量的这一本书的主题，是“历史是个万花筒”。我觉得这也是一个不错的选择，但和“站在十字路口”相比，还是有一些区别：

“万花筒”固然也强调了多样性和多姿多彩，但传递的信息是，你是一个“旁观者”，只是在观看而已。而“站在十字路口”，更强调一种感同身受的参与感。

没错，你从书里看到的确实是过去的人的选择、过去的人做出选择后发生的故事，但从某种意义上说，历史其实不是在告诉你过去，而是在向你展现未来——每个人一生中都无法避免地会站在十字路口。

到时候，你又会如何抉择呢？

我想，这一个个故事，会给你更多的感悟，乃至启发。

最后，借这个一年一度的机会，再一次感谢你们，没有你们一直以来的支持和鼓励，理解和宽容，我绝不可能坚持到今天。

愿凛冬终将过去，愿我们在各自的十字路口都不会迷茫。

感恩！感谢！

还是希望能一起前行！

2021 年 11 月 10 日

于上海书房

站在十字路口

每个人一生中，总会面临几个十字路口，或左或右，或进或退。

如何抉择，取决于这个人的性格、经历和成长环境，而关键的抉择，将会影响他的一生，也会影响别人对他一生的评价。

辜鸿铭："末代狂儒"的矛盾与孤独

说起辜鸿铭这个人，不少人可能会立刻联想到两个词："辫子"，以及"狂傲"。

确实，在中国近代史上，辜鸿铭可以算得上是一个"奇人"。

关于他，有很多段子，有的是真的，有的是杜撰的，但光靠这些段子来了解他，应该是不够的。

1

修建于1905年的北京六国饭店，在20世纪20年代前后，有过一场轰动一时的演讲。

那是一场纯粹只由一个人发言的演讲，一张票的价格高达两块大洋——当时全中国最火的梅兰芳的一场戏票价也只要一块二大洋。

主讲人是个中国人，演讲语言却是英语，因为买票来听的都是外国人，演讲的题目是"The Spirit of the Chinese People"（中国人的精神）。

那一天，一票难求，座无虚席。

这个神奇的中国人是谁?

周作人在《北大感旧录》中是如此描述的:“他生得一副深眼睛高鼻子的洋人相貌,头上一撮黄头毛,却编了一条小辫子,冬天穿枣红宁绸的大袖方马褂,上戴瓜皮小帽;不要说在民国十年前后的北京,就是在前清时代,马路上遇见这样一位小城市里的华装教士似的人物,大家也不免要张大了眼睛看得出神的吧。”

这个人有过很多名号:“圣哲”“怪杰”“狂儒”“老怪物”“老顽固”“小丑”……光看名号,你很难判断他是怎样一个人。

他姓辜,叫辜鸿铭。

2

1857 年 7 月 18 日,辜鸿铭出生于南洋马来半岛西北的槟榔屿。

辜家祖先于清康熙初年由福建惠安移居台湾鹿港,又在乾隆年间移居马来西亚。到辜礼欢一代,因他深得英国殖民者信任,被委任为当地最高行政长官,家族开始兴旺。

辜礼欢生有八男三女,其中一子名辜龙池,辜龙池有子辜紫云,会讲闽南语、马来语和英语,在一家英国人创办的橡胶园当到了总管。他娶了一个西洋女子(有说为葡萄牙人)为妻,生下了一个高鼻深眼的混血儿子。

这个混血儿,就是辜鸿铭。

1867 年,橡胶园的英国主人布朗夫妇年事已高,思乡心切,就索性把橡胶园托付给了辜紫云,准备返回英国。他们向辜紫云提了一个要求:因为实在太喜欢他的儿子辜鸿铭,希望能带辜鸿铭一起回英国。

辜紫云同意了,但在临行前,他把辜鸿铭拉到家里的祖宗牌位前,点了一炷香,专门叮嘱了一句话:“无论你走到哪里,无论你身边是英国人、德国人还是法国人，都不要忘记，你是一个中国人。"

就这样，才10岁出头的辜鸿铭就随布朗夫妇到了英国，被送进苏格兰公学接受启蒙教育。在马来西亚的时候，辜鸿铭就在布朗的鼓励下读了莎士比亚的作品等一系列文学名著，所以他对文学很感兴趣，之后入读爱丁堡大学的文学系，然后又考取了硕士——他的老师是当时著名的苏格兰哲学家、文学家和历史学家托马斯·卡莱尔。

托马斯·卡莱尔。他认为"思想是人类行为之本，感情是人类思想的起源"，这些观点对辜鸿铭后来对"中国人的精神"的概括和推崇产生很大影响

硕士毕业后，辜鸿铭又去了德国莱比锡大学、法国巴黎大学等多所高等学府进修文学和哲学，不仅在学术上收获颇丰，也借此熟悉了多国语言，他的德语、法语不错，对拉丁语也有所涉猎。

后世传辜鸿铭拥有13个博士头衔，从精力和能力来看，夸大的成分较多。据后来张之洞的首席幕僚赵凤昌回忆，辜鸿铭在各种文字材料之中只写自己的一个学位：爱丁堡文学硕士。

1880年，23岁的辜鸿铭学业已成，他没有选择继续留在英国，而是回到了自己阔别13年的南洋家乡。

在新加坡的英国殖民政府机构里，辜鸿铭找到了一份还算不错的工作。凭借他的文凭和留学经历，他可以享受一份很不错的薪水，在南洋度过惬意舒适的一生。

但如果是那样的话，如今他的名字也不会被我们记住了。

辜鸿铭的人生之路发生改变，是在他遇见了一个人之后。

3

让辜鸿铭改变抉择的那个人，叫马建忠。他是清末著名的学者和外交家，也是李鸿章的重要幕僚。1882 年，马建忠途经新加坡，辜鸿铭得到了一个和他见面聊天的机会。

按辜鸿铭的说法，两个人一聊，就是三天。

马建忠很欣赏辜鸿铭的才华，但同时对他离开中国感到可惜。在那三天里，马建忠向辜鸿铭详细介绍了中国的传统文化，并且鼓励他回中国去，因为中国需要他这样的人才，“何必在这里做假洋鬼子”。

马建忠也是韩国国旗的设计者，他有个哥哥叫马相伯，是复旦大学的创始人

辜鸿铭被马建忠介绍的中国传统文化震撼了，甚至有了茅塞顿开的感觉。40 年后，辜鸿铭在回忆那三天与马建忠的对谈时依旧记忆犹新：“我在新加坡同马建忠的晤谈，是我人生中的一件大事，正是因为他，我再一次变成了一个中国人。”

如何证明自己是中国人？辜鸿铭的第一步，是选择在外形上改变——他留起了后来成为他一个著名标志的东西：辫子。

当然，辜鸿铭知道留辫子也只是个形式而已，要真正回归中国传统文化，还是要读书。1883 年，他决定辞去在新加坡英国殖民政府中的职务，开始潜心研究中国经典文化。

1885 年，他遇到了一个机会。

这一年，他回福建老家探亲，回程的船途经香港。在船上，他听见几个德国人在聊天，他走上前去，用德语和他们谈论哲学，从苏格拉底聊到黑格尔，随后又用英语和他们聊英国文学。

几名德国人大吃一惊，而周围的人也觉得一个留着辫子的黄皮肤人居然能用外国话与外国人交流，都上前围观。其中有一个人对辜鸿铭留下了深刻印象。

这个人叫杨玉书，是当时的广州候补知府，他受人之命，去香港打探中法战争的军情。

而给他下这道命令的，就是当时的两广总督张之洞。

很快，受杨玉书推荐，辜鸿铭入了张之洞的幕府，正式开始了他在中国的人生之旅。

辜鸿铭成为张之洞的幕僚，主要承担外文秘书的工作，而他在平时重点做的一件事，就是读书，这也是张之洞非常鼓励他做的事。辜鸿铭先背《康熙字典》，然后由《论语》入手，开始通读经史子集。张之洞幕府里能人辈出，辜鸿铭不懂就问，学问进益神速。

而在学习的过程中，辜鸿铭发现，中国儒家的不少思想其实和西方的浪漫主义、反功利主义是相通的。这是他第一次感觉到，人类文明中并非只有西方文明是最好的。

不过，那时的辜鸿铭还远没有到所谓"学贯中西"的境界，甚至因为沾沾自喜，还被人嘲讽过。

张之洞。张之洞对辜鸿铭的影响很大，辜鸿铭也一直感恩于张之洞，在张之洞逝世后出版了《清流传》，其中有不少内容回忆了他在张之洞幕府的经历

1897 年，张之洞六十大寿，大宴宾客。40 岁的辜鸿铭在席间高谈阔论，聊中西方文化，结果被在场的一个人怼了一句："你说的这些，我都听得懂，但如果我说，你未必听得懂。我建议你再去读 20 年书，然后才追得上我。"

说这话的人叫沈曾植，著名诗人和书法家，光绪六年的进士。论对中国文化的了解，辜鸿铭自知肯定比不过沈曾植，当下哑口无言。

不过，吃了瘪的辜鸿铭并没有放弃，而是立刻加倍刻苦读书。两年之后，沈曾植又来拜访张之洞，辜鸿铭听到消息后，立刻让人把张之洞书房的所有书都搬到厅堂之上，然后来见沈曾植，见面就说："沈大人，在你面前的这些书，你随便挑，看看有没有哪一本是你能背而我不能背的？"

沈曾植和辜鸿铭深聊之后，拍了拍他的肩："中华文化的传承，以后就要靠老兄你这样的人了。"

辜鸿铭

不过，随着辜鸿铭的学问渐长，他的脾气也长了，碰到看不惯的人和事，总是忍不住出言讥讽，而且中外平等，洋人也骂，中国人也骂。

深知辜鸿铭脾性的张之洞一直没有保举他出去做官，而是将他留在自己身边（直到晚年才保举辜鸿铭去做了一个清闲的肥差）。

张之洞的选择没有错，因为像辜鸿铭这样的人如果进入官场，十有八九是会被排挤，甚至惹来杀身之祸的。倒是留在张之洞身边的那20多年，把辜鸿铭推上了成名的台阶。

4

辜鸿铭初为世人所知，是因为翻译。

他的翻译和严复的翻译正好相反：严复是把西方的作品翻译成中文，而辜鸿铭是把中国的作品翻译成外文。

让辜鸿铭一战成名的，是《论语》的英译本。

最早把《论语》翻译到西方世界的译者是著名的意大利传教士利

玛窦，之后还有些译本，但都是由西方传教士完成的。辜鸿铭有一次偶然接触到了英国传教士理雅各翻译的《论语》。

理雅各也是英国著名的汉学家，但对中国传统文化的理解和认知肯定不如中国儒生。辜鸿铭在阅读的时候发现，理雅各这个版本的翻译还是有不少问题的，如果按照这个版本，那么西方将对中国文化的一些经典产生很深的误解。

怎么办？那就自己来翻译。

辜鸿铭有他的优势：因为他不仅熟悉中国文化，也很熟悉西方的文化，所以他在翻译过程中能够经常引用西方人熟悉的说法和观念，来解释中国儒家的观点，让西方人一看就懂——这是当时绝大多数翻译家做不到的。

1898 年，辜鸿铭翻译的英文版《论语》问世，一下子就轰动了西方世界：原来中国人还有那么高深和有洞见的哲学！

由此一发而不可收，辜鸿铭又将《大学》和《中庸》翻译成了英文。后来同样翻译过《论语》的林语堂——他去莱比锡大学读书的时候，辜鸿铭的不少文章已经成为教材了——曾这样评价辜鸿铭："他不小的功绩是翻译了儒家四书中的三部，他不只是忠实地翻译它，更是一种创作性的翻译，一种古代经典的光透过一种深的哲学了解的突然注入。他事实上扮演东方观念与西方观念的电镀匠。他的'孔子的言论'，饰以歌德、席勒、罗斯金及朱贝尔的有启发性的妙语。他的儒家书籍的翻译，好在他对原作的深切了解。"

而在翻译一系列中华经典的过程中，辜鸿铭自己也渐渐完成了一个转变：从相信东西方文明能够互补，到相信东方文明优于西方文明，甚至可以拯救西方文明。

这一点，在他 1915 年出版的《春秋大义》一书中得到了充分的展现——这本书的英译名，就是 *The Spirit of the Chinese People*（《中国人的精神》）。

在这本书里，辜鸿铭旗帜鲜明地提出了自己的观点："衡量一种文明的价值，在我看来，我们最终要问的问题，不是看他是否修建或能够修建的城市有多么伟大，建筑有多么豪华，马路有多么漂亮，也不是看它已经拥有以及能够生产的家具有多么好看和舒适，设备、工具和仪器有多么机巧和有用。不，甚至也不是看它创建了什么样的研究机构，什么样的艺术和科学。为了真正衡量一种文明的价值，我们必须要追问的要义是：它能造就什么样的人性类型，什么样的男人和女人。"

《春秋大义》英译本（《中国人的精神》），副标题是"战争和出路"（*The War and the Way out*）

他对"中国人的精神"的第一个定义是"温良"："中国人的精神第一个就是温良（gentle）。温良并不是天性软弱，也不是脆弱屈服，而是没有强硬、苛刻、粗鲁和暴力。"

当时正值欧洲陷入第一次世界大战的泥潭，西欧各国不少人对自己国家的前景感到失望和悲观，开始反思自己曾经自以为先进的文明制度，而辜鸿铭关于"东方文明"的观点恰好横空出世，让很多西方人眼前一亮，感触颇多。

在当时的德国，很快出现了《中国人的精神》的德文译本，一些德国高校和学术机构纷纷成立"辜鸿铭研究会""辜鸿铭俱乐部"，研究这位"东方哲人"的思想和观点。哈佛大学博士艾恺曾在他的著作《世界范围内的反现代化思潮——论文化守成主义》中写道："在战时与战后的欧洲悲观与幻灭的氛围中，与泰戈尔、冈仓等成为东方著名圣哲的，是辜鸿铭。"

当时西方对辜鸿铭的评价，远比国内对他的评价高得多，以至于有了那句话：“到中国可不看三大殿，但不可不看辜鸿铭。”

确实，在辜鸿铭声名鼎盛的那些年里，他成了西方了解东方文化的一个重要标志：托尔斯泰曾和辜鸿铭互通书信讨论“道”的问题；泰戈尔和他一起合影；甘地称他为“最尊贵的中国人”；毛姆到中国来想拜访辜鸿铭，第一次还被拒绝了，第二次才见到——辜鸿铭认为不能让西洋人觉得想见谁就能见到谁。

但是，辜鸿铭并没能一直站在舞台的正中央享受鲜花和掌声。因为他也陷入了矛盾——其实他自己也无法回答一个问题：既然中华文明如此先进，为什么却总是落后挨打呢？

5

对于这个问题，辜鸿铭选择了一条极端的认知：中国必须要有帝制，必须要保持传统，所谓“共和”之说，就是祸国殃民。

与某些投机取巧的人不同的是，辜鸿铭是真心“保皇”和维护传统制度，甚至不惜黑白不分。

1908 年，慈禧驾崩，正当全国有识之士暗自庆祝的时候，辜鸿铭捶胸顿足，写了一篇两万多字的文章《中国的皇太后：一个公正的评价》，评价慈禧是中国妇女的典范，哪怕她大兴土木修建颐和园也并无不妥，因为她日夜操劳、为国为民，这是她应得的。

在辜鸿铭的眼里，传统文化的一个重要标志，就是要有皇帝。所以 1911 年武昌起义要革皇帝的命，辜鸿铭非常愤怒，直接称这次革命是“暴动”，甚至呼吁外国应该出兵干预，协助清廷镇压革命。

而在辜鸿铭看来，也不是谁都能当皇帝的。

1915 年袁世凯复辟称帝，辜鸿铭是最激烈反对的人士之一，他撰文直接骂袁世凯是“无赖”，是“贱种”。袁世凯去世后，北洋政府宣布全国哀悼三天，但辜鸿铭请了个戏班，天天在家中搭台唱戏，以示庆贺。

其实，辜鸿铭不是反对皇帝，而是反对袁世凯这个“篡位”的皇帝。

这也就不难理解 1917 年张勋率 5 000“辫子军”复辟，辜鸿铭为何会欢天喜地了：张勋不是自己做皇帝，是请 11 岁的宣统皇帝溥仪重新登基——那是正统的皇帝。

张勋的复辟闹剧只维持了 12 天，这对辜鸿铭的打击很大。当时他被许诺担任“外交部侍郎”，自告奋勇要代表张勋去“调停”江浙两省。火车刚到天津，他就听说段祺瑞已经率军进攻“辫子军”，吓得又逃回了北京。当时张勋气得骂辜鸿铭应该改名“辜鸿恩”（辜负了皇上的洪恩）。

不过辜鸿铭还是很认可张勋的。张勋过 67 岁生日的时候，辜鸿铭还特地送了他一副寿联：“荷尽已无擎雨盖，菊残犹有傲霜枝。”

尊王篇

PAPERS

FROM

A VICEROY'S YAMEN.

A

CHINESE PLEA FOR THE CAUSE OF GOOD GOVERNMENT AND TRUE CIVILIZATION IN CHINA.

BY

KU HUNG-MING, M.A.,

鴻銘氏辜湯生著

PRINTED AND PUBLISHED AT THE SHANGHAI MERCURY, LTD.

1901.

辜鸿铭另一部在西方影响很大的著作《尊王篇》，收录了他在庚子事变前后的一些文章。辜鸿铭在文章中痛斥八国联军入侵中国，但也极力美化和赞扬慈禧太后，其中有一篇的题目是《我们愿为君王去死，皇太后啊！——关于中国人民对皇太后陛下及其权威真实感情的声明书》

这是苏轼当年写来勉励朋友刘景文的，却被辜鸿铭拿来与张勋一起“共勉”——“擎雨盖”是指清朝官员的红顶官帽，“傲霜枝”则是指他们还坚持保留了自己的辫子。

当年张勋复辟，辜鸿铭还留了一个遗憾：一直没亲眼见过皇帝。这个遗憾在 1924 年被弥补了：念及辜鸿铭无时无刻不在维护帝制，“逊帝”溥仪还是专门召见了他。

按照当时溥仪的英文老师庄士敦在回忆录《紫禁城的黄昏》中所说，溥仪召见的时候，一向一身傲骨的辜鸿铭手足无措，紧张得说不出话，以至庄士敦忍不住下笔调侃：“我以前见过他，但不知道他在正式场合会说不出话。”

但辜鸿铭自己还是很得意这次召见的：“此生有幸见皇帝一面，足以慰藉平生。”

康有为曾因为主谋“戊戌变法”而被辜鸿铭痛恨，但同为“保皇党”，两人又惺惺相惜。康有为曾给辜鸿铭送过一幅字，上书“知足常乐”，辜鸿铭称康有为“深得我心”。

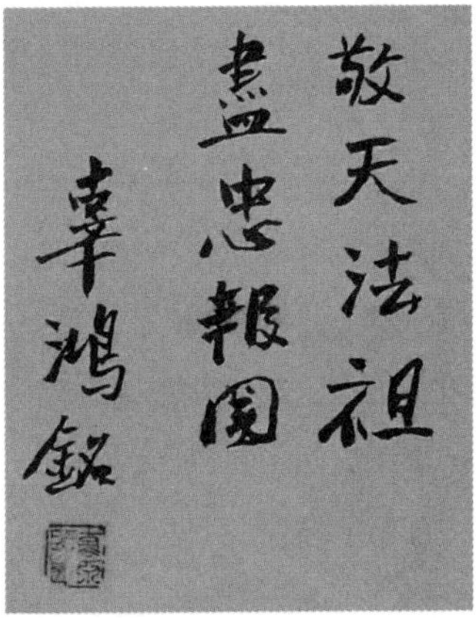

辜鸿铭手迹

当然，辜鸿铭对所谓“传统文化”的一些近乎偏执的维护，并不仅仅局限于皇权。

比如，他坚决反对中国妇女从“缠足”中解放出来，因为他对“三寸金莲”有特别的爱好，据说他曾去朋友家，抱着人家婢女的小脚把玩不已。但是值得一提的是，当他的女儿辜珍东哭诉缠小脚跳舞不便时，他却允许女儿不恪守他视为“妇道”的这一传统。

又比如，辜鸿铭坚决维护“一夫多妻制”，那个后来被一些男性津津乐道的著名比喻就是出自他之口：“男人是茶壶，女人是茶杯，一个茶壶能配多个茶杯，你见过反过来的吗？”

但并非没有人指出他这个比喻中“偷换概念”的把戏。陆小曼和徐志摩结婚时就讨论过这个比喻，陆小曼说：“谁说男人就应该是茶壶了？要我来比，你就是我的牙刷，牙刷只可以一个人使用。”

如果说辜鸿铭只是发表自己的意见，那么他的这些言论即便会引来别人的反驳，也不会造成太大的影响。但是，辜鸿铭后来身处一个中国文化和观念碰撞最激烈的历史环境，他的各种行为和言论，肯定会引来更大的争议。

6

1917 年，蔡元培执掌北大，请辜鸿铭任教。

其实，辜鸿铭在 1915 年就应聘为北大教授了，聘他的是蔡元培的前任胡仁源。由于辜鸿铭处处维护帝制，与当时学生的主流思潮有所冲突，所以要求解聘他的呼声已经有了。

蔡元培入主北大之后，提倡“思想自由，兼容并包”，考虑到辜鸿铭确实有真才实学，且蔡元培也留学过欧洲，深知辜鸿铭在西方的影响力，因此力排众议，还是续聘他为文学教授。

所以，辜鸿铭特别认可蔡元培。蔡元培虽然是进士出身，却辞官搞革命推翻了皇帝，但辜鸿铭认为他这是“一以贯之”：“他搞革命就一直搞革命，我保皇就一直保皇。……当下中国只有两个好人，一个是蔡元培，一个就是我。”

但辜鸿铭的“热情”也给蔡元培惹过不少麻烦。比如，蔡元培旗帜鲜明地支持“白话文运动”，支持文言文的辜鸿铭却到处说蔡元培此举是从大局出发，是无奈之举，是“以毒攻毒”。又比如，蔡元培招收女生进北大上课，辜鸿铭却以“男女授受不亲”为理由，拒绝上课。还比如，蔡元培受当局压力请辞北大校长，众师生力挽，辜鸿铭自然也保蔡元培，但喊出的口号却是“蔡元培就是我们北大的皇帝”。

而对以胡适为首的“新文化运动”阵营的北大老师们，自视资历和学问都高出不少的辜鸿铭就不那么客气了。

尤其针对胡适，辜鸿铭没少说过各种“怪话”。有的话说得不无道理，是从业务角度出发，比如他认为胡适不懂德文和拉丁文，怎么可能上得好“西方哲学史”这门课？而有的则近乎没有什么意义的人身攻击，比如他说胡适的英文发音是“英国下等人的发音”。

辜鸿铭在北大教与西方文学相关的课，还是充分发挥了他的特长：他熟知东西方的文化。比如他把弥尔顿的《失乐园》比作"洋离骚"，把杜甫比作"中国的华兹华斯"，这样学生们就很容易理解和记忆。但辜鸿铭上课的真正目的并非讲授课本上的知识，而是宣扬他的政治思想，以及驳斥他不认同的主张。这也是他后来真正惹恼北大学生的地方。

胡适。胡适和辜鸿铭在北大都教英文，但两人的观点完全对立，所以爆发过不少摩擦和矛盾。不过胡适后来还是如此评价辜鸿铭："此老对我虽表示反对，然相见时却总是很客气的。他尽管嬉笑怒骂，也还不失为一个'君子'的人。"

辜鸿铭在面对北大学子时曾有过一句名言："我头上的辫子是有形的，但诸位心中的辫子是无形的。"

他其实还有段比较完整的话："诸位也许笑我痴心于清室，准确来讲，我并非忠于王室，而是忠于中国的政教，忠于中国的文明。我留着辫子，这是一个标记，我是要告诉世人，我是老大中华未了的一个代表。"

这段话在当时提倡"兼容并包"的北大，其实也成不了什么大问题，真正触及一批北大学生"底线"的，是辜鸿铭在五四运动时的举动。

1919年，以北大学生为先锋的五四运动爆发后，与当时社会各界声援学生不同的是，辜鸿铭在当时日本人办的英文报纸《北华正报》上撰文，指责北大学生是"暴徒"，是"野蛮人"。在辜鸿铭看来，中国根本连宪法都不需要，只要大力弘扬儒家的道德观，国人自有道德感和廉耻心来约束。

其实，对五四运动的指责与辜鸿铭一贯提倡和主张的"道德与秩序"并不矛盾，但这却彻底触怒了当时的北大学生。一向尊敬辜鸿铭的他自己的学生罗家伦（也是胡适的学生）在第二天拿着《北华正报》怒气冲冲地冲进教室，当着全班同学的面质问辜鸿铭："你既然讲春秋大义，就应该知道'内中国而外夷狄'，可是你却在夷狄的报纸上发文章骂中国人，你怎么解释？"

一向能言善辩的辜鸿铭愣在当场，气得说不出话，最后只能一拍桌子："我当年连袁世凯都不怕，我还怕你？"

1923 年，蔡元培最终还是辞去了北大校长的职务。

没多久，辜鸿铭也宣布辞职。他在最后一堂课上对学生讲了这样一段话："我教诸位学习英文，是希望培养对中国有用的人才，而不是美国化或英国化的洋奴，望诸位同学知我苦心，有则改之，无则加勉。"

史料显示，从 1920 年下半年开始，北大已经基本不排辜鸿铭的课了。

7

辞去北大教职后，辜鸿铭把寄托转移到了日本。

他先是在一家日本人办的英文报社当了总编辑，随后索性受邀赴日本讲学，打算用自己的实际行动践行孔子的主张："道不行，乘桴浮于海。"

辜鸿铭在日本一度很受欢迎，因为他赞扬的"东方文明"其实也涵盖了日本文化。而辜鸿铭对日本也颇有好感，这不仅仅是因为他娶过一房日本的小妾，更是因为他一直认为日本继承了中华文明的"衣钵"，在某些方面甚至比中国做得更好——当觉得自己的理想在中国已无法实现时，他便寄望于日本。

但辜鸿铭还是天真了。

到了日本他才发现，虽然同为他架构的"东方文明"，但日本人骨子里是非常看不起中国人的，这让辜鸿铭非常恼火。他曾做过一个比喻："中国和日本好像泥土和花，日本从泥土中开出了美丽的花，却嫌弃培育它的泥土肮脏和粗鄙。"

但真正让辜鸿铭感到失望乃至恐惧的，是日本国内当时已经蠢蠢欲动的军国主义。他在日本的多次演讲中呼吁日本当局要重视中国文化，要讲究"道德"，要研究"道"，绝不可以走欧洲的军国主义道路，扰乱东亚秩序。

这种天真而无力的说辞自然在日本已经得不到市场。但辜鸿铭还在努力"感化"日本，甚至提出日本侵略中国是"兄弟阋于墙"，是"内部矛盾"——这个说法日本人倒是感兴趣，日本在全面侵华后特地编纂《辜鸿铭全集》，用来宣扬他们的"大东亚共荣圈"理论。

1927 年，辜鸿铭对日本这块"东方文明最后的绿洲"的寄望完全破灭，从横滨搭船返回国内，临行前几乎无人相送，场面甚是冷清。

晚年辜鸿铭

回国后，日本人曾推荐他去做张作霖的幕僚，但辜鸿铭认为土匪出身的张作霖粗鄙不堪，与当年的张之洞完全不可同日而语，当面拂袖而去。

失去主要经济来源的辜鸿铭晚年过得颇为拮据，也很孤独。他常常一人走出家门，到河边的一棵树下，点燃一根烟，长久思考。到了后来，他也不太去了，因为买不起烟了。

1928 年 4 月下旬，军阀张宗昌派人来请辜鸿铭去担任山东大学校长。做校长，教学生，这是辜鸿铭愿意做的事，所以他欣然应允。然而，他的身体情况已经不允许了。

辜鸿铭当时患感冒已经一个多月了，看了很多医生都不见效，最终转成了肺炎。4 月 30 日，71 岁的辜鸿铭在北京逝世。

当时《大公报》发了一条关于辜鸿铭逝世的简短报道，最后一句是：

“性孤僻，发辫至死犹存。”

馒头说

“生在南洋，学在西洋，婚在东洋，仕在北洋。”

这是对辜鸿铭传奇一生的一个概括。

必须承认，在如今的互联网时代，辜鸿铭是颇容易博得好感的。

他确实有才华，同时又特立独行，藐视一些约定俗成的规矩，有一种狂狷的味道。更何况他的主张是要大家别妄自菲薄，别忘记我们老祖宗的传统文化，要重视内心的约束和道德的提升，而不是沉迷于物质的享受和表面的繁荣——放到今天，他简直是一个不需要怎么包装就可以推出的超级网红。

辜鸿铭错了吗？当然没错，但他恰恰又错了，这正是他这个人的复杂性和矛盾性所在。

在当时那个年代，在一片对本国文明感到失望乃至绝望的声音中，在当时对西方文明充满崇拜的氛围中，辜鸿铭几乎是孤身一人挺身而出，力挺本国的文明，将声音传播到西方世界，还形成了热点和高潮，真是有点“枪出如龙，一啸破苍穹”的味道。

尤其值得一提的是，与现在一些只会在键盘上空敲别人“跪了”和我们“牛”的“侠客”不同，辜鸿铭在西方生活过多年，是真正见识过西方的繁华和繁华背后的种种问题的，是真正能在理解和认知东西方两大文明的基础上做出自己的思考的，而不只是空喊口号自嗨或为了博眼球和博流量。

但同时，辜鸿铭又是挣扎和矛盾的：他自诩为"卫道士"，而"卫道士"往往是孤独的，孤独的道路很容易通往极端——很不幸，他最终还是越走越极端了。

我们现在回过头去看，辜鸿铭的大方向是没错的，但他不仅仅有矫枉过正的各种问题（比如皇权、缠小脚和一夫多妻都被他认为是传统文化的"瑰宝"），还有一个更大的问题：他完全忽视了时代和现实。

在中国尚且饿殍千里、战火纷飞、落后挨打的年代，他却强调不需要物质文明和科技水平的奋起直追，而只鼓励国民从精神和道德上达成自我的协调和和解。这就好比一个社会连"现代化"都不知道是什么样子，他却已经在高谈阔论"后现代化"应该如何如何了。

在这样的前提下，辜鸿铭注定会越来越不如意，而他的心情也是可想而知的。

我们很容易沉醉于他的一些嘲笑洋人、嘲笑权贵的段子，把他想象成一个快意恩仇的狂狷书生，但也很容易忽视他内心的痛苦乃至坚定而绝望的挣扎——他觉得自己学贯中西，却没有用武之地。

这从毛姆当年拜访他后写的描述中可以窥见一二——尽管辜鸿铭觉得自己是以居高临下的姿态"接见"毛姆的：

"他的学问是渊博的，他雄辩的词组给那些掌故以一种光怪陆离的生命力，使我不得不思索他那有点令人哀怜的形象。他觉得自己有能力去管理国家，但是没有君王委他以官职；有渊博丰富的学问，梦寐以求地想传授给一大帮学生，而到这里来听讲授的只是少数，一些愚顽不幸的、面有菜色的、资质鲁钝的、村野土气的人而已。"

辜鸿铭选择的是一条孤独的道路，最终他也只能在孤独中走到尽头。

而这些矛盾和复杂性，也恰恰让辜鸿铭成了一个注定会在中国近代史上留下一笔的人物。

他在当时那么混乱、落后和缺乏自信的时代，能保持一份清醒，更能保持一份真诚。他动用自己的所有能力来维护中国文化的尊严，并且确实将中国文化传播到了世界，也确实改变了部分西方人对中国的偏见。

他在生理上是个“混血儿”，在精神上其实也是，但正是因为这个特殊的背景，让他能够更理性地看待东西方文化，从一个更高的视角来审视人类文明。

当然，他的不少观点和言论，现在看来是非常荒谬和可笑的，也是注定要被历史淘汰的，他对国与国之间竞争的理解也近乎天真。但只要你愿意认真了解他的出发点，愿意做出一些思考，相信他的观点对你还是有很大帮助的——尤其是在东西方文明冲突可能加剧的今天。

决不能妄自菲薄，也要避免盲目自信，因为两者都很容易走极端。

这恐怕是我们今天去了解辜鸿铭这个人的意义所在。

本文主要参考来源：

1.《一代狂儒辜鸿铭》（凤凰大视野，2019 年 8 月 15 日）

2.《先生辜鸿铭》（CCTV 10，《人物》）

3.《胡适与辜鸿铭的君子之交》（张耀杰，《名作欣赏》，2019 年 31 期）

4.《典籍英译中的语境重构策略探讨——以辜鸿铭英译〈论语〉为例》[朱芳，《北京科技大学学报》（社会科学版），2020 年 02 期]

5.《说不尽的辜鸿铭》（张家康，《江淮文史》，2018 年 06 期）

6.《“良民宗教”与辜鸿铭中国文化观》（张宁，《北京印刷学院学报》，2019 年 11 期）

7.《辜鸿铭英译〈论语〉翻译美学研究》（杨秋灵，《中国培训》，2016 年 24 期）

8.《中国人的精神》（辜鸿铭，译林出版社，2012 年）

9.《张庆桐·托尔斯泰·辜鸿铭》（杨健民，《中华读书报》，2012 年 5 月 23 日）

蔡元培：一生请辞，一世楷模

说起“蔡元培”这个名字，大家很容易联想起北京大学。确实，北大能有如今的辉煌，蔡元培功不可没。

但他一生绝不只有“北大校长”这一个头衔。

只不过，那么多的头衔，基本都被他辞去了。

1

1868年1月11日，浙江绍兴府山阴县的蔡光普迎来了自己的第四个孩子。

蔡光普是当地一家钱庄的经理，他的第四个孩子是个男孩，乳名阿培。阿培直到4岁被送入私塾念书后，才按照家中辈分，被定下正式的大名：蔡元培。

蔡元培兄弟姐妹一共七人，因为父亲是钱庄经理，家里还算宽裕。但在蔡元培11岁那年，父亲病逝，生活条件迅速变差。好在父亲在世时为人处世都算厚道，所以有不少亲友愿意接济蔡家，但蔡元培的母亲周氏是一个性格要强的人，她谢绝了大家的资助，硬是凭借存款和不断变卖首饰家当，撑起了这个家。

由于各种缘故，蔡家的七个孩子夭折了四个，只剩下了三个儿子。周氏一人含辛茹苦，坚持让三个儿子好好读书，期待他们能够凭借读书重振门庭。在三个儿子中，周氏管教最严厉的，也最看好的，就是蔡元培。

绍兴的蔡元培故居

蔡元培 4 岁开蒙，14 岁时已熟读四书五经，在家乡颇有才名。母亲周氏经常陪坐在蔡元培身旁看他做功课，看到儿子困倦后，就会勒令他立刻睡觉，然后督促他第二天早起继续读书，这个习惯影响了蔡元培的一生——熬夜不如早起。

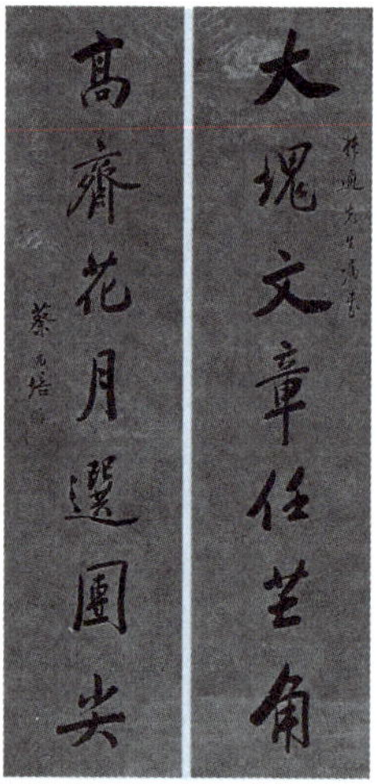

蔡元培的书法。现代书法家马叙伦曾盛赞蔡元培的文章，不过评价他的书法是“牛鬼蛇神”

1884 年，16 岁的蔡元培开始参加科考，母亲总是半夜起身为他烧饭，帮他准备行囊。

蔡元培没有辜负母亲的期望，17 岁考中了秀才，但母亲的身体状况也越来越糟。蔡元培一直为母亲煎药喂饭，甚至仿效古制，割下左臂一块肉和药给母亲煎服，但一切都是徒劳：1886 年的春天，蔡元培的母亲因病逝世。母亲的去世对蔡元培打击极大。他后来回忆：“我母亲是精明而又慈爱的，我所受的母教比父教多。……我母亲的仁慈而恳切，影响于我们的品性甚大。”

守丧之后，蔡元培再度踏入科举考场，在

母亲去世一年后中举，次年进京通过会试成为贡士，1892年参加殿试，列二甲第34名，成为名副其实的“进士”，金榜题名。

在一路科考的过程中，蔡元培以他渊博的学识旁征博引，写得一手“怪八股”，远近闻名，乡试的考官评价他的文章“语无泛设，引证宏博，词意整饬”。殿试之后，蔡元培的才名更是传到了当时的帝师翁同龢耳中，翁同龢专门看了他的文章，大赞：“年少通经，文极古藻，隽才也！”

1894年的春天，蔡元培被授为翰林院编修。那一年，他才26岁，已经站到了中国无数寒窗苦读的读书人梦寐以求的科考之巅。

然而，没过多久，蔡元培就想辞去这份令旁人羡慕的工作。

2

让蔡元培萌发辞职之念的，是这一年爆发的一场战争。

1894年，甲午战争爆发，几乎同时开始改革进程的中日两国在各自闷头发展20多年后，终于来了一场正面对决——中国被打得头破血流。

战败消息传来，朝野震动，也深深刺激了蔡元培。在整个战争过程中，蔡元培一直对前方战事抱乐观态度，但在《马关条约》签订之后，他渐渐放弃了幻想，面对如此耻辱败局，这位年轻的翰林院编修无能为力，只能在夜深人静时痛哭流涕。

就在《马关条约》签订的这一年冬天，心灰意冷的蔡元培请假一年，回了绍兴老家——这倒还不算请辞，只能算请假。

回到老家，虽为赋闲，但蔡元培并没有闲着，作为一个“饱读圣贤书”的翰林院编修，他开始大量研读日本历史和介绍西方文明的书籍。此时，蔡元培已近而立之年，他下定决心要将自己之前所学先放到一边，潜心研究所谓“蛮夷”之学说。

一年之后，蔡元培返京。此时的朝廷上下已改革呼声高涨，自“公车上书”之后，“变法维新”已经越来越成为一种共识。

蔡元培是支持变法的，虽然他对康有为的治学以及一些作为不以为然，也没有像有些人一样以接触“维新派”为荣，但他始终认为只有改革才能改变中国的命运。

为此，蔡元培开始学习日语，因为他不满足于中文译本对西方著作的种种有意和无意的“曲解”，认为日本人已经翻译了大量西方著作，而日语相对入门简单。他甚至还“发明”了一种自己觉得很有效的学习语言的方法：直接尝试翻译日文著作，边译边学边融会贯通。

尽管蔡元培没有直接投身维新运动，而是自己在默默积攒底蕴，但他还是被这场运动的短暂和惨烈震惊了。

1898 年 9 月，声势浩大的“戊戌变法”只经历 103 天就宣告彻底失败，康梁等人被朝廷通缉后出逃，谭嗣同等六人被斩首于菜市口。

蔡元培非常敬佩“我自横刀向天笑”的谭嗣同，视他为“先驱”，但同时也冷静地反思了变法失败的重要原因：“康党所以失败，由于不先培养革新之人才，而欲以少数人弋取政权，排斥顽旧。”

在蔡元培看来，中国那么大，大众的改革意识尚未被完全唤醒，改革的中坚力量还没有发展壮大，维新派只是依靠一个没有实权的光绪帝，就贸然以一小群人带动一个国家的改革，是注定会遇到强大阻力乃至失败的。

“戊戌变法”失败后，京城一片肃杀。这一年的 10 月，蔡元培又一次请假返乡。

这一次返乡，蔡元培带上了家眷和所有行囊，这是一个很明显的信号：他是正式辞职，不打算再回来了。

那一年，蔡元培也就 30 岁。在别人眼中值得羡慕的“仕途”，在蔡元培心里已经一文不值。

他决定，要用自己的方法来改变中国。

3

1898 年，回到家乡的蔡元培受绍兴知府和乡绅邀请，做了一所学校的校长。

这所学校叫“绍兴中西学堂”，顾名思义，是一家新式学堂，中西学问皆授。蔡元培视此为他新事业的起点：以教育改变中国。

在教书育人的同时，蔡元培并没有放松自己的知识储备，他开始自修英文，并在这期间读了刚出版不久的严复翻译的《天演论》、亚当·斯密的《原富》(即《国富论》) 等一系列经典书，并由衷感叹：“涣然冰释，豁然拨云雾而睹青天。”

然而，绍兴中西学堂虽为新式学堂，却颇有一批旧派老师，提倡新学的蔡元培与他们格格不入，最终得罪了出资办学的旧派乡绅，无法实现自己的办学理想。

怎么办？很简单，辞职。

从事教育的第一步并不算顺利，但蔡元培根本就没有放弃的意思。在离开绍兴中西学堂之后，他又担任过几所学校的校长，最终在 1901 年来到了上海，担任著名的南洋公学的特班总教习。

在南洋公学，蔡元培依旧一边教书，一边学习。这一次，他要学拉丁文。

蔡元培找的老师是马相伯。马相伯当时劝他说，拉丁文已经是一门“古董语言”了，西方都已经没多少人学了，中国人更没有什么学习的必要。

但蔡元培却坚持：拉丁文是欧洲各国语言的根本，要深入了解西洋的文化，就必须学拉丁文。为此，他每天早上 5 点步

邵力子。像邵力子、黄炎培这样的中国近代名人都曾在南洋公学的特班学习，在蔡元培的教导下受益匪浅

行到马相伯家中学习，害得没有早起习惯的马相伯大喊：“太早了！太早了！”

1902 年，南洋公学放暑假，蔡元培选择出国考察——这是他第一次走出国门。

吴稚晖，中国近代资产阶级思想家、政治家、教育家、书法家。他对蔡元培的影响很大

他选择考察的国家，是日本。

在日本，蔡元培亲身感受到了留日中国学生的爱国热情和变革诉求，更是对当时留学生办的杂志《浙江潮》的主笔留下了深刻印象，那个人叫蒋百里。

此外，他还和吴稚晖结下了友谊。

蔡元培从日本回国后不久，就发生了著名的“南洋公学学生退学”事件。这件事情的起因依旧是守旧派的老师小题大做惩罚新派学生，结果发展成全校 145 人集体退学抗议。在整个事件过程中，蔡元培一直站在学生这边，在斡旋无果后，他选择和学生同进退：

再一次辞职。

但蔡元培这次辞职不是甩手不干了。为了避免退学的学生失学，蔡元培东奔西走筹款创办“爱国学社”。在筹款期间他的长子患重病，但他还是毅然决定去南京借钱办校，结果在码头准备出发时，得到了长子离世的消息。蔡元培含泪委托朋友办理儿子的后事，自己决然踏上了筹款之旅。

最终，在短短几天之内，蔡元培成功筹得数万元资金，成立了“爱国学社”，后来吸引了 150 多名具有革命思想的学生。

但这段时间，对蔡元培影响最大的，不是办学，而依旧是“充电”。

1907 年 6 月，蔡元培终于获得了他心心念念的留学德国的资格。

在德国，已近不惑之年的蔡元培开始从头学习德语，并进入莱比锡大学学习。在莱比锡大学的6个学期里，他一口气选修了40门课程，囊括哲学、文学、文明史、人类学、教育学、心理学、美学、绘画艺术等等，只要时间不冲突，蔡元培什么课都听。他尤其对当时在莱比锡大学任教的“实验心理学之父”冯特非常崇拜，连续3个学期选修了冯特的课。

1908年，留德期间的蔡元培

与此同时，蔡元培也没有忘记自己的根。

在莱比锡大学学习期间，蔡元培同时也参加大学的中国文史研究所开设的练习班，还经常去市内的民族学博物馆讲解来自中国、日本等的东方文物。

值得一提的是，在学习期间，蔡元培不仅用自己那套独特的语言学习方法“直接翻译法”翻译了不少德文著作，还写成了一部《中国伦理学史》，这部著作成为中国近代伦理学的开山之作。

在蔡元培留德的那几年里，国内的局势可谓风起云涌。身为“同盟会”元老的蔡元培在国内就是革命派的中坚分子，不仅写下大量反清和倡导革命的文章，甚至还参与过数起暗杀和爆破行动（他赴德国留学也有躲避追捕的原因）。虽身在海外，蔡元培依旧与海内外的反清革命志士保持通畅联系。

1911年10月10日，武昌起义的枪声响起，在德国的蔡元培兴奋不已，随后就致信当时也在海外的孙中山赶紧筹款订购大炮，巩固革命成果。

但不久之后，局势突变，袁世凯和他的北洋军异军突起，蔡元培对此深感忧虑。在给吴稚晖的信中，蔡元培明确指出袁世凯出山的目的："出山，意在破坏革命军，而借此以自帝。"

不久之后，蔡元培接到了陈其美的电报，催促他赶紧回国。

此时的中国，正处于改朝换代的风云时刻，蔡元培自己也知道，到回国尽力的时候了。

蔡元培这一年 43 岁，年富力强。更重要的是，如果说当年那个年轻的翰林院编修只是初步了解了西方文化和知识，那么如今的他，通过多年的学习和浸染，已经真正做到了融会中西，眼界、素养、思想和知识储备，早已非当年可比。

他将以一个全新的形象，登上中国近代史的舞台。

4

1911 年 12 月，蔡元培抵达上海。

很快，他就要接受一项他这一生行政级别最高的任命。

1912 年元旦，孙中山在南京就任中华民国临时大总统，随即组阁。在考虑了章太炎、汪精卫、严修等多人后，孙中山最终选定了蔡元培——任命他为中华民国首任教育总长。

1912 年中华民国第一届内阁合影，前排左一为蔡元培

教育总长，乃堂堂一国教育界最高长官，不过，受命的蔡元培很快就感受到了"百废待兴"的困难局面。

上任之后，蔡元培问孙中山："教育部应该在哪里办公？"

孙中山回答："办公室要

你们自己去找。”

蔡元培只得自己走街串巷物色“中华民国教育部”的办公房间，最终还是老朋友马相伯借给他一条巷子里的几间空屋子。

办公场所有限，预算经费有限，蔡元培定下了“为事择人，不设冗员”的规矩，整个教育部连勤务在内一共 30 人出头，不足其他行政部门人数的三分之一。

虽然人数不多，但蔡元培发挥了他善于识人和善于用人的特长，聘到教育部办公的，都是当时的一流人才：许寿裳、王云五（缔造商务印书馆辉煌的总经理）、钟观光（中国近代植物学的开拓者）等等。

其中也包括鲁迅。

郭沫若在《历史人物》中写道：“影响到鲁迅生活颇深的人，应该推数蔡元培先生吧。”在五四时期涌现出的文化新人中，蔡元培对鲁迅评价最高，他在《鲁迅全集》的序言中曾称鲁迅：“何等的天才，又是何等的学力！”

1912 年 1 月 19 日，中华民国教育部发布《普通教育暂行办法》，其中规定：“学堂”一律改称“学校”，教科书须合于民国的共和宗旨，禁用清学部规定的教科书，废止旧时的奖励出身制度，学校注重兵式体操。

这些规定，在清朝的教育体系里闻所未闻，震撼极大。蔡元培趁热打铁，在 2 月通过报纸发布了《对于教育方针之意见》，改革了清朝学部规定的“忠君”“尊孔”“尚公”“尚武”“尚实”这五项宗旨，提出新的五大方针，即军国民教育、实利主义教育、公民道德教育、世界观教育和美感教育，首次提出了“超出政治”的教育理念。

然而，作为同盟会元老和革命中坚力量，蔡元培在上任教育总长之位后才一个多月，就迎来了一项艰巨的任务：担任专使，率团北上迎袁世凯南下就任总统。

彼时，北方的袁世凯早已是当时中国最有实力的人，谁都知道，他不可能离开自己的老巢北京，去人生地不熟的南京就任大总统。所以很多人都劝蔡元培不要接受这个“不可能完成的任务”。

蔡元培并非不知道劝袁南下是天方夜谭，但他也知道，南京临时政府必须要有这样一个动作，也总要有人来牵头做这个动作——大家都退，那么他就不退了。

不出所料，率团北上的蔡元培虽然竭尽全力，但手里没有筹码的他根本没法劝动老谋深算的袁世凯，在几轮谈判之后，袁世凯用足手段，最终让蔡元培无功而返。

也就是从这时开始，南北开始出现明显裂痕。很快，同盟会成员集体辞出内阁，蔡元培虽然很想在教育上大展拳脚，但面对这样的局面，他毅然做出了自己之前有过的举动：

辞职。

至于辞职的理由，其他同盟会成员请辞时都推脱“身体欠安”或“能力不济”，唯独蔡元培把话甩在台面上：我的工作受到了很大的牵制，与我想象的不一样。

袁世凯曾当面挽留蔡元培，两人留下过一段经典对话。

袁世凯说：“我代表四万万人民挽留总长！”

蔡元培回答：“我亦对于四万万人之代表而辞职！”

辞去教育总长之位后，蔡元培又一次去了欧洲，先往德国，后去了法国。在法国期间，蔡元培做了一件重要的事：成立了以他为中方组长的“华法教育会”。这个教育团体主要开展华工教育和组织、推动国内青年赴法勤工俭学。在诸多受“华法教育会”资助前往法国勤工俭学的中国学子中，有两个后来改变中国命运的人：

一个叫周恩来，一个叫邓小平。

1916 年 6 月 6 日，恐悔交集的袁世凯一命呜呼，整个中国的命运又将发生一次转变。

7 月，继蔡元培之后出任民国教育总长的范源濂公开表态，要“切实实行（民国）元年所发表的教育方针”。

那个教育方针是谁发表的？是蔡元培发表的。

很快，范源濂又在各界的呼吁中给蔡元培发了一份电文：“国事渐平，教育宜急。现以首都最高学府，尤赖大师主宰，师表群伦。海内人士，咸深景仰。用特专电敦请我公担任北京大学校长一席，务祈鉴允，早日归国，以慰瞻望。”

简而言之，就是诚挚邀请蔡元培回国，担任北京大学的校长。

从一国之教育部长，变为一所大学的校长，蔡元培是否愿意？

他的答案是肯定的。

相对于在利益盘根错节的政府，在一所相对简单的高等学府里实现自己的教育理想，可能是蔡元培更想要的。

1916年10月，蔡元培启程回国。

同年12月26日，大总统黎元洪正式任命蔡元培为北京大学校长。

这一年，蔡元培48岁。他将迎来自己人生最辉煌的时刻。

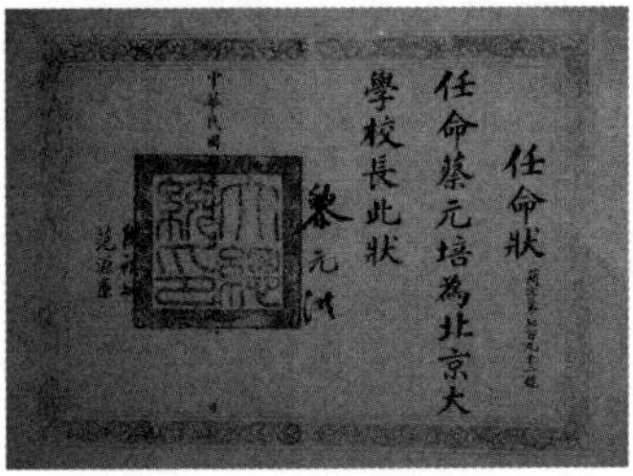

蔡元培的任命状

5

那时的北京大学，绝非像现在这样享有盛名。

这所原名“京师大学堂”的学府，诞生于“戊戌变法”之时，招收的学生主要是一些功名在身的进士和举人，还有七品以上的官员，所以很多所谓的“学生”都带仆人来校上课，上课和起居时都被称“老爷”，官僚气息极其浓厚。

民国建立后，大学堂改为“国立北京大学”，情况略有好转，但依旧腐败和官僚气息萦绕。进北大读书只被视为升官的捷径，所以读法学的人特别多，而理工科备受冷落。学校里大多是官宦子弟，彼此之间拉帮结派，相约毕业后在官场相互照应。此外，北大当时的风气也非常堕落，很多师生晚饭吃好后就去当时北京的风月场所“八大胡同”，人们称那时候京城妓院的客人多来自“两院一堂”——众议院、参议院和京师大学堂。

北大的首任校长是严复，但因为吸食鸦片等原因，很快就被迫辞职。后来章士钊（任命后未到任）、何燏时、胡仁源都被任命为北大校长，但因为各种问题都无法做长久。

在这样的背景下，很多人都劝蔡元培别去蹚这“浑水”，但蔡元培还是拿出了当初愿意担当“迎袁特使”的劲头：“我不入地狱，谁入地狱？”

1917 年 1 月 1 日，蔡元培正式就任北大校长。到北大的第一天，校工们在校门口排成两列，向新校长鞠躬敬礼，随后他们看到了从来没见过的一幕：新来的校长蔡元培脱下了帽子，向他们鞠躬还礼。

在对全校师生的讲话中，蔡元培明确指出：“大学是研究高深学问之地，诸君须抱定宗旨，为求学而来。大学学生，当以研究学术为天职，不应以大学为升官发财之阶梯。”

在这个基础上，蔡元培提出了影响北大乃至整个大学教育界的八个字：“思想自由，兼容并包。”

这不是一句简单的口号，蔡元培自担任北大校长之后，无时无刻不是这么做的。

首先就体现在聘请老师这方面——只要是真有学问，蔡元培就不问出身，不问年龄，不问资历，全力聘请。

陈独秀当年 38 岁，也就有个前清秀才的功名。蔡元培当时看了他主编的《新青年》中的很多文章，觉得他非常有才华，于是专门请他来北大担任文科学长。为了让陈独秀的履历“漂亮”些，还给他加了个东京日本大学（并无此大学）的学历。

周作人当年 32 岁，只是浙江一所中学的教师。但蔡元培知他文学功底深厚，请他做了北大文科教授，教授希腊罗马文学史、欧洲文学史、近代散文、佛教文学等。

李大钊当年 28 岁，是日本早稻田大学的一名毕业生。蔡元培欣赏他的才华，请他做了北大图书馆主任，后来又兼任了经济学教授。

胡适当年才 26 岁，但因为一篇《文学改良刍议》引起蔡元培的关注，当即被请来北大担任教授，教中国古代哲学、英文学和英文修辞学。胡适不仅做过北大教授，后来还担任了北大校长，他曾说过："我虽在远，绝不忘掉北大！"

梁漱溟当年才 24 岁，考北大没有被录取，但蔡元培看到他在《东方杂志》上发表的《究元决疑论》，认为他有真才实学，就请他来教授哲学。梁漱溟一开始不敢，蔡元培说："你就当是来学习研究好了！"

在当时的北大教授中，年轻人非常多，比如刘文典 28 岁，朱家骅 24 岁，徐宝璜 23 岁。蔡元培对这些年轻人一视同仁，只要有真才实学，都聘为教授——当时北大本科教授的月薪是 280 大洋，属于相当高薪的职业。

对于原本就在北大任教的教授，蔡元培也实事求是，区别对待。比如，辜鸿铭怪癖非常多，且很清高，但蔡元培知道他精通多国语言，尤其了解英国文学，留任；章太炎的大弟子黄侃恃才傲物，看不起任何人，但蔡元培知道他国学根基深厚，留任。

而对于一些学术水平低下乃至道德败坏的老师，蔡元培坚决开除，甚至还开除了一批领着高薪却教不出什么东西的外国教授，一度引来外国使馆的干预并打起官司，但蔡元培顶住压力，坚决辞退。

北大的教授阵容在蔡元培的招募下，迅速达到国内一流水准，堪称当时的"银河舰队"，而北大的学术氛围也一下子浓厚了起来。

其次，"思想自由，兼容并包"也体现在北大的学科设置和学术交流等方面。

蔡元培认为，在当时的环境下，大学最重要的是文、理两科，所以他上任后就大力扩充这两科，把工科并给了北洋大学，商科停止招生。同时，他设立文、理、法三科研究所，培养研究生——这是中国高校最早的研究所。

1919 年，蔡元培索性撤销了文、理、法科，改“科”为“系”，设 14 个学系，废除年级制，实施选科制。

北京大学文科哲学门第二次毕业摄影（1918 年 6 月）。前排左起为康宝忠、崔适、陈映璜、马叙伦、蔡元培、陈独秀、梁漱溟、陈汉章；中排左四为冯友兰，左七为胡鸣盛；后排左二为黄文弼、左五为孙本文

在学术交流方面，蔡元培凭借自己的威望和人脉，曾邀请过杜威、罗素、班乐卫、普朗克等一批世界级名家到北大做讲座和短暂授课，甚至还让爱因斯坦和居里夫人接受了邀请，但这两人出于种种原因最终未能成行。

值得一提的是，在 1920 年，由于蔡元培的坚持，北京大学首次允许三名女生进入文科旁听，并在同年秋天开始正式招收女学生，轰动全国——这是中国公立大学第一次允许男女同校。

1920年首次进入北大旁听的三位女生：查晓园、奚浈、王兰（从左至右）

在蔡元培的主持下，北京大学在短短几年内就成了中国顶尖的大学。更难能可贵的是，大学校园内学术气氛浓厚，学生思想活跃，各种观点和思想在这里可以激情碰撞，迸出火花。在当时的中国，能有一所这样的大学，在很多人看来是不能想象的。

然而，在1926年，蔡元培正式辞去了北京大学校长的职务——在此之前，他已辞职过多次。

所有辞职的原因，都不是因为他自己：

1917年，因抗议张勋复辟，蔡元培向总统黎元洪提出辞职（后因复辟很快落幕而复任）；

1919年，在多方奔波营救出五四运动中所有被捕的学生之后，蔡元培亲自向总统徐世昌递送辞北大校长信（后被多方挽留住）；

同年12月31日，因为教育部不能按时发放教师薪金，蔡元培与北京其他各大专院校校长联名辞职；

1922年，北大少数学生反对征收讲义费而闹事，甚至围攻蔡元培，蔡元培因痛感“平日训练无方，良深愧惭”而辞职，引起北大师生惊恐，立刻开会挽留；

1923年，为抗议北京政府教育总长彭允彝干涉司法独立，蔡元培向总统府提出辞去北大校长职。

然而，身处当时的中国，不被政局波及的净土是不可能存在的——这一点，其实一直强调“教育应该独立”的蔡元培自己也知道。

1926年，在辞职离开北大这座象牙塔之后，蔡元培无可避免地被卷入了政治。

6

蔡元培辞去北大校长后，在国民党内有了一个新的职务：中央监察委员会主席。

正是这个职务，引发了蔡元培一生的一大争议点：公开支持和深度参与了 1927 年的国民党“清党”运动。

事实上，北大在蔡元培主持期间，共产主义的气氛非常浓厚，共产党的重要创始人李大钊、陈独秀等都在北大任教。北大也是五四运动的发源地和新文化运动的中心，蔡元培作为北大校长，全力支持学生的爱国行动，始终是声援者和护航者。而当时为数不多的中国共产党党员，很多都是北大的师生和校友。

1920 年 3 月，在李大钊的指导下，邓中夏、高君宇、罗章龙等在北大发起成立“马克思学说研究会”，这是中国最早学习和研究马克思主义的团体。作为北大校长，蔡元培不仅同意成立研究会，而且出席了成立大会

但蔡元培本人对马克思主义和共产主义并不了解，也没有深入研究过，他之所以允许北大师生研究共产主义，完全是出于“思想自由，兼容并包”的学术观点。而作为国民党元老，他对国民党自然有天然

的深厚感情，对共产党惊人的发动和组织能力则感到震惊，尤其对第一次国共合作期间共产党员大量渗透进国民党，并且发动工农运动，大大削弱国民党的根基深感担忧——在这一点上，蔡元培非常赞成蒋介石当时的“清党”主张。

1927 年 3 月 24 日，国民党中央监察委员会举行第三次会议，蔡元培的老友吴稚晖在会上发表“共产党谋叛情形”的报告。4 月 2 日，吴稚晖拟具《请查办共产党呈文》，并请“主席提出共产党祸党证据，请众参观”。

中央监察委员会主席正是蔡元培，他随即拿出了他收到的一份材料，《浙江共产党破坏本党之事实》。

在经历了几次会议之后，4 月 9 日，国民党中央监察委员会在报纸上发表了《护党救国》的通电，蔡元培作为主席名列其间。至此，“清党”的前期准备工作和舆论宣传都已基本到位。

在这个过程中，蔡元培并不是一个简单的被动参与者，而确实是一个主动发起者和推动者，只是他设想的“清党”应该一切在法律和规范的前提下进行：证据明确才能抓捕，审问清楚才能定罪，罪大恶极才能杀人，且必须经“清党委员会”同意。

然而，这只是他作为一个知识分子的天真愿望。1927 年 4 月 12 日，蒋介石在上海发动了“四一二反革命政变”，直接或借助地痞流氓之手，大肆杀害共产党员和国民党左派人士，三天之内就杀掉 300 名共产党员，逮捕 500 人，同时有 5 000 人失踪。

与此同时，全国各地都开始大肆捕杀共产党人和国民党左派，很多地方不审就杀，甚至怀疑就杀，当街就杀，一时之间腥风血雨。

很多人对此都看不下去了，鲁迅曾写道：“我平生从未见过有杀人杀成这样的。”

而周作人写了《怎么说才好》和《功臣》等文章，矛头直指蔡元培等人：“最奇怪的是智识阶级的吴稚晖忽然会大发其杀人狂，而且也是智识阶级的蔡（蔡元培）、胡（适）诸君，身在上海又视若无睹，此种现象，除中国人特嗜杀人说外，别无方法可以说明。”

蔡元培的学生柳亚子一直很尊敬老师蔡元培，但说到 1927 年的“清党”运动，他也忍不住写道：“蔡先生一生和平敦厚，蔼然使人如坐春风，但在民国十六年上半年，却动了一些火气，参加了清党运动。一张用中央监察委员会名义发表的通缉名单，真是洋洋大观，连我也大受其影响。”

柳亚子所说的“大受其影响”，是蔡元培把他也列入了“黑名单”。

而蔡元培自己其实也震惊了。时任“清党委员会”情报处处长兼审计处主任的姜绍谟后来回忆，“清党委员会”成立的当天，就从监狱里提出 20 多人枪决，第二天早餐后，蔡元培就把他叫到房间，很严肃地说：“我们不能随便杀人！昨天那样太荒唐，太草率，太不好了！……青年人误入歧途的很多，必须使人有反省的机会才好。”

蔡元培此时似乎已有一些悔意。一方面，他暗中通知一些被列入“清党”名单的共产党人士尽快逃走；另一方面，他开始在媒体上发表文章，比如《追怀不嗜杀人的总理》，以怀念孙中山之名，含蓄指责蒋介石。

然而，这些举动对整个“清党”运动是于事无补的。在这场运动中，不仅仅共产党的力量遭受很大损失，国民党党员人数也锐减，许多地方的基层党组织被破坏殆尽。

对于这一点，蔡元培自己是有认识的。1934 年有一家香港的报纸提及 1927 年的“清党”运动，把主要责任都推给了吴稚晖，把蔡元培说成不知情，蔡元培直接在报纸上批字：“于我多恕词，而于稚晖多责备，不知何人所著。”

一个“恕”字，折射出蔡元培自己对这场“清党”运动的反思。

鲁迅对蔡元培在“清党”运动中扮演的角色有过一个评价：“其实像蔡先生，也还只是一般地赞成进步，并不反对共产党而已。到底共产党革命是怎么一回事，他就不甚了然。他甚至于悲哀地说，国民党为了消灭政治上的敌对者，连民族的存亡都可以不顾，这是他始料不及的。可知他同情革命者，也不过是为了民族而已。”

不久之后，蔡元培就辞去了中央监察委员会主席的职务。

7

辞去“主席”的职务，是因为蔡元培渐渐认清了蒋介石。

作为国民党的元老，蔡元培其实一直是蒋介石的忠实支持者。蒋介石与宋美龄举行的中式婚礼，蔡元培是证婚人。蒋介石在 1927 年 8 月第一次下野，蔡元培也同时辞职表示共进退。在蔡元培看来，只有南京国民政府的成立和稳固，才能实现他“教育独立”的夙愿。

然而，蔡元培很快就发现，自己“所托非人”。

在“四一二反革命政变”之后，蒋介石很快就露出了军事独裁者的本色。对于这一点，曾经一直支持他的蔡元培深感痛心。在辞去中央监察委员会主席的职务时，蔡元培曾说过一句话：“监察制度在民主国家中发挥过相当的力量，可是现在‘豺狼当道，安问狐狸’的局势下，有什么可为的呢？”

在他与鲁迅的谈话中，他更是说道：“蒋介石是袁世凯第二，万不可信他。”

1928 年，除了中央监察委员会的职务，蔡元培还请辞了所有在南京国民政府中的职务，只保留了一个学术性的“中央研究院院长”的头衔。

1931 年“九一八事变”爆发，蒋介石的“不抵抗”政策让蔡元培和他彻底决裂，蔡元培开始公开发表文章批评蒋介石。1932 年，在做中央研究院对时局的看法报告时，蔡元培公开表达了对国民党前途的悲观，并直接点名蒋介石：“专横独裁，实为古今中外罕有，只要看他的政府，一切措施无不出自自私之心。”

1932 年，蔡元培和宋庆龄、杨杏佛等人成立了“中国民权保障同盟”，目的就是反对国民党一党独裁，援救一切爱国的革命的政治犯，争取人民的出版、言论、集会和结社自由。

“中国民权保障同盟”以蔡元培和宋庆龄等人的私人影响力，帮助过很多共产党人和爱国人士，牛兰夫妇、陈独秀、许德珩、侯外庐、刘煜生、廖承志、丁玲、罗登贤、陈赓、余文化、陈广、陈淑英等人，都曾不同程度地得到过他们的营救和关心。

杨杏佛与鲁迅的合影。当时鲁迅是中国民权保障同盟上海分会的执行委员。杨杏佛被暗杀后，鲁迅极度愤慨，毅然参加了他的追悼会——出门连家门钥匙也不带，做好了被暗杀的准备

也正是因此，国民党政府动了杀心，于 1933 年 6 月 18 日当街暗杀了同盟的总干事杨杏佛——事实上，蔡元培的名字是排在暗杀名单首位的。

蔡元培并没有被吓倒，而是公开出席了杨杏佛的追悼会并发表讲话，其中有一句：“元培老矣，焉知不追随先生以去。”暗示他已经做好了牺牲的准备。

那一年，蔡元培 65 岁，确实也老了。

1935 年 7 月，蔡元培发表了一则启事，宣布了一个“总辞职”：辞去所有兼职，停止接受写件，停止介绍职业。

但是，在 1937 年抗战全面爆发后，69 岁的蔡元培的斗志再一次被点燃。他主动担任了上海文化界救亡协会国际宣传委员会的委员，用尽最后的力量和影响力，为中国的抗日救亡奔走呼吁。

这个职务，蔡元培一直没有请辞。

8

1940年3月3日，旅居香港的蔡元培走到了生命的尽头。

那一天，蔡元培早晨起来上厕所，忽然感到头晕，失足摔倒，口吐鲜血。他被送入医院后诊断为疑似胃溃疡复发，在3月5日清晨进入昏迷状态，9点45分溘然长逝，享年72岁。

一生担任过无数职务的蔡元培，去世后一贫如洗，连欠下的医药费和棺木，也是他的学生王云五代筹的。

他只留下了两句话。

3月4日晚，已经进入弥留状态的蔡元培不断喃喃自语，陪在一旁的内侄周新后来回忆，只能依稀辨别出几句话，其中反复提到的有两句：

“科学救国。”

“美育救国。”

这两句话，就被当作了蔡元培的遗言。

馒头说

《蔡元培传》的作者唐振常先生曾综合归纳蔡元培的自我评价和别人对他的评价，给了蔡元培先生十六个字的评语：律己不苟，责人以宽。无所不容，有所不为。

我个人以为，这是很贴切的。

这篇关于蔡元培的文章，一不留神，我洋洋洒洒写了一万多字，但还是觉得有很多内容没有写。在收集、阅读资料和写作的过程中，我确实觉得蔡先生的一生极其不易，他“思想自由，兼容并包”的精神更是难能可贵，但让我印象最深刻的，却是四个字：

知行合一。

这一点，是我个人觉得蔡元培先生最可贵的一点，也是最难得的一点。

蔡元培在14岁前，是严格按照科举之路来读书的，老师甚至不允许他读《三国演义》和《战国策》，生怕他一不留神引用其中的句子，引起科考老师的反感。

可以说，蔡元培是完全按照"旧学"的路子被打造出来的，而且是这条"生产线"中的佼佼者——一路高中进士。像他这样的人，很多都在中国近代史风云际会的十字路口陷入迷茫、彷徨乃至最终顽固守旧。

然而，在国家受辱、民族危亡之际，蔡元培这个"旧学"的楷模，却能够毫不犹豫地抛弃自己安身立命所学，毅然决然地拥抱新事物，接受新思想，学习新知识，而且真的踏踏实实、一步一个脚印地认真学习，甚至不顾年龄的羁绊，学日语，学英语，学拉丁语，学德语，只求为了更好更透彻地了解掌握先进的知识和文化。这一点，并没有多少人能够做到。

更重要的是，蔡元培先生不仅学，而且学以致用，知行合一。

如果说"民国教育部"这个舞台虽大但空的话，那么北京大学这一块校园沃土，让蔡元培真正有了施展自己平生所学的空间，而他也没有辜负这个历史机遇。蔡元培在北大的十年，堪称北大精彩辉煌的十年。一代顶级学府，在他的手里浮出水面，打磨成形，影响至今。

诚然，受历史局限性的影响，蔡先生在参与革命政治运动的过程中走过一些弯路，但他自己也不讳言这段历史，后来也并没有一路去撞南墙。即便从现在回望，他也一直遵从自己的内心，从来没有言行不一。

我曾想，在中国近代史上，究竟是怎样一种力量推动着像蔡元培这样的一批批先辈前仆后继，发奋图强？

想来还是“信念”二字——那种“中国一定会变强”以及“中国一定会从我们这一代开始，在我们的努力下慢慢变强”的信念。

所谓“信念”，是因为你相信，就会付诸实践，不断为之努力，哪怕当时看不到什么希望，但它会为你提供源源不断的动力，最终把当初的那份相信变为现实。

毛泽东曾评价蔡元培：“学界泰斗，人世楷模”。

蔡先生担得起这样的评价。

本文主要参考来源：

1.《蔡元培传》（唐振常，上海人民出版社，2018 年）

2.《蔡元培年谱长编》（高平叔，人民教育出版社，1999 年）

3.《蔡元培评传》（张晓唯，百花洲文艺出版社，2015 年）

4.《蔡元培与五四运动》[周川，《苏州大学学报》（教育科学版），2019 年 02 期]

5.《忆蔡元培先生》（赵家璧，《青年教师》，2007 年 01 期）

6.《蔡元培曾从事反清暗杀活动》（木棉，《炎黄纵横》，2008 年 09 期）

7.《蔡元培为何支持蒋介石“清党”》（杨春彦，《文史天地》，2017 年 01 期）

8.《小议蔡元培在 1927 年“清党”运动中的表现——兼与崔志海先生商榷》（邓沛，《广东党史》，2003 年 03 期）

9.《从拥蒋反共到与蒋分离：1926 年 ~1932 年蔡元培政治态度的变化》[晁佩军，《中北大学学报》（社会科学版），2015 年 03 期]

10.《蔡元培主持北京大学期间的教员资格和薪俸标准》（陈明远，《社会科学论坛》，2011 年 03 期）

“六君子”之死

关于“戊戌六君子”，我们应该挺熟悉了。但在这六位慷慨赴难的志士背后，可能还有些我们未必熟悉的故事。

1

1898年9月28日，北京宣武门外的菜市口，从大清早开始，就陆陆续续聚集了不少百姓。

到了近午时分，整个菜市口已经被围得水泄不通——但凡老北京人都知道，每次出现这样的情况，肯定是因为有人要人头落地了。

没多久，六个被五花大绑的人，坐着囚车，被押到了菜市口。

人群中发出了各种声音：嘲笑声，哄笑声，喝骂声，感叹声……

监斩官是慈禧太后眼前的红人刚毅。按规矩，需要验明六名死刑犯的正身。

六个人依次是康广仁、杨深秀、谭嗣同、林旭、杨锐、刘光第。

人群中有议论的：“老佛爷要杀他们的头，因为他们是康党余孽吧？”

这句话，也对，也不对。

朝廷要杀这六人的头，给他们定的性，确实是“康党”。但这六个被后世称为“戊戌六君子”的人，却并非都是“康党”。从某种意义上说，他们甚至并非一路人。

2

先来说说在清廷的官方文件中排在第一位的康广仁。

他被列为“康党”之首，说不冤也不冤，说冤也冤。

说他不冤，因为他是康有为的胞弟。

康广仁

康广仁，1867年生人。1898年春，31岁的康广仁与梁启超一起入京，协助康有为做一些文书整理工作。作为康有为的胞弟，康广仁自然是站在康有为这一边的，支持变法维新。不过，康广仁除了旗帜鲜明地反对“八股文”外，他的政治主张比康有为要温和许多，甚至在不少地方并不同意康有为的做法。

康广仁曾这样评价自己的哥哥康有为：“伯兄规模太广，志气太锐，包揽太多，同志太孤，举行太大，当此排者、忌者、挤者、谤者盈衢塞巷，而上又无权，安能有成？”

应该说，康广仁用五个“太”来形容康有为，且冷静分析出一个“上又无权”的大背景，眼光还是比较精准的。康广仁其实已经看清了维新派在顽固势力面前的孱弱，所以一直在劝康有为先离开京城，广开学馆，培养维新人才，再等待下一波变法维新的时机。但康有为一直不听。

维新失败，慈禧下了逮捕令，康广仁一度认为自己是不用逃跑的——我又没干什么，无非就是协助起草文书之类，“打个酱油”而已。但他毕竟是康有为的弟弟。在康有为已经率先逃跑的情况下，他是必须被用来“垫刀头”的。

按后来康有为和梁启超的记述，康广仁被捕后，一直坚贞不屈。不过，据当时看守他们的狱卒刘一鸣回忆，康广仁被关在狱中时以头撞壁，痛哭失声：“天哪！哥子的事，要兄弟来承当。”

当然，这段回忆是汪精卫说刘一鸣转述给他的，真实性待考。但即便为真，也并非康广仁的人生污点，只是人之常情，有所感叹而已。

不过，从康广仁代兄受剐这个角度看，他确实有点冤。

3

然后来说说排在第二位的杨深秀。

杨深秀名列“康党”第二，其实也有点奇怪：他并非像康广仁那样和康有为有亲戚关系，也不像其他四人那样，是光绪帝亲手提拔的“军机四章京”。

他只是一个御史而已。

他被列入“砍头”名单，一方面是因为他确实力主维新，但更重要的是他得罪了一个最不应该得罪的人。

杨深秀

杨深秀，1849年生人，是“戊戌六君子”中年龄最大的一个。杨深秀是进士出身，在1897年担任了山东道监察御史，大致相当于现在的山东省检察院检察长和纪委书记。

1898年春，杨深秀认识了康有为，由于他本身一直主张要“变法维新”，所以很快与康有为互引为同道。

光绪帝虽然久思变法，但正式下令变法所依据的折子，就是杨深秀呈上的(“若审观时变，必当变法”)。在“百日维新”中，杨深秀一共上折17道，全力维护变法维新，甚至不惜弹劾阻挠变法的人——必须承认的是，他的不少折子背后的策划人乃至起草人，其实是康有为。

但杨深秀并非康有为的“无脑传声筒”，只是因为康有为的主张和他的主张一致，他确实是发自内心赞成变法维新的。

然而，尽管杨深秀在“六君子”中年龄最大，却颇为激进，他的一些言谈举止，已为自己埋下了杀身之祸。

当时另有一名御史叫文悌，初与康有为互相欣赏，后因观点不合交恶，上奏折攻击康有为，其中提到杨深秀受康有为“蛊惑”，“竟告奴才以万不敢出口之言”。

究竟是什么“万不敢出口之言”？据载，有一日在宫中值班，杨深秀对文悌说：“八旗宗室中，如有徐敬业其人，我则为骆丞矣！”

“骆丞”就是骆宾王，当年骆宾王帮造反的徐敬业写了一篇著名的战斗檄文，声讨登基称帝的武则天——在当时的朝廷上，谁是“武则天”，大家心知肚明。

不仅如此，待到维新运动陷入危局，慈禧准备“秋后算账”之时，杨深秀非但不愿像其他人那样作鸟兽散，反而还要上书请慈禧“撤帘归政”(《清史稿》引康梁叙述)，甚至四处联系愿意“勤王效忠”的军队，深度参与了“围园杀后”计划。

事情到了这一步，杨深秀就算有一百个脑袋，也保不住了。

被关在狱中的时候，杨深秀倒确实铮铮铁骨，他曾在墙上题诗一首，最后一句是：“缧绁到头真不怨，未知谁复请长缨。”

在狱中题词留诗的，只有他和谭嗣同。

4

接下来要说的这个人，是“六君子”中年龄最小的，叫林旭。

1875 年生的林旭少年得志，按当时的评判标准来看，应该是前途无量的。

林旭

林旭是福建人，自幼就以“神童”闻名，聪慧好学，博闻强识，一直被众人看好。到了婚娶的年纪，在长辈的主持下，林旭迎娶了沈鹊应。沈鹊应的祖父是晚清名臣沈葆桢，官至两江总督，死后被追封为“太子太保”。

作为沈葆桢的孙女婿，林旭在随岳父沈瑜庆游学武昌的时候，结识了湖南巡抚陈宝箴，可谓拥有了一个在当时堪称显赫的家族群和朋友圈。

林旭 18 岁那年参加乡试高中榜首，入京会试，却两年不中。遭遇 1895 年的“公车上书”事件后，林旭投身维新运动。

至少在 1897 年的时候，林旭对康有为还有点“刻意保持距离”，因为论家世人脉，林旭并不缺，论维新思想，陈宝箴等人的洞察其实要比康有为更为老到和深远。但到了 1898 年的时候，林旭欣然拜康有为为师，成了他的学生。

这倒并非因为那一年康有为已深得光绪帝赏识，林旭有“投机”之想法，而是因为林旭发自内心支持变法维新。

林旭当时还有一大优势：他后来成了当朝权臣荣禄的幕僚，受荣禄举荐才担任“军机章京”。

“军机章京”又被称为“小军机”，可以说是军机大臣的跟班，官衔虽不高，位置却极为重要。在慈禧控权的背景下，这套幕僚班子堪称光绪最为倚靠的，做得好的话，前途无量。

荣禄把林旭放入“军机章京”的班子，自然也有“安插”眼线的考虑。而光绪愿意接纳林旭，一是因为他需要照顾慈禧的情绪，在自己班子里平衡一下满汉关系（荣禄是慈禧的亲信，也是满人），二是因为林旭确实有才华。

林旭的一大问题，就是虽年少有才，但有些急于求成了。

由于颇有才华，林旭常常自己拿主意，对军机章京里的一些老前辈颇不尊敬，有一次甚至指挥自己的前辈继昌拟稿，结果继昌不堪受辱，大闹军机处，最终还是荣禄出面，两边说和。为此，荣禄还专门写信劝林旭要“虚怀下问”。

虽然林旭对于变法很有激情，但由于锋芒太露，他在军机处以及一批老臣面前落下个“年少轻狂”的评价，这种评价对他而言其实是很危险的。

变法事败之际，林旭对于是否应该逃跑，还是有犹豫的：自己只是参与变法图强，并无造反之意。他在与同乡郑孝胥商议对策时，自觉未必算是“康党”。

最终结果还是没有悬念：林旭和其他三名“军机章京”一起被捕入狱。

按那位狱卒刘一鸣的回忆：在被抓进来的六个人中，林旭年纪最轻，相貌最俊，在狱中依旧时时面带微笑。

他倒不是对自己的家世或人脉有什么信心，而是已经准备平静接受自己的结局。

而荣禄，自始至终没有为自己的幕僚林旭求过情。

5

接下来要把两个人放在一起说：杨锐和刘光第。

之所以要把这两个人放在一起，是因为他们有不少相似之处。他们都是受人举荐进入军机处的，而他们在当时很多人看来都颇为冤枉：一是他们进入军机处时间很短；二是作为“康党”的他们，其实都不太认同康有为的观点和做法。

杨锐

先说杨锐。

杨锐，1857 年生，四川人，和哥哥杨聪素有才名，被称为四川的“苏轼和苏辙”。他是两广总督张之洞的学生，很早就进入了张之洞的幕府，深受赏识，成为张之洞最信赖的人。在相当长一段时间里，张之洞递上去的奏折都是出自杨锐之手，很多事情，张之洞甚至“托锐不托子”。

1895 年，杨锐开始长期在北京工作，其实就是充当张之洞的“驻京办主任”，了解朝廷的动向，负责沟通和协调。“戊戌变法”开始后，张之洞希望他能进入核心层为自己掌握最新进展，所以请托湖南巡抚陈宝箴举荐，让杨锐进了“军机章京”的小班子。

杨锐是支持变法图强的，也带头参加过“公车上书”，但他看不惯康有为，反对康有为的很多观点，一度曾写信给张之洞，称康“缪妄”（张之洞曾欣赏康有为，后称康为“贼”）。

即便对自己的同事，杨锐也是有看法的。他曾私下评价谭嗣同为“鬼幽”——谭嗣同与康有为等议事，总是要避开他和刘光第；他称林旭为“鬼躁”——认为他年少毛躁。杨锐曾和谭嗣同有过多次公开的争执。

变法事败，杨锐作为“康党”被逮捕，急坏了张之洞。

与荣禄不同，张之洞为自己这个亲信幕僚几乎拼上了身家性命，托了自己所能托的所有关系为杨锐求情，并在9月27日晚亲自致电荣禄，愿意以自己百余口家人的性命作保：杨锐不是“康党”。

不过，由于问斩速度太快，张之洞还是没能刀下留人。

再说刘光第。

刘光第

刘光第，1859年生，也是四川人，自幼家境贫寒，发奋苦读，最终也中了进士——“六君子”中只有他和杨深秀是进士出身。

不过，由于刘光第清廉刚正，不喜钻营，所以一直过得两袖清风，官运也很一般，在刑部担任六品官员很多年，一直得不到提拔。

变法开始后，和杨锐一样，刘光第也是张之洞请托陈宝箴举荐进入军机处的——不过，刘光第并非张之洞的亲信。

在进入变法核心层后，刘光第渐渐发现自己被卷入了一场“帝党”和“后党”的争斗。他认为“变法”其实正在蜕变成为一场“新旧党人”的党争，而他自认并不归属任何一派，只是想参与变法图强。

刘光第也不认同当时光绪帝把所有改革措施绕过军机处大臣，直接和“军机章京”商议的做法，认为这会加深矛盾，但自己又没有什么可以改变的方法。

至于康有为的不少观点和做法，刘光第也是不认同的，但他有一件事做得颇为磊落。当时湖南有一批守旧分子罗织罪名上奏，请求诛杀康有为和梁启超。那天正好是谭嗣同和刘光第在军机处当班，谭嗣同逐条批驳那份奏折，并最终愿以自己全家百口签名作保。刘光第虽然平时不完全认同康有为，和谭嗣同也有过意见不合，但主动申请加上了自己的名字一起作保，当时让谭嗣同刮目相看。

变法事败被捕后，因为刘光第并非张之洞亲信，所以并没有人大力营救他，但他还是比较泰然的。这其中有一个原因，是刘光第在刑部做事多年，深谙大清律法。他认为，就算要杀头，之前也必须要提审，没有审问，不可能处刑。因此，他还专门安慰过康广仁。

却不料，等待他们的是一场不审就杀的处决。

事后，朝廷派人去“康党”刘光第家抄家，发现了一份刘光第还没有写完的奏折。

那是一份弹劾康有为的奏折。

6

最后轮到我们最熟悉的人，谭嗣同。

如果站在慈禧的角度看，在“戊戌六君子”中，谭嗣同确实是最“不冤”的：从头至尾，他就是要改革，甚至要革命。

谭嗣同

谭嗣同，1865 年生人，是“戊戌六君子”中家境最好的——他的父亲是湖北巡抚谭继洵。

关于谭嗣同的故事，大家已经很熟悉了：这名“官二代”没想好好继承家业，而是顶着个江苏候补知府的缺，办学堂，倡维新，求变法，直到 1898 年 8 月，由翰林院侍读学士徐致靖推荐，被光绪征召入京，成为“军机章京”中的一员。

如果仅仅是参与维新乃至鼓吹维新，谭嗣同不至于落到人头落地的地步，关键原因还是在维新运动进入艰难时刻时，谭嗣同以一腔豪情和胆魄，直接参与了“围园杀后”计划。尽管袁世凯和相关人士之后的回忆和叙述对这段过往含糊其词，但从多方证据来看，这段历史越来越被认为是真实存在的：这件事最终东窗事发，谭嗣同和整个维新党人陷入万劫不复之境地。

按梁启超著《林旭传》，当初林旭曾劝谭嗣同勿信袁世凯，写诗给他：“愿为公歌千里草，本初健者莫轻言。”“本初”是东汉末年枭雄袁绍的字，而“千里草”意指“董”。林旭的意思是，宁可去求助当时统领武卫后军的董福祥，也别相信袁世凯。

但谭嗣同还是孤注一掷了。

后面发生的事，大家通过中学课本都很熟悉了，谭嗣同做了两件让人感慨不已的事。

一件事，就是他明明有机会逃走，却拒绝了，留下了那句话：“各国变法，无不从流血而成，今中国未闻有因变法而流血者，此国之所以不昌。有之，请自嗣同始！”

另一件事，就是谭嗣同在狱中泰然自若，在墙上留下了那两句著名诗句：“我自横刀向天笑，去留肝胆两昆仑。”①

事实上，谭嗣同虽然是“戊戌六君子”中最铁杆的“康党”，但他的思想其实比康有为要更进一步：康有为至死捏着一张“保皇”的底牌，而谭嗣同的眼界早已超越了所谓的“大清”，放在了“中国”这个层面。

7

现在，我们再把视线回到1898年9月28日，北京的菜市口。

行刑的时间到了。

北京有一家药店，叫“鹤年堂”，掌柜王圣一素来暗自敬佩维新

① 据历史学家黄彰健考证，原句应是“手掷欧刀仰天笑，留将公罪后人论”，现流传的为梁启超后改。

派，他出于人道，配了会让人在服用后周身麻木的“鹤顶血”，让人分发给这六个人。

但六人无一人接受。

第一个，是 31 岁的康广仁。

他似乎想向监斩官刚毅喊什么，但因为喉咙被绳子勒得太紧，没喊出来。刽子手手起刀落，头颅落地，热血喷涌。

围观百姓中有感叹的，也有大声喝彩的。

第二个，是 33 岁的谭嗣同。

他走下囚车就质问刚毅：“变法何罪？为何不审而斩？！”

刚毅不答，下令刽子手动手。

谭嗣同的最后一句话是：“有心杀贼，无力回天，死得其所，快哉！快哉！”

第三个，是 23 岁的林旭。

林旭因为是沈葆桢的孙女婿，得到了唯一优待：可以穿官服受刑。行刑前，林旭希望刚毅能让他说几句话，刚毅不允许，林旭便不再坚持，脸不变色，从容就义。

第四个，是 49 岁的杨深秀。

杨深秀一句话也没说，慨然赴死。

第五个，是 41 岁的杨锐。

杨锐也问了同样的问题：“为什么不审问？”刚毅不答。杨锐随后说了句：“糊里糊涂地死，真是死不瞑目！”

最后一个，是 39 岁的刘光第。

行刑前，作为刑部原官员，刘光第还是发出了之前大家反复提出的质问：“按祖制，就算是强盗临刑前喊冤，也要重新审讯。我们死了没关系，国体怎么办？祖制怎么办？”

刽子手让刘光第下跪，刘光第坚持不跪，临刑前高呼一句：“吾属死，正气尽！”

至此，“六君子”全部就义。

8

最后还有个尾声：“六君子”的遗体是怎样收殓的。

康广仁就义后，暴尸两日，最终由广州的“广仁善堂”为之盛殓，在荒郊立一义冢。直到八国联军入京，慈禧带光绪“西狩”，才有人在原先的无字碑上刻了一行字：“南海康广仁之墓”。

杨深秀的遗体，由其长子在山西同乡的帮助下收殓回乡，缝了八大针才将头颅和身体缝合。由于杨深秀为官清廉，杨家也无力厚葬，最终在老家将他草草安葬。

杨锐和刘光第的遗体，由四川老乡、时任四川矿务商务大臣李徵庸以及御史树楠代为买棺材收殓，并出资让人一路送回四川老家。

林旭的遗体由其叔父运回老家福州，因当地习俗，暂时停放在东门地藏寺，结果却遭遇福州不少民众围攻，更有人把烧红的铁条捅入棺木。他的遗孀沈鹊应终日以泪洗面，最终在 1900 年抑郁而终。沈鹊应的父亲最终将沈和林的遗体合葬。

谭嗣同就义后，尸首分离，但双目始终圆睁。他家“浏阳会馆”的管家刘凤池一直在现场，趁午夜无人之际悄悄将谭的遗体扛回会馆，买棺木收殓，第二年将谭嗣同的遗体运回湖南浏阳老家。

谭嗣同的父亲谭继洵在儿子被捕期间，没有出头做任何事情，只是最终为儿子作了一副挽联：

谣风遍万国九州，无非是骂；

昭雪在千秋百世，不得而知。

馒头说

我去某单位做一个分享，台下一位读者问我："你最喜欢中国的哪个朝代或时期？"

我回答："有个变化的过程。"

小时候，我最喜欢的是三国时期，觉得群雄并起，烽火逐鹿，非常过瘾。之后想法有更迭，比如喜欢唐朝的强盛、宋朝的繁荣，也羡慕过春秋时期包容开放的百家争鸣，但我一直很讨厌一个时期：从晚清开始的近代。

读中学的时候，学中国近代史，总是匆匆翻过，原因很简单：太屈辱，不想看。

但随着年龄的增长，我对中国近代这一段历史却关注得越来越多。因为那是一个中国人从未遭遇过的时代——"三千年未遇之大变局"。在这样激烈剧变的时代，中国的历史舞台上涌现出一批又一批、一代又一代的人，他们痛苦，他们彷徨，他们激昂，他们热血。在那样的时代背景下，人的矛盾、挣扎、坚定、信念，得到了最大程度的放大。

现在我们往往会以"上帝视角"去回看那些事、那些人，确实能得出一些看上去很正确的结论，但如果亲身回到他们当时所处的境地，谁知道未来的历史是如何走向？谁知道拯救中国、让中国富强的正确道路究竟在哪儿？只能不断地试，甚至抛头颅、洒热血地去试。

"戊戌六君子"就是这样。这六个人，虽然有一个统一的"康党"头衔，但其实六个人的观点和政见并不一致，有几个人还彼此看不顺眼，甚至相互攻击。

但他们有一点是一致的：都想让中国走出积贫积弱的局面，变得更强大。

而且，他们都付出了生命的代价。

不仅仅是他们，包括梁启超，乃至康有为，他们都经历了一个剧烈的思想转变过程。还有提倡"物竞天择，适者生存"最后却保皇的严复，醉心"帝王术"、提倡复辟最后却冒着杀头危险真心加入中国共产党的杨度……在中国近代史上，这样的人有很多。

我们现在回过头去看这些人的故事，有时候可能会唏嘘不已，甚至会觉得有些情节荒唐可笑，但这些都是真实的历史。恰恰是通过这些历史，我们能感受到前辈们用前仆后继的牺牲探索出道路是多么不易的一件事。

谭嗣同的父亲给儿子写的这句"昭雪在千秋百世"背后，其实是包含着他的希望的，而结果应该也是符合他的预期的，甚至根本不用"千秋百世"。

因为，时间会检验，历史会铭记。

本文主要参考来源：

1.《维新旧梦已成烟——戊戌六君子之死与晚清"自改革"思潮》[王夏刚，《中国古代社会与思想文化研究论集》(第三辑)，黑龙江人民出版社，葛志毅主编，2008年]

2.《戊戌六君子排名政治学》(羽戈，《激进之踵：戊戌变法反思录》，山西人民出版社，2019年)

3.《"戊戌六君子"之间，存在着很大的理念分歧》(言九林，"腾讯新闻·短史记"，2020年7月3日)

4.《谁料理了"戊戌六君子"的后事？》(心语，《炎黄纵横》，2015年04期)

5.《和而不同的戊戌六君子》(乐佳，《新天地》，2013年11期)

6.《悲戚的"戊戌六君子"身后事》(赖晨，《文史博览》，2014年11期)

7.《"戊戌六君子"流品不一》(郑小华，《领导文萃》，1999年09期)

8.《殊途同归：戊戌六君子的人生轨迹》(吉辰，《中外文摘》，2018年19期)

曹锟这个人

民国虽然“城头变幻大王旗”，但能坐上总统宝座的，也就那么几个。其中有一个，“总统”前面还有个定语，叫作“贿选总统”，也被叫作“猪仔总统”。

不过这个人，其实也没有那么简单。

1

1862 年 12 月 12 日，曹锟生于天津。

曹锟家有十口人，全靠父亲曹本生在船厂里打工过活，日子穷苦。但曹本生是个明白人，日子过得再苦，也要省下几个钱供孩子们念书，所以曹锟小时候也读过几年私塾。

曹锟 16 岁的时候，父亲想让他和自己一样造船，但曹锟死活不肯，让他去种地，他也不肯，家里人只能问他愿不愿意去卖布。曹锟这个人喜欢四处晃荡，和人打交道，所以卖布他倒是肯的。

由于家里穷，曹锟卖布别说开店，最初连辆手推车也没有，就是把布搭在肩上，走街串巷地叫卖。曹锟外表忠厚，又不太喜欢算计，因为在家中排行老三，结果得了个“曹三傻子”的外号。不过也正是因为他性格大大咧咧，对别人挺大方，所以他的人缘还是不错的。

一个流传颇广的说法是，布贩子曹锟的命运第一次发生转折，是一次在保定城门口被人羞辱。

那天，已经“鸟枪换炮”的曹锟推着一辆车，载着布通过保定城门的时候，被两个守城的士兵拦住勒索，曹锟不肯，守卫的士兵不仅不让他进城，还嘲笑了他一番。曹锟尽管性格还算宽厚，但被那次羞辱激怒，由此决定不再做小买卖，而是要“师夷长技以制夷”：弃商从戎，报名参军。

这就是一个坊间传说，曹锟投军的真实原因，其实也没那么重要。在那个年代，有不少穷人为了吃上一口饭而去参军。在那时的传统职业观里，做小买卖固然地位不高，但当兵也不是什么好差事。

不过，在那个充满变数的年代，有些人的命运确实就是从参军开始改变的。

2

20 岁参军的曹锟，很幸运得到了三次机遇。

第一次机遇，是认了一个“爸爸”。

曹锟当时报名参加的是淮军，面试的管带叫郑谦，50 岁出头。曹锟原本练过一些武术，长得粗壮，又念过几年私塾，还会写字，立刻就得到了郑谦的赏识。入伍后，曹锟也感到郑谦对自己不错，就表现很好，处处巴结。郑谦一喜之下，就收他做了义子。

有了这个干爹，曹锟也算是有了人生的第一个靠山。郑谦虽然军阶不算太高，但帮了自己干儿子一个大忙：推荐他上了北洋武备学堂，成为首届学生。

位于天津的北洋武备学堂是李鸿章创办的，从某种意义上说就是培养他嫡系部队的大本营。曹锟的很多同学后来都成了北洋时期叱咤风云的人物，比如段祺瑞、冯国璋、王士珍、卢永祥、段芝贵、田中玉、陆建章……

所以，武备学堂给曹锟提供的不仅仅是一张有用的文凭，还有一个日后派上大用场的朋友圈。

1900 年初北洋武备学堂的师生合影。不久之后，八国联军侵华，这所 1885 年成立的学堂也被八国联军炸毁

第二个机遇，是他认了一个“爷爷”。

从北洋武备学堂毕业后，曹锟只是登上了人生的第一个台阶。他之后以哨官的身份随淮军入朝鲜参加了甲午战争，败退回国后一直没有得到什么升迁，陷入了职业生涯的“停滞期”。

郁闷之际，曹锟打听到在天津有一位从甘肃提督位置上退下来的老前辈，名字叫曹克忠。曹锟提了厚礼前去拜见，曹克忠看曹锟外表忠厚老实，一查族谱，好像还真是自己的族孙，很是高兴，索性就认了这个“孙子”。

曹克忠当时已经快 70 岁了，虽然是个退休老干部，但这个“干爷爷”的人脉毕竟要比曹锟“干爸爸”提供的交际圈更广一些。

第三个机遇，是他认了一个“领导”。

“爷爷”曹克忠给曹锟介绍了一个关键人物：袁甲三。而袁甲三有一个侄孙，是当时朝中崛起的实力派人物，名字叫袁世凯。

通过曹克忠的介绍，曹锟就这样顺藤摸瓜搭上了袁世凯。

忠厚又忠诚的曹锟很快获得了袁世凯的信任。恰逢当时袁世凯在小站练兵，曹锟在1905年连升三级，很快就当上了京畿第一镇第一混成协的协统（相当于旅长），成了北洋新军的高级将领。

1907年，袁世凯麾下最精锐的北洋第三镇（相当于一个师）奉命调往关外，这支部队是袁世凯的“老家底”，第三镇的统制（相当于师长）就是曹锟——可见此时曹锟已经成了袁世凯的绝对亲信。

当时清朝的新军之中，数袁世凯编练的“北洋六镇”实力最强，而曹锟的第三镇又是其中的精锐。

到目前为止，如果回望曹锟的职业生涯，似乎起最重要作用的还是他所处的这个时代给予他的机遇，以及他对人脉的经营。

不过，时代的进程固然重要，个人的奋斗也不能被完全抹杀。

3

把曹锟的发迹全部归结于他会钻营和运气好，也不公平。

曹锟能够在军队里一直晋升，和他对待官兵的态度颇有关系。

曹锟担任第三镇统制之后，知道自己资历欠缺，所以经常深入一线，去了解基层士兵的疾苦。第三镇驻守关外，天寒地冻，曹锟看到有些士兵耳朵上都生了冻疮，就下令军需处为每个士兵缝制一副皮毛耳套，这让官兵们都很感动。

曹锟做到直隶督军之后，有一次去保定检阅部队，看到有一名士兵在队列里哭泣，上前问原因，得知这名士兵父亲去世却不能去奔丧。曹锟立即当众让人给这名士兵50大洋，让他回家奔丧后再来——50大洋在当时可是一笔不小的数目。

另外，曹锟颇知人善用，且用人不疑。

曹锟做第三镇统制的时候，手下有个营长。曹锟一直不太喜欢这个营长，一度打算撤他的职。结果之后做到过海军部次长的汤芗铭来问他讨这个人。曹锟向来佩服汤芗铭，寻思这个人如果汤都要，肯定是个人才，立刻就婉拒了汤芗铭，把那个营长升成了旅长。

吴佩孚是第一个登上《时代》周刊封面的中国人（1924年），当时封面的配文是“中国最强者”

这个营长，名字叫吴佩孚。

吴佩孚很快就展现出过人的才华，帮助曹锟打赢了好几场关键战役。更重要的是，吴佩孚还有政治眼光，在他的力劝下，“护国战争”爆发后，曹锟没有傻呵呵地蒙头帮袁世凯镇压反对帝制的“护国军”，而是两头敷衍，静观事态。最终，袁世凯一命呜呼，“帝制梦”烟消云散，曹锟没有受到任何牵连，反而一跃成为北洋系中的实权人物。

在被国务总理段祺瑞任命为直隶督军后，曹锟驻军保定，在吴佩孚的主持下，迅速扩编了9个混成旅，一下子拥有了6万人马。

1920年7月14日，以曹锟为首的直系与以段祺瑞为首的皖系军阀之间爆发了争夺京津地区控制权的战争。由于曹锟麾下兵强马壮，吴佩孚指挥得当，再加上有奉系张作霖的协助，段祺瑞的皖系兵败如山倒，只打了5天就崩盘了。

7月19日，段祺瑞知道大势已去，通电下野。曹锟的直系与张作霖的奉系共同接管北京。

但是，曹锟和张作霖很快因为利益分配不均而翻脸。1922年4月28日，第一次直奉战争爆发，以吴佩孚为总司令的直系10万军队击溃了12万奉系大军，张作霖被迫退回关外。

至此，直系完全掌控了京津地区，而曹锟也俨然成了当时中国的第一号实力派人物。

1923 年 6 月，并无实权的中华民国大总统黎元洪在曹锟的各种手段逼迫之下逃亡天津。在天津杨村站，曹锟的部下王承斌将黎元洪截住，威逼他交出大总统印和签署辞职书后放行。

之所以上演了这一幕，是因为曹锟已经有了更高的追求。

昔日那个走街串巷的卖布郎，想尝尝当中华民国大总统的滋味了。

4

曹锟知道，自己要当总统，按道理是不够格的。

论才，论能，论资历辈分，曹锟明白自己远远够不上当总统的标准。他的优势，一在于有枪，二在于有钱。

彼时的中国，有枪有钱的人其实并非曹锟一个，但像曹锟这样有胆子花钱并且舍得花钱的，恐怕就他一个。

曹锟首先搞定的是众议院议长吴景濂，在暗示有可能让吴景濂出任国务总理之后，又送上了 10 万元的支票，让这位国民党元老心甘情愿开始为其奔走张罗。

1923 年 9 月，曹锟设立“大选筹备处”，为了保证届时选举总统的议员能达到法定人数，他开始给一系列的政治行为“明码标价”：每个议员参加一次会议的出席费是 20 大洋，参加一次周会的出席费是 100 大洋，另有各种补助费（包括指定酒楼、饭店、妓院的招待）。这样算来，在北京的议员每月可以领到 600 大洋，而在上海的议员只能拿到一半。于是，大批在上海的议员开始前往北京。

但是，抵制曹锟竞选总统的皖系和奉系势力也在暗中使劲，为了不让在上海的议员前往北京选举，他们也开出了价格：在上海签到的议员可以获得 300 大洋，留在上海的话，每月再补贴生活费 300 大洋。

结果有一些议员拿完上海的钱，又赶去拿北京的钱，两地奔波，不辞辛劳。

曹锟为了应对奉系和皖系的阻挠，专门派人去上海“拉人”，派过去的人叫郑廷玺，字寿臣。他刚到上海，上海的报纸就刊载出一幅题为《贩卖猪仔》的漫画，画着一个叫“寿臣”的人手持竹竿，在赶一群猪仔，暗示他是来拉人买票的。

9 月 12 日，第一次总统选举大会在北京举行。曹锟开出的价格是每个议员出场费 200 大洋，带病参会者再加 200 大洋医药费。结果这个价格太低，大量议员没有出席，导致法定人数不够，选举流产。

痛定思痛，曹锟大幅度提高了价码：议员的一张选票最低 5 000 大洋，根据级别资历，往上还有 1 万大洋等各个等级，最高能到 1.5 万大洋。

如此重金，确实打动了很多议员，更有外地的议员抱团坐火车去北京领钱，结果被皖系和奉系的人在天津拦住，最终这批议员商定后和曹锟方面讨价还价：人就不去了，但自己的图章可以出借，当天请人代投。曹锟答应了，但费用打对折：人不到，费用是 2 500 大洋。

10 月 5 日，总统选举开始。

这一天，曹锟出动了大批军警，同时又备下了 1 000 份茶点，软硬兼施，防止一切意外情况发生。

到了下午 4 点，投票结束，点票结果也出来了：出席议员 485 人（签到人数 593 人），投票数 590 张，曹锟获得 480 票，达到法定票数，当选大总统。在他后面，孙中山 33 票，唐继尧 20 票，岑春煊 8 票，段祺瑞 7 票，吴佩孚 5 票，王家襄 2 票，陈炯明 2 票，陆荣廷 2 票，张作霖、卢永祥等 18 人各得 1 票。其余还有一些废票。其中有一些废票颇有意思：有一票写了孙美瑶，他是当时一场惊天大劫案的土匪头子（参看《历史的温度 2》收录的《一场轰动中外的大劫案》），另一张选票上直接写了“5 000 大洋”。

在诸多议员中，也有有骨气的。浙江籍议员邱彭瑞就没有收那5 000大洋，而是选择将“贿选”的内幕公布于众，并去法院起诉。一时间，全国哗然。

10月10日，曹锟由保定抵达北京，正式宣布就任中华民国大总统。

只是，他被称为“贿选总统”，那届国会被称为“猪仔国会”，而议员被称为“猪仔议员”。

在全国的一片讨伐声中，曹锟岿然不动，安然坐着大总统的宝座——他手中有权有兵有钱，心里笃定得很。

但让他没想到的是，仅仅过了一年，他就被拉下了宝座。

志得意满的大总统曹锟

5

登上了最高宝座的曹锟，似乎有一些懈怠了。

当选总统不久后，正值曹锟生日。那天早上8点，各国使节和文武高级官员都在怀仁堂等着给曹锟祝寿，结果曹锟11点多才过来，明显刚吸食过大烟。他敷衍了几句后即离去，众人讨了个没趣。

在当时的众人中，曹锟麾下的一名将领对曹锟的行为很不满，直接对曹锟的手下郑廷玺抱怨了一句：“这成何事体，真是不得了！”

这个将领，名字叫冯玉祥。

曹锟发达之后，按他的性格，自然少不了要犒赏追随他的诸位兄弟。但生性大大咧咧的他，只论亲疏，不辨忠奸，使得自己身边围了一群贪图享乐甚至挑拨离间的小人。此时，他的“用人不疑”就开始发挥负面作用了。

曹锟在位期间，还颁布了《中华民国宪法》，又被称为“曹锟宪法”。图为庆祝宪法颁布而发行的曹锟纪念币

他身边有个亲信叫李彦青，善于巴结奉承，对外又以曹锟“代言人”自居，把持消息渠道，别人要见曹锟，都要向他汇报，由他安排时间。

有一日，当时已升任陆军检阅使的冯玉祥苦于没钱发军饷，去找李彦青讨要 5 万元军饷，李彦青支支吾吾不肯答应，还显得很不耐烦。正好有个古玩商带了一件翠狗古玩来给李彦青把玩，李彦青二话不说，开出一张 12 万元的支票就买了下来。冯玉祥站在当场，脸色极为难看。

1924 年 9 月，羽翼已成的张作霖亲任总司令，率 15 万奉军再次杀入关内，讨伐曹锟。曹锟急命吴佩孚担任总司令，率 20 万直军沿长城一线防御，第二次直奉战争爆发。

战争进行到 10 月，双方反复厮杀，陷入僵局。就在这关键时刻，直系驻扎在古北口的第三路军忽然星夜兼程，秘密潜回北京城，与城内约定好的守军里应外合，不费一枪一弹，一夜占领了北京城。

这场震惊全国的“北京政变”，发起者正是对曹锟失望，被吴佩孚排挤，对孙中山抱有极大好感的第三路军总司令：冯玉祥。

兵变的时候，曹锟正在总统府睡觉，冯玉祥的“国民军”包围总统府，将总统卫队全部缴械，然后将曹锟软禁在了中南海延庆楼。不久之后，冯玉祥派人拜见曹锟，客客气气地请他把总统印玺交出来。

曹锟当时放声痛哭，但知道大势已去，只得交出了 15 枚大小总统印玺，表示自己愿意住到东交民巷养病，不再过问政事。

曹锟原本爱听河北梆子，后来也爱看京剧，但对《捉放曹》极为反感，因为他也姓曹，感觉这是在触他霉头，这部戏一度改叫《陈宫计》。但曹锟自己恐怕也没想到，在现实生活中，他自己还是成了另一出“捉放曹”的主角。

北京一夜之间变天，在前线鏖战的吴佩孚部队顿时无心恋战，吴佩孚带着 2 000 人的亲信部队坐军舰从海上逃跑，直军顿时全面溃败。

曹锟品尝了一年最高当权者的滋味，然后就这样离开了历史舞台的中央。

6

下野后的曹锟，确实不再过问政事——他也没这个实力了。

寄居在天津英租界的曹锟，平日里打打拳，听听戏，喝喝茶，写写字，开始享受自己的晚年生活。

但是，当他真想离开政治的时候，政治却反过来找他了。

1931 年 9 月 18 日，蓄谋已久的日本开始侵略中国，随后又在 1935 年成立了“冀察政务委员会”，策划华北五省“自治”，脱离中央政府管辖。日本人一直在物色一个德高望重的中国人出来主持华北大局，想来想去，想到了曹锟。

日本人对曹锟这个人选很满意：论资历，当过中华民国的总统；论野心，从最高权力舞台上跌落，肯定心有不甘；论欲望，当初为了当总统出 5 000 大洋买一张选票，说明是一个可以谈价钱的人。

在土肥原贤二的策划下，日本特务专程上门拜访，表示希望成立一个以曹锟为中心的“新政府”。

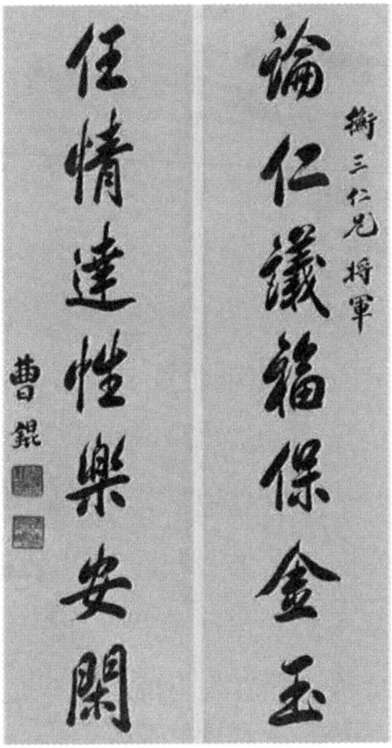

曹锟晚年爱写字画画，经常请齐白石等名家来指导，书法颇有造诣

曹锟

曹锟一口回绝。

日本人不死心，让曹锟的老部下齐燮元去当说客。曹锟当时和自己的配偶之一刘夫人居住，刘夫人也坚决反对曹锟和日本人合作。刘夫人堵在家门口，连门都没让齐燮元进。

曹锟和家里人约定："就算穷到喝粥，也不能和日本人合作。"

1937 年，抗日战争全面爆发，75 岁的曹锟视力下降，但坚持让女儿每天读报纸给他听，了解抗战进展。

1938 年 4 月 18 日，他从《大公报》上了解到中国军队取得了"台儿庄大捷"，高兴得从椅子上跳了起来，让女儿连读三遍，感慨道："我就不相信，我们中国人还打不过那小日本！"

曹锟和当时不少人一样，都觉得中国军队会借台儿庄大捷之势，开始逆转抗战局面。然而，他却想错了。不过，他也无从得知后来战事的发展了。

7

1938 年 5 月 17 日，曹锟因为患感冒转成肺炎，医治无效去世，终年 76 岁。

尽管曹锟早就离开了历史舞台的聚光灯，但他的葬礼却办得非常隆重，日本方面和国民党方面都派人前来吊丧。曹锟原来的幕僚、旧友、部下来了几百人，老部下吴佩孚派夫人前来吊丧，自己身在北平穿重孝哀悼。各方人士都送了不少抚恤金，但都被曹锟夫人刘氏谢绝。

6 月 14 日，国民政府发布了一条特别训令：追授曹锟国民革命军陆军一级上将军衔。

虽然这个军衔没有曹锟的“大总统”名头响亮，但表彰的是他最终没有投降日本人。当时的《中央日报》曾专门发表题为《褒扬曹锟上将》的文章：“敌人谋我之急，其伎俩今日已超然于也，侵占土地屠戮人民以外，又复诱胁吾军民，为之作伥。……故上将曹锟，于北平伪府酝酿之日，乃能正气凛然，始终峻拒，不为奸恶谋所陷。”

若泉下有知，曹锟也应该欣慰了。

馒头说

我写过不少民国的事，而写到民国，总是绕不开那些大军阀。不知道大家有没有发现，这些军阀有不少相似点。

基本上都出身卑微：卖布的，做伙计的，流浪要饭的，当土匪的……。但之后都有荣华富贵：有当总统的，有当总理的，最差也能混个总督或督军什么的。

基本上都情商不低，懂得拉关系：拜干爹的，认爷爷的，拉山头的，搞小团体的……。但自己确实也有两把刷子：打仗勇猛，忠字当头，善待部下，广撒钱财……

基本上都不讲什么政治节操，搞各种贪污腐败，把国库当家库：花钱买选票的，动不动宣布“自治”的，自己经营独立“小王国”的……。但真的到了民族危难的关头，却大多懂得要保持晚节：无论怎样，都不当汉奸。

这帮军阀，说复杂也复杂，说简单也简单。

以前说起段祺瑞、吴佩孚、曹锟、张作霖这群军阀，很多人会很简单地认为他们就是“猪猡一样”或“无恶不作”。而又有一阵子，说起他们另一面的一些小细节、小故事，似乎又让人觉得他们好像也挺可爱的，有些人甚至断章取义，矫枉过正，恨不得把他们吹到天上去。

其实哪有那么多非黑即白，说穿了，把他们当作一个个活生生的人看就可以了。

既然是人，自然就有优点和缺点，不用无限贬低，但也不要无限拔高。面对金钱、权力、生死、大义，以及命运和前途，他们只是根据自己的文化、阅历和认知做出抉择，是非功过，留给后人评说。

应该说，这批人是幸运的，在那个动荡的年代，他们能在千百万人中脱颖而出，在历史的长河中留下自己的名字，已是非常不易。但从他们身上也可以看出，哪怕曾做过总统或总理，哪怕曾统兵数十万或雄霸一方，要留下个好名声、好评价，也是很不容易的。

所谓“青史留名”，是指留下好名声。留名已难，留好名更难。

“滚滚长江东逝水，浪花淘尽英雄”，也正有此意。

本文主要参考来源：

1.《民国“贿选总统”曹锟》（刘泽军，《文史春秋》，2018 年 06 期）

2.《曹锟贿选总统之一斑》（郑廷玺，《文史月刊》，2014 年 04 期）

3.《曹锟贿选总统的铁证》（沙敏，《北京档案》，2014 年 12 期）

4.《曹锟与吴佩孚，从提携合作到貌合神离》（王凯，《春秋》，2020 年 06 期）

5.《曹锟带兵有一套》（赵映林，《文史博览》，2011 年 08 期）

6.《曹锟身后之荣褒》（《民国档案》，1993 年 02 期）

7.《“大总统”曹锟下野之后》（马樱健，《人民文摘》，2010 年 12 期）

8.《曹锟诗文所见仁论初探》（陈炜舜，《关东学刊》，2019 年 04 期）

中国动画功成日，勿忘万籁鸣

在中国，说起动画片《大闹天宫》，可谓妇孺皆知。而这部动画片的导演万籁鸣，知道的人可能就未必有那么多了。

万籁鸣，被称为“中国动画之父”。他的一生，折射的是中国动画成长的曲折与艰辛。

1

1900 年 1 月 18 日，万籁鸣出生在南京的一个小商人家庭。

万籁鸣本名万嘉综，是家中的长子。他有个双胞胎弟弟，叫万嘉淇，另外他还有两个更小的弟弟，一个叫万嘉结，一个叫万嘉坤——他们后来各自给自己取了一个号，分别是“籁鸣”、“古蟾”、“超尘”和“涤寰”。

万籁鸣 6 岁被送入私塾，但他显然不是读书的料。有时候，一个人未来走哪条路，与他的家庭环境和个人爱好有很大关系。

万籁鸣的父亲卖绸缎，店里各种绸缎的花纹图样给他留下很深的印象。而他的母亲心灵手巧，会绣花，会剪纸，还会织锦。在父母的影响下，万籁鸣最喜欢的是绘画和皮影戏。

在私塾学习的时候，万籁鸣既不背书，也不写字，唯独喜欢画画，且画得特别好。有一次，他在上课时偷偷画画，被私塾老师发现，结果他画的是一幅老师的肖像，惟妙惟肖，老师看了后破例没用戒尺打他，反而露出了笑容。

万籁鸣是幸运的，因为他可以按照自己的爱好来选择自己的人生之路——1917 年，他已经是南京高等师范学校的绘图员兼缮写员了。而这所学校对万籁鸣的意义并不仅仅在于提供了一份工作，在这里，他遇到了刚刚从美国留学归来的教务长陶行知。

陶行知看万籁鸣年纪不大，但工作刻苦，学习也很勤奋，就让他来听自己的课。在陶行知的课上，万籁鸣的“三观”被再一次塑造，尤其是树立了家国情怀。

1919 年，商务印书馆面向全国招聘各类工作人员，万籁鸣毛遂自荐寄出了自己的画稿，结果被选中，于是他来到了上海，担任商务印书馆的专职画师。他那时候才 20 岁左右，但因为业务能力突出，居然被美术部主任尊称为“籁翁”。

至此，万籁鸣完成了自己人生的重要一步：做一份自己喜爱并擅长的工作。

所谓“成功之路”，首先你要先踏上那条路。

2

万籁鸣在商务印书馆的工作主要是给各种出版物配画。然而，对于有强烈创作欲望的他而言，循规蹈矩地按部就班画画并不能满足他。

有一次，他画了一幅名为《驱蚊》的漫画，讽刺一个把叮自己的蚊子往别人身上赶的人，然后装在印有“商务印书馆”字样的信封里，投给了当时上海的通俗性美术刊物《世界画报》。由于缺乏自信，他连自己的详细地址也没有写。

没多久，有人专门找到了商务印书馆，问有没有一个叫万籁鸣的人。原来，他的投稿被当时担任《世界画报》责任编辑的张光宇一眼看中，张光宇希望他多画一些，每期都用。

张光宇和万籁鸣同年，那一年都是20岁出头的小伙子。

这是两个人的初相识，而这两个人，今后将会在中国动画史上竖起一座里程碑。

受陶行知的影响，再加上职业关系和不少文化艺术界的进步人士交往，万籁鸣很快就投身到针砭时弊和反抗帝国主义的漫画创作中。在20岁出头的时候，他就画了一套《国耻挂图》，从《南京条约》到《马关条约》再到《辛丑条约》，用画笔记录了中国的屈辱史和血泪史。

这部漫画当时由商务印书馆出版，向全国发行，各地的学校、工厂和商店争相购买，悬挂在醒目处，用以警醒国人。

也正是在这个时期，万籁鸣注意到了一个新事物：可以“动”起来的漫画。

20世纪20年代初，在无声电影之后，动画片（cartoon）从欧美传到了中国。万籁鸣在电影院看了迪士尼的动画之后深感震撼：原来画笔下的人物真的能动起来！

震撼之后，是一种迫切的创作欲望：道理都搞明白了，那么为什么不能有我们自己的动画片？

想好就干。万籁鸣叫来了自己的二弟万古蟾、三弟万超尘和四弟万涤寰——这三个弟弟都上的美术学校，都在商务印书馆的影戏部工作。（他们四兄弟就是中国动画史上赫赫有名的“万氏兄弟”，他们的动画被称为“万氏动画”。）

在上海闸北路天通庵路三丰里的一个租来的石库门二楼亭子间里，万氏兄弟开始尝试制作自己的动画片。没经验，就四处去寻找资料学习；没器材，就省吃俭用去旧货市场淘来一部法国老式木制摄影机。

一部极短的动画片，也需要至少几百张原画。万氏四兄弟白天上班，晚上就在亭子间分工制作，有时甚至一干就是一个通宵。

万籁鸣回忆，当时很多配件都是去旧货摊找的，“很多人说我们是中国动画的拓荒者，其实那个时候，更像是拾荒者”。

1926 年，万籁鸣和他的弟弟们拿出了第一部动画片，是一部广告片，叫《舒振东华文打字机》，一时间引起轰动。随后他们又拿出了一部《大闹画室》的动画短片，更是技惊四座。

《大闹画室》虽然片长只有 10 分钟，却是真人与动画的结合，剧情是一位画家在画画时，墨水里忽然钻出一个墨水小人，大闹画室，最后小人又被捉回瓶子里。

《大闹画室》是中国第一部无声黑白动画片，当时和万氏兄弟的另一部作品《纸人捣乱记》一起在各大影院放映，观者如潮，大受好评。

学会了做动画片，但万籁鸣并没有忘记自己的使命。他并没有沉迷于拍商业片或广告片，而是相继拍出了《同胞速醒》和《精诚团结》两部呼吁中国民众抗日的动画片，更是在 1934 年出品了中国第一部有声黑白动画片《骆驼献舞》。

到了 1938 年，万籁鸣已经拍了十几部抗日题材的动画片。1939 年，万籁鸣和万古蟾返回“孤岛”上海，目睹了沦陷后上海的种种状况，决定要再拍一部动画片。

与以往的动画短片不同，这一次，他要拍一部大制作。

3

1941 年，中国动画史上第一座里程碑出现了。

由万籁鸣领衔，万氏兄弟执导的中国第一部大型有声黑白动画片《铁扇公主》横空出世，惊艳天下。

在此之前，全世界只有三部有声动画长片，分别是《白雪公主和七个小矮人》、《小人国》和《木偶奇遇记》，都是美国迪士尼公司出品的。

《铁扇公主》是世界上第四部动画长片，胶片长达9 000尺，可以放1小时20分钟，取材于《西游记》中唐僧师徒四人过火焰山，孙悟空向铁扇公主借芭蕉扇这一段故事情节，片中双方来回斗法，相当精彩。

在回忆自己为什么要做《铁扇公主》这部动画片时，万籁鸣表示："当时我思想上的考虑是，既然美国人可以搞表现他们西方民族特色的《白雪公主和七个小矮人》，我们当然也可以搞具有我国民族特色的《铁扇公主》。……就可以有机会让全国人民包括广大海外侨胞和一部分外国人一睹两位'公主'的芳颜，从思想内容到艺术形式做一个全面的比较。"

其实，这只是万籁鸣制作《铁扇公主》的一个初心，当时还有一个初心，只可意会，不能言传：他想通过电影中孙悟空等人齐心协力斗败牛魔王的故事，鼓舞中国人民的信心，坚决抵抗日本帝国主义的侵略。一个最明显的证据是，在影片的结尾有一行字幕，但在公映时被剪掉了，那行字幕是："人民大众起来争取最后胜利！"

《铁扇公主》制作周期长，成本高，一度因为资金短缺差点半途而废，后来得到资助才得以完成。电影上映后，大受欢迎，连映一个月，场场爆满。大家对电影背后传达的主题心知肚明，有时候全影院都会心照不宣地响起热烈的掌声。

《铁扇公主》中的孙悟空，也是中国动画片里最早的孙悟空动画形象。虽然整部动画片充满民族特色，但看得出，当时孙悟空这个形象还是有比较浓厚的迪士尼"米老鼠"的痕迹

由于《铁扇公主》在中国实在太火，日本人也动了心，他们拿了一批拷贝到日本放映，也轰动全国，电影院人头攒动。结果放映了一

段时间后有评论家指出，这部电影其实有“反日”隐喻，日本官方这才匆匆将其下架，然后下令全国禁映。

但就是《铁扇公主》在日本的放映，改变了一个日本人的命运，进而影响了整个日本动漫发展的进程。

这个人，就是后来被誉为“日本动漫之父”的手冢治虫。

1943 年，15 岁的手冢治虫在日本的电影院里观看了《铁扇公主》，深受震撼，并获得了两个启发：第一，原来亚洲也可以做出像美国迪士尼作品那样的大型动画片；第二，动画片不仅仅是拍给孩子看的，成人也可以看。

受《铁扇公主》的影响，手冢治虫改变了自己原先想要当一名医生的梦想，立志要为动画片奉献一生。而《铁扇公主》中很多分镜头和细节处理，对手冢治虫产生了很大的影响，进而也影响了后来日本动漫的风格。

手冢治虫对中国的感情非常深，曾五度来华。1988 年第五次访华时，他专门去拜见了万籁鸣，拉着他的手激动地说：“我是看了您的动画才走上动漫之路的！”

1961 年，手冢治虫的成名作，也是日本动漫的史诗级作品《铁臂阿童木》开始了电视动画的制作过程。

也是在这一年，万籁鸣和他的团队推出了当时震惊中国乃至世界的一部动画片。这部动画片，即便用今天的眼光从头到尾审视一遍，无疑也是一部“神作”。

这部经得起时间检验的动画片，叫《大闹天宫》。

4

万籁鸣其实一直想拍一部以“大闹天宫”为主题的《西游记》动画片。

早在1940年，就有一家公司说愿意投资万籁鸣拍《大闹天宫》，万籁鸣花半年多时间准备好了拍摄器材和大量资料，又招了一大批助手，结果老板临时变卦说不投资了。1949年，香港有一家公司邀请万籁鸣和万古蟾到香港拍摄《大闹天宫》，结果他们到了香港，老板又说话不算话，拍摄计划再度夭折。

新中国成立后，万籁鸣进入上海美术电影制片厂工作。1954年，当时的厂长特伟找到他，希望他能领衔拍一部动画片，而这部动画片，就是万籁鸣做梦都想拍的《大闹天宫》。

万籁鸣心里知道，这一次，肯定靠谱了。

为了让万籁鸣拍出最好的动画片，特伟为他配备了包括首席动画设计师严定宪在内的当时全中国最顶尖的制作团队，更是为他请来了他曾经的好友，当年《世界画报》的责编张光宇担任首席美术设计——当时张光宇已经是中央美术学院的教授、中国装饰艺术的开创者。

张光宇是《大闹天宫》的主要创作者之一，他设计了包括玉皇大帝在内的多个角色的形象

一个顶级的团队，开始了中国动漫史上里程碑作品的创作。

首先要设定故事框架。

“大闹天宫”的故事主要集中在《西游记》的前七回，虽然在中国妇孺皆知，但从孙悟空腾空出世到拜师学艺，一路情节比较松散。万籁鸣大刀阔斧，把整部动画集中在一条主线上：代表凡间的孙悟空与代表统治阶级的玉皇大帝之间的斗争——所有和这条主线有关的细节都保留，无关的都砍掉。

其次，也是重中之重，那就是“男一号”孙悟空的形象。

要知道，虽然“孙悟空”大家都很熟悉，但在那时候，“美猴王”

到底是怎样一个具化的形象，除了京剧里有一些造型，是没有一个统一标准的。

为这个形象反复易稿的，主要是美术设计张光宇。

张光宇在 1945 年曾创作过一本叫《西游漫记》的漫画集，其中已经创造了一个孙悟空的形象——现在看来，和后来《大闹天宫》中的孙悟空形象已经颇为相似。

左图为《西游漫记》中孙悟空的形象，已经奠定了基本框架，但因为脸谱近似京剧中的“丑角”而被弃用；中图为第二版设计，因为颜色过于冷艳不适合动画而被弃用；右图为第三版设计，色调过关，但形象有些呆板，也被弃用了

最终，动画设计师严定宪结合之前的设计，拿出了定稿——就是我们现在所熟悉的孙悟空形象。

严定宪当时只是一个 20 岁出头的毛头小伙子，但功底非常深厚。万籁鸣对这个孙悟空形象非常满意，给了一个八字评价：“神采奕奕，勇猛矫健。”

而这个孙悟空形象，从某种意义上说也奠定了一个基调，影响了中国后来所有动画、影视剧中的孙悟空形象。

确定了故事框架和主角形象，接下来就是整部动画片里无处不在、让人叹为观止的各种细节了。

比如说孙悟空的动作。为了让孙悟空的行为举止更像一只猴子，制作组专门请来了“南猴王”郑法祥，让他给整个制作团队上课，给大家讲猴子的形态举止和动作特点。

“南猴王”郑法祥

又比如说动画片里全程出现的各种“云”。在《大闹天宫》动画片问世以前，国外动画片中的云彩都是轻飘飘的一团。为了设计出具有中国特色的“祥云”，万籁鸣他们专门到故宫去观摩汉白玉石栏杆，又去了北京西山碧云寺看观音菩萨坐的如意云，然后设计出了动画片里千变万化，又能实现各种功能的“祥云”。

《大闹天宫》中的这一幕场景直接把云彩设计成了孙悟空的坐轿

再比如“七仙女”的形象。《大闹天宫》中的“七仙女”形象，是严定宪的同事林文肖（后来成了他的妻子）设计的，主要参考的是敦煌壁画中的“飞天”形象。当时正好

《大闹天宫》中的七仙女

云南歌舞团到上海来演出，林文肖就专门跑去看杨丽坤、刀美兰跳的傣族舞，揣摩她们的舞姿，借鉴她们的服饰，回来后运用到“七仙女”的创作中。

《大闹天宫》全片大量借用京剧的元素，除了人物姿势、背景音乐，开场水帘洞“大门”打开的那一幕镜头让很多人印象深刻，那其实就是借鉴了京剧的开场。

还有很多小到让人一晃而过的镜头，比如片中土地公公从地底钻出来拜见孙大圣，先打了个喷嚏。制作人员说，考虑到地底下比较阴冷潮湿，就给他设计了这个动作。

孙悟空变成小鸟后的“搭凉棚”姿势

又比如孙悟空在打斗过程中变成了一只小鸟，但制作组认为孙悟空肯定还是“猴性不改”，所以给他设计了一个“搭凉棚”的姿势。这个镜头一闪而过，一秒都不到，但让很多人忍俊不禁。

按照当时的制作技术，10 分钟的动画片就需要原画 9 000~10 000 张。那时候没有电脑，全是一张张手绘出来的，可见当时的工作强度。

但就是这样一幅接一幅，一帧接一帧，一个细节接一个细节，一部史无前例的巨作终于慢慢成形了。

在试片的那天，整个上海美术电影制片厂的试片室里挤满了人。室内灯光一暗，耳边立刻响起了乐团管弦齐鸣的伴奏音乐，锣鼓家什锵锵地敲起来，只见远处孙悟空腾空而来，瞬间就到眼前——每个人都惊叹不已。

万籁鸣坐在试片室的前排座位上，百感交集，很快便热泪盈眶：“孙悟空在笑，而我却在流泪……”

1961 年，40 分钟的《大闹天宫》上集正式在全国公映。

如同孙悟空从石头中蹦出来一样，这部电影横空出世，震惊世界。

5

很少人可以想象，在 20 世纪 60 年代，动画片的制作水平竟然能达到《大闹天宫》这样的高度。而制作团队，居然来自“一穷二白”的中国。

全世界的媒体都毫不吝啬对《大闹天宫》的赞美之词。

芬兰的媒体当时评价《大闹天宫》的动画技术：“在国际动画界是一流的，它把动画技术最杰出的特点和传统的东方绘画风格结合在了一起。”

法国人对这部动画片特别推崇，还进行了法文的配音。法国《人道报》评价：“万籁鸣导演的《大闹天宫》是动画片中真正的杰作，简直就像是一组美妙的画面交响乐。”

而《世界报》直接把这部作品和美国迪士尼的作品进行对比：“《大闹天宫》有一般美国迪士尼作品的美感，而其造型艺术是迪士尼式艺术所做不到的，它完美地表达了中国的传统艺术风格。”

《大闹天宫》的英文海报

关于这一点，美国人自己也不否认，美联社的评价是：“这部影片惟妙惟肖，有点像《幻想曲》，但比迪士尼的作品更精彩。美国绝不可能拍出这样的动画片。”

《大闹天宫》再一次影响了一大批人，让他们走上了动画之路。

手冢治虫曾被《铁扇公主》震撼，看了《大闹天宫》之后，更是发自内心地佩服，他甚至开始连载自己的漫画作品《我的孙悟空》，一直连载到他去世。手冢治虫在最后一次拜访万籁鸣之后三个月就去世了，临终前，他在自己的这部连载作品扉页上写了一句话：“这是我的孙悟空。”

手冢治虫的朋友松谷孝征曾这样解释手冢治虫的这句话：“他拜访万先生之后，已知自己将不久于人世，完成《我的孙悟空》是在去世之前向万先生打个招呼，告诉万先生‘我去了’。”

1984 年，宫崎骏首次访问中国，心心念念的就是去上海美术电影制片厂，那个诞生了《大闹天宫》等一系列中国动画“神作”的地方，他称自己是去“朝圣”的。

法国著名动画导演雅克－雷米·杰瑞德，在 2018 年担任第 21 届上海国际电影节金爵奖动画片单元评委会主席时曾公开说：“《大闹天宫》差不多是我看过的第一部动画电影，那时我还很年轻。这部电影毫无疑问决定了我的职业选择，让我决定从事动画电影创作。”

《大闹天宫》的上集是在 1961 年制作完成并公映的，下集在 1964 年制作完成，却没有公映。

事实上，这部在全世界都饱受赞誉的动画巨作，之后却给万籁鸣等人带来了麻烦。

6

1966 年，“文化大革命”爆发。

万籁鸣和他的同事们以前取得的那些成绩，在一夜之间都成了罪过。

年近 70 岁的万籁鸣被隔离审查，还被挂上了“反动学术权威”的牌子。审查了两年半之后，万籁鸣又被下放至“五七干校”劳动——《大闹天宫》制作组的副导演唐澄、主创严定宪也同样被下放改造。

万籁鸣他们被批斗的一条主要罪状就是：“孙悟空到底要造谁的反？”其中一个理由就是动画片里的玉皇大帝下巴上有颗痣，被认为是“影射”。

万籁鸣的回答是：“没有画痣，那是两头尖尖的胡须，只不过画得深了些，你们没看清楚。”

其实，玉皇大帝的形象是张光宇设计的，他在 1965 年“文革”爆发前就去世了。

最让万籁鸣痛心的是，他和张光宇的家都被抄了，大量珍贵的原稿被破坏和烧毁。

《大闹天宫》中玉皇大帝的造型。张光宇其实借鉴了中国民间的“灶王爷”形象，留的是五绺须

1976 年，“文革”结束，雨过天晴，从来没有公映过的《大闹天宫》70 分钟的下集连同上集一起，开始公映，各家影院场场爆满。

不仅如此，《大闹天宫》也开始正式走出国门。

1978 年，这部动画片在问世 17 年之后参加了第 22 届英国伦敦国际电影节，一举夺得“最佳影片”奖项，轰动整个英国。英国媒体评价：“这是在伦敦电影节上最轰动、最活泼的一部电影！”

影片在法国上映的时候，连放一个月，各家影院依旧爆满。

据不完全统计，从 1964 年起，《大闹天宫》除了在国内多次放映，还向 44 个国家和地区输出、发行和放映，好评如潮。

即便放到现在，这部 20 世纪 60 年代的动画片依旧惊艳着一代又一代人。

《大闹天宫》剧照

在 YouTube 视频网站上，《大闹天宫》的评论区，全是来自世界各地网友的盛赞之词：

——“我不敢相信我的眼睛看到的东西！我不能相信我有幸看到这个令人惊叹的文化作品！哪一个工作室？哪一年？谁是导演？告诉我或帮助我，我要赶到那里去！”

——“当我看这部电影的时候，我还是个小女孩。那时候英国第 4 频道开播，刚开始播的那些节目中有一个就是这部电影。我后来再也没有看过它，我曾经怀疑了很长的时间，它是否只是我曾经做过的某个好到难以相信的奇异瑰丽的梦。现在再看到它，它仍像我记忆里那样华丽壮观。”

——“上帝啊，这是 20 世纪 60 年代制作的动画片，那时候的动画技术甚至还没有那么发达！嗯嗯嗯，而且它是中国制作的，而不是日本！”

——“当初看这部电影的时候我还是个孩子，它甚至比我记忆中的更好。哦，你可以在维基网上找到更多有关它的信息。”

——“我爱这部电影，我记得第一次在电视上看到它时，我还只有六七岁（现在 23 岁了）并且录下了它，我到今天还有这个带子。”

——“这是如此伟大，当我还是个孩子的时候，我看过它。我的爷爷把它录在 Betamax 带上，我不知道它现在是否还在或能否播放。我真希望能有这部电影的 DVD。这个艺术风格和音乐，就是华丽！！！”

“文革”结束后，万籁鸣是自己买了两张票，和老伴一起进电影院看的。

他的感慨是：“我和孙悟空一样，经受了一次烈火的考验。如今，孙悟空从炼丹炉里冲出来了。”

7

1997 年 10 月 7 日，万籁鸣去世，享年 98 岁。

他在“文革”后复出，又工作了 10 年，直到 86 岁高龄才办理退休手续。

万籁鸣之墓

他的墓地在上海青浦区的“福寿园”。墓碑的设计很特别，是一卷展开的电影胶片，胶片上刻着一座花果山，在胶片上方，坐着一只手搭凉棚的猴子。

那就是让万籁鸣魂牵梦绕一生的孙悟空。

馒头说

我记得我曾经在一篇文章的“馒头说”里写过，我一直很羡慕现在的孩子们，因为与我们小时候相比，他们享受了太多的时代福利。但有一点，我觉得他们应该羡慕我们。

值得他们羡慕的地方，就是我们在童年时有幸能看到那么多优秀的国产动画片：《大闹天宫》《小蝌蚪找妈妈》《骄傲的将军》《神笔马良》《雪孩子》《葫芦兄弟》《黑猫警长》《天书奇谭》《邋遢大王奇遇记》……两只手都数不过来。

所以，我也曾和很多人一样，怀念那美好的“黄金时代”，对中国动画“起个大早，赶个晚集”的现象感到惋惜，乃至有些忿忿：“那批真心投身动画事业的艺术家，那种‘匠人精神’，为什么现在就找不到了呢？”

但现在回看，这话有点道理，却也不算全面客观。

1984年，刚刚拍摄完《风之谷》的宫崎骏访问中国，他怀着“朝圣”的心情来到了上海美术电影制片厂，希望请教和探讨一下名震业界的“中国动画流派”的奥秘和经验，但他却非常失望：上海美术电影制片厂的领导问他最多的，是日本动画公司如何分配薪酬，并透露他们准备按件计酬，激发员工积极性。

宫崎骏后来回忆，自己的心一下子冰冷：按件计酬确实能提高积极性，但会扼杀创造性——没人愿意花大力气、大成本做没有什么经济回报的东西。

在宫崎骏看来，“中国派”之所以能在世界范围内独树一帜，靠的就是不计成本的投入，艺术家们能完全不考虑回报地全身心投入创作。

宫崎骏从一个艺术家的角度考虑问题，自然得出这样一个结论，但对于当时刚刚改革开放的中国而言，宫崎骏这样的想法其实未必现实。

日本是传统的动漫大国，动漫的土壤非常优渥，优秀的漫画家、动画制作师往往可以拿一份丰厚的薪酬，甚至收入大大超过普通职业。但当时的中国不行（可能现在也很难），做动画固然可以实现理想，但大家毕竟还是要解决温饱乃至追求小康生活。

上海美术电影制片厂原先实行“分配制”：国家每年下达制作任务，大家负责完成任务，多干无用，多卖无奖，做得好或不好，做得多或少，只要不犯大错误，都拿一样的工资。在这样的情况下，短时间内大家可以为了理想不计较，但长时间来看，难免会影响工作积极性。

曾有一份统计，当年《大闹天宫》前后总投资可能要达到100万元——这在当时可谓天文数字。可是说不上映就不上映，说怎么播就怎么播，完全不算经济账，成就虽然瞩目，但从机制而言，确实不是一条可持续发展之路。

必须要承认的是，在经历了上海美术电影制片厂一系列作品的辉煌之后，包括上海美术电影制片厂在内，中国的动画事业曾在相当长一段时间里徘徊不前，甚至让人觉得出路迷茫。但我并不认为这意味着要回头去走老路，重新按照计划体制，“供养”一批人专心搞创作，而是要更好地认清市场，拥抱市场，适应市场，赢回市场。

在这一点上，万籁鸣不愧是“中国动画之父”，他其实早就做出了表率。

首先，万籁鸣有能力。

这是做好任何一件事情的前提。万籁鸣扎实的绘画功底和对动画深刻的理解，是他能做出一系列成功动画的前提。中国的动画制作，如果最基础的制作水平上不去、没有优秀的动画制作人才，再怎么谈“包装”或“营销”，都是毫无意义的。

其次，万籁鸣懂市场。

在《大闹天宫》之前，万籁鸣执导的绝大多数动画片都是走市场路线的。没有人供养他，他需要自己找投资，筹经费，产品做得不好就赚不到钱，下一次就没人投资他了。恰恰是《铁扇公主》等一系列动画叫好又叫座，让投资方赚得盆满钵满，才让他得以继续动画之路，乃至创造出更大的辉煌。

动画制作走市场化道路当然不是“死路一条”，相反，这恰恰是一条充满生机的道路。当然，在这条路上会有很多诱惑和陷阱，这是需要注意的，这里就不展开说了。

最后，我个人觉得最重要的，是万籁鸣抓住了中国动画要独树一帜的关键因素——民族特色。

从《铁扇公主》到《大闹天宫》，乃至上海美术电影制片厂的其他作品，比如《小蝌蚪找妈妈》《神笔马良》《九色鹿》等等，之所以获奖无数、饱受赞誉，就是因为有自己鲜明的特色。

在相当长一段时间内，中国动画在美国的迪士尼风格和日漫风格之间左右徘徊。我个人觉得，无论是模仿或借鉴迪士尼还是日漫，都没有问题，它们的叙事结构、人物造型、细节处理等确实有很多值得我们学习的地方。但这些都是“术”，核心的“道”我们不能忘。这个“道”，就是我们中国自己的文化和特色。有些中国动画会反过来，建筑、山水体现点“中国风”的“术”，最核心的“道”却丢失了，这就本末倒置了。

令人欣慰的是，近年来，中国的动画事业明显进入了上升通道，涌现出了一批叫好又叫座的动画作品，《哪吒之魔童降世》更是拿下了超过 50 亿元的票房。如果你仔细观察一下这些年比较成功的中国动画作品，都可以找到上面三个特点。在这些优秀作品的背后，都有着一群追寻理想、认真做事，同时又不和市场脱轨的人。他们的作品，无论借鉴了什么样的风格，采用了什么样的高科技，背后那个“中国文化特色”的魂，始终都没有被丢掉。

民族的，就是世界的。

而那位 1900 年出生的老人，其实早就发现了这一点，并且付诸实践了。

中国的动漫虽已上路，但离远大目标尚有距离，还需不断努力。

他日若功成，勿忘万籁鸣。

本文主要参考来源：

1.《“动画大师”万籁鸣》（金宝山，《纵横》，2004 年 09 期）

2.《万籁鸣艺术年表》（李保传，《文化月刊》，2016 年 Z1 期）

3.《万籁鸣与〈铁扇公主〉》（陈建君、李明，《电影文学》，2008 年 10 期）

4.《手稿背后的故事》（王晓君，《大众电影》，2004 年 02 期）

5.《中国动画的镇山之宝〈大闹天宫〉为何不可复制？》（“动画学术趴”，搜狐网，2017 年 11 月 14 日）

6.《〈铁扇公主〉曾深深影响手冢治虫》（钟菡，《解放日报》，2020 年 12 月 15 日）
7.《浅谈〈大闹天宫〉对中国动画发展史的影响》［朱灵，《美与时代》（上），2013 年 12 期］
8.《动画往事：那些年，我们追过的动画〈大闹天宫〉》（上海电视台新闻综合频道，2015 年 8 月 27 日）
9.《日本“漫画之神”手冢治虫的孙悟空情结》（杨晓林，《文汇报》，2017 年 7 月 21 日）
10.《61 年版〈大闹天宫〉被怀疑影射领导人“禁演”》（赵妍，《时代周报》，2012 年 1 月 12 日）
11.《〈大闹天宫〉问世 40 年　主创人员追忆台前幕后》（《财经时报》，2004 年 1 月 18 日）
12.《法国动画导演杰瑞德：〈大闹天宫〉让我走上动画电影创作之路》（中央广播电视总台“国际在线”网站，2018 年 6 月 18 日）

稻米飘香，勿忘袁隆平

中国人有句古话，叫“民以食为天”。吃上饭，吃饱饭，对老百姓而言是一件非常重要的事。

而研究如何让老百姓吃饱饭的人，自然会受到尊敬。

1

1930年9月7日，北京协和医院，妇产科。

妇产科大夫林巧稚，在产房里顺利接生了一个男婴。

男婴的母亲叫华静，父亲叫袁兴烈。看到脸色红润的儿子在怀中哇哇大哭，这对年轻的夫妇非常兴奋，以至于都忘了给孩子起名字。在商量了几句以后，爸爸在这个孩子的出生登记材料上，临时随手写了一个名字：袁小孩。

那一年，林巧稚29岁。她是北京协和医院历史上第一位毕业留院的女医生。后来，她成了中国妇产科界的主要开拓者和奠基人，并当选为中国科学院院士。

她当时肯定不知道，那天她接生的那个叫“袁小孩”的婴儿，后来当选为中国工程院院士，还有个更值得让人铭记的称谓："中国杂交水稻之父"。

当然，那个孩子后来肯定不叫"袁小孩"了，父母帮他想好了名字：

袁隆平。

2

袁隆平从1岁起，就跟着父母在全国各地辗转了。

袁隆平的父亲在国民政府铁路局做事，再加上当时日本开始侵略中国，所以全家人一直过着颠沛流离的生活——光是袁隆平的小学学业，就是在湖北、湖南和四川三个地方拼凑完成的。

虽然全家总是在迁徙的路上，但小小年纪就"行万里路"，让袁隆平从小就有了"脚踏实地"的习惯。上小学的时候，有一次学校组织参观园艺场，那些生机勃勃的花草果木给袁隆平留下了深刻的印象。

不过，袁隆平最初却想当一名运动员。

袁隆平很喜欢游泳，而且水平相当高。1947年，他回到湖北读高中，在高一暑假，他轻松获得了汉口赛区男子100米自由泳的冠军，随后又获得了湖北省男子100米自由泳的亚军。后来袁隆平还参加过国家游泳队的选拔，结果人家取前三名，他正好是第四名，与国家队失之交臂。

既然做不成运动员，就好好读书。1949年8月，袁隆平和家人商量过之后，报考了西南农学院（现西南大学）农学系，专攻农作物专业。

不过，此时袁隆平还有另一个想法：参军。

1951年，还在西南农学院学习的袁隆平报名应征中国人民解放军空军。身体素质极佳的袁隆平轻松通过了体检，随后通过了政审。全校还为他举行了欢送大会，欢送他成为一名光荣的空军。

当时正是朝鲜战争时期，袁隆平入伍后，经过训练很可能就会踏上朝鲜战场。但当时国家有关部门觉得培养一名大学生很不容易，再加上当时朝鲜半岛战事相对趋于稳定，所以又把袁隆平送了回来。

运动员和空军，这两个不同的人生大门被关上之后，袁隆平回到了自己原本的那条轨道：学农。

1953 年 8 月，袁隆平从西南农学院毕业，服从分配，到湖南怀化的安江农校任教，之后又被分配到更偏远的湘西雪峰山麓安江农校教书。

一个教书匠，开始了自己的农业研究之旅。

3

袁隆平一开始并不研究水稻。

在安江农校教书的时候，袁隆平最早研究的是红薯育种，但 1959 年到 1961 年的“三年困难时期”，让袁隆平触动很大，印象深刻：“生产队一口大锅，七八十人吃的菜，就放一小杯的油涂一下，然后把红薯藤、老茎秆煮一大锅来吃。……那时候搞什么‘增粮法’——双蒸饭，就是把饭蒸两次，本来二两米蒸一碗饭，就蒸到一碗半那么大。……但照样饿，而且饿得更快。”

由于一直吃不饱肚子，袁隆平连最喜欢的游泳也停止了。但他还算运气好的，根据他自己回忆，有一次他在路上亲眼看到五个活活饿死的人——他说那一幕他永远都忘不了。

尽管那时候袁隆平搞红薯育种已经取得了一些突破，但他认为这是副食品，无法起到让老百姓吃饱的作用，所以决定改变研究方向。

当时湖南 90% 的农田都种水稻，而水稻是全国的主要粮食作物之一。所以，从 1960 年开始，袁隆平决定：开始搞水稻！

在农村实习的时候，袁隆平经常看到一些农民到高山上去兑种子，然后挑下山到田里去种。农民们说，山上的种子质量好一些，这叫作“施肥不如勤换种”，这给袁隆平很大的启发：要给农民培育出最好的种子。

当时在农业育种行业里有一种最常用的方法，叫“系统选育”，就是在农田里选出最优秀的稻株，然后培育，再优中选优，从而得到最优秀的种子。

1961 年 7 月，袁隆平在农校的试验田选种时，忽然发现了一棵“鹤立鸡群”的稻株：穗子大，籽粒饱满，10 多根达 8 寸长的稻穗向下垂着，像瀑布一样。

袁隆平挑了一穗细数，竟然有 230 粒！照这估算，培育这棵稻株做种子，一亩水稻的产量能够超过 1 000 斤！袁隆平大感兴奋，立刻将这棵稻株的种子收好，在第二年春天播种，种下了 1 000 多株。

转眼禾苗抽穗，“望籽成龙”的袁隆平却大失所望：这些稻子全都是普通品种，没有一株有哪怕半点它们“爸爸”的雄风。

呆立在田头的袁隆平心里不是滋味，望着那些蔫不唧的水稻，他脑子里忽然闪过一个念头：水稻是自花授粉植物，按道理后代和前代是不可能产生那么大差异的，但这株水稻为何是“老子英雄儿狗熊”呢？

原因可能只有一个：那株“威猛”的“爸爸”水稻，是一株杂交品种！

这个发现对于外行人而言可能没有什么特别之处，但对袁隆平这样的专业人员而言，无疑打开了一扇全新的大门。

而这扇大门原来是被紧紧锁住的，因为大家公认它通向的是一条死路。

4

当时的袁隆平，面临两大难题。

第一大难题是，杂交水稻到底有没有优势？当时世界五大粮食作物中，小麦、玉米、大豆、土豆都通过杂交实现了增产，唯独水稻在这一方面基本没什么建树。国际上的主流观点是：杂交水稻是没有优势的。

第二大难题是，水稻实现杂交本身就很难。水稻是天然自花授粉植物，花非常小，而且一朵花只结一粒种子，由雄配子和雌配子自己完成授粉，很难进行大规模人工干预。1963 年，美国人亨利·毕切（Henry Beache）在印度尼西亚首次实现了人工杂交水稻，但他的方法存在缺陷，无法大规模复制。

但袁隆平认准了这个方向，就一定要搞出名堂。

他选择的突破口，是找到“雄性不育株”——如果水稻的雄配子失去了授粉能力，那么雌配子只能与其他水稻的花粉进行杂交。

这个理论也不是袁隆平提出的，早在 1926 年一个叫琼斯的美国人就提了出来。20 世纪 50 年代，日本人做了大量的研究和实验工作，取得了一定的进展，但始终不能形成规模。

通过 1961 年在田间发现的那株“雄壮”的水稻，袁隆平坚定了自己的信念：水稻里一定存在天然的“雄性不育株”。

带着这个信念，袁隆平开始了寻找之旅。

每天天刚亮，他就吃完早饭，带着一个水壶和两个馒头，下田去寻找了。头上顶着太阳，脚下踩着凉水，袁隆平日复一日，在几千几万株水稻中不断寻找，不言放弃。

1964 年 7 月 5 日，在袁隆平寻找“雄性不育株”的第 14 天，在仔细筛选了 14 万根稻穗之后，他终于找到了一株野生的“雄性不育株”——这证明他的推断是正确的。

1964 年和 1965 年，袁隆平通过整整两年的田头寻找，一共找到了6株“雄性不育株”。盆栽实验显示，天然“雄性不育株”的人工杂交结实率可高达80%以上，经杂交繁殖出来的后代，有些明显表现得比常规水稻有优势。

1965年10月，经过大量的实验积累和理论数据比对，袁隆平将初步研究成果整理撰写成一篇论文，投到了中国科学院主办的《科学通报》杂志上。

那篇论文——《水稻雄性不孕性的发现》，后来成了业界的里程碑。

在这篇论文中，袁隆平正式提出了通过培育水稻“三系”（即雄性不育系、雄性不育保持系、雄性不育恢复系）的配套方法来利用水稻杂交优势的设想与思路。

这篇论文后来发表在1966年2月《科学通报》的第4期上。随后，杂志社给他寄来了30多元的稿费，之后又寄来了30多元——那篇论文还登上了英文版的《科学通报》。

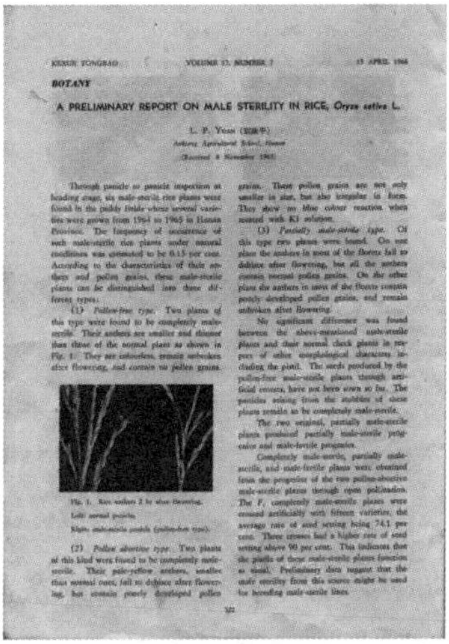
BOTANY

A PRELIMINARY REPORT ON MALE STERILITY IN RICE, *Oryza sativa* L.

L. P. Yuan

《科学通报》英文版上《水稻雄性不孕性的发现》的正文

当时袁隆平一个月的工资是73元，这笔60多元的稿费对他而言不是一笔小钱。

但他当时没想到的是，从某种意义上说，这篇论文后来救了他的命。

5

那篇论文，其实赶上了《科学通报》的末班车。

就在发表袁隆平的论文后不久，《科学通报》就停刊了——“文化大革命”开始了。

当时袁隆平正准备根据论文提出的设想开始全新的工作，但黔阳地委派出的工作组进驻了他所在的安江农校，要开始扫除“一切牛鬼蛇神”。

当时安江农校有不到200人，按计划指标，必须揪出8个“牛鬼蛇神”，已经揪出了6个，还差2个。

袁隆平的名字已经被“内定”了，因为他“修正毛主席的八字宪法”。

所谓“八字宪法”，是毛泽东1958年为提高农业耕作水平提出的八个字：土、肥、水、种、密、保、管、工。袁隆平平时一直在田间地头搞实验，知道“八字宪法”，但不知道这是毛主席说的，以为是农业部提的，于是他在一次和别的教师讨论时就多说了一句：“这八个字里还少了一个‘时’，农时的‘时’。”

袁隆平随口一说，结果被人举报，成了一大罪状。另一条安在他头上的罪名是“引诱贫下中农的子女走白专道路”——袁隆平平时强调学生要多做实际调查工作，不要只局限于纸上科研。

当时批斗袁隆平的大字报已经铺天盖地，“牛棚”里的床位都给他留好了，他的名签也被人写好了，袁隆平自己也做好了思想准备。但有一天晚上，工作组组长王宝林把他叫去，说了一番让他意外的话：“中央的精神是要抓革命，促生产。……现在正值收早稻、插晚稻的季节，工作组要搞一块晚稻试验田，请你选一块好田，并要你做我们的技术参谋。”

袁隆平一听，又惊又喜：不仅不让他进“牛棚”，还让他继续从事水稻研究工作！真的是工作组“开恩”了吗？

袁隆平到第二年才知道事情的真相。当时工作组已经准备揪斗袁隆平了，所以详细地查他的档案，打算“新账老账一起算”，但在查档案时，发现了一封来自国家科学技术委员会（以下简称国家科委）的函件：责成湖南省科学技术委员会与安江农校支持袁隆平搞杂交水稻研究工作。

原来，袁隆平当初发表的那篇《水稻雄性不孕性的发现》，被国家科委九局的局长赵石英看到了。赵石英认为这篇论文很有可操作性，若能研究成功，肯定会对中国粮食生产产生重大影响。于是赵石英立刻请示国家科委党组，当时的科委主任聂荣臻当即表态：一定要支持！

那封来自国家科委的函，不仅救了袁隆平，也挽救了中国的杂交水稻研究事业。

自此之后，袁隆平得到各方面的大力支持，开始了他基于“雄性不育株”的杂交水稻研究。

各方面的保障都到位了，可是一门心思投入研究培育的袁隆平却遇到了大问题。

6

从 1966 年到 1970 年，几年辛苦下来，袁隆平并没有培育出具有优势的“杂交水稻”。

那些杂交稻到了验收的时候，没有显著增产，有的甚至稻谷少了，稻草倒是增多了。有人开始说起了风凉话：“袁隆平，可惜人不能吃稻草，不然你这个种杂交水稻的方法是大有前途啊！”

面对嘲讽，袁隆平并不在意，让他感到痛苦的是，难道真的是自己的“三系培育法”出了问题?

苦思之后，袁隆平找到了问题的症结：之前世界上关于杂交水稻的研究，包括自己做的“三系培育法”实验，统统用的是人工栽培稻。

换句话说，虽然他找到了天然的“雄性不育株”，但也是出自栽培稻的。而栽培稻之间的种性差异并不大，亲缘关系太近，相当于“近亲繁殖”，所以杂交优势不可能明显。

怎么办？办法只有一个：要找到野生稻里的野生“雄性不育株”！

这句话说起来容易，做起来难：天下很大，野生稻却不多，要找一株野生稻的“雄性不育株”，更是无异于大海捞针。

但这阻碍不了袁隆平。他开始带着学生，背着可以吃几个月的腊肉、辣椒，奔赴云南、广东、海南等地寻找合适的野生稻。很多时候，他都是卸一块门板，铺一张草席，挂一顶蚊帐，和当地农民一起睡在田间地头。

1970 年 11 月 23 日，是世界杂交水稻史上值得被铭记的一天——一件后来被认为是统计学意义上“超级小概率”的事件发生了。

在海南岛的南红农场，袁隆平派去的助手李必湖接到了一个叫冯克珊的农民技术员通报：在一处铁路旁的水坑边，找到了一片野生稻。

李必湖立刻赶到现场，花了不到 20 分钟就找到了一株有三个分蘖的“雄性不育株”！

当时袁隆平正在北京开会，听到消息后立刻赶到海南，经过反复辨认，他确认这就是一株典型的野生“雄性不育株”。欣喜若狂的他将这株野生稻命名为“野败”。

“野败”的发现，让世界杂交水稻研究峰回路转，柳暗花明。

1971 年，在袁隆平的牵头下，“野败”被转育成少量不育材料。1972 年，多个“不育系”和“保持系”培育成功。1973 年，强优势“恢复系”培育成功。也就是在这一年的 10 月，袁隆平在全国水稻科研会议上郑重宣布：中国籼型杂交水稻研究已全面实现“三系配套”。

这一次，袁隆平用事实说话：1974 年 4 月，世界上第一个强优势杂交组合“南优二号”在中国的海南岛育成，当年在安江农校试种，亩产高达 628 公斤，第二年作双季晚稻栽培亩产 511 公斤，对照常规稻，增产达到 50% 以上！

初战告捷，国务院在 1975 年做出了扩大试种和大量推广的决定。1976 年，400 多万公斤的杂交水稻种子收获成功，随即被播撒在湖南的 208 万亩农田里，平均每亩水稻增产 20% 以上，取得历史性突破。

湖南成功，全国推广。从 1976 年到 1988 年的短短 12 年间，全中国累计种植杂交水稻面积 12.56 亿亩，平均每亩增收稻谷 20% 以上，累计增产稻谷 1 000 多亿公斤，增加总产值 280 亿元。

袁隆平在田间

必须指出的是，中国杂交水稻在世界范围内取得领先，功劳不只是袁隆平一个人的。

1981 年，国家用 10 万元重奖杂交水稻研究团队，一共有 20 多人获奖，按奖金分配多少排序为：袁隆平 5 000 元，江西省萍乡市农业局的颜龙安（最早成功培育出“不育系”）4 600 元，接下来是广西农学院教师张先程（第一个成功培育出 90% 以上结实率的“恢复系”），然后是袁隆平的学生、助手李必湖等人。

作为杂交水稻的领军人物，袁隆平没有停止前进的脚步。

1987 年，由袁隆平领衔的“两系法杂交水稻研究”① 被列入国家“863”计划。

1995 年，“两系杂交水稻”研究成功，比同熟期“三系”水稻增产 5%~10%。

---

① 把相对烦琐的“三系法”优化为“两系法”，发明者不是袁隆平，是湖北省仙桃市沙湖原种场技术员石明松。

1997 年，已经 67 岁的袁隆平又主动请缨，立项“超级杂交稻”研究计划。

袁隆平

1999 年，“超级稻”百亩示范片实现第一期目标：亩产水稻均超过 700 公斤。2004 年，第二期目标提前一年完成：亩产超过 800 公斤。2011 年，第三期目标完成：亩产超过 900 公斤。2014 年，第四期目标实现重大突破：湖南省溆浦县百亩示范片平均亩产达到了 1 026.7 公斤，突破 1 000 公斤大关。

此时的袁隆平，也已名动天下。

7

2017 年，有人在网上爆料：袁隆平买豪车，住豪宅，腐化了。

这个话题一度引起大家的热烈讨论，但真相却出乎不少人的意料：袁隆平买豪车的那张照片，后来被证实是在 2008 年的湖南车展上，他觉得好奇，走上前去摸了一下车，被人拍了下来。

袁隆平的第一辆车是别克赛欧，第二辆是吉利熊猫，都是为了去稻田方便买的。他后来买过两辆奇瑞，还有一辆沃尔沃 S60——这辆大概是他买的比较贵的车。

袁隆平的“豪宅”，位于青岛市李沧区，小区的名字叫“青岛国际院士港”——顾名思义，是为院士准备的。而袁隆平把这套住宅改成了科研中心，把客厅改成了公共办公室和会议室，各个房间堆满了各种研究器械。之所以来青岛，是因为在这里他要带领团队研究盐碱地的海水稻种植项目——中国有近 15 亿亩盐碱地。（2020 年 10 月

16 日，袁隆平实验的青岛基地编号 yc–2003 的耐盐碱水稻，亩产达 542.5 公斤。）

2000 年，以他名字命名的“隆平高科”（袁隆平农业高科技股份有限公司）要上市，袁隆平一开始不同意使用自己的名字，但有领导对他说，隆平高科上市后，他研究杂交水稻就可以不要外国人的投资了，他就同意了。

隆平高科上市后不久，袁隆平就辞掉了公司董事职务，继续自己的“超级稻”研究。有人劝他卖掉手里的股份，他的回答是：“我一分钱都不能卖，我一卖，隆平高科就垮掉了，人家会想，隆平高科是不是出了什么问题？”

事实上，袁隆平的生活挺简单的，他也没有什么财富追求。他的孙女回忆过一个细节，有一次全家去香港旅游，袁隆平被妻子拉进了一家钟表店，看到一块手表那么贵，他急忙拉着妻子走出了店门。“太贵了，不要了！”孙女回忆，“爷爷剥了片山楂给奶奶吃，算是说对不起。”

袁隆平对“求真”特别看重。

2002 年 2 月，袁隆平应邀到武汉某学校交流，有个学生对他说，看到一篇报道说袁隆平院士累倒在稻田里还不放弃研究。袁隆平连忙纠正：“一定不要受误导！累倒还工作不值得提倡。身体才是最重要的。另外，我也从来没有在农田累倒过……”

2019 年的博鳌论坛有个分论坛，是第三届国际水稻论坛，89 岁的袁隆平参加并发言。回到贵宾休息室后，有个领导秘书进来，说有位副市长想和他合影留念，袁隆平端坐不动，拍了拍身边的沙发，示意那位副市长可以坐到旁边来合影。这时候，有位工作人员进来对袁隆平说，刚才给他献花的一群孩子想和袁爷爷合个影，袁隆平听到之后立刻站起身往门外走，要去找那些孩子合影。

袁隆平小时候拉过小提琴，有时候也会拿出琴来拉两下，还参加过一次演出。有媒体夸他小提琴拉得好，他连忙纠正：“我只会拉前四句，后面的都是乐队帮我的。”

常年在田地里工作，袁隆平错过了很多亲情时刻。2010 年，他给已经过世的母亲写了一封信，回忆了从小到大母亲对他的鼓励和帮助，表达了自己对母亲的思念之情，最后一句话是：

“妈妈，稻子熟了，我想您了！”

8

2020 年 12 月，90 岁的袁隆平去了海南三亚南繁基地。

家人担心他的身体状况，让他别去了，但他坚持要去。他每年都要去那里工作三四个月，只要身体状况允许，他每天都会到田里去，察看每亩的穗数、谷粒大小、是否有空壳。

这次一到三亚，袁隆平就主持召开了杂交水稻双季亩产 3 000 斤的攻关目标项目启动会。

2021 年 3 月，袁隆平在基地里不小心摔了一跤，被紧急送到了当地医院，由于情况不乐观，4 月初转回长沙湘雅医院接受治疗。

5 月 22 日，袁隆平病情转危，一则误发他去世的消息，引发全网对他病情的关注。

遗憾的是，袁隆平当天最终还是在长沙湘雅医院与世长辞，享年 91 岁。

一则疑似现场医护人员发的微信，透露了袁隆平在弥留之际说过的两句话。

一句是：“田里的稻子怎么样了？”

一句是：“我是不是快不行了？大家辛苦了，不用太费力气。”

当天下午，载有袁隆平灵柩的灵车缓缓驶出医院，沿途无数长沙市民驻足为他送行，很多人都齐声高喊：“袁老走好！”

马路上的其他机动车辆，齐刷刷鸣笛致哀。

是日，长沙城大雨滂沱。

馒头说

袁隆平去世那天，我在公众号发了一张他生前的照片，用了两句张爱萍上将当年写给邓稼先的挽词：

“君视名利如粪土，功勋泽人间。”

后台有个读者留言，大意是：你说袁隆平“君视名利如粪土”，要么你是傻子，要么你把关注你的人当傻子。

我平时基本不回这种留言，但那天把他挂了出来，并留言给他，大意是：看来看去，好像就你一个人傻。轻飘飘骂一句太简单了，你有本事别删，把你认为我傻的理由写出来，我帮你贴上去供大家讨论。

他后来又骂了我一堆脏话，然后把他自己的留言给删了。

这些年来，网上确实有些质疑袁隆平的声音。

有些质疑，不值一驳。比如，这个读者的大致意思无非就是袁隆平也求名求利，装什么清高。

其实要反驳也很简单：就算袁隆平求名求利，住了大豪宅，买了迈巴赫，又怎么样呢？以他做出的贡献，享受这些难道不可以吗？

而有些质疑，就可以一起探讨一下。比如，质疑袁隆平名过其实，其实贡献没那么大。对此，以下是我个人的看法，供探讨。

首先，我认为袁隆平对杂交水稻的贡献当之无愧是最大的，无论在中国还是世界。

有人说杂交水稻技术是袁隆平发明的，这肯定不正确，连发现也谈不上。正如我前文所述，美国人、日本人，包括一些袁隆平的中国同行，早就投身水稻杂交技术的研究，甚至也取得了不小的进展。但是，袁隆平第一个用真正的成果证明了一点：杂交水稻是有优势的，且是可以实现量产的。

在他之前，其他人只是在实验室里证明这一点，或者只有小规模投产，没有一个人能做到袁隆平这样。他是用自己开放开拓的思考、脚踏实地的精神和百折不挠的毅力做到这一点的。袁隆平的发现和成果，不仅引领了世界杂交水稻的潮流和方向，也树立了中国“粮食安全”的一面旗帜。

其次，我们现在吃到的大米，确实大多都不是袁隆平团队培育的“超级稻”，因为“超级稻”虽然产量高，但对土壤、阳光和防病的要求也高。但是，以目前覆盖最广的谢华安院士团队研发的“汕优 63”杂交稻为例，用的基础育种依旧是当初袁隆平团队发现的“野败型”。

当然，我们也不能忘记，我国还有朱英国院士领衔的另一条支线——“红莲型”杂交水稻，和“野败型”并列为当今世界三大杂交水稻品系（还有日本的“包台型”）。

最后，功劳确实不能全归到袁隆平一人身上。国人熟知袁隆平，最早可能缘于 1987 年他获得联合国教科文组织的科学奖。当时国家申报这个奖项时考虑的是农科院团体，但这个奖只能颁给个人，所以最后只申报了袁隆平一个人。

当然，如果一定要推选一个人，我认为还是非袁隆平莫属。就像有人说过：说袁隆平是“杂交水稻之父”，可能有人确实会有意见，但如果不是他，这个位置就会空缺，没人敢坐上去。

袁隆平背后的团队、他的同事，以及当时全国“大协作”的模式，都是中国杂交水稻能领先世界不可忽视的因素。所以，我们缅怀一个人，不用神化他，类似“他一个人喂饱了 13 亿中国人”“他如果申请专利，至少有几千亿身家”（水稻品种作为粮食不能申请专利），这些话严格来说都是不确切的。

但另一方面，袁隆平是值得我们所有人缅怀的。2018 年，曾有一篇文章的标题是《请暂时忘记袁隆平，我们应该认识一下这些给我们米饭吃的人们》，但这两者本来就是不矛盾的，不要人为制造矛盾。我们确实不能忘记其他做出贡献的人，但对袁隆平，连“暂时”忘记也不应该。

袁隆平说，他有个梦想：杂交水稻长得足够高壮，能够“禾下乘凉”。

事实上，以袁隆平为代表的一批中国科学家，用自己的辛勤劳作、坚持探索以及无私奉献，已经让我们这代人以及后辈享受到“禾下乘凉”的幸福了。

稻济天下，国士无双。

勿忘袁隆平。

本文主要参考来源：

1.《袁隆平口述自传》（袁隆平口述，辛业芸访问整理，湖南教育出版社，2011 年）
2.《袁隆平的“禾下乘凉梦”》（徐欧露，《瞭望》，2020 年 12 月 5 日）
3.《如何理解袁隆平的实际贡献》（项栋梁，微信公众号“基本常识”，2021 年 5 月 22 日）
4.《袁隆平生命的最后时光》（微信公众号“人民日报”，2021 年 5 月 22 日）
5.《袁隆平：从“魔稻祖师”到“90 后梗王”》（上、下）（高吉全，《雷锋》，2019 年 11 期、12 期）
6.《追梦·圆梦——记“杂交水稻之父”袁隆平》（姚昆仑，《中国科技奖励》，2020 年 04 期）
7.《她给袁隆平接生！这份珍藏 75 年的病历曝光，网友：破防了……》（中国生物技术网，2021 年 4 月 22 日）

真实的“一休哥”：癫狂一世，风流一生

“咯叽咯叽咯叽咯叽咯叽咯叽，我们爱你。”

70后、80后听到这首歌的开头，立刻就知道这是哪部动画片了。

《聪明的一休》是很多人共同的童年记忆，而这部动画片中的“一休”，历史上真实存在，只是并不像动画片里拍的那样。

1

一休的身世，确实有一点复杂。

1394年2月1日，一休出生，他的父亲是当时日本北朝的后小松天皇，至于他母亲的身份，有两个版本。

第一个版本，是动画片《聪明的一休》中演的那样，说他的母亲是伊予局。

伊予局是当时朝中权臣日野家的女儿，有南朝背景，受宠于后小松天皇，怀上了身孕，因此不仅遭到皇后的妒忌，也引起了北朝人士的担忧。伊予局生下孩子，几年之后被当时掌握实权的幕府将军足立

义满劝说，将6岁的孩子送入了京都安国寺。为了保障孩子的安全，伊予局16年没有见过自己的儿子。

这个孩子，就是一休。

动画片《聪明的一休》中一休的母亲伊予局

第二个版本，说一休的母亲其实是前南朝权臣藤原显纯的女儿藤原照子。与第一个版本相同的是，藤原照子也在得到后小松天皇的恩宠后怀孕，但被认为“有南志”（就是要为南朝复仇），意图刺杀天皇。所以在幕府将军足立义满的要求下，藤原照子将自己生下的孩子送到了京都安国寺出家。

这个孩子，当然也是一休。

第二个版本有德川光圀所著《大日本史》作为辅证：“后小松，三皇子。……藤原氏，生第二子僧宗纯……遭谗出宫，时有身。应永元年正月，生宗纯于民家。天资颖敏，六岁，入安国寺为驱乌，名周建。后从近江坚田祥瑞庵僧宗昙，受其记莂，改今名，号一休。”

两个版本虽然有出入，但也有一致的地方：第一，一休确实是皇子；第二，一休从小就在安国寺出家了；第三，一休确实长时间没有（可能后来也未必）见过母亲。

有这样的身世背景，一休的一生注定将是不平凡的。

2

如史所载，一休在小时候并不叫“一休”，他的本名叫千菊丸。

在6岁被送进安国寺后，一休成了安国寺长老象外集鉴的侍童，长老给他取名叫“周建”——如果严格按照历史，那么讲述一休小时候故事的《聪明的一休》，其实该叫《聪明的周建》才对。

在动画片里，一休从小就机智聪明。虽然真实历史上的一休小时候并没有那么多的机智故事，但聪慧过人却是真的。他很小就会诵经，12 岁开始学写汉诗，传说一天就能作一首。他 13 岁时写的《长门春草》一诗，是现存的他最早的一首诗，当时颇为有名："秋荒长信美人吟，径路无媒上苑阴。荣辱悲欢目前事，君恩浅处草方深。"

象外集鉴在《聪明的一休》中的形象——外鉴长老

这首诗通顺流畅，意味深长，尤其是后两句，有一种"富贵如云烟，野草独自生"的味道，不得不让人联想起他的身世。

不过，写诗归写诗，一休毕竟出了家，他的人生使命，是做一个和尚。

一休 12 岁离开安国寺到了宝幢寺，13 岁来到香火旺盛的建仁寺，拜慕哲大师为师，不仅学习佛经，也学习诗句。他 15 岁的时候已经能写出《春衣宿花》这样的汉诗："吟行客袖几时情，开落百花天地清。枕上香风寐乎寤，一场春梦不分明。"

据说这首诗当时名动京城，人人传阅。

在最青春萌动的年纪，一休却和同龄人不同，只想追求心灵的纯净。17 岁的时候，他听说西金寺的谦翁宗为大师淡泊名利，潜心修行，他就决定离开建仁寺，前往贫苦得多的西金寺修行。

谦翁大师在《聪明的一休》第 68 集出场，译名为"轩翁大师"，在动画片里的身份是外鉴大师的师父

谦翁宗为大师被一休的决心打动，收他做了唯

一的弟子，并以自己名字中的“宗”字为他取名“宗纯”。

一休跟谦翁大师学法四年，直到谦翁圆寂。谦翁的去世对一休打击极大，甚至让他也决定追随恩师而去，了此一生。

一休连续闭关七天，但还是无法从悲痛中走出来，反而又想起了自己的身世和母亲，以至于他走到琵琶湖畔，准备投湖自尽。然而，看到琵琶湖满湖的冰碴，一休却顿悟，人世间的爱恨情仇和荣华富贵不过是表面的浮象（也有说一休看到了母亲的形象），遂放弃求死念头，转而想拜入华叟宗昙门下。

华叟宗昙属大德寺派，得开派宗师大灯国师的真传，是当时在全日本都有名的高僧。那时候，他在琵琶湖边修了一座禅兴庵修禅。华叟为人正派，讨厌虚伪，收徒也极为严格。一休第一次去拜见的时候，被拒绝了。他一连在华叟门外跪了六天，华叟让徒弟用水去泼他，时值初春，天气寒冷，但一休一动不动。华叟被他的精神感动，最终决定收当时 21 岁的一休为徒。

华叟一派的生活更加清贫，修行之余，还要在庵内种地，出门行乞，更要做一些针线活，缝一些香囊去卖了换钱。但这深合一休心意，他认为这样才能追求纯净之心。

华叟大师在《聪明的一休》第 4 集中出场，译名为“华首”，他为年少的一休取名。动画片在真实历史时间线上有演绎

随华叟修行了几年之后，有一天晚上，一休在漆黑的琵琶湖上搭船坐禅，忽然听到一声乌鸦嘶叫，顿时觉得自己悟了。他的诗歌集《狂云集》中有一首题为《闻鸦有省》的诗，其中有两句是：“鸦笑出尘罗汉果，日影玉颜奈何吟。”

第二天黎明，一休把自己的领悟告诉了师父华叟，华叟说：“你已经到阿罗汉境界了，但还没有修成正果。”

一休回答：“如果是这样，那我到阿罗汉境界就行了，不在乎什么正果了。”

这句话一说完，华叟就正式承认一休悟了，于是要给他发“印可”——佛教中师父开给弟子的资格证书。华叟是著名高僧，如果有人能证明自己是他的弟子，那不仅会受万人景仰，衣食住行也不用愁了，很多佛门弟子为了得到名师的印可绞尽脑汁。

还记得吗？《聪明的一休》片中总会插进一个画外音“一休……一休……”，然后一休回答：“唉，休息，休息一下。”

但一休连看都没看那张印可，转身就走了。华叟还专门为一休一直保存那张印可，但最终，一休拿到印可后就把它给烧了。

在一休 25 岁那年，师父华叟正式给他起了法号“一休”，寓意“一切皆休，一切放下”。

但一休对自己这个法号有另一个解释，他曾为此作过一首和歌，前两句是：“欲从色界返空界，姑且短暂作一休。”

无论如何，“一休”的名字，自此就将名动日本。

3

一休之所以有名，至少在《聪明的一休》这部动画片中，是因为他的“智”。但这部动画片中相当多一休的“机智”故事，并不是发生在一休身上的，而是取自《一休咄》。《一休咄》是江户时代人们为了纪念一休而编的一本故事集，此时距一休去世已有 200 多年了。

由于一休长期在民间修行，和底层老百姓走得很近，所以人们为了纪念他，在《一休咄》中把很多其他年代、其他高僧或人物的智慧故事都安到了一休的头上，而日本东映动画制作《聪明的一休》时，主要的取材样本就是《一休咄》，进一步传播了这些所谓的一休"机智"传说。

不过，结合一休的身世，一些传说也有一定的历史背景依据。

比如说《聪明的一休》中那个著名的"缚虎"故事，足立义满并不是纯粹在出题刁难，而是动了杀心的。当时虽然一休已经出家为僧，但他的皇子身份总是让足立家心中不安，想找借口将一休除去。在故事中，足立义满（一说是当时已经执政的他的儿子足立义持）将一休请到府邸，让他用绳子去"绑"一只画在屏风上的大老虎，如果一休做不到，就会落一个"反上抗命"的罪名。结果一休"全副武装"，摆好姿势，拿着绳子说："将军，我已经准备好了，请让人将这只老虎赶下来！"将军无奈，只能放过一休，转而希望笼络他。

在《聪明的一休》这部动画片里，桔梗店老板和他的女儿弥生、小叶子等人都是虚构的。蜷川新右卫门有原型人物，叫蜷川亲当，喜欢连歌，后来和一休成了莫逆之交。幕府将军足立义满在一休出家的时候其实他自己也已经出家了（但在幕后掌握实权），和一休的交集并不多，真正在位的是他的儿子足立义持

历史上的一休作为一个得道高僧，在参悟后，留下了不少劝人或助人的故事。

当时京都有一个叫早川的人，生性暴虐。有一天，他专门去和一休辩论："杀人是好事，还是坏事？"

一休说，当然是坏事。早川就说："杀了坏人，还是坏事吗？"

一休回答："佛在五戒中戒了杀生，不问善恶，杀人是坏事。"

早川说："如果坏人和罪人都不杀，那天下的规矩不就坏了吗？而且杀罪人是上司的命令，我们只不过是受命办事，就算杀人是坏事，那应该也是上司担责啊！"

一休在日本的雕像

一休不再回答，而是拜托早川把身边竹林上的雪摇下来。早川摇动竹子，雪就直接落在了早川的身上。此时一休笑着说："你看，雪落在了你这个受托人的身上，并不是落在了我这个拜托人的身上啊！"

早川顿时恍然大悟，从此以后变成了一个温良的人。

还有一则故事，发生于一休晚年在大德寺担任住持时。有一对经常出入大德寺的卖扇子的老夫妇流着泪向一休告别，说他们准备离开京都回老家了。一休问他们原因，他们说是生意做不下去了，还借了100贯钱的债，所以准备卖店走人。

一休说："就因为100贯钱就要关店太可惜啦！这样吧，我来你们扇屋做养子。"

然后一休就在大德寺挂出告示：大德寺的一休要去扇屋做养子了，限明天一天，到扇屋买扇子的人，都可以得到一休的当场挥毫。

第二天，扇屋人山人海，一天就卖了280贯钱。一休说了声"爸爸，你们可以还了债继续做生意了"，就返回大德寺了。

不过，真实历史上一休之所以出名，并不是主要因为他的"智"。

4

一休的第二大特点，是他出名的最主要原因：狂。

一休当初写的那首“欲从色界返空界，姑且短暂作一休”和歌，其实还有后面两句：“暴雨倾盆由它下，狂风卷地任它吹。”

早在一休少年时到建仁寺修行的时候，他就已经流露出愤世嫉俗的一面。建仁寺修的是禅宗中的临净宗，与幕府将军足利家关系密切，所以很多武士和贵族子弟都借出家之名，到寺内混个关系，攀附权贵，并不认真研习佛法，终日在寺内拉关系、比出身、斗财富。当时年纪轻轻的一休很看不惯这种风气，曾写过一首汉诗，其中有两句专门讽刺寺庙竟然变得像朝堂一样：“姓名议论法堂上，恰似百官朝紫宸。”

慕哲大师当时对一休说：“你的话在三十年后会引起大震动，现在先好好潜心修行，忍耐等待吧。”

不过一休可没忍那么久。在华叟门下的时候，一休就已经颇“狂”了，自称是“狂云子”，把自己的汉诗集叫作《狂云集》。

一休 29 岁的时候，有一次随师父和师兄弟一起参加一个盛大的法会，大家都穿着庄严隆重的法衣，他却着草鞋布衣。华叟问他为何，他的回答是：“我的粗布衣裳比他们的华服要好多了。”在法会结束后，别人问及华叟的继承人是谁，华叟的回答是：“虽云风狂，但乃赤子。”

华叟说的就是一休，他也看出一休虽然外表狂放，但内心其实追求的是禅心。

一休自己也不客气，写了首诗，自居非华叟传人莫属：“华叟子孙不知禅，狂云面前谁说禅？三十年来肩上重，一人荷担松源禅。”

1428 年，华叟病故，一休的师兄养叟接替华叟成为大德寺住持。与艰苦朴素的华叟不同，养叟在大德寺大兴土木，建造富丽堂皇的大殿，并自居华叟继承人。客观地说，养叟对光大大德寺是有功的，但在一休看来，奢华的风格与先师本意不符，且养叟总是与富人商讨世间琐事，一休宁愿恪守清贫苦修的教义，讽刺养叟是“大胆厚皮禅师”，并称他“脸皮之厚，如同牛皮七八张粘在一起”。

于是一休愤而离开了大德寺，自诗“破烂衫里盛清风”，就此一根竹杖，一只钵盂，一顶斗笠，做了一个云游四方的清贫和尚。

本来就号称“狂云子”的他，如此一来就更“放飞自我”了。

为了讽刺当时日本禅宗很多假和尚招摇撞骗、靠发得道证书赚钱的现象，一休曾身穿法衣，拿着一柄木剑，在日本著名的贸易港口城市“堺”的大街上昂首阔步。路上行人问他：“剑是用来让人死的，和尚是要人活的，你为什么要带剑？”

一休回答：“你们不知道，现在很多假和尚就像这柄木剑，在禅室里，就像木剑放在剑鞘里，看上去像剑，走出禅室，就像木剑出鞘，大家都发现是木剑，无论让人死还是让人活，都做不到。”

为了让民众领悟超越死生、祸福相依的境界，有一年元日的前三天，一休在京都的大街上用竹竿顶着一个骷髅在沿街商户门口叫喊，希望大家领悟：其实人人终会变成一具骷髅。别人骂他新年就招不吉利，一休的回答是：“你们看这骷髅，眼睛也没了，成了虚空，这才叫‘目出’，这才是真的恭喜啊！”（日文中“目出”有恭喜之意。）

一休对普通百姓很和善，孩子们甚至可以爬上他的膝头，揪他的胡子，但他对富人尤其是权贵，向来横眉冷对，甚至刻意刁难。

有一次京都一位富豪的父亲去世，派仆人来请一休去做法事。一休在前一天故意穿得衣衫褴褛，打扮成乞丐和尚去了富豪家，被富豪派仆人打了出来。第二天，一休穿着庄严隆重的紫衣金襕，带着几个侍者，气派地来到富豪家，富豪谦卑地隆重接待。一休当众说昨天的乞丐其实也是自己，讽刺对方只认衣服不认人，然后脱掉法衣，转身就走了。

还有一次，幕府将军足立义持请一休参加茶筵，席间得意地向一休展示了各种珍贵的茶器和茶叶。一休表示，自己也收藏了很多珍贵的东西。足立想，一休是得道高僧，肯定不会撒谎，于是表示想看。一休说他的东西只卖不看，三样东西索价3 000贯天价。

第二天，足立派武士带了3 000贯到大德寺买“珍品”，一休让弟子拿了三样东西：和尚乞食时铺的草席，扎院子篱笆的一根竹子，喂猫的一个缺口茶碗。

足立义持收到东西后勃然大怒，把一休叫来要问他的罪，一休说：“现在天下不太平，老百姓肚子都吃不饱，你却还热心茶道这种事情，愿意花那么多钱买所谓的古董。钱我带来了，还你，你用来救济老百姓吧！”

一休并不否认自己“狂”，反而还经常自己证明自己狂，在他留下的汉诗作品中，有多达 14 首诗的题目是一样的——《自赞》，还有其他各种夸赞自己的诗。

一休的“自赞”诗，主要是夸自己是禅道的正统。但还有相当数量的诗，其实夸的是做和尚最忌讳的东西。

5

在“智”和“狂”之外，一休作为“日本三大奇僧”之一，还有一个特点：“风”。

这个“风”，是“风流”的“风”。

一休虽然崇尚苦修，但他却不戒酒肉，尤其不戒女色，还自我标榜，公开声称自己“淫酒淫色亦淫诗”。为此，他除了“狂云子”外，还自号“梦闺”，自诗“梦闺老衲闺中月，夜夜风流烂醉前”，并对这个“梦闺”做出解释，称和渴了要喝水、冷了要穿衣一样，“性”也是天性：“渴焉梦水，寒焉梦裘，梦闺房乃余之性也。”

不过，一休的风流既出于本性，也有讽刺乃至故意标榜的意味。

一休 43 岁那年，逢名僧开山国师百年大忌，寺庙里的和尚们都聚在一起念经，而一休却带着妓女前往，晚上住宿在庵房里，肆意调笑，还作《大灯忌，宿忌以前对美人》汉诗一首：“宿忌之开山讽经，经咒逆耳众僧声。云雨风流事终后，梦闺私语笑慈明。”

当僧人斥责他的时候，他的回答是："名妓谈情，高僧说禅，实有异曲同工之妙也。"

在一休看来，当时日本禅宗表面上道貌岸然，实际上和尚涉及女色早已是公开的秘密。既然如此，一休索性反其道而行之，公开不戒色，称顺其自然才是真正领悟了"禅"的真谛。

一休不仅做，还要写，他的《狂云集》中和"风流"有关的诗歌多达数十首，不少诗句直白大胆，甚至有些让人不忍直视。（也有一种说法是，其中一些诗是后人的托伪之作。）

一休宗纯的真实画像。别的高僧都是正襟危坐，但他喜欢跷二郎腿

有时候，一休的"狂"和他的"风"组合在一起，更是惊世骇俗。

有一次，有一个债台高筑的人请一休帮忙，一休提了一个条件：必须让他的幼女嫁给自己。那人无奈之下答应，一休就称自己要结婚了，到处送请帖给高官富商，结果收到很多"份子钱"，一休把那些"份子钱"全都给了欠债的那人，然后自己回寺庙修行去了。

不过，一休在晚年确实遇到了自己的爱情，这也是他震惊当时以及让后人津津乐道的一件事。

一休在 70 多岁的时候，遇见了他的一位"粉丝"，是一位叫"森"的弹琵琶的盲女，当时她 40 岁出头。森一直很爱慕一休，而一休也毫不忌讳地接受了这份爱情，两个人如胶似漆。

一休很得意这段感情，曾写下一首题为《赞一休》的汉诗："狂僧艳诗赤子情，敢叫鬼神天地惊。悠悠一段黄昏恋，荡尽凡尘赋春明。"

森和一休互相照顾，两人相处了十几年，一休也留下了大量描写两人感情的汉诗，其中有些非常香艳露骨，比如：“楚台遥望更登攀，半夜玉床愁梦间。花绽一茎梅树下，凌波仙子绕腰间。”

在这一点上，一休对日本佛教而言既锐意革新，却又离经叛道。

6

1474年，一休81岁，受天皇的诏令，出任大德寺第四十七代住持。

这个让很多僧人羡慕的位置，却不是一休想要的，他只是无奈奉诏。当时日本已爆发“应仁之乱”，开始进入战国时代，战火不断，生灵涂炭，寺庙也破败荒废。一休接过住持之位后，对大德寺进行了修缮，但没多久他就回到了酬恩寺。

酬恩寺，位于日本京田边市（大阪和京都之间），原名“妙胜寺”，一休于1456年将其重建并改名“酬恩寺”，改建后一休就一直居住于此

1481年12月12日，一休发起了高烧，一直不退，最终病逝，享年88岁。

日本的高僧在去世前都会留下“辞世诗”以总结自己的一生，内容一般都是劝人向善或体会参禅。一休也留下了自己的“辞世诗”，有一首是这样写的：“十年花下理芳盟，一段风流无限情。惜别枕头儿女膝，夜深云雨约三生。”

可谓将风流一以贯之，至死不改。

一休去世后，被葬在了酬恩寺，为了纪念他，后人将这座寺庙改名为“一休寺”。

而一休的墓牌上，印着他的身份——他在尘世时最不屑的那个头衔：后小松天皇皇子。

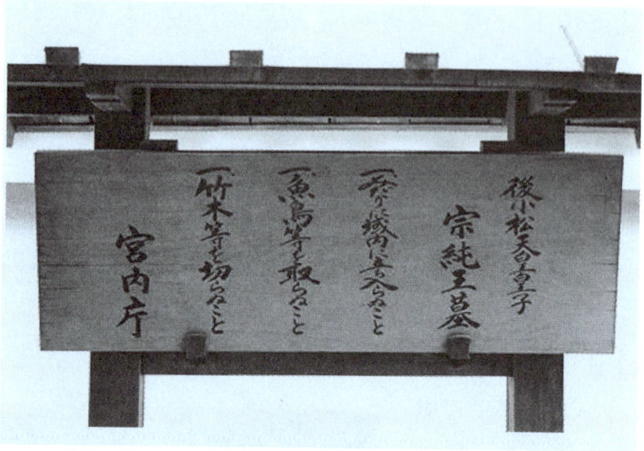

一休的墓牌

馒头说

不知道大家小时候是怎样的，反正我小时候无数次模仿过这个动作：盘腿而坐，用食指蘸点口水，在脑袋上画圈，嘴巴里模仿敲木鱼的声音，假装闭眼冥思苦想，然后过一会儿自己喊一声“叮……”，睁开双眼——其实什么也没想出来。

1975 年 10 月 15 日，日本 NET 电视台（后来的朝日电视台）推出了由东映动画制作的大型动画片《聪明的一休》，之后中国中央电视台引进，并制成了中文配音版在全国播放，轰动一时。

机智聪明的一休，严厉慈祥的外鉴大师，天真可爱的小叶子，忠义善良的新右卫门……伴随着一个个或巧妙或睿智的故事，这部动画片成了我们这代人童年最美好的记忆之一，直到现在回想起其中的一些画面和镜头，嘴角都会不经意地上扬。

我曾经提到，我们之所以非常怀念动画片《哆啦 A 梦》，不仅仅是因为哆啦A梦的神奇口袋里总是能变出各种新奇有趣的宝贝，还因为这部动画片让我们沉浸在一个善良祥和，几乎没有邪恶的世界里——你在这部动画片里是找不出什么真正的“恶”的。

而我们小时候看《聪明的一休》，也有这种感觉。即便是在动画片里充当反派的桔梗店老板和他的女儿弥生，还有喜怒无常的足立义满，都是在吃过亏以后或老实（那么一段时间），或有所悔悟的。至少我们看到的，是一个基本上充满善而很少有恶的世界。

只是后来我们渐渐长大了，才知道事情没那么简单。

原来，《聪明的一休》一共有298集，中央电视台只引进了其中的几十集。

原来，桔梗店老板也是一个被权贵肆意欺压的可怜虫，他的刁蛮女儿弥生也无法选择自己的爱情。

原来，看上去挺憨的足立义满其实非常奢侈，且杀心极重，对老百姓也没什么同情心……

更不要说小时候其实没怎么看懂的一休对他母亲的思念之情。那时候只觉得《聪明的一休》片尾曲很好听，但不知道唱的是什么，长大后查了歌词，才知道是一休写给妈妈的思念之信——看了其中一些句子，不禁眼眶湿润。

但这些有意无意被隐藏在动画片背后的，恰恰是我们长大后要面对的真实世界——童话里的故事，不说骗人，往往也只能存在于童话里。

正如一休在历史上的真实形象，虽一生放荡不羁，却也有内心的隐痛。

《聪明的一休》大结局剧照

《聪明的一休》第298集大结局，是一休告别了安国寺的师友们，独自一人踏上了修行之路。

每个人都会长大，每个人都终会踏上自己的道路，开始自己的修行。

记住曾经的美好和无忧，埋在心里，不要忘记。

本文主要参考来源：

1.《梦闺风流客，癫狂五山僧——日本五山诗人一休宗纯及其汉诗》（占才成，《湛江师范学院学报》，2010年04期）

2.《一休宗纯对中国南宗禅的传承——以〈狂云集〉为中心》（蔡超、米丽萍，《名作欣赏》，2020年12期）

3.《一休宗纯的自卑与“风狂”》（周丽玫，《开封教育学院学报》，2016年05期）

4.《试论日本禅文化对一休宗纯汉诗创作风格的影响》（王洋，《黑龙江教育学院学报》，2010年10期）

5.《道不尽的“一休”：一休宗纯与他的“道”》（孙芊芊，人民网，2014年12月4日）

6.《日本史探访8——南北朝与室町文化》（唐木顺三解说，角川书店，1984年）

7.《日本人的色道》（郝祥满，湖北人民出版社，2009年）

8.《聪明的一休》专题站（http://fcpic.nesbbs.com/0zt/ik/index.html）

他究竟做了什么，会被称为“史上最危险的间谍”？

提起“间谍”，我们脑海里多半会浮现出“007”的形象，一手拿枪，一手拿酒，处变不惊，红袖添香。

但是，如果说“史上最危险的间谍”是一个手无缚鸡之力的科学家呢？

1

时间回到 1945 年 7 月 24 日。

在德国的小城波茨坦，美、苏、英三国首脑会晤的“波茨坦会议”正在举行，其中一个重要议题是“苏联何时出兵进攻日本”。

对于一直闪烁其词的苏联人，美国总统杜鲁门决定在这一天的休会期间给斯大林一个“含蓄”的提醒：“美国现在已经掌握了一种威力十分可怕的新武器。”

杜鲁门所指的，就是在 8 天前美国人已经成功试爆的全世界第一颗原子弹。

按照杜鲁门的想法，斯大林至少应该会有一个类似“大吃一惊”的表情。但是斯大林连眉毛都没动一下，只是淡淡地回了一句：“这很好，希望能用来好好打击日本人。”

杜鲁门多少有些失望，因为“斯大林居然连一个问题也没提”。杜鲁门把斯大林的反应归结为一个老牌政治家的不动声色和强自镇定，但杜鲁门不知道的是，从某种意义上说，斯大林对美国制造原子弹的“曼哈顿计划”的了解程度，远远超过了他。

杜鲁门之前虽然身为美国副总统，但也是没有资格知道“曼哈顿计划”这个项目的。直到罗斯福总统突然逝世，杜鲁门在接任总统之位后的第 12 天，才在白宫办公室听到了项目负责人格罗夫斯将军的汇报，第一次知道原来美国居然在搞一项这么浩大的工程——当时他一下子瘫坐在了椅子上。

波茨坦会议上的丘吉尔、杜鲁门、斯大林（从左至右）

而斯大林呢？他从“曼哈顿计划”启动的时候就知道了。

为什么？因为他“内部有人”。

2

“内线”中的一个重要人物，叫克劳斯·福克斯。

1911 年 12 月 29 日，克劳斯·福克斯出生在德国，早在中学时代就在数学和物理方面表现出了惊人的天赋。福克斯的父亲、哥哥、姐姐都支持共产党，他本人也在读大学期间加入了德国共产党。

1933 年，希特勒通过“国会纵火案”开始对德国共产党进行大清洗，福克斯的亲人都被陷害，家破人亡。悲愤之下的福克斯只能到英国申请避难，并申请加入英国国籍。

一开始，福克斯在英国过得还算不错，师从在布里斯托大学执教的著名物理学家涅维尔·莫托，并在1936年以25岁的年纪就取得了博士学位。但好日子没持续多久，第二次世界大战在欧洲拉开序幕，英国遭受了德国的狂轰滥炸，开始施行“敌对国家人员审查制度”，先是对出生在德国的福克斯限制人身自由，之后又直接把他送到了加拿大魁北克的拘留营。

当时德国共产党是德国第二大党，占到了德国议会席位的17%。希特勒称“国会纵火案”是一名德国共产党员所为，借此开始清洗以共产党为首的其他政党，将1.8万名德国共产党员关入监狱。1981年12月31日，西柏林法院正式推翻“国会纵火案”原判决，宣布这是一起错审、错判案件

在拘留营的岁月深深影响了福克斯，因为和他关在一间囚室的，是德国资深共产党员汉斯·卡尔。在汉斯·卡尔的影响下，福克斯的人生观和理想再一次被巩固。

克劳斯·福克斯

1940年圣诞节，福克斯忽然收到了英国政府的一纸通知：他被释放了，并且要尽快返回英国。

英国政府之所以如此“优待”福克斯，并非出于愧疚，而是要让他派上大用场——英国启动了“合金管计划”，开始研究制造原

子弹的可能性。

福克斯回到英国后，立刻被安排进入在伯明翰大学进行的原子弹研究工作。凭借极高的数学和物理天赋，福克斯很快就解决了一些明确原子弹基本参数所必需的重要数学问题。

而英国政府也在不久之后给予了福克斯正式的英国国籍，并和他签署了一份保密协议，让他正式进入“合金管计划”的核心层。

但是，福克斯并没有打算“保密”。

3

根据后来解密的信息，福克斯其实是主动联系苏联情报部门的。

在英国的“合金管计划”启动后不久，一个令人担忧的消息传来：德国早就开始了原子弹的研究。考虑到德国在资源、人才方面的优势，再加上英国一直处于德国的轰炸之下，所以对于“谁能先造出原子弹”，英国人自己也完全没把握。

就在进入英国的原子弹研究小组后，福克斯费了一番周折，找到了苏联驻伦敦大使馆的武官秘书，主动透露了英国已经开始研制原子弹的情报，希望苏联能够尽快开始这方面的研究。苏联方面对这份情报极为重视，随即派了一位少校担任福克斯的联络人。福克斯后来才知道，这位少校是大名鼎鼎的“佐尔格情报网”的核心成员。

福克斯为什么会这么做?

民主德国的国家安全部情报总局局长马库斯·沃尔夫在他的回忆录《隐面人》中专门提到了福克斯，他认为福克斯这样做的原因是：“他深信，只有在苏联的帮助下才能战胜希特勒。”

当“合金管计划”进行到1942年的时候，一直处于纳粹德国军事威胁中的英国做了一个重要决定：暂停“合金管计划”，派出本国科学家加入美国科学家团队，共同加速推进“曼哈顿计划”，为美国制造原子弹。

而作为英国原子弹科学家小组中出类拔萃的人物，福克斯也和其他英国科学家一起最先被送到了美国。福克斯先是在纽约华尔街的一幢大楼里研究和原子弹相关的气体扩散问题，然后从 1944 年春季开始，在“曼哈顿计划”进入最后冲刺阶段的时候，直接来到了奥本海默领导的位于洛斯阿拉莫斯的总实验室。

理查德·佐尔格，德国人，加入德国共产党，被称为“二战间谍之王”，曾成功预报德国将入侵苏联、日本会进攻美国而不进攻苏联。1944 年被日本秘密绞死

即便是在诺贝尔奖获得者云集的洛斯阿拉莫斯实验室，福克斯依旧凭借自己出色的能力赢得很多同事的夸赞和信赖，很多烦琐和棘手的物理及数学计算问题都被交给他解决。

在这个过程中，福克斯一直在通过各种方式将美国制造原子弹的各方面情报透露给苏联，甚至给过原子弹的相关详细设计。早在 1945 年 6 月，福克斯就告诉苏联，美国将在 7 月初试爆第一颗原子弹——所以斯大林在杜鲁门说那句话之后面无表情，完全可以理解。

当然，苏联在西方世界铺下的庞大情报网肯定不止福克斯一人，但至少在原子弹情报方面，福克斯是苏联最重要的情报提供人之一，他甚至很早就向苏联透露美国人已经开始研究氢弹，以及背后的原理。

而让一些人感到难以理解的是，福克斯在完成这些艰巨甚至危险的任务后，从来不收取报酬。

1945 年 2 月，苏联驻纽约情报机构二号人物（负责科学技术侦察）的列昂尼德·克瓦斯尼科夫在呈交苏联政府的一份报告中指出：“情报网基本上是相当有工作能力的，具有相当高的技术水平，大部分间谍为我们工作不是为了钱，而是基于对我国的友好态度。”

4

1945 年 8 月 6 日，人类历史上第一颗用于实战的原子弹在日本广岛上空爆炸。

当美国成为全世界唯一一个拥有核武器的国家后，其他各国明显感到了不安，其中也包括美国的盟国英国。

由于美国并不乐于向英国分享原子弹技术，而伦敦也不想因为没有原子弹而完全依赖华盛顿，所以二战一结束，英国就恢复了“合金管计划”，并且拨款一亿英镑，开始研制自己的原子弹。

作为参加过“曼哈顿计划”的重要英国科学家之一，福克斯再一次被请回英国。

英国人重用福克斯当然是有道理的，因为在美国拒绝透露原子弹技术的情况下，在“曼哈顿计划”核心层工作过的福克斯就是一个“人肉情报机”，他可以将自己在美国接触的研制原子弹的各种经验、数据和情报都透露给英国。

福克斯确实也是这么做的。但是，他在大力推进英国研制原子弹的同时，也在以同样的方式帮助苏联人。

1949 年 8 月 29 日凌晨 4 点，一颗被命名为“铁克瓦”（俄语意为“南瓜”）的原子弹在苏联东部的核试验基地爆炸成功，苏联成为全世界第二个拥有核武器的国家。

在大吃一惊的世界各国中，情绪最激动的是美国。这不仅仅是因为自己辛辛苦苦建立的“核垄断”在短短四年时间里就被打破，更是因为美国深知“曼哈顿计划”的复杂程度，负责牵头的格罗夫斯将军曾断言：“至少在十年之内，没有一个国家能造出原子弹。”（但“曼哈顿计划”的首席科学家奥本海默在当时也说过一句话：“只要苏联人愿意，他们很快就能造出原子弹。”）

思来想去，美国人只想出一个原因：内部出了间谍。

在联邦调查局局长胡佛的亲自牵头下，一场针对所有涉及过“曼哈顿计划”的科学家的缜密调查开始了。

在通过层层审查、监听、分析之后，嫌疑圈越缩越小，最后锁定在少数几个科学家身上，福克斯就是其中之一。

5

关于福克斯是如何被捕的，有两种说法。

一种说法是，美国联邦调查局在破译了一系列电报之后，拿到了福克斯为苏联提供情报的确切证据，通报给了英国军情五处。军情五处随即逮捕了福克斯，福克斯对自己的所有行为供认不讳。

而另一种说法还是来自马库斯·沃尔夫的那本《隐面人》。按照他的说法，英国人只是怀疑福克斯，但手头没有确凿证据，最终福克斯是被一套“心理把戏”给“诱供”的。

当时英国情报部门找到了福克斯所在研究中心的副主任，这位同时也是福克斯好友的副主任对福克斯表示，如果福克斯真的决定否认对他的间谍指控，那么整个中心的工作人员都会信任他，愿意和他站在一起维护他的清白，但是需要福克斯做出一个承诺。

面对好友的“挺身而出”，福克斯反而退缩了。他原来胸有成竹，完全做好了应对情报人员盘问的准备。但面对朋友的信任，他支支吾吾回答了几句后，就说不下去了。

英国情报部门在 1950 年 2 月 3 日拘捕了福克斯。在福克斯的所作所为被曝光后，英国媒体大哗，称他是“史上最危险的间谍”。

1950 年 3 月 1 日，对福克斯的审判开始了。

其实直到审判前，福克斯对于自己的罪行将被怎样判罚还毫无概念，他估计自己会被判死刑——因为据他所知，当间谍都是要被判死刑的。

尽管苏联当时并非英国的敌对国家，但法庭还是给福克斯判了一个“向敌人泄露关键情报”的罪名，不过判决结果让福克斯松了一口气：14 年有期徒刑。

至于为什么判罚会比他的预期轻，当时有舆论认为：福克斯虽然向苏联泄露了原子弹的情报，但苏联毕竟不是德国法西斯。而最重要的是，福克斯同时也将美国的原子弹情报告诉了英国，大大推动了英国的原子弹研发进程。

就在福克斯入狱两年后，1952 年 10 月 3 日，英国成功试爆了本国的第一颗原子弹，成了全世界第三个拥有核武器的国家。

而福克斯在狱中表现良好，前后获减刑 5 年，于 1959 年被释放出狱。

6

福克斯出狱后的生活，颇有些让人感慨。

包括英国政府在内的西方世界，希望他能继续留下来从事相关的科学研究，但他却拒绝了一切邀请，来到了当时的民主德国，成了民主德国核物理研究所的副所长，并且还教授物理和哲学课程。之后，他还成了民主德国的科学院院士，被授予一级国家奖金和卡尔·马克思勋章。

应该说，福克斯后半生的生活还是不错的，但了解他所做事情的人始终关心一个问题：苏联人是怎么看待和对待他的？

在福克斯的有生之年，苏联从来没有公开承认和他有过任何接触，更不用谈公开表彰他的功绩。不过，据马库斯·沃尔夫回忆，在 1983 年，当年负责和福克斯联络接头的两个苏联官员巴尔科夫斯基和费克利索夫曾拜访过福克斯，向他转达了苏联对他过去所做贡献的感谢。

福克斯在 1988 年 1 月 28 日去世，当时媒体特别注意到，他的葬礼上没有出现一名苏联人。

不过，就在福克斯去世的那一年，苏联电视台播放了一部叫《冒险-1》的电影，里面提到了一个叫福克斯的人，为苏联提供过美国的核情报。

直到1992年，俄罗斯的《消息报》上出现了一篇文章，公开承认苏联在研制第一颗原子弹期间参考了福克斯提供的详细资料，并称福克斯使苏联在很短时间内研制出了核武器，苏联应该向福克斯致以深深的谢意。

而负责牵头苏联第一颗原子弹研制的核物理学家库尔恰托夫后来说过一句话：“苏联第一颗原子弹爆炸，科学家和情报部门各占一半功劳。”

馒头说

长久以来，福克斯做间谍的动机，是很多人津津乐道的话题。

诚然，福克斯的共产主义信仰是重要原因之一，但真的只有这一个原因吗？

福克斯本人曾说过这样一段话：“我从来不认为我是一个间谍。我不明白，为什么对苏联保守原子弹的秘密符合西方的利益。像这样具有难以想象的巨大毁灭潜力的东西，所有大国都应该有。一方倘若可以挟这样的威力威胁另一方的话，我觉得是很可憎的事，跟巨人在小人国里为所欲为没什么两样。我从没觉得把制造原子弹的秘密告诉莫斯科是什么大逆不道的行为。我倒觉得不这样做反而是不可饶恕的玩忽职守。”

从他的这段话可以看出，至少在原子弹这个能毁灭全人类的武器面前，他的认识已经超越了国界。而这也能解释如果他效忠苏联的话，也愿意推进英国的核武器研发。

事实上，很多当时参与“曼哈顿计划”的科学家都和福克斯有类似的观点。他们对当时的苏联未必有什么好感（福克斯就曾表示并不是很喜欢斯大林），但在原子弹的巨大威力面前，他们惶恐地意识到可以导致整个人类文明灭绝的武器已经诞生，要避免这个威胁发生，有

一个铤而走险的办法：大家都拥有核武器

当每个人手里都有一把可以轻取对方性命的武器时，一种“恐怖平衡”反而就产生了

所以，当时不少科学家愿意向苏联提供核武器的研发情报，一些人固然是出于信仰，但同时也是出于“不希望只有美国拥有核武器”这一考虑

曾经在“曼哈顿计划”中与福克斯共事的著名犹太裔美国物理学家汉斯·贝特（1967年诺贝尔物理学奖获得者）曾这样评价福克斯：“他是唯一一个真正改变历史的物理学家”

这样的评价是否贴切，见仁见智

不过，有一个问题还是可以提出的：福克斯真的是“史上最危险的间谍”吗？

本文主要参考来源：

1.《被加速的“链式反应”（上）：苏联核计划中的情报斗争》（漠北，《坦克装甲车辆》，2018年12期）

2.《苏联第一颗原子弹爆炸密闻实录》（张相全、赵雪平，《国际展望》，2003年18期）

3.《前苏联是如何获取西方原子情报的》（刘守功，《国家安全通信》，1999年02期）

4.《苏联迅速打破美国核垄断原因探析》（王文庆，《东欧中亚研究》，1994年03期）

5.《“偷”来的还是自己研制的？——前苏联研制原子弹和氢弹内幕》（尤里·哈里顿，《国际新闻界》，1993年03期）

6.《最危险的世纪间谍：福克斯》（李学华，《中国国防报》，2017年3月3日）

7.《隐面人》（马库斯·沃尔夫，国际文化出版公司，1999年）

潜入水面之下

一场博弈要产生，至少要具备三大要素：实力差不多，大家讲规则，结果有的选。

在这样的前提下，个人之间，组织之间，国家之间，就会产生各种博弈。很多时候，这种博弈都不是放在台面上的，而是幕后的较量。

辛卯科场案：一桩让皇帝都头疼的“高考”舞弊案

就像黑夜和白昼一样，有些东西，生来就是如影随形的，比如考试和作弊。自隋唐开科举以来，各式各样的作弊和舞弊屡禁不止，这篇文章要说的，就是一桩轰动一时的大案。

1

康熙五十年（1711），是农历辛卯年。

这一年的九月初九，是江南乡试放榜的日子。那一天，在江南贡院的门外，围的都是前来看榜的考生。

乡试三年一次，是读书人入仕的第一步，也是关键一步。十年寒窗苦读，今朝一榜揭晓，大家都心有忐忑，屏息等待。

然而，榜单张贴出来没多久，人群就炸窝了。

为什么？因为大家发现中榜名单里的人，大多是扬州有钱的盐商子弟或官宦之后，尤其是其中叫吴泌和程光奎的，是远近闻名的纨绔子弟，不学无术，大字不识几个，这次居然金榜题名。

南京的江南贡院，是中国古代规模最大、影响最广的科举考场。明清两朝，全国半数官员都出自江南贡院。江南省是清朝初期的一个行政区划，大概涵盖了今天的安徽、江苏、上海以及江西和浙江的小部分。后来因为江南省实在太大太富，顺治十八年（1661）其行政机构江南布政使司被拆分为江南左布政使司、江南右布政使司，康熙五年（1666）改称安徽布政使司和江苏布政使司，所辖区域俗称安徽省、江苏省。但乡试依旧为“江南乡试”，所以在这个行政区划内的考生都属于一个考区

1 000 多名考生很快就聚集到了江宁府学（“府学”为古代官办教育机构）和江南贡院门前，开始了一场宣泄不满情绪的“行为艺术秀”。

有人把“贡院”两个字用白纸遮掉一部分，远看成了“卖完”（“贡”的繁体字“貢”与“卖”的繁体字“賣”相近），讽刺这次考试背后有金钱交易。

有人把五路财神抬到了府学明伦堂的孔子像面前，讽刺这次考试“唯财是举”。

有人当场作了讽刺打油诗：“能行五者是门生，贿赂功名在此行。”（这次考试的第一道题目就是《论语》里孔子说的“能行五者于天下为仁矣”，“五者”原指恭、宽、信、敏、惠，考生用来指金子、银子、珠子、古玩、绸缎。）

而更多的人，将各种对联贴满府学的大门口，其中有一副对联相

当出彩：“左丘明两眼无珠，赵子龙一身是胆。”

为什么出彩？因为这次乡试的主考官叫左必蕃，副主考官叫赵晋。左丘明是写《左氏春秋》的，相传双目失明，而主考官左必蕃据说也有眼疾，阅卷工作多交于副主考官赵晋。之所以说赵晋是“一身是胆”的赵子龙，自然是讽刺他敢收取贿赂，明目张胆舞弊。

考生质疑考试不公，主副考官先被揪出来，这也是必然的。

2

那么左必蕃和赵晋到底有没有问题？

有问题。

不过这个问题放到后面再说，先说说他们是何许人也。

左必蕃是广东顺德人，康熙十二年（1673）的进士，做过扬州知府，相当于正厅级干部。赵晋是福建闽县人，翰林院编修，按他的资历大致是个处级干部。这两个人都是京官，受康熙亲自指派，来主考江南乡试，可谓被皇上委以重任，寄予厚望。

为什么呢？因为江南历来是人才辈出之地，也是商家富豪聚集之所，所以一方面考试竞争激烈，另一方面各种利益关系又盘根错节。来主考江南乡试，一直是一项“光荣而又艰巨”的任务，因为一不小心就会跌到坑里。

如今 1 000 多名考生闹事，无论最后如何收场，左必蕃和赵晋都深知：这次肯定捅娄子了。

不过，就在两位主考官焦头烂额之际，一个消息传来：两江总督噶礼下令，逮捕闹事的考生，准备判他们聚众闹事和诬告。

按理说，读书人虽然两袖清风，但在社会上的地位还是比较高的，更何况闹事的人基本都是秀才。在清朝，秀才是可以免除徭役、见知县不跪的，所以很少有人有那么大胆子，敢一声令下，用武力解决问题。

那这位两江总督噶礼又是什么来头？

来头确实大得很。

噶礼，满洲正红旗人，是清朝开国五大臣何和礼的四世孙，随康熙亲征噶尔丹，深受康熙赏识。而噶礼与康熙还有一层特殊的关系：他的母亲是康熙的奶妈。

凭借这些特殊关系，噶礼一路青云直上，从内阁学士升任山西巡抚，再升任户部左侍郎。虽然噶礼任官期间声名很差，贪腐成性，但无奈他是康熙眼前的红人，所以最后一路安然无恙地升任两江总督——清朝最高级别的封疆大吏，官拜正二品。

若按今天的概念来看，噶礼至少是正部级干部，如果挂个“兵部尚书”这样的头衔，可以算从一品，那就是副国级干部了。

这件事，原本是考生怀疑考试有猫腻而聚众宣泄一下情绪，现在噶礼将他们逮捕入狱，事态无疑进一步升级了。

不过，虽然噶礼是两江总督，总管安徽、江苏和江西三省军政民务，但在事发地江苏省，还有一个全省一把手，那就是江苏巡抚。

清朝的总督和巡抚，是一对关系微妙的存在。

论级别，两江总督至少是正二品，而江苏巡抚一般只是从二品。但从实权来看，总督虽然可管数省，但侧重军事，而巡抚虽然只管一省，但侧重民生等方方面面，实权在握。关键是两者之间并没有直接的隶属关系，都是向皇帝直接汇报的。

所以从某种意义上说，巡抚买总督的账，是情分，如果不买账，也可以说是本分。

这个江苏巡抚叫张伯行，偏偏是个不买账的主。他的一封信，直接写给了康熙皇帝。

3

康熙很快就收到了张伯行的奏疏。

作为江苏省的行政一把手，张伯行在奏疏中首先汇报了这次江宁闹事的大致情况和背后的原因——考生质疑考试不公平，并且强调这件事如果不妥善处理，“恐怕要生大变”。

张伯行的奏疏放到康熙案头没多久，主考官左必蕃的奏疏紧接着也到了。

左必蕃作为官场老手，一看事态升级，就知道情况不妙了。更何况他听闻江苏巡抚张伯行已经上奏，更知道已经时不我待——在官场上混，先让上级领导知道“有这么回事”和等上级领导来问“有没有这回事”，完全是两回事。

但左必蕃的奏疏颇有讲究。在他的奏疏里，他承认这次考生闹事是因为考试确实可能存在舞弊行为，还直接点出了他猜测的人选：考官王曰俞（容知县知县）、方名（山阳县知县）等人可能收受了吴泌、程光奎的贿赂，保他们取得功名。但是，除了这两个人，左必蕃没有提任何人的名字，只是说自己“失察”，是有责任的。

引起那么大民愤，难道只是考试“可能”存在舞弊行为？难道只涉及两个小小的考官？

康熙捋了捋胡子：不管你们信不信，反正我是不信的。

如果在两个人中要选一个人相信，康熙肯定相信张伯行。

张伯行，河南兰考人，康熙二十四年（1685）进士，素以清廉和刚正不阿著名，著名到连康熙都知道他。张伯行当初做江苏按察使（江苏巡抚的属下）的时候，因为正直而受当地官场排挤，结果南巡的康熙一举任命他为福建巡抚，任职两年后再调回江苏任巡抚，成为江苏的一把手。

要知道，当时的两江总督正是噶礼，康熙急匆匆把屁股还没坐热的张伯行从福建巡抚任上调回江苏，一督一抚，用心可知。

不过，康熙收到张伯行和左必蕃的这两份奏疏后，将它们暂且都先放到了一边。因为他还在等他自己专属渠道的汇报——江南如此重要之地，皇帝怎么可能没有自己的眼线？

果然，康熙等的两份密报很快就到了：一封来自江宁织造曹寅，一封来自苏州织造李煦。

曹寅是曹雪芹的爷爷，其实力和势力已为大家所熟知，而李煦是曹寅的大舅子。这两家亲戚把持着最富庶的江宁和苏州两地织造产业链，同时还肩负着一个重要使命：不间断地为康熙汇报江南地区的一切风吹草动。

在曹寅和李煦的汇报中，这次的科场考试风波原因被坐实了：绝对存在舞弊行为。

到了这个时候，轮到康熙拍案而起了：朕勤政爱民五十年，还从来没有见过胆子这样大的奸臣贼子！他们这么搞，我大清的江山岂不是要完?！

很快，康熙就钦点武英殿大学士张鹏翮作为钦差大臣，奔赴江苏省，彻查此案。

张鹏翮，四川遂宁人，是一个比张伯行的“清廉”名气更大的人，因为品行端正、刚正不阿，被康熙称为“天下第一等人”。

这样一个大清官作为钦差大臣去调查这桩江南科场舞弊案，康熙觉得是很有把握让事情水落石出的。

然而，康熙还是想得太简单了。

4

十一月底，钦差大臣张鹏翮抵达扬州，会同噶礼、张伯行以及安徽巡抚梁世勋，进行“三堂会审”。

几轮审问之后，大致情况就清晰了。

程光奎是两淮盐商，和副主考官赵晋以及山阳县知县方名关系很好。程光奎有钱之后，就想弄个官“玩玩”。考试的时候，程光奎将“枪手”事先写好的文章埋在自己考试的隔间里，考试时挖出，抄写在卷子上（这里其实牵涉到考题提前泄露），再在考卷上写了标记，赵晋让考官认出标记，程光奎直接中举。

古代科举考试考生的隔间

而吴泌是盐商之子，他玩得就比较大了，托了层层关系，包括找到容知县知县王曰俞等人“打点”，在考场里找了隔壁的考生做“枪手”（光这项就花费了 5 000 两银子），抄了答案，写了标记，最后中举。

这里面有两件事值得一提。一件是张鹏翮为了保险起见，审问前专门考了考这两位新晋“举人”，结果吴泌连两句《三字经》都背不下来，而程光奎写《百家姓》的“赵钱孙李”四个字，只会写个“钱”字。

另一件是，他们在考卷上约好写的标记是“其实有”三个字，大概他们想暗示“你们懂的，后面还有两个字：猫腻”。

至于受贿人，从赵晋到王曰俞再到方名，虽然几度狡辩，但最终都对自己受贿的事实供认不讳。

此外，还审出其他几个有作弊行为的中举考生。

然而，有一个重要问题出现了。在摸清行贿关系链的时候，主审官们审出了一条复杂的输送链：吴泌说他曾经通过各种关系，给过上任安徽巡抚叶九思的家人李奇 300 两黄金，而李奇说将金子转给了现任安徽布政使马逸姿（在那场乡试中担任提调官，即负责封录、送卷等事宜）的家人轩三，而轩三说自己没拿过这些钱……总之，一条线索兜来转去，这笔巨款总是缺了一大块，不知去了哪里。就在这时候，在审问现场的两江总督噶礼忽然震怒，下令要对证人李奇“夹胫钳口”，就是直接上刑。

一旁的张伯行赶紧制止：你这是要疯啊？是要当庭杀人灭口？

正当两江总督和江苏巡抚怒目而视的时候，真正头大的，是主持会审的钦差大臣张鹏翮。

张鹏翮不傻，就眼前这些证据，他知道这件事和两江总督噶礼可能难脱关系：如果没有他点头应允，借赵晋他们一百个胆子，他们也不敢拿钱舞弊，而主考官左必蕃也不会假装不知，早就上报了。

张鹏翮也不是奸臣。他确实刚正不阿，而且之前颇欣赏张伯行。但是他还真的不敢动两江总督噶礼，因为自己有把柄捏在噶礼手里。

张鹏翮有两个儿子，大儿子张懋诚在安徽怀宁县当知县，恰好就是噶礼的管辖范围。之前张懋诚和噶礼有过过节，噶礼曾威胁要取张懋诚性命。如果在这件事上得罪噶礼，儿子可能会有大危险。而且噶礼毕竟是康熙面前的红人，母亲又是康熙的奶妈，现在又没有铁证，如果扳不倒他，岂不是得罪了权贵？

所以，按照张鹏翮的意思，这个案子就查到这里吧：行贿人该怎么判怎么判，受贿人，就到赵晋为止。

但江苏巡抚张伯行却坚决不同意：科场舞弊，非同小可！我要挖的就是这条利益链！必须一查到底！

于是，一桩科场舞弊案，升级成了两个封疆大吏之间的斗争。

5

在会审之后，张伯行的奏疏很快被放到了康熙的案头上。

这份奏疏的主要内容就一个：两江总督噶礼很可能卷入了这桩科

场舞弊案，受贿金额可能达到 50 万两白银。

张伯行要求将噶礼解职调查。

还没等康熙缓过神来，噶礼的奏疏也到了。

在这份奏疏里，噶礼一共参奏了张伯行“七大罪状”，除了诬陷诽谤，其中比较严重的一条是：当时刚刚被康熙严令销毁的《南山集》是在苏州刻印的，而张伯行作为江苏巡抚，就驻扎在苏州，知情不报，还与为此书作序的方苞交好。

《南山集》又名《戴南山集》，是清代文学家戴名世写的，因为他住在南山冈，故有此名。书中用大量篇幅记载明末清初的史实，其中包括很多反抗清朝入侵的故事，所以在康熙五十年被禁，前后牵涉 300 多人，是当时比较大的一桩“文字狱”案

一个说对方受贿，一个说对方包庇，而这两个人都不是一般人，一个是江苏巡抚，一个是两江总督，这样的“督抚之争”传出去，岂不是贻笑大方？

所以康熙也恼火了，一拍桌子：你们两个人都给我解职！

调令到达，据说张伯行和噶礼在完成解职手续后，走出衙门时还互相看不顺眼，来了场“你瞅啥，瞅你咋的”式的打架，噶礼被张伯行踢了一脚，“踣于地而滚”。

而此时的康熙，还是要依靠自己的眼线——江宁织造曹寅的又一封密报到了。

在这封密报中，曹寅基本上对三方各打了三十三大板：张鹏翮只查细节，不想涉及督抚之争，想做“老好人”；目前没有证据能证明噶礼受贿，但包庇他人是有可能的；张伯行没有掌握证据就乱说，很可能在公报私仇。

曹寅在密报中的一句话，说到了康熙的心坎里：“督抚二臣不体贴圣衷，安静保护，徒博虚名，各为己私，互起朋党，殊无大臣之体。”

康熙摸了摸胡子，心想：对啊！你们两个国家高级干部这么闹，一点都不想想我大清的脸面，也不想想朕的脸面？

根据曹寅的这封密报，康熙基本确定了自己的判断——或者说他也有意在身边大臣中传达这样一个口风：噶礼是有能力的，但小节有亏；张伯行很清廉，但有时候办事也糊涂。两个人都有问题，这事情快点解决吧！

为了快点解决问题，康熙决定再加派一个人去查。

于是，漕运总督赫寿启程赶往扬州。

6

第二次会审，多了个赫寿，少了噶礼和张伯行。

其实还少了一个人，就是安徽巡抚梁世勋——他早就看出这个案子不好审，称病不来了。

二审还是张鹏翮主审，所以主题思想还是尽快拉和双方。然而，在二审期间，发生了一件蹊跷事：一个关键证人——知道贿金去向以及承担“拉皮条”作用的泾县知县陈天立，忽然上吊自杀了，而且家属说他是因为生病自杀的，没有受到威胁。

曹寅立刻将这件事汇报给了康熙，康熙密令安徽巡抚梁世勋调查陈天立死因（泾县属安徽管辖）。之前还称病的梁世勋立刻生龙活虎，但派人调查了几天后只能无奈回报：整个江南，司法系统从领导干部到监狱走卒，都是噶礼的人，他们守口如瓶，一句话也问不出。

但这样的回复，其实也多少说明了噶礼与陈天立之死的关系。

此时，离这桩舞弊案案发已经过去半年了，全国都传得沸沸扬扬，再不拿出审判结果，恐怕交代不过去了。

张鹏翮无奈之下，硬着头皮拿出了终审结果：吴泌绞刑，程光奎、赵晋、方名、王曰俞、马逸姿等人充军流放，左必蕃革职，噶礼官降一级，张伯行革职。

审判结果一出，上下哗然。

老百姓认为：如果说赵晋、方名他们作为考官受贿的事实认定，应该被判斩首啊，怎么才充军呢？而张伯行既然和噶礼相互攻击，那为何判的罪不一样呢？

这个审判结果让康熙也很不满意。一方面，康熙也觉得张鹏翮把那些案犯判得太轻了；另一方面，他又觉得把张伯行判得太重了。

在噶礼和张伯行两人之间，康熙本来是有点偏心噶礼的。但就在案件审理过程中，康熙有一次在宫中正好碰到了噶礼的母亲，也就是自己的奶妈。康熙顺口问起噶礼这个人怎么样，是否和张伯行有什么个人恩怨，万万没想到，噶礼母亲没有包庇儿子，而是说了不少噶礼贪赃枉法的事情。

康熙听完后长叹一声：“其母尚耻其行，其罪不容诛矣！”

而在张鹏翮判案之后，曹寅的密报也来了：这件案子恐怕没有办妥，人心难服。

于是康熙拍板决定：三审！

7

三审的班子，彻底换人了。

主审的官员，是康熙钦点的户部尚书穆和伦以及工部尚书张廷枢。两个人风尘仆仆赶到扬州的时候，已经是康熙五十一年的七月了——离案发过去10个月了。

三审的班子上任后，又把所有的罪犯和证人重新提审一次，没多久就做出了新的判罚：程光奎不仅仅“夹带”（考场作弊携带有关材料），也参与了贿买考官，所以应该和吴泌一样，处以绞刑；赵晋、方名、王曰俞这三个人犯罪证据确凿，流放肯定是轻了，判斩立决；至于噶礼和张伯行，还是维持原判——前者降一级，后者革职。

穆和伦和张廷枢自认为领会到了康熙的意思，可惜他们只领会到了一半：噶礼还是判轻了，张伯行还是判重了。

果然，判案意见交上去后，康熙对参与科场舞弊案人员的判罚并无异议，但对噶礼和张伯行的判罚评语是："是非颠倒！"

怎么办？四审！

不过，这次四审，康熙不再派新的钦差大臣过去了，而是下令"九卿、詹事、科道会同，秉公据实再奏"。

这次康熙也算长了个心眼儿，在官员进行审判之前，他把大家召集到一起，先拉了"风向"："伯行居官清廉，噶礼操守朕不能信。若无伯行，则江南必受其朘削几半矣。此互参一案，初遣官往审，为噶礼所制，致不能得其情；再遣官往审，与前无异。尔等能体朕保全清官之意，使正人无所疑惧，则海宇升平矣。"

意思就是：张伯行不会受贿，我是信得过的，噶礼的操守嘛，我不敢打包票，这下你们听懂了吗？

办案人员自然是听懂了，但是，他们又凭什么得罪噶礼呢？

于是，会审的结果是："应将噶礼、张伯行俱革职，但地方必得清正之员，方不贻累百姓，张伯行是否革职留任，伏候圣裁。"

一个皮球又踢还给了康熙。

话都说到这个份儿上了，康熙也只能撩起袖子自己上了，亲自裁定：噶礼革职，张伯行革职留任！

8

康熙五十二年正月，"辛卯科场案"终审结果宣判。

除了张伯行革职留任和噶礼革职，其他与之前三审的结果并无太大差别（程光奎还是从轻判了绞监候）。

至此，这桩拖延了长达一年半的舞弊案，终于落下帷幕。

张伯行后来被康熙调到了身边，做到了户部尚书。张鹏翮后来也回到了中央，做到了吏部尚书。这两位张姓人士都在1725年去世，张伯行享年75岁，张鹏翮享年77岁。

而噶礼，在那桩舞弊案结束后不久，就出事了。

可能是心生怨恨，也可能是有旧怨，噶礼居然伙同自己的弟弟色勒奇以及侄子干都，在自己母亲的食物里下毒。母亲发现自己的儿子竟然做出这种事，就禀报了康熙，顺带报告噶礼的妻子纵容干儿子干泰毁坏别人房屋。

康熙立刻下令刑部查证，结果情况属实。

刑部给出的建议是，处以噶礼凌迟之刑，妻子绞刑，弟弟色勒奇和侄子干都斩首，干泰流放黑龙江。

康熙基本同意了其他的判刑，但还是念了一点和噶礼的旧情：允他在家自尽，妻子从死，财产充公。

馒头说

清朝著名的科场舞弊案，其实一共有三起。

除了这起康熙年间的“辛卯科场案”，还有顺治年间的“丁酉科场案”以及咸丰年间的“戊午科场案”。若论人头落地的数量，以及牵涉到的最高官员的级别，“辛卯科场案”都算不上第一。如果勉强要算的话，大概是涉案金额最高的（有人按米价计算，折合成现在的钱至少有上亿元）。

但这起科场舞弊案却依旧很有代表性，那就是一个看似简单的舞弊行为背后，是一连串的利益链，以及触目惊心的腐败链。

自隋唐开科举以来，统治阶级碰到科场舞弊案，是有一个打一个的。当然，在这个过程中，肯定也会有各种妥协和退让，但总的态度和原则是不变的，甚至要有几颗人头落地，杀一儆百，不然不足以平民愤。

因为科考舞弊不是简单的舞弊，是所有寒门子弟改变命运的通路被堵的问题——还是被人用不公平的手段堵住的。

人不怕穷，不怕苦，但怕的是意识到再努力也没有办法改变自己的命运，怕的是连他们认为最公平的机会其实都是不公平的。

一旦这样的事成为常态，随之而来的潮水般的愤怒，是不可想象的。

当然，不能拿现在的高考去简单类比古代的科考，时代和环境也早已大不相同。然而，有些人，有些恶，有些利益链和腐败链，却并不会因时代的改变而改变，他们只会重新梳妆打扮，继续潜伏在阴暗的角落，继续干着令人发指的勾当。

任何时代都需要公平，决定个人前途命运的考试，更需要公平。

不然，寒的不只是考生们的心。

本文主要参考来源：

1.《清史稿·列传五十二·张伯行》（赵尔巽）

2.《清史稿·列传六十五·噶礼》（赵尔巽）

3.《清稗类钞·狱讼类》（徐珂）

4.《江苏省通志稿·司法志》（缪荃孙）

5.《清实录·清圣祖仁皇帝实录·卷二百五十一》（中华书局，1987 年）

6.《啸亭杂录·卷十·噶礼母》（爱新觉罗·昭梿，中国社会科学网）

7.《案藏杀机：清代四大奇案卷宗》（吴蔚，陕西人民出版社，2009 年）

8.《清代江南乡试研究》（邹艳妮，湖南大学硕士论文，2016 年）

9.《从清廷奏折看清康熙五十年江南科场案》（朱志泊，赵非）

10.《明清审判中的民意介入》［杨楠楠，《电子科技大学学报》（社会科学

版），2016 年第 06 期］
11.《清案探秘：朝廷轶事》（唐博，广西师范大学出版社，2015 年）
12.《从噶礼—张伯行互参案看康熙的“满汉一体”论》［成积春，《历史教学》（高校版），2017 年 11 期］

权力的游戏：一次“性贿赂”引发的政坛大乱斗

在不少人的印象里，晚清的政坛就是一摊烂泥，腐朽昏庸，稀里糊涂就丢了江山。其实还真不是这样，至少在内部权力斗争方面，人家精神着呢。

瞿鸿禨一路升官很快，后有人总结出一个重要原因，说他的长相很像慈禧的儿子同治帝。瞿鸿禨晚年也曾自己作诗，含蓄承认了此事

1

1907 年 6 月 17 日这一天，慈禧太后革除了一个人。

这人不是普通人，是军机大臣、外务部尚书（相当于现在的外交部长），名叫瞿鸿禨。

瞿鸿禨曾是慈禧最信赖的一批老臣之一，素以“清廉”闻名朝廷内外，但只是因为多了一句嘴，就被直接革职遣回原籍。

到底是怎样一句话，居然让一个资历如此之深的老干部，直接被打发回家？

瞿鸿禨说的那句话，和当时一场轰动朝廷内外的政治斗争有关。

这场斗争，源自 1906 年发生的一件事。

那件事，按照当时的眼光看来，其实并不是一件大事情。但就是这样一件事，经过慢慢发酵和升级，渐渐把当朝的几大势力全都牵扯了进来，最终酿成了一场政治大风波——一批高官因此辞职、被贬或革职，整个清廷的权力格局发生了很大改变。

这恐怕是当初谁都没想到的。

2

这件事，得从 1906 年的 10 月 26 日说起。

这一天，有一个钦差大臣到了天津。这位钦差大臣才 30 岁，却不容小觑，因为他是爱新觉罗·载振。

载振的父亲，是深受慈禧信任的爱新觉罗·奕劻，当朝首席军机大臣，相当于一国总理。作为奕劻长子的载振，也是从小被慈禧当作“年轻后备干部”来培养的：19 岁封二等镇国将军，26 岁就代表大清帝国出使英国参加爱德华七世的加冕仪式，27 岁被派去日本考察，1906 年清朝改革官制后担任新成立的农工商部尚书（即部长）。可谓少年得志，前途无量。

载振。《历史的温度 3》收录的《末日孤舰“海圻号”：大清帝国的最后荣光》一文中代表清朝出访的官员就是他

载“部长”这次到天津，其实只是路过。他真正的任务，是去考

察东三省。

日俄战争之后，日本势力迅速渗入东北，与俄国势力形成犬牙交错之势。东北乃是大清“龙兴之地”，意义非凡，不容有失。所以，慈禧派出“年轻的老干部”载振，辅以军机大臣徐世昌，率一个考察团前往东北，其任务实是准备在东北设立黑龙江、吉林和奉天三个行省，加强控制。设行省，就要有长官，按照计划，东北每省设一巡抚（相当于省长）管理行政事务，整个东三省再设立总督一名。

一夜之间，清朝的官场将多出四个省部级高官职位空缺，可想而知这个考察团的一言一行会受到怎样的重视。

10 月 26 日，载振和徐世昌抵达天津后，受到了隆重而热烈的欢迎，当晚被设宴接风，酒足饭饱之后，又被请到天津的天仙茶园看戏。

进得茶园，入座捧茶，载振的眼睛就再也没有离开台上正在唱戏的一位女子。

那位唱戏的女子，是天仙茶园的当家花旦，年方 18 岁，名叫杨翠喜。

正是这个叫杨翠喜的女子，引发了清末一场著名的政坛大风波。

3

杨翠喜，1888 年生于天津西郊杨柳青的一户农家。因家中贫穷，杨翠喜在 12 岁那年被人卖到天津，几经辗转，来到了天仙茶园。杨翠喜聪明乖巧，学会了很多戏曲，再加上外貌出众，很快就成了天仙茶园的头牌，吸引了大批“铁杆粉丝”。

杨翠喜当时的魅力究竟有多大？说两个她的忠实拥趸。

第一个人，是一个富二代。他的父亲是天津盐业和金融业巨富，家财万贯。这个富二代特别喜欢文艺，尤其是戏剧，在天仙茶园和杨翠喜一见如故，经常去捧场，并在散场后提着灯笼送杨翠喜回家。这位才子富二代还特地为杨翠喜写过两首词，可见用情至真。不过杨翠喜和他有缘无分，让这位富二代备感惆怅，甚至对他后来遁入空门也产生了一定的影响。

杨翠喜

这位富二代，就是著名的弘一法师李叔同。

另一个人，也是天津的巨富，名叫王益孙，几乎天天来捧杨翠喜的场。王家是天津有名的巨富，在中国近代史上也留下过一笔：王益孙的父亲王奎章曾经请过一名年轻人到家里开私塾，到了王益孙这代，还出钱资助那位年轻人在天津办了一所私立中学。那个年轻人，就是张伯苓；那所中学，就是天津南开中学。

李叔同在本文要说的这件事中只是一名路人甲，而王益孙这个名字我们还需要暂时记着，因为他在后续事件发酵中也是关键的一环。

现在回到 1906 年 10 月 26 日那天晚上。

18 岁的杨翠喜在台上巧笑倩兮，美目盼兮，看得台下的载振双眼直兮，垂涎兮。载振年纪虽轻，但也“阅人无数”，吃花酒，搂名妓，早已名声在外。

而他目不转睛盯着杨翠喜的那一幕，全都被一旁一个叫段芝贵的人看在眼里。

4

现在轮到段芝贵出场了。

那一年，37 岁的段芝贵已经做到了天津巡警道（相当于天津市公

段芝贵

安局局长兼消防局局长再兼卫生局局长）。

段芝贵是安徽人，天津武备学堂毕业，靠着族叔在袁世凯手下当差，得到了接近袁世凯的机会。论能力，段芝贵基本没啥，但他有一套特别厉害的拍马屁功夫，而且在官场上善于察言观色，投人所好，再以此交换自己想要的东西。

载振一行经停天津，忙坏了段芝贵：谁都知道，伺候好这位背景显赫的“年轻老干部”，今后的好处数不胜数。更何况，段芝贵有自己的明确目的。

所以，当段芝贵看到载振对杨翠喜魂不守舍的时候，已经知道该怎么做了——当晚，段芝贵就安排杨翠喜进了载振的卧房。

第二天，段芝贵找到了杨翠喜的忠实粉丝——富商王益孙，请他帮忙“倒口袋”。

所谓“倒口袋”，是天津老百姓的一种说法。按照当时的规定，官员不准自己蓄养戏伶或妓女，但是如果有其他人用非官方的名义赎买了她们之后再暗地里“交易”给官员，却无人追究。所以，这种帮官员买人再交易的生意，就叫“倒口袋”。

王益孙受了段芝贵的委托，就去戏园赎买杨翠喜。戏园的老板也不傻，知道王益孙来赎买，幕后必有大金主，所以漫天要价，最后成交价高达 12 000 两白银。

赎身后的杨翠喜，被段芝贵又花了大价钱精心打扮修饰了一番，在 1907 年的 3 月，以为载振父亲奕劻祝寿的名义送到了北京。送给奕劻的，是段芝贵向天津商会会长王竹林借的 10 万两白银礼金，而杨翠喜，当然是献给载振的。

1907 年 4 月 20 日，投桃报李的时候到了。

奕劻，以贪财著名

新设立的东三省巡抚名单公布，其中新任命的黑龙江巡抚，赫然写着“段芝贵”的名字。

一时之间，舆论哗然。

段芝贵之前只不过是个四品的道员，名不见经传，怎么一下就连升三级，成了从二品的巡抚，主政一方了？

此时，天津的一些报纸已经开始披露段芝贵用“美人计”进行“性贿赂”买官的内幕，“杨翠喜”这个名字也被人挖了出来。

一场被称为“丁未政潮”（1907 年是丁未年）的政治风暴，正式开场。

5

第一个站出来踢爆这件事的，是御史赵启霖。

当时清廷之上，有一个著名的“三霖公司”，指的是三名敢于直言的御史：赵启霖、赵炳麟、江春霖。这三名御史不仅能言善辩，不怕得罪权贵，还会利用民间媒体舆论造势。

段芝贵“性贿赂”载振以取悦其父奕劻买官一事，其实早已成为老百姓茶余饭后津津乐道的话题。当时刚刚创办《京报》的主编汪康年将这件事的来龙去脉说得一清二楚，发在了报纸上。但朝廷之中却一直无人敢公开说，因为毕竟涉及首席军机大臣奕劻的大公子。

但赵启霖就敢。

1907 年 5 月，赵启霖直接上书，将段芝贵“性贿赂”买官的事情全盘说出，指出段芝贵既不是科举出身，也没有立过什么大功，甚至作为一名二品官员都没面见过皇上，就这么稀里糊涂上任了，这一切都是奕劻卖官鬻爵带来的恶果。

赵启霖在参本的末尾还加了一句："是可忍，孰不可忍！"

按照清朝的监察制度，赵启霖的这份上书被直接送到了慈禧的案前。慈禧看完之后，勃然大怒：奕劻啊！你这个糟老头子坏得很！

其实奕劻好财，载振好色，慈禧也早有耳闻，但她对能力平平的奕劻一直不舍得弃用，一是因为奕劻毕竟是近亲宗室，二是因为他忠心耿耿。但是，这件事看上去证据确凿，且影响恶劣，连慈禧都知道不能姑息了。

考虑到牵连重大，慈禧先下了第一道命令：将段芝贵就地革职！可怜段芝贵当时还在乐呵呵去黑龙江赴任的路上，就被告知乌纱帽没了。

但是，这只是这场战争的开端而已。

上奏的赵启霖，以及披露消息的《京报》主编汪康年，还有一个共同的身份——本文开头露脸的那位军机大臣瞿鸿禨的门生。

瞿鸿禨是当时清廷"清流派"的代表。"清流派"是清朝光绪年间在清廷开始出现的政治派别，大约形成于 19 世纪 70 年代。"清流"原喻指德行高洁、勇于言事、有名望的士大夫。当时军机大臣李鸿藻因为军机处的洋务派占了多数，于是笼络了一批御史和翰林，针砭时弊，揭露腐败。根据时间阶段，"清流派 "也有" 前清流"和"后清流"之分。总体而言，"清流派"都注重品德修行，严于律己，比较清廉。但在一些治国理政的方针上，由于他们缺乏对时局的全面了解，也提出过不少有局限性的主张。

彼时的"清流派"势力，已和李鸿藻、翁同龢时代的"清流派"不可同日而语，但刚正不阿、清廉自律、敢言直谏的品行倒是一脉相传。"清流派"酝酿已久的组合拳，难道仅仅是为了罢免一个区区从二品的官员段芝贵吗？

当然不是。

那么，是不是针对贪腐无度的首席军机大臣奕劻？

也不完全是。

踢爆段芝贵“性贿赂”案，“清流派”其实是想借此和一个人发起决战。

这个人，就是段芝贵幕后真正的大老板：袁世凯。

6

在 1906 年前后，袁世凯的“北洋派”已经很成气候了。

1901 年，一代权臣李鸿章去世，42 岁的袁世凯接任北洋大臣和直隶总督，成为当时大清帝国令人瞩目的实力派人物。

但袁世凯的野心并不止于此。

通过结交各路朝廷权贵，袁世凯一直在为自己的势力扩充做准备。载振比袁世凯小 17 岁，但两个人其实是换过帖的结拜兄弟。袁世凯是看中载振这个人吗？当然不是，他也是奔着载振的老爸、当时的庆亲王奕劻去的。

所以，当时朝廷上都知道有一个联盟，叫作“庆袁联盟”。

而段芝贵，恰恰是袁世凯一手扶植起来的亲信。段芝贵之所以能获得袁世凯的信任和提拔，和他不断给袁世凯贡献女色有关。段芝贵还有一个绰号，叫作“民国第一皮条客”。

所以，段芝贵用“性贿赂”换来黑龙江巡抚，与其说奕劻是听儿子吹风给段芝贵面子，倒不如说他是给袁世凯面子。

那袁世凯为什么要段芝贵升任黑龙江巡抚呢？因为他需要布局，需要自己的势力走出京城。事实上，在 1907 年 4 月 20 日公布的东三省长官名单中，黑龙江巡抚段芝贵、吉林巡抚朱家宝、奉天巡抚唐绍仪、东三省总督徐世昌四个人，清一色都是袁世凯的人。

也正是因此，袁世凯一手遮天的“北洋”势力引起了“清流派”的担忧，也引起了慈禧的警觉：她罢免段芝贵，同样也不是冲着这么一个小小的从二品官员去的。

她敲打的，就是袁世凯。

在这一点上，“清流派”其实也是慈禧的工具。

不过，“清流派”是真心决定发动总攻的。他们打出的还不仅仅是赵启霖这一张牌，还有一张更大的牌也被甩了出来——刚被任命为四川总督的岑春煊不去四川上任，直接坐火车到了北京。

岑春煊手段强硬，一度和袁世凯并称，有“南岑北袁”的说法

岑春煊也是个“官二代”，父亲是云贵总督岑毓英。岑春煊在“戊戌变法”中因支持变法而得到光绪帝信任，之后又在八国联军侵华、慈禧带光绪逃难时主动勤王而得到了慈禧的褒奖，深受慈禧信赖，也是一个大红人。

而且，岑春煊为官时大力惩治贪官污吏，与“清流派”瞿鸿禨是结成同盟的，也算是“清流派”的有力盟友。

1907 年 5 月 1 日，岑春煊抵达北京，之后四天连续四次被慈禧召见单独议事，并被授“邮传部尚书”的重要职位，留守京城。

岑春煊坐稳京城后，立刻做了两件事，摆明了态度。

第一件事，上书弹劾奕劻，称他贪污腐败，不适合再担任首席军机大臣。

第二件事，给出了邮传部侍郎（副部长）朱宝奎贪污腐败的证据，让慈禧太后撤了朱宝奎的职——朱宝奎是袁世凯“北洋派”的人。

一时之间，京城传言四起：老佛爷准备起用岑春煊，接替袁世凯担任北洋大臣兼直隶总督！

至此，“清流派”已经火力全开，占了上风。

奕劻和载振急得像热锅上的蚂蚁，唯一的希望，就是看袁世凯怎么接招。

7

现在，轮到之前露过脸的天津富商王益孙再度登场了。

1907 年 5 月，王益孙忽然接到了张镇芳的一个请求：您受累，请把杨翠喜纳为小妾。

这个张镇芳也不是普通人，他的姐姐是袁世凯哥哥的老婆，换句话说，他算是袁世凯的亲戚，转达的，就是袁世凯的意思。

彼时，杨翠喜已经从北京被悄悄送回了天津。

这就是袁世凯回击的第一步：先把“性贿赂”这件事糊弄过去再说。

按照张镇芳的授意，王益孙要先伪造一张契约，证明自己在 1905 年 6 月就已经花 3 500 两白银，将杨翠喜纳为小妾（后又改口为买作使女），所以根本不可能存在一年后专门买杨翠喜献给载振的事。

张镇芳是袁世凯二哥袁世敦的妻弟，曾当过大清的末代直隶总督（只做了 10 天）。他的儿子，是著名的诗词艺术家、收藏家、书法家张伯驹

王益孙本来就喜欢杨翠喜，现在等于白得，当然欣然从命。

之后，天津商会的王竹林也受到了“嘱托”，届时要一口否认曾经借款给段芝贵。与此同时，“清流派”利用舆论，袁世凯也会这一招：《大公报》领袁世凯之意，也开始发布所谓的“真相”，把杨翠喜早就被王益孙买去做妾这一“事实”进行了大幅报道。

这边袁世凯刚刚打点停当，那边慈禧太后派出的钦差大臣就已经到天津了。

领衔调查团的，是两个人：年方 24 岁的醇亲王载沣，以及已经 80 岁的文渊阁大学士孙家鼐。

年轻的载沣主要代表皇室，真正能给案子定性的，是孙家鼐。当时清廷的第三股势力，开始登场了。

8

孙家鼐代表的，是当时清廷里的“老臣派”。

孙家鼐

“老臣派”的代表人物，就是孙家鼐和湖广总督张之洞，他们的特点就是德高望重、资历极深。比如孙家鼐，是咸丰九年（1859）的状元，不仅做过吏部尚书，还代理过工部、礼部、户部、吏部、刑部五部的尚书，最后被封为文渊阁大学士。有这样的资历、年龄，说他“德高望重”是绝不夸张的。

“老臣派”作为当时朝廷的第三股势力，其特点就是，谁都看不上，谁也不得罪。

对于“清流派”，“老臣派”一直是保持距离的，而对于这些年青云直上的“北洋派”，“老臣派”更是嗤之以鼻的。但是，由于自身缺少足够的实力，“老臣派”也不得罪“北洋派”，只是一直在幕后撺掇“清流派”站到台前。

如今，这样一个机会摆到了孙家鼐的面前：到天津一问一查，那些所谓的“契约”和“口供”漏洞百出，全是疑点。

这无疑是一个扳倒“北洋派”，至少重创袁世凯的机会。

但是，孙家鼐却犹豫了。

若要交回一份“做伪证”的报告，弹劾奕劻，并不是一件很难的事。但奕劻是皇亲国戚，且是爵位可以世袭的“铁帽子王”，就算一时被弹劾下去，恐怕很快就会卷土重来。

至于袁世凯，年富力强，羽翼已成，爪牙遍布天下，这一击能把他击倒吗？

最关键的是，老佛爷究竟是怎么想的？她是不是真的想查到底？

到底是经历过不少“活久见”的人，80 岁的孙家鼐在经过一系列调查取证之后，与载沣商议，返回京城，交出了自己的最终结论：杨翠喜本来就已经是王益孙的小妾，赵启霖的参奏缺乏事实根据，不足采信。

舆论哗然。

但是，收到这份报告的慈禧，是满意的。

对奕劻，慈禧虽然恼他腐败，但毕竟还是需要他的忠心耿耿；对袁世凯，慈禧虽然警觉，但毕竟还要用他的能力和“北洋派”的势力。

慈禧需要的是敲打，而不是铲除。当然，慈禧左手敲打“庆袁联盟”，右手也没忘了“清流派”。

上奏的赵启霖，随即被慈禧斥责为“亲贵重臣名节攸关，并不详加访查，辄以毫无根据之词率行入奏，任意污蔑，实属咎有应得”，被当庭革职。

这下也惹恼了“三霖公司”的另外两位“大咖”。赵炳麟先站出来上奏，说历朝历代，对言官都应宽容。随后江春霖也继续上奏，说王益孙要花 3 500 两白银的代价，买区区一个使女，这种行为在市场上闻所未闻，调查者是在睁眼说瞎话。

但其实，慈禧也只是在给两边各一个交代而已。被宣判“永不录用”的赵启霖，革职后不久就被重新录用，放到地方的重要岗位上去了。而奕劻也很快给出了慈禧需要的交代：儿子载振年轻糊涂，主动辞去“农工商尚书”这一职位。

慈禧表示“勉强同意”。

一场政治大风波，各打五十大板，眼看就要风平浪静了。

但有一个人不肯，因为在挺过了一轮攻击之后，他要报仇。

9

这个人，就是袁世凯。

袁世凯首先瞄准的复仇对象，就是试图抢走自己北洋大臣和直隶总督之位的岑春煊。

面对深受慈禧信任的岑春煊，袁世凯选择反击手段也是动足了脑筋。

首先，他将岑春煊赶出了权力中枢——北京。

袁世凯先让两广总督周馥、闽浙总督松寿接连报告两广地区“匪患难平”，然后让奕劻面见慈禧出主意——两广总督非岑春煊担任不可。岑春煊进京后，天天要和慈禧“独对”，弄得慈禧也颇有点审美疲劳，结果就真的下旨让岑春煊去做两广总督了。

从进京担任邮传部尚书到被外派为两广总督，岑春煊在北京只待了 25 天。

其次，袁世凯必须让慈禧不再信任岑春煊。

为了达到这个目的，袁世凯还动用了“高科技”——找人翻拍合成了一张岑春煊和康有为、梁启超的合影。慈禧平生对康梁二人恨之入骨，看到这张“有图有真相”的照片，自然心头火起。加上岑春煊受命两广总督后，迟迟滞留上海，不肯去就任，也给了“庆袁联盟”

造谣的借口：岑春煊与革命党人乃至日本人密谋要“归政光绪”。这两点都戳中了慈禧的痛处，最终促使她决定让岑春煊“开缺”——不再任命，下次再说。

最后，在扳倒了“清流派”一大支柱后，袁世凯又开始向另一大支柱瞿鸿禨动手了。

在这个过程中，也要怪瞿鸿禨自己不争气。

有一次和慈禧单独聊天时，瞿鸿禨曾提出把奕劻请出军机处，当时慈禧不置可否，只是对他说“我自有安排”。瞿鸿禨一看有点苗头，就想顺势推一把，于是他又想到了媒体。他找到自己的门生、《京报》主编汪康年，说慈禧想换首席军机大臣。汪康年把这个消息捅给了英国《泰晤士报》，试图用外媒来制造舆论压力。

结果慈禧没看报纸，倒是有外国公使夫人看到了《泰晤士报》，报上说中国的“总理”可能要换人，于是在和慈禧见面时直接询问了她。慈禧一惊之下，想来想去，自己只和瞿鸿禨说过，不由大怒。

京報
PEKING NEWS, ISSUED DAILY

《京报》在几个月后也被勒令关停

恰在此时，由袁世凯买通的御史恽毓鼎趁机上奏弹劾瞿鸿禨，说他总是利用媒体造势，在御史团队里拉帮结派搞“小团体”。正在气头上的慈禧索性一不做二不休，宣布将瞿鸿禨革职。

于是，就发生了本文开头的那一幕。1907 年 6 月 16 日御史上奏，6 月 17 日瞿鸿禨就被宣布革职了。

瞿鸿禨被革职，宣告这场“丁未政潮”基本落下帷幕。

10

不过，“北洋派”在这轮风波中也没占得什么便宜。

在不断感受到慈禧的“敲打”之后，袁世凯最终决定“以退为进”，做了一个表态：将满人贵族最忌惮他的北洋军一、三、五、六各镇，交陆军部直接管辖。之后，袁世凯又同意调离北洋，到北京任军机大臣兼外务部尚书。

只是，袁世凯此时羽翼已成，其实已经没有人能阻挡他狂野的步伐了。

馒头说

一场“丁未政潮”，带来的影响是深远的。

从结果来看，“清流派”偃旗息鼓，“北洋派”不占便宜，看似两败俱伤，得利的是从中“敲打”的慈禧。

但事实上，慈禧又何尝是个赢家？

最初，慈禧确实是想用“清流派”来敲打“北洋派”的，因为无论如何，“清流派”清廉自律，且对朝廷忠心耿耿，是可用的一股势力。但慈禧自己也没想到，“北洋派”的反击是如此凶猛，而且在这个过程中，慈禧也看到联合满人贵族的袁世凯的能量已经大到了这样一个地步，不得不引起警觉。

“清流派”的倒下，对大清王朝其实绝非利好。尽管他们相对“北洋派”而言力量弱小，甚至有些“螳臂挡车”，但毕竟还是忠心耿耿的。

所以，后来慈禧只能试图拉拢“老臣派”，她甚至一度想让 80 岁的孙家鼐加入军机处，成为第三股牵制力量，但孙家鼐谢绝了，正如“老臣派”的一贯作风：不掺和。

无奈之下，慈禧在“丁未政潮”后只能起用第四股势力：“亲贵派”，包括后来溥仪的父亲醇亲王载沣、镇国公载泽、陆军部尚书铁良等少壮派满人贵族。但是，且不论这批少壮派个人能力如何，仇视汉人的他们上台后，再一次将汉人慢慢排挤出了政治权力中心，使得满汉进一步对立，进而加速了大清帝国的崩溃。

而这场“丁未政潮”的整个过程，其实已经展现出这个帝国内部腐朽到了什么程度：弃清扬浊，拉帮结派，贪污腐败，明哲保身，隔岸观火……

就在“丁未政潮”之后的1908年，慈禧和光绪双双驾崩。

即便清朝的权贵们后来成功让袁世凯革职回乡，似乎从内部解除了一个危机，但来自外部的压力和冲击，他们已经完全不能抵挡。

仅仅三年之后，全国就燃起了熊熊革命烈火。

一个建立全国政权长达268年的帝国，毫无悬念地，轰然倒塌。

本文主要参考来源：

1.《段芝贵献妓贝子案》（周利成，《湖南档案》，2003年01期）

2.《清末轰动朝野的一桩官场花案》（甄光俊、方兆麟，《文史精华》，2007年11期）

3.《清末名伶杨翠喜引出的一场贿官风波》（陈凤尤，《湖北档案》，2010年01、02合期）

4.《改变晚清政治大格局的小女子》（陈忠海，《文史天地》，2017年05期）

5.《晚清震动高层的钱权色交易案》（蔡登山、柯基生，《廉政瞭望》，2017年07期）

6.《杨翠喜：一个民女引发的监察大案》（焦利，《人民公仆》，2014年01期）

7.《名妓裙下的大老虎》（李德林，《老区建设》，2014年17期）

斩杀安德海：晚清宫廷的一场暗斗

说起清朝有名的太监，很多人会脱口而出"李莲英"，可能还会有人报出"小德张"的名字。但其实还有一个太监，当年也是轰动天下的，不过轰动的原因，是他人头落地了。

1

1869 年 9 月 16 日这天，山东济南城有一个太监被杀了。

按理说，大清朝的太监成百上千，杀一个太监，也不算什么大事情。但知道点门道的人，可能就能看出一点不寻常的地方：大清朝的祖训是"非经派遣，太监不能出宫"，所以当时几乎没有太监走出北京紫禁城。

那么，在山东被杀的这个太监，是从哪里来的？

当时下令杀这个太监的，是山东巡抚丁宝桢。在《清史稿·丁宝桢传》中，关于这段事情的记录，前前后后一共只有 86 个字："（同治）八年秋，（安德海）乘楼船缘运河南下，旗缯殊异，称有密遣。所过招纳权贿，无敢发者。至泰安，宝桢先已入告，使骑捕而守之。安得海犹大言，谓：‘汝辈自速辜耳！’传送济南，宝桢曰：‘宦竖私出，非制。且大臣未闻有命，必诈无疑。’奏上，遂正法。”

这件事大致的经过就是：安德海私自出宫，作威作福，到了山东境内，碰到了刚正不阿的山东巡抚丁宝桢。丁宝桢早就看不惯安德海，所以顶住压力，最终为民除害。

“丁宝桢智斩安德海”的故事，在坊间流传着各种版本，从野史到故事，从小说到戏曲，乃至到现当代的影视剧，一直被人津津乐道，因为这符合大众的审美和道德观念。

但这件事背后一直存在疑点：丁宝桢当时虽然是山东巡抚（一个省的最高行政长官，基本相当于现在的省长），但与被他“遂正法”的那个太监安德海相比，还真的算不上什么。

大名鼎鼎的安德海，当时是慈禧太后眼前的大红人。

安德海出宫，谁都知道是奉了慈禧命令的。但是，偏偏到了山东，就被区区一个山东巡抚抓起来，一刀给咔嚓了。

真的就那么简单？

当然没那么简单。

2

首先，自然要说说这个太监安德海。

安德海（也作“安得海”），河北人，出生于 1844 年左右，在八九岁时净身入宫做了咸丰帝的御前太监。

安德海一战成名，是在 1861 年。

那一年，英法联军攻入了北京城，才 31 岁的咸丰帝在内忧外患下急火攻心，在热河的避暑山庄撒手归西。临终前，咸丰立了自己 6 岁的儿子载淳为接班人（即后来的同治帝），命以肃顺为首的“顾命八大臣”辅政，同时又把自己的两道印分别赐给了皇后钮祜禄氏（后来的慈安太后）和载淳的生母懿贵妃叶赫那拉氏（即慈禧太后）。

按照咸丰的“顶层设计”，这“八大臣 + 两太后”互相牵制的局面，应该可以顺利保证儿子载淳成年后亲掌大权了。

但是，在这个“十人体系”设定中出了一个漏洞——有一个人有超出其他九人的野心，同时也有超出其他九人的能力和手腕。

这个人就是慈禧。

作为小皇帝的生母，当时才 26 岁的慈禧是绝不甘心受到如此多的牵制和压迫的，但考虑到自己人单力薄，翻盘不易，所以她想到了精明能干却被“顾命八大臣”排挤出权力中心的恭亲王奕䜣。

奕䜣是咸丰帝的弟弟，也就是慈禧的小叔子，当时不到 30 岁，被派在北京与英法联军谈判，不准到热河奔丧。在得到慈禧的密报之后，奕䜣欣然决定加入“政变军团”。双方在经过紧锣密鼓的准备之后，终于在咸丰帝驾崩一个多月后发动了一场政变，一举逮捕了“顾命八大臣”。这就是著名的“辛酉政变”。

肃顺一直深得咸丰信任，能力也颇强，一直主张重用汉人，在他任内，曾国藩、胡林翼、左宗棠等人皆受照顾。肃顺在“辛酉政变”中被捕时只有 45 岁，随即被斩于菜市口，据说临行前大骂慈禧，不肯下跪，被打断髌骨后斩首。“顾命八大臣”或被赐死，或被流放，或被革职，自此烟消云散。

“辛酉政变”之后，慈禧顺利地扫清了自己掌权道路上的一大障碍，之后自然要奖赏自己的盟友和亲信。

恭亲王奕䜣毫无疑问厥功甚伟，由此入军机处，获“议政王”头衔，权倾朝野。而当时双方密谋政变的情报能从遍布“顾命八大臣”眼线的热河传递到北京城，再来回通报，慈禧也肯定需要一个极度可靠的人。

这个人，就是安德海。

可以说，安德海在“辛酉政变”中扮演了一个“跑腿”角色，也是至关重要的“牵线人”。

所以可以想象，当慈禧上位之后，安德海受到了怎样的信任和宠爱。

年纪轻轻的安德海，由此官升六品蓝翎太监，关键是出任了总管大太监，成为紫禁城内红得发紫的人物。

3

有道是“年少轻狂”，年轻的安德海少年得志，坐拥大权，难免会得罪几个人。

若得罪其他人，其实也没什么，谁都知道安德海背后站的是垂帘听政的慈禧太后，大家自求别得罪他已经是万幸了。

但安德海偏偏得罪了三个最不应该得罪的人。

第一个人，就是恭亲王奕䜣。

其实安德海在“辛酉政变”中算是与奕䜣在“同一个战壕的战友”，不求结下“革命般的友谊”，但相互井水不犯河水应该是没什么问题的。

但是，掌握军机处，身为议政王的奕䜣是不可能不与试图大权独揽的慈禧产生矛盾的。“狡兔死，走狗烹”，在“辛酉政变”成功之后，慈禧和奕䜣之间的明争暗斗就开始了。作为慈禧最忠诚的亲信，安德海毫无疑问是站在慈禧这一边的，在慈禧与奕䜣的斗争过程中，安德海煽风点火，

奕䜣为咸丰帝同父异母之弟，从小天资聪慧，勤奋好学，文采武功均在咸丰帝之上，但争储失败后只能成为亲王，因为精明机警，人称“鬼子六”

起了不小的作用。

终于，慈禧在 1865 年成功扳倒了奕䜣，摘掉了他“议政王”的帽子。而安德海作为慈禧的得力战将，自然也成了奕䜣的仇人。再加上慈禧生活奢侈无度，奕䜣一直认为是安德海在后面怂恿和纵容的，所以更是对他恨之入骨。

安德海得罪的第二个人，是慈安太后。

慈安太后在史书记载中一直以“温良敦厚”的形象出现，但她 15 岁被选秀入宫，只用了 6 个月就连升四级，成了咸丰帝的正宫皇后，创造了清朝历史上最快的“晋升皇后纪录”，说她没有任何政治斗争经验，是很难让人相信的。在整场“辛酉政变”中，如果当时慈安以皇后的身份表态“遵从先帝遗命”，站在“顾命八大臣”那一边，那慈禧是断无获胜把握的，整个晚清历史也将被重写。

虽然和慈禧做过政治盟友，但作为两宫太后中的东宫太后，慈安的身份其实是高过西宫太后慈禧的，所以两位太后明面上没有争执，但暗地里的互相牵制乃至较劲是不少的。

从这个角度说，安德海与慈安“为敌”也身不由己——全天下都知道他是慈禧的人，所以他是断无可能获得慈安好感的。

但就算把前两个人加在一起，也没有安德海得罪第三个人严重。

这个人，就是小皇帝同治。

同治帝

在对待小皇帝这件事上，安德海实在情商欠奉。

慈禧虽然是同治小皇帝的生母，但慈安曾是正宫皇后，所以是同治的嫡母。由于慈禧对同治非常严厉，而慈安宽厚仁慈，所以同治从小反而和慈安更亲近。慈禧因此不仅有作为一个母亲的嫉妒之心，更有对失去权力保障的恐惧，自然而然派出自己最信任的安德海监视慈安和同治，让他将他们的一举一动都汇报给自己。

忠心耿耿的安德海自然“使命必达”，这也造成同治多次因安德海告密而被慈禧责备乃至痛斥。小皇帝常常在宫中做小泥人，然后用小刀砍去泥人的头部。身边的小太监问这是何故，小皇帝的回答是：“杀小安子！”

宫外得罪奕䜣，宫内得罪慈安和同治，换成一般人，哪怕有一百个脑袋也早都搬家了。

但安德海背后站的是权倾朝野的慈禧太后，所以确实没人敢动他。

如果一直乖乖待在慈禧的羽翼之下，估计安德海也能保得一辈子荣华富贵。

但偏偏，他自己决定作死。

4

1869 年，同治皇帝 14 岁，他的婚事要被排上议事日程了。

有道是“皇帝不急急太监”，皇帝同治还没有把这当回事，太监安德海却急了。

安德海急什么？急的是自己终于有个机会出宫去玩了。

安德海那一年也就 26 岁左右，年轻人久居宫内，尽管权势遮天，也难免会觉得烦闷，谁不想去见识一下外面的花花世界？更何况发达后不出去显摆一下，犹如锦衣夜行，对年轻人而言是尤其接受不了的。

但清朝开国后为了防止宦官干政，定下了规矩：“非经差遣，不准擅出皇城。”违反者基本上都被处以极刑，是为“祖制”。

所以，为了不违背“祖制”，安德海就找了个名目来说服慈禧：去富庶的江南为皇帝采选龙袍以及婚礼必备之物。慈禧对安德海一直宠爱有加，觉得借此放他出去玩玩也无伤大雅，所以口头上算是答应了。

慈安太后，病死于光绪七年（1881），死时 45 岁

安德海多了一个心眼，又托同治小皇帝身边的太监去“请示”了一下，得到的答复是：“皇上不管这种事情。”

安德海把这条回复视为一种默认，心花怒放地准备去了。

然而他不知道的是，自己已向死亡迈出了第一步。

如果按仇恨程度来排的话，慈安、奕䜣和同治三人中，最恨安德海的其实是和他并没有权力纠葛的同治，但那种恨是一种主子对不听话奴才的怨恨，放到一名 14 岁少年身上，更显得杀气腾腾。

按道理，要动安德海，不经过垂帘听政的慈禧是不可能的。但恰恰是因为同治那一年已经到了 14 岁——康熙爷 14 岁开始亲政，所以自康熙之后，皇帝只要年满 14 岁，都会开始或多或少独自处理一些事务。

但仅凭同治一人，办成这件事还是有困难的，好在他有两个目标一致的有力帮手：慈安太后和恭亲王奕䜣。

尽管各类史料从来没有明确记载慈安和奕䜣在这件事上与同治有过密谋，但从事发后三人的反应来看，三人之间成为同盟或者至少达成默契，还是有迹可循的，此处先按下不表。

不过在安德海出宫前，最重要的事情是要找到一个具体执行的人。这个人首先要忠诚可靠，其次要有出色能力，能够干净利落地把这件事办好。

这个人是谁呢？

5

1869年正月，山东巡抚丁宝桢奉诏进了一次京城。

晚清名臣丁宝桢，也是洋务派的代表人物之一

丁宝桢是贵州人，咸丰三年（1853）进士，在招募士兵与捻军作战时立了不少战功，一路做到山东巡抚，堪称文武双全，能力出色。而且丁宝桢清廉自律，还是个有名的“硬骨头”。当年科尔沁亲王僧格林沁架子颇大，表示接见巡抚以下职位的官员时不给座位。当时只是山东按察使（相当于省公安厅厅长、检察院检察长和法院院长）的丁宝桢让人传话：给座位就见，不给就不见。众人皆大惊，连僧格林沁本人也对丁宝桢另眼相看，尊敬有加。

从种种迹象来看，丁宝桢成了同治皇帝三人同盟看中的最佳人选。按历史学者冯祖贻在《丁宝桢杀安德海一事的史实辨析》中的分析，至少有两个证据能够证明，丁宝桢杀安德海绝不是自己一人“临时起意”。

一个证据，就是丁宝桢在1869年正月进京拜见同治皇帝后，回来写过一道“谢恩折”，其中有一句话：“惟有恪遵圣训，殚竭血诚。于一切应办事宜，正己率属，认真经理，驭之以严肃，矢之以慎勤……”

丁宝桢以山东巡抚之职，施政一方是本职工作，最多再加一个剿灭捻军的任务，皇帝一般不会再给他嘱托其他什么事情，何必要强调一句“一切应办事宜”？至于“殚竭血诚”“认真经理”，虽说有套话之嫌，但也让人觉得是有所指的。

如果说第一个证据还以揣摩为多的话，第二个证据就相对比较有根据了。

1869 年 4 月，直隶总督曾国藩的心腹幕僚薛福成去济南拜访丁宝桢，住了 20 天。薛福成的弟弟薛福保在丁宝桢手下做事，所以三人关系相当不错。

薛福成回忆，当时丁宝桢对他讲了这么一段话："方今两宫垂帘，朝政清明，内外大臣各职其职，中兴之隆，轶唐迈宋。惟太监安得海稍稍用事。往岁恭亲王奕䜣去议政权，颇为所中。近日士大夫渐有凑其门者，当奈何？有间，复言曰：吾闻安得海将往广东[1]，必过山东境，过则执而杀之，以其罪奏闻，如何？"

这段话，是薛福成写在自己《庸庵文续编》一书的《书太监安得海伏法事》一文中的，其中透露了五点信息：

第一，丁宝桢和薛家兄弟关系非比寻常，什么话都敢说。

第二，丁宝桢和恭亲王奕䜣的关系非比寻常，因为在那场宫廷内斗中，恭亲王被剥夺议政王头衔背后有安德海的"功劳"，区区一个外省巡抚是不可能知道的。

第三，安德海出宫置办龙袍一事极为机密，当时同治帝的老师翁同龢都是事后才知道的，丁宝桢以一个外省巡抚的身份早已知晓此事，很可能是因为有人事先告知。

第四，安德海去江南置办龙袍，必须要经过山东。

第五，以安德海的身份和背景，丁宝桢居然有了在自己地盘上杀死他的想法，很难说是临时起意。

综合起来看，1869 年正月丁宝桢那次进京，很可能是得到了重要人物的面授机宜，不然以一个巡抚的身份，丁宝桢再一身正气和不畏

---

① 实为江南。

权贵，也很难让人想象他会主动去杀慈禧太后手下的第一红人。

而当时丁宝桢给薛福成的感觉是早已运筹帷幄，在山东布下了一张天罗地网，就等着安德海自己钻进来了。

6

1869 年 8 月，安德海率随从三十余人，沿运河坐船浩浩荡荡出宫南下。

一路上，一切都按照安德海的预想，极尽招摇之能事：雇太平船两艘，小船数只，竖“奉旨钦差采办龙袍”的大旗，一路南下。值得一提的是，安德海还命人挂起一面“日月旗”，日月图案旁，是一只三足鸟。根据远古神话，三足鸟的主人为西王母，外出则专为西王母采食。毫无疑问，安德海是在暗示自己在为西宫太后慈禧外出办事。

途中恰逢安德海生日，生日当天，安德海拿出一件龙衣陈列在椅子上，他所带的男女对龙衣下拜，然后为他热闹祝寿。当时船停在运河中央，两岸百姓观者如潮。

要场面有场面，要内涵有内涵，安德海确实下足了功夫，却不知这些排场都成了他之后作死的砝码。

安德海进入山东的第一站是德州。

一进德州，丁宝桢就已经得到了消息。随后，丁宝桢做了两件事：第一，立刻下令山东各路官员严密监视，随时采取行动；第二，立刻修奏折一封，派信使经驿站日夜兼程，加急向北京发送。

那封奏折主要列明四点：

第一，大清建立两百多年来，从来没有派太监到外省办事的先例。

第二，朝廷要置办龙袍，有专门的织造局奉旨照办，根本不用太监来办，这样做铺张浪费，劳民伤财。

第三，就算是派了太监，也应该有相关派遣文件。

第四，安德海一路铺张浪费，居然还把龙袍拿了出来，这明显有违体制。

这封奏折的潜台词是：以朝廷的圣明，肯定不会做出派太监来采办龙袍这种低级的事情，肯定是这个安德海假借朝廷之名，自己出来游山玩水，搜刮民脂民膏。

而且，在奏折的最后，丁宝桢还加了一句话，表示自己已安排属下“一体跟踪查拿”。

这就有些意味深长了：你不是要请示朝廷吗？怎么朝廷的决定还没下来，你就自己安排人“跟踪”和“查拿”了？

以丁宝桢历来的严谨，是不会做出这种低智商的事的。最有可能的解释就是：丁宝桢这封奏折是早就准备好的，也是事先和朝廷里面通过气的，因为时间紧迫分秒必争，所以必须两条腿同时走路。

万一安德海出了山东境，事情就难办了。

7

丁宝桢还真不是瞎紧张。

当山东各路官员反应过来的时候，安德海一行已经在山东境内过了两站了。

第一站是德州。德州的知州赵新虽然在第一时间就奉命向丁宝桢做了汇报，但用的是“夹单密禀”的方式。这种方式有一个特点，就是虽然做了汇报，但是不存档。换句话说，万一你丁宝桢没搞定安德海而被秋后算账，我赵新是留了一条后路的——没人知道我禀报过你。

第二站是东昌（今聊城）。东昌知府程绳武倒是听话，立刻派人全程跟踪安德海一行，但是跟了三天三夜，就是不敢动手。

连过两城，安德海毫发无伤，可见当时大家对他的惧怕程度——当然，怕的是他背后的慈禧。

谁都吃不准丁宝桢这次到底是吃了哪个品牌的豹子胆，敢动慈禧眼前第一红人，万一搞不定怎么办？

一转眼，安德海一行从水路转陆路，就到了第三站：泰安县。

进入泰安县后，丁宝桢心里略微一宽。因为泰安知县叫何毓福，当初在京城内当监察御史，在职期间正是因为参奏安德海而被陷害报复，外放到泰安县做了一个七品芝麻官。

正所谓“仇人见面，分外眼红”，何毓福接到命令后，当即带人包围了安德海一行下榻的客栈，一举抓住了安德海，连夜押解至济南。

安德海最初被押到堂上面对丁宝桢的时候，肯定是一副“你奈我何”的样子，想必可能也说出过类似“丁大人，你好大的官威啊！”这样的话。

安德海的最大信心无非来自一点：我是奉慈禧太后之命去江南采购龙袍，你一个小小的巡抚敢抓我，怕是活得不耐烦了?!

而丁宝桢的态度也很明确：好的，奉旨？那你有红头文件吗？不然就是假冒钦差大臣！此外，你带妇女，用龙袍，一路铺张浪费，就算你真的是钦差大臣，这些行为也是死罪！

安德海当然没有携带任何文件，机灵如他，一听丁宝桢这话，就知道对方有备而来，而自己这次凶多吉少。

此时的安德海终于收敛傲态，“形色惶恐，俯首无词”。

不过，丁宝桢暂时还不能杀他，因为再急也要讲程序。

他还缺一份圣旨。

8

丁宝桢的加急奏折一到北京，就被送到了慈安太后手里。

按理说，这封奏折也要到慈禧太后手里过一道，但恰好慈禧太后染病，就直接由慈安太后拿主意了。

这个时间点是否纯属巧合，现在无从得知。但以慈禧太后在宫中的耳目之多，一封与她最宠幸的太监性命有关的奏折，她应该不至于不知道。但是，并非像诸多民间故事中所说的那样，慈禧立刻下懿旨让丁宝桢“特赦”安德海——慈禧当时并没有动作。

在慈安太后的召集下，同治帝、恭亲王奕䜣一起讨论了这封奏折，并叫来内务大臣核对情况。

但谁都知道，内务大臣只是个摆设，他说什么已经不重要了。

当时同治帝说了八个字：“尔曹如此，该杀之至。”

随后，“三人小组”召见了军机大臣，下令立刻用加密件的形式向直隶、两江、江苏、山东的督抚发去急讯，要求他们只要一发现有安姓太监进入所辖境内，立刻抓起来——“毋庸审讯，即行就地正法”。

1869 年 9 月 15 日深夜，早已做好一切准备的丁宝桢，终于收到了加急送来的朝廷旨意。

第二天，安德海被公开斩首示众。

在京城的帝师翁同龢听到消息后大呼：“快哉！快哉！”

与丁宝桢一度不太对付的李鸿章，在得到这个消息后立刻通报给了自己的幕僚们，并且加了一句点评：“稚璜（丁宝桢的字）成名矣！”

曾国藩当时患眼病，在听到这个消息后，说自己的眼睛都为之一亮，称丁宝桢为“豪杰之士”。

至于民间，那更是不得了，“丁宝桢智斩安德海”被演绎出各种版本，流传至今。

但是，在诸多人中，有一个人的反应不能忽视。

9

当慈禧得知安德海被斩的消息后，她的心情是可想而知的。

说慈禧不动怒，是不可能的。即便她对安德海的感情有限，但“打狗还要看主人”，这次斩杀安德海事件，摆明了就是打她慈禧的脸。

但就算动怒，又能如何？

安德海“假冒”钦差大臣，动用违禁之物，沿途铺张浪费，每一条都有实在的证据，这是怎么翻也翻不过来的。更何况，丁宝桢还上奏从安德海身上搜出了两张纸，上面是地方官员的请托之事，这更坐实了“太监干预朝政”之事，每一条罪状单独列出来都是凌迟之罪，更何况数罪并罚？

这很可能也是慈禧一直按兵不动的原因。

而光按兵不动是不够的，等于是被人打脸不还手。当时才 34 岁的慈禧，随即使出了一系列老辣手段。

首先，她下令将安德海随从太监六人、管家两人、负责保卫工作的镖客五人，一并处斩。

其次，她下令抄没安德海在北京的家产，并且将安德海在北京的管家王添福绞死。

然后，她下令将“斩杀安德海事件”前前后后的所有奏折、上谕统统汇编成条例，规定今后再发生这样的事，就以此为范本操作。

命令一出，慈禧的形象立刻扭转，赢得朝野上下一片称赞。

慈禧当然不会忘记丁宝桢。

慈禧很清楚安德海是死于谁之手的，丁宝桢只不过是站在前台的一个对大清忠心耿耿的官员而已。丁宝桢越是不畏权贵，慈禧就越不能去当那个冲头。后来丁宝桢在 1876 年升任四川总督，就是慈禧的授意。丁宝桢在总督任上整顿盐务，兴修水利，屯垦良田，为地方和百姓做了很多好事，事实上也是为慈禧稳定天下做贡献——慈禧并没有看错丁宝桢。

1886 年，丁宝桢死在任上，一身清廉，甚至安葬费都拮据。慈禧特赐丁宝桢太子太保衔，谥“文诚”，入贤良祠。

可以说，同治的“三人联盟”借杀安德海挫了慈禧的锐气，丁宝桢因为杀安德海名满天下，而慈禧虽然痛失亲信，但之后做出的一系列姿态也为自己博得了一个好名声。

唯一倒霉的，只有那个安德海。

10

丁宝桢在斩杀安德海之后，下令将他“裸尸暴市”，让老百姓围观。

为何要如此“斩尽杀绝”？是不是太不给慈禧面子了？

但按一些野史和笔记的记载分析，这恰恰是丁宝桢聪明的地方——他是在给慈禧留面子。

当时京城内盛传的是，慈禧之所以宠幸安德海，是因为安德海当年并没有被完全阉割，是个“假太监”，所以一直与慈禧有不可告人之事。而丁宝桢下令将安德海的尸体示众，恰恰是在为慈禧证明清白——证明安德海确实是太监之身，不可能与慈禧有什么风流之事。

至于丁宝桢是不是真的送了这个人情，慈禧有没有收这个人情，就不得而知了。

馒头说

我个人不太喜欢“官场心得”或“职场情商”之类的研究。但是，抛开“斩杀安德海”背后的权力斗争因素，单单从安德海这个人看，还真的能给人点经验教训。

但凡在单位里待过的人——无论体制内还是体制外——大抵都碰到过这么一个甚至一类人，比如我以前就有一个这样的同事：他会在无意间向大家透露昨晚一场小饭局上的某道菜味道还不错，“但 × ×

总觉得一般”；他会在和大家聊天时故意评论某本书，然后加一句“上次在 ×× 总办公室里看到，他也在读”；他还会有意无意给你看一条手机微信或短信，“喏，×× 总工作真细致，那么晚还给我发微信关照交代”。他想要传递的意思，无非就是他和领导的关系非同一般。

当然，他还算含蓄的。我还见过更直接的，比如喝多了之后反复说：“×× 总上次拍着我肩膀叫我兄弟！”或者更粗暴的：“我明天就和 ×× 总说，让他开除你！”还有更自我感觉良好的，比如在同事面前总是用领导名字的后两个字称呼领导，显示自己和领导很熟。

这里面当然有一部分人只是在吹牛皮，其实这部分人倒是无伤大雅的，听者内心笑过就算了。但其中也有一部分人是真的和领导关系不错，或者说领导真的挺倚重他。

越是这种情况，这类人其实越应该低调。你到处去说和领导的各种交往和活动，总会有机会传到领导耳朵里。就算领导没觉得你在把他往坑里推，也会觉得你这个人一点都靠不住，以后还怎么敢和你说一些事？

你到处“亮身份”显示“我是领导的人”，甚至搬领导出来压人，大家表面上可能会对你客气有加，那是因为怕得罪你背后的领导，但心里看得起你的又会有几个人？

你处处找机会向领导“表忠心”而不是干实事，甚至还热衷于站队去掺和领导间的人事斗争，但“铁打的单位，流水的领导”，你的那位领导退休或调任了怎么办？如果你不是有真才实学，在你的岗位上不可或缺，那你的同事会怎么看你？你领导的继任者又会怎么用你？

最重要的一件事是，拉大旗作虎皮倒也算了，有些人会真的自我麻醉，觉得自己和领导的关系非同一般。你和领导一起下过乡吗？一起同过窗吗？一起扛过枪吗？喊你陪过几顿饭，叫你到办公室去聊过几次，给你的问候短信回复一声“谢谢，也祝你节日快乐”，就算是“私交甚笃”了？

有时候，还真别把你的领导想得傻呵呵的，人家心里清清楚楚：谁是能干活的，谁是拍马屁的，谁要压着，谁要哄着，谁是要敲个毛栗子再给个甜枣的。

所以说，还是端正心态，踏实干活最重要，别有事没事老想找一个"靠山"，拜一个"码头"。"有作为才会有地位"，这句话放到哪个单位都是一样管用的。

更别动不动把"领导"挂在嘴边，如果碰到人品不那么端正，或有权术心而没道义肩的所谓领导，那就是你的悲剧了：用你干活不给回报，放你去斗不担责任，关键时刻甚至把锅全甩在你头上，他拍拍屁股全身而退了。到那时候，你还得意于自己和领导勾肩搭背、称兄道弟吗？

怕是人人都会在背后笑你一句：

可怜无定河边的骨，自认还是领导的人。

本文主要参考来源：

1.《清史稿·列传二百三十四·丁宝桢》(赵尔巽)

2.《丁宝桢杀安德海一事的史实辨析》(冯祖贻,《贵州文史丛刊》，2017年02期)

3.《清代宦官制度与晚清宦官事件探析——兼评丁宝桢杀安德海》[曾凡炎，《贵州师范大学学报》(社会科学版)，2001年01期]

4.《从丁宝桢诛杀安德海看清朝的宦官制度》(李绪堂、王密，中国近现代史史料学学会会议论文《中国近代史及史料研究》，2010年)

5.《丁宝桢智诛安德海》(牛文祥,《春秋》，2013年01期)

6.《丁宝桢诛杀慈禧宠宦安德海内幕》(刘向上,《文史博览》，2007年06期)

7.《丁宝桢诛安德海》(赵玉良,《文史天地》，2006年03期)

东芝事件：当年美国是如何强行“敲打”日本的

自从世界上有了国家，国与国之间就有了阵营，阵营与阵营之间就有了对抗，对抗与对抗之间，就有了各种明修栈道和暗度陈仓……

1

1987 年 5 月 27 日，日本东京的东芝机械公司大楼前，忽然出现了大量警车。蜂拥而入的日本警视厅警察在众目睽睽之下，逮捕并带走了东芝机械公司铸造部部长林隆二和机床事业部部长谷村弘明。

是刑事杀人案件？是经济纠纷案件？还是贪污腐败案件？

不明就里的公司员工议论纷纷，却几乎没有人知道这件事远比他们想象的要复杂得多：抓人的是日本警察，但背后指使是美国人，而针对的对象其实是苏联人，其中还牵扯了挪威人，当然，最后要接受惩罚的还是日本人。

这就是 20 世纪 80 年代轰动一时的“东芝事件”。

2

故事，还要从苏联人说起。

二战之后，苏联成为堪和美国比肩的军事大国，重工业制造能力一直受人瞩目，但在一些精密加工制造领域，却久久无法突破技术瓶颈，这直接影响到了他们的国防制造业，比如他们一直很看重的核潜艇。

在人类进入“核时代”后，能搭载核弹头的洲际导弹和战略轰炸机都无法躲避电波监测，而能隐藏在深海的核潜艇成了最有效率的核导弹发射基地。要侦测到核潜艇的动向，最好的办法就是检测它发出的声音——来自核潜艇螺旋桨旋转的声音。

苏联一直无法制造出表面高度光洁和形状误差极小的新型螺旋桨——这需要多轴联动的机床。而苏联恰恰缺少这种精密机床。

苏联的“阿尔法级”核潜艇，拥有多项先进技术和骇人的高速，但产生的噪声极大，美国海军曾开玩笑说：设在百慕大的监听站竟然都能够收听到位于挪威海的“阿尔法级”核潜艇的螺旋桨噪声

按理说，如果本国无法制造，就可以进口，但苏联在这方面却一筹莫展——它长期受制于“巴统协定”，无法购买到需要的核心科技产品。

“巴统”，全称是“巴黎统筹委员会”（Coordinating Committee for Export to Communist Countries），正式名称是“输出管制统筹委员会”。这个委员会于 1949 年 11 月由美国提议成立，因为总部设在巴黎，所以被称为“巴黎统筹委员会”。

这个委员会有包括美国、英国、日本、法国、德国、意大利、挪威等在内的 17 个会员国，都是西方世界国家，而它们成立这个委员会的目的只有一个：限制成员国向社会主义国家出口战略物资和高技术。

在这个委员会开出的禁运清单中，有军事武器装备、尖端技术产品和稀有物资三大类共上万种产品。禁运对象不仅有社会主义国家，还包括一些民族主义国家，总数共约 30 个——苏联自然首当其冲。（中国也在禁运名单里。）

在“巴统”的禁运名单中，多轴联动的高精度机床是被明令禁止出口给苏联的。

但苏联对此也不感到很慌，因为他们一直相信，各国都有各自的小算盘。尤其是他们相信一句谚语——这句话在全世界各国表述不同，但道理都是相通的：

有钱能使鬼推磨。

3

时间来到 1979 年。

这一年，日本和光交易公司驻莫斯科分部举办了一场商业酒会。

在这场酒会上，日本和光交易公司驻莫斯科首席代表熊谷独被他的老朋友、苏联技术机械进口公司的副总裁奥西波夫拉到了一边聊天，得到了一个信息：“苏联需要一种制造大型船舶推进器的数控机床，东芝作为这方面的专业公司，是否可以提供帮助？”

1978 年恰逢苏联遭遇寒潮，粮食大减产，所以政府在 1979 年将有限的外汇储备主要都用来购买粮食，对工业设备的进口几乎暂停了。而作为当时对苏联最大的工业机械出口方，日本的很多相关企业都心急如焚，纷纷动用各方面资源，想争夺苏联当年为数不多的机械设备购买额度。

在得到奥西波夫的“口信”后，熊谷独兴奋地给总部发回了这个消息。

熊谷独是和光交易公司驻莫斯科的首席代表。和光交易公司成立于 1952 年，是当年为数不多被中国认可的日本“友好商社”（多为当年从中国归国的日本籍八路军开办）之一，主要从事与社会主义国家的商业往来。

事实上，奥西波夫的“副总裁”身份只是一个掩护，他的真实身份是克格勃的高级情报人员，他传递的意思，其实就是苏联政府的意思。

一直和苏联做生意的熊谷独怎么会不知道其中的奥秘？但他回国后就立刻开始为这桩生意挑选合作伙伴，最终，他选定了制造高精度数控机床实力极强的东芝机械公司。

东芝机械公司对这桩生意的来龙去脉又何尝不是心知肚明？但在商言商，它绝不愿意放过这笔大单子。

很快，在和光交易公司的牵头下，东芝机械公司和苏联方面就达成了协议：苏联向东芝机械公司购买四台 MBP–110S 数控螺旋桨铣床。

至于价格，东芝机械公司开出的是每台 10 亿日元（按当时汇率相当于 500 万美元）——这个价格，超过东芝同类产品在日本国内售价的 10 倍以上。

但日本人相信苏联人也知道，这种只需要一人操作、能够加工 130 吨潜艇螺旋桨叶片的高科技机床，是“巴统”严格禁止向他们出口的，日本人为此收一个天价的“风险费”并不过分。

果然，在以往谈判中要狠狠砍价的苏联人，在这笔交易中只做了一个象征性的还价，很快就认可了最终价格：35 亿日元。

日本人当然知道出口这四台机床给苏联是“违法”的。

接下来，就要看他们怎么“瞒天过海”了。

4

1982年12月，到了双方合同约定的发货日子。

熊谷独特地飞回东京，在芝浦码头监督发货工作。

第一台MBP-110S数控铣床被拆分后装进了几十个大箱子（这种机床整体重达200吨），准备发货。

货轮的目的地是苏联吗？并不是，是挪威。

日本人是这样操作的：他们先从挪威进口了四台NC-2000型两轴数控机床，然后在日本秘密改装成了符合苏联要求的九轴数控机床（挪威还提供了相关的配套计算机程序），然后把出口国依旧填为“挪威”——还是以出口两轴数控机床的名义。

加工能力在10英尺以下的两轴数控机床，并不在“巴统”的禁运名单里，更何况日本是向同为“巴统”会员国的挪威出口，所以日本通产省并没有严加审核。

为了让这个过程万无一失，和光交易公司找到在通产省有良好信誉的伊藤忠商社申请出口许可证，在货物抵达挪威港口后，再由和光公司组织运送到苏联的相关口岸。

这四台机床被标注为运往列宁格勒（现圣彼得堡）发电厂的机床，最后被秘密运送到了苏联波罗的海造船厂。按照合同的约定，东芝机械公司专门派技术人员到船厂负责组装和调试，同时要培训苏方的技术人员。直到机器正常运转后，苏联才会将之前扣下的10%款项交付。

在组装第一台机床的时候，日方的工作人员就发现，参与组装的苏方人员经常哈欠连天，眼眶发黑。后来他们才知道，这些技术人员白天和日方人员组装一台机器，晚上要用白天学到的方法去组装另一台机器。

所以，原先需要日方人员负责组装的四台机床，最终只安装了两台，另两台由苏方人员自行组装完成了。

四台机床组装完毕，日本人如愿得到了一笔天价的全款，而苏联人如愿得到了自己梦寐以求的机器。

这笔交易既隐秘又成功，且神不知鬼不觉。

然而，最终还是被曝光了。

5

最初的质疑，恰恰就是从“沉默”开始的。

从 1984 年下半年开始，苏联的核潜艇似乎在全世界广袤的大洋中“消失”了。从北约各国的军事监听报告来看，苏联似乎得到了一种全新的技术，让他们的螺旋桨噪声瞬间降到了一个极低的水平。

这些报告引起了美国的高度重视，他们开始怀疑：苏联核潜艇的螺旋桨噪声降低，肯定和得到了精密数控机床有关。问题是，这种精密数控机床是“巴统”严格限制出口的。那么，究竟是谁当了“叛徒”？

1985 年 12 月，一封“举报信”让当年这件在“隐秘的角落”里完成的交易浮出了水面。

写“举报信”的不是别人，正是当年全程参与这笔交易的和光交易公司驻莫斯科代表熊谷独。

熊谷独因为没有得到许诺的晋升，与老东家和光交易公司闹翻，一怒之下，就向美国商务部和“巴统”写信揭发——后来也有人怀疑，鉴于日本人忠于公司的传统，熊谷独可能是被美国人策反的。

按照熊谷独的揭发，当年这笔交易的细节被完全曝光：1981 年 4 月，苏联对外贸易部、苏联技术机械进口公司、苏联波罗的海造船厂的代表与日本东芝机械公司、伊藤忠商社、和光交易公司的代表签署协定：东芝机械公司向苏联方面提供四台九轴数控机床，总价值 35 亿日元。

日本政府一开始对此事矢口否认，但美国政府通过情报人员得到了大量证据。在证据面前，日本政府无奈于 1987 年 4 月 30 日以“涉嫌违反《外汇及外国贸易管理法》”，对东芝机械公司提起诉讼，5 月 27 日，就发生了本文开头的那一幕。

根据日本政府的调查，在这笔涉及 41.25 亿日元的交易中，东芝机械公司获得了 37.22 亿日元，伊藤忠商社获得了 2.77 亿日元，和光交易公司获得了 1.26 亿日元。

这些数字总和超过了熊谷独“揭发”的 35 亿日元。

但熊谷独透露，日本不仅仅给过苏联九轴数控机床，也给过五轴数控机床。

这似乎成为一个让美国最恼火的地方：你不是只“背叛”了一次，也不是只有一家公司在“背叛”，更不止一个国家在“背叛”。

这还有“王法”吗？

6

美国很快就“炸窝”了。

当时美国政府内的一种声音是：“日本只知道依靠美国这把保护伞，却不承担其自身的防卫费用，如果他们继续向社会主义国家出卖技术制品，我们的防卫费用将增加数十亿美元。”

以参议院银行、住宅和城市事务委员会主席伽恩和共和党参议员邓肯·亨特为代表的“严惩派”，主张至少禁止东芝公司（东芝机械公司的母公司）的所有产品进入美国市场 5 年，另外，日本要至少向美国支付 30 亿美元的补偿款。

事实上，美国一系列针对日本的相关“隐性惩罚”已经启动：1987 年 5 月，美国军方取消了一项从日本东芝机械公司购买导弹技术的协议；6 月，美国国防部取消了原定从东芝进口价值 150 亿日元的

当时美国国内爆发抵制东芝的活动，图为美国人在白宫前砸毁东芝的收录机

计算机的合同，而且决定禁止通过与东芝机械公司的任何新的军事合同；8 月，美国国防部空军的计算机投标中，原本被认为很有竞争力的东芝计算机落选。

也就是在 1987 年 6 月，美国参议院把制裁东芝机械的条款加入贸易法案，同时对东芝的所有产品实施禁止向美出口 2~5 年的惩罚。

为什么会有“2~5 年”这个区间？因为美国当时还有另一种反对“制裁过猛”的声音。

美国众议院预算委员会主席詹姆斯和前政府贸易代表威廉直接致信美国国务卿和商务部长，呼吁减轻对东芝的制裁，因为“美国企业和东芝有广泛的经济联系”，他们甚至列出了详细测算：如果制裁东芝，那么 1988 年美国将减少 3.4 亿美元的税收，而东芝在田纳西州、得克萨斯州和加利福尼亚州将至少解雇 4 000 名员工。

反对过分制裁东芝的声音，在美国政府内也渐渐形成了一股声浪。

当然，这背后有日本“危机公关”的努力。

7

在铁证面前，日本政府迅速摆正姿态，向美国“全面认错”：

时任日本首相中曾根康弘亲自向美国方面道歉；

被逮捕的日本东芝机械公司铸造部部长林隆二和机床事业部部长谷村弘明，分别被判处 10 个月和 1 年的有期徒刑；

东芝机械公司社长饭村和雄引咎辞职，两个月后，母公司东芝公司的董事长佐波正一和总经理杉一郎宣布辞职；

日本修订《出口管制法》，凡是违犯“安全出口管制”者，一律处以重罚，处罚期限从原来的 1~3 年提高到 3~5 年，罚金标准提高到相当于出口贸易额的 3~5 倍；

禁止东芝机械公司在一年内向 14 个有“巴统”禁令的社会主义国家出口任何产品（当时日本和中国还签订有 25 个合同，全部被暂缓执行）。

当然，除了这些明面上的措施，日本还花了一些其他心思：1987 年 5 月，东芝投入 1 亿日元，在美国 50 多家报刊整版刊登“谢罪广告”；尽一切可能资助和发动日本在美国的说客组成“院外集团”，以东芝与美国企业的经济不可分割为理由，呼吁美国政府减轻对东芝的制裁，至少将东芝和东芝机械区分开来。

正論
“切腹”ではすまぬ東芝事件
安全保障はカネで買えない
田久保 忠衛

当时日本《产经新闻》对于“东芝事件”的报道，称对这一事件日本“切腹自杀都不足以谢罪”

8

1988 年 4 月，美国国会关于“东芝事件”的最终制裁法案出台：制裁范围仅限于东芝机械公司，不涉及东芝公司；制裁的时间由原先计划的 5 年，缩短至 3 年。

至此，轰动一时的“东芝事件”终于落下帷幕——这被认为是“巴统协定”实施以来，最大的一桩“泄密”事件。

日本确实为此付出了不小的代价，但结局比外界预料的要好不少，所以美国国务院最终制裁宣布之日，日经指数上涨了 100.44%，而东芝机械的股票更是大涨，跑赢大盘指数，连母公司东芝公司的股票也上涨了 64.57%。

当然，美国也绝非只是把大棒“高高挥起，轻轻放下”。借着“东芝事件”，美日在台面下展开了另一场博弈。

而这，又是另一个故事了。

馒头说

还是说说美国和日本另一场博弈的事吧。

其实“东芝事件”爆发之初，日本方面很是辩驳过一阵子。他们辩驳的理由也不无道理。

挪威也参与了这次“背叛”，为什么不惩罚挪威？（美国当时对挪威几乎没有任何惩罚。）

根据日本得到的可靠情报，法国早就向苏联出口过“违禁”的机床了，为什么不惩罚法国？

“巴统”会员国偷偷向苏联出口各种东西，其实几乎已经成了公开的秘密，为什么单单惩罚日本？

20 世纪 70 年代中期，美苏关系有所缓和，美国自己也违反“巴统”禁令，向苏联出口过不少“违禁品”，他们为什么不说自己？

更有一种说法认为，在日本出口给苏联机床之前，苏联的核潜艇螺旋桨噪声问题其实已经有明显改善了。

但美国就是咬住日本不放，不顾日本的任何辩解。

究其原因，恐怕从当时美国国会议员的一句话中可以看出端倪：“我们向日本提供了防卫保护伞，日本却占领了我们25%的汽车市场。”

美国之所以抓住“东芝事件”不放，与当时日本经济和科技快速崛起，让美国觉得受到很大威胁不无关系。

1983年美国商务部的报告称：在五个高新技术领域中，美国目前只在飞机制造和航空航天技术领域保持领先地位，在半导体技术、光纤技术、智能机械技术领域已经全面落后于日本，美国武器系统中的高级电子部件有40%来自日本。至于在民用市场，日本的汽车、电子产品等迅速渗入美国市场并站稳脚跟，早已不再是新闻了。

美日贸易的摩擦使得当时美国国内的“反日情绪”达到新的巅峰，甚至到了“逢日必反”的地步——议员们竞选时只要选择攻击日本或抵制日货，就会明显得到更多的选票支持。

在这样的微妙时刻，日本向苏联出售九轴数控机床“东窗事发”，正好给美国递了一把刀子。

一方面，美国不动声色地利用国内舆论给日本施压；另一方面，美国和日本进行多轮谈判，要拿到自己原先一直拿不到的筹码，比如日本的一些尖端机密军事科技。

当时日本一直主张独立研制FSX战斗机，多次拒绝美国提出的“联合研制”请求。“东芝事件”爆发后，美国借机强调这次事件严重影响了美日两国的国家安全，再一次施压日本。1987年10月2日，日本政府被迫声明：放弃独立研发FSX战机，并向美国分享或出售之前的研发成果（包括新型雷达辐射涂料技术等）。

签订协议后，美国国防部长温伯格表示：“我们现在才第一次有了获取日本技术的渠道。”

当然，借“敲打”日本的机会，美国也达到了震慑其他“巴统”成员国的目的。“东芝事件”之后，“巴统”进一步严格了向苏联等国家输出技术的规定。

由此可见，当年的“东芝事件”虽然已经够“劲爆”，但背后还有更深层次的博弈。而从这场博弈中，我们当然也会有各种感受：关于垄断，关于强权，关于壁垒，关于贸易战，关于“大哥”和“小弟”……

不过于我个人而言，倒还有一点感触很深：

从来没有一个阵营，能永远都是铁板一块。

本文主要参考来源：

1.《冷战转型期的美日关系——对东芝事件的历史考察》（崔丕，《世界历史》，2010 年 06 期）
2.《“东芝事件”及其影响刍议》（侯文富，《日本学刊》，2000 年 01 期）
3.《发人深思的东芝事件》（冯昭奎，《世界知识》，1987 年 22 期）
4.《东芝事件而引起的……》（孙艳，《世界知识》，1987 年 17 期）
5.《从东芝事件想到的》（项国波，《群言》，1988 年 03 期）
6.《巴统禁令与日本外汇外贸管理法的修改》（泽田克己、李黎明，《中外法学》，1993 年 03 期）
7.《美国制裁公司的典型案例：1987 年东芝事件始末》（华尔街见闻网，2018 年 12 月 10 日）

麦凯恩：幽灵的复仇

关于 2020 年美国总统大选中特朗普谋求连任的成败得失，可能可以总结出各种原因。但我觉得有一个人，绝对不应被忽略。

1

2018年9月1日，华盛顿国家大教堂，美国共和党参议员约翰·麦凯恩的遗体告别仪式在此举行。

虽然麦凯恩是美国的老牌政治精英，享有颇高的声望，但这场葬礼之隆重，出席人员级别之高，还是出乎不少人的预料。

前总统克林顿及其夫人来了，前总统布什及其夫人来了，前总统奥巴马及其夫人来了，大批资深国会议员也来了。

唯一缺席的，是时任总统特朗普。

这是遵照麦凯恩临终前的一个重要遗言：不允许邀请特朗普来参加葬礼。

当然，特朗普或许也应该为自己未到场而感到庆幸。

麦凯恩的女儿梅根·麦凯恩第一个发言，她在悼词里说：“美国不需要再次伟大，因为美国一直伟大。”

这句话，谁都知道在说谁。

几个月之后，特朗普在访问俄亥俄州的一家工厂时，再一次提到了那场葬礼：“我给了他想要的那种葬礼，作为总统，我不得不批准。但我连一句谢谢都没有得到。”

此时，离美国总统大选的投票日，还有七个多月。

特朗普不会知道，他已经和即将失去的，何止一声“谢谢”。

2

其实麦凯恩和特朗普一样，都出生于“世家”。

只是麦凯恩的“世家”关键词并非“财富”，而是“军队”：他的爷爷和父亲，都是军队高官。麦凯恩的爷爷老约翰·麦凯恩，是赫赫有名的美国海军上将，他的父亲小约翰·麦凯恩同样也是美国海军上将，并出任过美军太平洋战区总司令。没错，他们祖孙三代都叫约翰·麦凯恩（所以麦凯恩又叫约翰·麦凯恩三世）。

1954 年，出生在纽约的唐纳德·特朗普刚刚开始自己的小学生涯没多久，而此时的麦凯恩已经遵从家族的期待，考入了美国海军学院。

小约翰·麦凯恩（左）与老约翰·麦凯恩（右），以及当时还是婴儿的约翰·麦凯恩三世

在这所为美国海军航空部队和海军陆战队培养初级军官的学校里，同样有在不少军队中都存在的“老兵欺负新兵”的恶习，尤其是麦凯恩作为一个“官三代”新兵，一直遭到老兵的刁难和欺凌。他自己的学习成绩也相当糟糕，

经常调皮捣蛋，违反各项纪律，好几次都险些被学校开除。

当然，麦凯恩也有自己的优点：他酷爱英美文学，熟读古典名著，擅长历史、政治和哲学，性格坚毅刚强。教官对他的两个特点印象深刻。

第一，对于欺负过自己的人，麦凯恩会一直记在心里，绝不会放弃复仇的机会，且报复手段不讲常规，出人意料。当时学校里有一个一直欺负他的学长叫威特，在威特毕业前一天，麦凯恩半夜爬入行李仓库，改写了威特寄往报到部队行李上的地址，结果让威特永远丢失了行李和书籍等珍贵个人物品。（这是麦凯恩后来自己在回忆录里写的。）

第二，麦凯恩非常善于交际，能和自己同龄的同学打得火热，并且能凭借各种辩论技巧说服利益双方，最终达成一个大家都能接受的共识。比如，当时学校严禁学生在宿舍里看电视，麦凯恩居然能说服10名同学，集资买了一台电视机在宿舍里偷偷看。

1958年，作为“刺头”的麦凯恩最终有惊无险地以全年级倒数第六名（899名毕业生中，他的成绩排名第894）的成绩毕业。凭借军校履历和家里的影响力，麦凯恩其实可以很容易地找一个清闲的岗位就此过上太平安逸的日子，但是，他却义无反顾地报名加入了美国海军航空部队，成了一名航空母舰舰载机的飞行员。

麦凯恩和父亲在毕业典礼上

在那个年代，海军舰载机航空兵是美军中事故率和伤亡率最高的兵种。

成为飞行员的麦凯恩（前排右）

不仅如此，1966年，已经30岁的海军上校麦凯恩，主动报名踏上了越南战争的前线战场，成了美军在越南沿海的航空母舰“佛瑞斯塔”号上的舰载机飞行员。

在麦凯恩踏上越南战场两年之后，22岁的特朗普从宾夕法尼亚大学沃顿商学院毕业，第五次接到了服兵役的通知。这位从10岁开始就每年接受严格体检并一直显示非常健康的富家子弟，最后亮出了一张“膝盖有骨刺”的诊断书，逃过了兵役——这也是他第五次成功躲过“服役之灾”。

尽管那场战争后来引起人们很多的反思，尽管像小布什、克林顿这样的美国总统当时也千方百计减少服兵役的生命威胁（小布什只是参加了国民警卫队，克林顿曾被人诟病故意逃避兵役），但麦凯恩有一种军人世家的自傲，他的抉择也注定了他不会看得起那些千方百计逃避兵役的人，尤其是富家子弟。

3

麦凯恩在越南战场上的遭遇是一场灾难，但确实也是一段经历。

1967年10月26日，麦凯恩驾驶的A–4天鹰式攻击机在执行一次轰炸河内发电厂的任务中，被一枚北越的防空导弹击落，他弃机弹射后掉落在白竹湖里，随后被愤怒的北越民兵捞起，成了俘虏。

在弹射过程中，麦凯恩的双臂和一条腿被战机爆炸的残骸撞成骨折，在被捞起时肩胛骨又被愤怒的民兵用枪托砸碎，但这些只是他遭受苦难的开始。

落水后麦凯恩被北越民兵捞起时的场景

身受重伤的麦凯恩原本已经被越军放弃治疗，但他胸前的名牌暴露了他的身份——《纽约时报》有过报道："美国海军上将麦凯恩之子在空袭河内的行动中失踪。"

被确认身份的麦凯恩随即被北越方面精心救治，不过北越救他的目的是希望他能够成为反战的宣传手段——1968年，他的父亲麦凯恩上将出任美军太平洋战区总司令。

为此，麦凯恩受到了特别"照顾"：每天都会被提出来审讯并遭受拷打。麦凯恩后来在回忆录里声称自己因为有"特殊身份"，所以遭受的拷打比其他美军战俘要轻很多，但即便如此，他还是被再一次打断右臂，还断过几根肋骨。

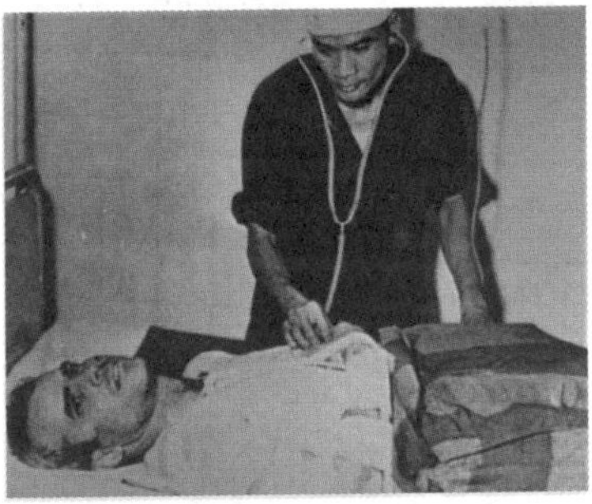

在战俘营接受治疗的麦凯恩

在审讯过程中，麦凯恩曾被迫写下一份声明书，声明美国介入越南战争是错误的——这个声明现在即便是美国自己恐怕也不会否认。在其他方面，他坚持一字不吐。

麦凯恩的战俘生涯一共持续了五年半。事实上，他在1968年就获得过被释放的机会。当时越军释放他还有一个政治宣传目的：这家伙的老爸是美军太平洋战区总司令，所以他可以先被释放，但你们看，其他在越南战场上出生入死的美军士兵就没那么好的运气了。

出人意料的是，麦凯恩当了一回“硬骨头”：他坚持要秉承美军“先俘虏先释放”的原则，拒绝自己先行回国。

1973 年年初，美国国务卿基辛格赴越南签署停战协议，越南方面提出可以让基辛格顺带把麦凯恩“捎”回国，但基辛格拒绝了这个提议，说“美军人人生而平等”——事实上，基辛格知道麦凯恩其实也不用等多久了。

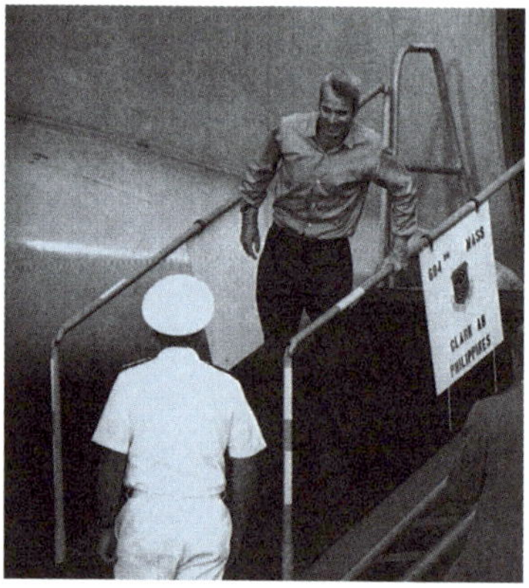

麦凯恩被释放回国时的照片，当时他的腿伤还未痊愈

1973 年 3 月 14 日，被关了整整五年半的麦凯恩终于被释放了。

当时美军在菲律宾克拉克空军基地举办了一场欢迎战俘回国的仪式，军方曾特邀麦凯恩上将出席仪式，让他顺带能第一时间看到自己的儿子。但麦凯恩上将拒绝了这个邀请，理由是“并不是每一个战俘的父母都被邀请到场”。

值得一提的是，在麦凯恩被俘期间，他的父亲麦凯恩上将为了避嫌，自始至终没有给他写过一封信，捎过一句话。

这段在越南的战俘经历尽管坎坷，但确实成了麦凯恩的一笔人生财富，他甚至因此被人称为“战争英雄”。

这也就注定：如果谁藐视乃至侮辱他的这段经历，他就必将与此人一世为敌。

4

重新回到和平生活的麦凯恩，人生之路发生了两大转变。

第一个转变是，他离婚再娶了。

麦凯恩的结发妻子是泳装模特卡罗尔·西普，她原来是麦凯恩好友兼同学的妻子，但因为丈夫风流花心而离婚，麦凯恩主动追求，最终两人在1965年结婚，育有一女（卡罗尔之前还有两个儿子）。

不幸的事发生在1969年：麦凯恩还在越南战俘营的时候，卡罗尔遭遇了严重车祸，虽然幸运生还，但后半生只能依靠拐杖走路。这个消息卡罗尔一直让人瞒着在战俘营的麦凯恩，怕他担心。

1973年，卡罗尔带着孩子们欢迎麦凯恩回家。因为车祸，原先1.73米的卡罗尔身高缩短了10厘米，并且重了20斤。

回到家的麦凯恩一开始还和妻子相敬如宾，但到了1979年，麦凯恩爱上了另一个人：年仅25岁的辛迪·亨斯利——亚利桑那州亿万富翁詹姆斯·亨斯利的独女，她家是百威啤酒的经销商。

1980年4月，麦凯恩与卡罗尔协议离婚，净身出户，留下了所有房产和财产。一个月后，他和辛迪结婚。

在那以后数十年，无论在哪个场合，卡罗尔都没有说过麦凯恩一句坏话。但对于自己的这个人生污点，麦凯恩无法回避。他曾公开承认，和卡罗尔离婚的主要原因就是自己自私和好色，称这是他“一生中最大的道德缺失”。

第二个转变是，麦凯恩决定告别军旅生涯，参与政治。

事实上，在1981年年初，麦凯恩已经得到了自己将被晋升为准将的消息，但他认为自己不太可能再晋升到上将，所以决定弃军从政。

为了实现自己的目标，麦凯恩选择了自己妻子家族的基地——亚利桑那州。必须要承认的是，在竞选众议员和参议员的过程中，麦凯恩并没有借助妻子家族的财富。（至少从表面上看是这样，因为妻子家族和他订立过婚前协议，家族的财产和他并没有关系。）

麦凯恩确实有足够的资历和能力：他被视为战争英雄，他有良好的口才和协调能力，无论他是否承认，他确实拥有军界以及商界的人脉和资源——至少在亚利桑那州，亨斯利家族早已深耕多年。

1982 年，麦凯恩成功当选联邦众议员，四年后成功当选联邦参议员，成为参议院里五名越战老兵之一。此后，麦凯恩六次成功连任亚利桑那州参议员——从这一点上来说，他可以被视为亚利桑那州的一个象征，而亚利桑那州也以麦凯恩为荣。

在麦凯恩成功当选亚利桑那州参议员的那一年，40 岁的特朗普已经继承了家族产业，并完成了一笔漂亮的买卖：他只花了 75 万美元，用了 4 个月就修复了纽约中央公园著名的沃尔曼溜冰场——在此之前，纽约市政府用 6 年时间耗费了 2 000 万美元都没有做到这一点。

一个立志从政，一个追求财富，这两个原本看似不会有交集的人的命运之路开始会合。

5

事实上，至少就政治观点而言，麦凯恩和特朗普绝非水火不容。

在国会，麦凯恩一直以“谁的面子都不给”以及“炮火猛烈”著称，他曾严厉批评布什政府和奥巴马政府的种种政策，说话毫不留情面。

在外交方面，麦凯恩是绝对强硬的“鹰派”，支持伊拉克战争，主张美国应在全世界范围内树立权威。尤其是在中国问题上，麦凯恩是坚定的“遏制中国”派，他对台湾的态度暧昧，在访问日本期间曾公开声称“钓鱼岛是日本领土”，并支持日本修宪允许使用集体自卫权。

如果还要找一个两人的相似之处，可以从“副业”方面去挖掘：特朗普喜欢客串电影角色，麦凯恩也短暂客串过美剧《24 小时》。

麦凯恩曾参加过两次总统竞选，第一次是 2000 年，他在党内初选时就败给了小布什。2008 年，他再度出山，一路过关斩将，成为共和党的党内候选人。麦凯恩和小布什同为共和党人，麦凯恩在宣布参加 2008 年的总统竞选后，小布什公开表示支持。但在那一年的总统大选中，他败给了如日中天的民主党候选人奥巴马。

作为一名共和党人，麦凯恩对自己的政党是忠诚的。特朗普宣布参加总统大选的时候，麦凯恩虽然反感他，但还是公开宣称自己将支持“共和党提名的候选人”。

值得一提的是，对于特朗普任期中的大部分政策，麦凯恩并没有提出反对——统计显示，麦凯恩83%的投票都是和特朗普立场相同的。在几个关键性投票中，比如大法官继任者投票、税改投票，麦凯恩投的都是赞成票。

然而，作为将门之后，经历过战争之痛，自认在政坛摸爬滚打多年，麦凯恩确实很难看得上特朗普。在他看来，特朗普是富二代、纨绔子弟，逃避兵役，信口开河，毫无从政经验。

这也注定两人会磕磕碰碰不断，直到最后势同水火。

6

麦凯恩和特朗普在20世纪90年代就“结下梁子”了。

20世纪90年代初，特朗普曾专门去参加过一次麦凯恩的集会演讲，当时他希望能和麦凯恩交流一下关于他在亚利桑那州的一些投资业务的问题。然而，麦凯恩却对这位亲自到场的富商视而不见。

情急之下，特朗普对麦凯恩喊道：“我可是为你捐过款的！”而麦凯恩的回答是：“那又怎样？”

1999年，特朗普在接受美国电视新闻杂志栏目《60分钟》主持人的采访时这样评价麦凯恩：“他被俘虏过，被俘虏会让你成为英雄吗？我不知道，我不确定。”

这句话其实已经颇有不尊重的意思。但那时特朗普的身份只是一个经常客串一些小角色以及参加一些真人秀的亿万富翁——这样口无遮拦的富翁在美国并不少见，所以并没有多少人把他的话当一回事。

然而，在特朗普成为全国焦点之后，在公开场合这么说，意义就完全不一样了。

2015 年，在艾奥瓦州的一场总统候选人集会中，特朗普又一次公开说："他是战争英雄，因为他被俘虏了。而我喜欢那些没有被俘虏的人。"

情商成谜的特朗普的这句话不仅得罪了所有曾经被俘过的美国军人，还深深刺伤了麦凯恩家族——那是麦凯恩最刻骨铭心的一段苦难历程。

不过，特朗普认为自己有说这句话的理由，因为就在一个多月前，他决定参选后的第一次竞选之旅演讲就遭到了麦凯恩的嘲讽，麦凯恩称他"把一群疯子给煽动起来了"。

特朗普认为麦凯恩是在挑衅自己，只是因为自己说了那句评价墨西哥移民的话："他们带来毒品，他们带来犯罪，他们是强奸犯，有一些我想是好人。"

以特朗普开始竞选总统为时间节点，他和麦凯恩的交锋正式开始了。

在其他共和党党内候选人的强烈谴责下，特朗普最终收回了评价墨西哥移民的言论，但拒绝道歉。

老练如麦凯恩，他没有要求特朗普向自己道歉，而是让特朗普向"那些在战斗中牺牲的人的家人"道歉，并在之后一次评价服兵役的言论中，委婉地提了一句："有些富人宣称自己得了骨刺，就可以免服兵役。"

但是，就在 2016 年大选之前，特朗普的一个针对女性的视频彻底惹恼了麦凯恩。在这段视频里，特朗普说："如果你是明星，你可以对女人做任何事情。"

在越来越多的女性站出来指认特朗普曾试图猥亵甚至强奸她们之后，麦凯恩撤销了对特朗普的支持，只是退而表示"支持共和党提名的候选人"。

而特朗普对麦凯恩最愤怒的一件事，是后者用关键的一票，粉碎了他担任总统后试图废除奥巴马医改方案的努力。

那次投票的最终结果是51票反对、49票赞成，民主党的参议员全部投了反对票，而共和党人麦凯恩也加入了他们，投出了关键一票——如果麦凯恩投赞成票，那么票数将是50∶50，届时作为副总统的彭斯将投出自己的一票，肯定能确保特朗普的提案成功。

这次的明显“拆台”，让特朗普愤怒不已，两人之间的裂缝已很难弥合。

2017年，麦凯恩被诊断患上脑瘤，但他并没有在一些关键问题上“放过”特朗普。2018年5月，麦凯恩对特朗普任命的中情局局长人选投了反对票。一个月后，特朗普的亲信之一、白宫联络室特别助理凯丽·萨德勒在一次会议上公开说：“没关系，反正他快要死了。”

这句话引起了外界巨大的批评声音，但白宫一直拒绝为此道歉。

2018年8月25日，麦凯恩去世，享年81岁。

外界曾以为，特朗普和麦凯恩之间的恩怨会随着其中一方的逝世而消逝，特朗普将获得与共和党中部分反对势力重新修好的机会。

然而，并没有。

7

麦凯恩的葬礼，显然成了一次“反特朗普者”的大集会。

除了麦凯恩的女儿梅根上台发言，另两个获邀上台发言的是美国前总统小布什和奥巴马。

这两人都堪称麦凯恩曾经的死对头——麦凯恩两次希望当上美国总统的愿望，就是被这两人亲手打碎的。

然而，即便如此，麦凯恩的家人依旧愿意邀请他们出席葬礼并上台发言，却偏偏不肯请现任总统特朗普。

2008 年大选胶着时，一位白人女性曾在麦凯恩的集会现场举着麦克风对他说："先生，我无法信任奥巴马，我支持你当选总统，因为奥巴马是阿拉伯人……"麦凯恩随即对在场所有人说："不，女士，您说错了。奥巴马是一个好人，是一个热爱家庭的好人，一个热爱国家的美国人。我和他只是在一些政见上有分歧，这也是为什么我们代表不同阵营参选。"这段话当时为麦凯恩博得一片赞赏。

奥巴马和小布什的发言都围绕麦凯恩，但其实大家都知道他们在说谁，因为他们都用"麦凯恩认为"开头，指出麦凯恩不希望看到美国会有什么政策——都是特朗普颁布的政策。

奥巴马的一段话堪称代表："如果我们的政治尽是渺小卑鄙的琐事，夸夸其谈，贩卖侮辱、虚伪的爆炸言论，那么这就是一个假装勇敢的政治。麦凯恩希望我们做得更好。不单单是今天，而且是在未来所有的日子里都这么做，这才是纪念他的最好方式。"

而在 2018 年 8 月 30 日于北菲尼克斯市浸信会教堂为麦凯恩举行的追悼仪式上，约瑟夫·拜登也来到了发言台前，他的第一句话是："我是拜登，我是一名民主党人，但我爱麦凯恩。"说完，拜登就流下了眼泪。

对于麦凯恩在去世后依然能让自己如此不爽，特朗普当然要发动反击。

首先，特朗普想在"悼词"上下功夫。

2018 年 8 月 25 日，特朗普只是在推特上发了一条短推文表示哀悼——按惯例，美国总统应该发表正式的悼文。特朗普这个行为立刻被美联社等美国媒体形容为"敷衍"，而包括美国退伍军人协会及其总司令罗恩在内的很多美国机构和民众，都指责总统居然连正式悼文都不肯发。在压力之下，特朗普后来只能再补一份官方声明。

其次，特朗普又在"降半旗"上花了心思。

白宫之前为麦凯恩去世降过一次半旗，但只维持了两天，比国会和美国其他机构都要短很多。在同样的压力下，白宫只能第二次降半旗，直到麦凯恩葬礼结束。

传统的形式既然无法过关，特朗普选择回到自己最熟悉的阵地——推特。

除了公开表示没有得到“谢谢”，之后几个月，特朗普在自己的推特上对已故的麦凯恩发动了密集“攻击”，时间甚至追溯到了麦凯恩读海军学院的时候，说他“成绩是全校倒数第一”（当然也没差太多）。然后特朗普在 2019 年 3 月 19 日接待巴西总统的记者会上做了一个总结：“我从来不是麦凯恩的粉丝，而且永远不会成为他的粉丝。”

对此，BBC（英国广播公司）的评论为：“特朗普正在和一个死人起争执。”

但特朗普要做的似乎还不仅仅是这些，他甚至愿意和整个麦凯恩家族为敌。

2019 年 5 月 25 日，特朗普访问日本，按照安排，他将于停泊在

2019 年 5 月 24 日，“麦凯恩号”被披上了一层帆布，后来帆布虽然被移除，但在特朗普发表演说时，一艘大型平底船被移至更靠近“麦凯恩号”的位置，遮其舰名。而在“麦凯恩号”上服役的水兵则因制服上有舰名，被阻止前往聆听特朗普的演说

日本横须贺港的美国“大黄蜂号”两栖攻击舰上发表演说。

根据《华尔街日报》的爆料，在特朗普到达日本之前，美国印太司令部一名官员在一封电子邮件里写道：“‘麦凯恩号’需要留在视线之外。”而随后得到的回复是：“同意采取措施，确保它不妨碍总统的参访。”

“麦凯恩号”是美国阿利伯克级导弹驱逐舰的六号舰，1994 年服役，当时正好停泊在横须贺港。此舰之所以以“麦凯恩”为名，是为了纪念麦凯恩的爷爷和父亲——两代美国海军上将。

尽管麦凯恩已经去世，但特朗普似乎并不愿意就此结束争端。

8

在这样的情况下，麦凯恩家族做出了自己的抉择。

2020 年 9 月，麦凯恩的遗孀、亿万富豪辛迪·麦凯恩发布了一则推特，正式宣布支持拜登参选。在推文中，辛迪表示：“只有一位候选人能捍卫我们作为一个国家的价值观。”然后她 @ 了拜登。

要知道，亚利桑那州虽然被视为“摇摆州”，但自 1952 年以来的 68 年中，只有一次“翻蓝”（1996 年的克林顿），其余都是共和党获胜。

可想而知，特朗普对此有多愤怒——他非常重视亚利桑那州，在大选前曾 7 次飞抵该州造势拉选票。

但对于麦凯恩遗孀——其实也代表麦凯恩家族——的抉择，特朗普也没有办法，只能选择再一次发推文，称“拜登是麦凯恩的哈巴狗”，以及称自己几乎不认识辛迪。在推文末尾，特朗普写道：“我从来不喜欢约翰。辛迪可以有瞌睡乔[①]！”

但这只会更激怒麦凯恩家族：辛迪·麦凯恩开始频频公开露面，

① “瞌睡乔”是特朗普给拜登起的外号。——编者注

参加民主党人的集会——为拜登拉选票。

就在大选开始前，辛迪·麦凯恩还向美国日刊《今日美国》投了一篇引起轰动的文章，标题是《共和党党员投票给拜登的理由》。

后来曾有一家美国著名的基金会做出这样的评价，口吻不无遗憾："特朗普哪怕表现出一盎司的真诚，也能够赢得辛迪的支持。"

9

北京时间2020年11月13日，亚利桑那州的总统竞选投票结果尘埃落定：在还有1%的选票尚未统计完毕的情况下，特朗普获得49.1%共1 657 250张普选票，拜登赢得49.4%共1 668 684张普选票。

特朗普输了0.3%——2016年，他在亚利桑那州赢了希拉里4.6%。

特朗普竞选团队随后在亚利桑那州提起诉讼，称当地工作人员指导不力和选举机器操作不当，导致特朗普损失大量选票。

亚利桑那州4个县在对选票进行审计后，称未发现选举欺诈的证据。（这4个县的选票占该州所有选票的86%。）

11月15日，特朗普竞选团队表示，放弃在亚利桑那州的诉讼。

亚利桑那州的11张选举人票，统统归到了拜登帐下。

一场曾经是活人与活人，后来是活人与死人之间的斗争，似乎可以落下帷幕了。

不知麦凯恩当初的遗书中，会不会有类似一句中国古诗意思的表达：

"家祭无忘告乃翁。"

馒头说

必须要说一句：特朗普在共和党内得罪的"大佬"，其实并不止麦凯恩一个人。

2016 年，共和党全国代表大会在克利夫兰举行，当时特朗普已获得代表共和党竞选总统的最终提名，只等宣布。但共和党内还在世的、曾经被提名为总统候选人的“大佬”中，愿意露面支持特朗普的只有 1996 年参选的鲍勃·多尔，小布什、罗姆尼、麦凯恩都没有出场——态度可见一斑，只是在这之后的四年，麦凯恩是最公开、最激烈地反对特朗普的人而已。

我看了吴军老师对这次大选的一篇评论，觉得有一点颇有道理：作为一个领导，要当所有人的领导，不能只是自己支持者的领导。

毫无疑问，特朗普确实有自己大量的拥趸，但光有这些是不够的，因为还有大量的反对者。一个合格的领导，应该在稳住自己基本盘的前提下，尽可能减少自己的反对者，增加自己的支持者——把我们的人搞得多多的，把敌人的人搞得少少的。

这才是政治。

但特朗普显然没有做到这一点。

确实，特朗普有自己的理由：麦凯恩同为共和党人，却总是在自己背后“捅刀子”。但是，特朗普有没有检讨过自己这张嘴呢？毕竟他已经不是一个可以随意参加真人秀的富翁，也不是可以坐在自家的特朗普大厦里随意喝骂员工的老板。堂堂一国总统，完全有很多体面且周到的手段可以用，为何要让情绪控制住自己，锱铢必较，甚至翻倍还击呢？

更何况，麦凯恩的去世原本是一个可以和解的机会，却最终成了一场将仇恨进一步加深的缠斗——他或许无法改变麦凯恩对他的看法，但他可以通过自己的回应方式，让旁人改变对他的看法。

当然，可能这就是特朗普的特性，很多人也就是喜欢他这所谓的“率直”和“本真”。如果他能换一种应对方式，他就不是特朗普了。

而再进一步，2020 年的美国大选，其实还暴露了一个更深层次的问题。

作为忠诚的共和党人，麦凯恩和他的家族为何宁愿背负骂名，也要去支持民主党？绝非他们对民主党有多深厚的感情，理由只有一个：只要不是特朗普就行。

这恐怕也是这次亚利桑那州等几个“摇摆州”翻蓝的原因，也是很多人不选特朗普的原因。

但就这一点而言，特朗普也别伤心：四年前的2016年，论资历，论能力，论背景，他又比希拉里强多少呢？

因为当时不少选民选他的理由也很简单：受够了，只要别是民主党就行。

从这一点上说，自奥巴马时代开始——或许更早——美国的选民就已经陷入了分裂。

如果美国选出的总统只能代表一半美国人，这个问题就复杂了。

拜登显然也意识到了这个问题，所以他现在不断呼吁：“最关键的是要消除美国人的隔阂，消除分裂。”

他是否能成功，民主党是否能成功，乃至今后的共和党能否成功（如果共和党还有机会的话）？恐怕没有人知道。

本文主要参考来源：

1.《麦凯恩：从害群之马到独行大侠》（陈伟，“美国史教学与研究”，搜狐网，2018年8月31日）
2.《国旗升了又降　麦凯恩生前与特朗普五个互怼时刻》（BBC中文网，2018年8月28日）
3.《特朗普：我给了麦凯恩“想要的葬礼”，却没得到一句“谢谢”》（朱梦颖，环球网，2019年3月21日）
4.《共和党大佬麦凯恩病逝，生前与特朗普“死磕”》（“新京报外事儿”百家号，2018年8月27日）

5.《“都怪你”，特朗普支持者抨击麦凯恩夫人》（金恩中，《朝鲜日报》，2020 年 11 月 5 日）
6.《美国大选｜南桥：出来混总要还，三个死魂灵的“复仇”》（澎湃新闻，2020 年 11 月 7 日）
7.《吴军看美国大选：特朗普的三个软肋》（“罗辑思维”，搜狐网，2020 年 11 月 6 日）
8.《麦凯恩的葬礼：一场美式政治闹剧》（王骁，观察者网，2018 年 9 月 2 日）
9.《死磕到底？美国参议员麦凯恩临终声明再批特朗普》（海外网，2018 年 8 月 28 日）
10.《美国英雄麦凯恩》（《纽约时报》，转引自虎嗅网，2018 年 8 月 27 日）
11.《约翰·麦凯恩的外交政策构想》（李永成，《国际资料信息》，2008 年 05 期）

利库路特事件：日本战后第一大腐败案的台前幕后

在我们的印象里，日本的公务员都是相对比较清廉的。但是，这绝非因为他们的道德素养特别高，而是由方方面面的因素造成的。比如，需要爆发一次震惊世人的腐败案，才会促使人们吸取教训。

1

1956 年，对刚满 18 岁的江副浩正而言，是个值得铭记的年份。

在这一年，江副浩正考进了有“日本最高学术殿堂”之称的东京大学，成了这所万千学子仰望的世界级大学的一名新生。

江副浩正身高只有 1.65 米，其貌不扬，在诸多东京大学的“天之骄子”中实在没有什么出挑之处。但是，他却拥有很多普通学子不具备的东西——对财富的渴望，以及愿意为之付出的坚毅、才智、魄力和野心。

1957 年，是大二学生江副浩正正式认识到自己潜能的一年。

那一年，东京大学的学生报陷入了亏损。为此，编辑部欲花重金招聘业务员一名，希望能依靠他来推销报纸，招揽广告，让报纸存活下去。没错，江副浩正接下了这个其实并不轻松的差事——用今天的话说，这是一个需要完成 KPI（关键绩效指标）的岗位。

江副浩正很快就展现出自己的能力。他穿着学生服，不厌其烦地去拜访一个又一个东大的校友，然后再循着各种人脉关系去接触社会上的公司：向校友推送报纸，向公司承揽广告。

江副浩正上任一个季度，就为报纸拉来了 12 家公司的招聘广告。

尝到甜头的江副浩正显然知道了自己的天赋在哪里。1960 年 4 月从东京大学毕业后（他还留级了一年），他并没有像同学们那样去企业面试找工作，而是找了间小屋，拉了自己的一个好友，再雇了一个女员工，成立了“大学新闻广告社”。

创业半年，江副浩正就依靠自己积攒的第一桶金和其他一些募资，以 60 万日元的注册金成立了“大学广告公司”，为日本的大学生提供就业参考和企业介绍。两年之后，获利极丰的江副浩正已经有能力集资 500 万日元，正式将公司名称改为“利库路特中心”。

利库路特，是英语“recruit”（招聘）的译音。

在众人眼里，利库路特中心是一个充满希望的新兴企业。

但没人会知道，在 26 年之后，“利库路特”这个词将引发日本政商两界的超级大地震。

2

江副浩正确实赶上了好时候。

日本的战后经济，恰恰就是从江副浩正考入东京大学那一年前后开始一路腾飞的。在那些年里，日本的 GDP 增长幅度连年超过 10%，整个日本的企业利润开始大幅度增加，而物价却基本维持不变。这样的喜人局面让以做企业广告为主营业务的利库路特公司业绩连年飙涨——到1970年年初，利库路特公司的营业额已经达到100亿日元。

江副浩正

此时的江副浩正也就30岁出头，年轻，富有，充满活力，俨然是日本战后经济复兴的创业青年人代表之一。

不过，一直有更大野心的江副浩正并没有满足于现状。在日本经济高歌猛进的大环境下，他深知“不能辜负这个时代”的道理，他意识到单单凭借广告业务，很快就能看见天花板，如果要在短时间内赚取更多的利润，就必须切换一条能赚快钱和大钱的跑道。

1974年，江副浩正麾下的利库路特公司开始进军地产业。

在日本整体经济快速蓬勃发展的背景下，江副浩正的这一决定无疑是正确的。到了1980年，利库路特麾下专门从事地产业的子公司利库路特宇宙公司的营业额已经突破500亿日元。

20世纪80年代后期到90年代初是东京银座的鼎盛时期，3 000多家俱乐部鳞次栉比的景象甚至成为时代的标志之一，也让不少外国人在谈起日本时首先想到的就是“银座”。而能把总部大楼设在银座，也是一家公司的成功标志之一

不过，但凡从事地产行业，总有一个领域是商家避免不了的——和政府打交道。

事实上，江副浩正从本人意愿出发，也不仅仅满足于在商界的成就，他早就有了和政界交往的想法。

1981 年，利库路特的总部大楼在东京最繁华的银座落成。也正是在这一年，江副浩正通过层层关系，结识了日本电信公司总裁真藤恒和前首相中曾根康弘等一批日本财政界要人，开始正式和政界来往。

也就是在此以后，利库路特公司的业务在原有基础上再一次爆发式增长，江副浩正的职业生涯也再次进入新的快车道，开始担任政府税制调查特别委员、土地临调特别参与等与他的地产生意有密切关系的职务。

到了 1988 年，利库路特的地产业务已经在全日本的地产公司中仅次于东京不动产公司，排在第 2 位——五年前，它还只排在第 13 位。

此时的利库路特公司已经从当年的三人“皮包公司”，发展成了拥有 23 家子公司、近 1 万名员工的“巨无霸”企业。

1988 年 3 月，利库路特在日本川崎市的 20 层川崎情报大楼落成，这被外界视为利库路特业务再一次拓展延伸的标志。

但没有人会想到，这座大楼成了引爆整场“大地震”的“地雷”。

3

“地雷”的引爆，是从川崎市警方接到一封举报信开始的。

举报信称：在川崎造大楼的这块地皮，是利库路特通过不正当手段从当时负责这块地皮的计划调整局局长小松秀熙手中拿到的。

所谓“不正当手段”，就是行贿。

那么，江副浩正是怎么行贿的呢？其实一点也不复杂，就是送自己公司未上市的股票。

1984 年 12 月，根据川崎市制定的城市发展规划，火车站附近的 70 公顷黄金地段范围内将建立一个技术开发区。江副浩正找到了当时负责这块土地规划的计划调整局局长小松秀熙，许诺利库路特公司“卖”给他 3 万股还未上市的利库路特宇宙公司的股票，每股价格为 1 200 日元。

川崎市是日本重要的工业城市，其另一个被中国游客所熟知的原因是这里有藤子不二雄博物馆

当然，江副浩正知道清贫的公务员小松是拿不出3 600万日元的，所以早就准备好了方案：通过利库路特旗下的金融公司向小松提供贷款。换句话说，小松一分钱也不用出，完全就是“空手套白狼”。

1984年12月，小松秀熙拿到了3万股利库路特宇宙公司的股票。1986年10月，该股票上市，股价扶摇直上。小松在5 000日元的价位抛光了手上所有股票，一来一去，净赚1.2亿日元。

当然，江副浩正很快就得到了川崎市的那块黄金地皮。

1988年4月，川崎市警方根据这份举报开始了调查。但是，当年的小松秀熙已经升任川崎市副市长，调查受到了重重阻力，警方一度以“没有确凿证据”为由停止调查。

关键时刻，站出来的是新闻媒体。

《朝日新闻》横滨分社的记者开始了一系列的跟踪调查，通过各种手段（包括会晤线人看到一张有76人的股票受让人名单），终于得到了小松秀熙接受江副浩正股票转让的实证。

1988年6月18日，《朝日新闻》在自己的社会版头版发表了详细调查报道，明确指出小松秀熙接受利库路特公司的股票转让。

一时之间，日本舆论大哗，小松秀熙被迫提出辞职。

当然，一个川崎市副市长落网，还不足以让“利库路特案”成为“大地震”。

4

1988 年 6 月 30 日,《朝日新闻》抛出了更大的“炸弹”。

根据《朝日新闻》公布的名单，至少有四位日本政坛现任或前任高官接受过江副浩正的股票，他们分别是：前防卫厅长官（国防部长）加藤纮一（买进 5 000 股，获利 2 000 万日元），前农林水产大臣加藤以次（以女儿和秘书名义买进 1 万股，获利 6 000 万日元），自民党政调会长渡边美智雄（以儿子名义买进 5 000 股，获利 2 600 万日元），民社党委员长冢本三郎（买进 5 000 股，获利 2 600 万日元）。

这些还不算完,《朝日新闻》更是指名道姓点出，前首相中曾根康弘、前大藏大臣（财政部长）宫泽喜一、曾任中曾根内阁外务大臣的自民党干事长安倍晋太郎（没错，就是安倍晋三的父亲）三人也卷入了受贿丑闻。

根据《朝日新闻》的名单，中曾根康弘担任日本首相期间，包括文部大臣森喜朗等在内的近半数内阁高官都事先购买过利库路特公司的股票。

一石激起千层浪。

从表面上看，股票买卖是一种双方都认可的商业行为。但在实际操作中，如果卖出方以明显低于市场预估的价格卖出股票，那么买入者肯定能够大大获益。这种行为在美国和法国等国家被定义为违法犯罪，但在一些欧洲国家仅仅被视为“有违道德”。而在日本，法律也没有明确禁止这种行为，这就给了江副浩正钻空子的机会。

但是，利库路特公司的股票出售价格实在过低，数量实在过大，销售对象又都是政府公务人员。更何况，这些公务人员自己没掏钱，而是通过利库路特公司提供的贷款“空手套白狼”。

这显而易见就是行贿和受贿。

日本民众无论如何也不相信，这些平日在电视镜头前道貌岸然、形象清廉的政府高官，居然一个个都在背后干着如此腐败的勾当。

不光是新闻媒体，在野党也开始行动起来，组织专门的班子进行更深入的调查。在这些调查班子中，以社民联议员楢崎弥之助最特别——他谁都信不过，只让自己的秘书和儿子担任调查助手。

恰恰是这个断绝一切关联可能的楢崎弥之助，挖出了更大的“萝卜”：至少有 13 名日本国会议员和一批财政界要人收受了利库路特公司总计 76 万股的股票。

惊慌失措的利库路特公司先后五次找到楢崎弥之助，希望能够和他“聊聊”，均无功而返。之后，利库路特宇宙公司的社长办公室主任松原弘再一次到访楢崎弥之助家，承诺如果楢崎弥之助这次能“放一马”，利库路特公司将“奉养楢崎先生一生”。在做出承诺后，松原弘还拿出了一个装有 500 万日元的红包。

不动声色的楢崎弥之助在送走松原弘之后，拿出了早就布置在房间的摄影机里的录影带，送到了电视台。

1988 年 9 月 5 日，日本读卖电视台向公众播放了松原弘在楢崎弥之助家行贿的全过程。

全日本舆论再一次轰动。

在人赃俱获的情况下，原先不少遭遇各方政治阻力的调查再也无法敷衍了事。

在巨大的舆论压力下，日本的政坛高官开始陆续辞职。

5

没想到，高官们的辞职过程也新闻不断。

日本副首相兼大藏大臣宫泽喜一一向以“老实人”和“清廉”著称，却被查出在 1986 年 9 月 30 日以本人名义购买了 1 万股利库路特公司股票，转手倒卖后获利 5 200 万日元。他倒确实“老实”：别人都是以秘书或子女名义购买，他以本人名义购买，被查获后根本无法抵赖。

宫泽辩称购买股票的钱是自己的积蓄，却拿不出任何证据，随后被证实和其他人一样，他是利用利库路特公司提供的贷款购买的股票。

1988 年 12 月 9 日，宫泽喜一被迫辞职。

在以宫泽喜一为首的一批涉嫌受贿的内阁高官辞职之后，时任日本首相竹下登只能重新组阁。1988 年 12 月 27 日下午，竹下登新组建的“廉洁内阁”正式与媒体见面。在见面会上，主管司法工作的法务大臣长谷川峻成为媒体焦点，在被问及是否与“利库路特案”有瓜葛时，他自信地回答：“正因为没有瓜葛，所以才能出现在你们的面前啊！”

但就在第二天，日本媒体刊出新闻：长谷川峻和他的政治后援团体“迫迪会”自 1971 年开始，每月都接受利库路特公司 4 万日元的“政治捐款”，总计已超过 800 万日元。

日本的《政治资金规正法》规定，“一家企业一年对公职候选人和政治团体的捐款不能超过 150 万日元”“单笔超过 100 万日元必须登记”。长谷川峻接受的捐款并未“超标”，但由于他之前在公众面前信誓旦旦地表示和利库路特公司毫无关联，这严重违反了“诚信”原则。

1988 年 10 月 19 日，东京地方检察官到访利库路特公司总部

更糟糕的是，担任长谷川峻秘书的次子很快承认也购买过利库路特公司的股票。

12 月 30 日上午，长谷川峻表示“惭愧不已”，宣布辞职。从上台到下台，一共三天时间。

那么，光辞职就够了吗？

不够，在理清了脉络和证据之后，日本警方开始抓人了。

6

1989 年 3 月 6 日，日本电信电话公司董事长真藤恒被警方逮捕。

日本电信电话公司垄断着日本电话、电报和国内外通信业务，前身是国营企业，经过公私合营后，国家依旧占据三分之一的股份。真藤恒作为江副浩正结交政坛的“引路人”，购买了利库路特公司 1 万股股票，转手后获利 2 200 万日元。同时，在真藤恒的指示下，日本电信电话公司对利库路特公司在转手线路和大型电子计算机方面提供了很多便利。

“利库路特案”侦破的一大难点，就在于江副浩正在给予政界高官股票和其他好处时，从不要求立刻兑现，而是“放长线钓大鱼”。到案发时，不少受贿人还没有来得及提供好处，或者提供的是很难定义的“好处”。

不过，随着被逮捕的人越来越多，利库路特公司的套路和收受的“好处”也渐渐浮出水面。

被逮捕的日本劳动省原事务次官加藤孝，长期接受利库路特公司提供的打高尔夫球、钓鱼、旅游、到高级饭店就餐等“免费招待”，并以 3 000 日元一股的价格买入利库路特公司提供的 3 000 股股票，转手后获利 690 万日元。作为回报，劳动省最终没有通过《职业安定法》，这个法规原本打算加强对以利库路特公司的出版物为首的就业情报出版物进行严格管理和整顿。

被逮捕的日本文部省事务次官高石邦男，在 1976 年担任文部省管理局振兴课课长时，接受利库路特公司的聘请成为该公司讲师，领取

朝日新聞

リ社前会長・江副を逮捕

東京地検 NTTルートまず着手

株譲渡、贈賄と断定

式場・長谷川は収賄

竹下政権、一段と苦境に

「総辞職考えない」

政治改革を強調

1989 年 2 月 13 日，江副浩正被正式逮捕。之前知道苗头不对的他已宣布辞去董事长职务

高额讲课费。同时，高石邦男也以接受利库路特公司贷款的方式，一分钱没花“购买”了该公司 1 万股股票。作为回报，文部省经常压下各界对利库路特公司一些招聘广告问题的投诉，并且帮助江副浩正获得了“日本教育课程审议委员会委员”“日本大学审议委员会委员”等明显能帮助利库路特公司发展业务和提高形象的职务。

在这三条线被清理完之后，不少人认为，震惊四野的“利库路特案”可以告一段落了。

但是，根本停不下来。

7

出手的，还是新闻媒体。

1989 年 3 月 31 日，《朝日新闻》再次登出一个惊天新闻，标题是《利库路特公司购买 2 000 万日元竹下“鼓励会”宴会券》。

战火直接被引向日本时任首相竹下登。

所谓“宴会券”，是政治家举行晚宴的门票，很多是由企业付钱买单。一般当企业购买的入场券明显超过入场人数时，就被视为“政治捐款”。政治捐款在日本并非违法，但必须遵守《政治资金规正法》，有一定的数额限制。

在 1987 年 5 月 21 日举行的“鼓励自民党干事长竹下登晚会”

的宴会上，竹下登正式宣布参选自民党总裁，准备进军首相宝座。这场宴会出席人数为 1.3 万人，但实际售出门票为 6 万多张，总销售额达 21 亿日元，显然有集资性质。而利库路特公司花 2 000 万日元购买的“宴会券”，也超出了《政治资金规正法》规定的它可以花费的金额。

这还只是第一弹。

1989 年 4 月 5 日，日本《每日新闻》出手，披露 1987 年竹下登在岩手县举行宴会时，利库路特公司也曾购买过 3 000 万日元的宴会券。4 月 7 日，日本时事通讯社再出一拳：利库路特公司还曾向竹下登提供过 2 500 万日元的贷款。

四面楚歌的竹下登最终决定孤注一掷，主动向公众袒露和利库路特公司之间的所有关系：除了新闻媒体披露的，他还交代了其他一些从利库路特公司得到的捐款，总金额达到 1.51 亿日元。

尽管数额再一次出乎公众的预料，但由于竹下登态度坦诚，他的公众形象一度有所恢复。

但是，此时的日本在野党已经团结起来，提出了强硬的条件：要么现任首相竹下登辞职，要么前首相中曾根康弘接受问询。不然，国会拒绝通过政府 1989 年的财政预算。

在野党要求中曾根康弘接受传讯完全可以理解：整个利库路特案就发生在中曾根康弘内阁执政期间，并且已经证实中曾根康弘和他的团队先后接受过利库路特公司多达 1.1 亿日元的股票受让和政治捐款。

但是，一直以秘书购买而自己不知情为由的中曾根康弘坚决拒绝接受传讯，这就把皮球踢给了竹下登：要么你自己辞职。

就在竹下登焦头烂额之际，1989 年 4 月 14 日，《朝日新闻》再出重拳，把自民党大将安倍晋太郎也拖下了水：从 1986 年 2 月到 1988 年 8 月，利库路特公司每月支付给安倍晋太郎的妻子安倍洋子高达 30

万日元的“顾问费”，总金额已达到 900 万日元。

就在以竹下登为首的自民党威信已经千疮百孔的时候，4 月 22 日，日本新闻媒体给竹下登送来了最后的“致命一击”：竹下登在 1987 年竞选日本首相的时候，通过当时的秘书青木伊平向利库路特公司借款 5 000 万日元。

借钱还钱并非不可，但号称“主动坦白与利库路特公司所有关系”的竹下登，此前并没有披露过这件事，这也意味着他的个人信用已经完全破产。

1989 年 4 月的日本民意调查显示，竹下登内阁获得的支持率仅为 8%，不支持率高达 82.5%。

1989 年 4 月 25 日，竹下登宣布将辞去首相职位。

第二天，他之前的秘书青木伊平自杀。

8

但是，“利库路特案”的余波还未平息。

竹下登下台后，“首相”这个位置成了烫手山芋。自民党只能推举相对超脱事外的宇野宗佑继任。但宇野宗佑上任不满一个月，就爆出与艺伎有染的丑闻。再加上深陷“利库路特案”，自 1955 年以来就是日本政坛“巨无霸”的自民党在 1989 年 7 月 23 日的参议院选举中惨败，丢了 33 个议席，只保留了 36 个议席，有史以来第一次在参议院总议席数量上少于在野党。

第二天，宇野宗佑宣布对选举失败负全部责任，辞去首相一职。

才当了一个月的首相又要换人，自民党只能再派出海部俊树，之后是宫泽喜一，勉力支撑到了 1993 年大选。

在 1993 年的大选中，受日本经济泡沫破裂影响，再加上日本民众对“利库路特案”始终无法释怀，自民党在 1955 年成功上台执政后，

38年来第一次丢掉了首相宝座。

至此，“利库路特案”的余波算是告一段落。此案自1988年6月曝光，到1989年5月调查结束，日本检察当局传讯了3 800人次，搜查了80余处，查明有7 000余人卷入此案，其中包括40多名国会议员。另外，两届内阁因此案垮台。

1989年是天皇裕仁去世的一年，也是新天皇明仁继位的一年，定年号为“平成”，寓意“国内外、天地间达成和平”。

然而，因为“利库路特案”，平成元年成为日本政商两界最不太平的一年。

馒头说

“利库路特案”是日本战后四大腐败案中涉案金额最惊人、牵涉面最广、引起震动最大的一个案件。在这起案件之后，日本人痛定思痛，开始不断完善各种制度，比如将“受贿罪”细分为八种情况，基本涵盖所有受贿行为。而有些针对公务人员的规定甚至到了“不近人情”的地步。

比如，2000年4月日本颁布的《国家公务员伦理法》，被称为“无所不管法”。其中规定：公务人员一旦与利益相关者聚餐、唱歌，一律按受贿罪论处，哪怕这个利益相关者是你的亲属；公务人员如果与利益相关者参加打高尔夫球等活动，哪怕是AA制付费，也被禁止；公务人员如果发现自己的同事受贿却知情不报，一旦东窗事发，将“连坐”治罪……

2001年4月，日本又颁布《信息公开法》，规定除了六类不宜公开的机密信息，其他所有的行政工作信息必须向所有老百姓公开。比如，一个小吃店老板娘看到一个公务人员开的车疑似超过他的收入，或者一个酒店服务员看到一个公务人员用的笔似乎比较贵，可以立刻打电话给相关部门询问这辆车或这支笔是他在哪里买的、花多少钱买的，相关部门必须在规定时间内给出答复。

在各种法规的制约下，在日本当公务员基本上就是一个处于公众视线下的“透明人”，但包括公务员在内的很多日本人却认同这一点：如果想做别的职业尽可以去做，但要做公务员，这些是必须承受的代价。

日本的这种方式可能有些偏向极端，但至少很清楚地说明了一点：在特权的诱惑面前，永远不要考验人性的自制力，因为很多人是不可能经受住考验的。

那么如何制约权力？只有靠制度，靠透明，把权力关进制度的牢笼，让权力在阳光下运行。

全世界的老百姓其实都不需要官员喊什么口号，做什么宣誓，只要能有一套真正行之有效的制度来制约，违法必究，监督体系公开透明，就足够了。

不愿意接受的，自去别处发财；要当官的，就必须接受。

就这么简单。

本文主要参考来源：

1.《八十年代西方政坛丑闻录》（杨江华，中共党史出版社，1991 年）

2.《论政治腐败对战后日本政局的影响》（张跃斌，《史学集刊》，2014 年 04 期）

3.《从利库路特案件看资产阶级的为政清廉》（李公绅，《世界经济与政治》，1990 年 01 期）

4.《评利库路特事件——日本金钱腐败政治的大暴露》（郑岩，《现代日本经济》，1989 年 05 期）

5.《战后东京大学毕业的最大的企业家》（東大が生んだ戦後最大の起業家）（神户新闻网，2013 年 2 月 27 日）

6.《1989 年 2 月 13 日日本最大贿赂案利库路特案件的主谋江副浩正被捕》（人民网，2009 年）
7.《日本反腐防止“苍蝇”长成“老虎”》（《日本新华侨报》，蒋丰转摘编自中新网，2015 年 5 月 12 日）
8.《从腐败大案看日本的反腐举措》（逄春雪，《人民法院报》，2018 年 1 月 26 日）

流血的分割线：印度和巴基斯坦是怎么分家的？

在世界历史上，有不少著名的“分割线”，比如“三八线”“北纬 17°线”等等。今天要说的，是一条分割几亿人口的线。

1

1946 年 12 月的某一天，英国伦敦，寒风萧瑟。

刚当上首相一年多的艾德礼，在唐宁街 10 号的首相官邸召见了路易斯·蒙巴顿子爵——英王乔治六世的表弟。

46 岁的蒙巴顿因为在二战中的优异表现，刚刚升任英国皇家海军地中海舰队第一巡洋舰队司令，意气风发，踌躇满志。但他和艾德礼谈话后不久，脸色就变得凝重起来。因为艾德礼给了他一个“光荣”的任务：前往印度，接任这个英国最大海外殖民地的一把手——印度总督兼印度副王。

这是一个曾经令万千人垂涎的职位，但蒙巴顿却完全兴奋不起来。因为谁都知道，1946 年的英国早已不是以前的英国，而 1946 年的印度，也早已不是以前的印度。这颗曾令英国人自豪的“王冠上的明珠”，如今已经成了一个“烫手山芋”，甚至可以说，是一颗巨大的“定时炸弹”。

2

印度这颗“定时炸弹”之所以开始进入引爆程序，和英国的衰落息息相关。

一场第二次世界大战，让本来还能勉强打扮门面的大英帝国迅速跌下神坛：对外，英国损失了一半以上的海外投资和黄金储备，50%的商船吨位，40% 的出口值；对内，需要重建战争期间被炸毁的 400 万栋房屋，每年安置 150 万退役军人。1947 年 1 月 20 日，英国工党政府发布白皮书，公开承认了一个事实：

“不列颠处于极其危险的境地。”

昔日的“日不落帝国”早已雄风不再，而它的诸多海外殖民地和自治领则闻风而动，其中最触动英国神经的，自然就是印度。

作为一个人口为英国 6 倍、领土为英国 15 倍的海外殖民地，印度早就从英国的诸多海外殖民地中脱颖而出，“一家独大”。长期以来，英国从印度获得的绝不仅仅是资源和财富——“像海绵一样，从恒河边上吸取财富，又挤出来倒进泰晤士河中”——更是把它当作一台战争机器：二战期间，英国所需的大量战略物资都是在印度生产的，印度还提供了 200 万以上的士兵为英国作战。

二战中德国的空袭让英国的不少城市沦为一片焦土

早在 1885 年就成立的印度国民大会党（国大党），开始把“民族主义”作为本党的宗旨之一。进入 20 世纪后，在“圣雄”甘地的领导下，印度掀起了更大规模的“谋求独立”浪潮。虽然甘地选择的是“非暴力不合作”，但在印度的影响范围极广。

“非暴力不合作”运动是由甘地领导的，其中文翻译可能会产生歧义，让人以为是双重否定表示肯定，即“只能暴力合作”，其实这是两个并列的关键要素：“非暴力”和“不合作”。甘地倡导以和平方式抵制政府、机关、法庭、学校，以及采取总罢业、抵制英货、抗税等非暴力手段进行斗争

更让英国人神经紧张的是，二战之后，印度人似乎开始有从“非暴力”转向“暴力”的倾向：1946 年 2 月，孟买的 2 万多名印度皇家海军官兵起义，随后浪潮迅速扩散到卡拉奇、加尔各答等地，全印度共有 78 艘舰只、20 个基地的水兵参加罢工。在孟买，20 万群众上街示威游行，与赶来镇压的军警展开巷战。

到了这一刻，尽管已经下台的“强硬派”丘吉尔一再强调印度对大英帝国的意义，但无论从哪个角度来看，英国都不可能再维持原先对印度的统治了：孩子不服管了，而你也管不动，更没能力管了。

但按照英国人原先打的算盘，他们退而求其次的诉求是：把主权交给一个统一的印度，然后让它成为英联邦国家。这么做虽然无奈，但从长远看，已经是能够符合英国利益的最佳选择了。

然而，英国人发现连这个愿望也实现不了。因为当时一致对外的印度，内部早已分裂，也在酝酿一个“超级大炸弹”。

3

那个可能从内部“引爆”印度的大炸弹，就是割裂的宗教信仰。

1945 年二战结束的时候，印度的总人口大约是 4 亿，却分裂成了两个主要宗教阵营：3 亿人的印度教阵营和 1 亿人的伊斯兰教阵营。

伊斯兰教进入印度要追溯到公元 1526 年，信奉伊斯兰教的蒙古人后裔巴布尔攻入印度，建立了莫卧儿帝国。在之后的相当长一段时间里，穆斯林垄断了帝国的政府高级职位，印度教徒虽然人数众多，但大多处于社会中下层。

与此同时，由于印度教的“种姓制度”等级森严，而在印度的穆斯林虽然也发展出了“种姓制度”，但毕竟有“穆斯林皆兄弟”的教义在，这吸引了大批在印度教中完全没有地位的“贱民”改变了宗教信仰。

17 世纪，英国人通过“东印度公司”侵入印度；到了 1857 年，他们索性直接终结了莫卧儿帝国的统治。由于印度穆斯林憎恨英国人夺走了他们的统治地位，大多采取不合作的态度，而原本就没什么包袱的印度教徒更愿意学习英国文化和知识，进而涌现出一批受过教育的人进入政府、银行等重要机构。

英国人当然也乐意拉拢印度教徒。1843 年，英国驻印度总督埃伦伯勒勋爵在给威灵顿公爵的信中写道：“我毫不怀疑，该民族（穆斯林）同我们是根本敌对的，我们的正确政策应该是安抚那些印度教徒。”

不过，英国人也为自己的这一行为付出了代价：随着越来越多的印度教徒受到西方思想的熏陶，他们的“自由”“平等”“博爱”思想也开始萌芽和成熟，逐渐对英国的殖民统治感到不满，越来越多受过高等教育的印度教徒开始投身到印度的民族主义独立运动中。

在这样的情况下，英国人又调转枪口，采取“分而治之”的策略，开始扶植印度穆斯林对抗印度教徒。他们不仅给了印度穆斯林单独的选举权，甚至不惜将印度的孟加拉邦一拆为二，弄出一个穆斯林占大多数的“东孟加拉”来对抗印度教徒占多数的“西孟加拉”。

在这样的情况下，印度无可避免地陷入了分裂，印度穆斯林成立了“全印穆斯林联盟”。一个理念开始在印度穆斯林中蔓延并得到普遍认可，那就是“两个民族”。

这个理念在 1883 年由印度穆斯林领袖赛义德·艾哈迈德汗首次提出，这让印度的穆斯林首次认识到：由于在宗教信仰和社会生活上与印度教徒存在巨大差异，印度的穆斯林已经不是一个教派，而是一个独立的民族。

而这个理念在之后的印度穆斯林领袖真纳口中得到了更通俗的解释：“印度从来没有成为过一个真正的民族。……它只是地图上画着的国家。我要吃牛肉，印度教徒不让我杀牛。一个印度教徒每次和我握完手后就要去洗手，穆斯林和印度教徒唯一的共同点就是，他们都是英国人的奴仆。”

1946 年的加尔各答骚乱，成群的秃鹫在啃食骚乱中死去的印度人的尸体

在“两个民族”理念的影响下，印度的穆斯林开始和印度教徒不断产生摩擦和冲突，最终导致了大骚乱。

1946 年 8 月 16 日，由于印度穆斯林认为在议会议席数额分配上遭遇不公，穆斯林联盟宣布这一天为“直接行动日”。从早上 7 点开始，加尔各答的穆斯林开始无差别追杀城中的印度教徒，妇孺老幼都不能幸免。印度教徒随后进行了反击，双方陷入血腥的杀戮。这场骚乱一共持续了两天，清理出来的尸体接近 4 000 具，但还有大约 2 万具尸体被直接扔进了河里或大海里。

这场骚乱只是一根导火索，更多或大或小的骚乱开始在印度各地酝酿或爆发，整个印度就像是坐在一个火药桶上，随时都可能爆炸。

在这样的情况下，英国当局决定撤掉原先优柔寡断的印度总督韦维尔子爵，换上一个他们能信任的、可以维持大局的人。

这位“背锅侠”，就是本文开头提到的蒙巴顿。

4

蒙巴顿是 1947 年 3 月 22 日抵达印度的，两天后宣布就职印度总督。

这位曾在印度举行婚礼的英王表弟，面临一个几乎不可能完成的任务：尽最后一次努力，尝试说和印度的两大宗教势力，避免印度的分裂。

为此，蒙巴顿找到了印度国大党的领袖甘地。

甘地的态度是坚决不同意分裂印度，他甚至不惜用上夸张的修辞：“只要我一息尚存，我决不同意分治印度。……您可以把整个印度送给穆斯林，但千万不能分裂印度。”

但甘地的话可能只能停留在口头上，或者说，他一人无法代表印度教徒，也无法代表国大党。国大党的另一重要人物尼赫鲁以及大部分国大党的成员虽然也不同意分裂印度，但决不同意把政权交给穆斯林，甚至不允许穆斯林在议会中占到多数。

蒙巴顿当然也找了穆斯林联盟的领袖真纳。

真纳的态度非常坚决：连形式上的“印度联邦”也无法接受，只要一个独立的国家——巴基斯坦（Pakistan）。他表示如果不能要一个大的巴基斯坦，要一个“虫蛀的巴基斯坦”也可以。真纳毫不犹豫地甩出了最后通牒：如果不能满足巴基斯坦独立建国的要求，那么印度的全体穆斯林将诉诸武力。

面对强硬的穆斯林联盟，印度国大党也改变了最初的主意：好吧，那就分家吧！

“印巴分治”已经无法避免，但蒙巴顿还有烦心的事没有解决：印度还有 565 个大大小小的土邦，一旦印巴分家，这些从法理上可以独立的土邦将何去何从？

在这些土邦中，一些中等或偏小的土邦或许还不足以制造麻烦，分别根据宗教信仰选择依附印度或巴基斯坦就可以了，但其中有两个“巨无霸”土邦，让人头疼不已。

一个是海得拉巴土邦。这个土邦的面积只比英国国土面积小一点点，人口比加拿大还多，且物产丰富，还拥有一支庞大的军队。但这不是最糟糕的问题，最糟糕的是：海得拉巴的王公是一位虔诚的穆斯林，渴望加入巴基斯坦，但其 70% 的民众却是印度教徒。

另一个是克什米尔土邦。克什米尔，全称“查谟和克什米尔”，位于南亚次大陆的西北部，是青藏高原西部与南亚北部交界的过渡地带。克什米尔的面积也有 17 万平方公里，且地理位置重要。但与海得拉巴土邦相反，克什米尔 77% 的民众都信奉伊斯兰教，但王公却是一位虔诚的印度教徒，愿意加入印度。

诸如此类的问题每天都困扰着蒙巴顿（还有处于印度腹地的土邦一定要加入巴基斯坦这种事），但留给他的时间已经不多了。

1947 年 6 月 4 日，蒙巴顿发表声明：这一年的 8 月 15 日，英属印度将分为印度和巴基斯坦两个自治领，各自独立。

在这两个月的时间里，蒙巴顿必须拿出一套可以确保不造成混乱的“分家方案”。

这项方案的官方名称是《印度独立法案》，但后人更喜欢称它为《蒙巴顿方案》——总得有人要来背这个锅。

5

可想而知，这是一个多么仓促的方案。

但凡有点常识的人都知道，要在两个月时间里拿出一套分割方案，实属天方夜谭——要分割的这个地方疆域是如此辽阔，人口是如此众多，各种阶层、关系、利益又是如此盘根错节。

大概也只有蒙巴顿这样的人敢硬着头皮做这件事——这是世界历史上从没有人做过的事，还有两个月的时间限制。

西里尔·雷德克里夫爵士，这位来自伦敦的皇家律师被火速请到了印度，负责未来印度和巴基斯坦的边界划分。这位律师从来没到过印度，也不了解印度，甚至他手里的地图也只是张英国皇家工兵用的军用地图，他只能每天把自己关在总督府里抓耳挠腮，对着一张地图和一些人口普查资料，开始划分几百万平方公里的疆域。他得到的指示是：印度教徒多的地方划给印度，穆斯林多的地方划给巴基斯坦——事情真有这么简单倒好了！

雷德克里夫在画边界线时胆战心惊，因为他知道有不少地方是两个宗教信徒混杂居住的，领地犬牙交错，完全无法分割，这一笔画下去，今后很可能就会引发腥风血雨。

除了领土，还有领土上的财产，这也是一件牵扯到万千细节的事。

两位律师——一位印度教律师和一位穆斯林律师——负责财产的分割，他们将决定 4 亿同胞的财产归属。这个任务显然超过了他们的承受能力，而由此产生的种种问题也超乎他们的想象。

二战结束后，英国欠印度 11.8 亿英镑，印度中央银行的存款则为

3亿英镑。巴基斯坦要求按人口分割比例拿到25%，但印度只愿意给5%。（后来巴基斯坦争取到17.5%，但要承担等比例国债。）

军队也是个大问题。印度当时拥有120万军队，印度教徒、穆斯林、锡克教徒混杂其中。最终经过激烈争吵，印度的海陆空军实施了不同的“分家”方式，但总体来说印度保留了70%的军队。

如果说这是宏观上的“财产分割”，那么微观上的一些“分家”则细到了一本书、一把椅子，整个过程中有不少情节让人瞠目结舌，又或忍俊不禁。

在原本印度教徒和穆斯林混杂的政府办公室，分家往往伴随着争吵乃至打架，一些“兑换比例”随之出台：1个墨水瓶可以换1把水壶，1把伞可以换1个衣架，125个大头针折合1个痰盂，小号和长笛等价，大鼓和铙钹等价，至于《大英百科全书》，单号册和双号册大家各取一半……

这些还是能分的，那些不能分的呢？

巴基斯坦提出要求，必须将泰姬陵拆除，把陵墓的砖石运到巴基斯坦，因为这座举世闻名的建筑是莫卧儿帝国的皇帝建造的。而印度的印度教徒提出，未来巴基斯坦腹地的印度河应该属于印度，因为那是神圣的《吠陀经》的诞生之地。

无论经历多少辩论和争执，时间总是毫不留情地在流逝。两个月的时间过得非常快，尽管埋下了大量“地雷”，但《蒙巴顿方案》还是在最后一刻得到了各方面的认可——毕竟时间不等人。

1947年8月14日，巴基斯坦宣布独立。

1947年8月15日，印度宣布独立。

随后而来的是两方人民的普天同庆，以及，一场血雨腥风。

6

导火索，就是“雷德克里夫线”的公布。

雷德克里夫爵士在划完边界后就赶紧返回了英国，并宣称“终生不会再踏上印度一步”，但以他的名字命名的“雷德克里夫线”注定会引起一场轩然大波。

1947 年 8 月 17 日，就在巴基斯坦和印度先后宣布独立之后，“雷德克里夫线”立刻被公布——不给人任何思想准备，这本来就显得有些做贼心虚。

以原英属印度的旁遮普邦为代表，那里的 1 000 万印度教和伊斯兰教信众刚刚各自欢庆独立，却立刻发现了一个悲哀的现实：500 万印度教和锡克教教徒被划入了巴基斯坦，而另有 500 万穆斯林被划入了印度。

巴基斯坦（Pakistan）的英文字母各有含义：“P”字头代表 Punjab（旁遮普）；“A”代表西北地区的 Afahania（阿富汗尼亚）；“K”代表 Kashmir（克什米尔）；“I”代表 Sind（信德），一说代表 Irania（伊朗尼亚）；“stan”代表 Baluchistan（俾路支斯坦）。

而为了照顾宗教问题，巴基斯坦的领土被分割成了东西两块，西巴基斯坦与印度交接的那条分界线就从旁遮普邦穿过，成为矛盾的爆发点。

可以想象的仇视、械斗和大规模互相残杀随即爆发。一时之间，印度和巴基斯坦境内爆发了大大小小的骚乱。在短短两个月里，至少有 50 万人在冲突中丧命——这个数字超过了英国在二战中死亡人数的总和。

而不愿意参与流血冲突的人卷起铺盖，携妻带子，离开故乡，往能容留自己宗教信仰的国度迁徙。但在异国他乡，哪里又有他们的容身之所？于是，在德里、孟买、卡拉奇等两国的大城市，出现了大量贫民窟。在两个月内，两国大概有 1 200 万人成了难民——这个数字是二战造成难民数字的整整 4 倍。

地图上的“一刀切”还带来了经济问题。

原先印度殖民地的 90% 的工业地区都归了印度，而巴基斯坦分到的大多数是农业地区，这也带来了一个巨大问题。比如，划归巴基斯坦的东孟加拉是著名的黄麻产地，产量占到全世界的 75%，但东孟加拉没有一家黄麻加工厂；而在划给印度的加尔各答，有大量黄麻加工能力很强的工厂，却没有任何黄麻原料。

当然，这些问题都比不上直接爆发的战争。

蒙巴顿当初没能解决的克什米尔土邦归属问题成了两个新独立国家开战的导火索。8 月各自独立，10 月相互开战：围绕克什米尔地区的主权，印度和巴基斯坦各出动了约 5 万人的正规军，鏖战一年多，双方都伤亡惨重。

这场战争导致克什米尔地区被一分为二：印度控制三分之二的领土和四分之三的人口，巴基斯坦控制剩余部分。

但两个国家的战争并没有画上句号，在 1965 年和 1971 年，印度和巴基斯坦又爆发了两次战争。

在第三次印巴战争中，巴基斯坦吃了大亏——直接丢掉了东巴基斯坦。在印度的推动下，拥有近 15 万平方公里领土和 1.6 亿人口的东巴基斯坦成了一个独立国家：孟加拉国。

由此，昔日英国人眼中的“王冠上的明珠”，分裂成了三个独立主权国家。

7

国家划分尘埃落定，参与划分的四个重要人物的命运也值得关注。

1948 年 1 月 30 日，就在印度独立半年之后，甘地在一场公开的晚祷活动中，被一名狂热的印度教信徒用枪击中胸膛，遇刺身亡，终年 79 岁。很多人后来都感叹凶手幸亏不是穆斯林，不然会在全国引发一场大骚乱和大杀戮。

1948 年 9 月 11 日，就在巴基斯坦独立 13 个月后，真纳因肺结核去世，终年 72 岁。他其实早就知道自己的病症无法治愈，所以一定要在有生之年看到巴基斯坦建国。

1964 年 5 月 24 日，印度总理尼赫鲁早上起床后腹内出血，之后心脏病发作逝世，终年 75 岁。两年前，印度在对中国的边境战争中的惨败，给了他重大打击，从此身体健康每况愈下。

1979 年 8 月 27 日，蒙巴顿在一次带家人出海捕虾时，自家游艇里被人安放了定时炸弹，炸弹爆炸对他造成重伤，随即不治身亡，终年 79 岁。

炸死他的不是印度人，而是爱尔兰共和军成员。

那又是另一个困扰英国的“要求独立”的问题了。

馒头说

曾有一位读者给我留言，大意是：印度真的是我们现在一些人以为的那样吗？我们现在对印度的一些看法，是不是也和一些外国人看中国一样，是有偏见的呢？

我觉得这个问题回答起来不是几句话能说完的。

一方面，印度的“种姓制度”也好，强奸案频发也好，男尊女卑也好，包括一些生活习俗，都是真的，因为不光是我们说，全世界的媒体都在报道。我还看到过一个印度妻子为丈夫洗脚，然后把他浑浊的洗脚水喝下去的视频。（当然我不至于相信印度人都是这样的。）

但另一方面，诚如这位读者所言，我也深深感到，其实我们很多人（包括我）都不能说了解真实的印度。

我曾看过袁南生先生的一篇文章，他曾担任中国驻印度孟买总领事，所以他眼中的印度应该相对比较真实，其中有不少细节也挺出乎我意料的。

比如他说了一次经历：他陪国内来的领导去参观印度贾姆纳加尔的一个石油冶炼基地，那个基地一共只有500人，但它的产量相当于中国一个几万人的油田，已经高度电子化了。当时那位领导说："不看不知道，我很感慨。"

袁领事也说起20世纪60年代中印边境自卫反击战对两国关系的影响，一方面这场战争让印度人感到耻辱和恐惧，但另一方面又让印度人感到不甘以及要发愤图强。中国经济的飞速发展使得印度对中国的心态变得复杂，在和中国合作的态度上也模棱两可：有失落，有羡慕，有怀疑，有犹豫。

袁南生回忆当初中国外交部部长唐家璇访问印度，印度的外交部部长辛格在记者招待会上公开否认中国和印度是所谓的"龙象之争"，而是非常有自知之明地说："中印两国是龟兔赛跑，中国是兔子，印度是乌龟，一赛跑，兔子就跑到前面去了。"但他随即又补充了一句："十年兔子千年龟，谁跑得更远，走着瞧。"

眼下，中国和印度之间的关系比较敏感和微妙，各人有各人的看法和观点，这很正常，但多了解一下这个国家总是没错的。印度是我们的老邻居，但它是一个神秘的邻居，它的很多历史和现状，是值得我们去多了解一些的。

所以我一直坚持一个观点：要进一步认识和了解一个国家，最好是去几次。当然，肯定有条件不允许的时候，如果确实感兴趣的话，就多看一些各方面的报道和资料，听一听各方的声音，然后有自己的判断。

中印两国都是千年文明古国，又是邻居，没有理由也没有必要去选择一条两败俱伤的道路，这个"选择键"其实在印度的手里——当然，我没有必要也没有资格用一种外交部发言人的口吻来说这些话。

还是那句话：多了解一些，总是没错的。

这也是读历史的一种乐趣吧。

本文主要参考来源：

1.《论印巴分治的原因及影响》[孙澄，《云南师范大学学报》(哲学社会科学版)，1991年05期]

2.《“印巴分治”比较完整的表述》(“叙拉古之惑”，搜狐网，2019年7月25日)

3.《“两个民族”理论与印巴分治》[汪长明，《延边大学学报》(社会科学版)，2011年04期]

4.《印巴分治：帝国崩溃的第一块多米诺骨牌》(郭晔旻，《国家人文历史》，2014年21期)

5.《印巴分治原因探析》[谌焕义，《广西师范大学学报》(哲学社会科学版)，2005年04期]

6.《印巴分治的历史渊源》(戴小江，《湖州师范学院学报》，2004年05期)

7.《英国的“分而治之”政策与印巴分治》(刘莉，《南亚研究季刊》，2003年03期)

8.《印巴分治社会原因之剖析》(陈劼，《南亚研究季刊》，2002年03期)

面对真实世界

有时候你是不是会很费解：怎么会有如此荒谬绝伦的事？

但这些事真的就是发生在你我共同生活的真实世界。如果你透过一些表象触及内核，你会发现，很多匪夷所思的事情之所以会发生，还是和人性有关：贪婪、恐惧、孤独、虚荣、自私、迷茫……

性格决定命运，人性决定选择。

中国曾经有一种神奇的货币，叫“金圆券”

我们这些金融行业之外的人，对“通货膨胀”四个字可能没什么深刻认识。真正的“通货膨胀”有多可怕？看完这篇文章，你可能就会有一点感受。

1

1948 年 7 月 29 日，蒋介石在莫干山召开了一个秘密会议。

此时的国民党政权，已感受到了黑云压顶之势：共产党的军队已经挺过了国民党最初的“全面进攻”，在刘伯承和邓小平率军“千里挺进大别山”之后，开始发动了局部战略反攻。尤其是在东北，共产党的军队已经控制了绝大多数的土地和人口，国民党军队被压缩在沈阳、长春和锦州三个互不连接的区域内，一场战略大决战一触即发。

但在这个千钧一发之际，蒋介石在莫干山召开的这个会议却不是谈军事，而是谈另一件事：钱。

由于内战，国民党的军费开支疯狂增加，财政赤字直线上升，但在这关键的时刻，国民党政权的官方货币——“法币”挺不住了。

法币，是国民党政府在1935年开始推行的国内流通货币，由于一开始发行量不大且稳定，所以对中国经济的发展确实起到了一定的作用。但是，由于多年抗战，财政吃紧，只能大量印制法币。到抗战结束时，法币的发行总额已经达到5 569亿元，比全面抗战前夕增长了约400倍。

面额为1 000元的法币

超发货币，自然会带来货币贬值的效应。

以100元法币为例，在1937年可以买到两头牛，到1938年就只能买一头了，到1939年只能买到一头猪，到1941年只能买到一袋面粉，到1943年只能买一只鸡，而到1948年，买上一小捧大米都已经困难了。

发动内战后，国民党政府财政收入的75%都砸到了军费开支上，所以只能饮鸩止渴，靠疯狂加印法币来填补财政窟窿。在这样的背景下，到1948年，法币发行额已经令人瞠目结舌，达到了全面抗战前的47万倍，居然出现了这样一种窘迫景象：印刷厂刚印好的法币还没出厂，钞票面值已经在市面上一落千丈，甚至已经抵不过刚才印刷的成本了。

时任行政院院长宋子文曾试图用“抛售黄金”来回笼法币，稳定物价。结果一边是抛售中央库存黄金的60%回笼了1万亿元法币，一边是政府又加印了3万多亿元法币，最终宣告计划失败。再加上“黄金风潮案”，宋子文只能引咎辞职。

经济如果垮了，军事肯定也垮了。面对这样的境况，蒋介石只能把经济工作会议摆到了军事工作会议的前面——先解决粮草，才能有人打仗。

怎么解决？蒋介石的想法是要一揽子解决问题——放弃法币，发行一种新货币。

“币制改革”是一件非常重大的事，牵扯到方方面面，需要非常缜密的论证和研究。在当时国内炮火连天的环境下，本来就已经摇摇欲坠的国民党政权还能进行牵一发而动全身的“币制改革”吗？

面对众人的劝阻，蒋介石却一定要改。

因为他信任一个人。

2

这个人，就是新上任不久的财政部部长，王云五。

王云五是三个月前才被任命为财政部部长的，他其实并非金融专业“科班出身”，而是一个出版商——商务印书馆的总经理。

必须承认的是，商务印书馆在王云五主政时期局面为之一新，出版了很多非常有价值的书，可以说为中国的文化事业做出了卓越贡献。而且王云五也颇有经营头脑，商务印书馆在他的经营下办得有声有色。

也正是因此，王云五被当时负责组阁的行政院院长翁文灏任命为财政部部长，随即又接到了蒋介石的命令：拿出“币制改革”的整套方案。

其实当时蒋介石是让俞鸿钧和王云五各拿出一套方案的。时任中

王云五。他还发明了“四角号码检字法”

央银行总裁的俞鸿钧拿出了一套“不改法币本位，用新币负责缴纳税收和买卖外汇”的温和改革方法，按这个方法，大概能将当时中央财政的收入提高到支出的 40%~50%。

但是蒋介石全盘否决了俞鸿钧的方案，因为他更看好王云五的方案——彻底推翻法币，推出全新币种：金圆券。

王云五的方案是这样的：新推出的金圆券，每元法定含金 0.222 17 厘，由中央银行发行，发行总额定为 20 亿元，面额为 1 元、5 元、10 元、50 元和 100 元。金圆券 1 元，折法币 300 万元，折东北流通券 30 万元。

在 1948 年 7 月 29 日的莫干山会议上，蒋介石正式认可了这套方案，但他有点不放心，在 31 日专门咨询了中央银行前总裁张嘉璈。

经济学科班出身的银行家张嘉璈一点都没给蒋介石面子，直言不讳地指出：“政府要发行一种新币，必须要有充分的现金或外汇储备，而且要能保证新币的每月发行额度比旧币减少，不然肯定会导致物价飞涨，新币贬值。”

而张嘉璈说的这几个“必备要素”，国民党政府当时一个都做不到。

8 月 17 日，蒋介石还是不甘心，再一次咨询张嘉璈，张嘉璈还是坚持自己的意见。

8 月 18 日，蒋介石第三次召见张嘉璈，甚至把《币制改革计划书》的文本都拿给他看。但张嘉璈看完还是告诉蒋介石：你们肯定守不住 20 亿元的发行定额，新币种可能在几个月内就会大幅度贬值。

张嘉璈，字公权，东京庆应大学经济学专业毕业，长年在中国金融界身居要职，1949 年后移居澳大利亚

但此时的蒋介石已经没有退路了：行要上，不行也要上！

1948 年 8 月 19 日，国民党中央政治会议通过了“币改方案”，之后行政院也讨论通过。

当天晚上，蒋介石以总统名义颁布《财政经济紧急处分令》，通过广播播放。

这份“处分令”除了说明“金圆券”的面值及其与旧币的兑换比例，还强调了一点：“禁止私人持有黄金、白银、外汇。凡私人持有者，限于 9 月 30 日前收兑成金圆券，违者没收。”

蒋介石宣称：“共产党最怕两样东西，第一样是世界大战，这个明年肯定会发生，第二样就是我们进行币制改革，稳定经济。”

3

1948 年 8 月 23 日，金圆券正式发行。

应该说，情况有些出人意料：金圆券发行后，全国的经济居然进入一段“蜜月期”。

著名社会活动家杨杏佛（被国民党特务暗杀）之子杨小佛对这段“蜜月期”印象颇深。

国民党政府在正式推出金圆券后不久就下达了一个“八一九限价令”，即全国所有商品的售价以 8 月 19 日为准，一切交易不能超过此价。

在这样的背景下，家住上海的杨小佛在头两天居然用 4 元金圆券，买到了食品商店里断货已久的美国产鲍鱼罐头，然后还用 1.2 元金圆券在南京东路的沙利文西餐馆吃了一顿大餐。

在金圆券发行之初，由于国民党政府态度坚决，又严格下达了兑换的期限，摆出了一副“铁腕”姿态，所以全国的老百姓虽然有点将信将疑，但还是乖乖把手里的法币等各种旧币以及辛苦积攒的黄金、外汇都交到了银行，兑换成了金圆券。

8 月 23 日，发行金圆券的第一天，在江浙沿海一带经济相对发达的城市，银行门口都排起了长队。在上海外滩中央银行门前，上海市民从早上六七点就开始排队，很多人排到下午一两点都还没排上。

8 月 28 日，金圆券发行满五天，全国已经有价值 2 720 万美元的金银外币兑换成了金圆券。在之后的数周里，全国的商品价格受“八一九限价令”控制，也基本维持在金圆券发行前的价格。

国民党内部一片雀跃，财政部部长王云五自然也备受鼓舞，认为这次币制改革“必将成功”。

但是，“蜜月期”真的就只维持了一个月左右。

作为亲历者的上海市民杨小佛，很快发现了一些普遍现象：商店橱窗里虽然还稀稀拉拉地摆着一点商品，但都只展示而不卖了；饭店里的饭菜分量开始大幅度减少了；就连早点铺的包子、油条、阳春面，居然也开始“限量供应，卖完为止”了。

1948 年 8 月，上海市民排队在银行兑换金圆券。当时政府的表态是：逾期不兑将被全部没收，情节严重者还将被投入监狱。而上海坊间还有传闻：政府进口了先进仪器，可以探测出墙壁夹层中是否藏有黄金，一旦发现，就要把人抓起来。一时间人心惶惶

这是典型的“有市无货”的征兆：商人们在“限价令”的威逼

下，开始使用一切手段囤积商品，减少损失了。

而头一个月的“内部消息”确实也不容乐观：金圆券发行首月，就超发了 8 000 万元。

相对于老实上缴“硬通货”的普通老百姓们，那些多少有些内部信息获取渠道的工商业企业主和金融资本家，早就洞悉了国民党政府的经济家底，所以纷纷开始耍起了滑头。

在这个时候，退无可退的蒋介石只有一招可以用了：用铁腕政策，让那些资本家乖乖带头就范。

4

金圆券一发行，蒋经国就被老爸蒋介石派到了上海。

上海是全国的金融中心，工商业高度发达，各种金融资本家的势力也盘根错节。可以说，上海是否能做好金圆券的兑换工作，关系到全国“币制改革”的成败。

这一年，蒋经国 38 岁，已经成了蒋介石的左膀右臂。所以尽管他到上海时的头衔是“上海经济管制副督导员”（俞鸿钧是正职），但人人都知道，“皇太子”亲自坐镇上海，是来显示蒋介石的决心的。

对于这场“上海打虎”行动，蒋经国颇有信心。他定下的策略是：“此次经济管制，是一次社会改革运动，如果用革命手段来贯彻这一政策的话，那么，我相信一定能成功。”

蒋经国一到上海，就在九江路中央银行大楼三层设立了经济督导员办公室，亲自坐镇指挥上海的经济管制。

首先，他舆论先行，发表题为《上海向何处去？》的“告上海人民书”，宣誓：

“天下再没有力量比人民力量更大，再没有话比人民的话更正确。

“人民的事情，只有用人民自己的手可以解决，靠人家是靠不住的，要想将社会翻过身来，非用最大的代价不能成功！

“只打老虎！不拍苍蝇！”

在每个星期二和星期四的下午，蒋经国的办公室向民众开放。走进他办公室的人，有商人、妇女、劳工等等。

然后，蒋经国就真的动起手来了——践行“用人头平物价”的承诺：林王公司总经理王春哲因私逃外汇被判死刑；上海警备司令部科长张亚民、大队长戚再玉因勒索罪被枪决；宪兵大队大队长姜公美因破坏经济管制被枪决；申新纺织总经理荣鸿元、美丰公司总经理韦伯祥、中国水泥公司常务董事胡建梁，都因私逃外汇、窝藏黄金等罪，被捕入狱。

当时上海著名的百万富翁、林王公司总经理王春哲被捕现场，上海媒体大肆报道，对人震慑不小

在这样的威慑之下，一些工商界的“大佬”开始畏惧了。上海的煤炭大王、火柴大王刘鸿生立刻上缴黄金800条、美元230万元。刘鸿生对自己企业的负责人说：“蒋太子满脸杀气，他什么都干得出来，不敷衍不行啊，要防他下毒手。”

然而，即便是这些工商业巨子，最多也只能算“大苍蝇”。

蒋经国发现在《财政经济紧急处分令》之前，有人私自走漏消息，提前抛售股票。蒋经国随即带人闯进上海交易所，用枪顶着负责人让其交出所有账目，结果发现两个抛售大户：一个大户是财政部机要秘书陶启明之妻李国兰，陶启明随即被捕入狱；另一个大户名叫杜维屏，同样也被关进监狱。

下令关押杜维屏的时候，蒋经国不是没有犹豫过，因为杜维屏有

杜维屏和从犯公审现场

个老爹，叫杜月笙。上海滩一时轰动：“蒋经国连杜先生的儿子都抓，看来是要动真格的了！”

看到蒋经国如此铁腕，上海的市民们更加配合兑换金圆券了。从8月到10月，上海共收兑黄金114万两、美元3 452万元、港币1 100万元、银子96万两。在整个币制改革过程中，上海是收兑成效最好的地区，收兑金额占全国的64%。

但是，杜维屏的老爸毕竟是杜月笙。

杜月笙知道儿子被抓后，也不找蒋经国要人，而是在蒋经国9月下旬召集的一次各行业企业家会议上，公开说了这样一段话：

“犬子维屏违法乱纪，是我管教不严，无论蒋先生怎样惩办他，是他咎由自取。不过，我有一个请求，也是今天到会各位的一致要求，就是请蒋先生派人到扬子公司查一查。蒋先生若是不方便，各位同人和记者先生可随杜某去开开眼界。”

这一段话，把蒋经国顶到了杠头上——扬子公司当时违法囤积的货物，是全上海最多的。但扬子公司的董事长，叫孔令侃，孔令侃的老爸，叫孔祥熙。

孔令侃是宋美龄最疼爱的外甥，孔、宋两大家族也是蒋介石最重要的两大支撑。

但事已至此，决定破釜沉舟的蒋经国派人查封了扬子公司上海总部，并封锁所有仓库。

上海舆论顿时兴奋起来：野生的小老虎被打完了，亲生的大老虎他真的敢打吗？

就在扬子公司被查封的第二天，宋美龄直接飞到了上海，当面要求蒋经国和孔令侃和解。蒋经国不肯，双方大吵一架。

不久之后，已经与中共在东北展开战略决战的蒋介石从前线连夜飞到上海，把蒋经国臭骂了一顿。

第二天，上海警察局召开新闻发布会，宣布“扬子公司所查封的物资均已向社会局登记”。而积极报道“扬子案”的《大众晚报》《正言报》被勒令停刊。

上海哗然，全国哗然。

蒋经国当时还在上海兆丰公园（今中山公园）举行了十万青年大检阅，宣告成立由 3 000 人组成的“行政院戡乱建国大队”和“大上海青年服务总队”。会后举行了声势浩大的示威游行，100 多辆摩托车开路，几十辆轻型装甲车和 1 000 多匹战马紧随，后面是数万人的游行队伍，沿路高喊“严格执行八一九限价”“不准囤积居奇”“打倒奸商”“只打老虎，不拍苍蝇”

蒋经国的老部下贾亦斌登门质问蒋经国：“扬子案究竟办还是不办了？”蒋经国黑着脸，回了一句：“我是尽孝不能尽忠，忠孝不能两全啊。”

扬子公司被放生，“只拍苍蝇，不打老虎”的说法立刻传遍全国，蒋经国辛辛苦苦建立起来的权威顿时灰飞烟灭，市场信心顿时崩溃。

从 10 月起，上海的物价掉头急升，再次飞涨。

据民国记者、蒋经国的朋友曹聚仁记录，那些日子蒋经国“几乎天天喝酒，喝得大醉，以至于狂哭狂笑”。

5

1948年11月9日，俞鸿钧给蒋介石发了一封密电：顶不住了。

截至11月9日，才发行三个月不到的金圆券，已经印刷了19亿多元，逼近了当初20亿元的限额。

但与此同时，因战争而急剧扩大的军费窟窿却像一个永远填不满的无底洞，吞噬着国民党政府的所有财政收入。

在这样的情况下，俞鸿钧只能向蒋介石申请：尽快放宽金圆券的发行限额。

11月11日，行政院公布了《修正金圆券发行办法》《修正人民所存金银外币处理办法》，宣布：取消金圆券的发行最高限额，准许人民持有外币，可以在银行开始流通；金圆券存入中央银行一年后，可折提黄金或银币；外汇汇率由原来1美元折合4元金圆券，增加至20元金圆券。

这等于变相承认：“币制改革”方案失败！

三个月时间，两份文件一来一去，中国很多普通老百姓家庭的财富一夜之间就蒸发了。

11月20日，各地授权银行的存款兑换金银业务开始办理，各个兑换处人潮汹涌，排起了长龙。在上海，很多市民往往要露宿街头，才能在第二天黎明时分排上队去银行兑换。12月23日，对金圆券完全失去信心的上海市民约10万人在银行门口挤兑黄金，结果造成踩

黄金挤兑惨案发生后，俞鸿钧被免去中央银行总裁职务

1948 年的上海黄浦江边。1948 年 11 月，国民党的一艘“海星号”缉私轮由上海秘密开往台湾，上面运载的是国民党政府通过金圆券从民间兑换来的 200 万两黄金。这是国民党第一次开始往台湾运送黄金（关于国民党运送黄金去台湾的故事，请参考《历史的温度 2》收录的《1949 年，百万黄金大挪移》）

踏事件，105 人受伤，7 人死亡，是为“黄金挤兑惨案”。

而此时，比各地人潮更汹涌的，是政府开足机器印刷金圆券的势头。

仅 11 月一个月，国民党政府就印发了 13 亿元金圆券，12 月更是印发了 49 亿元。

但这些数字，和后面的印发数额相比，不过是小巫见大巫。

截至 1949 年 4 月，金圆券发行总额已经飙升到 4 万亿元。但这个数字还是太缺乏想象力：之后的 5 月仅一个月，就发行了 63 万亿元，6 月又印发了 63 万亿元，总额达到了 130 万亿元，是 1948 年 8 月发行金圆券时印发总额的 24 万倍。

金圆券面额从原先的最高 100 元，突破到了 500 元、1 000 元、5 000 元、1 万元、10 万元、50 万元、100 万元。

而当时一张 100 万元的钞票，能买到一个馒头就已经很不错了。

6

到了 1949 年 5 月，很多人可能这辈子都见不到的种种“奇观”，相继发生。

在很多单位，到了发薪日，以金圆券结算的工资是先统一发到一个人手里，而不是发到每个人手里，因为领到工资的人必须以百米赛跑的速度去兑换成银圆、美元或黄金，再发给众人，不然的话，可能就这几个小时工夫，领到手里的金圆券就只值几小时前面值的一半了。对于当时很多的普通老百姓而言，简直晚上连觉都不敢睡，因为睡觉前可能自己的钱还够买一袋米，等一觉醒来，就只够买一碗米了。

当时民间流传这样一首歌谣：“大街过三道，物价跳三跳。工资像团雪，放会儿就化掉。”

在这样的背景下，一些看似是“段子”，但其实是真实发生的故事在全国各地屡见不鲜。

有人从浙江定海往上海寄一封普通信件，需要贴价值16万元的邮票——每张邮票面额1 000元，要贴160张。无奈之下，此人只能反过来将信封贴在邮票上。“信封贴在邮票上”的段子就开始流传开来。

上海有一位老太太早上去买菜，提了一个竹篮子，里面堆满了金圆券。走到途中内急，她把篮子放在厕所门口就进去了，等她出来，发现竹篮子被人偷走了，那一堆百万面额的金圆券堆在地上，无人问津。

500万元面额的金圆券

金圆券当时贬值到了怎样一个地步？

按购买力计算，1949年5月500万元面额的金圆券，只相当于1948年9月1元面额的金圆券。用“万”来做购买单位，早就已经不行了，当时上海一石大米的价格是 4.4 亿元金圆券。有人专门做过一个精确统计：以每石大米有 320 万粒米计算，买 1 粒米，就要 130 元金圆券。

当时的新疆政府还创造了一个至今仍无法被打破的世界纪录：发行过面额为 60 亿元的钞票，而那张钞票，当时在上海也就只能买到 70 粒米或一盒火柴。

金圆券仅仅用了 9 个月的时间，就轻松超过了法币发行 14 年以来的通货膨胀程度。

7

1949 年 4 月 23 日，南京解放。此时的国民党政府已经摇摇欲坠，但金圆券还在全国范围内流通，只是很多地方已经开始拒收了。

5 月 27 日，上海解放，国民党政府大势已去。

终于，在 6 月 5 日，国民党政府宣布：禁止金圆券流通。

但是，即便在逃往广州后，国民党政府依旧在印发金圆券，直到 7 月 3 日才完全停止。而且作为替代品，国民党政府随即又推出了“银圆券”，1 元面额的银圆券可以兑换 5 亿元的金圆券。

只是在此时，早已信用全失的国民党政府连最短的“蜜月期”也无法享受到了，在国民党统辖的城市里，老百姓都抵制兑换“银圆券”，连国民党自己的单位和机关也拒收“银圆券”。

金圆券一共发行 10 个月，成了中国货币史上最短命的货币，在世界货币史上可能也是极其罕见的。

那位曾经做方案的王云五，在“币制改革”方案失败后，黯然引咎辞职。但在 1949 年后，他还是跟随蒋介石去了台湾，并且依旧受到蒋介石的重用和优待。

有人曾分析，王云五不过是受蒋介石之命的“背锅侠”，而且不管怎样，通过发行金圆券，国民党政府还是得到了好处——从全国收集到了当时价值 2 亿多美元的各类外币、银圆和黄金。

那都是全国各地老百姓的血汗钱。

馒头说

1948 年 7 月 29 日的那场“莫干山会议”，陈布雷也是参加了的。

陈布雷当时的身份，是国民党中央政治委员会代秘书长，而他更为人所知的一个身份，是蒋介石的“文胆”。

会上，经济外行陈布雷一言不发。会后，他做了两件事。

第一件事，陈布雷坚持把当时中央宣传小组的 100 亿元法币经费存入了银行——尽管当时有人劝他换成黄金以避免贬值。

第二件事，陈布雷在会后途经上海时，回到家里，让夫人王允默把家中的金器、银器都整理出来，去兑换金圆券，并表示“我们要带头遵纪守法”。

1948 年 11 月 13 日，陈布雷在家中服毒自杀。

陈布雷是典型的知识分子，他对蒋介石、对国民党一直是忠心耿耿的，因为他认为自己选择的是代表国家、代表正义的一方。陈布雷自杀，肯定不是因为自己的家产被自己政府发行的金圆券洗劫了，但确实和发行金圆券这件事脱不了干系，甚至可以说，这是压垮他对国民党信念的最后一根稻草。

当时陈布雷对金圆券迅速贬值的评价是：“国家利益被牺牲了，个人利益被牺牲了；却便宜了金融家。”

抗日战争结束后，国民党军队拥有如此大的优势，蒋介石拥有如此高的威望和地位，却在短短三年多时间里，被一开始明显处于劣势的共产党军队逆转局势，真的是一句“一时大意”能解释的吗？

但凡肯用脑子稍微想一想，就知道肯定不是如此。

金圆券的闹剧当然不能被解读为国民党丢掉大陆的唯一原因，但能为这场大溃败提供经济上的很有说服力的一个注脚。

所以，多读一点历史，还是有好处的，知道胜为何胜，败为何败。

当然，也能让人从中吸取教训，避免重蹈覆辙。

本文主要参考来源：

1.《金圆券改革决策内幕考》（张秀莉，《中国社会经济史研究》，2016年02期）
2.《金圆券崩溃的前因后果》（金园同，《全球商业经典》，2017年07期）
3.《1948年王云五发行金圆券始末》（郭谦益，《江苏钱币》，2016年03期）
4.《1948年亲历金圆券的发行与崩溃》（杨小佛，《世纪》，2011年01期）
5.《1948年金圆券的发行及其最终命运》（王海蛟，《中国国家博物馆馆刊》，2013年07期）
6.《王云五与金圆券币制改革逸事》（王晋阳，《金融经济》，2006年08期）
7.《金圆券的搏杀——蒋经国与杜月笙初斗上海滩》（张宗高，《党史纵横》，1996年05期）

荒诞与真实：1938 年，火星人“入侵”美国

有时候，一个看似荒诞的谎言，会让无数人深信不疑，所产生的效果足以让你瞠目结舌。

1

1938 年 10 月 30 日，周日，晚 8 点。

大概有 100 万美国听众静静地等候在收音机前，调好频率，开始收听每周日晚 8 点到 9 点的《空中水银剧场》。

这是由哥伦比亚广播公司（CBS）出品的一个节目。那天晚上节目的安排是播出由年轻导演奥森·威尔斯（Orson Welles）策划并主播的广播剧《世界大战》。

《世界大战》广播剧是根据著名的同名科幻小说改编而成的。这部创作于 20 世纪初期的科幻小说，是英国著名科幻小说家赫伯特·乔治·威尔斯（Herbert George Wells）的代表作之一，对后世的科幻作品产生了重大影响。在书中，威尔斯栩栩如生地描写了如日中天的大英

2005 年，《世界大战》这部小说还被改编成了电影，由斯皮尔伯格导演，汤姆·克鲁斯主演，投资额高达 2.5 亿美元

帝国忽然遭到火星人袭击的场景，人类的军队溃不成军，整个地球差点被火星人占领。

1938 年 10 月 30 日晚上，《空中水银剧场》在开播这部广播剧之前，可能是为了营造气氛，播放了一段开场白，给听众们描绘了一个科学幻想的场景：宇宙中存在比人类更高级的生命，他们虽然也无法避免死亡，但是可以像人类观察水滴中的生命一样，在暗中观察人类。

随后按照惯例，节目插播了一段天气预报和一段音乐，又播放了一些关于气象和太空方面的新闻简报。

接下来，应该是进入正题——广播剧时间了。

然而接下来的内容，让守候在收音机前的 100 万美国听众听得目瞪口呆。

2

意外，是从一条插播新闻开始的。

正当听众们准备收听广播剧的时候，节目中突然插入了一条紧急新闻，播报员播报：芝加哥詹宁斯山天文台报告观测到了火星上的爆炸。

随即，哥伦比亚广播电台的记者卡尔·菲利普采访了新泽西州普林斯顿天文台的天文学家理查德·皮尔逊教授，向听众解释刚才的天文现象。在采访中，皮尔逊教授告诉听众，他刚刚递交了一份简报，汇报在新泽西州的普林斯顿附近刚刚发生了一场巨大撞击，从撞击强度来看，他认为是陨石。

这时，一条插播新闻响起：“一个巨大的、炽热的物体，有可能是陨石，坠落在离新泽西州首府特伦顿35公里的格罗弗岭附近的农场。”

同时，在格罗弗岭，电台记者卡尔·菲利普和皮尔逊教授赶到了现场，他们看到了那颗“陨石”，皮尔逊教授现场连线，给广播台的播音员发回了现场的描述：“我不知道它是什么。就金属外壳来看，绝对来自外星球……反正不是地球上的。因为陨石在坠落过程中，与地球的大气层摩擦，会被磨出一些洞。但这东西却很光滑，如你所见，是圆柱形的。”

然后，记者菲利普忽然惊叫了起来：这个物体的顶部打开了，有“人”从里面爬了出来！

他发回了夹杂着周围此起彼伏惊叫声的现场播报：

“女士们，先生们，我从没见过这么可怕的东西！……我看见两个发光体探出黑洞向外望……难道是眼睛？可能是一张脸，也可能是……

“老天爷，那黑影里伸出了一个条状的东西，它扭呀扭呀，像是灰色的蛇。又来一条，又来一条啦！大概是触手吧？我看见全身啦！像一头黑熊那么大，浑身闪闪的，像一张湿牛皮。可是那张脸啊……我无法形容。

“我简直不敢看下去。一双眼黑洞洞、亮晶晶的，好比毒蛇那样。嘴是V字形的，嘴唇没有边缘，像在颤抖，唾沫就从那儿滴下来……”

卡尔说话的时候，背景音是燃烧之后的爆裂声、警笛声。他还对现场的目击者进行了采访，之后继续播报现场的情形：“当地派了一队警员去检查那个东西，可是还没走到跟前，那里边的火星人就向他们喷射大片火焰。”（背景中传来那队警员的惨叫声和呻吟声，还有火星人的奇异尖叫声。伴随着一声巨大爆炸声，麦克风没有声音了。播音员紧张地说因为发生了不可控制的情况，无法继续播报现场情况了。）

科幻作品中外星人降临地球的场面

在一阵揪心的寂静之后，广播员宣布：“我刚刚接到格罗弗岭打来的电话。就在数分钟前，包括州警官在内的至少 40 个人，死在了格罗弗岭村东边的一个农场上。他们的尸体被烧得严重变形，已经无法辨认出来。”

之后，新泽西州驻特伦顿民兵司令蒙哥马利·史密斯准将代表州长发表公报：“默瑟县和密德萨克斯县，西至普林斯顿，东至詹姆斯堡，全部进入紧急状态！”

在又一小段时间的信号中断之后，演播室称再次与现场取得了联系：皮尔逊教授在现场附近的农场建立了观察点，试图解释在现场看到的一系列情况。教授猜测，火星人使用的武器是“热射线武器”——在一个热腔里产生大量热量后用不知名的材料做成的镜子向特定的目标发射。

而那位现场记者卡尔·菲利普呢？根据收音机里播音员的播报，他因为受伤，已经躺在了特伦顿医院。

各种消息接踵而来：华盛顿特区的美国红十字会的消息称，紧急医疗队已经部署到了民兵部队；来自地方警察的消息称，现场已得到控制，同时引导市民从各条高速公路撤离，而有些高速公路已经封闭……

播音员此时做出通报：“女士们，先生们，我要发布一个消息。虽然令人难以置信，但我们通过科学研究得出了一个肯定的结论，那就是，正如我们亲眼所见的，今晚登陆新泽西州农田的奇怪生物，就是火星侵略军的排头兵！

“这是现代战争中各国部队遭受的最大的溃败。

“新泽西州和宾夕法尼亚州东部全部进入紧急状态。”

之后收音机里又传出了美国内政部长发表的讲话（非常像时任总统罗斯福的声音），称美国政府不应当隐瞒事情的严重性，但是希望大家各司其职，共御外敌。美国政府也会部署力量，将这些强大的敌人限制在小范围内。最后，他祈求上帝保佑美国。

但祈求似乎没起效果。一段时间过后，播音员悲痛地表示：由于在新泽西相关地区已经收不到任何资讯了，所以推断皮尔逊教授很可能已经遇难。而更让人惊恐的情况是：美国国民警卫队派遣了 7 000 名官兵前去进攻“火星人”，不料被“热射线”全部消灭。

情况看来已经失去了控制，因为之后的消息称：“火星人的目标已经转向纽约！”

随后，收音机里响起了纽约市的撤离警报，广播称：“我们的军队，陆军、空军，都被歼灭，码头上的船载满了撤离的人正在驶离，纽约的街头像新年前夜一样拥挤，而有人已经可以看到火星人逼近的身影了。”

之后各种消息不间断地插播：全国各地都看见了类似的陨石坠落；纽约市乱成一团；战场上幸存的美军还在和火星人苦战……

按照广播的描述：“火星人入侵纽约市，5 个大型装置部署在哈得孙河边，向纽约发射并释放有毒烟气。附近的人群像兔子和苍蝇一样四处逃散。”

而一个绝望的声音从收音机中传来：“呼叫纽约站，现在还有人在广播站里吗？还有人在广播站里吗？还有人在吗？”

一阵死一般的寂静之后，播音员冷峻的声音响起：“您现在收听的是由 CBS 威尔斯主持的《空中水银剧场》节目，刚才播放的是根据威尔斯的《世界大战》改编的广播剧。在短暂的休息之后我们将继续播出。”

原来，这是一段广播剧。

但在这一刻，又有多少人还静静地守候在收音机前并听到这一段话呢？

3

在这场广播剧播出的短短一个小时之内，上百万的美国民众陷入了恐慌。

哥伦比亚广播电台的大楼在第一时间被警察包围了，而成千上万的人拿起电话打给广播台、警察局和报社咨询情况。《纽约时报》的总机前后接到了 875 个电话，其中一名来自俄亥俄州代顿市的男子直接询问：“世界末日何时降临？”

而纽约布朗克斯区警察局当晚接到的第一个报警电话，就是：“火星人正在轰炸新泽西州！”

当警察询问报案人他是怎么知道的，报案人信誓旦旦地回答：我是从广播中听来的。

由于广播中曾提到过一句“火星人目前正在新英格兰地区集结”，因此这个位于美国东北的地区陷入了巨大恐慌，不少美国人在听广播的时候就当场晕倒，而另一些人开始收拾细软装上汽车，逃往深山，甚至逃往加拿大。

不过，即便是在加拿大，毗邻新英格兰地区的加拿大人也开始慌了起来，其中不少人呼吁政府立刻采取紧急措施抗击“火星人入侵”。

那么，在美国的其他地方呢？

很多人开始跑到教堂去祈祷。各地孕妇流产和提前分娩的消息急剧增多，美国的工厂开始紧急生产防毒面具。在新泽西州的一些胆子大的人，找出了家中的枪，结伴前往格罗弗岭去“抵抗”火星人，但不少人把当地农民的三脚水塔误认为是“火星人喷发毒气的装置”，对它们进行疯狂射击。

美国西部的KIRO和KVI广播很快跟风报道了“火星人入侵事件”，并称“火星人”在华盛顿州的康克里特镇着陆，大量“火星入侵者”使用毒气和其他先进武器正准备摧毁城镇。

康克里特镇附近的不少人当场昏倒在收音机旁。一个信奉天主教的商人把妻子塞进汽车后直接开往华盛顿州贝灵厄姆市。在那里，他找到神父，恳求在“末日审判”来临前得到宽恕。而另一群康克里特镇附近的市民连鞋子都没顾上穿，从四面八方汇聚到自己所在市镇的中心，互相安慰和鼓励。一些勇敢的人拿起枪，准备随时和入侵的“火星人”拼命。

至于“火星人正在逼近”的纽约，同样陷入混乱。很多人从家里逃了出来，逃跑时并没有忘记用手帕掩住口鼻——因为广播中称“火星人”会释放毒气。大量的人聚集在公园中不肯回家，犹如发生地震一般。

那一夜，美国很多家庭彻夜不眠，陷入了惊恐之中。

第二天，《纽约时报》头版头条刊登文章《听众恐慌，事实上只是战争剧本》，指出让成千上万美国人心惊肉跳的“火星人入侵事件”，只是一个广播剧的剧本。

就在美国民众惊恐未定的时候，有一个人站出来道歉了。

这个人，就是这档广播剧的导演，奥森·威尔斯。

4

1938年的时候，奥森·威尔斯才23岁。

奥森·威尔斯出生于一个富裕家庭。他的父亲是一位有名的发明家，母亲是一位钢琴家。威尔斯从小就学习绘画、钢琴和小提琴，读莎士比亚作品，被人称为天才。

威尔斯的兴趣非常广泛，他甚至去学习过魔术和杂耍。在威尔斯6岁那年，父母离婚，父亲带他去环游世界，他还到过中国的上海。

从中学时期开始，威尔斯就迷上了创作和执导舞台剧。中学毕业后，他拒绝继续读大学深造，而是去了爱尔兰，想做一个画家。之后又去了柏林担任一个剧团的舞台剧演员，然后去西班牙想做一个惊悚小说作家，但到那里之后却成了一名斗牛士——一份需要勇气和技巧的职业。

最终威尔斯还是在20岁的时候回到了美国，并且很快成功进入了百老汇。

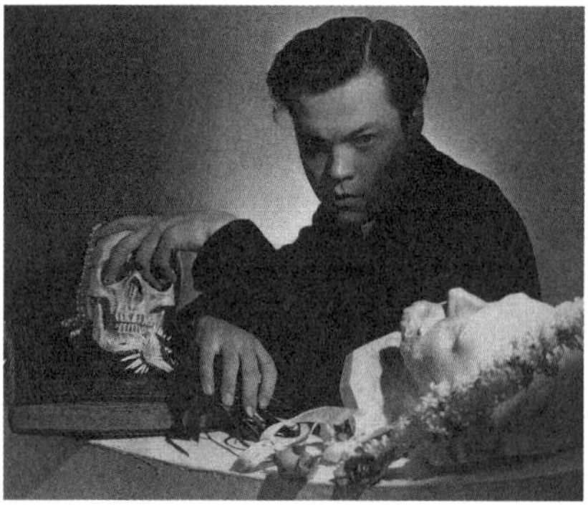

年轻时的奥森·威尔斯

在百老汇，威尔斯用自己在舞台剧方面的天分，创作出了一系列轰动一时的舞台剧：他让演员用现代日常服装表演了《恺撒大帝》；让大量黑人演员主演了以中美洲海地岛为背景的莎士比亚名剧《麦克白》；顶住政府的强大压力导演了反映工人生活的《摇篮会摇起来》（*The Cradle Will Rock*）。

威尔斯在百老汇迅速走红，这也打动了他当时的雇主、大牌制作人约翰·豪斯曼。

1937年，22岁的威尔斯和35岁的约翰·豪斯曼一起在纽约创立了自己的剧团——就是后来赫赫有名的“水星剧团”。

以豪斯曼的名气、威尔斯的才气，水星剧团很快就接到了哥伦比亚广播公司的邀请：公司给出每周日晚上 8 点到 9 点的黄金档，请他们进行广播剧表演，节目名字叫《空中水银剧场》。

当时的哥伦比亚广播公司正面临全美广播公司的强劲挑战，而决战的战场之一就是周日晚 8 点档。全美广播公司推出的 8 点档节目是《蔡斯和桑伯恩》，收听率高达 34.7%，雄踞美国广播界各节目排行榜榜首长达一年半。

《空中水银剧场》当时也已颇有名气，大概拥有 100 万固定听众，但要和《蔡斯和桑伯恩》比拼，底气还是不足。如何“出新”和“出奇”吸引听众以提高收听率，是威尔斯面临的问题。

1938 年 9 月 26 日，美国总统罗斯福给希特勒发电，希望能一起召开一个全世界各国首脑都能参加的会议，尽最大可能缓和当时已经十分紧张的欧洲战争气氛。虽然这个建议并没有收到理想的反馈，却启发了威尔斯：是不是可以将赫伯特·乔治·威尔斯的小说《世界大战》改编为广播剧？

威尔斯把改编剧本的任务交给了水星剧团的编剧霍华德·古奇，要求能够生动、活泼地将故事展现给听众。最终，经过激烈辩论和精心策划，一个新闻报道式的广播剧剧本诞生了：将整个故事转化为一次让人感觉身临其境的新闻报道，动用各种所谓的“采访”、背景音效、播报，最大限度地让听众感到有意思并且可信。

为了达到效果，这部广播剧特地把原作小说中火星人的降落地点，从英国改为了美国的新泽西州，所有的地名、街道名、桥名等都采用真实的美国的名称。

果然，广播剧播出的当晚，威尔斯又喜又惊：喜的是，播出的效果非常完美，确实让人“身临其境”；但惊的是，效果似乎太逼真了，以致引起了大恐慌……

事实上，按照安排，在这出广播剧的开头、第 40 分钟和结尾都有播音员的播报:“这是一出广播剧,这一切都是虚构的。”

但处于惊恐状态的美国听众中很多人根本就没听到这句话,或者有些人听到了,但根本不相信。更何况,当时全美广播公司播放的《蔡斯和桑伯恩》节目在进行到10分钟左右时插播了音乐,大概有几百万美国听众是趁这个时间把频率调到哥伦比亚广播公司的《空中水星剧场》的,这几百万听众根本就没听到开头的提醒,而是直接听到了关于“火星人”入侵的“现场播报”。至于后面的提醒出现时,很多人已经尖叫着跑出家了。

威尔斯向全国听众做了道歉。

由于广播剧播出期间不止一次做出“纯属虚构”的声明,所以威尔斯幸运地逃脱了法律的制裁,但全美民众对他的指责声不断,这也导致后来美国当局决定对广播剧出台审查制度。

而在诸多指责声中,也有一些人开始反思一个问题:

为什么一部广播剧会引起那么大的恐慌?

5

大致有三个原因。

第一是客观物质条件的促成,比如收音机当时在美国的普及程度。

数据统计显示,20世纪40年代前后,在3 200万美国家庭中,有2 700万家庭拥有收音机。普林斯顿大学后来的一份调查数据显示,1938年10月30日这天晚上,至少有600万美国听众听到了《世界大战》这出广播剧,其中有170万人相信这是真的,而有120万人因此惊慌。

而且,由于当时电视机还没有普及,收音机是广大美国家庭接受资讯的主要工具。由于播音有“不需要画面”的特性,所以这出广播剧营造“身临其境”的难度相对减小——不需要“有图有真相”,单凭经过策划和组合的各种音效，就会让很多听众信以为真。

第二是大众对权威媒体的信任。

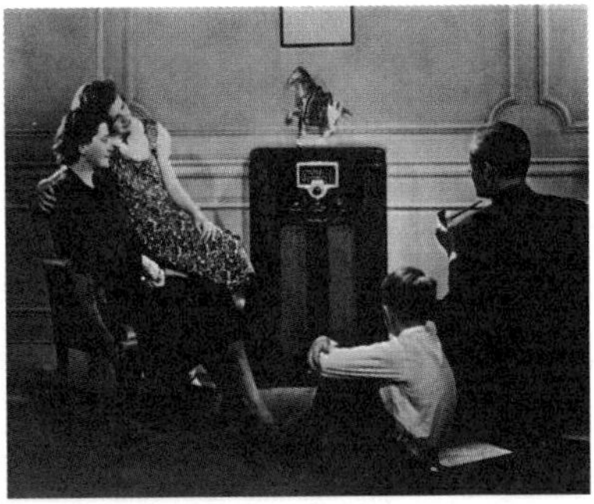
当时美国家庭全家一起收听收音机的场景

在传媒界，有一个“魔弹论”的说法，这个说法流行的时期，恰好就是20世纪20年代到40年代。按照“魔弹论”的观点，媒介和大众之间的关系就是枪弹和靶子之间的关系：只要瞄准扫射，大众肯定中弹倒地。如果这个媒介是权威媒介，那么杀伤力将呈几何级增长。

“报纸上是这么说的”“电台里都这么说了”，这样的教条准则不仅在美国盛行，在全世界范围内也是如此。但有时候有些人并不会想一个简单的问题：一件轰动世界的大事，是否可能只有一个信源播报消息？

这件事发生后的几天时间里，哥伦比亚广播电台只能在每隔一个小时的“整点报时”中加上一句话：“毫无疑问，这个故事及所有情节都纯属虚构。”

第三点，可能也是最重要的一点，那就是：人在内心深处，总是相信自己想相信的东西。

当时的时代背景是全世界还没能从经济大萧条中恢复过来，而欧洲上空战云密布，很多人都看得出来：一场空前的人类大战爆发在即，大家都有对未来和世界大战的恐惧。

另一方面，“外星人”这个概念在很多人心目中并不是一个荒谬的不存在的概念，不然威尔斯那部科幻小说也不会如此大热。换句话说，很多人心底是相信有外星人存在的，尤其是如果说与地球环境最接近的火星有了外星人，就会更增加人们相信的程度。如果那部广播剧的题材是“恐龙入侵地球”或“机器人入侵地球”，造成的恐慌效果可能就要大打折扣了。

当然，总是信奉“世界末日即将到来”的，也大有人在。所以在当天晚上，另一档节目《未来今夜秀》的主持人杰克·帕尔接到了很多惊慌的美国听众打来的电话。帕尔耐心地解释“这肯定不是真的”，但有不少人指责帕尔是在“掩盖事实真相”，各种辱骂他的电话纷纷打了进来。

帕尔后来只能私下向同事感慨：“在火星人入侵这件事面前，任何努力都是徒劳的。”

6

最后再来说几个后续。

一个，当然还要说说奥森·威尔斯这个年轻人。

在经历了“火星人入侵事件”之后，年轻的威尔斯因此声名大噪，得到了当时好莱坞大电影公司雷电华（RKO）的一纸合约，甚至被授予影片的最终剪辑权。考虑到当时威尔斯的年纪和资历，这是一项很高的“待遇”。

彻底投身影坛的威尔斯后来起起伏伏，拍出过不少让人眼前一亮的作品，但也做过既不叫好也不叫座的亏本买卖。作为演员，他甚至一度有望出演《教父》的男一号，但最终是马龙·白兰度拿到了这个角色。

不过奥森·威尔斯的名字已经有足够资格被篆刻在世界电影史上了，因为他后来导演了著名的电影《公民凯恩》。

再回到“火星人入侵”这件事上。

这件事发生后的一个月，全世界共有 12 500 家报纸在讨论这个话题，连当时全世界的焦点人物希特勒都被暂时抛在一边。

但尽管报纸、电台乃至威尔斯本人都再三声明“这是虚构的”，还是有不少美国人陷入了“阴谋论”的怪圈——他们认为这件事是真的。

有一类人认为：火星人袭击地球是真实事件，但美国政府故意辟谣称是广播剧，掩盖了事实真相。

如果说这类“阴谋论”很容易被驳倒的话，另一个进阶版本则让更多的人心生疑窦：有消息称这是美国官方主导的一次“心理战”测试，以测试美国民众在这次事件中的各种心理反应，这个测试项目据说还得到了洛克菲勒家族的资助。

《公民凯恩》堪称世界电影史上一部里程碑式的作品，影片中对拍摄技术的创新应用和叙事手法的大胆突破，和威尔斯当年策划“火星人入侵”有异曲同工之妙。这部电影获得了奥斯卡金像奖的七项提名，不过最终只得了“最佳原创剧本奖”

各种各样的说法，让“火星人入侵地球”事件进一步成了当时不少美国人茶余饭后的谈资，也让一些人落下了“狼来了”的后遗症。

1941 年 12 月 7 日，日本偷袭珍珠港的消息传来，有不少美国人一开始并不相信。

他们认为，这又是一出类似“火星人入侵地球”的广播剧。

馒头说

其实这个选题，是我女儿汤圆妹启发我写的。

她曾跑过来和我说：“爸爸，我听说了一个故事，有人说外星人入侵地球了，结果很多人都相信了，都跑到街上，吓死了。”

我和她说，这件事真的发生过，她睁大了眼睛，说不相信。

于是我就想写给她看看。

不过接下来的这段“馒头说”，并不打算现在给她看，或者说，她现在可能也理解不了。

美国福克斯新闻网曾经置顶了一条新闻。看新闻的标题，你就知道，这种带有明显暗示性的说法的目的是什么：《有信源称：新冠病毒源自武汉实验室，是中国与美国竞争的手段之一》。

我相信不少人看了后会说：没有证据，这不是信口开河吗？

但遗憾的是，真的有不少美国人会相信这个，或者说，这条新闻其实符合他们心底的一些“预期”和“相信”，所以你觉得明显没有证据的东西，他们会慢慢深信不疑。

可能有人会说：有些美国人真的蠢啊！

但是，还有一篇文章，是我们中国人发的。原文标题是《聚焦：美国国会通过“陆羽法案”，认定茶圣陆羽为美国国父》。这篇文章说的是，因为中国的“茶圣”陆羽将中国茶叶发扬光大，经历一系列的辗转流传——荷兰、英国、北美大陆——最终酿成“波士顿倾茶事件”，美国反抗英国的统治，最终获得独立。

换句话说，“没有茶叶，就没有美国”。

这篇看似逻辑清晰的文章，其实是一篇典型的“钓鱼文”，最初出现可以追溯到2018年的“愚人节”。而这篇文章也堪称“直钩钓鱼”——全文充斥着各种作者故意埋下的“破绽”。比如：所谓的美国国会投票时间就是4月1日愚人节；白宫发言人叫Speaker Fiction（虚构事件叙述者）；知名的经济学家叫Dr. Serious Nonsense（一派胡言博士）；文中特朗普的“推特”截图修图痕迹如此明显，连“2018”字样都没被消除……

我是抱着一种愉快的心情拖到最后看留言的——一般来说，留言区会是各类网友“玩梗”的乐园。但看到留言，我却有点惊诧：这篇文章后面林林总总100条留言，其中肯定有一些故意说反话的，但从一些留言内容和留言人的头像、名字来看，我觉得他们说的是真心话。比如：“美国尚且如此，中国实在太让人遗憾了，自己的祖先从未被重视过。”“小心美国的阴谋！希望此阴谋不要成为后续阴谋的前奏。美国龌龊的伎俩太多了，我们上的当还少吗？”……

这就真的让我有点意外了。这不是典型的“火星人入侵”案例吗？有几张所谓的“截图”，有一些所谓的“数据”，有一些所谓的用英文名的“专家”，再用一种看上去比较官方和权威的口吻，就能让人相信了？

说穿了，还是那句话：有些人，总是相信自己内心想相信的东西。

可能有人会说：都快100年过去了啊，互联网都这么发达了，怎么还会有这种事呢？

但换个角度看，互联网可能反而是一种“催化剂”。

互联网的发展确实让世界变小了，让信息沟通变得更方便了，却也在割裂一个整体的世界，形成一个个小的“信息茧房”。有些人会慢慢被局限在自己的“信息茧房”中，只听到（或只愿意听到）符合自己观点的声音，只会去相信符合自己观点的文章。

对了，这篇文章的阅读量是“10万+”，“在看”量是1.1万，第一条留言的点赞量是4 000多个。

当然，即便在敲下这些字的时候，我依旧愿意相信：这篇文章的作者是故意挑选出这些留言的（且这个公众号明显是复制粘贴的这篇文章）。或者，我愿意相信，这些留言统统都是含讽刺意味的。

但是我还相信的一点是：像1938年“火星人入侵地球”这种看似荒诞的真实事件，未必就真的离我们远去了。

本文主要参考来源：

1.《光荣与梦想》第六章（威廉·曼彻斯特著，四川外国语大学翻译学院翻译组译，中信出版社，2015年）

2.《1938年的不速之客——火星人入侵地球》（梁舒婷，中国日报网，2015年6月4日）

3.《1938年“火星人入侵”广播搅乱美国》（葛元芬，《报刊荟萃》，2010年11期）

4.《80年前，美国“火星人入侵”的案中案》（王子斌，《新天地》，2018年10期）

5.《对〈火星人入侵地球〉的回顾与思考》[崔鹏，《新西部》（理论版），2012年02期]

“人民圣殿教”：从“世外桃源”到集体自杀

我们自以为对“邪教”的套路耳熟能详，但真的把那些真实发生的事情摆到你面前，你依然会觉得：这些人都疯了吗？

1

1978年11月17日下午，两架由南美小国圭亚那首都乔治敦起飞的双引擎飞机，平稳降落在了琼斯镇附近的一个简易机场上。两辆早已等候在机场的卡车，将从飞机上下来的一行人接上，开往离机场几公里远的一个小镇。

那一行人，是美国加利福尼亚州的众议员里奥·约瑟夫·瑞恩（Leo Joseph Ryan）领衔的一支10人调查团，其中相当一部分人是来自NBC（美国全国广播公司）的记者和摄像师。

瑞恩调查团此行的目的，是要考察琼斯镇——一个以“宗教领袖”吉姆·琼斯的名字命名的小镇。事实上，这个小镇的居民，都是“人民圣殿教”的教徒，他们都是跟随教主吉姆·琼斯从美国迁徙到圭亚那来定居的。

由于这个宗教团体内大部分都是美国公民，所以瑞恩决定代表美国政府前来考察一下。当然，另一个更重要的原因是，瑞恩在美国接到了大量举报信，声称在这个被宣扬为“世外桃源”的宗教小镇上，发生了多起虐待和囚禁事件，其中一份求助还来自瑞恩的老友。

车沿着泥泞的道路很快就到了琼斯镇，早已恭候多时的“人民圣殿教”教主吉姆·琼斯面带微笑地带人迎了上来。他一上来就向瑞恩这个代表团表明了自己的态度：“欢迎你们！欢迎你们参观我们所有的设施，欢迎你们随意和人民圣殿教的成员交谈。”

吉姆·琼斯进一步强调：“这里没有任何限制，你们可以像在家里一样随便走走转转。我个人有兴趣要外界了解这里的人们怎样劳动，我们如何根治这个腐朽社会的各种恶习以及在这方面所取得的进展。这里的一切情况你们都可以调查核实……”

瑞恩在小镇的大厅里见到了几乎所有的“人民圣殿教”教众。

他们在听到高音喇叭的通知后集合到了大厅，席地而坐。在这些人中，有老年人，也有年轻人，还有不少带着孩子的夫妇在开心地逗着孩子玩耍。他们看上去是中断了劳动赶来集合的，因为不少人手中还拿着劳动工具。

瑞恩和代表团其他人注意到，他们的衣服很破旧，且面黄肌瘦，但脸上洋溢着幸福的微笑。

在和所有人见面后，代表团成员开始分散行动，到小镇的农场、种植园、养殖场、工作车间，甚至居民的家中去探访。虽然有些人在回答问题时有些支支吾吾，但总体来说，都在赞扬教主琼斯，赞美他的无私，赞美他的功德。

入夜，广场上燃起了篝火，“人民圣殿教”的教众聚集到了篝火旁，聊天，谈笑，载歌载舞。

这一幕深深感染了瑞恩调查团的大多数人，瑞恩本人更是怀疑，那些他收到的举报信是否都太片面，甚至言过其实，因为眼前的这一切让他感到格外美好和宁静。

但是，就在此时，随团的 NBC 记者唐·哈里斯感觉手心里被人悄悄塞了一张纸条。

那是“人民圣殿教”的一位姑娘塞的。而纸条上写的字，让调查团成员都感到意外：“敬爱的议员，我们是弗农·格斯尼和莫妮卡·巴格比。请帮助我们逃离琼斯镇！”

这张纸条显然同样震撼了瑞恩。

此时的瑞恩，并不知道自己其实对两件事一无所知。

第一，他根本就不了解吉姆·琼斯和他的“人民圣殿教”。

第二，他自己的生命，只剩下一天了。

2

让我们先回到 1931 年，来了解一下吉姆·琼斯这个“教主”。

吉姆·琼斯，1931 年出生于美国印第安纳州的印第安纳波利斯市。

琼斯的父亲在铁路上工作，同时也是当地“三 K 党”的核心骨干——没错，就是一名标准的极端种族主义者。从童年开始，琼斯对自己的父亲就非常反感，甚至称他为“卑鄙的种族主义乡巴佬”。

不过，琼斯的父亲去世得早，他童年的大多数时间是和母亲一起度过的。琼斯的母亲来自农村，文化程度不高，靠给人打短工把琼斯拉扯大。琼斯的母亲是一位“灵魂转世说”的信徒，经常给琼斯讲各种关于前世今生的灵异故事，这一点对琼斯的一生产生了重大影响。

根据琼斯小时候邻居的回忆，琼斯从小就表现出两个很明显的特点。

第一，他对宗教非常感兴趣。他一直按时去教堂，并熟读《圣经》里的故事。

第二，他有很强的组织能力。琼斯在七八岁的时候就能聚拢十几个小伙伴，向他们发表演说，制定纪律，告诉他们罪人将在地狱中受到烈火煎熬，让他们按照他的意图行事。

所以，这两项能力结合起来，琼斯从小就希望成为一名牧师。在他 10 岁那年，他把小伙伴们带到一个库房，打开一个事先准备好的盒子——里面是一只死老鼠。然后，琼斯点燃蜡烛，号召大家一起为那只死老鼠祈祷。

1949 年，琼斯进入了印第安纳大学，虽然他通过 10 年断断续续的学习才拿到学士学位，但在这个过程中，他完成了很多其他事。

比如，他在一家医院打工时遇到了一名叫马瑟琳·鲍德温的护士——也是一名狂热的教徒，两人很快相爱并结婚。

又比如，他开始在印第安纳波利斯市的卫理公会教堂供职，向着他向往的宗教职业又进了一步。

当时印第安纳州的种族歧视问题还是相当严重的，而琼斯坚持的就是反对种族歧视。为了证明这一点，他在和妻子生下一个孩子之后，又领养了八个孩子，其中包括来自非洲和亚洲的孩子，他骄傲地宣称自己的家是“彩虹家庭”。

但是，琼斯反对种族歧视的行为，尤其是他允许黑人进教堂进行礼拜的举动大大惹怒了当地的种族主义者，他们对琼斯的工作进行各种阻挠，甚至会扎破他的自行车胎。

在这样的背景下，琼斯凭借自己不断的征集募捐，终于在北新泽西街建起了一座自己的小教堂。在这座教堂里，他宣布黑人和白人有坐在一起祈祷的权利，他帮助和救济那些贫苦无助的人，甚至设立免费食堂、日间托儿所以及老年人诊所——虽然他用来医治疾病的办法只有一个：信仰。

尽管琼斯的小教堂受到很多黑人和穷人的拥护，但当地强大的种族主义势力最终还是迫使他的教堂几次搬家，最终搬到了特拉华州的北部。

这时候，已经是1960年了。琼斯虽然只有29岁，但他已经拥有了一批固定的拥趸。

更重要的是，此时的他，已经创立了一个完全属于自己的教会：“人民圣殿全福音基督教会”，简称“人民圣殿教”。

3

必须承认，琼斯所处的时代，是一个相对特殊的时代。

二战之后，尽管美国作为二战的主要战胜国，国力空前提升，但结合世界大环境，却又遭遇大量社会问题。在东西方陷入“冷战”的大背景下，先是“麦卡锡主义”在美国国内掀起狂潮，国际上又有朝鲜战争和越南战争先后开打，中间还夹杂了一个“古巴导弹危机”，外加由来已久的“种族歧视”问题，比如1957年的“小石城事件”，让很多美国民众陷入了一种思想和信仰上的混乱。再加上嬉皮士运动的盛行，最终让这些人把解决办法投向宗教。

而吉姆·琼斯恰恰是迎合这个时代而产生的人物——他自己思想经历的复杂程度就足以折射这个时代。

最初琼斯是一个虔诚的基督徒，熟谙《圣经》，但他后来又通读了《资本论》，成为马克思主义的信徒，随后他了解到了毛泽东思想，开始宣称自己是社会主义者，但他同时又痴迷希特勒的《我的奋斗》。

按理说，他崇拜马克思主义，应该是一名“无神论”者，但他又深信“转世”学说，并且将自己当作典范介绍给他的信徒——称自己是列宁转世：“我早已生活在这个世界上。我来到世界是为了一种特殊的用处，追随我的你们是我的选民。你们中的大多数人在我化身之前就跟随我了。我在几千年前化身为佛，后来我短期化身为巴布，即为建立巴哈伊信仰的人。我曾经在世上生为耶稣基督，我最后一次化身为俄国的弗拉基米尔·列宁。”

即便琼斯的“转世”学说听上去似乎太过玄乎，但他的说服能力却发挥了巨大的作用：他对那些贫苦的黑人说“三 K 党必将杀死你们”，对那些畏惧极权的人说“FBI（美国联邦调查局）或 CIA（美国中央情报局）肯定会将你们投入监狱”，对那些害怕死亡的人说“不久的将来肯定会有一场核爆炸”……

于是，愿意追随他的信徒开始越来越多。

1971 年，吉姆·琼斯和他的信徒们在旧金山和洛杉矶各建了一座气派的大教堂，顺带把教会的总部迁到了旧金山。熟谙宣传之道的琼斯让上千名教徒乘坐轿车，排成车队，在两座城市之间招摇过市。这种新奇且有效的宣传效应顿时又为教会增添了几千名教众。“人民圣殿教”宣称，当时其教众达到了 3 万之多。

在资本主义国家美国，一个有明显社会主义倾向的宗教团体，一旦拥有了强大的号召力和凝聚力，就可以成为一股可以借用的力量。

作为美国民主党的“大本营”，加州的民主党率先找到了琼斯，因为每次民主党政治家的集会总是需要大批的志愿者或情绪激动的群众撑场面——当然他们更欢迎可以投票的选民。

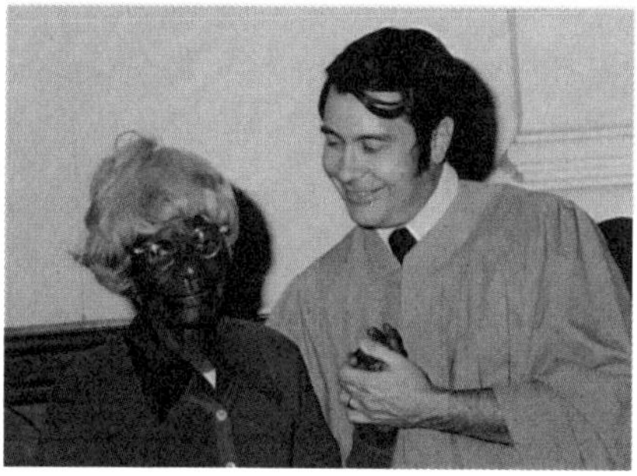

琼斯和一位黑人老妇在一起

在 1974 年和 1976 年的两次选举中，旧金山坊间流传着一种说法：从市长、警察局长到地方检察官，他们的当选或任职，背后都有“人民圣殿教”作为推手，甚至连加州州长的竞选都借助了“人民圣殿教”的帮助。

当然，这种说法并不会被官方证实，但可以证实的是：在用“人民圣殿教”的力量大力帮助莫斯科恩当选旧金山市市长后，吉姆·琼斯很快被任命为旧金山市住房委员会主席。

琼斯得到的荣誉当然不止这个。

1975 年，“美国宗教生活基金会”让吉姆·琼斯名列“美国百名优秀牧师”。

1976 年,《洛杉矶先驱调查报》提名琼斯为“本年度人道主义者”。

1977 年 4 月 12 日，美国总统卡特的夫人罗莎琳从白宫给琼斯寄来了一封亲笔信——总统夫人曾在一次晚会上和琼斯共舞。在信中，总统夫人提到“希望不久能再与您相会”，因为“您对古巴的评论对我们很有帮助，我希望您的建议在不远的将来能得到执行”。

毫无疑问，“人民圣殿教”的地位和声望发生了巨大的改变。

而同时发生巨变的，还有吉姆·琼斯本人。

4

在巨大的，尤其是毫不受制约的权力面前，几乎没有人抵挡得住诱惑。

“人民圣殿教”很快就显露出所有邪教共有的几个特征。

第一是在管理方面。

“人民圣殿教”的管理开始出现明显的层级。以琼斯为最高权力中心，第二层是他敕封的“天使”，大概由 15~20 人组成，这是琼斯的铁杆心腹。

第三层是“计划委员会”，有 100 多人，全是慕名而来的中高级知识分子和中产阶级。这个阶层为“人民圣殿教”的扩张和兴盛起到了最关键的作用，但同时也是琼斯最提防的一个阶层——因为很多人还没有完全失去辨别是非的能力。

第四层就是最底层，他们都是普通劳动者甚至是贫困的人，他们要入教集体生活，共同劳动，承担起“人民圣殿教”几乎所有的负担，并且要把自己的收入全部上交——琼斯规定在教内生活的信徒不能拥有私人财产。

第二是在金钱方面。

按照琼斯的规定，放弃一切入教生活才是最虔诚的，但只要你做出这个选择，就要上交你的所有财产。而那些并没有放弃自己工作的人，则要上交 25% 的收入。在这一点上，琼斯一视同仁，连那些每月领养老金、抚恤金和福利救济的教徒，依旧要按时将支票交给“人民圣殿教”。

那么，那些钱财到哪里去了呢？

除去必要的开支和慈善活动的募捐，这些钱财统统进了琼斯的私人账户。数据显示，到 1977 年的时候，琼斯的账户上至少已经有了 1 500 万美元。

吉姆·琼斯在春风得意时，受到各方追捧。他尤其喜欢别人称他可与马丁·路德·金比肩

第三，自然是各种“神迹”。

一位名叫吉泽尔的法国记者曾在 1977 年 4 月专门采访过“人民圣殿教”的一次集会。在那次有 3 000 名教徒参加的集会上，一位老妇人走上讲台，拿着一个血淋淋的内脏类物体对众人宣布：“这是上帝的奇迹！这是琼斯的奇迹！这是上周我听完琼斯的布道后，从身上掉下的肿瘤！”

而吉泽尔一眼就看出，那其实只是一只鸡的心脏。

第四，是对教徒的人性压制和侵犯。

琼斯对教徒的管理非常严格，要求教徒不能拥有任何隐私，一切都需要公开。而当教徒违反纪律，比如有时只是开教会的汽车出去工作而被贴了一张罚单，或者多吃了一个汉堡，就要当众受到责骂乃至肉刑。

教徒们开始被逼迫（当然也有自愿的）给琼斯写“感谢信”和“效忠信”，一开始只有几个人写，然后慢慢发展成谁不写就代表他“不忠诚”，在各种场合对琼斯的肉麻吹捧开始越来越多，而琼斯微笑着坦然接受这一切。

还有一个几乎所有邪教都会涉及的问题：性。

琼斯规定教内夫妻过性生活必须申报，但他自己却有权利向任何有魅力的女性提出性要求。他会逼迫女性当众谈论性生活的细节，如果有人觉得尴尬，他就会表示，如果和他发生性关系就可以“克服这种恐惧”，并且和很多邪教教主台词的底层逻辑是一样的：“和我上过床后，你会更有革命的热情。”

在被强迫（也有很多自愿）和琼斯发生性关系的女教徒中，甚至还有不少不满 14 岁的少女。琼斯在教内严格禁止同性恋，违反者会受到鞭笞。但他自己却经常与男性教徒发生性关系，并要求女性教徒在旁边观看，他对此的解释是：“我与任何人上床的唯一原因都是为了帮助别人。”

在这样的高压和严苛管理下，尽管依旧有很多人相信并愿意追随琼斯，但还是会有不赞同甚至反抗的声音。

有一些“人民圣殿教”的教徒顶住巨大压力宣布脱离教会，其中有些人更是选择向媒体检举揭发，揭露所谓的“幸福大家庭”内其实充斥着贪污、强奸、暴力、吸毒和私刑。尽管琼斯始终反驳说这一切都是“污蔑”，但“人民圣殿教”在美国遭受的质疑声越来越大。

更让美国政府感到警觉的是，自我感觉良好的琼斯甚至提出：希望可以购买武器，拥有一支私人武装。

1976 年 7 月 4 日，正当琼斯率领教徒为美国独立 200 周年庆祝游行的时候，他得知一个消息：格蕾丝悄悄离开了“圣殿”。

格蕾丝是琼斯最主要的助手斯托恩律师的妻子，却和琼斯生下过一个孩子，而琼斯的妻子马瑟琳也很愿意和格蕾丝“共事一夫”。

这对曾经“忠心耿耿”的夫妇的“背叛”，让琼斯感到胆战心惊。结合近几年越来越“糟糕”的环境，琼斯做出一个决定：

举教迁移，离开美国。

5

1977 年 7 月，琼斯率领他的“人民圣殿教”约 1 000 名核心教徒，迁移到了南美小国圭亚那。

圭亚那，东接苏里南，西接委内瑞拉，南临巴西。国土面积为 21.3 万平方公里，总人口为 78 万，是南美洲唯一一个以英语为官方语言的国家。

之所以选择圭亚那，琼斯主要是基于下面几个原因：

第一，圭亚那是一个黑人众多的英语国家，执政党也是黑人政党，而“人民圣殿教”内部的很多信徒也是黑人。

第二，圭亚那自 1970 年开始搞“合作社会主义”，而“人民圣殿教”表示他们追求的也是消灭阶级的“社会主义”，并且宣布效忠圭亚那的执政党人民全国大会党。

第三，圭亚那地广人稀，除沿海地区外，内陆地区基本荒无人烟，而“人民圣殿教”主动提出要去内陆定居开荒，圭亚那政府也乐得有这样一个“样板”。

第四，圭亚那在国内对原本英美控制的铝土、蔗糖等产业实行了国有化，他们也怕美国干涉，所以容纳一个基本由美国公民组成的团体，圭亚那政府认为有助于搞好和美国的关系。

基于这些原因，琼斯和他的“人民圣殿教”在圭亚那的腹地安顿了下来。琼斯干脆将那个地方以自己的名字命名——“琼斯镇”。

琼斯刚率领教徒来到圭亚那的时候，面对的是一片荒凉之地。在那个阶段，大家从头做起，伐树，耕地，浇灌，饲养家畜，住木板房，睡上下铺，同甘共苦，仿佛又回到了“人民圣殿教”的初心，那种“不分种族的平等社会”。

但是，随着条件一点点改善，阶层又重新回到了“人民圣殿教”——主要是教主琼斯的生活又特殊化了。

在这个属于琼斯的“独立王国”中，他自己一人独占三间卧室，冰箱、彩电、空调样样俱全，吃的都是和教众不一样的“特供”食品，出入都有轿车。而且他又恢复了老规矩：每对夫妇的性生活必须得到批准，自己却可以随时召唤女教众“侍奉”。

不仅如此，琼斯的“人民圣殿教”还无视圭亚那的国家法律，大肆进口毒品、枪支、弹药和其他药品。“人民圣殿教”拥有的无线电发射机的功率比圭亚那政府的机器功率还要大，拥有一整套圭亚那最先进的通信系统。此外，琼斯还成立了一支30人左右的全副武装的“护卫队”，表面上说是用来保卫琼斯镇的安全，但实际上主要是用来约束自己的教众，一旦发现教众违纪乃至外逃，这支队伍就执行“私刑”。

毫无疑问，琼斯镇已经成了圭亚那的“国中之国”。

而与此同时，包括琼斯原来最亲密的助手斯托恩夫妇在内的近千名原“人民圣殿教”教徒，在美国开始组成团体，不断地写信、开新闻发布会、投稿给各大媒体，控诉琼斯的“人民圣殿教”犯下的累累罪行。而圭亚那的那个“国中之国”究竟发展得如何，也引起了美国政府的关注和兴趣——毕竟那是由一个近1 000名美国公民组成的社区。

在这样一个背景下，加利福尼亚州的众议员瑞恩带着一个包括媒体记者的考察团，于1978年11月14日自华盛顿出发，准备去实地考察这个所谓的“世外桃源”。

而一场惨绝人寰的大悲剧，也就此拉开帷幕。

6

现在，时间来到 1978 年的 11 月 17 日。

在琼斯镇，当瑞恩议员看到纸条的时候，他无疑是震惊的。

当晚，回到凯图马港过夜的部分调查团成员又听到了一些说法：经常有从“人民圣殿教”逃到其他镇的教徒称在教中受到了迫害。

11 月 18 日的上午，度过满腹狐疑一夜的瑞恩一行，再一次与琼斯见面。

见面后，记者唐·哈里斯直接把那张求救的纸条拿给了琼斯。

琼斯看完纸条之后一脸痛苦，称他们是“圣殿”的叛徒，都在胡说八道。但是，他们可以自由决定是否离去。

当时大厅里一片寂静，集中而来的教徒都默不作声。

忽然间，电闪雷鸣，外面下起了暴雨。有教徒开始抽泣，一个人，两个人，五个人……抽泣的人越来越多。

这时候，有人走出了阵列，来到议员的队伍旁边，希望能离开这里。有人带头之后，走出来的人开始多起来。除了昨晚递纸条的那两位姑娘，大概有十几个人走到考察团旁边，表示愿意回到美国。

琼斯此时显得非常沮丧，他喃喃道：“走吧……你们都走吧……都是谎言……你们都走……”

而瑞恩议员还试图安慰琼斯：“对于一个近千人的公社来说，走掉十几个人根本不算什么。”

事实上，瑞恩已经准备回去后递交一份报告，根据他的所见所闻，他准备报告琼斯镇上的生活“是基本正常的”，那些试图离开的人只是“个别现象”。瑞恩其实把这份报告的主旨大意告诉过琼斯，但接下来发生的一件事，还是让瑞恩震惊了：教徒人群中忽然冲出一个年轻人，手里拿着一把匕首，直接往瑞恩身上刺去。

瑞恩身边的一名男记者眼疾手快，抓住了年轻人，把匕首打掉了。

现在，谁都知道琼斯镇是不可久留之地了。

瑞恩下令所有调查团成员，包括想要离开琼斯镇的教徒，赶紧登上大卡车离开这里，前往机场。

一行人先后登上两辆大卡车，向机场疾驰。

卡车启动后，车上的调查团成员和教徒都有松了一口气的感觉。

但是他们不知道，更大的厄运正等着他们。

7

11 月 18 日下午 4 点半左右，考察团一行抵达凯图马港机场。

按照原来的计划，美国大使馆安排的是一架 19 座的 DHC-6 双水獭飞机，但由于有十几个人要求跟随考察团一起离开琼斯镇，所以美国大使馆又增派了一架 6 座的赛斯纳飞机。

但是，这两架飞机迟到了。

下午 5 点 10 分，飞机姗姗来迟，调查团成员开始陆续登机。

也就是在这时候，变故发生了。

一个叫雷顿的“人民圣殿教”教徒在登上赛斯纳飞机后，忽然拔出手枪，向机舱内的其他乘客射击——他是在调查团要走时，再三要求加入离开团队的。

好在这名“卧底”射击术相当一般，只击伤了两名教徒，就被舱内的乘客给缴了械。

但另一架载有瑞恩议员等大部分成员的大飞机就没那么幸运了。

在瑞恩等人开始登机的时候，一辆拖拉机忽然冲入了机场，在距离飞机 10 米左右的时候，拖拉机上的人突然拿出冲锋枪，开始向飞机扫射。

拖拉机上有 9 名杀手，他们都是琼斯派来的“红旅护卫队”成员，即琼斯镇的私人武装。

在听到枪声后，那架赛斯纳小飞机上的飞行员立刻开始加速，抛下大飞机迅速飞离，而剩下的人则成了活靶子。

随团的 NBC 摄像师鲍勃·布朗录下了最开始的血腥一幕：议员瑞恩、摄像师罗宾逊、NBC 记者唐·哈里斯、“人民圣殿教”逃亡者帕克斯在扫射中身中数弹，当即身亡。视频录像没一会儿就中断了——摄像师布朗也被子弹击中身亡。

里奥·约瑟夫·瑞恩。当时他是加利福尼亚州第 11 选区的众议员，他也是美国历史上第一个因公殉职的议员

拖拉机上的杀手们在扫射了一圈之后，迅速逃离，留下了五具尸体和数名伤员。

瑞恩在临死前也不敢相信：居然有人敢在光天化日之下枪杀美国议员和媒体报道团。

但是，更大的悲剧还在后面。

8

11 月 18 日傍晚，琼斯镇的大厅内，琼斯把“人民圣殿教”几乎所有的教徒都集中了起来，同时打开了录音机，记录下自己的话——这段长达 44 分钟的录音后来被称为“死亡录音”。

琼斯先是告诉大家，他派出的人会枪击离开琼斯镇的瑞恩调查团一行，“飞机会坠毁在丛林里”。但是，他希望不要有人离开，尤其是孩子，因为“那些人会利用降落伞从我们的头顶落下”。

至于落下后会干什么，琼斯给出的解释是：“敌对势力会把抓获的孩子培养成法西斯，并让他们成为傀儡。”

那么，怎么应对目前的局面？

琼斯给出了他酝酿已久的解决办法：集体自杀。

事实上，在此之前，琼斯已经对他的教徒们至少进行过两次"自杀训练"——这种训练被称为"白夜"。

那名"卧底"枪手雷顿在被捕后曾这样描述"白夜"："每一个人，包括儿童，都被要求排好队，然后每人拿到一杯红色的液体。他们告诉我们那液体中有毒，喝了之后45分钟内便会死去。我们都照他们说的做了。时间到时我们本应死去，但琼斯说其实液体中没有毒，这么做只是为了测试我们的忠诚度。他也警告我们，在不远的将来我们可能有必要亲手结束自己的生命。"

琼斯镇用来对外宣传少儿教育的照片

1976年，"人民圣殿教"取得了珠宝经营的资质。自此之后，琼斯下令每个月购进半磅氰化物，声称用来"清洗金子"。

而在11月18日，琼斯再一次发出"革命性自杀"的号召时，不少教徒心里知道，这很可能不是一次"演习"了。

一名女性教徒提出是否可以"集体移民苏联"。但另一名才加入"人民圣殿教"两天的医生提出了反对意见，他支持自杀，并从医学理论上论证了"重生是可能的"，声称"我们将获得美好的一天"——不少教徒听到后鼓掌欢呼。

琼斯则反复强调移居苏联是不可能的。他强调："大家都必须死。所有的人，一个也不能少。如果你们像我爱你们那样爱我的话，大家就一起殉道……”

这时候，先前去机场枪杀瑞恩调查团的教徒回来了，他们带回了已经射杀瑞恩的消息。大厅里一片沉默，在荷枪实弹的小镇警卫注视下，没有人再提反对意见。

一大桶自制的果汁被人抬到了大厅里。

这桶果汁里，加入了 2 公斤左右的氰化物。

9

第一个喝下毒药的，是一个叫鲁莱塔的女性教徒。事实上她也不是第一个，因为她先拿了一个去掉针头的注射器，向自己孩子的口中注入了毒药——孩子才 1 岁。

根据琼斯的要求，父母先要给孩子喂毒药，然后才能自杀。

琼斯来到排队服毒的人群中间，开始鼓励他们，声称那是“毫无痛苦的”，但当 5 分钟后药效开始发作时，录音带里明显传来了孩子们的尖叫声和年轻人的哭喊声。

很有可能，很多人一开始还以为这又是一次“白夜”演习。但此时，已经没有反悔的余地了。琼斯开始对着他的教徒们大喊：“要有尊严地死去，要有尊严地倒下；不要带着眼泪和痛苦倒下。我告诉你们，我不在乎你们听到了多少尖叫，我不在乎有多少痛苦的人在哭喊……死亡比继续过十天这种日子要强一百万倍。如果你们知道前方是什么——如果你们知道前方是什么，你将会庆幸这一切将在今晚结束。”

服下毒药的人们被指引着排队走出大厅，他们按照琼斯的指示，面朝土地趴下。家人、恋人和朋友，都紧紧挽住了对方。

10

11 月 19 日上午，大约 300 名圭亚那的军人和警察姗姗来迟，赶到了琼斯镇。

映入他们眼帘的，是一幅地狱般的景象：到处是尸体，有老人，成年人，还有孩子。他们很多人都紧握着其他人的手，面朝土地趴着死去。

而从发现的尸体来看，有些人并不是服毒而死，而是被枪射杀的。另有些人的注射部位，是在他们自己根本无法注射到的地方。

经过清点人数，一共有 908 具尸体，其中包括 276 名儿童。

有 84 名教徒在这场大屠杀中幸免于难，他们大多正好被派出去执行任务，有的躲在自己屋子的床底下没有出来，而有的假装尸体逃过一劫。

在两把椅子中间，警察发现了琼斯的尸体。

琼斯不是服毒而死的。他的左边太阳穴有一个窟窿，根据验尸官的调查报告，他是用手枪开枪自尽的。

《时代》周刊当时的封面。那个铁桶就是装氰化物果汁的铁桶

在后续的搜索中，圭亚那军方和美国调查部门还发现，"人民圣殿教"的营地内还有价值近百万美元的黄金，账户上还有近 730 万美元的存款。

在相当长的一段时间内，"琼斯镇自杀事件"是美国现代史上最大规模的非自然灾害造成的公民死亡事件，直到 2001 年 9 月

11 日之后，才退居第二。

馒头说

其实那些在我们看来真的如同“中邪”一般的教众，加入邪教的原因基本上是一样的，并没有什么特别之处。

法国情报总署根据长期追踪邪教的经验，曾给邪教组织列出十大特征：

第一，邪教对其信徒实行精神控制，信徒必须遵循“精神领袖”的旨意而行动。

第二，邪教通过信徒大肆敛财，且手段多样。

第三，邪教脱离正常社会生活，邪教内部法则高于正常的社会法规。

第四，邪教大多侵犯个人身体，尤其是性侵犯。

第五，邪教会吸收儿童入会。

第六，邪教将正常社会“丑陋化”，且大多宣扬“世界末日”，以便证明加入“教会”才能净化灵魂或获得拯救。

第七，邪教扰乱社会正常秩序。

第八，邪教不断引起司法纠纷。

第九，邪教经常转移资金。

第十，邪教一直在试图渗入公共权力机构，以求扩大影响。

这十条，无论是“人民圣殿教”还是“奥姆真理教”，抑或是其他我们所知道的邪教，都能一一对上，基本分毫不差。

我们总是会很好奇：这些高智商、高层次的人怎么会这样受人摆布？

邪教之所以存在，当然有很多外部因素的影响，但有一点是我们始终无法回避的，那就是人的本性。

人性的欲望，人性的恐惧，人性的贪婪，人性的孤独。

所以，永远不要觉得邪教离自己很远。

时刻警惕吧！

本文主要参考来源：

1.《世界七大邪教（一）：轰然倒塌的“人民圣殿”》（中国新闻网，2001年3月30日，原文载于《阳光下的罪恶：当代外国邪教实录》，世言编著，人民出版社，2000年）

2.《人民圣殿教徒在圭亚那“集体自杀”始末》（吴德明，《拉丁美洲研究》，2000年01期）

3.《国际邪教组织“人民圣殿教”》（陈杰军、李贞兵，《国际资料信息》，2004年03期）

4.《人民圣殿教集体自杀之谜》（李定，《世界博览》，1984年07期）

5.《“琼斯镇”悲剧发生的社会原因》[王珍燕，《重庆理工大学学报》（社会科学版），2012年05期]

6.《关于“人民圣殿教”教徒集体自杀事件》（秦泽，《社会科学》，1979年02期）

地铁里的杀人毒气：邪教究竟是怎样形成的？

这是一桩发生在20世纪90年代的轰动事件，也是日本在二战后最恐怖的一次邪教性质的投毒事件。在这场惨案的背后，是一个令世界各国都头痛的问题：邪教为何屡禁不绝？

1

1995年3月20日上午8点，东京。

作为拥有全世界最庞大地铁系统的城市之一，东京开始进入上班早高峰。潮水一般的上班族涌入各个地铁站，拼命挤进各节地铁车厢，奔向各自的上班地点。

在从足立区开往涩谷区的千代田线上，去银行上班的小林忽然在车厢里闻到一种奇怪的臭味，他觉得这股臭味是从地铁经过新御茶之水站后开始在车厢里出现的。很快，小林发现车厢里的其他乘客也开始用手掩住鼻子。

“看来不止我一个人闻到啊！难道是谁带了奇怪的早餐上车吗？真

是太失礼了！”当小林脑海里刚转过这个念头的时候，他就昏了过去。

昏迷的乘客不止小林一人。当地铁行驶到霞关站的时候，车厢里已经出现了大批昏迷的乘客。有还清醒的乘客挣扎着报了警。

霞关站的工作人员在地铁到站后立刻上了车，找到了臭味的来源——一个被戳破的塑料袋，里面还有残留的浑浊黄色液体。

这名工作人员立刻用手将塑料袋拎下了车，扔进了垃圾桶。

就在把袋子扔进垃圾桶的一刹那，那名工作人员也倒在了地上，当场死亡。

2

已经昏迷的小林可能不知道，并非只有他们这节车厢的乘客是受害者。

后来的统计结果显示：那天早上，小林搭乘的这一列千代田线列车上出现的那股恶臭的气体，造成 2 人死亡，231 人重伤。

更关键，或者说更恐怖的是，千代田线并不是当天同一时刻唯一出现“杀人气体”的地铁线。

在丸之内线，上行列车车厢在经过御茶之水站后出现异味，造成 1 人死亡，385 人重伤。下行列车车厢在经过四谷站后出现异味，共 200 人重伤。

在日比谷线，走上行线的列车在经过惠比寿站后车厢内出现“杀人气体”，共造成 1 人死亡，532 人重伤。走下行线的列车在经过秋叶原站后车厢出现“杀人气体”，有一名乘客在小传马町站将那个散发恶臭的塑料袋踢到站台上，结果造成更大伤亡——这条线上共有 8 人死亡，2 475 人重伤。

此外，银座线、东西线和半藏门线都出现了“杀人气体”，也出现了乘客受伤的情况。

东京地铁毒气事件当天的场景

当天的统计结果显示：有13人因吸入地铁内的“杀人气体”而死亡，至少5 500人受伤。

一时之间，东京陷入一片混乱，在出事地铁站口，满是争相逃命的人群，以及横七竖八躺倒在马路上哀号的受伤乘客。

全日本震动。

全世界震惊。

日本作家村上春树称：“这是日本战后划时代的悲剧。”

在弄明白“杀人气体”究竟是什么东西之前，各大媒体都开始了猜测，有媒体称是“纳粹余孽用化学武器攻击日本地铁”，也有媒体称是“伊斯兰极端组织进行疯狂报复”。

而就在事发后3个小时，东京警视厅科学搜查研究所对残留的塑料袋液体进行分析后得出结论：所谓的“杀人气体”，是沙林毒气。

沙林毒气（Sarin），学名“甲氟膦酸异丙酯”，在二战时由德国人发明（但没有证据显示他们大规模投入了使用），是军用神经性毒剂。当吸入高浓度沙林毒气后，人体会迅速出现晕眩、呕吐、心智受损、肌肉痉挛，直至死亡。即便救过来，也会有神经、大脑和肝脏等器官的严重损害，甚至会双目失明。

当“罪魁祸首”被化验出来之后，全世界更是陷入一片震惊：谁会使用沙林毒气去攻击无辜平民？

而日本警方此时已经迅速锁定了一个目标。

那是他们早就已经全面监视，却一直不敢动手去搜查的一个宗教团体：奥姆真理教。

3

说到奥姆真理教，就必须先说一个人：麻原彰晃。

1955 年 3 月 2 日，麻原彰晃出生在日本九州岛熊本县的八代市，原名松本智津夫，是家中的第四个儿子。

松本家原来是做榻榻米生意的，但由于日本战后西式装修普及，榻榻米的市场需求量大大缩小，所以生意也极度萎缩，家境落败。

而且，松本家族的遗传基因似乎出了一些问题，生出来的孩子视力都有些问题，松本智津夫也不例外：左眼全盲，右眼视力也很弱。为此，他和两个同样有视力问题的哥哥从小就被送进了盲人学校。

虽然在毕业留言本上，松本写下的理想是“成为一名拯救痛苦病人的医生”，但他的实际想法却要高大上得多——考上东京大学法律系，像“平民首相”田中角荣那样成为一名政治家。

为此，松本确实也付出过不少努力，但在三次考东京大学都失败后，他只能放弃这个理想，和在补习学校中结识并成为他妻子的石井知子开了一家针灸院。由于经营不善，针灸院没多久就倒闭了，松本又开了一家中药馆，但没多久又因为参与“医疗保险诈骗”被罚款，店也被迫关闭。失去药店的松本随即又加入了一个食品传销组织，但没多久该组织也被取缔，松本不仅被捕，还被罚款 20 万日元。

在一连串的打击之下，松本开始对整个社会产生一种仇恨，认为这是社会的歧视和不公造成的。也就是在这个时期，他开始寻求一种精神的寄托，加入了当时日本的一个新兴宗教“阿含宗”，开始了解一些粗浅的宗教概念。

不仅如此，松本智津夫还通过各种渠道去接触针灸、中药、易经、奇门遁甲等他自认为“神秘”的东西，并开始热衷追求“超能力”。

1983 年 5 月，松本智津夫宣布脱离阿含宗——并不是因为他感到了厌倦，而是因为他准备自立门户了。

麻原彰晃（松本智津夫）。据称，叫“麻原”是因为“麻原”的日文发音和“阿修罗”的日文发音很接近。麻原彰晃还自称是中国明朝开国皇帝朱元璋的后代

3个月后，松本智津夫在东京注册了一家叫“凤凰庆林馆”的组织，宣布可以对前来报名的学员进行超能力开发和指导。也正是在成立这个组织之后，松本智津夫正式将自己的名字改为“麻原彰晃”。

麻原彰晃主要是通过三件事一步步走上“神坛”的。

第一件事，是他1985年自立门户之后，请一个摄影师拍摄了一张照片。在“PS大法”还不存在的年代，他那张通过连续按快门制造出的“悬空飘浮大法”照片，在教徒中引起了轰动，他的声望开始提升。

第二件事，是麻原彰晃在1986年4月去了一次尼泊尔，回来后声称自己在喜马拉雅山经历了苦修并悟道，结果得到教众的空前欢迎。

第三件事，是在1987年，麻原彰晃通过多方努力之后，与达赖喇嘛进行了两次会面，称达赖喇嘛希望他回日本“倡导真正的教义”。麻原彰晃回来后将两次会面的录像、照片和文字等各种资料大肆宣传，以提升自己的“宗教领袖”地位。

凭借“晒照”、“灵魂之旅”和“傍名人”这三样经久不衰的“网红制造”要素，麻原彰晃的知名度急速上升，教众越来越多。

在对自己的组织进行几次改名之后，麻原彰晃终于确定了自己创立的宗教所包含的元素：藏传佛教、印度教、基督教、奥修、瑜伽、气功、特异功能……

而这个宗教的最终名字被定为“奥姆真理教”。

4

奥姆真理教的发展速度非常快，而且教众结构让人惊诧。

从奥姆真理教的教众年龄来看，其中49.5%是年轻人，平均年龄仅30.1岁。此外，教众中受过大学及以上教育的人接近40%，其中还有不少是高学历精英，比如后来成为高层骨干的那些人（也多为东京地铁投毒案的主要凶手）：

村井秀夫，大阪大学物理系首席毕业生，天体物理硕士（奥姆真理教二把手）；

土谷正实，筑波大学化学系博士（后来的沙林毒气主要制造者）；

远藤诚一，京都大学医学院博士（负责生化武器研究）；

林郁夫，毕业于庆应大学医学部，美国留学归来的心血管外科医生；

广濑健一，早稻田大学应用物理系硕士；

丰田亨，东京大学物理学系硕士。

像这样的高学历教众，在奥姆真理教中有很多。还有很多企业家和中产阶层将自己的房产和车辆全部变卖，然后将财富都捐献给奥姆真理教表示诚心。到了20世纪90年代，奥姆真理教每年收到的教徒捐赠已经达到10亿日元以上，麻原彰晃更是掌握了千亿日元以上的资产。

那么问题就来了：奥姆真理教是怎样走到这个地步的？

其实其主要手段，和其他邪教并没有太大的区别。

首先，就是宣扬教主“神迹”，搞偶像崇拜。

除了宣传自己“飞升”的照片，麻原彰晃还有各种宣扬自己“神迹”的手段。比如，他称自己在喜马拉雅山“悟道”，获得了“穿梭时空”的能力，可以回过去、到未来。他曾拿着埃及金字塔的照片对教众说，这是他“穿越回古埃及时代指导建造的”。此外，他用一些似是而非、模棱两可的宗教术语，把一些教众说得如在云里雾里。

在周围一些高级“参谋”的帮助下，一些仪式化的东西也迅速帮助麻原彰晃“神化”：吃教主含过的糖块可以获得能量；将教主的血液抽出来注射进自己的皮下可以获得“圣印”；教主的洗澡水每200毫升卖200万日元；教主的头发、胡须每根卖1 000日元；含有教主血液的“圣水”每瓶卖100万日元……

奥姆真理教的教众家里贴满麻原彰晃的相片

其次，就是严格管理，搞等级制。

这一点和很多传销组织也没有多大区别。教众要加入奥姆真理教，首先需要“隔离”，和自己的亲朋好友一律切断关系。麻原彰晃称这样能够更快速和虔诚地“修行”，其实是为了避免教众的意志发生动摇。奥姆真理教有严格的奖惩措施，但奖励基本都是精神上的（比如教主或师长可以将手放到你的眉心传输一点能量），而惩罚都是肉体上的，只要有教众质疑或反对，就会遭受毒打、倒吊、电击、断食关押、高温泡水、高温汗蒸乃至肉体灭绝——麻原彰晃称之为“净化”。

此外，奥姆真理教也设立严格的等级制，大体上分“识者”、“座见”和“师长”三大级别，每次晋升都有仪式。而在管理层方面，麻原彰晃完全按照日本的政体方式：自称“天皇”，下面设各“部”，还有各类“大臣”。这种等级制度一方面成为教众的期待和桎梏，另一方面也成为组织的有效管理方式。

最后，就是宣扬末日，以恐慌倒逼虔诚。

“宣扬末日”几乎是所有邪教的必备要素。按照麻原彰晃“亲自到未来考察”后的传达，1999 年将会爆发第三次世界大战，届时整个世界将会因为陷入核战争而生灵涂炭，只有信奉奥姆真理教的人才能幸免于难。

奥姆真理教对内管理严格，对外却懂得用各种宣传手段体现麻原彰晃“神圣”和“仁慈”的一面，包括投资拍动漫

为了增加真实度，麻原彰晃给未来每一个灾难节点都标出明确的时间，让人更加信服。如果有一些他预言的灾难没有发生，那就是他用“法力”让大家幸免于难的。

在这三点的综合催化之下，奥姆真理教迅速扩张。

截止到 1995 年，奥姆真理教在日本国内拥有 15 000 名信徒，其中完全出家跟随麻原彰晃的有超过 1 000 人，其余在家修行。在日本之外，俄罗斯拥有 35 000 多名奥姆真理教信徒，超过日本本土。此外，在东欧和美国，也有不少奥姆真理教的信徒。

一个邪教，就此形成。

5

在虔诚的教徒和丰厚的财富供养之下，麻原彰晃的胆子也越来越大。

首先，他开始作威作福了。

除了要求男性教徒贡献自己所有的忠诚和财产，他开始要求女性教徒用自己的身体“供养”教主。根据后来警方掌握的数字，麻原彰晃一共和100多名女性教徒发生过性关系，由于他习惯每和一个女性教徒发生关系后，都要剪下对方的一撮阴毛作为“纪念”，所以这个数字非常精确。

麻原彰晃要求所有新加入教会的15~25岁女性上交一张正面照，以供他“挑选”。他表示与这些女性发生性关系并非为了肉体上的享受，而是为了她们的“修行”，是对她们的“奖励”。

其次，对于不服从管理乃至质疑组织的人，麻原彰晃不再满足于惩罚，而是直接杀人灭口。

1988年，一名叫本多正雄的男性奥姆真理教教徒，在处理另一名叫冈崎的教徒的尸体之后（其实冈崎是因为苦修体力和精神双重崩溃，被其他人按到冷水里溺死的），对自己信奉的“宗教”产生极大怀疑，当面质疑麻原彰晃后，他被直接拖入禁闭室“净化”——用绳子勒死。

1989年，一对从奥姆真理教逃出的母子，寻求一名叫坂本堤的年轻律师帮助。坂本堤随后在日本《每日新闻》上刊登了《疯狂的奥姆真理教》一文。勃然大怒的麻原彰晃先是派人开着装有2吨炸药的卡车试图直接炸毁《每日新闻》的办公大楼，失败后又派人公然在晚上闯入坂本堤律师的家，将坂本堤和他的妻子以及刚满一周岁的儿子全部勒死，并且毁尸灭迹。

这些令人发指的案件引起了日本警方的高度注意，并且将怀疑圈慢慢聚焦在了奥姆真理教身上。在这样的情况下，自我感觉良好的麻原彰晃不仅没有选择低调，反而匪夷所思地将自己的行为再度升级——准备向日本政府“宣战”。

已经成为“教主”的麻原彰晃始终没有忘记自己的“政治梦”。

1990年，麻原彰晃宣布成立“真理党”，带着24名教众参加日本众议院选举，结果志在必得的他们全军覆没。在遭受这个挫折之后，麻原彰晃开始筹划“自己直接称王”。

除了信徒，奥姆真理教在当时的日本受到很多普通民众的反对

那是一份令人咋舌的计划：购买军用直升机，在东京上空洒下 70 吨毒气，完全“净化”东京。随后奥姆真理教教徒接管日本政权，并且同时对中国、俄罗斯、美国、朝鲜宣战，让各国争夺日本，引发全世界的核战争。在核战争之后，奥姆真理教教众从事先藏身的防空洞中出来，在全世界的核废土上建立一个永恒的“奥姆之国”。

就是这样一份连日本漫画也不敢这么画的计划，让奥姆真理教的高层兴奋异常，并且迅速开始行动：趁苏联解体的机会，从俄罗斯买来一架军用直升机和一把 AK–47 突击步枪，用于大量仿制；京都大学医学博士远藤诚一开始研究生化武器——炭疽病毒；筑波大学化学博士土谷正实开始研制沙林毒气。

在经过多次实验——其中包括以日本小镇居民作为活体研究对象的实验——之后，麻原彰晃最终选中了制造成本低、杀人效率高的沙林毒气。

1994 年 6 月 27 日，日本长野县松本市的住宅区内忽然出现大量来源不明的恶臭气体，结果导致 7 人死亡，660 人受伤。那就是麻原彰晃指示手下人用沙林毒气干的。原因是奥姆真理教与松本市有一桩地皮纠纷，麻原彰晃自认为官司胜算不高，就下令手下人“净化”松本市。

那是麻原彰晃第一次使用沙林毒气，如此高的杀伤力让他惊喜不已。

那也是日本警方最应该将奥姆真理教绳之以法的一次，但因为各种原因，日本警方没有动手。（一是因为没有确凿证据证明奥姆真理教能制造沙林毒气，二是警方怕奥姆真理教各地分部暴动，同时释放沙林毒气。）

最终，悲剧不可避免地来临。

6

1995 年 1 月 17 日，震动全日本的“阪神大地震”发生了。

在这场造成 6 000 多人死亡，5 万人受伤，经济损失高达 1 000 亿美元以上的大地震灾难中，日本的警力几乎全员出动，都扑到了灾后秩序维护上。

也就是在这个时候，麻原彰晃觉得时机到了。

由于“松本沙林毒气事件”造成的影响很大，警方又通过各种渠道查到了奥姆真理教制造沙林毒气的蛛丝马迹，麻原彰晃自己很清楚，警方全面突击检查奥姆真理教总部的日子肯定会到来。

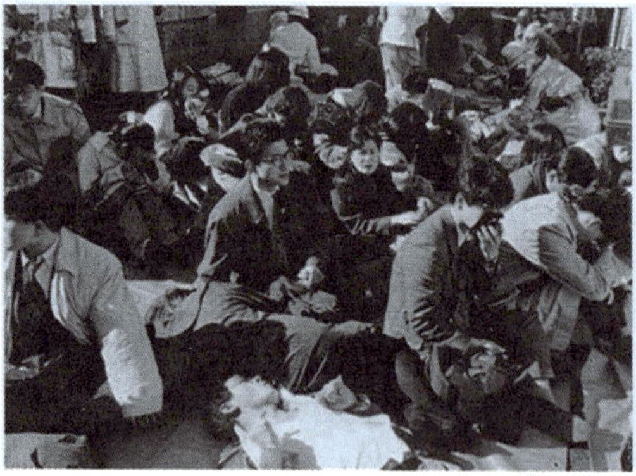

当时的地铁站外。事后有专家称，幸亏奥姆真理教无法提纯沙林毒气，不然造成的伤亡会提升数百倍

而阪神大地震意外给了奥姆真理教一个喘息的机会，此时麻原彰晃不是选择“撤退”，而是决定“进攻”。

经过周密的安

排，奥姆真理教最终选择派人分头登上各个班次的早高峰地铁，用事先削尖的伞尖戳破携带上车的装有沙林液体的塑料袋，然后趁乱逃下车。

根据分工，每一列列车都有投毒人和接应人。可笑的是，奥姆真理教还准备了一出“苦肉计”——安排人手届时往自己的两处宗教场所投掷两枚燃烧弹，让警方认为自己也是受害者，从而去调查其他激进宗教团体。

1995 年 3 月 20 日上午，本文开头描述的那一幕幕惨剧发生。

7

“东京地铁沙林毒气事件”发生后，颜面扫地的东京警方终于全员出动，突袭奥姆真理教总部——九一色村。

在奥姆真理教总部，教会高层已经逃得无影无踪，但警方发现了让他们目瞪口呆的东西：一个巨大的地下空洞，里面停着一架苏制 Mi–17 军用运输直升机；一个巨大的微波炉、大量的硝酸铜和粉碎机——很可能是用来毁尸灭迹的；大量的金属加工机床，以及 300 多把仿制的 AK–47 突击步枪和大量子弹……当然，还有三座大库房，里面有各种化学药品和仪器，包括氟化氢水溶液、乙酸酐、硫酸这三种制造沙林的原料。

虽然包括麻原彰晃在内的所有奥姆真理教高层已经逃跑，但将他们逮捕归案，其实只是时间问题。

1995 年 4 月 6 日，当初为麻原彰晃拍摄“悬浮”照片的摄影师岐部哲也在酒醉后落网，供出了其他大部分奥姆真理教高层的下落。

从 4 月 8 日到 5 月 15 日，林郁夫、远藤诚一、土谷正实等事件主要策划者全部落网，而奥姆真理教的二把手村井秀夫被神秘刺杀（这件事的原因至今仍众说纷纭）。

落入法网的麻原彰晃

麻原彰晃本人，是在5月16日被逮捕的。

当时，警方在得到麻原彰晃潜回九一色村的消息后，于5月16日凌晨出动200多名警力包围了全村。在经过多轮搜索后，警方砸碎奥姆真理教“真理堂”第二层到第三层之间的隔板，发现麻原彰晃一个人躺在只有40厘米高的一个密室中。

当时麻原彰晃说了一句话：“我在冥想。”

而此时他已小便失禁，浑身臭不可闻。

8

1996年4月24日，对麻原彰晃的公审开始。

正如外界预料的那样，这场审判，持续了整整10年。

在这场长达10年的审判中，麻原彰晃依靠装疯卖傻申请过多次精神鉴定，并利用法律规则，由他的律师团队提出过多次上诉和各种拖延时间的要求。

2006年，日本最高法院终于下达判决：包括麻原彰晃在内的奥姆真理教13名主犯，全部被判处死刑。

这是日本在二战后判决死刑犯最多的一次。

然而，直到2018年7月6日，麻原彰晃和其他6名主犯才被执行死刑。20天后，其余的6名死刑犯被执行死刑。

这时，离“东京地铁沙林毒气事件”已经过去了整整23年。

馒头说

“知乎”上有人曾经介绍过一部纪录片，这部纪录片叫《库马里：一个假先知的真实故事》（*Kumare*：*The True Story of a False Prophet*）。

片子说的是，在美国新泽西州出生的印度裔美国人甘地发现很多美国人都对练瑜伽以及神秘的印度“大师”很感兴趣乃至崇拜，所以他萌生了一个念头：如果我伪装成一个大师，会有人相信吗？于是他跑到没人认识他的凤凰城，改名“库马里”，故意用蹩脚的带印度口音的英语编造了一个自己是“大师”的故事，雇用了一个瑜伽教练教他瑜伽，还有一个专业公关人士帮他做宣传。结果他惊奇地发现，信任他的人越来越多，甚至还有人从千里之外开车过来，就想见一下他。然后那种信任慢慢变成了崇拜，乃至膜拜，以至他说什么，那些信徒就相信什么。他随便编了一个宗教名词“蓝光”，发明了一种近乎恶搞的“修行”方式“犬式吐气法”，结果信徒们都深信不疑，认真模仿。

甘地在这整个过程中并没有做坏事，并且最终决定公布真相——他拍了一段视频请信徒们看，告诉他们一切都是他做的一个实验。

有的信徒愤然离席，但很多信徒还是留下来和他握手：“你让我看清了真正的自己。”

什么是“真正的自己”？

甘地说，他通过这场实验发现，对他深信不疑的人都是在现实生活中“被压得透不过气的人”，他们或感觉职场压力太大，或对社会失望，或对自己毫无信心。而他们追随“库马里大师”的目的也很简单：希望找到认同感，希望体会超越别人的感觉。

而这应该就是“为什么人会相信邪教”的主要答案之一。

尽管邪教从管理到渗透到宣传，都有“独特”的方法和手段，但最终攻破的，还是人内心的堡垒。

曾经有人做过统计，为什么奥姆真理教于 20 世纪 90 年代初在日本和俄罗斯进入快速发展期？大家想一想那时候的时代背景，可能就能体会一二：日本的经济泡沫开始破裂，苏联解体后俄罗斯社会动荡，大批人内心焦虑，寻求寄托，这给了邪教可乘之机。

值得一提的是，在“东京地铁沙林毒气事件”之后，奥姆真理教并没有真正消亡——原来的莫斯科分部负责人上佑史浩将这个组织改名为“Aleph”继续存在。虽然后来 Aleph 内部发生了分裂（上佑史浩被剥夺实权后又成立了一个新教，麻原彰晃的妻子松本知子成了“教母”），但警方通过严密监视发现，在 2015 年之后，Aleph 的教众人数又开始出现增长，资金规模也达到了 10 亿日元以上。

按警方的分析，这是因为很多 95 后年轻人已经忘记了“东京地铁沙林毒气事件”。

但我想，这可能只是原因之一。

正如上一篇文章里说的：“邪教之所以存在，当然有很多外部因素的影响，但始终有一点是我们无法回避的，那就是作为人的本性。

“人性的欲望，人性的恐惧，人性的贪婪，人性的孤独。”

要警惕邪教，其实也要警惕自己。

本文主要参考来源：

1.《奥姆真理教完全解密》（一）~（五）（微信公众号“李淼”，这五篇文章记录非常详细，作者应该是参考的日本相关媒体报道或书籍，本文不少细节参考这个系列）

2.《“真理”面临困境——说说奥姆真理教》（戴燕，《世界宗教文化》，1995 年 02 期）

3.《日本“奥姆真理教”真相》（北斗，《群言》，1995 年 08 期）

4.《奥姆真理教的影响至今犹在》（唐永亮，《世界知识》，2015 年 08 期）

5.《奥姆真理教主麻原彰晃》[郑秀文编译自《阿艾拉》(日)，1995年4月10日，载于《国际观察》，1995年03期]

6.《20年前的东京地铁沙林毒气事件本有机会避免》(张建墅，《中国青年报》，2015年3月28日)

7.《23年过去，日本人为何仍惊魂未定》(微信公众号“中国反邪教”，2018年3月20日)

8.《日本奥姆真理教教主麻原彰晃等13人分两批被执行死刑》(厉洁，中国反邪教网，2018年7月26日)

世纪审判：一桩“铁证如山”的凶杀案，为何能翻盘？

如果说，有一场谋杀案，凶手的毛发、血液样品、证据、动机全都有，还有证人的证词，但是凶手最终依旧被判无罪，这会是怎样的一件案子？这件案子不存在于侦探小说中，而是就发生在 20 世纪末的美国。

1

1994 年 6 月 13 日凌晨，四名洛杉矶警探来到了洛杉矶富人区的一座豪宅前。

他们是接到这家邻居的报警电话来的——有人报警称，这里发生了极为残忍的凶杀案。

在按门铃无人应答之后，警探翻墙进了豪宅，然后看到了血腥的一幕：两具尸体倒在血泊之中。一具尸体是女性，面部浮肿，显然遭到过殴打，咽喉部被刺中多刀，脊椎也几乎断裂；另一具尸体是男性，有搏斗痕迹，同样被刺身亡。

经查，女性死者叫妮可·布朗·辛普森，男性死者叫戈德曼。

面对如此凶残的一桩杀人案，四名警探还是保持了足够的谨慎。

因为被杀的女性，是辛普森的前妻。

2

O. J. 辛普森，被认为是美国橄榄球大联盟历史上最伟大的明星之一。他出生于 1947 年 7 月 9 日，从小在黑人贫民窟长大，家境贫寒。但优秀的运动天赋让他在美式橄榄球这项美国“国球”运动中崭露头角。

辛普森在橄榄球比赛中

在美国，美式橄榄球是当之无愧的“第一运动”，受欢迎程度远远超过 NBA（美国男子篮球职业联赛）。而橄榄球大联盟中的明星球员更是受到无数人追捧，无论是名誉还是收入，都超出一般人的想象。

辛普森先后是水牛城队和旧金山 49 人队的跑锋，是全队除了四分卫之外最重要的球员。他凭借出色的身体素质和技术，成为美国橄榄球大联盟历史上最出色的跑锋。

辛普森在 1979 年退役后，并没有退出人们的视线。他接受了大量的广告代言，包括成为美国最大橙汁公司的形象代言人（因为他名字的缩写“OJ”正好和“橙汁”的英文缩写一样）。他还涉足影视圈，参演了很多作品，包括我们中国观众熟悉的《白头神探》系列中那个傻呵呵的黑人助手。

辛普森在《白头神探》中出演的角色

相对于辛普森功成名就的职业生涯和退役后的生活而言，他的感情生活却相当糟糕。

1979 年，辛普森与自己的第一任黑人妻子玛格丽特离婚。6 年之后，他与漂亮的金发白人餐厅女招待妮可 · 布朗结婚，但两人婚后的生活并不幸福：辛普森一直在外面拈花惹草，并且对妮可有多次家庭暴力行为——妮可多次报警，都有出警记录可以查询。

辛普森和妮可在一起

1992 年，妮可和辛普森正式离婚，辛普森支付子女抚养费。但妮可惊恐地发现，辛普森在离婚后一直盯她的梢，每当她和男人约会时，辛普森就会待在她的房子外面。有一次，辛普森在第二天直接找到和她约会的男子："我是辛普森！跟你上床的这个人是我老婆！"

那么，辛普森会不会是这起残忍凶杀案的凶手？

6 月 12 日晚，洛杉矶警察局接到过一个来自妮可的报警电话，妮可称辛普森就在门外，很愤怒，就要闯进来了。

之后没多久，惨案发生。

3

事实上，辛普森在这起凶杀案中的嫌疑还远不止这些。如果用"铁证如山"四个字来形容，恐怕也是不夸张的。

在现场，警探发现了两枚带血的鞋印——事后发现，这就是辛普森穿的鞋子留下的。

在现场，警探发现了辛普森的血迹，后来在辛普森的车上发现了妮可的血迹。

在现场，警探发现了一只带血的手套。不久后，在离案发现场不远的树丛小道上，一名叫马克·福尔曼的白人警察发现了另一只血手套。经化验，手套上的血迹中有辛普森的 DNA。

那么，辛普森本人当时在哪儿呢？

辛普森当晚 10 点 54 分从家里走出，坐进一辆预约来的豪华轿车，前往洛杉矶国际机场，飞往芝加哥去参加美国最大租车行赫兹（Hertz）公司的一场聚会。（辛普森是该公司的代言人，这也是美国的汽车行业第一次出现黑人代言人。）

法医判断，凶杀案发生的时间是 6 月 12 日晚上 10 点 15 分至 10 点 40 分之间。

接辛普森的司机交代，当晚 10 点左右，他到辛普森家门口，按门铃无人回应。在接近 11 点时，他看到一个高大的黑人匆匆从街外跑回屋子。此时司机再按门铃，辛普森出来了，说他刚才睡着了没听见，然后就坐车去机场了。

事实似乎已经很清楚了。

案发后的 6 月 13 日凌晨，警方通知了已经赶到芝加哥的辛普森，后者随即赶回了洛杉矶。当时警察发现辛普森的手受伤了，而辛普森的解释是，他在得知前妻的死讯时，一时冲动打破了镜子。

6 月 17 日，警察在综合分析了各种证据后，认定辛普森有重大作案嫌疑（这是很明显的事），于是请辛普森的律师陪同辛普森回警局接受调查。

而辛普森的律师也向警方表示：辛普森愿意自首。

一桩板上钉钉的案子眼看就要水落石出。

但是，好戏才刚刚开始。

4

6 月 17 日，警察在抵达辛普森住宅后，却发现辛普森不在了。

辛普森的朋友罗伯特面对守候在辛宅外的数千媒体读了一份辛普森自己写的便条："……我自认为，一生中没做什么坏事，我希望这么做是对的，不然我会很内疚。"

很多人都觉得辛普森的这张便条带有强烈的自杀暗示。

但是，他并没有。

此时的他，坐上了好友柯林斯的一辆白色福特 SUV（运动型多用途汽车），驶上了高速公路。

车上的柯林斯接通了警方电话："辛普森现在很好，但你们的警车必须退后，因为他现在正拿着手枪对着自己的头。"

当时高速公路上的追捕场景

这是一场惊动全美的电视大直播：数十辆警车尾随着辛普森坐的那辆白色 SUV，在高速公路上不疾不徐地前行，既不超车，也不撞车，更不阻拦——后来被很多美国人称为"为总统护驾"。而电视台甚至中断了 NBA 总决赛的报道，派直升机全程跟踪直播警察的"保驾护航"。

成千上万的美国人通过电视直播，观看了让人瞠目结舌的全过程。

那一刻，辛普森仿佛又回到了自己职业生涯的巅峰时期——他在前面奔跑，一群人在后面拼命追赶。

这场“追逐”最终以白色 SUV 开进了辛普森的一处住宅而结束。辛普森走出了汽车，接受了警方的拘捕。

但是，辛普森却改变了主意——他坚称自己是无罪的。

为此，他花重金聘请了一支堪称全美顶级的律师辩护团，其中包括哈佛大学的法学教授、DNA 领域的专家等等，光这项花费可能就要上千万美元，但辛普森靠那么多年积累下来的家底，付得起。

之后，检方对辛普森正式提起诉讼，控告他两项一级谋杀：谋杀前妻妮可和餐厅服务员戈德曼。在允许死刑存在的加州，如果罪名成立，辛普森很可能会被处以死刑。

面对指控，之前一直无精打采的辛普森一改旧态，强硬地表示：自己无罪！

一场至今仍被美国人称为“世纪审判”的庭审，就此拉开大幕。

5

“铁证如山”的审判开始后，谁都没想到会如此有戏剧性。

检方一上来就拿出了一大堆之前搜集的证据（包括辛普森对妮可家暴的出警记录），指出辛普森的杀人动机就是“嫉妒”，因为得不到妮可，就想“毁灭”她。那位服务生戈德曼，一开始说是因为妮可的眼镜落在了餐厅，他是专门来送眼镜的，后来有证据显示他曾开着妮可的跑车兜风，两人其实是情侣关系——这样也符合辛普森“嫉妒杀人”的动机。

无论是手套、血迹、DNA 比对结果，还是证人证词，都明确无疑地指向辛普森就是杀人凶手。

但辛普森花重金聘请的律师辩护团队抓住了检方的几个致命弱点，

美国的女权团体在法院外戴着妮可的面具集会，要求一定要严惩辛普森

开始绝地反击。

首先是本应该最没有疑问的血液样本证据。

辩方律师团针对各种血液样本证据进行了各种质疑，主要包括：被发现的辛普森穿的血袜子左右两边血迹完全一样，而正常穿在脚上的话，袜子左右两边的血迹应该是不一样的——很可能是事后被人涂抹的；案发现场的多处血液溅落痕迹与辛普森被推断的行为和行走路径完全矛盾。最重要的是，6 月 13 日，辛普森接受警方问询，被发现手上受伤，警方立刻采集了他的血液，但辩方指出辛普森的血液样本中被发现加入了“螯合剂”（防止血液凝结），为什么？因为采集辛普森血液的瓦特纳警长并没有按规定立刻将血液送往旁边的化验室，而是带着样本前往了 32 公里之外的案发现场，在现场磨蹭了 3 个小时之后才将血液样本上交。辩方指出，在这个过程中，血液样本很可能被污染。（瓦特纳警长之前称采集了 8 毫升左右的辛普森血液样本，但最终到实验室里只剩下了 6.5 毫升，还有 1.5 毫升血液样本不翼而飞。）

其次，辩方将火力集中到了最大的物证——现场被发现的两只血手套。

血手套上有两位被害人和辛普森的血迹，但血手套外面并没有破裂，里面也没有辛普森的血迹。辩方认为这很有可能是栽赃，且辛普森如果杀人，没有理由把手套丢在现场。

最关键的是，经法官同意，在众目睽睽之下，辛普森在法庭上被要求戴上那两只手套。辛普森非常努力，却很难将手伸进去。辩方立刻指出这不可能是辛普森的手套，而检方指出这副手套被冷冻很久了，已无人关心。（后来有证据显示，辛普森在庭审前一周停止服用了抑制关节肿大的一种药品。）

辛普森在法庭上试戴手套

最后，辩方列举出了一大堆检方可能忽视的逻辑链上的疑点。

比如，辛普森如果当晚有预谋要杀前妻，不可能在 10 点多再预约一辆车去机场，因为那将对自己销毁罪证造成重大影响，还平添一个司机作为目击证人。

再比如，在案发后，辛普森赶回洛杉矶，不顾自己律师的劝阻坚决要和警察见面并且聊了半个小时案情。在完全可以使用“保持沉默”权利的前提下，辛普森如果真的杀了人，为何敢与警察交流？

其实，辩方所有的这些反驳加起来，都不如他们质疑一个当事警察来得有效果。

可以说，这个警察，使得原本板上钉钉的“辛普森杀妻案”，被陡然逆转。

6

这名警察，就是第一批赶到现场的警察之一马克·福尔曼（Mark Fuhrman）。

这名警察在辛普森一案中曾是一个“明星警察”，那天他并不当班，却自告奋勇在第一时间赶到了案发现场，并且重要的证物，比如血手套、血袜子等，都是他一个人发现的。

辩方指控以福尔曼为首的警察在没有搜查令的前提下进入民宅搜查，是标准的“程序违法”，在这个指控下，福尔曼发现的证物就算再重要，都有可能被视为非法而不被采用。

但这还不是最致命的，最致命的是辩方直接把矛头指向了福尔曼的“种族歧视”倾向。

这里有必要插一个时代背景：1991 年 3 月，一个叫罗德尼 · 金的黑人在酒后超速驾驶，被四名白人警察追上后逮捕。在逮捕过程中金有暴力反抗行为，白人警察对其进行了殴打。但有人只将后面的殴打行为制作成视频交给了电视台，而没有交代前面的起因。这段白人殴打黑人的视频播出后引发轩然大波，引爆了美国由来已久的种族矛盾，成千上万的黑人在洛杉矶开始暴动，最后转变为纵火、抢劫、杀人，有 53 人在暴动中死亡，2 000 人受伤，洛杉矶遭受的经济损失高达 10 亿美元。这就是 1992 年著名的“洛杉矶暴动”。

在那场暴动后，洛杉矶黑人和白人之间的关系变得更加敏感。辛普森一案的审理被放在了黑人多的洛杉矶而非白人多的案发地圣莫尼卡市，后来这也被认为是辛普森一案发生逆转的一个重要原因。

在庭审中，辩方律师团把矛头直接指向了福尔曼警官，称他多次称黑人为“黑鬼”。他们找到一个证人，指证福尔曼在 1985 年到 1986 年期间曾扬言，如果他在街上发现一个黑人男性和一个白人女性同在一车，他就拉响警笛，勒令停车——假如没有勒令停车的理由，他也会凭空捏造。福尔曼还被指证说过“希望看到所有‘黑鬼’聚成一堆，用一把火烧死或用炸弹炸死他们”。另一位证人的证言指出，福尔曼崇拜希特勒，他收藏了大量纳粹德国党卫军的军功章。

在这样的情况下，原本针对辛普森的审判，变成了针对福尔曼证人资格的审判。福尔曼的“种族歧视”倾向很快就惹怒了洛杉矶的黑人团体，他们开始抱团支持辛普森。

为此，辩方还设立了一个举报热线，接受关于福尔曼“种族歧视”言论的举报。结果，一个女剧作家发来了一个 14 小时的采访录音——她为了收集警察破案的素材，在案发前近 10 年时间里曾多次采访福尔曼。

辩方律师公布了节选的录音，一切变得对检方非常不利：福尔曼在提到“黑人”的地方一律使用“黑鬼”——之前他在庭审时否认自己这么说过。

在 1994 年 7 月 28 日的采访中，福尔曼称：“我是世纪大案的关键证人，如果我不帮检方撑住，他们就会输掉这个大案。血手套决定一切，如果没有手套，拜拜，别玩了。”

福尔曼还声称：“你他妈的就是搞不懂，干警察这一行用不着规矩，全是凭感觉。去他妈的规则吧，我们到时候瞎掰就足够了。”

面对辩方律师连珠炮一样的提问，福尔曼最终只能以“我有权保持沉默”来回应。

而在这样的前提下，形势开始变得对辩方有利。

美国的法律谚语中有一句叫“面条里只能有一只臭虫”，意思是如果在面条里发现了一只臭虫，就不用寻找第二只了，而是整碗面都要倒掉。

换句话说，如果福尔曼真的有“种族歧视”倾向，那么他在取证过程中只要有一个行为涉及“程序不正义”，那么所有的证物都将失去公信力。

被称为“华人神探”的李昌钰当时也出庭了。他的观点是警察办案存在很大问题，有做伪证嫌疑。后来李昌钰认为，当时的杀人现场其实有两个人，另一个很可能是主要行凶者。他曾呈上一个新的脚印证据，但没有被洛杉矶警方采纳。

尽管很多人都不愿意看到这样的场景，但随着庭审的不断深入，辛普森的辩方团队还是用自己的行为证明：我们那么贵，是有道理的。

7

1995 年 10 月 3 日，美国西部时间上午 10 点。

关于辛普森的“世纪大案”终于到了宣判的那一刻。

那一刻，整个美国的时钟似乎都停摆了：时任美国总统克林顿停止了开会，时任美国国务卿贝克停止了演讲，机场里登机催促广播响起，但收看电视的乘客无人登机，银行里出纳员停止点钞，顾客都围聚在电视屏幕前，连华尔街的股票交易都陷入了停滞——据 CNN 统计，当时全美有 1.4 亿人在收看或收听辛普森案的结果。

负责审理本案的日裔法官伊藤宣布，根据陪审团的一致意见：辛普森无罪释放。

消息一出，整个美国陷入了冰火两重天。

一直坚信辛普森的广大黑人团体欢呼雀跃，认为自己赢得了一场重要战争的胜利，因为他们确实打心底认为辛普森是被陷害的。

而一直认为辛普森就是杀人真凶的美国人在那一刻感到无比绝望，有人甚至声称为美国的法律感到羞耻。

判决宣布当天，法庭外如临大敌

但美国法律在辛普森这个人身上产生的效力，还没有因此结束。就在辛普森的“世纪审判”结束后四个月，又一场针对他的官司开始了——之前是刑事官司，现在是民事赔偿官司。妮可的父亲以及戈德曼的父母均成了原告，而辛普森再次成为被告，官司的焦点是受害人的“非正常死亡”，以及妮可留下的两个孩子的抚养问题和遗产分配问题。

贫困的辛普森试图出版一本自传来挣点钱，书名起为《假如是我干的》(*If I Did it*)。但因为无力支付赔偿款，这本书的版权被判给了受害人戈德曼的家属。家属将这本书的封面重新设计，将“if”设计得非常小，传递的信息一目了然

这场民事官司的所有呈堂证供几乎和之前的刑事官司没有任何区别，如果一定要说区别的话，就是审判地从黑人聚居较多的洛杉矶，转到了凶杀案案发现场、白人聚居较多的圣莫尼卡市。

宣判的结果是：辛普森败诉。辛普森必须赔付给受害者家庭 3 350 万美元。

在经历了两场官司之后，辛普森虽然免去了牢狱之灾，但几乎已经身无分文。

8

但是，故事依旧没有结束。

2007 年 9 月，已经 60 岁的辛普森忽然带了几个人，闯入了拉斯韦加斯一家酒店的一个房间中，从两个体育纪念品贩卖商的手中抢走了一批橄榄球的纪念品——都是他曾经使用过的器具。

辛普森被判入狱

警察赶到后经过调查，发

现是辛普森持枪抢劫，还曾威胁受害人不许离开房间。

事后辛普森认为他要拿回的是自己的东西，并没有什么错，但是这件事使他再一次成为被告。

这时候，已经 60 岁的辛普森几乎一贫如洗，还因为偷盗被罚过钱。这也就意味着，他根本请不起什么像样的律师团了。

2008 年 10 月 3 日——请注意，当初的“世纪审判”宣判是在 1995 年 10 月 3 日——辛普森又等来了一次对他的宣判：他被判处携带致命武器抢劫等 8 项罪名成立，获有期徒刑 33 年。

33 年！根据专家分析，如果换个人犯同样的罪，可能最多只判 2 年。但辛普森被判了 33 年。

很多美国人都心照不宣——他们知道这是为什么。

9

2017 年 10 月 1 日凌晨 0 点 8 分。

美国内华达州的拉夫洛克监狱，走出了一个老人。

这个人，就是已经 70 岁的辛普森。他在服刑 9 年之后，得到了假释。

尽管监狱方面有意在凌晨释放他以避免媒体的围堵，但还是有守候多时的媒体采访到了 70 岁的辛普森。

面对镜头，辛普森说出了自己出狱后的第一个愿望：

想买一部苹果手机。

馒头说

关于“辛普森杀妻案”，相关评述早已浩如烟海。

限于篇幅，在“种族对立”“金钱万能”这些观点之外，我只想说一说让我感触比较深的两点：“疑罪从无”和“程序正义”。

所谓“疑罪从无”，简单说就是在法官最终判决之前，被告并不是一个罪犯。要证明被告确实是罪犯，就必须有非常确凿的证据。哪怕证据有一丝存疑，那也倾向于被告无罪。“罪案存疑，利归被告”，这在古罗马法律中就有所体现。

所谓“程序正义”，简单来说就是裁判过程公平，法律程序正义。在辛普森一案中，福尔曼的种族歧视倾向，警察在办案过程中的疏漏马虎，未必就能说明辛普森不是凶手，但在整个证据的采纳和审判程序上，已经形成了瑕疵。

确实，在遵循这两个原则的过程中，肯定会出现一些漏判和错判，但总体方向应该是毫无疑问的。

“辛普森杀妻案”对全体美国人而言也是一次难得的普法教育。

在辛普森案判决结果出来之后，克林顿总统立刻发表全国讲话，承认“美国的法律可能有缺陷，但大家必须遵循法治的传统，判决出来了，就要服从”。而美国最高法院大法官霍姆斯认为：“罪犯逃脱法网与政府的卑鄙非法行为相比，罪孽要小得多。”

事实上，无论是大陆法系还是英美法系，没有哪一个国家的哪一部法典是绝对公平和绝对完美的，在实际操作过程中，都需要一次次修订和修正，而其中有一个很重要的目的就是不断加强对公民权利的保障。

对任何一个以“依法治国”为目标的国家而言，“辛普森杀妻案”都是很好的案例和教材，这其中当然有很多值得吸取的教训，也未尝没有值得借鉴的经验。

本文主要参考来源：

1. “The O.J. Simpson Murder Trial : Excerpts of Opening Statements by Simpson Prosecutors”（“Los Angeles Times”，1995 年 1 月 25 日）

2. 纪录片《辛普森的世纪审判》(腾讯视频)
3.《辛普森假释出狱，“世纪审判”之后依然迷雾重重》(何鹏楠，《成都商报》，2017 年 10 月 5 日)
4.《美国刑事审判制度之下的“辛普森杀妻案”》(冯艳蓉，《法制与社会》，2017 年 18 期)
5.《13 年后，辛普森案再续新篇》(邹强，《法制日报》，2008 年 10 月 19 日)
6.《解读“辛普森杀妻案”——从证据学角度探究法制与人权》(薛弥，《法制博览》，2016 年 34 期)
7.《民主的代价：辛普森案反思》(张爱君，《社会观察》，2008 年 11 期)
8.《从辛普森杀妻案浅谈程序正义》(朱琳，《西江月》，2013 年 03 期)

作为医生，他为何成了世界第一连环杀手……

我写过几篇关于身为医生却杀人的文章，有的是在战争期间的变态行为，有的是陷入伦理纠缠的争议行为。但像本文这样主角凭一己之力就杀那么多人的故事，我是第一次写。

1

事情是从 1998 年 6 月 24 日开始的。

在那一天，英格兰曼彻斯特海德小镇的凯瑟琳·格伦迪太太去世了。

格伦迪太太生前照片

格伦迪太太 81 岁了，她的家庭医生开出的死亡证明上写的是“死于高龄”——以这个年龄安然离世，也不能说不正常。

但是，接到警察局通知的格伦迪太太的女儿安吉拉·伍德芙心里却有一点小疑惑——按照她的说法，母亲一直“浑身充满了活力”，去世前两周还去旅游了。而这一天，她原本是准备去附近的一家老年康复俱乐部，为那里的老人进餐提供义务服务的。

更让安吉拉疑惑的是，就在她母亲去世的同一天，她收到了一家小律师事务所发来的一份新的遗嘱声明。根据这份遗嘱，她母亲格伦迪太太的大部分遗产都变更了继承人。

那是整整价值 80 万英镑的遗产。

而新的遗产继承人，就是格伦迪太太的家庭医生哈罗德·希普曼。

哈罗德·希普曼

安吉拉随即给希普曼的诊所打了一个电话。希普曼的妻子普罗林斯接了电话，她说希普曼正在做手术。手术完成后，希普曼主动回了电话过来，他首先向安吉拉表示哀悼，然后告诉她：他在格伦迪太太去世前不久刚去看望过她，她看上去没什么不对劲，所以没有做尸体解剖的必要。

希普曼对安吉拉的建议是：把你的母亲火葬，而不是土葬。

安吉拉也没有多想什么，就挂了电话。

2

但过了几天，安吉拉觉得事情似乎有些不对劲。

安吉拉本身就是一名职业律师，对遗嘱的设立过程也非常清楚。她的母亲格伦迪太太之前的一份遗嘱，一直安静地躺在安吉拉办公室的保险柜中。安吉拉觉得，自己的母亲似乎没有理由在不通知女儿的情况下，委托一家完全没有听说过的小律师事务所重新立一份遗嘱。

而当她看到这份遗嘱后，疑惑进一步加深。

第一，格伦迪太太生前是一位秘书，安吉拉知道母亲对任何行文格式都很讲究，但那份遗嘱的排版非常糟糕；第二，安吉拉知道母亲脾气很倔，一直喜欢用手写而不是打字机；第三，安吉拉知道母亲还有一处房产，但在遗嘱中完全没有交代；第四，安吉拉发现母亲的签名签得非常大，而她从来不写那么大的名字……

多了一个心眼儿的安吉拉找到了遗嘱上两个签名的见证人，在和他们聊过之后，安吉拉意识到了事态的严重性：这两个见证人彼此都不认识——他们都是希普曼医生私人诊所的病人。他们是在诊所候诊的时候，被希普曼要求签署一份文件，而他们根本不知道自己签署的是什么。

这时候，哪怕再无知无觉的人都会意识到：这个哈罗德·希普曼有非常大的问题！

安吉拉立刻选择了报警。

3

希普曼自然否认所谓的“杀人”指控。

而在这时，安吉拉庆幸自己做了一个正确的选择：她当初给母亲进行了土葬，而非希普曼建议的火葬。

1998 年 8 月 1 日凌晨 3 点，海德公墓人头攒动，灯光闪烁。在警方的监督下，格伦迪太太的坟墓被挖开，她的尸体被抬了出来。

尸检报告很快出来了：格伦迪太太的各项器官都非常正常，可以说身体健康。这至少可以证明，格伦迪太太的死因并非希普曼在死亡证明上注明的“死于高龄”。

那么，她究竟因何而死？

当时负责此案的伯纳德·博斯勒探长不想放弃，他立刻请来了毒药专家朱莉·埃文斯和斯蒂夫·凯奇，他们都有超过 50 年的调查中毒案件的经验。但两位毒药专家在听到案情后，对能找出证据并不是很有信心，理由很简单：希普曼是一名医生，他不太可能留下什么把柄。

不过，朱莉当时说了一句话："我们如果运气好的话，可能会发现他使用吗啡，这个东西不会消失，也能被发现。"

当又一次的尸检报告出来后，警方得到了预料中的结果：格伦迪太太的死因，是被人注射了超剂量吗啡。

真相终于大白。

但人们不知道，这个骇人的故事其实才刚刚开始。

4

1998 年 9 月 7 日，哈罗德·希普曼被正式逮捕。

希普曼医生被捕，在海德小镇上引起了不小的轰动：在小镇居民的眼中，这个医生医术高超，平时温文尔雅，和蔼可亲。很多小镇居民都请他做自己的家庭医生，非常信任他。

但是，小镇居民可能并不知道这个医生的过去。

哈罗德·希普曼，1946 年 1 月 14 日出生，1970 年从利兹大学医学院毕业。毕业后的他先是在制药厂工作，后来作为一名全科医生，在兰开夏郡的一个诊所工作。就在他工作不久后，他被同事发现对止痛药上瘾，经常利用给病人开的处方给自己配药。为此，希普曼被诊所开除，但没被吊销行医执照。所以，他于 1993 年在海德镇开了一个私人诊所，并且很快就吸引了一大批信任他的病人。

彼得·瓦格斯塔夫就是诸多信任希普曼医生的小镇居民之一，不仅他自己找希普曼看病，他的母亲也是希曼普的病人。

然而，在希普曼可能用注射吗啡的方式杀害病人的说法流传出来后，彼得开始感到有些惊恐：他母亲的去世，似乎非常蹊跷。

彼得记得，当时母亲去世的消息，正是希普曼医生通知自己的。按照希普曼的说法，当时彼得的母亲感到很不舒服，就打电话给他。他赶到时，彼得母亲的状态很不好，他随即打电话叫了救护车，然后自己回车里去拿包。当他赶回屋里后，彼得母亲已经去世了。希普曼说，他随即又取消了救护车。

彼得带着怀疑，咨询了当地的救护中心，救护中心说从来没有收到过彼得母亲需要救护的请求。彼得随即又去英国电信局打了一张电话清单，发现当时自己母亲家的电话并没有呼出记录。

所以，当彼得后来得到警察局的通知时，他表示一点都不意外：

他的母亲，也是被希普曼杀害的。

5

当对希普曼的审判开庭时，很多之前不了解情况的人都大吃了一惊。

因为希普曼不仅仅被指控杀害了凯瑟琳·格伦迪太太，还被指控杀害了其余 14 名老人，都是女性，都是通过注射过量吗啡的方式。

在这 15 名受害者中，9 名经过尸检已经确认，还有 6 名尸体已被火化。

希普曼当庭镇静地否认一切指控。

不仅如此，希普曼的辩护团还指出：凯瑟琳·格伦迪太太死于吗啡，很可能是因为她生前就是个“瘾君子”。

这个让受害人家属气得浑身发抖的“指控”，也让毒药专家团队认为有必要拿出更多的证据：根据格伦迪太太头发的化验结果，她根本就没有注射吗啡的历史。

法庭还出示了另一项证据：他们找到了一个 30 人的名单，都是希普曼开出了规定剂量吗啡的病人。但经过询问，这 30 个病人绝大多数都没有收到过吗啡。这也就意味着希普曼又干起了他当初的勾当：用病人的名字虚开药品满足自己的需要，或者说，他在囤积杀人的毒药。

此外，希普曼虽然在法庭上冷静地应对公诉人的各种提问，却对一个提问闭口不言：为什么所有死去的病人，都是在你去拜访她们2~3个小时后去世的？

面对那么多的证据，虽然希普曼从头到尾辩称自己无罪，但已经毫无意义。

2000年1月31日，在经历了16个月的艰苦取证和审判之后，陪审团做出判决：哈罗德·希普曼被指控杀害15人的罪名成立，判处终身监禁，并且永远不能被假释。

彼得·瓦格斯塔夫作为受害人家属代表之一，在判决宣布后对新闻媒体说："我母亲如此信任他，但他却背叛了这种信任。"

但是彼得可能不知道，被希普曼辜负信任的人，根本不止15个。

6

2002年7月19日，在希普曼被判有罪入狱两年之后，希普曼案件调查团公布了一份更让人瞠目结舌的报告。

这个调查团，是应死者家属要求成立的。他们认为，希普曼绝对不止杀害了这15个人。

经过两年多的缜密调查和取证，调查团的主席珍妮特·史密斯召开了新闻发布会，向全世界的媒体公布了一个事实：在1977年到1998年的21年间，哈罗德·希普曼共杀害了214名病人。其中，在1977年至1991年的14年间，哈罗德·希普曼杀害了71名病人；在1991年到1998年之间，哈罗德·希普曼利用自己开诊所的便利，共杀害了143名病人。平均

被捕入狱的希普曼

算下来，希普曼几乎每个月都要杀死一人。在这些病人中，171 人为女性，44 人为男性。其中年龄最大的是一位 93 岁的女性，年龄最小的是一名 41 岁的男性。

希普曼为了使自己的谋杀更具有隐蔽性，他还会修改病人的病历，让对方的死因看上去更合情合理。

消息一出，全世界哗然。

如果抛开战争时期，在已知的范围内，哈罗德·希普曼可能是全世界杀人最多的连环杀手。

而他的职业，却是一名本应该救死扶伤的医生。

馒头说

这个案件尘埃落定了，但有一个问题始终无法解答：希普曼为什么要杀那么多人？

有调查人员把原因归结为希普曼的心理问题：他的母亲在他 17 岁的时候去世，且生前长期遭受病痛折磨，只能依靠海洛因和吗啡来缓解疼痛。所以，他产生了用海洛因和吗啡杀人的欲望——他不能容忍那么多与自己母亲年龄相仿的人平安幸福地活下去。

但更让人感到毛骨悚然的是，根据毒药专家凯奇的推断：希普曼是故意让警方发现线索进而逮捕自己的。

按照凯奇的理论，这样一个心思缜密的医生，是不可能不知道自己改写遗嘱的把戏是多么拙劣和愚蠢的，唯一可能的解释就是他故意暴露。

为什么会这样呢？

监狱中的人介绍，希普曼在服刑时很喜欢看电视——主要就是看电视中关于自己的报道。每次播放有关他杀人的节目时，他总是聚精会神，嘴角还会露出微笑。有心理学家指出，这是典型的变态杀手症状：希望大家讨论自己，便于自己回顾刺激幻想。

而更吊诡的是，希普曼在服刑四年后，于2004年1月13日在戒备森严的达勒姆郡弗兰克兰德监狱房间内吊死了自己。

他死的那一天，正是他58岁生日的前夜。

随后警方发现，他生前给自己的妻子购买了大额寿险，获得赔偿的前提是他在60岁前死亡。

比起这些疑惑，更多的人陷入一种担忧：希普曼应该不是世界排名第一的连环杀手。有更多存在心理问题的隐蔽杀手，可能只是没被发现而已。

本文主要参考来源：

1.《英国"死亡医生"哈罗德·希普曼连环谋杀案》（郝振明，《包头日报》，2011年10月26日）

2.《哈罗德·希普曼医生案件》（优酷网）

3.《死亡医生》（《罪案侦缉Ⅱ》第40集，爱奇艺）

4.《离奇猝死案》（《传奇》，哔哩哔哩网）

罗斯威尔事件：人类到底有没有发现外星人？

关于地球有没有被“外星人”到访过，争论一直就没有停止。在这个争论的过程中，有一项证据肯定是最有说服力的：拿出“外星人”的尸体。

1

对麦克·布莱索而言，1947 年 7 月 5 日的那个夜晚，应该是个难忘之夜。

那是个大雨之夜，电闪雷鸣。

麦克·布莱索是美国的一个农场主，他的家距新墨西哥州罗斯威尔市 120 公里左右。在这天晚上，他在电闪雷鸣之间，听到了屋外传来比雷声还要响的巨大声音。

第二天雨停之后，布莱索决定去他那个位于一公里以外的羊圈，看看那里的羊有没有遭受雷击。

然而，他在离开自己的屋子之后没多久，就被眼前的一幕惊呆了。

他后来的描述是，在农场方圆 400 米的草地上，散落着很多发光的块状物，而这种块状物的材料结构他似乎从来都没见过：既不是金属，也不是木头，更不像塑料。

心中忐忑的布莱索随即就带着碎片向镇上的治安官报告，治安官立刻拿着碎片向附近的罗斯威尔空军基地的军官报告。

7 月 6 日，空军基地的杰西 · 马西尔和另一位同僚来到农场，运走了一批碎片，称要送回基地检验。

但事情并没有因此结束。7 月 7 日，在距离布莱索农场 5 公里的地方，一位土木工程师格雷迪报告：发现了一个裂开的金属碟形物残骸，直径为 9 米左右。残骸周围分布着几具尸体，尸体基本身高在 1 米到 1.3 米之间，大头，大眼睛，小嘴巴，无毛发，只有四根手指，穿着整齐的灰色制服。

随即赶来的美军立刻封锁了现场。

7 月 7 日，空军基地的新闻发布官瓦特 · 豪特交给当地新闻媒体一篇新闻稿，这篇新闻稿随即被罗斯威尔的《罗斯威尔每日纪事报》在 7 月 8 日早晨以头版头条迅速登出：“美国军方在农场寻获了飞碟！”

Roswell Daily Record

RAAF Captures Flying Sauce
On Ranch in Roswell Regio

Claims Army Is Stacking Courts Martial

House Passes Tax Slash by Large Margin

Security Council Paves Way to Talks On Arms Reduction

No Details of Flying Disk Are Revealed

Miners and Operators Sig
Highest Wage Pact in Hi

当时《罗斯威尔每日纪事报》的新闻报道

一石激起千层浪。

这篇新闻迅速被全国乃至世界媒体转载——美国官方宣布发现外星人，这还了得?!

而这，就是著名的“罗斯威尔事件”的缘起。

2

“罗斯威尔事件”之所以著名，是因为它现在依旧是一个饱受争议的谜。

可能有人会问：1947 年 7 月 8 日，美国军方不是都已经承认了吗？

没错，这就是争议最初的源头——6 个小时之后，美国军方就否认了。

当时接手此事的军队指挥官罗杰·雷米将军在《罗斯威尔每日纪事报》发行 6 个小时后，就举行了一场记者发布会。在发布会上，他拿出了一些类似气象气球的碎片，推翻了之前军方的结论：坠落在布莱索农场的是军方带有雷达反应器的气球，根本不是飞碟。

先承认再否认，作为官方发布的信息，很容易引起公众质疑。

但是，在军方的严格管控下，《罗斯威尔每日纪事报》第二天就刊登了澄清说明，而当地的广播电台也不再播报此事。

这件事就此平息了下去。虽然也有公众对军方先承认后否认的态度表达了各种怀疑，民间也始终在流传“坠落在罗斯威尔的真的是外星人”的说法，但这些零零碎碎的猜测只停留在小范围内，并没有形成真正的声势。

不过，在“罗斯威尔事件”发生后，美国空军确实成立了一个“蓝皮书计划”——调查不明飞行物（UFO）。该计划成立于 1952 年，于 1969 年 12 月被命令终止，但仍持续活动到 1970 年。该计划前后收集了 12 618 件关于 UFO 的报告，最后总结：大部分报告都只是误认了自然现象（云、星星等）或普通飞行物，少数几件是谎报，但还有 701 件（约 6%）被归类为原因不明

“罗斯威尔事件”重新进入公众视线，乃至掀起浪潮，是在1978年。

之所以在这一年，是因为1977年美国上映了一部轰动全国乃至全世界的电影——乔治·卢卡斯导演的《星球大战》。

在《星球大战》这部电影中，地球之外存在外星文明成了一件理所当然的事，无数的美国民众开始相信地球人并非宇宙中的唯一高等生物，而“科幻热”和“UFO热”也迅速升温。

此时，“罗斯威尔事件”因为之前军方的出尔反尔，以及在30年来一直保持一定关注度而被再次摆上桌面。

各种猜测随之而来，大意与过去30年来民间的猜测一致：在1947年7月5日的罗斯威尔，确实坠落了外星人，美国军方运走了外星飞船残片和外星人尸体，对外封锁了消息，以免引起民众恐慌。

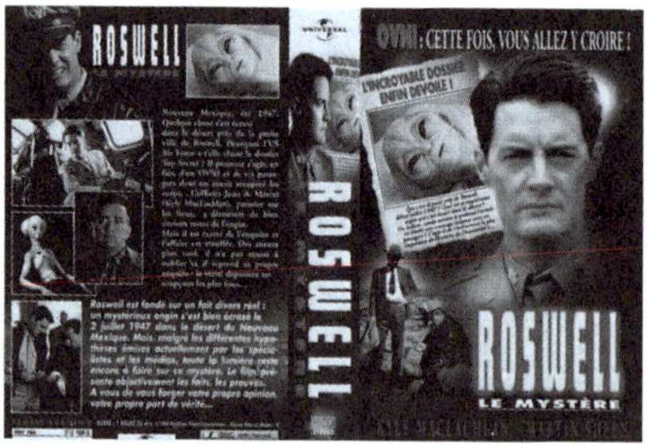

1994年，美国上映了电影《罗斯威尔》，由杰瑞米·保罗·卡冈导演，凯尔·麦克拉克伦主演。这部电影的剧情就是根据“罗斯威尔事件”改编的，最终结尾告诉观众，确实存在外星人

拜《星球大战》这部电影所赐，“罗斯威尔事件”再一次成了全世界UFO迷口口相传的一个高频词，大家都猜测美国政府在隐瞒真相，以至美国政府最终决定，还是要出来说几句话。

3

1994年9月8日，美国空军正式公布了一份文件。

这份文件的题目是《空军有关罗斯威尔事件的调查报告》。这是在美国UFO专家的不断要求下，当时新当选的新墨西哥州众议员史蒂文·希夫提请美国空军研究了所有关于“罗斯威尔事件”的材料和档案后，交出的一份文件。

让全世界 UFO 迷失望的是，这份文件完全否定了“外星人坠落”的说法。

这份文件明确表示：“在本次调查中，没有发现任何证据可以表明，1947 年发生在罗斯威尔附近地区的事件，和任何一种地外文明有关。”

为了让这种说法更令人信服，这份报告还给出了“罗斯威尔事件”的真正原因——当初在当地进行了一场被视为高度机密的侦察苏联核试验计划。

根据这份文件的说法，当时进行的是“莫古尔计划”（Mogul Project）。这个计划针对当时苏联封闭自己边境导致美国无法侦测到核爆试验的情况，专门设计一种高空气球来探测核爆炸的低频声波，由当时纽约大学的一个研究小组负责。（当时美国是世界上唯一拥有核武器的国家，所以对苏联何时能够成功研发原子弹密切关注。）

在实验过程中，美国军方释放了很多用氯丁橡胶制成的高空气球，气球下悬挂着雷达靶标、用于音响传感器的螺旋桨等实验装置。按照文件的说法，这些装置都不进行回收，早期的雷达靶标都委托玩具商或广告礼品商生产，靶标大都由铝箔制作，为增加强度，有些还添加了软木横梁，并用醋酸纤维胶布贴合。

所以文件指出，曾经在“罗斯威尔事件”中被视作飞碟残骸的铝纸片、损坏的大梁以及气球橡胶碎片等物，极有可能就是上述高空气球的残骸。而资料显示，1947 年 6 月纽约大学的研究小组就有一只代号为“飞行器四号”的探空气球事后未进行回收。

基于此，这份文件最后做出的结论是：“所有可得到的资料显示，并没有涉及‘罗斯威尔事件’本身。但是从罗斯威尔牧场回收的残骸，极有可能来源于‘莫古尔计划’所施放的气球。”

那么如何解释发现的“外星人尸体”呢？美国军方解释这些是用来测试飞行弹跳的“假人”。

如果按照官方的说法，“罗斯威尔事件”的真相已经大白于天下。

但是，公众的质疑，哪有那么容易被打消？

就在这之后一年，又一份惊人的证据轰动了全世界。

4

1995 年，一段略显模糊的黑白视频震惊了全世界。

据说这段视频是从美国的第 51 区流传出来的，而内容更让人毛骨悚然：记录了 1947 年“罗斯威尔事件”之后，外星人的尸体被美国军方解剖的场景。

在这段视频里，那些大头大眼的外星人赤身裸体躺在手术台上，一群穿着类似白色防护服的科研人员在进行解剖工作。

这段长达 17 分钟的视频是一家不知名的私人电视台先爆出的，由于“有图有真相”，迅速被 32 个国家和地区的电视台播放，引发了全世界范围内对“罗斯威尔事件”的又一次高度聚焦。

然而不久之后，公众再一次失望了。

这段视频的制作人梅拉利斯公开承认，这段视频是 1995 年在伦敦的一个公寓里制作的，“外星人”是用橡胶和乳胶制品制成的，里面塞了牛和羊的内脏，而所谓的“科研人员”，是梅拉利斯的朋友以及女友。

虽然视频被证实作假，但很多人对“罗斯威尔事件”的质疑并没有平息，甚至还有人怀疑视频制作团队受到了政府的施压，被迫承认“作假”。

各种说法依旧在不断出现，有些人继续坚持认为有外星人，而有些人接受了“没有外星人”的说法，但强调背后有“阴谋”。

美国作家尼克·莱德芬在他的著作《沙漠中的盗尸者》中提到，一名曾于20世纪40年代末在美国橡树山国家实验室工作的女科学家在2011年向他透露“罗斯威尔事件”的幕后真相：罗斯威尔没有发生外星人事件，真正的事实是美国当时在进行高空人体实验、生化实验、医学实验和人体空中测试实验，那些被发现的奇怪的外星人尸体，其实是严重残疾的人类，被美军用作高空实验的试验品。

而《洛杉矶时报》的特约编辑、记者安妮·雅各布森在2011年给出的猜测是，“罗斯威尔事件”中的飞行物并非UFO，而是当时的苏联航天器，载有纳粹医生和战犯约瑟夫·门格勒通过人体实验制造出来的“长相怪异、小孩身材的飞行员”——是苏联在幕后主使了这一切。

而一位名叫劳伦斯·斯宾塞（Lawrence R. Spencer）的业余作家写的一本叫《外星人访谈录》（*Alien Interview*）的书更是引起过不小的轰动。这位作家说他在2007年9月14日收到由马克艾罗伊夫人（医务组退伍军人，高级军士长）邮寄的一个包裹和一封信件，里面有当年“罗斯威尔事件”中美国军方与幸存外星人的大量访谈资料。在访谈中，外星人提到“人类只是外星高级文明禁锢‘灵体’的躯壳”“地球只是一个流放罪人的监狱”等话题，让不少人大吃一惊。

但是，这本访谈录的真假却无从考证，劳伦斯·斯宾塞称为了避免调查者打扰，他已将全部材料烧毁，而他还在书中给读者留言：“只有你相信的，才是真实的。”

如果说这些猜测或叙述的真实性都存疑的话，那么来自政府内部的“爆料”是不是会更让人信服？

5

两份爆料，一份来自美国中央情报局，一份来自美国联邦调查局。

2012 年，就在“罗斯威尔事件”发生 65 周年之际，美国中央情报局退休特工布兰登声称“罗斯威尔事件”是真的：有外星人飞船，飞船里也有外星人尸体。

他表示自己曾见过一个藏在中央情报局兰利总部的机密文件盒子，盒子上面写着“罗斯威尔”，他在翻阅盒内文件时惊叹：“上帝，它真的发生过！”

但是，布兰登没有解释自己为何会获得看文件的权限，以及他表示自己坚决不会透露盒子里的任何内容。

布兰登被不少人质疑的另一原因是，他当时正准备出版自己新的科幻书。

另一份爆料，来自美国联邦调查局的档案。

这份调查档案是 2011 年美国联邦调查局解密的一批档案中的一份备忘录，记录的时间是 1950 年 3 月 22 日，由联邦调查局华盛顿特区办公室长官盖·豪特尔（Guy Hottel）授权，发给当时的联邦调查局局长胡佛。

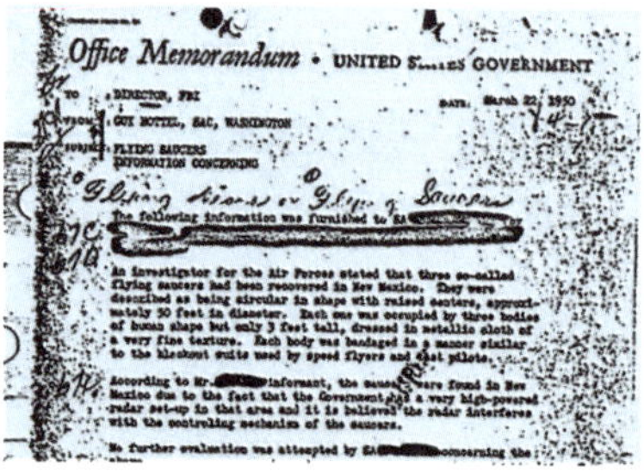
Office Memorandum • UNITED STATES GOVERNMENT

TO: DIRECTOR, FBI DATE: March 22, 1950

FROM: GUY HOTTEL, SAC, WASHINGTON

SUBJECT: FLYING SAUCERS INFORMATION CONCERNING

The following information was furnished to SA [redacted]

An investigator for the Air Forces stated that three so-called flying saucers had been recovered in New Mexico. They were described as being circular in shape with raised centers, approximately 50 feet in diameter. Each one was occupied by three bodies of human shape but only 3 feet tall, dressed in metallic cloth of a very fine texture. Each body was bandaged in a manner similar to the blackout suits used by speed flyers and test pilots.

According to Mr. [redacted] informant, the saucers were found in New Mexico due to the fact that the Government has a very high-powered radar set-up in that area and it is believed the radar interferes with the controling mechanism of the saucers.

No further evaluation was attempted by SA [redacted] concerning the

此档案在“美国联邦调查局在线公共档案阅览室数据库”可搜到

豪特尔在这份备忘录中记录了一个报案人的描述：“它们（飞碟）据描述为圆形，中心凸起，直径约 50 英尺（约 15 米）。每个飞碟中都有三位像人一样的驾驶员，但他们只有 3 英尺（约 91 厘米）高，穿着质地非常细腻的金属布。”

这份备忘录，被认为是“罗斯威尔事件”存在的有力证据。

但事实的真相，还是让很多 UFO 迷失望了。

首先，这份备忘录是在“罗斯威尔事件”发生的三年之后记录的，无法证明这就是在说那件事。其次，这件事只是豪特尔对他人描述的忠实记录而已，并非证明。

事实上，根据美国海军光波物理学家麦卡比的说法，这份备忘录确实是真的，但那个叫纽顿的报告人其实是一个骗子，他自称从外星人那里获得了勘探石油的高科技技术，这是为了取信于石油公司而编出的一套说法，豪特尔只是误信了这种说法并且记录了下来。

至今为止，关于“罗斯威尔事件”真实存在的公认证据，还是没有出现。

6

尽管“外星人事件”至今未被证实，但罗斯威尔市却实实在在地火了。

要知道，罗斯威尔原来只是新墨西哥州一个离很多大城市都很远的偏僻小镇，但“罗斯威尔事件”发生后，小镇声名鹊起，成了全美国乃至全世界 UFO 迷的圣地。

在这样的背景下，具有商业头脑的美国人立刻就在罗斯威尔建造了“UFO 主题博物馆”，不仅展示“罗斯威尔事件”的一切相关事物，也将所有和“UFO 文化”相关的东西放了进去（比如“麦田怪圈”），俨然是在努力将罗斯威尔打造成全世界“UFO 文化”的圣地。

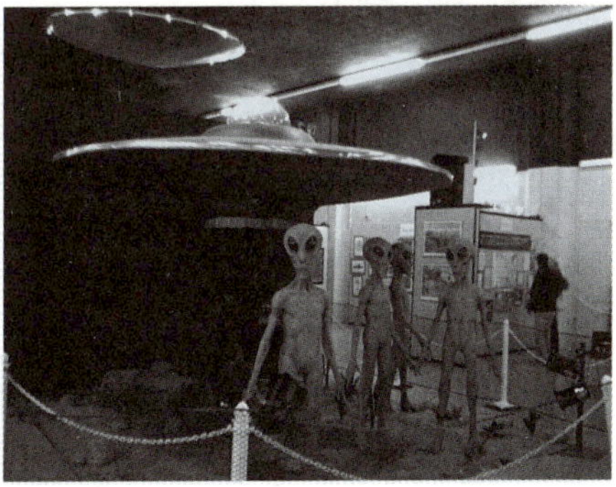
罗斯威尔的 UFO 博物馆

博物馆建成后，每年吸引了超过 15 万的游客来到这个原来名不见经传的小地方。如今，罗斯威尔已经成了新墨西哥州的著名旅游景点，围绕博物馆四周出现了一批餐馆、酒吧、酒店，甚至一个沃尔玛超市。

这也算是“罗斯威尔事件”的一个衍生现象吧。

馒头说

首先我表个态：我是一直相信有外星人的。

小时候让我相信有“外星人”的启蒙故事之一，就是“罗斯威尔事件”。

但是，随着年龄的增长，我渐渐能理解一件看似矛盾的事：“相信”是一回事，“证据”又是另一回事。

这正好对应两个理论。

一个叫“德雷克公式”，这是美国天文学家法拉克·德雷克推导的一个公式。简单来说，推导的结果就是：“仅以现在人类发现的宇宙范围，其中至少存在上亿个外星高科技文明。”

另一个叫“费米悖论”，这是诺贝尔物理学奖获得者费米提出的：根据概率推导，领先地球文明的外星文明肯定存在，且肯定到过地球甚至还在地球，但人类至今没有发现他们存在的证据，所以外星人并不存在。

我个人觉得两者并不矛盾，以我个人浅显的认识，有两点：

第一，宇宙太广袤，而放到宇宙背景的时间体系下，地球文明从萌芽到现在只是很短的一瞬间。就像印加帝国，地球那么小，但它依旧可以在千年历史长河中，在南美洲丛林中不受外界干扰地发展，直到被西班牙发现后灭国。也就是说，“费米悖论”是有“至今”这个时间限制的，印加帝国在地球上的一千年，会不会就相当于地球文明在宇宙中的一亿年？

第二，基于第一点，在宇宙的浩瀚背景下，文明的存在可能都是电光石火的一瞬。比如地球生命的寿命取决于太阳的寿命，而即便以“一亿年”为单位，在宇宙的时间系统下也就是短短一瞬。所以，和地球文明同时期存在的地外文明未必有我们想象的那么多——“德雷克公式”推断的上亿个高科技文明，未必都处在同一时间阶段，甚至可能没有什么交集。

当然，现在的一切都只是猜测（我的是猜测，科学家的是推断），结论还是要建立在“证据”的基础上。

不过，即便现在证明“罗斯威尔事件”存在的证据都无法立足，也并不能证明“罗斯威尔事件”不存在；而即便“罗斯威尔事件”最终被证伪，也无法证明外星人不存在或不曾到访过地球。只是，我们现在都无法找到证据而已。

所以，探寻地外文明的过程，有时候乐趣并不在于猜想，而在于寻找证据，证明证据。

我不相信没有证据的猜测。

但我相信，有证据的那天应该会到来的。

本文主要参考来源：

1. 维基百科“罗斯威尔飞碟坠毁事件”词条

2. 美国联邦调查局在线公共档案阅览室数据库（www.vault.fbi.gov）

3.《外星人长什么样？身形并不一定像人类》（腾讯太空，2016 年 8 月 21 日）

处在剧变前夜

十字路口并不总是静静等待在那里的。

在剧变的时代来临之际，那些标着各个方向路牌的岔路口，如同被放在传送履带上一样，瞬间就被推到了你的面前。

你避无可避，必须做出选择——无论你是个人，还是国家。

庄士敦：紫禁城里的洋“帝师”

中国读书人自古就有一个崇高理想，不是当官，不是发财，而是成为“帝师”。帝师，自然就是皇帝的老师。

时光流转，沧海桑田，如果一个外国人成为“帝师”，那会是一种怎样的情景？

1

1919 年 3 月 3 日一大早，在紫禁城里的毓庆宫，溥仪接见了一位金发碧眼的外国人。

毓庆宫，是康熙皇帝为自己当初立的太子胤礽建的，后来乾隆和嘉庆都在这里住过，及至同治和光绪，都把这里当作读书的地方。

溥仪也是把这里当书房的。

这一年，溥仪 13 岁，已退位 7 年，但按照民国政府当初约定的优待政策，他仍可居住于紫禁城，以“逊帝”的身份维持那个所谓的“小朝廷”。

3 月 3 日去毓庆宫觐见溥仪的，是一个英国人。

这个英国人先是被领到毓庆宫西厢书房，向坐在龙椅上、身着龙袍的溥仪深鞠三躬，并用中文恭请圣安。溥仪起身，和英国人握手，英国人再次鞠躬，然后退出门外。

等到英国人再次被传唤进入门内的时候，溥仪已经换好了便服，然后又是一次鞠躬致礼——这一次，是溥仪向英国人鞠躬行礼。

因为这是一场拜师仪式，是溥仪拜见他的新老师。

这位从英国来的“帝师”，名字叫雷吉纳德·弗莱明·约翰斯顿（Reginald Fleming Johnston）。

他给自己起了一个中文名字，叫庄士敦。

3 月 3 日这天，庄士敦创下了一个纪录：他是中国两千年来，皇帝——哪怕已经退位——正式拜的第一个外国“帝师”。

2

庄士敦，1874 年出生于苏格兰。

他在爱丁堡大学完成了本科学业，又考取了牛津大学的文学硕士专业。毕业后，经过严格的考试和筛选，他被大英帝国殖民部录用为见习生，随后被派到了香港。因为表现出色，他一路做到港督的私人秘书。由于他深受香港辅政司骆克哈特的赏识，于是他跟随骆克哈特来到了中国的威海卫（当时是英国租借地），担任骆克哈特的秘书。

1906 年，32 岁的庄士敦在威海留影

庄士敦来到内地后，就深深地被这里的传统文化吸引，他不仅学会了说一口流利的汉语，更是对中国传统文化进行了广泛的研究。在儒、释、

道中，他最推崇中国的儒家文化，所以他不仅给自己起了个中文名字“庄士敦”（和他的英文名字 Johnston 谐音），还给自己起了一个字：“志道”——典出《论语·里仁》“士志于道”（读书人立志追求真理）。

庄士敦是如此痴迷于中国文化，以至于他开始反感西方文明试图强加于中国的一切：“无论东方还是西方都处在各自社会发展的试验阶段，因此不管哪个半球，把自己的意志和理想强加给另一方都是不明智的。”

他甚至化名撰文，指责基督教试图改变中华文化的做法，这引起了英国教会的强烈不满——对这种“英奸”行为，不少英国人直接指责他为“英国的叛徒”。

来自国内的质疑让庄士敦在威海卫的工作陷入困境，但就在这个关键时刻，他却收到了一份意外的邀请：你愿不愿意来担任中国皇帝的老师？

发出邀请的，是当时担任民国大总统的徐世昌，而向他推荐庄士敦的，是李鸿章的儿子李经迈。李经迈曾经在威海卫待过一段时间，和庄士敦关系很好，知道这个“洋儒生”不仅是牛津大学的文学硕士，还热爱中国文化，能讲一口流利的汉语，是“帝师”的好人选。

当时溥仪身边还有几位“帝师”，都是一代名儒：陈宝琛、朱益藩、梁鼎芬……但是，这些老师通晓的都是中国传统文化，对近代的科学技术以及其他方面基本一窍不通。考虑到年少的逊帝溥仪长大后终要学一些与时俱进的知识和本领，所以一直持反对态度的逊清“小朝廷”的“内务府”，最终也答应给溥仪请一位“洋老师”，至少让“皇上”能够跟上外面世界的步伐。

陈宝琛，晚清大臣、学者。在庄士敦来之前，他是溥仪最亲近的老师

更何况，庄士敦的祖国英国，是一个君主立宪制国家，这也算对路。

庄士敦本人自然是很愿意接受这样一个机会的。作为一个“中国通”，他深知中国人是尊师重道的，更何况他要担任的是“帝师”。

1919 年 2 月，庄士敦在取得英国政府同意之后，奔赴北京。经过多轮见面和会谈，他得到了一份成为“帝师”的“合同”：成为 13 岁的逊帝溥仪的老师，教授英文、数学、历史、地理、博物等等，月薪 600 元，外加津贴 100 元，包住宿。当时北大校长蔡元培给胡适、陈独秀等人开出的顶级月薪也就 300 元左右，已经令人咋舌了。

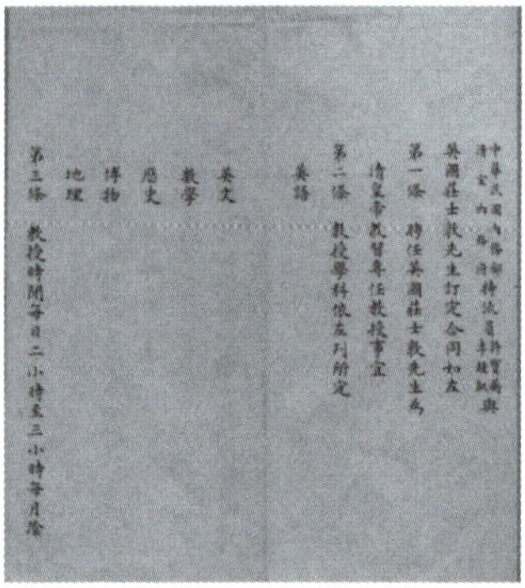
[illegible]
英國莊士敦先生訂定合同如左
第一條　聘任英國莊士敦先生為
清皇帝教習專任教授事宜
第二條　教授學科依左列所定
英語
英文
數學
歷史
博物
地理
第三條　教授時間每日二小時至三小時每月除

庄士敦当时与“内务府”签订的合同

这份合同是庄士敦要求签订的，这一度让“小朝廷”的“内务府”感到匪夷所思：皇上赏脸请你做老师，居然还要签合同？

3

从 1919 年 3 月 3 日起，庄士敦成了唯一一个可以进入紫禁城的外国人。

他的教学日程安排，是根据溥仪的课程表来的。

每天早上 5 点 30 分（冬天是 6 点），溥仪起床上课，授课老师是陈宝琛。上到 7 点 30 分左右，学生和老师都开始用早餐，8 点 30 分开始恢复上课，一般是溥仪的满族老师伊克坦上第一节课。上到 10 点，由朱益藩接续，上到 11 点。

11 点之后是午餐时间，然后午休。从 1 点 30 分开始，就是庄士敦的上课时间了，课程为2个小时，上到3点30分。

按照原先的设计，给“皇上”教授英语是庄士敦的主要任务。

但一开始，庄士敦发现溥仪对英语一窍不通，也没有兴趣学。在庄士敦看来，13岁的溥仪感兴趣的是时事，比如他很关心《凡尔赛和约》签订前后的欧洲局势，以及欧洲的地理、天文、物理、政治等等。

庄士敦并没有像中国传统的“严师”那样去强迫溥仪学习，而是先用汉语和他交流，慢慢引起他的兴趣。比如，有一天他给溥仪带来了一个铁皮盒子装的水果糖，趁着溥仪高兴地吃水果糖，就告诉他西方是如何通过化学工艺和机器流水线生产出水果糖和铁皮盒的。

庄士敦的到来，给13岁的溥仪打开了一扇窗，让他看到了一个之前从没见过的世界，再加上庄士敦彬彬有礼，又算是溥仪诸多老师里最年轻的，所以溥仪很快对他产生了好感，给他的礼遇也开始高了起来。

庄士敦与溥杰、润麟（皇后婉容的弟弟）、溥仪（从左到右）在紫禁城御花园内

最初，庄士敦是住在紫禁城外的。他每天早上由汽车接到神武门，然后下车步行到毓庆宫去给溥仪上课——“内务府”认为他不过就是皇帝的一个英文老师。但后来，庄士敦明显得到了“帝师”的待遇，入宫可以坐两人抬的轿子，官阶也升到了二品。再后来，溥仪在与婉容成婚之后把庄士敦的官阶升到了一品，又把御花园的养性斋赐给他居住——让一个外国人住在紫禁城内，这是闻所未闻的事。

在庄士敦来之前，溥仪一直对陈宝琛非常依赖（陈宝琛从溥仪6岁起就当他的老师），而在庄士敦到来之后，溥仪感慨：“陈宝琛曾是我唯一的灵魂，而庄士敦来了之后，我又多了一个灵魂。”

既然“皇上”对庄士敦好，那他身边的人自然也心领神会。

当时的《北京时报》曾有这样一则报道：“据说，皇帝的英文老师庄士敦得到了瑾贵妃的赏赐。瑾贵妃因担心他教学劳累会导致喉咙疼痛，特别恩宠地给了他一些人参和西洋参。”

而庄士敦遇到的“甜蜜的烦恼”，还不止这些。

4

和溥仪成为亦师亦友的关系后，庄士敦发现自己收到的来信明显增多了。

有些信件写得比较隐晦，比如提出希望自己的儿子能够在庄士敦教溥仪读书的时候在旁边研墨，这样他们的孩子也能聆听“皇上”的教诲——庄士敦认为，他们这样做是为了博得一个“皇帝同门师兄弟”的名分。

有的信件意图就比较明显了：比如直接请庄士敦帮忙，让自己的亲戚在“朝中”任职；比如请庄士敦安排觐见皇帝，说有重大秘密要报告；比如请庄士敦递交“奏折”，或直接写信谴责某位官员。也有要求不高的，写信给庄士敦，让他帮忙搞一个皇帝的签名。

庄士敦还收到过一些女士的来信，当然不是向他表达爱慕之意，而是希望他能推荐自己进宫成为妃子。还有直接找上门来的，比如一名虔诚的传教士希望庄士敦能让溥仪改信基督，“让皇帝的灵魂得到救赎乃至升华”。

总而言之，那些人都知道庄士敦和皇帝成了亦师亦友的关系，都希望能借庄士敦的影响，实现自己的诉求。

庄士敦真的对“皇上”有那么大的影响力吗？似乎真的有。

进宫后没多久，庄士敦发现了一个细节：每次看时钟，溥仪都不看桌子上的那个小钟，而是去看挂在墙上的那个大钟。通过其他的一些细节，庄士敦断定：皇帝肯定成了近视眼。

成了近视眼，其实也简单：配副眼镜就是了。但是庄士敦低估了这件事在紫禁城里的难度——中国的“真龙天子”怎么可以戴一副西方人的眼镜？

庄士敦与溥仪

要求提上去，引来一路反对声，从“内务府”到“皇室”都不同意溥仪佩戴眼镜，端康太妃甚至扬言，如果皇帝戴眼镜，她就服鸦片自杀。但庄士敦非常坚持，甚至不惜以辞职相抗。最终，溥仪自己拍板：我听医生的。

庄士敦为溥仪请来了美国医生霍华德，霍华德一查，皇上果然近视了，就给他配了一副近视眼镜。溥仪戴上后，立刻感受到了一个清晰的世界。霍华德医生没有收费，但溥仪事后让人给他送去了 1 000 元酬谢。

与庄士敦“怂恿”溥仪做的另外一件事相比，让皇帝戴眼镜这件事其实还不算大。

辛亥革命后，国人纷纷剪去了长辫，连清朝皇室中也有不少人做了同样的事。但溥仪始终没有被允许剪辫子，因为他的辫子代表了所有满人最后的尊严。

庄士敦始终希望溥仪剪掉辫子。他告诉溥仪，中国人留的辫子在西方人眼里就是“猪尾巴”，他自己也同意这一观点。在得知老师的想法后，溥仪坚持要太监帮他剪掉辫子，太监苦苦哀求，溥仪怕为难太监，自己把自己关到一个房间里，剪掉辫子后走了出来。

二十多天后，整个紫禁城里，除了陈宝琛、梁鼎芬、朱益藩三位“帝师”，其余人都跟随“皇上”剪掉了辫子——大概有 1 500 人。

戴眼镜，剪辫子，穿西装，通电话，骑自行车……正因为庄士敦对逊帝的影响力越来越大，所以各方面的政治势力也开始关注这个英国人：他到底会教溥仪些什么？是像其他“帝师”一样，教导他要一心复国，还是接受现实，安心做一个对共和国有用的“虚君”？

对于这一点，庄士敦有自己的打算。

5

按照庄士敦自己的说法，他想把溥仪培养成一个儒家意义上的“君子”。

庄士敦对溥仪的印象很不错，他对溥仪的回忆用的几乎都是褒义词：聪明，活泼，有人情味，有幽默感，风度翩翩。在他看来，这位“少年天子”从某种意义上说很可怜，因为他是被囚禁在紫禁城内的，被禁锢了天性。

来自英国的庄士敦当然是赞同中国施行君主立宪制的，所以他希望把溥仪培养成一个有科学知识、有进取精神、有理想、有作为的人。这样的话，进可做虚君，退可当凡人。

换句话说，庄士敦希望溥仪如果有一天离开了所谓的“皇帝”宝座，也能依靠自己的能力生活下去。

让庄士敦感到欣慰的是，少年时的溥仪没有沉迷到“一心复国”成为“实权皇帝”的迷梦中。

有一次，庄士敦收到一封信，来信的人自称是流亡美国的沙皇，正在组织一个“退位君主协会”，邀请溥仪参加成为“重要的一员”。庄士敦把这封信拿给溥仪看，溥仪笑了，称如果每个退位皇帝能学会一种乐器，组成一支乐队倒是挺有意思的：

“这支乐队的成员都是曾经头戴皇冠的显赫君主，这样的乐队前所未有，肯定能给世界带来极大的欢乐。”

在教英语之外，庄士敦尽己所能，想给这位“少年天子”打开一些眼界。

1922 年 5 月，溥仪对当时外界的新文化运动很感兴趣，庄士敦就挑了几篇胡适的文章给他看，然后牵线请胡适进宫见见溥仪。胡适和溥仪都对这次会面颇感兴趣，双方聊了不少东西。

胡适在入宫前还特地咨询了庄士敦：应该不用向“皇帝”下跪吧？在得到肯定的回答后，胡适见溥仪时只鞠了躬，但他出宫后还是遭受了一些人的质疑，认为他向旧时代的“皇帝”下跪了。

1924 年 4 月，亚洲第一位诺贝尔文学奖获得者泰戈尔访华，但他在中国受到了一些人的指责。按照庄士敦自己的说法，他“不希望泰戈尔在回国之前认为中国人缺乏礼仪”，所以他给溥仪看了几篇泰戈尔的诗歌，然后请求溥仪“召见”泰戈尔入宫。

在紫禁城内，溥仪见到了泰戈尔，双方聊得很愉快，庄士敦对此也很满意。

按照庄士敦的想法，他非常想以自己的个人力量来慢慢感染溥仪：会见这个时代各式各样的潮流人物，让这条“龙”朝着自己期待的方向成长。

但是，他还是高估了自己的能力，并且还轻视了一个问题：溥仪的背后，是整整两千年沉淀下来的宫廷文化和制度，尽管这套制度退出了历史舞台，但死灰犹存，星火仍在。

溥仪和泰戈尔在御花园合影

6

庄士敦从进入紫禁城那天起，就显得格格不入。

按照清廷的规矩，新官上任，下人是可以来祝贺，顺带领一个红包的。虽然紫禁城内当时已经是“小朝廷”，但太监们还是延续了这个规矩，乐呵呵地来向“庄大人”领赏。

庄士敦的回应让太监们进退两难：领红包是可以的，但必须每个人写一张收据。

在紫禁城里当“帝师”，是沉迷中国传统文化的庄士敦很乐意做的事，但同时也让他陷入了一种自我矛盾：一方面，他非常享受中国传统文化中的一些官场文化，比如受官封、穿官服、坐轿子、与各个官员拱手打招呼、被称为“庄大人”；但另一方面，他无法忍受中国千年帝制催生的那些官场“潜规则”和陋习。

尽管当时紫禁城里的“小朝廷”已经非常精简，但依旧是一套可以内部运行的小官僚体系。在这套体系里，庄士敦最痛恨的，就是“内务府”。

在庄士敦看来，紫禁城里的这个“内务府”是一切腐败的根源：机构人员众多，绝大部分都是依附于溥仪的“吸血虫”，各种贪污腐败惊人。庄士敦曾经了解到，有一次为了宫殿修缮，“内务府”账面支出是 8 万元，但最后到工匠手中却只有 80 元，剩余的钱在盘根错节的中间环节被吃光捞光。

身着清朝官服的庄士敦

更让庄士敦愤怒的是，紫禁城里有无数价值连城的珠宝和文物，但一直都在被“内务府”的人监守自盗，溥仪根本不知道自己到底有多少宝物，也无法知道到底有多少已经被他手下“内务府”的人偷偷拿出宫贩卖换钱了。

在庄士敦的再三劝导和督促下，溥仪决定出手整治“内务府”：宣布“内务府”每年的开销将从 600 万元削减至 50 万元。更让人惶恐的是，溥仪下令清点紫禁城内的珍宝，并检查宫中账目，还要求对各种东西随机抽检。

庄士敦显然低估了中国官僚体系的“协作能力”和“反抗精神”。

就在颁布清查令后不久，忽然有人往庄士敦宅中送来了一件紫禁城的珍宝，来送东西的人说这是皇上赏赐的。庄士敦坚决要求出示皇上的赏赐手谕，不然就把东西扔出门外，送礼人最终只能带着珍宝悻悻而归。随后庄士敦向溥仪求证，后者表示从没让人送过礼。

但没过几天，超出庄士敦想象力的事情还是发生了：1923 年 6 月 26 日晚，紫禁城的建福宫忽然燃起了熊熊大火，火势凶猛，直到第二天中午才被扑灭。

建福宫大火之后的现场

溥仪随即得到了报告：在这场大火中，共有 6 643 件珍宝被烧毁，其中包括 2 685 尊金佛、1 157 幅画卷和书法作品、1 675 件佛教祭祀用品、435 件工艺品，以及数千册藏书。

一向很少生气的溥仪对此勃然大怒：明眼人一看就知道，这显然是有人为了逃避检查而毁灭证据。

为此，溥仪做了一件可以载入中国近代史史册的事：除了极少数太监，其余紫禁城内的所有太监统统领了遣散费后出宫——中国的太监制度至此彻底画上了一个句号。

在这件事告一段落后，庄士敦还想尽力帮溥仪完成一件事：迁居颐和园。

按照当时南京临时政府与大清皇室签订的《清室优待条件》协议，清朝的皇室可以暂居紫禁城，最终的居住地是颐和园。

庄士敦非常赞成溥仪离开紫禁城这个“囚笼”，住到颐和园去。为此，他对颐和园的“迁居工程”非常上心，而溥仪也非常信任他，任命他为颐和园总管，操办一切迁居事宜。

但是，留给庄士敦的时间几乎没有了。

7

1924 年 10 月 23 日，“北京政变”爆发。

从前线闪电杀回的冯玉祥，一夜之间赶走了总统曹锟，帝都上空风云突变。

11 月 5 日，庄士敦一直担心的事还是发生了。上午 9 点，冯玉祥的亲信鹿钟麟带队由神武门冲进紫禁城，要求见“溥仪先生”，并宣读了一份文件:《修正清室优待条件》。

这份文件其实并不是“修正”，而是推翻了之前的《清室优待条件》，规定清室自即日起废除帝号，在规定时间内迁出紫禁城，紫禁城内一切财产清点充公。

溥仪被赶出了紫禁城。

对溥仪来说，那是一段颇有些惊心动魄的日子，因为坊间到处是传言，有的说冯玉祥的士兵血洗了紫禁城，杀光了满人，有的说溥仪已经被囚禁了起来，随时会被公开处决——“只要中国的皇帝一日在，中国就一日不会得到安宁”。

庄士敦利用自己的外国人身份，在各国领事馆斡旋，最终通过一些办法，把溥仪一行送进了日本领事馆。

庄士敦后来在自己的回忆录里做出这样的辩解：“日本公使在我告

诉他之前，根本不知道皇帝会来到使馆区，只是在我的再三恳求之下，公使才同意了接纳皇帝。准确地说，‘日本帝国主义’在‘皇帝出走’事件中，没有任何关系。”

但即便如庄士敦所言，他也必须承认：他的“皇帝学生”在进入日本势力范围后，就无法控制接下来的事了。之后，在庄士敦不知情的情况下，溥仪前往了在天津的日租界——这件事让庄士敦非常失望和生气：一是他被蒙在鼓里，二是他知道日本人会利用溥仪。

而庄士敦的“帝师”使命，也随着溥仪失去最后一份“皇权”宣告终结。庄士敦回到了威海卫，担任了威海卫的最后一任行政长官。不过在之后的几年，他和在天津日租界里的溥仪还是保持着联系。

1931年，“九一八事变”爆发，坊间开始流传一种说法：末代皇帝溥仪将被日本人带到大清的“龙兴之地”东北，去当“伪满洲国”的皇帝。

中国政府显然不希望看到这一幕，他们通过各种办法试图说服溥仪不要那样做，其中自然也有人想到了庄士敦。

当时庄士敦确实作为英方参与“庚子赔款”相关事务的代表，正在中国。他在1932年10月15日专门赶到天津，与溥仪进行了一次长谈——他感到，“皇帝已经下定决心了”。

按照庄士敦的说法，1928年军阀孙殿英盗墓东陵，对溥仪震动极大，对他后来决定去东北产生重要影响。

庄士敦回忆说：“皇帝是一个宽容的人，他可以原谅很多事情，包括威胁、羞辱、违背信义等，但是他不能够原谅对祖先的不敬行为。”

由庄士敦（后排右一）牵线，加拿大总督威灵顿夫妇前往溥仪夫妇在天津的住所静园拜访

时任中华民国财政部长宋子文曾专门约见庄士敦，希望他能够劝阻溥仪前往东北。但庄士敦婉转地告诉宋子文，没有任何人胁迫溥仪，溥仪只是遵从自己的想法，而他也无法干涉：“皇帝非常清楚我的活动，假如他需要我提供援助，只要他亲自对我说，我就立即采取行动。”

不久之后，溥仪果然还是去了东北。

在庄士敦的回忆录里，用的是这样一句话：“皇帝最终回到了他的故乡。”

8

而庄士敦最终也回到了自己的故乡英国。

1934 年，他把自己在紫禁城里的这段“帝师”经历写成了回忆录，出版成书，取名为《紫禁城的黄昏》。

书一经出版，轰动欧洲，随后又有了日文版和中文版。

在这本书的扉页上，庄士敦写着：“谨以此书呈现给溥仪皇帝陛下，以纪念十五年之前建立于紫禁城的良好友谊，并谨以此书对陛下本人以及生活在长城内外的他的人民，致以衷心的祝福。历经这个黄昏和漫漫长夜之后，正在迎来一个崭新而更加美好的黎明。”

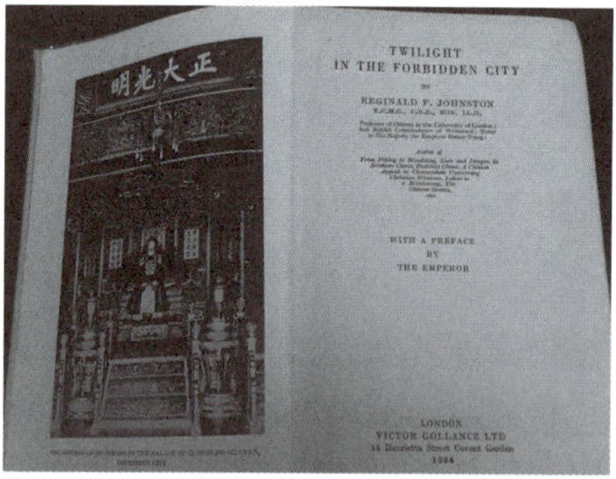

《紫禁城的黄昏》英文版

由于《紫禁城的黄昏》大卖，庄士敦得到了一笔不菲的版税。他用这些版税在苏格兰买下了一座小岛，造了一座大房子。

房子内的各个居室，庄士敦都给起了名字：松竹厅、威海卫厅、皇帝厅……其中还有一个陈列馆，陈列着溥仪赏赐给他的各种朝服、顶戴、饰物等等。

每逢重大节日，庄士敦总会邀请亲朋好友上岛，而这时他必然会穿起清朝的官服迎客，年年如此。

1938 年 3 月 6 日，庄士敦病逝在自己的家乡爱丁堡，享年 64 岁。

他那座岛上宅邸的屋顶，还飘着一面旗帜。一说是大清的龙旗，一说是“伪满洲国”的“国旗”。

很有可能两种旗庄士敦都挂过。

因为他看重的不是旗，而是人。

馒头说

我们无法知道庄士敦当初在收到做“帝师”的邀请时，究竟是怎样一种心情。

我揣测，兴奋肯定是有的，憧憬也是有的，但所谓的“雄心”，我觉得未必有——谁都知道溥仪那时候已经是一个“逊帝”了，要想通过改变“皇帝”来改变中国，是不可能的。

所以，庄士敦对溥仪的教育，应该说还是克制和中立的：只是希望溥仪成长为一个有知识、有文化、能够自立的人。当然，不能说庄士敦是不倾向君主立宪的，这个念头可能也纠缠过他，只是面对紫禁城里狭小的一片天地，庄士敦只能接受现实。

不过，这对特殊师生之间的情谊，我相信还是真挚的。

1930 年 9 月 15 日，庄士敦要返回英国了。那天一大早，溥仪赶到了庄士敦下榻的旅馆为他送行，并派车送他到码头，还在轮船起航前和他一起坐在船舱里做最后的告别，直到船要开时才离开。溥仪送了庄士敦一把中国的折扇，上面有他自己抄录的古诗：

“行行重行行，与君生别离。相去万余里，各在天一涯。”

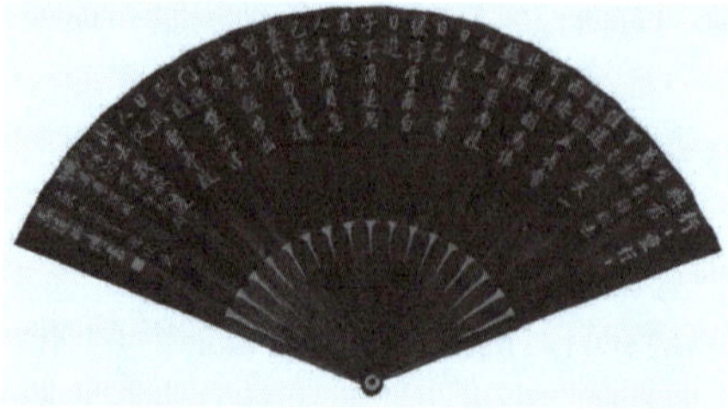

溥仪送庄士敦的折扇

庄士敦也很念溥仪的情，他在自己的岛居上升旗，穿清朝官服。在他的眼里，溥仪几乎是一个完美的存在。《紫禁城的黄昏》目录里，但凡提到溥仪的，都是以“龙”为代称：“龙的躁动”“龙振双翼”“龙陷困境”……

但庄士敦心里也清楚，那时的溥仪，早已不是“真龙”了。也正是因此，庄士敦最终选择站到一边，做一个默默的观察者。

对溥仪去做“伪满洲国”的傀儡皇帝，庄士敦的心情是矛盾的：一方面，他希望这位从小被禁锢在紫禁城中的少年皇帝能够有一番自己的天地，能回到自己家族的故土；但另一方面，他绝非不知日本人的用心，以及溥仪的傀儡命运。

1935 年，庄士敦又一次来到中国，去了“伪满洲国”的“首都”长春，再一次见到了溥仪。溥仪设家宴招待了他，衷心希望他能留下来辅佐自己，但庄士敦拒绝了这个提议。

那也是庄士敦最后一次来中国。

这个时候的庄士敦已经清楚地知道，自己只不过是一个旁观者，他没有能力，也不可能改变溥仪接下来的选择，以及他未来的命运。

在《紫禁城的黄昏》最后一章的最后一段，庄士敦是这样表达自己的美好期待的：

“假如圣贤们所言非虚，那么他（指溥仪）即将有一个充满光明的未来。不过，清楚他性格的人都明白，假如国家没有安定，国民没有摆脱困境，从此安然生活，他是不会停下脚步的。”

我们很难揣测庄士敦写下这段话时的心情，即便不打开“上帝视角”，处在当时时局中的人也都明白，溥仪不过是一个傀儡，他的“光明的未来”不知道在哪里，而国家的安定和国民的安康与他的所作所为其实关系也不大。

但庄士敦还是这么写了，或许只能理解为他必须要为自己那段珍贵和美好的回忆画一个至少还有希望的句号。

遗憾的是，庄士敦作为旁观者，并没有看到这幕剧的终结。

但作为一段历史的旁观者乃至参与其中的一小部分，庄士敦已经值得在史书中留下一笔了。

对大多数人而言，一生能见证一段历史，甚至能有机会亲身参与其中，应该也可以满足了吧。

本文主要参考来源：

1.《紫禁城的黄昏》（庄士敦著，张昌丽译，武汉大学出版社，2014 年）

2.《末代帝师庄士敦》（任秋平，《学习博览》，2014 年 05 期）

3.《暮色紫禁城　庄士敦的帝师岁月》（孙贝贝，《国家人文历史》，2019 年 15 期）

4.《末代帝师庄士敦的中国情》[史集成，《老年教育》（长者家园版），2020 年 04 期]

5.《紫禁城里的洋帝师》（高希，《月读》，2017 年 07 期）

6.《末代帝师庄士敦》（刘东黎，《国学》，2011 年 02 期）

7.《庄士敦谈溥仪：末代皇帝的身世，勾连起一部中国近代史》（《记者观察》，2020 年 01 期）

8.《庄士敦受聘为溥仪师傅合同》（谢小华，《历史档案》，2009 年 01 期）

黑船事件：让日本人心情复杂的“蛮夷入侵”

当一个剧变时代到来之时，无论你怎样应对，首先要有一个认识，那就是：时代到来了。

1

闭上眼，想象一下：如果有一天，一支“外星人舰队”出现在你的面前，你会是怎样一种感受？

1853 年 7 月 8 日，在江户湾附近的日本人就有了这样的体验。

那一天，在日本江户湾的浦贺，江户的市民惊恐地看到了一支“外星人舰队”。那是四艘他们从来没有看到过的“怪船”：体型庞大，全身披着黑色盔甲，类似烟囱的管道里喷出浓浓的黑烟，并且发出怪兽一般的轰鸣。

“那些是什么怪物？”江户的市民奔走相告，心中忐忑。

他们中的很多人后来才知道，那并不是什么“怪物”，而是从一个叫“美利坚合众国”的遥远国家开来的军舰。

当时的日本人，从来没看到过这种军舰，所以他们把它称为“黑船”。

而这一天，也成为日本历史上被人不断提起的一天，因为它对整个日本的近代化进程产生了巨大的影响。

这一天，史称“黑船来航”。

2

事情还要从日本的“闭关锁国”说起。

其实在“闭关锁国”这件事上，亚洲的两强——中国和日本在相当长一段时间里“难分伯仲”。

中国自明朝的朱元璋开始规定“片板不能下海”，从“海禁”到彻底“锁国”，基本在清朝乾隆年间形成了一整套制度。

日本的“闭关锁国”自1587年露出苗头，其时正是关白丰臣秀吉如日中天之时，他忽然颁布《伴天连追放令》，宣布驱逐外国传教士。在丰臣家垮台后登上权力顶峰的德川家康及其后人，在“闭关锁国”这一点上也是认知一致的：自禁传教始，渐渐扩大到文化和经济的封锁。

从1633年到1649年，德川幕府（江户幕府）颁布了一系列“锁国令”，彻底完成了日本的“闭关锁国”：禁止天主教在日本传播，禁止日本人出国，也禁止国外的日本人回国，同时与西班牙、葡萄牙这些国家断交。

江户时代的日本影像

不过，与中国的明清两朝相比，日本的“闭关锁国”还是走出了一点自己的特色之路。

其一，中国主要强调经济和文化上的“闭关锁国”，对外国宗教则相对温和，尽管也禁止传教，但很多地方都“睁一只眼闭一只眼”。

而日本则是对西方传教严厉禁止，曾多次发生屠杀西方传教士的“大殉教”事件，但在经济尤其是科技上却“睁一只眼闭一只眼”，相对温和。

其二，中日两国都奉行“一口通商”（分别为广州和长崎）。不过中国自视地大物博，所以对西洋各国“一视同仁”，没有例外——“对不起，我是说你们在座的都是蛮夷”。

日本则是区别对待。在断绝与西班牙、葡萄牙等国的交往之后，日本独独允许两个国家在长崎通商，一个是中国，另一个是荷兰。由于历史渊源和供求关系，允许中国通商不难理解；荷兰也可以享受到其他很多西洋国家享受不到的特权，则不仅仅是因为荷兰承诺绝不传教，还因为日本自己的主观态度：由于国土面积、物产、国力等各方面和中国无法相比，所以日本有天然的贸易和开放动力。尽管幕府的“闭关锁国”政策从不曾改变，但与天主教无关的西洋科学技术却一直在日本颇受重视，以至于日本国内慢慢形成了一股“兰学”风潮——从表面上看指的是研究“荷兰的学术”，其实泛指整个西洋学术。

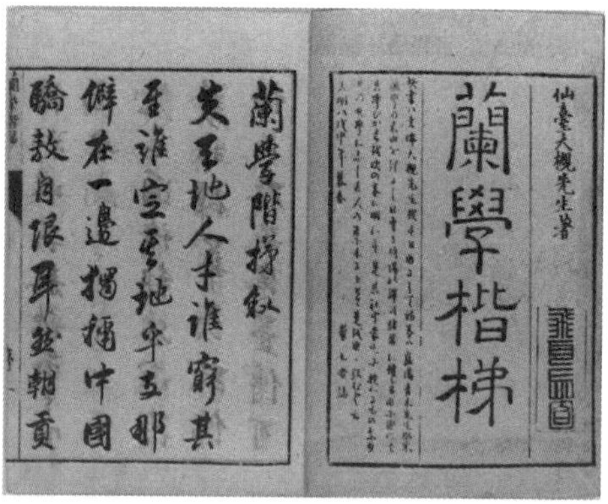

当时研究“兰学”的书

但是，对 19 世纪那些充满扩张欲和征服欲的西方殖民者而言，一个全封闭的中国和一个留了几个“气口”的日本，其实并没有什么两样。日本能够暂时安全，相当程度上是因为西方列强的目光都先盯上了油水更足的中国。

但是，有一个国家，却把目光聚焦到了日本。

3

当时间进入 19 世纪的时候，美国陷入了某种程度上的焦虑。

美国经过半个多世纪的发展，其国内经济和各项指标的增长已经进入了快车道，但在对外贸易和通商方面，美国却远远落在了西欧列强的后面。除了在北美大陆上欺负落后于自己的邻居墨西哥，美国的对外扩张，尤其是在亚洲，一直进展缓慢。

1784 年 2 月 22 日，急切希望与中国通商的美国派出了第一艘商船“中国皇后号”，满载着人参、皮革、毛衣、胡椒、棉花以及铅等商品离开纽约港，驶往中国。中美贸易关系就此开始。

在美国刚刚开始从对中国的贸易中尝到一些甜头的时候，西方列强已经开始围猎东方巨龙了。羽翼未丰的美国当时还没有与西方列强叫板的能力，所以只能在力所能及的范围内拓展自己新的版图。比中国小几号的日本，自然进入了美国的视线。

其实美国已经对日本觊觎很久了。

一方面，日本是美国对中国贸易航线上的必经之地，美国对日本的重视程度原本就远远高于其他西方列强。另一方面，美国在工业革命期间需要大量从鲸鱼中提取的照明用油，美国人的捕鲸船已经普遍活跃到了日本海域。

早在 1799 年，美国商船就冒充荷兰商船造访日本。但 1825 年，日本江户幕府下达“无二念打拂令”，规定只要有外国船（中、荷除外）驶近日本沿海，无论任何情况，立刻开炮驱逐。美国商船曾以护送日本难民为由接近，一样被日本的岸防炮轰了出去。

马休·佩里

在这样的背景下，美国最终决定借助武力。

59 岁的美国海军将领马休·佩里就此登上历史舞台。

1852 年 3 月，佩里被任命为美国“远东舰队”司令，他得到的一项重要任务，就是要横跨太平洋，强行让“日本开国”。

1853 年 7 月 8 日，长途跋涉的美国“远东舰队”的四艘军舰终于出现在了江户湾的海面上。那就是本文开头的“黑船来航。”

4

四艘美国军舰的出现，确实极大震慑了日本。

尽管那时的美国海军远称不上世界一流，但他们派出的这四艘军舰，在当时尚未进入工业化的日本，已足以成为“神一样的存在”。

这四艘军舰分别是：排水量为 2 450 吨的“萨斯奎汉纳号”（Susquehanna），排水量为 1 692 吨的“密西西比号”（Mississippi），排水量为 989 吨的“普利茅斯号”（Plymouth），排水量为 882 吨的“萨拉托加号”（Saratoga）。其中，前两艘是蒸汽动力明轮驱动，后两艘是风帆驱动。

在世界海军技术尚未进入“铁甲舰”的时代，这四艘船都是木壳船。但这四艘船体漆着黑漆、共配备 69 门各口径大炮的军舰，相比日本所谓的“海军”占据了绝对的优势：日本在数百年间不允许建造远洋船，所谓“军舰”的最大排水量不过就是 100 吨左右，而能与美国舰队大炮火力匹敌的岸防炮不超过 20 门。

当数十艘日本的风帆木壳小船虎视眈眈地监视进港的美国军舰时，

那幅画面，就像一群沙丁鱼在威胁四条鲨鱼。

根据一些记载，“黑船”到来的那一夜，江户城乱成一团，寺庙钟声齐鸣，妇人带着孩子躲在家中，武士磨刀备战，而更多的人涌进大小神社，期待再来一场“神风”吹沉那四艘“黑船”。

但日本神奈川县立历史博物馆馆藏的《阿部家史料》显示，其实早在美国舰队到来前一年，德川幕府中的阿部正弘就已经接到了来自长崎的线报。消息来自那里的荷兰商人，连舰队规模和人员配置都已经说得一清二楚。

所以，尽管美国舰队的实力已经让人吃惊，但至少日本统治阶级对这场来访还是有思想准备的。

不过，不管是否有所准备，四艘美国军舰出现在江户湾给日本人带来的震撼还是巨大的。当时日本社会流传着一句诗歌，翻译成中文是：“上喜撰唤醒太平梦，喝上四杯就难再眠。”

“上喜撰”是当时日本一种比较高级的茶叶，在日文中的发音正好和“蒸汽船”差不多。“四杯”，就是四艘美国军舰。

日本人自己也知道：300 年来的闭关锁国太平梦，估计是做不下去了。

5

美国人来，当然是带着要求的。

一开始，日本人要求美国军舰改从长崎上岸，被断然拒绝。1853 年 7 月 15 日，在僵持了六天之后，马休·佩里司令被获准带着美军士兵登岸。

那一天，大概有 300 名美国海军陆战队队员和水兵，携带着上好刺刀的滑膛枪列队上岸。负责警戒他们的，是一群头缠白布、没有什么队形的日本武士，他们也带了枪，不过是燧石火枪。

马休·佩里是带着美国总统米勒德·菲尔莫尔亲笔签署的国书来的，提出的要求非常容易理解，就三点：日美通商，补给停靠船只，救助美方遭遇海难的船员。

核心诉求，当然就是通商。

面对早在预料之中的要求，日本幕府打起了中国式的“太极拳”：这件事太大了，需要请示天皇陛下，需要找日本的各藩势力一起商量一下，请你们明年春天的时候再来。

谁都知道，日本的幕府是将天皇权力架空的，是压制各藩势力的，所以这个借口实在是拿不上台面。

但是，佩里居然答应了，或许他确实想给日本政府一个全盘接受的过程。

临行前，佩里留下了给日本的礼物：日本人从没见过的火车机车模型，以及电报机。

讲究礼节的日本人无以为报，只能派力士运来了优质的日本大米堆在码头上作为回礼。

美国人走了，但很快就“信守诺言”回来了。

1854 年 2 月 13 日，事实上春天还没有到，佩里又带着美国舰队回来了。而且，这次不是四艘，而是七艘美国军舰，不仅开到了江户湾，还深入江户湾内部，要求日本人“践行自己的诺言”。

这一次，德川幕府知道避无可避，最终与美国签订了《日米和亲条约》(《神奈川条约》)，开启下田及箱馆（现在的涵馆）两个港口通商。这个只片面强调美国最惠国待遇的条约，是日本签订的第一个不平等条约。在这个条约之后，英国、俄国等西方列强效仿美国，也要求日本签署了类似条约。

一系列条约的签订，确实打破了日本闭关锁国的太平美梦，彻底动摇了幕府的统治根基，但是也强迫日本“睁眼看了世界”。痛定思痛后，日本全面认识到自己的落后。

1868年，日本从上至下的“明治维新”拉开序幕。

日本彻底抛弃了长期以来的偶像中国，开始全面向西方列强学习。

馒头说

以前看这段历史，我难免心中有个疑问：日本人崇尚所谓的“武士道”精神，可是当年怎么就乖乖屈服于美国军舰，说开口通商就通商了呢？

我后来读到一份材料，似乎了解了一些情况：从1842年开始，日本幕府就主动要求荷兰人每年提供一份《荷兰别段风说书》，将全世界的大事都通报一下。

是原来闭关锁国的日本幕府突然主动开窍了吗？也不是。是1842年，邻国大清帝国在第一次鸦片战争中败北——一个历来是自己学习对象的庞大帝国，居然这样轻易输给了西洋人，这让日本上下非常震撼。

等到美国军舰开到江户湾的时候，虽然当时美国海军的实力还远逊于英国，但日本当时的国力也远逊于清朝。思前想后，日本选择了一条最现实的道路。

所以，“开国”虽然并非日本本意，但也算是它审时度势之后的选择。而且相对于中国，日本算是幸运的，因为毕竟免去了刀兵之祸——当然，中国当时和英国等列强的贸易是顺差，日本在国力方面与中国也没有可比性。而且中国人民对侵略者奋起抗争，无论从哪个角度来看都是值得后人尊敬和铭记的。

不过还有一件颇有意思的事。

在如今日本横须贺市的海滨，有一座佩里公园，里面有一座马休·佩里的塑像，下面的碑座有当时的日本第一号政治强人伊藤博文题写的落款：“北米合众国水师提督伯理上陆纪念碑”。

给侵略者立碑纪念？这种在很多人看来匪夷所思的举动，在我看来，背后也蕴含着日本人的复杂情感。

在“黑船事件”之后，日本人并不是没有反抗过，“尊王攘夷”口号的提出以及炮轰外国船只的“下关事件”等一系列事件，也反映出了日本人的愤怒心态。

但是在另一方面，和世界接轨，了解世界的发展趋势并投身其中，也确实让日本尝到了很多甜头，并且让它成功“脱亚入欧”——当然，之后偏向军国主义的轨道并导致本国生灵涂炭，也是它之前没有想到的结果。

所以，从“黑船事件”到给佩里立碑，背后的各种意义一言难尽，但有一点却是明确无误的：当一个剧变时代即将到来之时，如果没有相应的眼界和准备，那一定会被历史淘汰。

这个道理，和立不立碑无关，和是不是日本人也无关，值得我们警醒。

无论是国家，还是个人。

本文主要参考来源：

1.《黑船事件：日本帝国崛起的转折点》（澎湃网，2018 年 8 月 17 日，摘选自《国家的启蒙：日本帝国崛起之源》）

2.《说古｜中日历史上的两种“闭关锁国”》（陈忠海，《中国发展观察》，2017 年 07 期）

3.《幕府与“黑船事件”》（王铁军，《日本研究》，2006 年 01 期）

4.《日本江户时代奉行“选择主义”的锁国制》（冯玮，腾讯文化，2016 年 8 月 30 日）

5.《黑船来航》（三谷博，社会科学文献出版社，2013 年）

曾经是“亚洲第一”的北洋水师，是怎么建立起来的？

提起北洋水师，很多人脑海中立刻会浮现出两个字：屈辱。确实，说到晚清的那些屈辱，北洋水师是一个绕不过去的名词。

但是，这支当初号称“亚洲第一”的水师，并不是一夜建成、一夜覆灭的，它究竟是怎么建立的？做过哪些事？

1

一般来说，一个人想要发奋图强，总是从受刺激开始的。

在建立北洋水师这件事上，清朝不仅仅是因为受到了刺激，还因为挨了打——而且挨了不止一次。

1840 年的鸦片战争，让清政府第一次见识到了洋人的“坚船利炮”。作为亲临第一线的大员，林则徐是第一批意识到中国也应该拥有一支属于自己的近代化海军的人之一。但是这些想法因为各方面的阻力而石沉大海。当然，这也是因为清廷在第一次鸦片战争中只是被打蒙，还没被彻底打疼。

曾国藩。当初曾国藩发怒据说还有另一个原因，就是舰队司令阿斯本扬言可以率舰队直接攻破太平军最后的大本营天京，这让长期围困天京准备最后拿下战果的湘军大佬大为恼火

到了第二次鸦片战争，清廷再一次领教了大船加大炮的威力。不过，两次都占了便宜的英国人自此决定和中国修好关系，主动提议卖给清廷一整支海军舰队以加强海防。这支由7艘中小舰船组成的“阿斯本舰队”在1863年已经成军交付，但英国人要求这支由清廷出了上百万两白银购买的舰队，从舰队司令到船上雇员都必须是洋人，且英国人要拥有整支舰队的掌控权。清朝大员们即便头脑再发昏也不至于如此糊涂，他们勃然大怒。最终，当时说话最有分量的曾国藩大笔一挥：“我们不要了！原地解散！”

到了同治九年（1870），“天津教案”爆发，英法俄等国二话不说，直接把舰队开到大沽口示威，扬言轰平天津。清廷震动，却毫无办法，只能派出时任直隶总督曾国藩去擦屁股。以曾国藩之韬略，苦于手中没有舰队，最后只能做了“夹心板”，一世英名毁于一旦，最后被骂“卖国贼”，不久之后黯然离世。

在这件事之后，清廷终于意识到了加强海防的重要性，但还是缩手缩脚，犹犹豫豫。

真正把清廷一巴掌打醒的，还是日本。

1874年，借口琉球居民被台湾当地人杀害，日本派出三艘军舰侵入台湾，清廷急派钦差大臣沈葆桢率军出征。结果沈葆桢传来的奏疏是：“日本有铁甲船二号，彼有而我无之，水师气为之夺！”最终，面对只有几千人登陆的日本部队，没有铁甲船的清廷竟然无可奈何，只能赔付50万两白银换日本撤军。

沈葆桢，林则徐的女婿，开创福州船政学堂，创办了南洋海军

这件事真正把清廷给打疼了：西洋人开铁甲船欺负我们倒也罢了，你日本人也有铁甲船可以欺负我们了？这还有王法吗？！

自此，清廷中一直持续的“海防”和“塞防”之争，前者终于占了上风。

在被“坚船利炮”揍了30多年后，清廷终于下定了决心——组建自己的近代化海军。

2

下决心易，造军舰难。

尽管当时的大清已经拥有江南造船厂，但要造出可以在大洋上纵横驰骋的铁甲舰，是万难办到的。尤其眼下形势正危，日本人的军舰正对台湾和东南沿海虎视眈眈，要自己一艘艘去造，已然是时间不等人。

造不成，只能买。

找谁买？当然要向当时的世界第一海洋强国英国买。

通过当时的中国海关税务司赫德，直隶总督李鸿章一口气向英国订购了11艘军舰。是因为清廷财大气粗？并不是，而是因为当时赫德向中国人推荐的，是所谓价廉物美的“蚊子船”。

当时的世界海军军舰已经向大口径的巨炮方向发展，但造一艘这样的铁甲舰价格极其昂贵。在这样的背景下，英国设计师乔治·伦道尔设计出了一种新型船——吨位极小，却安置了只有主力舰才会配备的巨炮，发射出去的炮弹能一举击穿铁甲舰的装甲。

因为船小炮巨，这种船被称为“蚊子船”。蚊子船的优点很明显：

火力强，造价低（清廷第一批订了4艘，连运费加一起也就45万两白银）。但缺点也很明显：船头巨炮不能转动，要转只能靠移动船身。如果船头要装50发炮弹，船尾必须要装数吨压舱物，不然就会“翘屁股”沉没。这种船速度极慢，只能用于近海防御，说穿了就是用来防御港口和海口的“移动水上炮台。”

这种排水量只有两三百吨的蚊子船，在舰种繁多的海军强国舰队里是用来丰富防守阵容的移动炮台，但在中国却被当作了一个国家海军的主力舰——当时清朝的落后和无奈可见一斑。

好在日本人在1879年又一巴掌把清政府打得更清醒了——他们派了三艘铁甲舰直接吞并了琉球。根本无法出海作战的清朝“蚊子船舰队”让清廷痛定思痛，决定出手购买真正的军舰。

1881年，李鸿章通过赫德向英国订购的两艘撞击巡洋舰“超勇号”和“扬威号”交付——清朝真正拥有了可以出海作战的军舰。

“扬威号”巡洋舰，排水量为1 350吨，最高设计航速为16节（但到甲午海战前因为老化，最高航速只能达到9节）

“超勇”和“扬威”两舰排水量虽然达到了1 350吨，但体积还是较小，尤其无法搭载鱼雷艇，这让李鸿章很不满意。再加上之前在购买蚊子船上吃了个暗亏，李鸿章决定甩开傲慢无礼的英国人，向当时迅速崛起的另一强国——德国购买军舰。

1885年，清朝向德国定制的两艘一等铁甲舰交付，这就是著名的“定远号”和“镇远号”。这两艘船身长度超过 90 米，排水量超过 7 300 吨的军舰，当时虽然在世界上还不能排第一，但在亚洲已经是绝无仅有的巨舰了。

加上同“定远”和“镇远”同批交付的巡洋舰“济远号”，以及后两年交付的“经远号”、“来远号”、“致远号”、“靖远号”等大大小小的巡洋舰，清朝在短短 10 年时间里实现了“大跃进”——一支近代化的海军俨然成形。

“镇远号”，当时购买耗费 140 万两白银

3

随着清朝的海军逐渐成形，另一个问题浮出水面：船有了，人从哪里来？

大清是骑在马上得的天下，对水上的事一直敬而远之。虽然大清水师也曾收复过台湾，但那些木壳船和铁甲舰完全是两个概念，而整套近代化海军的人员配备、操练手法、规章制度等等，更是他们闻所未闻的。

那怎么办？师夷长技以制夷，用“海归”。

应该说，清朝在培养海军人才方面还是花费了一番心思的。除了水师提督丁汝昌（此人的故事详见《历史的温度 3》收录的《是非成败丁汝昌》），整个北洋水师的中高层军官基本都由“海归”派担任，主要分为以下三个类别。

第一类是当年派到美国的“留美幼童”。先后有 30 多名归国的“留美幼童”被派往福州船政学堂、天津水师学堂、威海鱼雷营等地补习驾驶、鱼雷操作等海军专业技术。

第二类是英法海归。从 1877 年到 1898 年，清政府一共派遣了 80 余名福州船政学堂和天津水师学堂的学生奔赴英国和法国留学（还选派了一批工匠去德国学习技术）。

第三类是日本海归。在派遣英法留学生的同时，清政府还分三批共派遣 18 人去日本留学，侧重学习海军和与其密切相关的各门知识。

表 1 北洋水师各战舰海归管理层

船型		船名	职务	军阶	姓名	备注
战舰	铁甲	定远	管带	右翼总兵	刘步蟾	首届船政留英生
			枪炮大副	守备	沈寿堃	第三届船政留英生
			副管驾	游击	李鼎新	第二届船政留英生
			督队船大副	都司	吴应科	第二批留美幼童
			鱼雷大副	守备	徐振鹏	第三批留美幼童
			驾驶大副	守备	邝国光	第四批留美幼童
			炮务二副	守备	邓士聪	第一批留美幼童
		镇远	管带	左翼总兵	林泰曾	首届船政留英生
			枪炮大副	守备	曹嘉祥	第三批留美幼童
	巡洋舰	致远	帮带大副	都司	陈金揆	第四批留美幼童
		靖远	管带	副将	叶祖珪	首届船政留英生
			帮带大副	都司	刘冠雄	第三届船政留英生
			鱼雷大副	守备	陈成金	留德生
		经远	管带	副将	林永升	首届船政留英生
		济远	管带	副将	方伯谦	首届船政留英生
			帮带大副	都司	沈寿昌	第四批留美幼童
			驾驶二副	守备	黄祖莲	第四批留美幼童
			鱼雷大副	守备	邝炳光	第四批留美幼童
		超勇	管带	参将	黄建勋	首届船政留英生
		扬威	管带	参将	林履中	留英生
		平远	枪炮大副	千总	陈杜衡	第三届船政留英生

（续表）

船型		船名	职务	军阶	姓名	备注
守船	炮船	镇边	管带	都司	黄鸣球	第三届船政留英生
鱼雷艇		左一	管带	都司	蔡廷干	第二批留美幼童
		左二	管带	守备	李仕元	留德生
		左三	管带	守备	徐永泰	留德生
		右二	管带	守备	刘芳圃	留德生
练船		威远	管带	参将	林颖启	首届船政留英生
			操练大副	守备	陈兆艺	第二届船政留英生
		康济	管带	参将	萨镇冰	首届船政留英生
			帮带大副	守备	郑汝成	第三届船政留英生
轻型巡洋舰		广甲	管带	都司	吴敬荣	第三批留美幼童
			帮带大副	守备	宋文翙	第二批留美幼童
北洋军械局			军械总监	游击	陈恩焘	第三届船政留英生

资料来源：《清末海军史料》，转引自《留学生与晚清海军建设》，李喜所、李来容，《南开学报》（哲学社会科学版）2008 年 01 期。

由于当时很多人对大海抱有恐惧心理，所以海军的招募工作要比陆军难不少，不过总是有一个放之四海而皆准的办法：重赏之下必有勇夫。

按照《北洋海军章程》的解释：“海军为护国威远大计，不宜过从省吝也。中国海军创设，饷力未充，未能援引英国等海军行情待遇。但兵船将士终年涉历风涛，异常劳苦，与绿营水陆情形迥不相同。不能不格外体恤，通盘筹计。”

所以，当时北洋水师官兵的俸禄标准是很高的。

北洋水师的提督，即丁汝昌这个级别，一年官俸是 3 360 两，另有船俸（算是额外补贴）5 040 两，合计 8 400 两，相当于当时陆军绿营同级别提督薪俸的 3 倍以上。

北洋水师的总兵，即各舰的管带（舰长），年俸总数是 3 960 两，相当于绿营同级别总兵的 2 倍左右。

海军副将的年俸为 3 240 两，相当于绿营同级别副将的 2.75 倍；参将为 2 640 两，相当于绿营同级别参将的 3.55 倍。

当然，以上为明面收入，北洋水师还有一些诸如“行船费”之类的暗账补贴，这就很难有一个标准数字了。

那么，清朝光绪年间的一两银子是什么概念呢？根据当时的粮食等购买力折合计算，一两白银大约相当于现在的人民币 300 元。所以，丁汝昌的年俸超过了 200 万元，而邓世昌这一级别的年俸也达到 100 万元以上。应该说，北洋水师官兵的待遇还是相当高的。

4

在北洋水师成军的这一阶段，他们并没有辱没使命。

1881 年 8 月，丁汝昌率北洋水师官兵 200 余人从英国接收完工的“超勇”和“扬威”两艘巡洋舰，从朴次茅斯港驶入大西洋，经地中海、苏伊士运河、印度洋一路回国。这是中国的海军第一次做如此长途的航行，沿途很多国家这才知道中国也有了近代化的海军，在中国舰队靠港时均鸣炮致意，而当地的华侨都争相到港口观看，有的甚至泪流满面。

1882 年 7 月，朝鲜发生壬午兵变。丁汝昌奉命率“威远”“超勇”“扬威”三艘军舰开赴朝鲜，起到了相当大的震慑作用。两年之后，朝鲜的甲申政变爆发，清军增援朝鲜的部队，也是由“威远号”运送，“超勇”和“扬威”两舰护航的。

1886年8月，为了震慑俄国，丁汝昌再率“定远”“镇远”“济远”“威远”“超勇”“扬威”六艘军舰巡游朝鲜釜山和元山一带，并在之后停靠在日本长崎维护军舰并访问日本，随后引发“长崎事件”。在这场中日冲突中，中方凭借“定远”和“镇远”两艘巨舰的威慑力，迫使日方做出了较大让步，并使其深受刺激，引以为耻，就此开始大力发展海军（参见《历史的温度 5》收录的《长崎事件：大清对日外交的最后荣光》）。

应该说，在这个阶段，前前后后耗费大清国近亿两白银（包括相关人员、后勤、维修、港口、船坞等全部费用在内）搭建的北洋水师，还是体现出了相当强的战斗力，且确实展现了一个大国海军应有的责任和担当。

只是，随着北洋水师的规模日渐扩大，人员构成日益复杂，各种预料中和预料外的变化接踵而来。

5

关于北洋水师的军纪，一直流传着几个段子。

最著名的，莫过于北洋水师在访问日本长崎期间，后来成为日本联合舰队总司令的东乡平八郎发现定远舰主炮上晾着北洋水师水兵的衣服，由此判定北洋水师军纪涣散，将来必败。

这个说法后来在中日两国普遍传播，亦被记入唐德刚先生的《晚清七十年》。但迄今为止，没有发现该说法的任何可靠来源。更重要的是，定远舰主炮离甲板有三米，且炮管极粗，要晾上去一件衣服还不被风吹跑无疑是一次大冒险。后来也有人猜测，此说法出自日本，有贬低对手、鼓舞本国士气之用意。

定远舰

还有一个段子，是说北洋水师规章制度混乱，致远舰管带邓世昌带头在船上养狗。但事实上，各国海军从来不禁止在舰上养宠物，诸如猫、羊、猪乃至熊等各种动物在各国军舰上都出现过，日本联合舰队的旗舰“松岛号”上还养了一头黄牛，所以邓世昌养狗其实并没有什么过分之处。

不过，段子固然不足信，但北洋水师也绝非一直军纪严明。一道比较明显的分水岭，就是1890年的“撤旗事件”——北洋水师的英国副提督琅威理愤然辞职。

琅威理是清政府请来的北洋水师顾问，官拜副提督。应该说，琅威理为了这支水师，还是倾尽了自己的心血的。事实上，由于提督丁汝昌不熟悉海战，北洋水师的日常训练统统是由琅威理负责的。琅威理治军严明，办事勤勉，他任职期间的北洋水师军纪最好，丁汝昌也承认：“洋员之在水师最得实益者，琅总查为第一。”而北洋水师的官兵中也流传着一句话：“不怕丁军门，就怕琅副将。”

但是，随着北洋水师的日渐成熟，当初那批懵懂的水师军官渐渐开始不服琅威理的严格管教，再加上一支本国的舰队却由一个洋人指挥，这让从李鸿章到各级官兵的心里都有想法，导致双方矛盾日益加重。

1890年年初，矛盾终于爆发：北洋水师去香港避冻顺便维修，丁汝昌率“致远”等四舰去南洋巡视操练，在港口的旗舰定远舰管带、右翼总兵刘步蟾随即降下“提督旗”，升起“总兵旗”——这个行为代表自己此刻是该舰最高长官。琅威理当即提出异议：我副提督还在舰上，你升什么总兵旗？

琅威理和邓世昌（双手相握者）在“致远号”上

琅威理勃然大怒，但刘步蟾寸步不让，双方最后闹到了李鸿章那里。李鸿章明确表示：北洋水师只有一个提督，接下来就是总兵。感到受辱的琅威理随即提出辞职。

此举正中李鸿章下怀，他接受了琅威理的辞呈。英国方面还就此提出过抗议，撤走了北洋水师的所有英籍雇员，并不再允许清政府派海军留学生去英国学习。

琅威理辞职带来的负面影响远不止于此：北洋水师从此失去了一个严格的教官，军纪开始逐渐废弛，操练也越来越马虎。

《北洋海军章程》曾规定，全舰官兵都必须住在军舰上，但自从琅威理离开后，丁汝昌带头，左、右翼总兵林泰曾和刘步蟾效仿，官兵们纷纷开始在岸上留宿，最多时一艘军舰上一半官兵都去岸上住宿。而每逢冬天南下避寒，北洋水师的官兵在香港、上海等地花天酒地，寻欢作乐，舰上的各种赌博活动也屡见不鲜，甚至开始有人利用行船之便带货走私。

尽管这批官兵在大东沟海战中的表现大多没有辱没军人本色，但上述行为并不能被一笔带过。

6

驱逐琅威理，也折射出北洋水师内部派系的形成。

由于北洋水师的中高层军官多毕业于福州船政学堂，所以自左、右翼总兵林泰曾和刘步蟾以下，形成了一个势力最强的“闽帮”，驱逐琅威理也是刘步蟾在“闽帮”的支持下做的。而提督丁汝昌是合肥人，虽然不属于李鸿章的嫡系，但毕竟也是“淮军”序列里出来的，与“闽帮”总有些格格不入，业务能力最出色的刘步蟾也不是很看得起“门外汉”丁汝昌。此外，邓世昌、林国祥、程璧光都是广东人，形成了一个广东圈子。

而在北洋水师内部的圈子之外，更糟糕的是在清廷上也分出了派别：自老佛爷慈禧以下，醇亲王奕譞、北洋大臣李鸿章和帝师翁同龢又形成了三股势力。

针对北洋水师的海军经费是否应被挪用，三股势力也开始了明争暗斗。

作为光绪帝生父的奕譞，是大清海军衙门的一把手。但深知慈禧手段和权力欲的他，早就把工作重点转移到了如何让慈禧安心，让儿子顺利完成亲政这件大事上，所以为了给慈禧修缮“退休”后的场所颐和园，奕譞不惜挪用海军经费。

北洋大臣李鸿章是北洋水师的缔造者，当然不愿意看到用于海军发展的经费被挪用，所以一开始是婉拒的。但是会做官者如李鸿章，看到光绪帝亲政在即，觉得自己没必要把醇亲王和老佛爷两头都得罪了。而更关键的一点是，李鸿章自己也犯了一个战略错误——他认为北洋水师建设至此，自守门户已经绰绰有余，尤其是购入“定远”和“镇远”两艘巨舰后，他认为“就渤海门户而论，已有深固不可摇之势”。所以，在最初婉拒之后，李鸿章很快就同意将海军经费挪用了。

奕譞

而作为帝师的翁同龢，和慈禧的“后党”并不是一路人，但他深深厌恶李鸿章，尤其认为李鸿章把北洋水师发展成了自己的私人部队。所以，但凡要给海军增加军费的动议，他都反对，但凡要克扣海军军费的动议，他都默认乃至支持。值得一提的是，不主张发展海军的翁同龢，在后来的甲午战争中却是最坚定的主战派。

庙堂上多股势力的争夺，最终带来了一个结果：海军军费逐年被克扣，曾经迅猛发展的北洋水师陷入了停滞状态。

7

时间终于到了 1888 年 12 月 17 日。

这一天，在山东威海卫的刘公岛，北洋水师宣布正式成军。

此时的北洋水师，拥有包括“定远”“镇远”两艘巨舰在内的大小 25 艘主要军舰，辅助军舰 50 艘，运输船 30 艘，官兵 4 000 余人。

按照当年《美国海军年鉴》的排名，北洋水师名列亚洲第一，世界第九（前八名分别为英国、法国、俄罗斯、德国、西班牙、奥斯曼土耳其、意大利、美国）。对于在 40 多年前还被几艘外国军舰打得割地求和的中国来说，这是一个了不起的成就。

但也就是在成军的那一刻，记录北洋水师发展的时间沙漏似乎静止了。

两年后，撤旗事件爆发，琅威理辞职。

三年后，户部尚书翁同龢严禁北洋水师再添加新的舰、炮、军火。从炮弹到燃煤，北洋水师的装备质量直线下降。

也就是在这一年，北洋水师再度访日，刘步蟾发现日本海军实力已经超过北洋水师，于是通过丁汝昌上书要求速添新舰，至少要增加速射炮。但李鸿章关于增加速射炮的奏折石沉大海。

而作为对手的日本，开始大举发行国债筹款造舰，自天皇以下全国各阶层都以战胜清国海军为目的开始捐款。从 1888 年开始的六年时间里，日本添置了大小军舰 12 艘，新增海军吨位近 18 000 吨——北洋水师在这六年时间里未添一舰一炮。

到了 1894 年，日本海军一线主力舰达到了 13 艘，总吨位超过 37 000 吨，而北洋水师主力舰的总吨位还不到 30 000 吨。更关键的是，日本的主力舰统统是最新购买的，舰龄短，航速快，在火炮数量、口径、射速和炮弹威力等方面全面碾轧北洋水师。

也就是在这一年，甲午海战爆发。

在甲午海战中发挥关键作用的日本“吉野号”，1893 年 9 月刚刚完工，排水量 4 150 吨，最高航速高达 23 节。而甲午海战中试图撞沉“吉野号”的北洋水师“致远号”，是整支舰队里航速最快的，最高设计航速也只有 18.5 节，且是 1887 年完工，航龄已有 7 年。即便如此，在甲午海战爆发前，“致远号”也是北洋水师中最新的一艘军舰了

馒头说

我曾和读者分享过我大学时写的第一篇论文。

因为刚高中毕业没有经验，我给那篇论文起了一个小说一样的名字——《日落北洋》，写的就是甲午海战中的北洋水师。通过泡在学校图书馆一周查阅当时的奏折、报道和各种人的回忆，我第一次知道：原来在开战之前，北洋水师的各方面实力就已经不如日本海军了。

而在此之前，我对北洋水师的认识还停留在课本里：我们是亚洲第一，我们输掉海战主要是因为李鸿章怯懦避战，很多水师官兵贪生怕死，只有试图撞沉“吉野号”的邓世昌是英勇的。

在此后的一段时间里，我一直从武器装备、舰艇吨位、炮速船速等方面来客观分析北洋水师陨落的原因。但随着时间的推移，我发现，

还是不能只归咎于客观原因。

诚然，北洋水师的悲情覆灭有技不如人的原因，但究竟是什么造成了技不如人？为何一支在短短十年里就能迅速崛起并碾轧日本的舰队，又在下一个短短十年里迅速被对手碾轧？速射炮、无烟煤、开花弹、无烟火药……这些都是客观存在的问题，但都是果，不是因。

那么“因”是经费不足？也不是，“因”还是经费不足背后的那些人。确切地说，是那一个个人长期以来形成的固化观念，以及由这一个个人组成的体制。

1885年，清政府专门成立了统筹海防事务和海军的海军衙门。消息传到日本，很多日本人感到恐慌。但曾担任日本外务卿的明治维新元勋之一副岛种臣却说了这样一段话：

“谓中国海军之可虑，则实不足以知中国也。盖中国之积习，往往有可行之法，而绝无行法之人，往往有绝妙之言，而绝无践言之事。”

前事不忘，后事之师。

本文主要参考来源：

1.《回顾北洋水师建军历程：四张订单买来的海军》（新华网，2016年5月10日）

2.《甲午战争与北洋海军》（金一南，《当代贵州》，2014年08期、12期、15期）

3.《甲午回眸：清廷耗巨资购置舰队，值吗？》（许前程、张硕、陈悦，《工会信息》，2014年23期，摘编自2014年7月24日《北京晚报》）

4.《留学生与晚清海军建设》［李喜所、李来容，《南开学报》（哲学社会科学版），2008年01期］

5.《关于北洋水师军纪的探讨》（孙宇梁、孙怀明、王亚晶，《兰台世界》，2018年08期）

6.《突飞猛进，后来居上：甲午战前的日本舰队》（金满楼，搜狐博客）

那个不远万里去送死的倒霉皇帝

这篇文章，我们来说一个倒霉的皇帝。

在欧洲历史上，送命的皇帝不多，查理一世、路易十六、尼古拉二世……数来数去不超过一只手。但有这么一个人，不远万里，跑到异国他乡做皇帝，然后，被枪毙了……

1

马克西米连是含着金汤匙出生的。

1832 年 7 月 6 日，马克西米连出生于奥地利维也纳的美泉宫，是奥地利的弗兰茨·卡尔大公与巴伐利亚维特尔斯巴赫家族索菲公主的第二个儿子。

他父母的名字，拗口又陌生，但说起他的亲哥哥，也就是他父母的第一个儿子，大家可能会更熟悉一些——弗兰茨·约瑟夫一世。

弗兰茨·约瑟夫身边的两个人可能比他本人还要有名些。

他的妻子，也就是马克西米连的嫂子，是伊丽莎白·亚美莉·欧根妮，我们更熟悉的名字是“茜茜公主”（茜茜公主的故事可参看《历史的温度3》收录的《中国人熟悉的那个欧洲公主，真的幸福吗？》)。

他的侄子，也是马克西米连的侄子，是斐迪南大公，也就是那个被刺杀后引发第一次世界大战的人。

作为欧洲历史上统治领域最广的王室——哈布斯堡王朝（曾统治神圣罗马帝国、西班牙帝国、奥地利大公国、奥地利帝国、奥匈帝国）的重要男丁，马克西米连从小就被小心呵护，寄予厚望。

弗兰茨·约瑟夫，奥地利帝国及奥匈帝国皇帝，在位时间长达68年

2

不过，马克西米连和他哥哥的性格似乎不太一样。

哥哥约瑟夫虽然天资一般，但从小就知道自己是奥地利帝国的正统接班人，所以一直勤奋刻苦，兢兢业业。18岁继承帝位后，每天工作超过12个小时，一直用冷水洗澡。

相比之下，作为弟弟的马克西米连肩上的压力就没那么大了，活得也就更放飞自我一些。

马克西米连似乎从小就显示出高于哥哥的智商，但他主要把这个用在了艺术上，如果有闲暇的精力，他对科学尤其是植物学更感兴趣。换句话说，他的发展轨迹和他家族的需求并非在一条道上。

但是，他毕竟生在王家，有些事情，还是必须要做的。

青年时期的马克西米连

马克西米连成年后加入了海军——他

对海军事业也不讨厌——很快就被提升为奥地利帝国的海军总司令。1857 年，25 岁的马克西米连被哥哥任命为伦巴第和威尼斯总督。在自己的辖区，作为自由主义者的马克西米连一直施行宽松的管辖政策，这让哥哥约瑟夫很不满意，再加上意大利的独立运动日益高涨，所以两年后他就被解除了职务。

虽然仕途一塌糊涂，但马克西米连在 25 岁这年收获了自己的爱情和婚姻——他和比利时国王利奥波德一世的女儿夏洛特公主结婚了。

夏洛特公主

夏洛特公主不仅是名门之后，也有自己的追求。看到自己的妯娌茜茜公主如此风光，同样年轻美貌的夏洛特公主的心情还是有一点复杂的，而她把希望寄托在了自己的丈夫马克西米连身上。

一个在政治上生性懒散的丈夫，碰到了一个有追求的妻子，会擦出怎样的火花？

上天很快就给他们抛过来一个机会，提供这个机会的地方，叫“墨西哥”。

3

先来说说 19 世纪 50 年代的墨西哥吧。

那个时候，墨西哥刚刚在“美墨战争”中被强悍的美国人暴揍了一顿，前后丢掉了包括加利福尼亚的大部分，内华达、犹他的全部，科罗拉多、亚利桑那、新墨西哥和怀俄明的部分地区，加起来总共 230 万平方公里的土地，相当于自己国土面积的一半（详见《历史的温度 5》收录的《美墨战争：一场“老大”对“老二”发动的掠食战》）。

对外战争的失败，势必会带来国内政局的动荡。

经历了一系列的动荡和政变，一个新的墨西哥共和国在 1857 年诞生，又经历了一系列动荡之后，1858 年，印第安人胡亚雷斯成了临时总统。

胡亚雷斯上台后，立刻开始实施改革，主要针对在墨西哥一手遮天的天主教会势力：他开始大量没收教会的土地和资产，打击大资本家和大地主集团。这样的行为难免导致反抗势力的出现，于是墨西哥再一次陷入内战。

到了 1861 年，胡亚雷斯的政府军终于取得了对叛军的压倒性优势，他本人也正式当选为总统。但上任后他发现了一个严重问题：连年征战，让墨西哥的国库见了底——整个国家没钱了。

怎么办？胡亚雷斯做出了一个冒险的决定：暂停偿还欧洲的英国、法国、西班牙等国家借给墨西哥的外债两年。

原本就恼怒胡亚雷斯打击天主教势力的欧洲列强，这下被彻底激怒了：你打我们的脸，还想赖我们的钱？！

胡亚雷斯

于是，以法国的拿破仑三世为首，法、英、西三国直接派兵武装侵入了墨西哥。面对欧洲列强的联军，胡亚雷斯的政府军无力抵抗，只能退出了首都，躲到北部去打游击了。

但是，控制墨西哥的拿破仑三世又不想吃相太难看——他想从欧洲找个傀儡派过去当皇帝，代管墨西哥。

想来想去，拿破仑三世想到了一个人。于是，他就开出了一张“墨西哥皇帝招聘启事”。

第一，这个人必须是一个天主教徒。

第二，这个人必须是欧洲王室成员。

第三，这个人必须和出兵的法国、英国、西班牙没有任何瓜葛。

第四，这个人必须得到拿破仑三世本人的同意。

明眼人一看就知道，这是一张量身定制的招聘启事。拿破仑三世心目中也确实早就有了合适的人选：

哈布斯堡家族的马克西米连。

4

当机会放到面前的时候，马克西米连内心其实是拒绝的。

对欧洲而言，北美大陆那么远，墨西哥又是一个完全陌生的国度，任何一个心智正常的欧洲王室成员都不会愿意去那里，即便马克西米连有那么一个动心的理由——他对那里的热带雨林植物研究很感兴趣。但是，他的妻子夏洛特公主却有不同的看法。

对夏洛特公主而言，她并不在乎去万里迢迢的遥远国度，她看重的是丈夫将获得的那个皇帝头衔——这样一来，她的称谓就变成“皇后”了。

与妻子的极力鼓动不同，哈布斯堡家族的大部分成员都反对马克西米连去墨西哥。

反对最激烈的是马克西米连的母亲索菲皇太后，她认为自己这个儿子本性善良，没有政治手腕，绝不适合去统治一个陌生的国度。哥哥约瑟夫并没有母亲那么态度强硬，但表示如果弟弟要去的话，就必须放弃对奥地利帝国的皇位继承权。

在马克西米连摇摆不定的时候，拿破仑三世给他吃下了一颗至关重要的“定心丸”：拿破仑三世声称，他们在墨西哥做了一份民意调查，墨西哥的民众都非常期盼以开明著称的马克西米连去做他们的皇帝，施行仁政，救万民于水火。

这是真正打动马克西米连的地方：他希望成为一名深受百姓爱戴的君主。

被评价为“志大才疏”的拿破仑三世

但他不知道的是，希望他去做皇帝的，其实只是墨西哥首都墨西哥城那些天主教权贵和大地主大资产阶级，而墨西哥民众早就厌恶君主制了。

1864 年，马克西米连终于做出了决定。

在这一年的 4 月，他携妻子夏洛特公主和一干随从，登上了前往墨西哥的大船。他决定去新大陆做一个有别于欧洲旧大陆统治者的开明君主。

在横跨大西洋的航行途中，马克西米连并没有去翻阅墨西哥这个国家的资料，而是一直在撰写关于规范今后墨西哥法院礼仪的制度。

他觉得，他的征途是星辰大海。

5

初到墨西哥，一切都是顺利的。

马克西米连顺利加冕为墨西哥皇帝，成了马克西米连一世。他的妻子夏洛特也如愿成了皇后。

他们将自己的宫殿设在墨西哥城郊外的查普特佩克山上，为此，马克西米连特地开辟了从查普特佩克到市中心的马路，并命名为“皇帝大道”。

皇宫虽然高高在上，但皇帝马克西米连认为，自己的心是和墨西哥老百姓连在一起的。

登基之后，马克西米连就开始了一系列的改革：他开始大量没收天主教会的土地，同时限制大庄园主、大资本家的利益，大力加强墨西哥的基础建设。

在马克西米连登基一周年的时候，他签署了《墨西哥帝国临时法规》。在法规中，他宣布墨西哥采取温和的世袭君主政体，并表示虽然君主必须是天主教徒，但信仰自由是墨西哥人权的一项重要内容，“皇帝的政府”将保证“帝国全体居民在法律面前一律平等”。

成为皇帝的马克西米连一世

这部法规还规定了劳动自由，明确禁止债务劳役制：劳动者有权随意离开他们的雇佣场所，不管他们是否欠雇主债务；限制工作时间和使用童工，禁止对劳工实行体罚；允许小贩进入大庄园向债役雇农兜售货物；等等。

这一系列的改革政策，让当初“苦盼王师”的墨西哥天主教会和大资本家利益集团傻眼了：这是又请了一个仇家来虐我们吗？

不仅如此，马克西米连还向在北方打游击的胡亚雷斯抛出了橄榄枝：归来吧，我任命你为帝国首相，只要你承认我的皇帝之位，让我们共同建设和谐美好的墨西哥。

面对这份邀请，胡亚雷斯回答了一个字：呸！

马克西米连收获的，不仅仅是胡亚雷斯的白眼，还有原先支持他的天主教会势力和大资本家集团的动摇。而墨西哥民众其实并不希望欧洲派一个皇帝来管他们，不管这个皇帝准备做什么。更何况，马克西米连还面临强大邻居的威胁：美国政府明确表态，不希望墨西哥出现帝制，开历史的倒车。

几头都不讨好的马克西米连就这样默默支撑到了 1865 年。他并没有趁此机会，借奥地利、比利时和法国的兵力，彻底剿灭胡亚雷斯以绝后患，而是默默地希望能多做几件好事，改变墨西哥民众对他这个“空降皇帝”的看法。

但是，情况并没有好转，反而越来越糟。

6

1865 年，坏消息一个接一个地传来。

首先，美国的南北战争结束了。美国人终于可以腾出手来，管一管自己邻居家的事了。美国向法国提出要求：不要再支持墨西哥的帝制了，你们这是在让全世界看笑话。

其次，不等美国人要求，法国人自己其实也撑不住了。在欧洲，新崛起的普鲁士咄咄逼人，欧洲大陆的霸主之战一触即发，法国开始从全世界各地抽调兵力回国，准备和普鲁士决一死战。

然后，马克西米连的祖国奥地利被普鲁士狠揍了一顿。在 1866 年的普奥战争中，外强中干的奥地利帝国一败涂地，有人甚至提出让马克西米连的哥哥约瑟夫下台，让他回国继任的主张。

另外，马克西米连的岳父，也就是皇后夏洛特的父亲去世了，这也意味着马克西米连失去了来自比利时的支持。

就在这个时候，一直盘踞在北部的胡亚雷斯的游击队，开始发动反攻了。

在这种四面楚歌的情况下，马克西米连有一个最明智的选择：宣布退位，回到欧洲。

但是他和妻子都不肯。

夏洛特皇后率先回到了欧洲，前往法国游说——劝阻拿破仑三世不要从墨西哥撤军。但是，几经努力后，她失败了。眼看无法从欧洲要到援军，夏洛特皇后选择不回墨西哥了。

到了这最后的关键时刻，马克西米连依旧不愿意离开。

在胡亚雷斯军队的攻击下，忠于皇帝的军队节节败退，在 1867 年 2 月退到墨西哥西北的小城克雷塔罗。在那里坚守了三个月后，弹尽粮绝的马克西米连决定出城突围。

但是，在突围的战斗中，墨西哥皇帝被俘虏了。

7

被捕后的马克西米连被判“颠覆国家罪”。

那是一个要执行枪决的罪名。

消息一出，欧洲震惊。

欧洲各国的君主都纷纷给胡亚雷斯写信，希望不要枪决马克西米连。美国的总统约翰逊也致信胡亚雷斯，认为完全没有必要杀死皇帝。就连当时的欧洲大文豪雨果都写信给胡亚雷斯，劝他刀下留人。

但是，胡亚雷斯的回答还是一个字：呸！

事实上，胡亚雷斯对马克西米连并没有太大的反感，甚至还挺欣赏他的很多政策。但是，此时的马克西米连已经成了一个符号，他代表的是君主制，代表的是欧洲列强的干涉。

所以，留给马克西米连的，只有死路一条。

法国著名印象派画家马奈的油画名作《枪毙国王马克西米连》。在画上，马克西米连身后站着的是两个一同被俘的将军，而他是戴着帽子的

1867 年 6 月 19 日凌晨 3 点，最后的时刻来临。

35 岁的马克西米连穿着黑色制服，胸前佩戴着哈布斯堡家族继承自勃艮第公国金羊毛骑士团的金羊毛勋章，面色平静。

据说在行刑前，马

克西米连把自己的帽子交给了自己的匈牙利厨师，叮嘱他："把这个交给我的母后。请转告她，我在临终前仍然思念着她。"

接着，马克西米连与行刑队成员一一握手，然后主动站到离他们几米远的矮墙前，喊了一句："我愿宽恕天下人，但愿天下人能宽恕我，为了国家的利益，我甘洒热血，墨西哥万岁！独立万岁！"

行刑官举起了指挥刀。马克西米连又喊了一声，指着自己的胸膛："孩子们瞄准了，瞄准正前方！"

枪响。倒地。身亡。

临终前，有人听到马克西米连的最后一句低语：

"天哪！（Hombre!）"

8

马克西米连的死，震惊了欧洲的王室。

整个哈布斯堡家族沉浸在一片悲痛之中。马克西米连的尸体经过几个月才被运回奥地利。第二年，奥匈帝国为他举行了国葬，他的尸体最终被安葬在维也纳的皇家墓室。

不过在墨西哥，没有人关心这件事。

马克西米连在位时开拓的那条横穿墨西哥城市中心的大道，后来成了墨西哥城最著名的一条大道。但是，墨西哥民众并不是用它来纪念这位皇帝的，而是用来纪念胡亚雷斯的。

大道的名字，也早已不叫"皇帝大道"，而是叫"改革大道"。

馒头说

不知道各位是否和我一样，看完这个故事，对马克西米连感到有些惋惜。

论抱负，论主张，论执行，以当时的环境来看，马克西米连都还算是可以的，甚至他颁布的一些政策还颇有点“革新”的味道。

但最终等待他的，是行刑队的子弹。

是因为他施行暴政吗？是因为他酒池肉林吗？都不是。他的问题就在于，他从出发点就错了——时代变了，人民不接受皇帝了。

再回想一下袁世凯。

论实力，论人脉，论机遇，在那个时代，连一个能接近他的人都没有，但他最终却留恨千古，遗臭万年。

为什么？还是因为开了历史的倒车。

所以，有些事情，即便有一万个细节都做得很好，但只要出发点错了，就会满盘皆输，没什么好值得遗憾的。

与什么作对，都别与时代和趋势作对。

诚不我欺。

本文主要参考来源：

1.《生未百年 死不孤独——墨西哥革命与苦命皇帝马克西米连》(“无定向写作症”，搜狐网，2018年2月7日)

2.《多年之后，当墨西哥皇帝马西米连诺面对行刑队》(杨健，《东方早报》，2016年10月19日)

3.《墨西哥第二帝国统治合法性探寻研究》(陈淑红，福建师范大学硕士论文，2013年)

置身血肉战场

有人说，一旦上了战场，就没的选。

确实，炮火连天，血肉模糊，战场上很多时候是容不得你多想的。然而，越是在极端环境下，就越能凸显人性，是进是退，是战是降，又怎么可能没有选择呢？

平型关伏击战的背后

初中历史教科书上，写过一场伏击战，这篇文章想说的就是这次战役。

1

1937年的秋天，阎锡山的头很痛。

自从7月7日日本全面侵华以来，仅一个月时间，北平和天津就相继告失，整个华北沦陷。在上海，蒋介石投入最精锐的嫡系中央军率先动手，却没有达成预定目标，与不断增兵的日军在远东第一大都市陷入血战。

在这一年的秋天，日军最精锐的师团之一——板垣征四郎率领的第5师团和东条英机率领的关东军察哈尔兵团，开始进逼山西。

那里是阎锡山苦心经营多年的“独立王国”。

作为第二战区司令长官的阎锡山，必须开始认真考虑“抗日”这个问题了——尽管在此之前，他一直自比为“在三个鸡蛋上跳舞”。

第一个鸡蛋，自然是日本人。阎锡山一直是中国地方军阀中和日

“山西王”阎锡山

本关系最好的一个，他的部队有很多武器装备都是购买自日本，日本也一直对他礼遇有加。但是，当日本人提出让阎锡山担任“华北五省自治”的主席时，他断然拒绝——民族大义，他还是懂的。

第二个鸡蛋，是蒋介石的中央军。阎锡山用尽各种办法，在山西省境内赶走中央军的势力，对于蒋介石重金收买的晋军将领，阎锡山曾不惜代价监视，甚至派人暗杀。

第三个鸡蛋，就是共产党了。阎锡山一直是积极的反共者，但在外敌大兵压境，已经要进逼他的老巢太原的时候，毫无疑问，要联合一切可以联合的力量。

1937年9月，整个晋西北的战场形势已经危在旦夕：日军第5师团和察哈尔兵团齐头并进，阎锡山的晋绥军虽然也顽强抵抗，甚至枪毙了一个军长，但还是一路败退，一直退到了平型关一线。

平型关，是明代修筑的内长城的一个关口，位于山西省大同市灵丘县与忻州市繁峙县的分界线平型岭上，是一道天险。

而阎锡山最新的作战计划，就是依托平型关和与它平行的团城口一线死守，相机反击，夹击另一个战场雁门关的敌军。

9月23日，日军第5师团第21旅团，兵临平型关城下。

已经动用预备队的阎锡山，在这一天发了一封电报：“我决歼灭平型关之敌，增加八个团的兵力，明拂晓可到，希电林师夹击敌之侧背。”

收报人，是第十八集团军的总司令朱德。

电文中的“林师”，指的就是林彪指挥的115师。

八路军，将第一次以正规部队的名义，踏上抗日战场。

2

1937 年 9 月初的一个午夜，杨得志带着部队抵达了太原城。

彼时杨得志的身份，是八路军第 115 师 343 旅 685 团团长。午夜时分，太原城早已静悄悄，杨得志只找到了一个骨瘦如柴的老人拉的黄包车。

杨得志本不好意思让老人拉车，但老人知道杨得志是八路军，要去打鬼子，不但要拉，还坚决不肯收车钱。最后，杨得志硬是把钱塞给了老人，说只是请老人吃顿饭。

当时的八路军，就是带着老百姓这样的期待，从陕北出发的。

1937 年 8 月 22 日，根据国民政府军事委员会颁布的改编命令，中国工农红军改编为国民革命军第八路军（后根据战斗序列改称第十八集团军），总指挥（后改任总司令）为朱德，副总指挥（后改任副总司令）为彭德怀，下辖 115、120 和 129 三个师，师长分别是林彪、贺龙和刘伯承。

当时很多红军战士对于摘下五角星，换上一直与之战斗的青天白日帽徽感到很不理解，但经过各个层面的讲解和疏导，“是中国人就一起打鬼子”的信念被迅速建立起来。

八路军的《八路军出师抗日誓词》是这样写的：“日本帝国主义是中华民族的死敌，它要亡我国家，灭我种族，杀害我们父母兄弟，奸淫我们母妻姊妹，烧我们的庄稼房屋，毁我们的耕具牲口。为了民族，为了国家，为了同胞，为了子孙，我们只有抗战到底！”

八路军誓师出发后，沿途老百姓自发摆上茶壶茶水，还有干粮鸡蛋，目送自己的子弟兵踏上晋西北的抗日主战场。

对于红军改编后参战，最受触动的，其实是日本人。

1936 年，日本驻北平特务机关长松室孝良在发回国的秘密报告中这样写道：“以共产军之实质，实为皇军之大敌。世界各国军旅，无不需要大批薪饷、大批物质之分配与补充，换言之，无钱则有动摇之虞，无物质更有不堪设想之危。共产军则不然，彼等能以简单的生活，窳败之武器，不充足之弹药，用共产政策，游击战术，穷乏手段，适切的宣传，机敏的组织，思想的训练，获得被压迫者的同情，实施大团结共干硬干的精神，再接再厉的努力，较在满的红军尤为精锐。”

就是这样一支由经历长征不久的红军改编而来的八路军，准备在山西战场上和日本人硬碰硬干一场。

“干一场”，也是杨得志那天晚上到了太原城一个晋军招待所见到师长林彪后，得到的最新指示。

因为林彪得到了由当时第七集团军总司令傅作义和第六集团军总司令杨爱源联合下达的最新作战计划：由国民革命军第 17 军 84 师死守平型关正面，待日军进入平型关地区后，由林彪的 115 师和郭宗汾的 71 师两面夹击，将进入险要地段的日军全歼。

9 月 23 日，115 师召开连以上干部战前动员会，已经两次去现场勘察过地形的林彪分析了战局，副师长聂荣臻做了思想动员。

9 月 24 日，第三次去现场详细勘察地形的林彪最终决定，在平型关东北方向的关沟到东河南村之间一段长达 13 公里的公路两边设伏，力争全歼进入包围圈的日军。

午夜，倾盆大雨，115 师官兵出动，根据各自任务奔向设伏地点。

1937 年，平型关战斗前 115 师连以上干部摄于上寨村动员会

在 115 师奔向设伏地点的时候，他们并不知道，负责正面防御的国民革命军第 84 师因为得不到增援，在日军强大的攻击面

前，已经擅自放弃了阵地。

25 日拂晓前，115 师第 685 团、第 686 团和第 687 团全部进入埋伏阵地。

无论如何，八路军还是要准时出击。

3

9 月 25 日清晨 7 点，平型关的乔沟山道，响起了日军卡车的马达声。

那是日军第 5 师团第 21 旅团第 42 联队的一个大队，外加一个骑兵小队和两个运送辎重的中队，一共 1 000 多人，运兵和运送辎重的卡车和马车一共有 300 多辆，排成一字长蛇，大摇大摆地通过平型关地区狭长的山道。由于之前在中国战场势如破竹，他们甚至连尖兵和两侧搜索队都没安排，因为他们不相信有中国军队敢在大白天袭击“大日本皇军”。

在埋伏地点淋了一夜雨，趴在冰冷地面上全身发抖的八路军战士，第一次正面看见头戴钢盔、身穿黄呢子军大衣的日军，以及那面刺眼的膏药旗。

还没等八路军战士仔细端详对手，发动进攻的信号弹就升起了。

率先开火的，是按任务截击日军头部的杨得志的 685 团。

忽然从两边高处射来的子弹和从天而降的手榴弹，让日军的汽车和马车顿时乱作一团。领头的几辆卡车先被炸毁，堵住了前进的方向，后面的卡车都撞在了一起。

战斗一打响，八路军就发现，眼前的日军确实和他们以前遭遇的对手完全不同。

在短暂的慌乱之后，日军军官举起指挥刀稳定住了士兵的情绪。随后，日军士兵马上三人一组形成战斗小组，向公路两边的高地冲去。

八路军的冲锋号随即吹响，685团向山下扑去。

一场白刃战随即展开。

115师的装备在当时八路军三个师里已经是最好的了，但还是不能做到人手一把枪（鸟枪也算上）。至于子弹，更是少得可怜。所以，贴身肉搏，是他们必须选择的方式。

第一批侵华日军确实是战斗力最强的，更何况第5师团是甲种师团。115师是经历过长征的红军精锐部队，也可以说是八路军的王牌师，但论起单兵作战能力，包括拼刺刀，在被伏击的日军面前，还是占不到什么优势。

685团2营和3营的阵地战斗最激烈。2营5连连长曾贤生冲在全连最前面，率领全连在20分钟内用手榴弹炸毁日军20多辆卡车，然后陷入白刃战。在砍翻数名日军之后，面对五六个包围上来的日军士兵，曾贤生拉响了身边最后一颗手榴弹。

685团的三个营冲下高地进入肉搏后，伤亡人数直线上升，但第一次和日军面对面硬碰硬的八路军也杀红了眼。连长牺牲，排长顶上，排长牺牲，班长顶上，班长牺牲，战士自发接上指挥，虽然自身伤亡也很惨重，但685团将日军牢牢按在了山沟公路上。

这时候，从最初的慌乱中恢复过来的日军发现了一处关键的高地，抢占那块高地，就能赢得整场战斗的主动权。

那处高地叫老爷庙，本来应该是686团的阵地。

4

686团领到的任务，是伏击日军阵列的中部。

因为进入预设阵地时碰到了山洪暴发，686团的战士个个满身泥浆，嘴唇冻得发紫，但个个杀敌心切——他们每人被分配100多发子弹和两颗手榴弹，这已是因为要打大仗而得到的“奢侈”待遇了。

战斗打响后，686 团团长李天佑很快就接到了林彪的指示——不惜一切代价，立刻抢占老爷庙高地。

没有预先抢占老爷庙，是林彪后来检讨平型关伏击战遗憾的一个重点。

李天佑立刻派出 3 营去抢占老爷庙高地。

但那个时候，老辣的日军已经占据了老爷庙高地，3 营立刻由抢占高地变为强攻高地。

强攻战开始没多久，李天佑就接到了 3 营打来的电话：3 营长已经负伤，负责主攻的 9 连损失严重，干部已经全部牺牲——那都是经历过长征的身经百战的老战士。

李天佑只说了一句话：坚决冲上去！不要怕伤亡！

经历整整两个小时的血战，3 营最终重新占领了老爷庙，架起机枪，开始向山下扫射日军。

孤注一掷的日军组织集团式冲锋，集合了五六百人强攻老爷庙。这时，收到被伏击消息的日军也已经派来了飞机，开始轰炸老爷庙高地。

3 营伤亡很大，但死战不退——失去老爷庙高地，就等于开了一个口子，这场伏击就等于白打了。团长李天佑下了死命令：一定要坚持到底，直至最后一支枪，最后一颗子弹。

打到下午 1 点左右的关键时刻，老爷庙侧面枪声大作。

115 师 687 团顶上来了。

5

687 团领到的伏击任务，是攻击日军队列的尾部。

日军的尾部主要是辎重部队，687 团战斗的压力相对要小一些，在攻击得手后，他们不断向前压缩，最终帮上了 686 团。

此时的平型关伏击战，已经从清晨打到了傍晚。

115 师杨成武的独立团在腰站死死顶住了前来增援的日军，而林彪把手里最后一张牌——作为预备队的 688 团也派上了平型关，终于将山沟公路里的日军全部合围。

日本在 1973 年出版的《滨田联队史》中记录了平型关战场的景象："……行进中的汽车联队遭到突袭，全部被歼灭，100 余辆汽车惨遭烧毁，每隔约 20 米，就倒着一辆汽车残骸。公路上有新庄中佐等无数阵亡者，及被烧焦躺在驾驶室里的尸体，一片惨状，目不忍睹。"

这场在大白天进行的伏击战，给板垣征四郎乃至整个日军都造成了极大的震撼——由于一开始消息传递有误，东京本部以为板垣征四郎在伏击战中身亡。

同样被震撼的，还有八路军。

在伏击战结束后清理战场时，八路军的年轻战士们再一次认识了他们的敌人：看到有日本兵趴在车底下，八路军战士让他们爬出来，说缴枪不杀，结果直接被对方射来的子弹击中；有个副营长背上一个日本伤兵，这个伤兵却把副营长的耳朵咬掉了；看到有受伤的日本士兵倒在地上，八路军的卫生员本能地上前为对方包扎，但对方却直接拿起刺刀刺进了卫生员的胸膛……

早在战斗前，林彪就计划好要抓一批日军的俘虏。

但直到战斗完全结束，林彪得到的报告是：没有一个日本兵肯缴械，只能全部击毙。

一个俘虏也没抓到。

6

八路军一战成名。

朱德一天收到的各路贺电，就有 100 多封，其中也包括 9 月 28 日蒋介石发来的嘉奖电。

平型关一战，八路军到底歼灭了多少日军，一直是一个有争议的话题。

按照日军的记录，一共伤亡辎重部队 60 人——即便考虑到侵华战争期间日军一直有故意瞒报伤亡数字的“光荣传统”，这个数字也实在太离谱了。

在平型关一战中，日军毙命 2 个中佐（其中一个叫桥本的被视为日本军界的“明日之星”）。中佐在日军序列里已经属于中高级军官了，60 个人的辎重部队里能有两个中佐，恐怕日本人自己都不信。更何况，100 多辆被炸毁的汽车趴在那里，60 个人怎么开？其中还有数十辆卡车是满载士兵的。

中方的战报一开始有“歼敌万人”的说法，这个说法也有水分，可以考虑到是出于鼓舞士气的目的。另有一种说法是歼敌 3 000 人，但这个数字还是有些多。

综合各方面的史料，包括日本方面以及八路军将领后期的回忆录，平型关伏击战歼灭 1 000 多名日军，是一个比较可信的数字。

那么八路军自身伤亡多少？比较可信的数字是 600 多人。

这也是林彪等八路军将领在那一战后始终在检讨反思的：以数倍于敌人的兵力，占据优势地形，伏击敌人的二线部队，最终还造成自身如此大的伤亡（尤其牺牲的很多人是经历过长征的骨干），可见日军战斗力之强，以及八路军自身的不足。

但平型关伏击战还是得到了全国的高度赞扬。时任 115 师 686 团组织处股长的欧阳文后来回忆：“平型关一战后我们到晋南招兵。我们团的招兵处和国民党的紧挨着，他们那边根本没人去，我们用了一个星期就招了 3 000 多人。”

为什么？

因为在平型关伏击战之前，虽然在中日双方的战役中，日军伤亡人数超过 1 000 人的战役不胜枚举（中国士兵付出的代价更惨重），但平型关伏击战是一场典型的包围歼灭战，从战术角度说，是一场不折不扣的胜利。

这是八路军首次登上抗日战场，用简陋的装备和有限的人数打的第一场战斗，也是日军侵华以来第一次被完整包围歼灭1 000人以上。

在抗战全面爆发的第一年，虽然很多国人心中都有必胜的信念，但面对势如破竹的日军，大家都需要一个证明。

平型关伏击战确实很小，却给了国人这样一个证明：

“皇军”不可战胜？扯淡！

馒头说

必须承认，有一段时间，因为各种原因，国民党在抗日正面战场上的作用相对被叙述不多。

这几年情况已经有了很大改变，但另一种极端风气又忽然冒了出来：共产党在抗日战争中的作用被一些人说成可以忽略不计。微博上甚至流传过一个帖子，说整个抗日战争期间，共产党军队歼灭的日本兵只有几百个，那个数字被精确到了个位数——我实在想象不出怎样的人才会去相信这样的帖子。

所以，这也是我愿意再写一遍大家从教科书上已经很熟悉的“平型关伏击战”的原因。

从这场伏击战，可以看出一些东西。

第一，平型关伏击战并非轻而易举获胜的，是八路军115师几乎以命相搏换来的胜利。

第二，国民党军队确实是当时正面战场的主要抗战力量，但这也是因为国民党是当时的执政党，掌握着全国的财政、军队和资源，这是他们理所应当肩负起的责任。

第三，共产党的军队当时确实相对弱小，可能一场平型关伏击战就是他们当时能发挥出的极限了（最好的师长指挥最好的师参战）。但发展壮大后，共产党的军队却承担了广大敌后战场的主要抗战任务，从这个意义上说，称之为“中流砥柱”并没有问题。不然无法解释日军要先后出动数十万军队对华北战场进行大扫荡，以及日本投降后，蒋介石会下令华北日军不准向共产党投降，要用飞机空运部队抢着去受降。

第四，平型关伏击战的规模确实不算很大，而且打的是日军第5师团以辎重部队为主的部队，这就是当时整个抗日战场中国军队所面临的残酷现实：我们的一线部队打人家的二线部队，虽占据绝对优势却难占到便宜。

抗日战争是中华民族被逼到悬崖边的一次绝地反击，确实是“地不分南北，人不分老幼”的一场大苦战。在这场长达十四年的苦战中，过分贬低任何一方的作用和忽视任何一方的贡献，都是不客观的。

平型关伏击战的另一个重要意义，就是八路军作为第二战区的一个战斗序列，两大对头第一次肩并肩出现在了抗日战场上。

王树增先生在《抗日战争》中，转引了一个记录在《八路军——回忆史料1》（解放军出版社）中的小故事，这里可以用作结尾。

杨得志的685团在向平型关方向行军的时候，阎锡山不惜成本派来一个美式卡车团去运送他们。杨得志坐在一辆卡车的驾驶室里，发现那个国民党中年司机始终对他非常客气，杨就问他原因。

一问才知道，这个国民党老兵以前“剿共”时也运送过国民党兵去打红军，但他心里是很不愿意的，如今运送八路军打鬼子，他就非常开心，他说：这回好了！共产党和国民党不打仗了，大家一块打日本鬼子，打完日本鬼子我就可以回家了。

……

“中国人嘛，还能让个小东洋欺负着？”

本文主要参考来源：

1.《中国人民解放军军史》（第二卷）（《中国人民解放军军史》编写组，军事科学出版社，2010 年）

2.《中国人民解放军全史》（第四卷）（军事科学院军事历史研究部，军事科学出版社，2010 年）

3.《抗日战争》第一册（王树增，人民文学出版社，2015 年）

4.《峥嵘岁月：首战平型关》（聂荣臻，黄埔军校同学会网，2015 年 12 月 7 日）

5.《首战平型关》（李天佑，抗战老兵口述资料中心网）

6.《风雨平型关》（“读·党史”第 4 辑，中共党史出版社，2011 年）

7.《八路军平型关大捷与平型关战役的关系》（曾景忠，《中国国家博物馆馆刊》，2013 年 04 期）

8.《平型关大捷：不容争辩的“首战大捷”》（高凤山，《党史文汇》，2012 年 09 期）

9.《铁血丹心平型关》（刘媛，《文史月刊》，2019 年 12 期）

宝山保卫战：另一个关于“六佰”的故事

电影《八佰》上映时，大家的讨论不少，我也写了一篇影评。其实，“淞沪会战”中还有另一场战役，论规模，这场战役不算大，中国守军的数量和四行仓库保卫战差不多。不过，结局不太一样。

1

当 1937 年的“淞沪会战”打到 8 月下旬的时候，上海的战况出现了变化。

在苦苦挡住了中国军队的拼死攻击之后，固守待援的数千日本海军陆战队士兵终于盼来了他们日夜渴望的好消息：8 月 23 日，日军的两个甲种师团——第 3 师团和第 11 师团，在日本海军密集舰炮的掩护下，于上海的吴淞口码头、狮子林、川沙口一带强行登陆。中国守军虽然顽强阻击，但无奈双方火力差距太大，阵地接连告破，最终让日军的大批增援部队登陆成功。

原本中国军队全面攻击的态势，一夜之间发生逆转。

蒋介石知道情况不妙，立刻招来了自己的亲信、时任军政部次长陈诚，命他组成新的第十五集团军，立刻开赴日军登陆地点，尽全力阻止敌人进一步突入上海市区。

第十五集团军下辖罗卓英的第 18 军、夏楚中的第 98 师以及正在赶来路上的王耀武的第 51 师、俞济时的第 58 师，统统都是中央军的精锐——在投入 87 师、88 师和 36 师之后，蒋介石彻底甩出了自己的王牌。

自 8 月 23 日起，以上海北部一个叫罗店的弹丸小镇为中心，中日双方前后投入了十多万兵力，展开了一场空前惨烈的攻防战，以至于罗店争夺战成了整个淞沪会战期间最血腥的战场之一，被称为“血肉磨坊”。

罗店争夺战中，由于上海地下水位高，战壕挖到地下 1 米深就有水渗出，所以无法提供太好的庇护作用，很多中国士兵都是站在水中进行阻击，战况异常惨烈（相关情节可参考《历史的温度 3》收录的《上海 1937：一寸山河一寸血》）

当战役进行到 8 月 30 日的时候，虽然罗店战场战火胶着，阵地数易其手，中日双方均不能完全控制，但总体来看，登陆的日军已经完全站稳了阵脚，而中国军队的处境已比较艰难。

就在这时，日本“上海派遣军”指挥部发现地图上有一座小县城，这里成了他们一个必须要拿下的目标。

这座县城，虽然方圆只有十里，但东面和北面都紧靠长江，向南十里是吴淞炮台，向西十里是狮子林要塞，地处要冲，为兵家必争之地。

如果日军要继续往罗店、月浦一线推进，那么这座县城就像一根刺一样卡在他们的喉咙里。

这座县城，就是宝山。

2

宝山，雍正二年（1724）定名，地理位置重要，可称上海北面的水路门户。

向宝山城进攻的，是日军第3师团主力和第11师团一部，而防守的中国军队则是周喦（同“岩”）统率的第6师。第6师之前经过几番血战，阵容残缺，力战不支后退却。

关键时刻，第十五集团军总司令陈诚给第98师的夏楚中下了死命令：必须拿下宝山城，不然提头来见！

第98师属中央军，出自陈诚自己的“土木系”，武器装备和兵员素质都高于一般部队，师长夏楚中也是一员名将。

然而，第98师自8月15日被投入上海战场以来，几经拼杀，奉命转战罗店这个“血肉磨坊”后，更是伤亡巨大。但长官陈诚下了死命令，夏楚中咬牙拼凑出一个旅的兵力，在第6师残部的配合下，又夺回了宝山县城。

接下来，是必须守住宝山。

按照战略部署，第98师的主力是沿月浦镇一带构筑工事防守，其中，584团在罗店以东的韩宅、五斗泾一带阵地钳制罗店方向的日军，587团在朱宅、孙家楼一带死守，588团兼顾狮子林—月浦—宝山一线，战线被拉得很长。

陈诚，黄埔军校建立后的教育副官，黄埔成军后任炮兵连连长，在“棉湖战役”（见《历史的温度4》收录的《棉湖战役：决定黄埔军校存亡的生死一战》）中立下战功而进入蒋介石视野，后深受信任，不断升迁，有“小委员长”之称。陈诚在国民革命军中的派系被称为“土木系”，因为“土”拆开为“十一”，“木”拆开为“十八”，是指陈诚起家的第11师和第18军。由于陈诚起了表率作用，所以“土木系”整体作风较为廉洁，战斗力较强，是当时中央军的主力部队

换句话说，夏楚中手里已经没有什么部队可以守宝山城了。但宝山县城的重要性大家都心知肚明，而长官陈诚的命令也不能违抗。

想来想去，夏楚中想到了麾下的 292 旅 583 团。

此时的 583 团也经过了多日苦战，虽然士气仍在，但减员严重，同时还承担重要防务。盘算之后，夏楚中决定投入 583 团 3 营。

583 团 3 营原来是战略预备队，还没有经过炮火洗礼，全营大约还有 600 人（一说 700 余人）。

8 月 31 日，之前已入城的 98 师 583 团 3 营营长，奉命率全营正式接防宝山县城。

这位营长的名字，叫姚子青。

3

姚子青，字中琪，1908 年 12 月 24 日出生于广东省平远县，客家人。

姚子青是家里第五个孩子，虽然家里贫穷，但父亲姚苍士还是努力供他读书。姚子青从小学习成绩优异，但读完中学后，他和当时很多爱国青年一样，认为只有投笔从戎才能拯救自己的国家。

姚子青

1926 年 10 月，姚子青考入黄埔军校六期，毕业后进入国民革命军 11 师任见习军官。在中原大战期间，身为排长的姚子青奋勇当先，腿部中弹仍不肯退，立下战功，升任连长。到 1936 年 4 月，28 岁的他已经升任 98 师 292 旅 583 团 3 营少校营长。

1937年8月13日，淞沪会战爆发，姚子青部奉命随98师进入上海参战。和当时很多军人一样，姚子青的心情是激动的。

自1931年以来，中国人一忍再忍，一退再退，如今，终于要拉开架势和日本人真刀真枪打一场了。

姚子青是抱着必死的决心出发前往战场的。在部队出发前，他给家中的妻子写了一封信，其中写道：“此去倘能生还，固属万幸，如有不测，亦勿悲戚，但好好抚养儿女，孝奉翁姑。”

在进驻宝山城并巡视之后，姚子青就对自己在这场战役中的命运基本有了一个底：不出意外，这里将是自己的殉国之处。

宝山县城地处要冲，为日军必夺之地。然而县城虽有城墙，但都是用泥土堆成的，且非常矮，一旦遭遇敌人进攻，不仅对方非常容易攀登，且一轰就塌。城外的护城河也非常浅，很难搭建什么有效防御工事。

用一句话来说，宝山县城“易攻难守”。

更何况，姚子青很清楚：一旦开战，自己的部队不仅要面对日军步兵的攻击，还有上空日军飞机的扫射和轰炸，最要命的，还有不远处停泊在长江江面上日军军舰的舰炮轰击。

从任何角度来看，用一个营来守这座县城，都是一个必死的任务。

但姚子青给旅长发了一封电报：“守土有责，誓与宝山共存亡，请旅长放心。”

4

9月1日，宝山外围的日军的试探性进攻开始了。

负责进攻宝山县城的，是第3师团第68联队，有近3 000人。其中第1大队约1 100人负责主攻，第2大队和第3大队负责封锁宝山县城的西南地区，阻击中国军队的增援。

大战当前，姚子青召集全营训话：“弟兄们，还记得来上海之前我讲的话吗？养兵千日，用兵一时。眼下日本鬼子打到了我们家门口，杀我同胞，奸我姐妹，侵我国土，欺人太甚！不把鬼子驱逐出去，是我们每一个军人的奇耻大辱！如今我们报仇雪恨的时机到了，弟兄们，豁出去吧！和鬼子们拼到底！”

全营将士热血沸腾，一起高喊：“人在阵地在！”

然而，面对敌人的漫天炮火和飞机轰炸，一腔热血的中国军人感到的是悲凉和无奈。

抛开兵力数量上的劣势，从装备上说，隶属 98 师的 583 团 3 营在中国军队里已经算好的了：除了常规步枪，全营还配备了 20 多挺轻机枪和 6 挺重机枪，并配备了一定数量的迫击炮，战士们甚至每人都配备了德式 M35 钢盔。然而，在配备 12 门 75 毫米步兵炮和 4 门 75 毫米野炮的日军联队面前，中国军队的火力显得如此孱弱。

更何况，日军还有飞机、坦克的配合进攻，更有停泊在江面上的日本驱逐舰和巡洋舰的舰炮压制。如果说二战期间日本的陆军在世界范围内并不算强的话，那么日本的海军在当时确实堪称世界一流。

当时停泊在上海江面上的日军“出云号”装甲巡洋舰。这艘战舰在日本海军中最多只能排到二流，但排水量也有近万吨，主炮是四联双座 203 毫米，这种大炮的威力远非陆军的野战炮可比

姚子青不是不知道双方的实力差距，也不是没有向师部请求过增援。

294 旅旅长方靖在得知姚子青深陷绝地后，曾派副旅长龚传文亲自去视察宝山城，在目睹防守条件恶劣后，龚传文建议方靖派出增援。方靖下令 587 团的一个营紧急驰援，并授权姚子青统一指挥这两个营。

然而，这一个营的援军却在路上遭遇日军飞机扫射和轰炸，伤亡惨重，只能被迫撤退。

姚子青唯一的援军被切断了。

5

9月4日，在炮兵和航空兵的狂轰滥炸后，日军第68联队对宝山城西发起进攻。

姚子青率部主动出击，将敌人击退。然而，围绕宝山周围的整体战况却急转直下：周边狮子林等阵地的中国守军经过整夜苦战，最终在日军的强大火力面前只能选择撤退，阵地皆落入敌手。

宝山县城被四面合围，真正成了一座孤城。

9月4日这一天，停泊在吴淞口的日军30多艘军舰也开始集中火力，猛轰宝山。在巨大的舰炮威力前，中国军队构筑的工事如同泥捏的一般，被轻而易举地轰得粉碎。

当晚，姚子青和幸存的将士们掩埋了战友们的遗体，脱帽告别——向逝去的战友告别，也是向彼此告别。

大家都知道，炮火准备好之后，日军即将发起总攻。

9月5日拂晓，在切断了宝山县城与所有中国军队的联系之后，日军的总攻开始了。

在进攻的日军序列中，除了一天前的步兵第68联队外，还增加了步兵第12联队、步兵第43联队和一个战车中队，另外还有三个炮兵大队。

这几千人面对的，是一座城墙已经残缺不全的宝山孤城，还有誓死不退的500多名中国军人。

那天下午1点，姚子青向上级发电：“敌以兵舰三十余，排列于我东门江面，飞机十余架轰击我各城门，复以战车向我各城门冲击，职决遵命死守。”

一个上午，日军发起四次冲锋，统统都被姚子青率部击退。

情急之下，日军开始发射硫黄弹，宝山城顿时火光四起：敌人准备烈火焚城。

此时的中国守军已经伤亡过半，姚子青清点了一下伤亡名单：4 个连长阵亡了 3 个，9 个排长阵亡了 6 个。

姚子青下令："所有勤杂人员，包括架线员、炊事员、传令兵，一律到前沿阵地去！"

随后，他不顾劝阻，自己也来到了东门阵地。在出发之前，他做了一个交代："我死了，连长接替我指挥，连长牺牲了，排长接替，排长死了，班长接替，班长死了，老兵接替。到时候不用请示报告，自动接替就行。"

傍晚时分，日军第 68 联队的联队长鹰森孝，在坦克的掩护下，率军向宝山城发起了又一次冲锋。

面对冲到阵地前沿的日军坦克，中国守军的手榴弹无法起到作用，于是，抗日战场上最常见的悲壮一幕在宝山阵地上演：3 营 2 连的上等兵李卫明在自己腰间捆满手榴弹，手里还举了两颗，大吼一声，一跃而起，钻到了日军坦克的履带下。

一声巨响，坦克瘫痪，日军退却。

日落时分，姚子青在断壁残垣中再次清点人数，发现全营只剩 100 多人了。

师长夏楚中的电报回复也来了："宝山城关系全局，该营长应仰体委座意旨，战至一兵一卒亦须固守。吾辈成功成仁，本无二致，该营应以宝山为归宿地，建立不世之奇功。并应准备充分巷战，万一城池被陷，亦当与敌偕亡于城中也。"

姚子青知道，师部不可能再派援军来了。

事实上，夏楚中手里也确实没兵了，整个 98 师在罗店争夺战中几乎打到了最后一兵一卒，而 98 师背后的第十五集团军也无兵可援。

陈诚后来在日记中这样记载：“因该师伤亡过大，仅存五百余战斗兵，夏师长告急请援，而予手中无一兵可援。现该师尚有一营之数，你（指98师师长夏楚中）应有你即营长之决心，以一营挽救全局，如仅剩一连或排，你即以连长、排长自任。总之，希转告所部，无命令决定始终坚持固守，而上官亦绝不会使各部做无价值之牺牲，并已有整个计划矣。”

当晚，姚子青给师部回电：“抱誓与敌偕亡之旨，固守城垣，一息尚存，奋斗到底。”

6

9月6日凌晨，日军的又一波攻击开始了。

在日军的重炮轰鸣中，宝山县城的城墙多处出现坍塌，缺口无数。

上午近10点，宝山县城南门的中国守军经过近一个小时的肉搏战，全员战死，南门陷落，日军士兵蜂拥而入。

这时候，只剩下几十人的3营，再也没办法堵上缺口了。

没有悬念：巷战。

一屋一瓦，坚决不退。

上午10点，此时的姚子青身边只剩下二十几个弟兄了，但依旧没有一个人退缩。

日军已经蜂拥入城，城破就在眼前。

“人从生下来就注定要死的，但好汉死要死出个样子！”

在姚子青的号召下，所有幸存的官兵都把枪装

日军爬上宝山县城的城墙（日军资料照片）

上了刺刀，毅然决然地向潮水般涌来的日军冲了过去。

没有确切的资料记载姚子青最后是怎样牺牲的，有说被炮弹击中，有说被子弹击中。但可以确定的是，姚子青是在 9 月 6 日上午 10 点左右殉国的，时年 29 岁。

在 9 月 5 日晚，姚子青曾派了一个叫魏建巨的 9 连士兵趁夜出城汇报战斗情况。除了魏建巨以及几个因伤被提前送出城的幸存者，自姚子青以下，全部死战到底。

98 师 583 团 3 营，在宝山城全营殉国。

7

宝山城一片沉寂。

攻入城内的日军第 68 联队在短暂的欢呼之后，也陷入了沉默。

这支在 8 月初刚刚踏上中国国土的侵略者部队，直到离开自己国家登船前，接受的教育依旧是："支那"的军队是不堪一击的，只要我们一开火，他们就会溃退。

此时，恐怕他们也无法弄明白：明明已经没有任何救援，明明实力如此悬殊，但眼前的这支中国军队为何宁可战斗到最后一滴血，宁可全体牺牲?

这个疑问，将伴随着他们，从上海到徐州，从武汉到长沙。

直到他们 1945 年战败投降。

馒头说

以前看电视剧《亮剑》，我发现 358 团士兵称团长楚云飞为"团座"，甚至他手下的营长，也被属下尊称为"营座"。

据考证，别说"营座"和"团座"，连"师座"和"军座"这样的称谓当时在军队里也是凤毛麟角，这些都是电视剧的演绎。

真正经常被称“× 座”的，那就是“委座”蒋介石。

之所以会有“团座”和“营座”这样想象中的称谓，大抵是因为在一支军队的序列里，团营级军官已是校级军官，能达到“领导干部”的基准线了，再往下，即便是电视剧里也不可能出现什么“连座”和“排座”，因为那是最基层的军官，打起仗来，是要和士兵一起冲锋的。

而一场战役的惨烈程度，从团、营级军官的阵亡数字就可见一斑。

淞沪一战，三个月内，中国军队阵亡团长 28 人、营长 44 人，连长及以下级别没找到确切统计数据，但以 98 师为例，营级以下军官，含副职和临阵升职者，阵亡数就达到了 200 人。

一场战役，从最高指挥部发出指令开始，战略意图经战区司令长官、集团军总司令、军长、师长层层传递，最终到达神经末梢并体现整体战略意图和战斗意志的，其实就是团长到营长这一级——他们上能接纳和传递战略意图，下能在危急时刻率队冲锋。

然而，比起淞沪会战中那些军长、师长，在阵亡的团长和营长里，除了谢晋元、姚子青等少数几个，我们还能报出几个名字呢？更不要说那些和战友们一起趴在壕沟里阻击，一起上刺刀冲出去肉搏的连长、排长和班长了。

谢晋元（其实之前只是团附）因为率部死守四行仓库，被媒体广泛报道，青史留名；姚子青率部死守宝山县城，最后惊动了蒋介石（称“实开近世战争之创例。此种光荣哀劣，震惊中外”），故成为楷模。他们当然是可敬可佩的，但除了他们，还有太多太多的团长、营长、连长、排长和班长，乃至千千万万的普通士兵，我们并不知道他们的名字。

但是，尽管我们不知道他们的名字，历史却不会忘记他们，甚至，他们的敌人也不会忘记。

在宝山县城陷落的那一天，日军参谋本部派往上海视察的第三课部员西村敏雄少尉就向东京发去了报告，第一条就是："敌人的抵抗实在顽强，无论是炮击还是被包围，绝不后退。"

从某种程度上说，战争年代，中国军队的骨气、中华民族的精神，就是通过这些奋战在最前线的官兵展现的——他们表现得如何，就代表着这个民族表现得如何。

或许他们没有留下故事，甚至没有留下名字，但我们都会铭记。

莫愁前路无知己，天下诸人永记君。

致敬！再致敬！

本文主要参考来源：

1.《〈捍卫者〉的故事：姚子青与宝山保卫战》（胡博，澎湃新闻，2017 年 9 月 22 日）

2.《复旦淞沪战史研究最新成果：陈诚电报解密宝山陷落日期》（沈竹士，《文汇报》，2015 年 8 月 13 日）

3.《喋血宝山城的英雄营长——姚子青》（何兰生，《黄埔》，2007 年 02 期）

4.《抗日英烈姚子青》（冯锡煌，《源流》，2015 年 06 期）

5.《姚子青宝山喋血记》（李壮，人民政协网，2007 年 8 月 23 日）

6.《首次公开日军不许可写真中的宝山之战》（网易历史频道，《过客》栏目）

7.《抗日战争》（王树增，人民文学出版社，2015 年）

1943，血战常德

抗日战争中，中国军队打出过几场著名的“守城战”，比如“衡阳保卫战”。

这篇文章写的这场保卫战，发生在“衡阳保卫战”之前。不一样的时间，一样的惨烈，一样的悲壮。

1

1943年11月4日，湖南，常德。

余程万亲自下令，枪毙了一个人。

余程万，堂堂国民革命军第74军57师中将师长，而他下令枪毙的人，只是一个叫刘为才的上等兵，因为刘为才在帮常德老百姓挑行李之后索取两块大洋作为报酬——余程万曾下令，手下的将士必须为常德老百姓义务挑行李30里地，不许索取任何报酬。

余程万，广东台山人，1902年出生，黄埔军校一期学员，同时有国立中山大学政治系本科文凭，之后又赴陆军大学研究院深造，是国民党将领中罕见的高学历将军

余程万和他的57师，在6月就进驻了常德。在过去半年的驻期里，57师对常德的老百姓秋毫无犯，表现出了国民党军队中比较少有的高素质，也获得了常德老百姓的交口称赞。

但是，这种“军民鱼水情”的好日子，到了1943年的11月，不得不画上一个句号。

从11月初开始，余程万就下令尽快完成常德16万老百姓的全部疏散和撤离——那个上等兵刘为才，就是在帮助老百姓撤离的途中违反了军令，丢掉了性命。

之所以要全城平民撤离，是因为日军即将兵临城下。

2

1943年11月15日，湖南，石门县。

彭士量写下了两封遗书，一封给全师官兵，一封给自己的妻子。

在给全师官兵的遗书中，彭士量表示：“倘于此次战役中，得以成仁则无遗憾，惟望我全体官兵，服从副师长指挥，继续杀敌，达成任务。”

在给妻子的遗书中，他希望妻子：“刻苦自持，节俭以活，善待翁姑，抚育儿女，俾余子女以教育成材，以继余志。”

彭士量，1904年生，湖南浏阳人，牺牲时年仅39岁，是常德会战中牺牲的第一位将军

彭士量是国民革命军73军暂编第5师的师长。15日当天，他率领全师官兵死守石门阵地，除少数人突围外，自彭士量以下，全部殉国。

当天，石门陷落。

石门县，位于湖南省西北部，距常德只有100多公里的路程。

石门的陷落，让重庆军委会进一步断定：日军肯定要进攻常德了。

事实上，日军大本营是在9月底才批准侵华日军第11军司令官横山勇提出的“常德歼灭战”计划的。

当战争进入1943年的时候，陷入两面作战的日本人心气早已经不那么足了，战略计划也开始更务实。

首先，常德相对于长沙，是湖南省另一个经济和文化中心，且交通便利，水网辐射四通八达。关键是，常德离陪都重庆只有750公里左右，一旦攻陷可以对重庆直接产生威胁。

其次，攻入中国的西南腹地，能有效牵制太平洋战场和印缅战场上的盟军，尤其是会打乱可能将发生的“中国军队由云南大规模突入缅甸”的作战计划。

再次，可以进一步削弱中国军队的有生力量和抵抗意志，尤其是在中国即将参加开罗会议之际，给中国来一个“下马威”。

最后，常德为湖南著名的鱼米之乡，物资充足，日军可以达到“以战养战”的目的。

而对于日军的战略意图，重庆方面也是有所察觉的。

重庆军委会的判断和计划是节节阻击，最后将日军钉死在澧水岸边的澧县和石门一带，然后调集军队，用类似长沙会战的“天炉战法”再打一次歼灭战。

为此，重庆军委会特地抽调第六战区的第十、第二十六、第二十九、第三十三集团军，江防军及王耀武兵团，第九战区李玉堂兵团、欧震兵团，总共30个师约20万人参战。

但是没有想到，战端初开，在日军的凶狠打击之下，石门和澧县迅速陷落。

常德很快就暴露在了日军主力面前。

虽然重庆军委会也不是没有做过在常德“决一死战”的打算，但实事求是地说，常德是一座易攻难守的城市，是不适合做最后决战的。

面对日军三个师团的近 10 万大军，在常德城内，只有 74 军 57 师一个师的兵力，还不满员。

但是，57 师师长余程万接到的命令是：“固守常德，与该城共存亡。”

11 月 18 日，日军第 116 师团和第 68 师团逼近常德城外围。

惨烈的常德保卫战，就此拉开序幕。

3

1943 年 11 月 18 日，常德，涂家湖。

柴意新接到了报告：前哨阵地与日本鬼子接上火了。

柴意新是 57 师 169 团团长，他这个团，负责防守常德城的城北。按照师长余程万的部署，剩下的两个团，170 团防守城东，171 团防守城西，城南是沅江——这是一个标准的“背水一战”决死阵势。

57 师虽然不是“王牌军”74 军的嫡系部队（从被取消番号的 69 军并过来的），但他们打防御战，是有光荣传统的。

在 1941 年的“上高战役”中，余程万的 57 师死守上高城的阵地，为友军围歼日军第 34 师团创造了有利条件，“虎贲之师”的称号就是那次战役之后得来的。

但这一次的常德保卫战，余程万做好了必死的准备。

57 师齐装满员是 1.2 万人，但经历多次战斗后，目前只有 8 000 多人。而他们面对的，是日军三个师团组成的近 10 万部队。

余程万的拼死之心，从他对别人的交代中就可以看出一二。

常德县的县长叫戴九峰，他在帮助部队完成防御部署工作后坚决不肯撤离，要和 57 师共存亡。余程万就曾劝过他：“鬼子这次是铁了心要打常德。说实话，城，肯定是要破的，我所能争取的，是叫鬼子 13 天破城，而不是 3 天就破城，所以你赶紧走。”

戴九峰坚持不肯走，余程万只能让他去管理警察部队，协同守城。

此时常德的外围阵地已陆续和日军的先头部队交上了火，战况开始逐渐激烈。按余程万部署，常德城一共分了三层防御：城内、城墙，还有外围阵地。

但就在外围阵地开始进入激烈拼杀的时候，余程万却收到了一条糟糕的消息：常德城外东南最重要的阵地德山，丢了。

德山，俯瞰常德，居高临下，是常德城东南最重要的一块防守阵地。由于57师兵力不足，所以是由100军188团驻扎防守。100军是之前各路杂牌军拼凑起来的，包括“盗墓将军”孙殿英的部分人马。

日军进攻炮声一响，188团团长邓光锋立刻就带着家眷逃了。官兵见团长逃了，也四下溃散。

当时188团只有一个副营长说，这块阵地太重要了，大家不能跑啊！于是，这个副营长带了200多弟兄，重新回到阵地，死守德山。

面对数千日军的进攻，200多中国官兵死守了3天，全部殉国。而那位副营长，连名字都没留下。

德山一丢，常德东南门户大开。

此时的常德城，退路已被切断，彻底成了孤城。

4

1943年11月23日，常德。

李超在凌晨被集合号惊醒，立刻出门去集合队伍。

李超是57师171团3营7连的班长，队伍刚集合完毕，他就从排长那里得到了指令：“鬼子逼近了，立刻行动！”

在迅速进入阻击阵地后，李超开始重复抗战中一个最基层的中国士兵所习惯的一切。

日本的轰炸机先飞临上空，炸弹如雨点般落下，弹片横飞，这时候如果能隐蔽好，还是能避免大量伤亡的。

轰炸过后，是日军的炮火准备。日军大炮的火力远远超过中国军队，很多时候，一轮炮火准备过后，一些弟兄一枪未开就牺牲在了战壕里。

接下来就是日军步兵的冲锋。面对密密麻麻的日军，每个中国士兵都紧握钢枪，不得到命令不准开枪——中国军队的武器装备不如日军，必须将日军放进最有效射程才统一开火。

当敌人逼近 100 米左右，李超阵地上的轻重机枪、步枪，连同长官的手枪一起开火了。

在那一刻，世界仿佛变成无声的了：只有炮火、子弹、硝烟和不断倒下的敌人，以及自己的战友……

171 团防守的阵地还不是日军的主攻方向。在李超他们拼死阻击的同时，169 团和 170 团的阵地遭遇到了更大的压力。

在 169 团防守的黄木关阵地，日军进攻兵力增加到了 4 000 人以上，但 169 团不愧是 57 师的主力团，阵地布防错落有致，集火攻击精准狠辣，最终逼得日军只能使出他们的惯用伎俩——施放毒气弹。但日军在施放毒气弹攻入阵地后，又被 169 团团长柴意新亲自率领一个连反冲锋杀入，赶了出去。

在防御工事被轰塌了之后，很多中国士兵就只能就地利用弹坑做掩护

170 团防守的竹根潭阵地面对的是日军第 116 师团第 109 联队近 4 000 人的疯狂攻击。170 团的阵地防御工事在日军的炮火攻击下全部被毁，防守官兵也几乎死伤殆尽，却依旧死战不退。第 109 联队的联队长布

上照一对久攻不下深感焦虑，在阵地上召集所有大队长开会，限一小时内必须拿下中国军队防守的阵地。这时，一颗迫击炮弹从对面中国军队的阵地斜悠悠飞来，直接命中布上照一的乘马，炸得他尸首都无法辨认。

日军第 11 军司令官横山勇万万没有想到，只有一个残缺师防守的常德城，居然打得如此顽强——开始交火后快一周了，日军居然连城墙都没摸到。

原本以为仅靠第 116 师团就能拿下常德的横山勇，开始把第 68 师团和第 3 师团也放进了攻击序列，准备用三个师团近 10 万人的兵力拿下常德。

此时此刻，常德城的 57 师也已经拼尽了全力：三个团的团长和营长都顶到了第一线，甚至开始带着敢死队冲锋了。

最初守城的 8 000 多兵力，只剩下一半了。57 师师长余程万此时最渴望的，是援军的到来。

5

1943 年 11 月 24 日，开罗。

蒋介石与罗斯福和丘吉尔合影的时候，心事重重。

蒋介石无疑是很重视这次开罗会议的，作为反法西斯阵线中的“四大强国”之一，蒋介石也很希望向世界证明，中国战场在全世界的反法西斯战争中起到了至关重要的作用。

而会议期间，能让蒋介石向全世界展示的，就是常德保卫战。

开罗会议期间，蒋介石专门向罗斯福介绍了常德保卫战，罗斯福也专门问了守城将军的名字，还特地记到了备忘录上。

为此，在开罗会议期间，蒋介石频繁向国内的战局发出指示，内容综合下来只有一点：快！快！快点增援常德！

收到增援常德指令的，主要是第五战区的司令长官李宗仁、第六战区的代司令长官孙连仲以及第九战区的司令长官薛岳。

事实上，从 11 月 18 日开始，中国方面的各路援军就开始向常德方向靠拢，但出于各种原因，始终无法接近常德城。

第一个原因，是部分中国援军的增援欲望并不强烈。这里一方面有国民党军队内部历来的派系原因，另一方面也确实因为各战区战况复杂，要提防日军声东击西。比如第九战区司令长官薛岳，就不肯动用离常德最近的第 99 军去支援，反而命令更远的第 10 军出动，且一路“警戒前进”。

第二个原因，是日军动用了大量兵力围点打援。为了确保攻下常德，日军拿出了四个师团，在各条战线上拼死阻击中国的各路援军。比如奉命增援的第 10 军正面就挡着日军第 3 师团和第 68 师团的主力。后来在衡阳打出更惨烈保卫战的第 10 军军长方先觉，确实已经让手下部队拼死突击，但依旧无法突破日军的阻击线。

孙明瑾，江苏宿迁人，1905 年出生。牺牲时为少将师长，牺牲后被国民政府追赠为陆军中将。1956 年 5 月，中华人民共和国中央政府追授孙明瑾将军“革命烈士”称号；同年 12 月 19 日，孙明瑾烈士家属获得了由毛泽东亲笔签发的“革命牺牲军人家属光荣纪念证”。2014 年 9 月，孙明瑾被列入民政部公布的第一批 300 名著名抗日英烈和英雄群体名录

第三个原因，是蒋介石远在开罗。蒋介石不在国内，是重庆军委会的各项调令“威力不足”的一个原因。各个战区司令长官出于自身考虑，对军委会的不少增援调令阳奉阴违，以至于蒋介石最后恼羞成怒，直接越级命令方先觉的第 10 军要不惜一切代价火速增援常德，不然以军法论处。

那么，难道就没有拼死增援常德的援军？当然有。

第 10 军预备 10 师师长孙明瑾，从

驻地衡阳奉命增援常德，已突到常德城外围。考虑到常德城危在旦夕，孙明瑾率全师官兵提前向日军的德山阵地（就是之前 100 军 188 团邓光锋临阵脱逃丢掉的那个阵地）发起决死攻击，久攻不下之后，师部被日军偷袭，孙明瑾身中数弹牺牲，时年 38 岁。在牺牲前，孙明瑾依旧要求部下继续向德山进攻，喊的是："贯彻任务！达成命令！"

第 44 军 150 师师长许国璋的部队虽然不在增援序列，但负责防守的是通向常德的要冲陬市。许国璋反复和部下强调："守住陬市就是在帮助常德，我们每打死一个日本兵，就给常德减轻一分压力。"

在三面被围的情况下，150 师死战不退，最终阵地被攻破。手持步枪和官兵一起在阵地上的许国璋被子弹击中昏迷，部下拼死将他救过沅江。醒过来的许国璋得知陬市已丢，拒绝再撤，责怪部下怎么能让他丢下手下将士独自逃生，在说了一句"军人就应该死在战场上"之后，拔出手枪自杀身亡。

还有就是 57 师所在的 74 军的其他两个兄弟师——51 师和 58 师。51 师和 58 师日夜兼程想来援救，却被日军挡在离常德更远的外围，虽苦战亦无法逼近。

许国璋，1898 年出生，四川成都人。2014 年 9 月 1 日，被列入民政部公布的第一批 300 名著名抗日英烈和英雄群体名录。2015 年 1 月中旬，许国璋后人领到由民政部颁发的许国璋烈士证书

11 月 24 日晚上 8 点，余程万接到了第六战区代司令长官孙连仲的电报："常德存亡，关系全局，着激励官兵坚守待援，发扬革命军人牺牲之精神，努力战斗为要。"

余程万立刻回电："职师四面血战已达七昼夜，虽伤亡惨重，但士气尚旺，我全体官兵谨遵钧座意旨，咸抱与常德城共存亡之决心。现八二迫炮弹、七六二山炮弹告罄，并饬外线友军挺进。"

但余程万自己心里知道，常德快撑不住了。

6

1943 年 11 月 25 日，常德。

横山勇已经失去了耐心，在当日下令对常德发动总攻击。

以数倍于对方的兵力围困一座孤城，面对一支并非齐装满员的中国师，居然打了一个星期没有打下来，这在横山勇看来是奇耻大辱。

25 日凌晨，在 20 多架日军飞机的掩护下，日军开始在多个方向向 57 师的防御阵地发动密集队形的冲锋。

与此同时，中美空军混合联队也出动 20 多架战机向日军阵地反复轰炸和扫射。

双方都已经杀红了眼。

在进攻中，日军第 3 师团第 6 联队的联队长中畑护一被炸死，成为日军在这场战役中殒命的第二个联队长。其实日军在这场攻城战中丢掉性命的大队长更多，一些刚刚顶替上去的代理大队长也很快被中国军队打死。

中国军队这边，57 师的伤亡数字也开始直线上升，而且阵亡军官名单中已经出现了营级干部：169 团的郭章嘉营长，在督战冲锋过程中被子弹击中牺牲；170 团营长酆鸿均，在阵地工事全毁的情况下依然带头不退，最终殉国。

57 师官兵向敌军发起反冲锋

在日军绝对优势兵力的全面进攻下，57 师的各处防御阵地终于都出现了缺口——但没有一处阵地是畏战放弃的，没有一处阵地没给敌人以巨大杀伤。

日军第 116 师团第 1

联队强攻常德北门的贾家巷阵地，中国守军 171 团的一个排拼死防守，从早上守到下午，阵地全被日军炮火摧毁。最后一刻，排长殷惠仁与剩下的几名战士抱成一团，一起轻声唱了几句歌，面对蜂拥而上的日军，拉响了手榴弹……

像发生在贾家巷阵地这样的悲壮场面，在常德城的各个阵地都有上演。

11 月 27 日，围攻常德城的日军兵力又增加了 7 000 人。日军使用飞机、大炮猛轰常德城城墙，并且再次施放了毒气弹——即便如此，日军还是出现了整支大队自大队长以下全部死亡的情况。

但余程万手里也确实没兵了。他将所有的运输兵和担架兵统统集合，编入了战斗部队，将 300 名炮兵编入了步兵序列，而师部的军官也都顶到了第一线。

11 月 28 日拂晓，常德城北门的中国守军全部战死，阵地被日军攻破。

但是，蜂拥入城准备插上膏药旗的日本士兵们惊恐地发现，城内的中国军队根本就没有溃散，而是早就做好了准备。

迎接日军的，是残酷的巷战。

7

1943 年 11 月 28 日，常德城内。

森金千秋趴在一堵断墙后，一动也不敢动。

森金千秋是福岛人，明治大学的学生，受“效忠天皇”的精神感召入伍，在 1940 年加入了“中国派遣军”。作为第 11 军的一名普通士兵，他参加了常德会战。

在之前中国军队的诸多守城战中，虽然大多喊出过要进行巷战，但每每城破，守军随即撤离。

但这次，57 师是真的打巷战了。

早在被日军包围前，余程万就命令 57 师官兵做好了巷战准备：小巷全部打通，房子的内部砖墙也被拆掉打通，窗口和大小门都被垒上了沙包……

森金千秋后来在他的回忆录《常德作战：幻的重庆攻略》中这样写道："我们每向前推进 10 米，平均要死 4 个人，伤 3 个人。"

攻入城内的日军每前进一步，就会遭到不知躲藏在哪儿的中国军队的顽强阻击，稍冒一下头，就会有中国狙击手射出的子弹飞来。日军万万没想到对手的抵抗如此顽强，以至于横山勇后来恼羞成怒，不顾炮兵的安危，下令把大炮拉进城内对着房屋进行平射。

此时的常德城至少还有一半地区控制在 57 师的手里，但他们只剩下不到 2 000 人了。

余程万接到的战损报告是这样的：各级指挥官伤亡达 95%，重武器损失达 90%。

看了报告后，余程万默默地再次集合所有的非战斗人员：杂役、勤务兵、政工人员、监护班，以及 40 多名不肯撤离要协助守城的警察。

这支非战斗部队，此时也被分发了武器，投入第一线。

所有人拿过枪就奔向阵地，没有一个人皱眉头。

57 师官兵在进行巷战。当时著名的波兰裔记者爱泼斯坦也在常德城内

11 月 29 日，已经攻入城内的日军遭到了 57 师守军的顽强抵抗，战事仍处于胶着状态。

此时，在 57 师守军的阵地上，开始飘下由日本飞机撒下的传单：

"告亲爱的军民：

日军已经完全包围了常德县城，后续部队已陆续到达。第 57 师将兵诸位，宜速停止为 57 师师长余程万一人之名誉而做无益之抗战……宜速扬起白旗。——大日本军司令官横山勇”

当时日军给“活捉余程万”开出的价格是 50 万元。

57 师的官兵看到后，把传单撕了，笑了。

与此同时，中美空军混合联队的飞机也在向 57 师的阵地空投物资，除了弹药、食品罐头外，最让 57 师弟兄们意外的是，还有成捆的报纸:《中央日报》《大公报》《新华日报》……

所有的报纸，都在大篇幅报道常德保卫战:

“保卫常德的弟兄们，在十三天的外围与城内的激烈争夺战中，真正做到了寸土必争，真正表现了中华民族的爱国精神。一寸山河，一寸血肉。这光辉的战斗，已大大鼓舞了全国军民，已大大震惊了日寇，也获得了盟国人民的赞扬。在全国人民的心中，你们确已是不朽的了。”(《新华日报》社论:《保卫常德的弟兄们》)

自被日军包围后，常德城内的 57 师官兵就和外界失去了联系。当他们看到这一份份报纸的时候，才知道原来全国乃至全世界都在关注着他们。

很多官兵都小心翼翼地折好报纸，放入怀中，哭了。

也就是在 11 月 29 日这一天，日军开始集中兵力攻击常德城的西门——那里离常德中央银行大楼只有 200 多米的距离。

而中央银行大楼，是余程万的师部指挥所。

在一次日军突入西门的战斗中，余程万自己带着特务连的一个排，顶到第一线去肉搏了。

实在是没人了。

这一天的深夜，余程万在重新部署了各个团的防御阵地后，发出了那封著名电报:

“弹尽，援绝，人无，城已破。

"职率领副师长、指挥官、师附、政治部主任、参谋主任等，固守中央银行，各团划分区域，扼守一屋，作最后抵抗，誓死为止。并祝胜利。

"七十四军万岁，委员长万岁，中华民国万岁。"

8

1943 年 12 月 2 日，常德。

余程万第一次真正感到绝望了。

11 月 30 日，日军疯狂攻击西门阵地，并且施放毒气。守卫阵地的几十名官兵死战不退，全部阵亡。余程万组织起所有的勤杂人员，以及各团未阵亡的团长、营长和轻伤人员拼命堵击，才击退了日军的进攻。

12 月 1 日，日军调来大炮平射银行周围的碉堡和民房，很多坚守到最后一刻的 57 师官兵在防御工事中被日军的炮火埋葬。

12 月 2 日，57 师已经耗尽最后一丝力量，最后的阵地被压缩到一个不到 300 米的狭窄范围内，每个团所剩的部队不到 3 个班，算上全城在各自为战的弟兄们，已不到 500 人，师部可以射击的步枪只有 40 多支了。

而援军呢?

12 月 1 日，74 军军长王耀武来电，称 51 师一个加强团已抵达常德附近长岭岗一带，第 10 军正在常德东南对日军做决死冲锋。余程万曾派人出城联络，但没有回音。最后得知，第 10 军 3 师 7 团拼尽全力攻到距常德南站仅 3 公里处，因为没有援军，遭到日军阻击后撤退了。

12 月 2 日上午，74 军 51 师的一个敢死队队员摸进了常德城，告诉余程万，51 师依旧被日军阻击在长岭岗一带，而第 10 军今晚也无法进城了。

此时的余程万知道，肯定盼不到援军了。

12 月 2 日深夜，在中央银行附近的一间民房内，余程万举行了最后一次师部会议。

余程万告诉参会的师部干部和各个团长：援军不能按时来了。

接下来，他命令 169 团团长柴意新带人突围，继续到城外寻找援军。

但柴意新拒绝了师长的这个命令，请求余程万突围寻援，而自己带人继续留守常德。

双方争执起来。

余程万此时内心也是矛盾的：一方面，蒋介石给自己下的命令是“死守常德”，而自己给孙连仲打的电报也是“誓死为止”，如果没有上方的命令而自己突围，肯定是死罪；但另一方面，57 师从 8 000 多人打到弹尽粮绝，责任已尽，留在这里，无非就是抱团成仁，如果突围出去，可能还有求援机会。

犹豫中，柴意新再次强调：57 师死守常德两周，已经尽了最大责任，任务已经完成，只是因为解围部队不到，师长带头突围，也好给“虎贲之师”留一点种子。

最终，余程万做出了决定：柴意新统一指挥 169 团余部和 171 团一部共 50 多人留守。自己带着 171 团余部、170 团以及直属部队残存的 100 多人突围。

决定既下，竟然没人开口。

半晌，171 团团长杜鼎和 170 团团长孙进贤几乎同时含泪开口：“老柴！你要保重！”

余程万也流泪了，向柴意新敬了个军礼——谁都知道，留下来，就是死。

在场所有军官，齐刷刷向柴意新敬礼。

看到余程万等人脸上带着愧疚之色，柴意新倒是宽慰起大家来：

柴意新，1898 年出生，四川南充人。黄埔军校三期炮科毕业，在校期间加入了中国共产党。柴意新深受 74 军军长王耀武赏识，在常德保卫战时为 169 团少将团长。牺牲后，国民政府追赠他为陆军中将。1985 年，中华人民共和国民政部批准柴意新为革命烈士。2014 年 9 月 1 日，柴意新被列入民政部公布的第一批 300 名著名抗日英烈和英雄群体名录

"都留下来，肯定全部战死。现在生的意义更大。到城外联系上援军，来救我！"

此时，169 团的书记官吴荣凯主动要求留在团长柴意新身边。

柴意新笑了，把他推到突围的队伍里："好兄弟，我已经不需要书记官了。"

12 月 3 日黎明前，余程万带着 100 多名弟兄，从日军防守最薄弱的南门突围而出。

当天上午，柴意新率残存的 50 多位官兵，拿起最后还可以射击的步枪和大刀、长矛，向攻入阵地的日军第 116 师团第 109 联队发起最后一次冲锋。

在反复肉搏中，柴意新两处重伤，最后被日军子弹击中要害，殉国。

自他以下，50 多名官兵，全部战死。

12 月 3 日，常德沦陷。

9

1943 年 12 月 9 日，常德。

余程万带着一个团的人马，重新杀回了常德。

这是一个颇耐人寻味的过程：

12 月 3 日黎明，余程万带着残部顺利突围而出，在沅江对岸的德山西南处遇到了第九战区派来的援军——58 军新 11 师。当时，余程

万手下只剩下 83 个人。

当余程万用新 11 师的电台联系上 74 军的军长王耀武时，王耀武立刻给余程万下令：率领部队，即刻反攻常德。

王耀武这么做，是想救余程万一命。

作为一名师长，全师血战到底，但师长在最后时刻突围而出，是怎么都说不过去的。余程万又何尝不知？

他立刻带着新 11 师配给他的一个团，带着那几十个 57 师的老弟兄，掉头向常德城攻去。

而等待余程万的，居然是一座空城。

日军在花费极大代价攻陷常德之后，为了避免陷入中国军队的合围，连扫荡都没展开就立刻撤离了。

当余程万带着那几十个突围的弟兄走入常德的断壁残垣之间时，仿佛从地底下冒出来一般，出现了 300 多名幸存的 57 师官兵。

他们是通过各种办法幸存下来的。

一位军官看到余程万后就哭了：“师长，我们对不起你！我们没能守住城……”

余程万也哭了：“兄弟，活着就好，活着就好……”

在半个多月的时间里，57 师的 8 000 虎贲顶住了日军三个师团的围攻，让日军付出了阵亡 2 个联队长、4 个大队长，伤亡 1 万多人的代价。

而 57 师最终只剩下 300 多人，其余全部战死。

惨烈的常德保卫战，就此落下帷幕。

馒头说

常德保卫战的故事说完了，想再说一点后续的故事。

蒋介石在常德保卫战之后，着重强调一件事：必须枪毙余程万。

蒋介石有他自己的理由：身为一师之长，部下全都奋战至牺牲，而你在最后时刻却自己突围，这算什么意思？更何况，返回城内时，城里还有 300 多个存活的弟兄，你作为师长于心何安？

“枪毙余程万”的消息传出后，常德城 6 万老百姓联合签名请愿求“不杀余将军”。（那位叫戴九峰的县长在最后时刻突围而出，就是他四下奔走，组织老百姓为余程万签名请命。）而蒋介石身边的人，从侍卫长俞济时（74 军老军长）到孙连仲再到王耀武，也都纷纷为余程万求情：余程万以少量的兵力死守两周以上而援军不至，迫不得已才选择突围，且在突围后又率军杀回戴罪立功（王耀武特别强调这点），罪不当死。

在众人的劝阻下，蒋介石最终下令：判处余程万两年有期徒刑。

1945 年年初，王耀武通过各种关系，将余程万从监狱中“捞”了出来。抗战胜利后，余程万几经周折，最后成了云南新组建的 26 军军长。在解放战争后期，他一度差点参与了卢汉的起义，但最终因一念之差，功亏一篑，随蒋介石去了台湾。

去了台湾后，自知不会有什么好果子吃的余程万借口“去大陆打游击”到了香港，自此和太太打算在香港度过余生，办农场，开米店，还开了一家当铺。

但天有不测风云，1955 年 8 月 27 日晚，余程万的寓所被匪徒入侵，他的二夫人被匪徒绑架。戎马一生的余程万带枪独闯虎穴营救，结果亦为匪徒所扣。在匪徒与后来赶到的警方的枪战中，余程万被绑匪当作肉盾，身中数弹而死。

一代抗日名将竟这样离奇身亡，时年 53 岁。

所以，一路写下来，写到余程万的人生结局，不免有些让人唏嘘。

联想到死守四行仓库的谢晋元、血泪战衡阳的方先觉，都会有这种唏嘘之感。

尤其是余程万和方先觉，似乎总让人感觉最后就差了那么一点。

差了一点什么呢？其实，无非就是杀身成仁而已。

但他们最终的选择，恰恰也是最真实的人性反应，或许有争议，但并不能就此推翻他们立下的赫赫战功。

并不是每一个金戈铁马的故事，都有一个好莱坞电影般完美的热血结局，但我们应该记住他们在人生高光时刻所做的一切。

事实上，在那场中华民族被迫筑起血肉长城的惨烈战争中，有太多太多值得我们铭记的人了。

名将虽白头，不废江河万古流。

本文主要参考来源：

1.《虎贲万岁》（张恨水，团结出版社，2007年）
2.《八千“虎贲”保卫常德》（北京电视台《档案》，爱奇艺，2012年9月27日）
3.《抗日战争》（王树增，人民文学出版社，2015年）
4.《抗日战争中的细节》（魏风华，江苏文艺出版社，2012年）
5.《绝地十六日——常德保卫战老兵的回忆》（张志尧，《文史博览》，2007年08期）
6.《常德保卫战考辨》（龙子，《武陵学刊》，1995年02期）
7.《常德会战研究综述》（周勇，《武陵学刊》，2016年04期）
8.《打响常德保卫战第一枪的柴意新团》（彭其芳，《黄埔》，2013年06期）

1944，血战腾冲

我写过很多地方的抗日战争，但一直没写过云南。事实上，哪怕放到整个抗日战争期间，在云南发生的那几场著名战役，也足以让人铭记。

1

1944 年 4 月 14 日，蒋介石收到了一份让他颇为恼怒的电报。

这份电报来自美国总统罗斯福，内容是："云南军如不能协同作战，则空运装备等广泛支援，完全失去了意义。"

蒋介石读出了这封电报中罗斯福对他的威胁：如果你再不出动你手里的中国远征军配合盟军作战，美国就将"慎重"考虑对中国的援助。

中国军队难道没有配合过盟军作战吗？

1941 年，日本在偷袭珍珠港之后，又在短时间内迅速派兵席卷东南亚，矛头直指缅甸。缅甸是中国接受战略物资的大后方，同时也是英国传统的殖民地势力范围。1942 年 2 月，中国派出 10 万精锐远征

戴安澜将军，安徽人。1942年率第200师作为中国远征军的先头部队赴缅参战，取得同古会战胜利（面对4倍于己的敌军歼敌5 000余人）、收复棠吉等战功。1942年5月18日在指挥突围战斗中重伤不治殉国，年仅38岁

部队入缅配合作战，血战同古，直取仁安羌，打出了一系列漂亮的战役。

然而，由于中美在指挥协同上的分歧，尤其是英国军队一系列我行我素的行径乃至落井下石的招数，中国远征军蒙受巨大损失，只能分头突围撤退，其中第200师损失惨重，撤回时只剩2 600多人，师长戴安澜在突围时中弹殉国。

在之后的相当长一段时间里，中日双方军队以云南境内南北走向的怒江为界形成对峙。

1943年冬天，时任盟军东南亚战区司令部副总司令的美国人史迪威，开始指挥中国驻印军队和部分美军反攻缅甸，希望蒋介石予以呼应。此后，史迪威频频通过罗斯福给蒋介石施加压力，敦促蒋介石能够发动滇西反击战，以减轻他的压力。

事实上，中国远征军在1942年下半年就开始重新集结，但始终按兵不动。

约瑟夫·史迪威，西点军校毕业，美国四星上将。作为美军派驻东南亚战区的代表，史迪威一直和蒋介石不和，在日记中称他为“花生米”

因为蒋介石一方面头疼于国内战事吃紧，另一方面也对当初英国军队的落井下石耿耿于怀，所以不愿意再次轻易动兵。

直到美国人的威胁电报接踵而至，蒋介石知道拖不下去了。更何况到1944年的时候，谁都知道轴心国的失败只是早晚问题了。

于是，1944年5月5日，接替陈诚出任中国远征军司令长官的卫立煌召开了一次高级

将领会议，到会的有中国远征军下辖的第十一集团军总司令宋希濂、第二十集团军总司令霍揆彰，以及各军、师长官，还包括美国顾问窦恩。

卫立煌是拿着蒋介石发来的一份电报去开会的，在电报中，蒋介石口气严厉："务必在 5 月 11 日向怒江以西攻击，不得再延宕！"

在开会布置军事计划的时候，卫立煌多少还是有点摸不着头脑的：自己从陈诚手里接任司令长官的位置也快半年了，枕戈待旦，但从来没有收到过要打仗的指令，不知道委员长电报里的"延宕"之人究竟是指谁？

然而，还有让卫立煌更想不到的事情。

2

1944 年 5 月 5 日，牟田口廉也在芒市召开了一次高级将领会议。

牟田口廉也时任日军第 15 军司令官，当初曾直接参与了"七七事变"（时任中国驻屯军第一步兵联队队长），此时正因他自己极力要求发动的"英帕尔战役"开展不利而头痛不已。参会的人主要有日军驻缅甸的第 56 师团师团长松山佑三，以及他麾下的步兵团团长水上源藏、第 148 联队队长藏重康美等。

图中左二为松山佑三，日本陆军士官学校 22 期生，青森县人，时任日军第 56 师团师团长。第 56 师团长期驻守缅甸，在日本军中有"丛林战之王"的称号，更因为战斗力剽悍，被称为"龙兵团"——获封这个在东方文化中有特殊含义的称号，这个师团的战斗力可见一斑

会议的重点只有一个：如何分头抵御中国军队即将发动的滇西反击战。

这实在是一件很蹊跷的事：这边，中国远征军的最高层刚刚秘密召开了关于如何反攻的作战会议；那边，日军就能迅速知晓情报，甚至可以在同一天召开关于如何防御的作战会议。

一切原因，还是出在1943年2月迫降在腾冲县城的一架中国飞机。

那一天，有一架中国的飞机因为大雾迷航，跌跌撞撞，迫降进了由日军控制的腾冲县城。

飞机上的飞行员和一名中国少校当场被俘，但这不是日军最大的收获，最大的收获来自那名少校军官随身携带的密码本和中国远征军的编制表。日本人非常庆幸但又有些奇怪：这名少校军官居然忘了把这么重要的资料事先烧毁。

更奇怪的是，携带密码本的少校被俘，中国军队方面似乎就当这件事没有发生过，没人向上报告，在此之后也没有更换密码表。

于是，日本军队自此对中国远征军的配置和调度了如指掌，甚至可以精确到以“小时”为单位。

由于日本人对中国远征军将发起大反攻的时间、地点等各方面情报早已了然于胸，所以虽然在滇西驻防的第56师团只有1.1万人左右（另有1/3的兵力被抽调去增援缅北被中国军队围攻的日军第18师团了），但自认熟悉《孙子兵法》的他们还是颇有信心：知彼知己，百战不殆。

在那场会议上，司令官牟田口廉也专门来到第56师团第148联队队长藏重康美面前，把自己的战刀送给了他。

藏重康美受宠若惊，但随即就明白了司令官的用意：他的联队将在这次抵御中国军队反攻中把守一座重要的城市——腾冲。

3

1944年5月12日，杨金宽在高黎贡山阵地的战壕里抱着战友的尸体，一时手足无措。

杨金宽那年才17岁，12岁就被征入军队成了一名“娃娃兵”，被分配到第 36 师，随部队一起进入云南，投入了滇西反击战。

36 师属于中国远征军第 54 军，54 军和 53 军同属第二十集团军战斗序列，集团军总司令是霍揆章（黄埔军校一期生）。按照卫立煌制订的进攻计划，由宋希濂指挥的第十一集团军为中国远征军的左翼，第二十集团军为右翼，他们是这次攻占腾冲的主力部队。

5 月 11 日，杨金宽随大部队强渡怒江之后，就遭到了对面高黎贡山上日军阵地的疯狂阻击。杨金宽所在的重机枪连被敌军的密集子弹压得抬不起头，身边的一位四川籍战友刚刚从战壕里抬头往外望了望，就被一颗子弹击中了额头，临死之前，双手紧紧抱着杨金宽不放。

杨金宽后来回忆："我当时很害怕，但后来见得多了，就不怕了。"

因为后来整个高黎贡山，成了一个血肉战场。

高黎贡山是腾冲的天然屏障，按照第二十集团军的计划，要拿下腾冲，就只能越过这座中国西南地区垂直落差最大的山脉。

然而，因为日军掌握了中国远征军的进攻计划，驻守腾冲的日军第 56 师团第 148 联队主力，以及第 146 联队一部（大约 2 000 人），早已进入他们在高黎贡山搭建的无数明暗碉堡阵地，扼守住仅有的几条交通要道，准备让中国军队葬身于此。

高黎贡山地处怒江大峡谷西岸，最高处海拔约 4 000 米，低处海拔约 2 000 米，由北向南延绵数百里，山势险峻，气候阴冷。随行参加这次战斗的美军观察员曾称之为"二战期间海拔最高的战场"

36 师负责进攻的是翻越高黎贡山的要道南斋公房，而 54 军的主力师 198 师（属陈诚的"土木系"）负责进攻的是另一条要道北斋公房。

5 月 12 日凌晨，198 师师长叶佩高一口气投入 592 团、593 团、594 团三个团 10 倍于日军的兵力，希望一鼓作气拿下北斋公房，直接打通前往腾冲的道路。

然而，战斗打了4天，负责主攻的592团团长陶达纲负伤，阵亡一个营长，重伤一个营长，9个连长中7个伤亡，全团死伤近300人，连北斋公房的前沿阵地冷水沟都没拿下来。

仰攻高黎贡山实在太困难了。

高黎贡山上的日军机枪阵地

中国的官兵不仅要克服严寒和饥饿，还要在海拔3 000米以上的山道上进行冲锋，身边是一不留神就会掉下去的万丈悬崖，重炮都拉不上来，只能依靠轻武器进行“人肉冲锋”。而扼守要道的日军有时候只需要一挺重机枪就能轻松封锁住一整条要道。

但是军令如山，中国军队只能拼死往上冲，一个营打残了，另一个营接着往上冲。靠山一侧的山沟全被中国士兵的尸体填满，血水就顺着山沟往下流，整条山沟都是血红色的。

由于部队伤亡太大，592团的团长陶达纲只能带伤亲自带队冲锋，冲锋时再度遇到日军重机枪的迎面扫射。日军打到对面中国军队全部倒在地上才停止射击，而就在此时，陶达纲带着幸存的战士从尸体堆里爬起来，继续冲锋。

最终，是陶达纲的警卫排组成敢死队，炸掉了冷水沟日军的碉堡，才拿下了阵地。

伤亡巨大的592团停下来歇一口气，594团接着进攻北斋公房主阵地。

这一次，中国军队做了战术调整，198师师长叶佩高派出593团穿插迂回，拿下了北斋公房后面的马面关和桥头，直接切断了驻守北斋公房日军的后勤供给，一面打，一面围。

这一招是有效的，没过多久，北斋公房的日军就断粮了。饥饿的他们甚至开始吃同伴的尸体，有时候，阵地上直接就用绳子挂着人的大腿肉风干。

在中国军队翻越高黎贡山期间，当地的怒族、苗族、独龙族的妇女儿童主动为中国士兵带路、运送物资和伤员，男人们手持打猎的枪支甚至弩箭和铁叉，在山林里一起追杀溃败的日本士兵。在运粮过程中，由于严寒和饥饿，当地少数民族也有近 300 人失去了生命，但整个战斗期间没人偷吃过一口军粮。

然而，被军国主义洗脑的日本士兵依旧没有放弃抵抗，594 团为了拿下北斋公房，还是付出了巨大代价：团长覃子斌在亲自带队冲锋的时候，手脚都被日军机枪打断，因失血过多壮烈殉国。他也是中国远征军在滇西战场上牺牲的第一位团级军官。

6 月 21 日，第二十集团军以伤亡数千人的代价，耗时 40 天，终于翻过了高黎贡山。

腾冲古城就在眼前，但是，依旧还有屏障要打，依旧还是山。

4

1944 年 7 月 16 日，霍揆章在一次军师长会议上发火了。

作为第二十集团军的总司令，霍揆章发火的原因是，整整半个月过去了，远征军还没拿下腾冲城外的来凤山。

在翻越高黎贡山后，第二十集团军主力已经逼近腾冲城外，但要拿下这座城，必须要拿下城外的四座高山：南面的来凤山，北面的蜚凤山，东面的飞凤山，西面的宝峰山。

在四座山峰中，南面的来凤山最重要。这座山海拔 1 914 米，占领后可以用炮火直接覆盖城内的守军。

无力进行城外阵地防御的日军也知道，这座山对守住腾冲至关重要，所以自 1942 年占据腾冲城后，他们在来凤山的五座山峰上都搭建了极为坚固的防御堡垒，每个堡垒之间有堑壕相连通，山腰还有一条隧道直通腾冲城内。

尽管守城的日军第 148 联队兵力已经捉襟见肘，但还是派出了近 400 人死守来凤山——又是一个“一夫当关，万夫莫开”的牢固堡垒。

果然，在第二十集团军清除腾冲外围据点的战斗打响后，其余的三座山经过苦战之后都被顺利拿下，唯有来凤山久攻不下。

进攻来凤山的是预 2 师的三个团和 36 师的一个团，四个团几千人进攻一个 400 人防守的山，打了半个月，伤亡近千人，还是打不下来。

来凤山确实难打：日军将山上的树木全部砍光，光秃秃的山体直上直下，没有任何可以隐蔽的地方。五个山峰的日军阵地射击位可以互相交叉掩护射击，而中国军队却只能以血肉之躯拼命往上冲。

再加上日军破译了远征军的电报密码，对中国军队的每一次调动、每一波攻击时间都了如指掌。

霍揆章在那次会议上发火之后，把 54 军的军长方天给免职了，提拔了 54 军副军长阙汉骞。阙汉骞随即调整了战略：将军内配备的所有美式大炮都拉出来，集中火力猛轰来凤山，要先把来凤山的所有日军明暗掩体全给端掉。

不光有炮，1944 年的中国军队还有盟友的轰炸机。

7 月 26 日，美军第 14 航空联队（前身就是“飞虎队”）的 30 架轰炸机、27 架战斗机出动，对来凤山的日军阵地进行了猛烈轰炸，而 54 军也拉出 100 多门火炮狂

来凤山上日军战壕遗址

轰来凤山的日军阵地，一天就打掉了 5 000 多发炮弹。

在日军堡垒陷入一片火海之际，预 2 师发动了总攻。

在这场总攻中，中国军队还第一次使用了火焰喷射器，这种新式武器对清扫在掩蔽物中负隅顽抗的日军起到了极大作用，而中国士兵也第一次体会到了先进武器对战争进程的影响。

终于，来凤山阵地被拿下了，所有的外围据点都被清除了。

腾冲，已经在中国远征军的四面包围下，成了一座孤城。

5

1944 年 8 月 2 日，刘恩宪倒在了腾冲的城墙上，永远闭上了眼睛。

刘恩宪是 36 师 107 团 2 营 2 连的连长。8 月 2 日，是中国远征军对腾冲发起总攻的日子。作为先锋队的一员，刘恩宪率领弟兄们冒死用竹梯登上了腾冲南面的城墙，却因为后续部队迟迟顶不上来，全连自他以下，死伤殆尽。

在来凤山被拿下后，霍揆章对一鼓作气攻下腾冲是有信心的：远征军虽然也付出了巨大代价，但守在城内的日军第 148 联队只剩下 2 000 人不到了，面对几万中国军队的围攻，破城是指日可待的。

所以，在 8 月 2 日发动总攻这天，他下令第二十集团军的 4 个师从四个方向同时攻城。其实在他看来，第一梯队的 6 个团就已经足够了。

日军的机枪阻击点

那天清晨，美军出动 60 多架轰炸机轮番轰炸腾冲城墙，中国军队也向城内发射了 3 000 多发炮弹，随后，已经苦战了近 3 个月的中国官兵鼓起士气，从四面八方冲向腾冲城。

但迎接他们的，是无情的子弹。

傍晚战报发来：第一梯队6个团每个团伤亡两三百人，不仅没能拿下腾冲，连对城墙都无法造成重创。

造成这种状况，主要有两个原因。

第一，建于明代的腾冲古城墙的城基是用天然火山岩石构筑的，上面是坚固的青砖。火山岩坚固、光滑且有弹性，炸弹丢上去会被弹开在十几米外甚至几十米外爆炸，对城墙造成的损伤很小。

第二，日军自1942年占据腾冲后，知道这是战略要地，所以花了大功夫整改加固，光在城墙这层就开了上、中、下三排射击孔，构成三层火力网，每隔几米就有一个碉堡或机枪掩体。整个腾冲城俨然成了一个巨大堡垒。

中国士兵拼死爬上腾冲城墙

在这样的堡垒面前，中国远征军轮番攻击，但久攻不克，伤亡惨重。

最终，一个办法被想了出来。

8月4日，连日来受命轰炸腾冲城墙的美军第14航空联队轰炸机飞行员接到了一个死命令：必须冒着日军的防空火力，超低空飞行投弹。

因为他们要投掷一种特殊炸弹：绑着削尖的钢条的炸弹，以45度角插进腾冲的城墙，随后再爆炸，造成最大杀伤力。

大家把这种炸弹称为“绑着刺刀的炸弹”。

这一天，轰炸取得了成功：腾冲四面城墙，被炸出了大小不一的

13 处缺口。

随即，中国远征军的敢死队员拼死冲入。

然而，在日军的密集火力网前，一批又一批已经看到胜利曙光的中国士兵倒在了城墙下。为了巩固缺口的阵地，不少团拼光了底子，甚至连骑兵连的官兵都下马拿枪冲了上去。

8 月 13 日，就在城墙争夺战陷入白热化的时候，一个重要消息传来：美军轰炸机的一颗炸弹命中了腾冲城东门日军第 148 联队的指挥所，联队长藏重康美及部下 30 余人全部被炸死。

然而，群龙无首的日军很快又推举了第 9 中队中队长太田正人大尉为指挥官，继续负隅顽抗。他们也接到了消息：只要能守到 10 月，就一定能等到援军。

8 月 19 日，腾冲城墙一带的日本守军已被基本肃清，第二十集团军的好几个团都已经冲入了腾冲城。

然而，等待中国军队的，还有更残酷的巷战。

6

1944 年 9 月 9 日，蒋介石终于发火了。

在此之前，蒋介石虽然也经常发电报给远征军司令长官卫立煌，但多是以鼓励为主。当战斗打到 8 月还呈胶着状态时，蒋介石电报中的语气开始渐渐严厉起来。到了 8 月底，蒋介石收到缅甸日军可能增援滇西的消息，害怕再遭遇当初远征军被围的不利局面，甚至考虑放弃攻击腾冲、松山两地，撤回部队。

前线部队不甘心之前的努力白费，表示都打到这份儿上了，必须拿下腾冲！但战役的进度却让蒋介石很不满，以至于他在 9 月 9 日给卫立煌发了一份催促电报：“务须于国耻日前夺回腾冲！”

国耻日，是 9 月 18 日。

但蒋介石不知道的是，在腾冲第一线的中国官兵们已经尽了他们最大的努力。

城破之后，日军第 148 联队大概还剩下 600 多人，之前联队长藏重康美在丢掉来凤山后，曾向第 56 师团指挥部请求退出腾冲，但被严词拒绝。所以守城的日本官兵都知道，他们要么等待援军，要么战死，别无选择。

腾冲城内的巷战

经过日本人两年的经营，腾冲城内房屋内部都被打通，设置了无数明暗射击点，每一条街巷、每一座房屋、每一个拐角和每一个屋顶，都配备了交叉火力——他们早已为巷战做了充分的准备。

这也导致突入腾冲城内的中国远征军官兵每前进一步，都要付出巨大的代价。

每天的战况进展，都是以“米”为计量单位的。

第 116 师搜索连代理连长蔡斌曾这样回忆腾冲城内的巷战：“满街全是正在着火冒烟的残梁断柱，破砖烂瓦都是烫的，一下雨，砖瓦还会嗞嗞作响。到处是枪声，到处是敌我双方官兵的尸体，三五个躺在一起的也不少。新鲜的红血和凝固的黑血混在一起，红血消在黑血上，手榴弹一炸，苍蝇就成堆地飞起来，发泡的尸体上全是蛆。我在上海、武汉都和日本鬼子干过，但没有像在腾冲时这么惨烈。”

从蒋介石发电报的 9 月 9 日到 9 月 12 日，短短四天内，拼死进攻的中国军队伤亡军官 128 名、士兵 1 132 名。

这是一个非常惊人的数字。

但守城的日军也到了最后极限。

9 月 12 日晚，预 2 师 5 团包围了李家塘，那是日军在腾冲城内的

腾冲城内，中国军队的伤兵

最后一块阵地。

当晚，曾经发电要求突围被拒绝的日军太田正人大尉，给师团指挥部发出了一封诀别电报，随后焚毁了第148联队队旗——这是在松山战役后，日军在滇西战场第二次焚毁队旗。

焚毁队旗，意味着他们全体即将进行所谓的“玉碎”。

9月13日，太田带着剩下的60多人冲出战壕，发动决死攻击，被中国军队统统击毙。

但在交战中，5团团长李颐也被日军狙击手击中头部牺牲，年仅36岁。

9月14日上午10点，随着最后几声枪响停息，腾冲城陷入死一般寂静。

自围城战开始，历经一个半月，这座古城终于被收复了。

7

1944年9月中旬，卫立煌收到了第二十集团军发来的战后报告。

这份报告中的数字，让人印象深刻。在这场围攻腾冲的战役中，中国远征军虽然全歼了日军第56师团第148联队近3 000人，但自身也付出了巨大的代价：第二十集团军5个师共伤亡军官1 334人，伤亡士兵17 275人。

中日双方的伤亡比超过了6∶1。

腾冲之战结束后，那座曾经见证过血战的来凤山上修建起了一座墓园，埋葬了在这里战死的近万名将士。

那座墓园，叫国殇墓园。

国殇墓园

馒头说

写这篇文章的时候，我其实很感慨。

感慨分两方面。

一方面是感慨腾冲之战，仿佛敌我双方换了个位置。我写过不少关于抗日战争的文章，从常德到衡阳，从平型关到台儿庄，几乎无一例外：掌握制空权可以狂轰滥炸的是日本飞机，拥有优势火力和先进武器的是日本军队，将一座城市围得弹尽粮绝，最终城破之后迫使我们进行巷战的还是日本人。

而另一方面还是感慨腾冲之战，敌我双方的差距在一些方面依旧存在。从战前的密码本泄露折射的情报工作缺陷，到战役期间一些战术的得失，都可以看出中国军队在向现代化迈进的途中，遭遇过多少曲折和坎坷，而远征军已经是当时中国军队里从装备到训练素质都相对比较好的一支部队了。

我曾看到过一个说法，腾冲是整个抗日战争反攻期间，中国军队收复的第一个有日军驻扎的县城。

这种说法，真是让人心中五味杂陈。毕竟，那时已经是 1944 年了。

但这也恰恰是当时中国的真实情况。

当然，如果要说到战斗意志，中国军队的表现是有目共睹的。

我在《历史的温度 4》中，曾给“信念”和“妄念”下过定义。

信念，首先是因为你相信，而相信的前提是，那是一个正确的方向。哪怕当时再看不到希望，但你只要相信，就愿意不断努力，让它变为现实。

妄念，是不正当的虚妄之念，它也挥之不去，但前提却是错误的，是注定成为不了现实的，如果为了这种荒诞的想法坚持下去，结局注定是一场悲剧。

从 1931 年到 1945 年，中国人就拥有前者，而日本人就拥有后者。

在腾冲战役之后，日军中有一个叫吉野孝公的人被俘虏了。他经历了从高黎贡山阻击到腾冲城被破的全过程。他被带去见了预 2 师师长顾葆裕，顾葆裕对他说了一番话，被他记录在了他的回忆录《腾越玉碎记》中：

“战争对人类来说，是一件非常痛苦和不幸的事。这场战争，估计不久就要结束……你来到这儿以后，绝不允许自杀。从现在起，你们的肩上已承担着重大的使命和责任。

“战争一结束，你们就要成为重建日本的支柱。眼下的日本更需要你们这样的年轻人。中日两国也必须尽早结束战争状态，为东亚，为全世界的和平，为了各民族的文化建设。有着聪明才智的两国人民携手合作的必要时刻，即将到来。”

无论过去、现在还是将来，我们之所以要记住战争，不是为了记住战争本身，而是为了记住我们的先烈为战争付出的代价。我们的先辈饱尝战争带来的痛苦，为的是避免把这样的痛苦再传给下一代。

愿所有在抗日战争中牺牲的中国将士英灵安息。

愿世界和平。

本文主要参考来源：

1.《血战腾冲：中国军队最成功的攻坚战》（北京科影厂《发现之旅》，新浪网，2006年5月12日）

2.《余戈、崔永元对谈〈1944：腾冲之围〉》（新浪文化，2014年6月4日）

3.《我亲历的收复腾冲战役》（杨金宽、祝庆开，《云南档案》，2015年07期）

4.《腾冲战役的生死搏杀：给炸弹安上"刺刀"》（腾冲发布，2017年8月1日）

5.《古城光复：1944年滇西反攻之腾冲战役》（骆艺，《文史天地》，2018年02期）

6.《滇西反攻战役述评》（马仲廉，《抗日战争研究》，1995年01期）

7.《在腾冲战役的日子里》（吴兴元，《黄埔》，1999年02期）

8.《抗日战争》（王树增，人民文学出版社，2015年）

9.《抗日战争的细节》（魏风华，江苏文艺出版社，2012年）

红场 1941：漫天飞雪中的悲壮阅兵

我们都看过阅兵。阅兵的一大目的，是检阅部队将来奔赴战场的作战能力。而这篇文章说的这场阅兵，部队在广场上经过检阅，没有任何等待，就直接奔赴了战场。

1

1941 年 11 月 7 日清晨，克洛奇科夫·季耶夫望着漫天的鹅毛大雪，忍不住打了一个寒战。

克洛奇科夫是苏联红军 316 步兵师某连的政治指导员。他在 4 个月前刚刚被紧急征召入伍——事实上，整个 316 步兵师也是刚刚组建起来的。

在 11 月 7 日的早上，克洛奇科夫所在的步兵师被召集到了莫斯科红场一侧候命。整个集合过程非常神秘，上级一直没有明确告诉他们究竟要去干什么，一开始只是说莫斯科的市民想看保卫城市的子弟兵列队走一下。直到 11 月 6 日晚上才有明确命令传达下来：届时全体列队正步走过红场，接受斯大林同志的检阅。

列队走过红场？接受斯大林同志的检阅？

这不就是阅兵吗？

在寒风凛冽的 1941 年 11 月，克洛奇科夫知道，此时此刻，在红场举行一场阅兵，是多么危险的一个举动。

莫斯科红场

2

1941 年 11 月初的苏联，几乎已经被德国打趴了。

1941 年 6 月 22 日，希特勒发动“巴巴罗萨计划”，出动 190 个师 550 万人、4 900 架飞机、3 700 辆坦克、47 000 门大炮，分三个方向直扑苏联。

二战期间最惨烈的“苏德战争”爆发。

由于苏联对德国的入侵没有任何思想准备，再加上刚刚被斯大林大清洗的苏联红军战斗力严重下降，所以，苏军在当时几乎堪称全世界战斗素质最高的德军面前丢盔卸甲，第一天战斗就损失 1 200 架作战飞机（其中 800 架还没起飞就被炸毁）。

在北线，苏联红军两周内溃退 450 公里，整个波罗的海沿岸地区全部失守，24 个师被全歼，20 个师损失 60% 的人员和装备；在中线，苏联红军溃退 350 公里，30 个师被全歼，70 个师损失一半以上人员；在南线，苏联最强的西南方面军 70 个师在基辅苦战 10 天后全部被歼灭，60 多万人被俘虏，“基辅战役”被希特勒愉快地称为“史上最大围歼战”。

战争才开始 3 个月，苏联就被逼到了悬崖边——德军已经兵临首都莫斯科。

1941 年 9 月 30 日，德军乘胜发动“台风计划”——集结 180 万军队，在 1 700 辆坦克和 11 000 门火炮的支援下，开始发动对莫斯科的总攻。

第一阶段，德军在维亚济马地区轻松歼灭了 60 万苏联红军，大获全胜。随即，莫斯科外围阵地全部被攻克。按照希特勒的乐观估计，莫斯科已经失去了抵抗能力，他准备于 1941 年 11 月 7 日在莫斯科的红场进行德军的阅兵仪式。

11 月 7 日是苏联光荣的传统节日“十月革命节”，是纪念当初十月革命推翻资产阶级政权的节日。就像一定要让法国人在“一战”德国战败时签署协议那节火车车厢里签署投降协议一样，希特勒最乐意用最能刺痛对手的方式羞辱敌人。

德军的部分官兵，已经领到了 11 月 7 日阅兵式的新礼服。

3

此时的莫斯科，确实危在旦夕。

1941 年 10 月 10 日，莫斯科电台发布消息称：苏军在莫斯科近郊莫扎伊斯克的防线被德军突破。这条消息让莫斯科的市民终于意识到：德国人真的打过来了。

一时间，整个莫斯科陷入了混乱：地铁停运，物价飞涨，德国的间谍和“苏奸”到处搞破坏活动和散布流言，而苏联政府和各国大使馆也已经开始撤往古比雪夫（今萨马拉）。所有迹象都显示，莫斯科沦陷只是时间问题。

关键时刻，有一个人的姿态就显得非常重要。

10 月 19 日早晨，斯大林在莫斯科火车站的特别专列前徘徊了近 2 个小时，在与西方面军司令员朱可夫通话并反复确认后，他决定放弃撤离，重新坐上汽车，回到克里姆林宫。

斯大林决定不走的消息很快传开，莫斯科的守军和市民都开始恢复信心：地铁开始重新运营，一批不法商人和间谍被抓起来枪毙，物价开始稳定，而大批市民尤其是妇女自愿参与工兵队伍，不分昼夜地挖战壕、筑工事。

而斯大林想做的事情，还不止这些。

1941 年 10 月 28 日，斯大林召见了莫斯科卫戍部队司令员阿尔捷米耶夫将军和空军司令员日加列夫将军。在会议室，斯大林问了他们这样一个问题："过几天就是十月革命纪念日，我们要不要在红场上举行阅兵式？"

两位将军一下子愣在了当场：此时德军的数十个师正在拼死扑向莫斯科，城里所有的部队都被调到了前线，莫斯科随时面临被狂轰滥炸的危险。

但斯大林又问了一次："我再问一次，要不要举行阅兵式？"

两位将军此时已经领悟了斯大林的决心，表示一定要办好这个阅兵式。

几天后，斯大林又召集了自己的心腹贝利亚和莫洛托夫，再一次表达了要举办一次阅兵式的想法。贝利亚和莫洛托夫在惊愕之余，都表示支持。

既然意见都统一了，那么接下来的问题就是：怎么搞？

4

在身陷重围的城市广场举行一场阅兵，确实面临极大的风险。

斯大林首先面临的问题是：德军会不会在这期间发动总攻？

为此，斯大林两次召见重新组建西方面军的司令员朱可夫。朱可夫给斯大林的答复是：由于在之前的战斗中德军也遭受了不小的损失，需要重新补充兵员，所以近期内不会发动大攻击。

但是，如果德军的陆军不发动攻击，空军会不会出动轰炸机呢？阅兵现场人员密集，一旦发生轰炸，后果不堪设想。

一代名帅朱可夫

做出保证的还是朱可夫：莫斯科外围的防空力量会全部加强，并调过来一批歼击机，力争不让一枚炸弹落到红场。

在得到这两点保证之后，斯大林心里有了点儿底，随后做出了一系列部署：把阅兵时间从上午 10 点提前到 8 点，尽量趁天还没亮透就结束阅兵，避免空袭；医疗队随时待命，以防万一有空袭轰炸造成伤亡，但阅兵坚决不能停止；让所有的报刊和宣传机器待命，届时要将阅兵实况实时广播到全世界……

斯大林还特别强调：除了少数人知道外，不到最后一刻，绝不能让任何人知道阅兵的事。

1941 年 11 月 7 日清晨，莫斯科的天空飘起了鹅毛大雪。

苏联西方面军《红军真理报》的记者叶甫根尼作为报道阅兵式的记者，站在了莫斯科红场列宁墓的左侧看台，看到斯大林走到了列宁墓上的主席台。

他听到斯大林说了两句话。

第一句是："风真厉害。"

第二句是："布尔什维克真走运，连上帝都帮他们。"

上午 8 点整，一场足以载入史册的阅兵式，正式开始。

5

在数十万赶来观礼的莫斯科市民的注视下，斯大林首先发表了演讲。

按理说，在阅兵式上发言的应该是检阅部队的司令官，但在这个时候，发言的只能是斯大林。

斯大林的开场是："同志们！今天我们在严重条件下来庆祝十月革命二十四周年。德寇背信弃义的进攻，及其强迫我们进行的战争，造成了威胁我国的危险。我们暂时失去了一些区域，敌人已经进犯到列宁格勒和莫斯科的门前。

"敌人指望在第一次打击之后，我们国家立即屈膝投降。可是，敌人打错算盘了！我们的陆军和海军虽然遭到暂时的失利，但还是在全部战线上英勇地击退着敌人的攻击，给敌人以严重损失。并且我们的国家，我们全国组成了统一的战斗阵营，以便我们陆军和海军一起粉碎德国侵略者。"

斯大林演讲的结尾，更是穿越雪雾，在整个红场上空回荡："让我们的伟大祖先亚历山大·涅夫斯基、德米特里·顿斯科伊、库兹马·米宁、德米特里·波扎尔斯基、亚历山大·苏沃洛夫、米哈伊尔·库图佐夫的英姿，在这次战争中鼓舞你们吧！让伟大列宁的胜利旗帜指引你们吧！

"为完全粉碎德国侵略者而战！

"消灭德国侵略者！

"我们光荣的祖国万岁！我们祖国的自由和独立万岁！

"在列宁的旗帜下，向胜利前进！"

斯大林的讲话一结束，红场上就响起了当时的苏联国歌——《国际歌》。此时的红场上，数十万冒着严寒赶来的市民和接受检阅的部队都高声呼喊"乌拉！"和"苏联万岁！"，很多人已泪流满面。

1941 年的红场阅兵

阅兵式随后开始。

首先通过检阅台的是炮兵学院、列宁格勒军事学院的学员。随后是第 2、第 316 步兵师这些成建制的部队，海军部队，以及捷尔任斯基师——这是一支负责莫斯科地区安全的内卫特务部队，如今也被拉出来准备奔赴前线。

很多官兵都是刚刚从前线回来，根本就没有经过阅兵排练，队伍并不整齐，脚步也不统一，但他们却目光坚定，斗志昂扬。他们手里握的枪都装满实弹，每个人都背着行囊——离开红场后，他们不会回到营房，而是将直接奔赴前线，与入侵的德军做最后的殊死搏斗。

阅兵队列中一个特殊的方阵引发了观礼人群的一阵骚动：那是民兵方阵。

这个方阵与其他部队的方阵不同：服装五颜六色，步伐散乱，扛的枪以及扛枪的姿势也五花八门。但观礼人群中响起了热烈的掌声，因为在这个方阵中，有工人，有农民，有机关干部，还有学生，而他们的另一个身份是观礼市民的父亲、儿子、丈夫、兄弟……此时此刻，他们有了一个共同的名字：战士。他们也将为保卫这座自己父老乡亲所在的城市，义无反顾地投身战场。

红场阅兵时的民兵方阵

紧跟在步兵方阵后面的，是机械化部队方阵。在隆隆驶过的大炮方阵中，人们惊奇地发现了一些 100 年前参加过克里米亚战争的老式大

红场阅兵时的大炮方阵

红场阅兵时的坦克方阵

炮——它们被人从博物馆里拖了出来，只要还能打一发炮弹，就被投入前线。

大炮方阵之后，是坦克方阵。在有近 200 辆坦克的队伍中，出现了大批最新式的 T34 坦克的身影。它们在通过主席台后，甚至没有按照常规路线走完全程，而是抄近路驶向了莫斯科郊外，与古德里安统率的德军四号坦克集群展开血战。更为先进的苏军 T34 坦克此后成了德军坦克手们的噩梦。

而此时的德军，并不知道发生了什么事。

6

希特勒还是从广播中听到苏联阅兵的消息的。

一开始，希特勒还以为自己听到的是某个德国节日庆典的现场直播，直到广播中传来“乌拉”的欢呼，他才意识到，苏联人居然在德军的眼皮底下搞了一个阅兵式。

暴怒的希特勒立即冲向电话，让手下接通了位于莫斯科前线的德军中央集团军司令部司令费尔多·冯·博克的电话，然后对他破口大骂。随后，希特勒又亲自打电话给德国空军第二航空队司令，要求立刻出动轰炸机，在一小时内将莫斯科红场炸得片甲不留。

虽然当时大雪纷飞，再加上狂风大作，并不适合空军飞行，但德军的轰炸机编队还是在希特勒的催促下强行升空飞往莫斯科。当德军飞机接近莫斯科上空时，遭到了朱可夫布置的高炮部队的猛烈炮火截击，而附近机场苏军的米格 -1 战斗机也纷纷升空迎击。

在激烈的空战中，为了确保红场阅兵的安全，甚至有米格 -1 的飞

苏军在莫斯科附近的一处飞机监听站

行员不惜驾机撞向德军的飞机。

最终，德军的轰炸编队在损失了 25 架轰炸机后悻悻而回，没有一颗炸弹能扔到红场。

而此时的红场阅兵也接近了尾声。

在漫天的大雪中，有 28 467 名苏联红军官兵接受了检阅，随后他们便毅然决然地由红场直接奔赴战场，与德军展开最后的决战。

而这场阅兵也通过广播直播传向了全世界，所有人都明确无误地领会了苏联人努力传递的一个信息：

我们决定抵抗到底，我们决不投降！

7

1941 年 11 月 16 日，莫斯科保卫战进入最后的白热化阶段。

在莫斯科郊外的一个铁路站，苏军 316 步兵师的一个连队苦战 4 个小时，已经打到只剩下 28 人。而他们的任务，是要阻击对面扑来的 50 余辆德军坦克。

这时候，连队指导员在战壕里对自己的战友大声喊了一句话：

“苏联虽大，但我们已经无路可退——我们的身后，就是莫斯科！”

战友们听到这句话后无不动容，拼死阻击。

而这位连队指导员在喊了一声“苏联万岁”之后，抱着一捆集束手榴弹冲向了德军坦克。

他就是本文开头的那位克洛奇科夫 · 季耶夫。

在参加完红场阅兵之后，克洛奇科夫和自己的战友随即奔赴前线。而许许多多当初和他一起冒着漫天飞雪，昂首挺胸走过红场的战友，最终都永远倒在了莫斯科郊外的战场上。

但是，他们都没有白白牺牲。

苏军的阻击阵地。克洛奇科夫·季耶夫牺牲那一天，316 步兵师师长也在阵地上殉国

1941 年 12 月 5 日，在顶住了德军最后一轮强弩之末的攻势之后，凭借严寒带来的天气优势，苏军开始全线发动反攻。一个月内，德军在莫斯科地区由全面进攻转入全面防御，最终被迫撤退，丢下了 1 300 辆坦克和 2 500 门火炮，以及付出了 50 万人伤亡的代价。

这是苏德战场上苏联的第一次胜利。以此为起点，苏联人开始慢慢站稳脚跟，止住了溃败的态势。

关键是，他们恢复了信心。

而信心恢复的起点，就是 1941 年 11 月 7 日，那场漫天飞雪中的悲壮阅兵。

馒头说

我小时候就在课堂上听语文老师讲过这个故事。

现在我还记得老师的那些话："那些坦克啊，从工厂里出来就直接开上前线。那些人啊，离开红场后直接就去城外打仗了，大部分都牺牲了。"

当时我年纪小，听着只觉得很新奇。长大后再回味，觉得很震撼。

尽管他们抵御的是德军，保卫的是莫斯科，和我们并没有什么关系，但我在读这个故事时，产生了一种强烈的共鸣。

我想，这当然与我们的国家和民族也经历过这样的生死时刻有很大关系，但除此之外，应该还有我们作为人类的天性：当自己的家园即将被侵略者占领的时候，每个人都会迸发出最大的热血和能量。

那是一种决战到底的态度，是一种视死如归的精神。

所以，在这场漫天飞雪的红场阅兵中，真正的英雄并不是站在主席台上的斯大林（事实上他应该为苏联在战争初期的巨大失败承担相当大的责任），而是在台下列队走过的一个个普通苏联士兵。他们中的绝大多数人都不会在历史记录中留下一星半点的文字，但他们在慨然奔赴战场的那一刻，都已经是自己父母、妻子、儿女眼中的英雄，也是这个国家应该永远铭记的英雄。

而我相信，每当国家和民族陷入生死存亡的紧要关头，这样的英雄一定会出现。

本文主要参考来源：

1. 纪录片《红场阅兵之 1941》（上、下）（上海广播电视台纪实频道《档案》，爱奇艺）
2. 《1941 年红场阅兵：苏军战机撞德机阻止轰炸》（《新民晚报》，2015 年 5 月 7 日）
3. 《兵临城下：1941 莫斯科红场阅兵震惊希特勒》（徐元宫，青岛新闻网“读报参考”，2014 年 6 月 1 日）
4. 《兵临城下！悲壮的 1941 年红场大阅兵》（董磊，《参考消息》，2015 年 5 月 8 日）
5. 《苏德战争初期：“我能看见的只有溃败和死亡”》（崔木杨，《新京报》，2015 年 7 月 13 日）
6. 《1941 年苏联大阅兵：走过红场，直奔战场》（马骏，《时代邮刊》，2015 年 11 月 22 日）
7. 《苏联红场阅兵引希特勒震怒　大骂轰炸机指挥官：笨驴》（《凤凰大视野》，凤凰卫视，2015 年 5 月 5 日）

同在五环之下

奥运会，总是能给人一种“天下大同”的感觉。

但任何一项能吸引高度关注的盛会，都不可能一帆风顺，没有危机，奥运会自然也不能例外。

萨马兰奇：挽救了奥运会的老人

这篇文章，我们要说一个“中国人民的老朋友”。有人曾说，真正影响奥运会历史的，只有两个人，一个是顾拜旦，他创立了现代奥运会，另一个是萨马兰奇，他挽救了现代奥运会。你看，顾拜旦在时间上是不可能成为我们的老朋友的，所以，我们就说说国际奥委会前主席萨马兰奇。

1

如果说在20世纪70年代末有不少媒体断言“奥运会将在21世纪彻底消失”，你信吗？

不管你信不信，当时是有很多人相信的。

我们来看看1976年蒙特利尔奥运会、1980年莫斯科奥运会，以及1984年洛杉矶奥运会的举办情况。在那几年里，很多人觉得奥运会能继续办下去，简直将是20世纪最大的奇迹。

为什么？

我们先来看1976年的加拿大蒙特利尔奥运会。

从 1940 年就开始申办奥运会的加拿大蒙特利尔，终于在 1970 年获得了第二十一届奥运会的主办权。为此，加拿大奥委会大兴土木，新建包括奥林匹克中心在内的一批大型体育场馆和奥运村，结果导致各项费用直线飙升，最后出现了 10 多亿美元的亏空。

这届奥运会一共举办了 15 天，却使蒙特利尔市的纳税人背上了 20 年的债务，直到 20 世纪 90 年代才全部还清。于是，这届奥运会有了一个特别的称号——“蒙特利尔陷阱”。

恢宏的蒙特利尔奥运会主场馆，当时采用最先进的伸缩屋顶技术，这使得预算大大增加

奥运会不是为钱而办的，不是吗？促进人类大家庭的团结才是主要目的嘛。但是，这一理想，在 1980 年的莫斯科奥运会上又遭到了迎头痛击。

其实在蒙特利尔奥运会上，因为种族歧视方面的一系列纠纷，非洲一些国家已经抵制了该届奥运会，而在莫斯科奥运会上，抵制潮达到了高峰。

当然，这也怪苏联自己。当时苏联出兵阿富汗，全世界以美国为首，共有 62 个国家和地区抵制参赛，上届东道主加拿大也抵制参赛，蒙特利尔市市长没有出现在莫斯科奥运会开幕式的交接仪式上，只派代表将五环旗交给了莫斯科市市长。

莫斯科奥运会

莫斯科奥运会只有 81 个国家和地区派代表参加。在开幕式上，有 16 支队伍以奥林匹克五环旗代替本国国旗或本地区区旗，表达抵制之情。中国也加入了抵制参加的行列而没有出现在那届奥运会上。

举办奥运会成了一件亏本和不讨好的事，谁还肯主办？当时的奥运会主办权绝不是现在的“香饽饽”，而是一个“烫手的山芋”——1984 年的夏季奥运会，只有美国洛杉矶一个城市提出申办。

如果洛杉矶都不申办，奥运会将面临无人理睬的尴尬局面。从这个角度说，当时有媒体预测的“奥运会将死”，也并非危言耸听。

1980 年，在莫斯科举行的国际奥委会第 83 次全体会议上，新一任的国际奥委会主席通过竞选产生。

他的名字叫胡安·安东尼奥·萨马兰奇。

他肩负着拯救奥运会的使命。

2

在当选国际奥委会主席之前，萨马兰奇的生平其实没有什么太惊人之处。

1920 年出生在西班牙巴塞罗那的萨马兰奇精通法语、英语、俄语和德语，23 岁时担任西班牙皇家体育俱乐部旱冰球队的教练，开始和体育结缘。

萨马兰奇在 31 岁的时候开始担任西班牙冰球联合会会长，并且开始从政，做到过巴塞罗那议会议长。在担任国际奥委会主席之前，他担任过西班牙驻苏联的首任大使。

萨马兰奇对女性运动员参加奥运会做出过很大的贡献

作为临危受命的国际奥委会主席，

美国田径运动员吉姆·索普是历史上最伟大的全能田径运动员之一。他在 1912 年瑞典斯德哥尔摩奥运会上获得男子五项全能和十项全能两个冠军，并且都打破了世界纪录。但是第二年，美国奥委会指控他收取了 15 美元为一所印第安人学校的棒球队员比赛，违背了业余运动员规则，索普的奥运会冠军被取消。之后几十年，为他平反的呼声都没有获得支持。1953 年，索普被发现因酗酒过度在一个停车场离开了人世。1982 年 10 月，萨马兰奇决定为索普恢复名誉。3 个月后，萨马兰奇亲赴洛杉矶将追回的金牌重新交与索普的女儿和他的孙子威廉·索普

萨马兰奇知道要挽回奥运会的声誉乃至生命，就要解决困扰奥运会多年的三大难题。

第一大难题，就是关于只允许业余运动员参加奥运会的问题。

按照顾拜旦创立现代奥运会的初衷，奥运会是拒绝职业选手参加的。这项“铁律”随着时代的发展已经变得越来越不合时宜：观众总是希望看到代表这个星球最高水平的体育比赛，如果不是这样，有什么理由吸引大家来关注呢?

更重要的是，二战后，职业运动员参加奥运会早已是大家心知肚明的事实。社会主义国家的运动员基本上都是职业运动员，他们领取国家的工资，专门从事体育训练和比赛，获奖后会得到国家的物质奖励。在资本主义国家，参加奥运会的选手也都得到商家经济上的支持。如果没有企业提供资助，仅靠运动员从事其他职业赚取的薪金，恐怕连赛前的系统训练都不可能保证，更别说参加高强度的奥运角逐了。

但是，担任了 20 年（1952—1972）国际奥委会主席的布伦戴奇是坚定的“业余参赛”论支持者，而他对萨马兰奇有知遇之恩，没有他，萨马兰奇连奥委会都进不了。

但是，在奥运会已经到了生死存亡关头时，萨马兰奇把对布伦戴奇的报答之情放到了一边，他公开指出："体育运动对于某些人来说可以成为目的，而不是他生活的其他内容的辅助手段。"

布伦戴奇。1934 年，时任国际奥委会委员的布伦戴奇带队考察了纳粹德国，最终得出了柏林可以举办奥运会的结论，使得 1936 年柏林奥运会在纳粹的阴影下举行。1954 年，已经当上国际奥委会主席的布伦戴奇为当年的行为道歉（详见本书收录的《柏林 1936：一届"史无前例"的奥运会》）

在顶住巨大压力之后，刚刚当选国际奥委会主席不久的萨马兰奇，在 1981 年修改了《奥林匹克宪章》的有关条文，去掉了"业余"一词，并且委托各国际单项体育协会制定自己的条款准则，由协会确认参赛选手是否符合业余原则。只要协会认可，国际奥委会就予以同意。

此后，以篮球、网球为代表的一批高水平职业运动员被获准参赛，大大提高了奥运会的观赏性，也使奥运会超越很多单项赛事，成了全球第一体育赛事。

1984 年洛杉矶奥运会，男篮职业选手还不能参赛。从北卡罗来纳大学毕业的迈克尔·乔丹推迟与芝加哥公牛队的签约，以大学生球员的身份代表美国男篮参赛，场均得到 27.6 分，率队夺得冠军。

3

萨马兰奇面临的第二大问题，是奥运会如何尽可能避免政治的干涉。

二战结束后，一道铁幕缓缓落下，美苏两大阵营之间的"冷战"影响到了方方面面，再加上各种宗教、领土纠纷推动的恐怖主义，奥运会成了一个承载这些负面影响的大舞台。1972 年的慕尼黑奥运会发生惊人惨案（参见《历史的温度》收录的《史上最黑暗的一届奥运会》），1976 年蒙特利尔奥运会首现大规模抵制，1980 年莫斯科奥运会几乎将奥运会分裂。还有一点不应被人遗忘的是，这个世界上人口第一多的中华人民共和国，一直被排除在奥运会大家庭之外。

为此，萨马兰奇一上任就开始了超强度的会员方走访。他一天只睡 5 个小时，足迹遍及五大洲，行程达到 2.4 万公里。在频繁的走访中，他与各国元首和政府首脑保持密切和融洽的关系，同时与联合国合作签署了一系列提案与协议，推广奥林匹克运动，推崇和平的理念。

萨马兰奇是外交官出身，他拥有周游列国、合纵连横的能力。再加上他上任之后，“冷战”的氛围正在渐渐变淡，这也给他提供了一个较好的国际环境。

经过萨马兰奇的努力，中华人民共和国在 1984 年顶住苏联的压力（苏联要报复 1980 年美国的抵制，也号召社会主义国家抵制洛杉矶奥运会），参加了洛杉矶奥运会，重返奥运会大家庭。

1984 年洛杉矶奥运会，中国代表团入场。该届奥运会，中国代表团获得 15 金 8 银 9 铜。许海峰为中国代表团射落第一金

从 1988 年汉城奥运会开始，再也没有出现因为政治原因抵制奥运会的现象。2000 年的悉尼奥运会，朝鲜和韩国甚至联合组队出现在了开幕式上。

4

在观赏性和政治性两个问题解决之后，萨马兰奇要解决第三个棘

手的问题：钱。

为了保证奥运会的纯洁性，从顾拜旦时期开始，国际奥委会是不接受商业赞助的。奥运会的举办费用完全由主办城市承担，而且不得以营利为目的。

理想是丰满的，但现实是骨感的。随着奥运会规模的渐渐扩大，很多主办城市发现这是一件入不敷出的事。加上“蒙特利尔陷阱”带来的恐慌情绪（莫斯科奥运会其实也巨亏），也只有具有冒险精神的美国人才愿意申办奥运会。

上任之初的萨马兰奇清楚地认识到：如果无法和主办城市、赞助商达成一个多赢局面，奥运会是不可能持续下去的。

那么该怎么办？只能进行商业化改革。

当时 60 岁的萨马兰奇出人意料地对“新媒体”有高度的敏锐性，他意识到刚刚开始普及的电视，将会给奥运会的关注度带来惊人的增长。他主动向电视媒介抛出了“橄榄枝”，并在今后的奥运会中奠定了“电视媒体优先”的特权（作为一名采访过三届奥运会的文字记者，我有这样的亲身经历，在赛后混合采访区，运动员都要先接受电视媒体采访，之后才能轮到文字记者采访）。此外，萨马兰奇也开始积极策划市场营销，为奥运会四处寻找赞助商。

当然，萨马兰奇突破国际奥委会保守势力的重重阻碍后打开商业化大门，还需要有人配合，那个配合的天才，就是 1984 年洛杉矶奥运会的奥组委主席尤伯罗斯。

在洛杉矶获得奥运会主办权后，洛杉矶市政府通过了“举办奥运会禁止动用公共基金”的决议，而美国的加州是不允许发行彩票的——这两项都是奥运会的传统筹资方式。

但当时连一间专属办公室都没有的奥组委主席尤伯罗斯充分展现了自己的商业天赋和惊人的口才（参见《历史的温度 2》收录的《没错！就是他“承包”了一届奥运会！》）。简单来说，尤伯罗斯创造性地出售奥运会独家电视转播权，仅这项举措就获得了超过 3 亿美元的资金。然后通过“饥饿营销”，规定奥运会只接受 30 家顶级赞助商的赞助，收到了超过 1 亿美元的赞助款。（莫斯科奥运会有 900 多家赞助商，但洛杉矶奥运会仅可口可乐一家的赞助额就超过了四年前 900 多家赞助商赞助额的总和。）

更让人们议论纷纷的是，尤伯罗斯把火炬接力传递也拿出来卖钱——想参加火炬接力？可以！每跑一英里，交 3 000 美元！当然，尤伯罗斯有说服萨马兰奇的理由——交上来的钱全部用于体育设施的建设（其实这也帮尤伯罗斯省了钱）。

洛杉矶奥运会办完之后一算账，不仅没亏本，居然还赢利 2.25 亿美元！“办奥运会能挣钱”这个概念，从此被所有人熟知，此后每届参加奥运会申办的城市都挤破了脑袋。

商业奇才尤伯罗斯

没有尤伯罗斯，就没有可以赚钱的奥运会，但没有萨马兰奇，有 10 个尤伯罗斯也没有用。

到 2001 年萨马兰奇卸任时，当初那个一穷二白的国际奥委会，年收入已经超过 9 亿美元。

5

毫无疑问，萨马兰奇对国际奥委会乃至对奥运会都产生了正面和积极的影响，但他是不是一个完人？

随着奥运会的日益昌盛和萨马兰奇本人的声誉渐隆，对他的指责也开始多了起来。

有些指责，证据确凿，但与奥运会关系不大。比如，说萨马兰奇曾是西班牙佛朗哥独裁政府的官员，并行过纳粹礼。但萨马兰奇在成为国际奥委会主席之后，其所作所为并没有体现出与纳粹有一点点瓜葛，而且他也因此受到了惩罚：在他卸任时，因为那段纳粹经历，他并没有被授予“洛桑荣誉市民”的称号。（瑞士洛桑是国际奥委会总部所在地。）

有些怀疑，缺乏可信根据。比如，有传言说萨马兰奇其实是苏联克格勃间谍，在他担任国际奥委会主席期间，整个国际奥委会成了间谍的聚集地。

另外，奥运会虽然在萨马兰奇的任内获得了空前发展，但表现出的一些弊端还是让人发出了一些反对声音。

比如“商业化”这把双刃剑。一方面，商业化挽救了奥运会，但另一方面，过度商业化也开始成为奥运会的一个问题。国际奥委会为了保证和满足赞助商的利益，开始损害观众乃至运动员的权益（比如，观众在场馆内只能买到交了赞助费的餐食品牌，且价格往往很贵）。有人曾评价：“奥运会是活了，但奥林匹克运动死了。”

又比如兴奋剂。在萨马兰奇任内，奥运会开始变得全球瞩目，或许也正是因此，在荣誉和金钱的催动下，运动员服用兴奋剂的案例也大幅度增多。世界反兴奋剂机构前主席庞德公开将原因归咎为萨马兰奇打击不力：“萨马兰奇对此话题不感兴趣。他既不为反兴奋剂工作拨款，也不肯利用国际奥委会的影响力督促各单项协会清理兴奋剂。他从来不愿意这么做。”

1988 年汉城奥运会，加拿大选手本·约翰逊在获得男子 100 米冠军后被查出服用兴奋剂，被称为“世纪丑闻”（关于兴奋剂的故事请参看《历史的温度》收录的《“世纪之骗”背后的兴奋剂黑历史》）

商业化侵入奥运会还带来另一个巨大的问题：腐败。

2002 年盐湖城冬奥会申办期间发生的腐败案，堪称萨马兰奇任内最大的败笔。为了使盐湖城获得举办冬奥会的资格，盐湖城申奥委向国际奥委会多名委员行贿，手段包括赠送滑雪板、来复枪等高档消费品，以医疗费或者奖学金的方式令委员获得经济利益，甚至还为委员的色情消费买单。

当然，还有奥运会本身的问题：越来越庞大，越来越臃肿。

1980 年莫斯科奥运会设 21 个大项、203 个小项，共 5 197 名运动员参赛；到了 2000 年的悉尼奥运会，共设 28 个大项、300 个小项，参赛运动员上升到了 1 万余名。一些明显缺乏世界性或群众性基础的项目，比如蹦床等，也被列入了奥运项目。

在这样的背景下，尽管已经完全商业化，但奥运会却成为每一个主办城市的沉重负担。萨马兰奇卸任后，继任的国际奥委会主席罗格马上就提出了“奥运瘦身”计划。

6

萨马兰奇的葬礼

但萨马兰奇对奥运会的贡献，还是有目共睹的。

2010 年 4 月 21 日，萨马兰奇因急性冠状动脉供血不足，在巴塞罗那的医院逝世，享年 89 岁。他的葬礼有诸多体育名人出席，为他抬棺的人中就有西班牙网球名将纳达尔。

萨马兰奇的继任者、时任国际奥委会主席罗格在葬礼上发言：“萨马兰奇先生有着伟大的人格，他言语不多却含义深刻隽永，他留下一段伟大的传奇，我以国际奥委会的名义保证我们将保留和传承他的传奇和遗产。”

最后罗格还在哀悼簿上用法语写下：“感谢您做的一切。”

馒头说

说来惭愧，当了那么多年体育记者，我没有采访过萨马兰奇。反倒是我的老婆和萨马兰奇聊过一次天。

那是2008年北京奥运会之前的奥运圣火采集仪式，当时还是国际新闻记者的她，代表她所在的媒体远赴希腊的古奥林匹亚采访。在仪式结束的时候，她在场边邂逅了当时也来参加仪式的萨马兰奇。

她对我说，萨马兰奇出奇地平易近人，他说自己现在年纪大了，已经参加不了足球这样的高强度运动，他现在每天在家练哑铃，攒足力气去北京看奥运会。

那一年，萨马兰奇已经87岁了。奥运会这列火车，正沿着他当初设定的轨道前行。

应该说，奥运会到后面确实出现了一些弊端，但并非萨马兰奇一人之错。

在奥运会这列火车即将踩刹车熄火的时候，是列车长萨马兰奇让它重新运转起来，并且加速进入轨道。如今，这列火车有些体积臃肿、速度过快，有脱轨的危险，需要国际奥委会和各会员一起来努力矫正，而不是简单地把锅甩给前任主席萨马兰奇，这是不公平的。

《今日美国》对萨马兰奇的评价，我觉得还是挺客观的：

“身材弱小，但成就巨大。”

柏林 1936：一届“史无前例”的奥运会

这个故事虽然讲的是体育，但其实早已超越了体育。

1

1936 年的奥运会，是在德国柏林举行的。

柏林也曾被定为 1916 年奥运会的举办地，但因为德国成了第一次世界大战的策源地，所以那届奥运会停办了。1928 年，德国才获得参加奥运会的资格。

1932 年，国际奥委会将 1936 年的奥运会举办地定在了柏林。当时，德国纳粹尚未上台，但气焰已经比较嚣张了。

而当时的纳粹认为奥运会是“犹太人与和平主义者搞的花样”。纳粹分子还认为，在 1932 年的洛杉矶奥运会上，日耳曼人和黑人同场比赛，是一种耻辱。（1932 年的奥运会，是中国人首次参加的奥运会。请参看《历史的温度 4》收录的《一个人的奥运会》。）

1933 年，希特勒上台，纳粹主义正式大行其道。鉴于当时的德国政治形势，国际奥委会在 1934 年专门讨论：还要不要在柏林举办奥运会？国际奥委会专门成立了一个调查委员会，前往德国实地调查。

负责这次调查的是当时的国际奥委会委员、一直提倡体育与政治分开的美国人布伦戴奇。虽然调查委员会在德国看到了不少纳粹排斥犹太人以及扩军备战的事实，但布伦戴奇还是坚持，柏林有举办奥运会的条件。

另一方面，纳粹在上台后，对奥运会的态度有了 180 度大转弯，希特勒希望通过举办这次奥运会，向全世界展现德国的强大和热情，以及雅利安人种的优越，所以他对奥委会的各种要求都尽量配合，甚至发电发函，邀请已逃亡海外的犹太选手回到德国参加奥运会。

最终，国际奥委会做出了 1936 年奥运会依旧在德国举办的决定。

2

时间终于到了 1936 年 8 月 1 日，柏林奥运会隆重开幕。

柏林奥运会上的美国运动员

尽管赛前受到不少国家的抵制（那些国家甚至一度尝试在巴塞罗那举行这一届奥运会），但这届奥运会还是吸引了包括美国在内的 49 个国家的 3 963 名运动员。其中女选手 331 人，男选手 3 632 人。德国人数最多，共 406 名运动员，美国次之，有 330 人。

这一次，中国派出了 69 名运动员（其中女运动员 2 名，男运动员 67 名），共参加了 5 个项目的比赛。遗憾的是，除了符保卢一人通过撑竿跳高及格赛（决赛中被淘汰），其余人均在预赛中遭淘汰。这批运

柏林的华侨迎接中国代表团

动员为了凑够来比赛的路费，甚至还通过街头卖艺筹款。

值得一提的是，中国代表团这次派出了武术表演队，他们表演的双人对练项目让西方人叹为观止。

当时参加柏林奥运会的游泳运动员杨秀琼有“美人鱼”之称，《历史的温度 4》里面写过的刘长春也参加了本届奥运会，但两人均在预赛阶段被淘汰。

希腊人康斯但丁成为现代奥林匹克火炬接力历史上的第一位火炬手

应该说，“公关大师”希特勒确实为本届奥运会花了大量心思。有些东西，是他开创并且流传至今的。

比如，在他的授意下，奥运会第一次有了“圣火传递”的仪式。1936 年 7 月 20 日，柏林奥运会圣火在奥林匹亚点燃，火炬接力活动历时 12 天，穿过希腊、保加利亚、南斯拉夫等国家，历经 3 187 公里后抵达柏林，全部通过火炬手跑步传递完成。从柏林奥运会开始，圣火传递成了奥运会中必不可少的仪式。

举办柏林奥运会的体育场

又比如，柏林奥运会开了奥运会电视直播的先河，当时德国人可以通过电视免费观看奥运会。

此外，柏林还兴建了一座

能容纳 10 万人的奥林匹克体育场，这样的规模，放到现在来看也是令人惊叹的。

3

说说这届奥运会的比赛。

在德国比赛，又以突出“雅利安人优异”为目的，所以，几乎是毫无悬念的，德国代表团以 33 枚金牌名列本届奥运会金牌榜的第一位（美国名列第二位）。

但现在回过头来看，很多细节，是奥运会的耻辱。

比如，在很多主观评分的项目里，德国人所向披靡。马术比赛，6 个项目的金牌被德国包揽，在后来的奥运会上，这种情况再也没有发生过。

体操比赛，德国男、女队包揽团体冠军，并且获得多枚单项金牌，甚至引发其他代表团抗议。

即便是在以客观数据为准的比赛中，德国运动员也获得了格外优待。比如在自行车 1 000 米争先赛中，德国运动员托·默尔肯斯把车骑出了车道，照理应该被取消资格，但他只是被罚了款，照样获得了金牌。

柏林奥运会的体操比赛，那时候体操比赛还在露天举行

但田径比赛出了一点小意外，柏林奥运会因此有了另一个名称：欧文斯的奥运会。

杰西·欧文斯，美国人，当时被称为“黑色闪电”。在 1935 年的一场美国大学生运动会上，他在 45 分钟内打破五

杰西·欧文斯在男子 100 米比赛中

项世界纪录、打平一项世界纪录，震动全美。1936 年，他代表美国来到柏林奥运会，在男子 100 米、男子 200 米、男子跳远和男子 4×100 米四个项目中摘得 4 枚金牌，多次打破奥运会纪录，震惊世界。

按常规，主办国元首将和金牌获得者握手。希特勒和每一名德国的金牌获得者都握了手，但拒绝和欧文斯握手。国际奥委会警告他："要么握手，要么之后都别握手。"希特勒选择了退场。

可是全世界的报纸都没有放过这个大新闻，《雅利安人种优越论破灭》《欧文斯嘲弄了希特勒》等标题纷纷登上头版。

这里说一个插曲。

1936 年，至少在种族问题上，美国自己并没有比德国好到哪里去，"黑人低人一等"的种族歧视观念在美国根深蒂固。即便是凯旋的欧文斯，后来为了生计，也只能耻辱地和马、汽车赛跑，赚一点生活费。

史密斯和卡洛斯在领奖台上。二人回国后被终身禁止参加奥运会。1996 年美国亚特兰大奥运会，史密斯被请回做了火炬手

即便到了 1968 年墨西哥奥运会，美国的种族歧视依然严重，当时大批美国黑人运动员甚至在酝酿抵制奥运会，是杰西·欧文斯站出来劝他们服从大局。

但美国的黑人短跑名将史密斯和卡洛斯在墨西哥奥运会获得男子 200 米金牌和铜牌后，在美国国歌响起的那一刹那，高高举起了戴着黑手套的拳头，抗议种族歧视，留下了一张经典的照片。

4

让我们再回到 1936 年的柏林。

在那届奥运会上，有一个东亚人的面孔，也给世人留下了深刻印象。

他不是中国人，是朝鲜人。

1936 年柏林奥运会的男子马拉松冠军，是当时的朝鲜选手孙基祯。这是亚洲人第一次夺得长跑项目的金牌。但当时，朝鲜是日本殖民地，所以颁奖仪式上为冠军升起的是日本国旗。当日本国旗升起的时候，孙基祯低下了头。

孙基祯领奖的照片

朝鲜的《东亚日报》第二天刊出孙基祯领奖的照片，但把他身边的太阳旗涂掉了。日本统治者因此将 8 名“涉案”者投进监狱。直到韩国成为独立国家后，这枚金牌的国籍才被更改为韩国。52 年后，孙基祯在汉城奥运会的开幕式上，手持圣火跑入会场，他的眼中充满了泪水。

柏林奥运会后三年，即 1939 年，德国发动了第二次世界大战。

1954 年，国际奥委会在纪念奥林匹克运动 60 周年发表的 44 号公报中终于承认，当时在纳粹主义十分嚣张的德国举办奥运会是不适宜的。

那时的国际奥委会主席，正是当年支持柏林举办奥运会的美国人：布伦戴奇。

馒头说

我不知道强调多少次了，奥运会永远躲不开政治。柏林奥运会，又是一个鲜活的例子。

但那届奥运会的男子跳远比赛，也就是欧文斯夺冠的那个项目，发生了令人记忆深刻的一幕。

那是场预赛，欧文斯当时只要正常发挥，进入决赛毫无问题。但第一次试跳，他踏板过线犯规。第二次为了保险，他从踏板后起跳，结果成绩一塌糊涂。

他迟迟不敢开始第三跳。

这时候，看台上的希特勒离场了。

在希特勒离场之后，一名德国运动员走了上来，蓝眼睛，标准雅利安人种。大家都认识他，他是德国的跳远明星卢兹·朗。

卢兹·朗轻轻地和欧文斯说："现在取得决赛资格，是最重要的。"并且把自己的一个小诀窍教给了当时只有 23 岁的欧文斯："把自己的毛巾放在起跳板后数英寸，起跳位置就不会差太多了。"

果然，欧文斯照做后，最后一跳差点打破了奥运会纪录。

在几天后的决赛中，卢兹·朗打破了世界纪录，但随后欧文斯又打破了他的纪录，并以微弱的优势获得了冠军。

此时的卢兹·朗跑向了欧文斯，把他拉到了场中央，当着全场 12 万观众的面举起了他的手大喊："杰西·欧文斯！杰西·欧文斯！"

全场先是一片令人窒息的寂静，随即忽然齐声高呼："杰西·欧文斯！杰西·欧文斯！"

而欧文斯等人群安静下来，也举起了卢兹·朗的手大喊："卢兹·朗！卢兹·朗！”

全场再次爆发出了欢呼：“卢兹·朗！卢兹·朗！”

我相信，在那一刻，奥运会是被期待远离政治的。

至少，绝大多数运动员只想有一场纯净的比赛。

最后再说说这两个人后来的命运。

柏林奥运会落幕后，欧文斯回到了国内，虽然他有四枚金牌在身，但依旧遭受严重的种族歧视，为了活下去，他只能屈辱地接受与马赛跑来赚取一点生活费。

卢兹·朗作为一名纳粹党员，在 1941 年应召入伍。1943 年，他被调入高射炮营，在德军进攻西西里岛的战役中身受重伤，在撤退时被德军遗弃，最后死在美军的战俘医院。

欧文斯在听说卢兹·朗的死讯后曾说过一句话：

“我把我获得过的所有金牌都熔在一起，价值都抵不上卢兹·朗对我的友谊。”

也只有奥运会，才能给他们提供这样一个相识相知的机会吧。

1964，日本豪赌奥运

2020 年东京奥运会（因新冠肺炎疫情推迟至 2021 年举办）进行得如火如荼时，不少人都在问：为什么日本一定要坚持举办这届奥运会？这背后当然有很多经济方面的考量，但还有一个不容忽视的因素：东京上一次举办奥运会，给日本带来的回忆太美好了。

1

时间，要先回到 1938 年 7 月 15 日。

在中国的湖北地区，集中了九个师团试图一举歼灭中国军队主力的日本华中派遣军发现自己正陷入一场空前的苦战——中国动用了百万大军，在这场“武汉会战”中顽强抵抗，并且进退有据，打得颇有章法。

也就是在这一天，日本厚生大臣木户幸一召开新闻发布会，向全世界宣布了一件事：日本放弃举办 1940 年东京奥运会。

这其实并不算一则令人意外的新闻，很多人甚至一直在等着日本政府宣布。日本已经深陷侵华战争的泥潭，日本军部刚刚要求通过了《全国总动员法》，日本全国上下每一个人、每一个零件都被要求投入侵略战争中，根本就无力举办一届奥运会。

1932 年洛杉矶奥运会中国代表团入场时的照片。在那届奥运会上，日本派出了 190 人的庞大代表团，仅次于东道主美国（也有想借机缓和因“九一八事变”与美国关系疏远的原因），与当时只能派出 6 人代表团的中国形成鲜明对比。在亚洲范围内，日本在相当长时间里一直是奥运体育方面的领先者

而从国际舆论来看，日本也不可能因为自己的侵略行径而有资格举办一届呼唤和平的奥运会了，国际奥委会已经多次暗示乃至明示日本主动放弃举办资格。

在这样的背景下，日本期待自己成为第一个奥运会亚洲主办国的希望，破灭了。

没过几年，日本人发现他们破灭的不仅仅是“奥运梦”，还有他们的“大东亚共荣圈”迷梦，乃至“世界制霸”的美梦。

一场二战，两颗原子弹，让日本整个国家基本被打残，遭受过两轮地毯式大轰炸的东京更是一片废墟，连像样的建筑都找不出几幢。

战后的日本，满目疮痍，百废待兴。在努力恢复经济建设的同时，日本人在寻找一种重新提振国民士气，乃至重新改变全世界对日本印象的办法。

奥运会，再一次进入了他们的视野。

2

1952 年 7 月，东京都政府正式向国际奥委会提出申请：主办 1960 年第十七届奥运会。

此时的日本，已经有了一点举办奥运会的底气。

1945 年战败后的日本，一度处于国家崩溃的边缘：钢铁产量仅为 1937 年的 60%，农业指数仅为 1937 年的 59.3%，全国有 1 600 万农业劳动力，到 1947 年时还有 1 000 万人处于失业状态。

但是，1950 年 6 月爆发的“朝鲜战争”犹如给日本吹来了一股“神风”，美国的“特需”订单让日本经济在复苏的基础上实现了惊人的腾飞：国内的钢铁、化工、船舶、制造、金融等行业全面振兴；国家的外汇储备余额从 1950 年 6 月底的 2.86 亿美元，暴增到了 1952 年 5 月底的 11.777 亿美元，两年增长了 4 倍。

在这样的基础上，日本提出要举办 1960 年第十七届奥运会，是充满信心的。

二战后的东京只剩下钢筋水泥建筑物，其他木结构建筑都已被摧毁

不过，他们遭遇的对手，是二战时的“难兄难弟”意大利罗马。

有意思的是，在 1936 年柏林举办奥运会后，争抢 1940 年奥运会主办权的也是日本的东京和意大利的罗马——从这个角度来看，20 世纪 30 年代到 40 年代的奥运会简直是纳粹和军国主义国家的狂欢。后来由于意大利公然入侵埃塞俄比亚，为了争取盟友支持，罗马奥组委在墨索里尼的指示下放弃了申办，但东京并没有尝到最后的甜头。

这对在二战前就相互竞争，在二战中同时被痛打的“冤家”，二战后又再次在申奥的舞台上相逢。双方都有“重新改造后以新面目示人”的诉求，但这一次，罗马笑到了最后，拿到了 1960 年奥运会的主办权。

失败了的日本并不气馁，在1958年5月再次向国际奥委会提出申请：主办1964年奥运会。

关于申办奥运会的目的，日本文部省的《体育振兴审议会报告》中说得很清楚："不仅有利于振兴我国体育，深化国际理解与国际亲善，特别是为国际社会正确认识真实的日本提供了一个绝佳的条件。"

在第三次申办奥运会的过程中，日本政府做了大量工作，除了在国内开展声势浩大的宣传，还做了不少"服务工作"：邀请国际奥委会主席布伦戴奇访日，承办国际奥委会第54次全体会议，举办第三届亚运会……

1962年6月14日，日本武田恒典亲王（左）在法国尼斯展示下一届奥运会的官方海报

终于，在1959年5月26日的第55次国际奥委会全体会议上，东京正式被确定为第十八届奥运会的主办城市。

日本终于将实现自己多年来的奥运主办梦。

3

一拿下奥运会主办权，日本就迅速"全国奥运化"——举全国之力筹办奥运会。

1959年9月30日，"奥林匹克东京大会"组委会成立，同时，政府总理府新设"奥林匹克东京大会准备对策协议会"，统筹全国资源。在举办城市东京，更是全盘"奥运化"：道路交通方面有"首都高速道路公团"，街道规划有"首都街道规划室"，交通局设"高速列车建设

大修路时期的东京

本部”，连城市下水道建设也设立了“下水道局”。

至此，日本申办奥运会的目的已经很明显了：借举办奥运会，让东京乃至日本，从里到外“翻新”一遍。

打头阵的就是交通运输。

经过战后 10 多年的发展，日本尤其是东京的交通状况拥挤不堪，已经完全不适应经济发展速度。

自从拿下奥运会主办权，日本立刻制订了“道路整备五年计划”，到 1962 年就完成了 70% 的一级国道铺设，同时还突击建成了首都高速公路、东名高速公路、名神高速公路、东京高架单轨电车、东京地铁等等。这些道路基础设施的修建，让日本在 20 世纪 60 年代后期的卡车货运量追上了铁路货运量。

说到铁路，为了迎接奥运会，日本启动了最大的“精品工程”——东海道铁路新干线。为了建设这条连接东京和大阪的高速铁路线，日本从世界银行贷款 288 亿日元，总投资 3 800 亿日元（大约相当于 10.5 亿美元）。原定工期为 5 年，但日本突击 3 年时间就完成了，赶在奥运会开幕前两个多月开通。

1964 年 10 月 1 日，在东京奥运会开幕前夕，新干线“光号”通过富士山。新干线当年运送旅客就超过了 6 万人次，10 年之后运力上升到每天 34 万人次

这条长 515.8 公里的高速铁路，采用了一系列当时全世界最先进的技术，包括 1.435 米的宽轨技术，创造了时速 210 公里的纪录，是当时全世界最快的铁路线——日本媒体

宣称这是日本“新速度时代”的开始。

除了道路交通，同样重要的是建筑业。

为了举办奥运会，日本拿出了159亿日元，建成了国立体育馆、武道馆、驹泽体育馆、国立室内体育馆、代代木奥运村等一系列奥运场馆。

但奥运场馆只是一小部分，日本更看重的是市政建设和民间住宅建设。

东京在二战后成了一片废墟，被称为“木头和纸片搭成的城市”。为了举办奥运会，日本政府从各地乡村调集了10万农民投入东京的市政建设。当时东京市内许多主干道为了修建高架路，挖出了1万多个大坑。全市有7 000多栋房屋、5万多名市民因奥运工程被拆除和搬迁。

在这样的刺激下，日本出现了建筑热潮，1964年的新建建筑比1961年增长了71%。“不准修建超过31米的高层建筑”规定被废除后，东京的各种高楼大厦拔地而起，一大批高级公寓也随之出现，1964年东京公寓平均售价为950万日元，最高达到1 880万日元，比1961年至1963年的平均价格上涨了一倍。

修建中的代代木国立综合体育馆

在奥运会即将举办的前几年，东京基本成了一个热火朝天的大工地。

但日本政府却表示：不够，还远远不够。

4

日本政府的计划是：以奥运会为契机，以东京为龙头，带动整个日本的经济。

这种带动，体现在各个方面。

首先，交通运输基础设施的完善，带来了日本汽车制造行业的大井喷。

1959 年，日本的汽车年产量在 50 万辆左右，到 1962 年就飙升至 100 万辆。日本的汽车年产量在 1961 年超过了意大利，1964 年超过了法国，1966 年超过了联邦德国，1968 年达到了 355 万辆，日本成为仅次于美国的世界第二大汽车生产国。

借着办奥运的东风，日本的汽车品牌也迅速“冲出亚洲，走向世界”。

1960 年，日产汽车在美国开了第一家分公司。

1963 年，原本生产摩托车的本田公司推出了第一辆 S500 汽车和第一辆 T360 微型货车。

1964 年，丰田公司决定考虑向市场推出代号为 179A 的轿车，这款最终被命名为“花冠”的轿车在 1966 年问世，并在 2006 年实现各系车型累计生产 3 200 万辆，超越福特的 T 型汽车和大众的“甲壳虫”，成为世界上畅销时间最长的民用轿车。

其次，观看奥运的热情催动了日本的电视机制造及相关产业的发展。

为追求性价比，日本政府在战后一度鼓励生产极小排量的 K-Car 车型，让日本家庭都能开上车

1964 年，美国发射了“辛科姆 3 号”通信卫星，它的一个功能就是向全球电视实况转播奥运会盛况，这也使得 1964 年的东京奥运会成了历史上第一届全球同步直播的奥运会。

电视直播的普及，让全日本掀起了购买电视机的热潮：1960

年，日本家庭的电视机普及率为54.5%，到1964年，这个数字飙升至93.5%。可想而知，民众的需求也大大刺激了日本的电视机生产行业，并催生了两大行业巨头：索尼和松下。

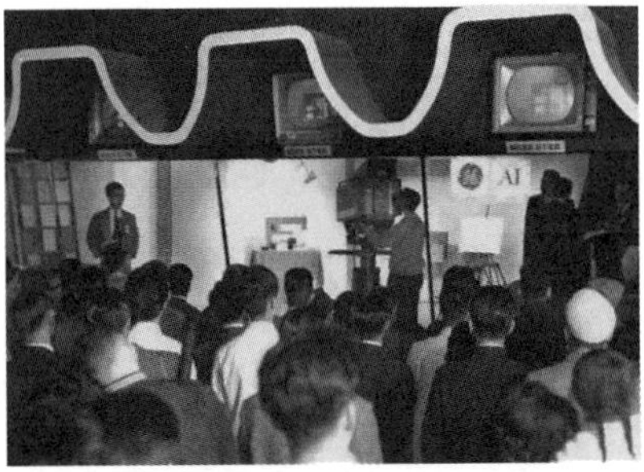

1960年4月14日，大阪国际商品展览会上，日本彩色电视机厂家进行首次试播

奥运会举办10年之后，日本的电视机产量达到了世界第一，占到全球总产量的24.9%。值得一提的是，在1964年这个“奥运年”，日本的收音机产量也达到2 437万台，位居世界第一。

更让日本人欣慰的一点是，通过举办奥运会，“日本制造”这个品牌认知在全世界由“粗制滥造不经用”，变成了“价廉物美精细化”。

在20世纪50年代初，日本凭借廉价劳动力，生产了大量便宜但质量差的产品以打开国外市场，因此饱受西方诟病。但是到了60年代，这一现象已明显改观，其中一个重要动力就是举办奥运会。

东京奥运会是奥运会历史上第一次没有采用瑞士制造的手表计时，取而代之的是日本精工表。精工集团在1961年成功研发出全世界第一座使用电池带动的石英钟，重量只有3公斤，平均日差0.2秒，两块电池就可以用一年——在五年前，一座石英钟还像一辆小卡车那么大。

在东京奥运会赛场上的田径、游泳这些要求时间计量极其严格的项目中，精工大出风头

精工表在东京奥运会上大出风头，让日本被二战摧毁的整个制表业重新恢复，而精工掀起的“石英风暴”

也差点终结了机械表在人类文明中的进程。

从交通到建筑到制造业，日本政府想尽一切办法充分利用奥运红利，但还有一个很重要的方面，他们也希望能借奥运的东风使之发生彻底改变。

那就是日本的国民素质和国民生活水平。

5

在 1964 年东京奥运会举办之前，日本绝非“干净国度”的代名词。

在东京，在大阪，在日本各大城市，伴随着经济的超速发展，落后的市政建设和还没有跟上的国民素质，让拥挤、杂乱乃至肮脏成了一种常态。

在拿到奥运会举办权之后，日本政府向国民提出了六点要求：

一、对所有来会的外国友人，不分国家，不论身份，一律要热情接待。

二、注重仪表，到机场接人一定要穿正规服装，不符合着装要求的人不能进机场。

1964 年奥运会开幕前的东京街头。那一届奥运会，用“全民办奥运”来形容日本也不夸张

三、在观看奥运会所有项目的比赛时，无论哪个国家运动员夺得金牌，都要热情鼓掌。

四、不许随地吐痰、便溺。

五、司机在行车时遇到行人要礼让，保证交通安全及道路通畅。

六、文明素质教育从幼儿园抓起，从小就开始培养良好的个人素质和行为礼仪规范。

至于后来经常出现在一些鸡汤故事中的“全场观众离场后没有留下一点垃圾”这种桥段，虽然有所夸张，但在筹备和举办奥运会期间，日本国民素质大大提高，却也是一个不争的事实。

而与日本国民素质一起提高的，还有他们的生活水平和收入。

在20世纪50年代末，东京普通老百姓家庭的生活大多是这样的：从水井打水，用澡盆洗澡，用蚊香驱蚊，用炭炉取暖。但随着奥运会的春风吹来，日本民众的家里开始出现彩电、电话、冰箱、热水器、空调、立体组合音响、微波炉等等。

在1964年东京奥运会前，拥有电视机的日本家庭不多，但在奥运会之后，买得起电视机甚至彩色电视机的家庭越来越多。1960年，日本政府提出了“国民收入倍增计划”，计划在10年内实现人均国民收入翻倍。

统计数据显示，1953年，日本的恩格尔系数（食物消费占家庭总消费的比重）为55.9%，到1963年，这个指标就下降至39.3%，已经接近英国、法国和德国的水平。

按照有关方面的统计，日本为1964年的东京奥运会总计投入了惊人的1兆日元（当时相当于30亿美元）。但事实上，直接用于奥运会比赛场馆设施和相关投资的只有160亿日元，奥运会的运营费用为60亿日元，即便加上东京的其他道路修缮等费用，一共也就1 000亿日元。剩下的资金，全是为包括东海道新干线、东京地铁等以后长期可用的设施投入的。

所以，从某种意义上说，日本豪赌的不是奥运会，而是借奥运会之机，豪赌自己国家的未来。

6

1964 年 10 月 10 日，东京奥运会正式拉开帷幕。

1964 年东京奥运会开幕式，日本代表团入场

一共有来自 93 个国家和地区的 5 151 名运动员参加了本届奥运会，日本派出了 439 人的大型代表团参赛。

在赛会组织方面，倾尽全力的日本主办方确实得到了来自全世界的赞誉，国际奥委会主席布伦戴奇甚至给出了“史上最出色的一届奥运会”的评价。

在奥运比赛方面，借东道主东风，外加将柔道和排球两个当时日本的强项列为奥运会比赛项目，日本代表团取得了 16 枚金牌，位列美国和苏联之后，史无前例地第一次跻身奥运会金牌榜三甲。

从奥运会本身带来的经济收入来说，其实效果并不如预期，东京奥运会 15 天内卖出 202 万张门票，并不算理想，除了田径、游泳等比赛观众爆满，其他比赛场馆的观众并不是很多。到日本的外国观光客也只有预计的 1/3。

不过，这些“小头”根本就不是日本政府关心的，他们更关注的是，这次“豪赌”后交出的全日本的发展答卷。

他们确实赌赢了。

尽管在 1965 年出现了短暂的经济增长回落，但日本还是借着这股奥运的东风，进入了史无前例的高速发展期。

1955 年日本第一产业的 GDP 占比为 17.3%，到 1965 年降到 9.8%，而第二和第三产业占比明显上升。

日本1955年的石油化工业产值近乎为零，但在1970年生产规模就达到了世界第二位。1955年日本粗钢产量为941万吨，到1965年已经达到4 116万吨，仅次于美国和苏联，列世界第三。

从1965年到1970年，日本经济持续增长了57个月，整体经济指标增长122.8%，国民工资增长幅度达到114.8%。

那段时期，被日本人称为“奥林匹克景气”。

7

2013年9月7日，日本又迎来了自己的第二轮“奥运期待”。

在阿根廷举行的国际奥委会会议上，日本东京申办2020年夏季奥林匹克运动会成功，这也就意味着日本将成为亚洲第一个、世界第五个两度举办奥运会的国家。

然而，接二连三的变故，让这届运动会的前景蒙上了阴影。

2020年的这届东京奥运会，是否能像57年前的那届奥运会一样成功，乃至再一次带动整个日本经济的发展？至少目前，没有人敢给出肯定的答案。

去年今日此门中，人面如今早已不同，桃花能否再笑春风？

馒头说

一件事情，但凡存在利弊，选择时就会有博弈。

顾拜旦在1896年创立首届现代奥运会的时候，想法还是挺单纯的：天下大同，四海一家。但随着时代的变化和关注度的上升，奥运会被加进了各种东西，当然这也无可避免，于是就产生了各种利弊，而是否要申办，就有了各种考量。

最初，奥运会和政治、经济等各方面都无关，冰清玉洁，高尚质朴。但是后来人们发现，奥运会和政治是不可能脱钩的，而一旦与政治挂钩，就会出现利弊。

1936 年的柏林奥运会成了纳粹德国展示自己所谓“伟大成果”的舞台，要不是接下来二战全面爆发，1940 年的奥运会在东京举办，1944 年的奥运会搞不好就在罗马举办，整个奥运会将沦为纳粹和军国主义的秀场。

即便到了和平时期，1972 年的慕尼黑奥运会也爆发了血腥事件，恐怖主义者借奥运会这个大舞台来宣扬他们的政治目的。后面的几届奥运会也接二连三上演了大大小小的“抵制风波”。

至于奥运会的经济效益，其实直到 1984 年洛杉矶奥运会，在商业天才尤伯罗斯横空出世之前，没人想到奥运会会是一棵“摇钱树”，大家之前都是在“贴钱赚吆喝”。但时至今日，庞大臃肿的奥运会哪怕已经让赞助商见缝插针无处不在了，也依旧很难弥补亏空。

在这个背景下，现在再回过头来看 1964 年的日本东京奥运会，确实有一点“赌”的成分，而日本人下的赌注还很大。

但幸运的是，日本人赌赢了，而且赢得的筹码相当多。

之所以称之为“赌”，就是不可能一直赢，所谓“久赌无胜家”，就是这个道理——办奥运会的天时、地利、人和，都是风险变量。

2020 年东京奥运会历经波折，终于还是开幕了，确实很不容易。但最终的成效如何，是否能如日本人所愿，让他们重温 1964 年东京奥运会的美好回忆，还有待观察，毕竟所处时代、经济环境、世界格局和产业布局都和 57 年前大不相同了，大家对奥运会的感受也和以前不同了。

不过，有一点我还是想说，有些人一提到奥运会，就觉得“劳民伤财”“傻子才办”，这个看法是不全面的。道理其实挺简单的：各国、各城市要申办奥运会，肯定是经过各种测算和考量的，也肯定会有各自的诉求——或政治的，或经济的，或想鱼和熊掌兼得。

如果大家都想得那么简单，奥运会早就因没人申办而消亡了。

如今，2032 年奥运会的主办城市已经确定了，是澳大利亚的布里斯班。应该说，在未来的 10 年内，奥运会是不会有什么大问题的。但如果把时间拉长，奥运会如果还维持现行模式，很难说不会再遭遇一次生存危机。

成功的案例越少，想申办的城市就越少，毕竟不是每个城市都愿意豪赌一把，去承办这样一届庞大又收益未卜的盛会。

所以，留给奥运会的时间，其实不多了。

本文主要参考来源：

1.《浅析 1964 年东京奥运会对日本社会经济的影响》（石秀梅，《日本问题研究》，2004 年 01 期）
2.《1964 年东京奥运会的申办及准备工作》（梁文，《北京体育学院学报》，1992 年 02 期）
3.《第五站：1964，日本睁开双眼（下）》（李关云，《21 世纪经济报道》，2007 年 1 月 28 日）
4.《日本为何担心取消奥运会？ 1964 年东京奥运会曾令日本焕然一新》（《国防时报》，“国防时报排头兵”，2020 年 3 月 3 日）
5.《1964：奥运让日本变得有礼貌》（李梓，《新世纪周刊》，2008 年 11 期）
6.《战后日本高速经济增长中的国家形象战略——以 1964 年东京奥运会、1970 年大阪世博会为中心》（牟尼海，《文化软实力研究》，2016 年 03 期）
7.《因为战争第一次主动弃办，1940 年东京奥运会为什么黄了？》（萧西之水，《国家人文历史》，2020 年 06 期）
8.《1964 年东京第 18 届奥运会对东京城市景观的影响》（蓑茂寿太郎、李玉红，《中国园林》，2003 年 02 期）

从射活鸽到霹雳舞：奥运会项目增减背后的博弈

2020 年 12 月，国际奥委会宣布，将在 2024 年巴黎奥运会上正式增设四个项目：攀岩、冲浪、滑板和霹雳舞。事实上，攀岩、冲浪和滑板这三个项目本来就是 2020 年东京奥运会的竞赛项目。而在奥运会历史上，比赛项目一直增增减减。在这背后，其实有不少博弈和考量。

1

1896 年 4 月 6 日下午 3 点，希腊的帕那辛奈科体育场，8 万名入场的观众心情澎湃。

此时此刻，希腊国王乔治一世正在以东道主的身份欢迎来自世界各地的选手，然后庄严地宣布：雅典奥运会，正式开幕！

这是人类历史上第一届现代奥运会，留下了一系列史无前例的纪录，包括奠定了现代奥运会的九大起始项目：田径、游泳、举重、射击、网球、自行车、古典式摔跤、体操和击剑。

这九个大项，虽然有些在奥运会历史上也经历过进进出出，但截至2020年东京奥运会，还统统在奥运项目的大家庭中。

第一届现代奥运会在项目设置上有两个特点：第一，没有集体项目；第二，没有女性项目。

第一届现代奥运会开幕式现场盛况

虽然第一届奥运会有诸多不成熟之处，但还是建立了一个举办奥运会的大体框架，只是随着时代和潮流的发展，其中很多细节不断发生着改变。

奥运会项目的增减调整，就是一个很好的例子。

2

到1900年第二届奥运会在巴黎举行的时候，奥运项目就发生大调整了。

1900年巴黎奥运会上的拔河比赛。拔河一直是早期奥运会的竞赛项目，但第七届奥运会后被取消

1900年的巴黎奥运会从5月20日开到10月28日，足足开了6个月18天，堪称“马拉松奥运会”。而在项目上，这届奥运会砍掉了举重和摔跤这两个原始项目，增加了射箭、

马术、高尔夫、帆船、赛艇这些在现在的奥运会上也看得到的大项。

值得一提的是，这届奥运会打破了上届奥运会的规矩：一是增设了足球这样的集体项目（虽然只有英国、法国和比利时三个国家参加），二是允许女性参加了其中两个项目（但没有得到国际奥委会的认可）。

巴黎奥运会一共设立了 36 个大项、85 个小项的比赛（2016 年里约奥运会也只有 28 个大项），堪称“包罗万象”，不过 1995 年经国际奥委会认定，只承认了其中的 18 个大项、60 个小项。

从 1904 年到 1912 年，奥运会先后在美国圣路易斯、英国伦敦和瑞典斯德哥尔摩举行了三届，虽然整体上各项规程开始渐渐趋向稳定，但还是存在很多问题。

比如，摔跤、拳击、马球这些项目时增时减，纯粹看主办国的兴趣，并没有一个统一的标准。

又比如，一些项目本身的规则也不明确和统一。1912 年斯德哥尔摩奥运会上，一场瑞典选手和芬兰选手的摔跤比赛居然比了 9 个小时，因为规则并不完善：事实上，早期的摔跤比赛不分重量级，大个子和小个子是在一起比赛的。

早期奥运会项目设置不规范，背后有一个重要的原因：以当时奥运会的名气，根本不足以吸引世人的目光，所以往往都是跟随四年一届的世博会一起举办，1900 年的巴黎奥运会、1904 年的圣路易斯奥运会以及 1908 年的伦敦奥运会都是如此。

“蹭热点”固然给奥运会带来了额外的人气，但为了吸引大家的关注，在项目设置上也会倾向于主办国的要求，还会倾向一些猎奇的需求。比如，巴黎奥运会的游泳项目中就有“障碍泳”比赛（要求选手在河里游泳绕过设置好的竹竿、木板等障碍物），射击项目中有“射活鸽”比赛（冠军打死了 21 只活鸽）——放到现在，你很难想象这是奥运会项目。

1900 年巴黎奥运会射活鸽比赛的漫画。这场比赛有 300 只活鸽被射杀，场面相当血腥。冠军是澳大利亚射击协会会长唐纳德，他只是带妻子来参观巴黎世博会，顺带参加了两项射击比赛。他到去世都不知道自己参加的是奥运会比赛，不知道自己是一名奥运冠军

1916 年，第六届奥运会原定于德国柏林举行，但当时欧洲已经全面陷入第一次世界大战，没人再想办奥运会了。这也给奥运会的项目设置带来了一个冷静期。

3

1920 年，第七届奥运会在比利时安特卫普举行，奥运会的项目设置开始进入规范时期。

安特卫普奥运会项目设置的重大变化，不仅仅是将举重、射箭这些传统的经典奥运项目重新加了回来（1908 年奥运会取消了举重，1912 年奥运会取消了射箭），更明确了一个规定：夏季奥运会的比赛时间必须限制在 16 天之内。

时间跨度限定，自然给奥运会项目的增减增加了规范性，当然也

带来了博弈的空间。

从安特卫普奥运会开始，这项人类顶级体育盛会稳步进入发展期，虽然其间又因经受第二次世界大战的战火摧残再度停办，但还是随着和平年代的到来和全球经济复苏，很快步入了黄金时期。

奥运会在越来越受到世界各国重视的同时，也产生了一个甜蜜的烦恼：项目越来越多，赛程越来越臃肿。

二战后举办的第一届奥运会是第十四届伦敦奥运会，共设置 18 个大项、136 个小项，而到了第二十二届莫斯科奥运会，已经“增肥”到了 21 个大项、203 个小项。

以 1968 年墨西哥奥运会为例，游泳大项下分出了 29 个小项，以距离分为短距离和长距离，以泳姿分为仰泳、自由泳、蝶泳、蛙泳、混合泳，如果以比赛方式来分，还有单人赛和接力赛。

美国游泳运动员菲尔普斯在 2008 年北京奥运会上创纪录地夺得了 8 枚金牌。在奥运会历史上，也只有游泳、体操这类小项特别多的项目会发生一人兼项拿数枚金牌的现象。

1984 年的洛杉矶奥运会无疑是奥运会历史上的一个里程碑——不是体现在竞技水平上，而是体现在商业操作上。商业奇才尤伯罗斯几乎凭一己之力，把之前一直巨额亏损，已经成“烫手山芋”的奥运会扭亏为盈，从而让举办奥运会成了一项赚钱的买卖，大大增加了各国申办奥运会的兴趣和热情。

在商业利润的驱使下，奥运会的竞赛项目就像一只被持续吹气的气球，开始不断膨胀：只进不出，只增不减。从 1984 年洛杉矶奥运会到 2008 年北京奥运会，大项目从来没有一次被删减过。

到了北京奥运会时，一届奥运会已经拥有 28 个大项、302 个小项了。

国际奥委会不是没有认识到这个问题的严重性。西班牙人萨马兰奇给奥运会带来了前所未有的辉煌和关注度，而他的继任者、瑞士人罗格决定给这项人类盛会稍微控制一下“胃口”。罗格在 2001 年当选国际奥委会主席后，提出了“奥运瘦身”计划。

自罗格上任提出“瘦身计划”之后，2004 年雅典奥运会和 2008 年北京奥运会在大项和小项的总数上基本没有变动，但对小项的调整力度却比以前更大了，一批项目被淘汰出奥运会，而一批新的项目又被加了进来。

到了 2012 年伦敦奥运会，奥委会更是大砍一刀：直接把棒球和垒球踢出了奥运会，奥运会的项目从 28 个大项缩减为 26 个。（不过 2020 年东京奥运会又把这两个项目加了回来。）

奥运会经过一百多年的发展，固然形成了一套有效的成功经验，却也形成了一张张盘根错节的利益网。谁都知道奥运会不“瘦身”将带来严重后果，但该瘦哪个？该换哪个？

动哪一块蛋糕，都会牵一发而动全身。

所以，奥运会项目增减背后的博弈和考量，其实颇有意思。

4

对每一届奥运会的项目设置和增减，国际奥委会都有一套详细的评估指标。除了一些原则精神（促进身体健康、体现公平精神等等）和硬性指标（比如有多少会员、是否举办过世锦赛等），总体分为五个方面。

第一，作为奥运会的比赛项目，自然首先要保证观赏性。

在奥运会的历史上，曾经出现过很多现在闻所未闻的项目，但很多都因为观赏性不足而被踢出了奥运会的大门，而有些项目一直挣扎在出局与否的边缘，比如摔跤。

摔跤是一项非常古老的运动，第一届奥运会就名列九大项目之一。然而，随着时代的发展，一方面，摔跤的竞技性和对抗性依然在，但只适合受过专业训练的职业选手，对普通人而言太过危险；另一方面，摔跤烦琐复杂的规则进一步降低了比赛的观赏性和观众的耐心——有一套能让观众一目了然的规则，是一个项目是否有观赏性的重要因素。这也导致摔跤作为一个传统的奥运会核心项目，在 2013 年被国际奥委会决议踢出 2020 年东京奥运会，最终勉强成为东京奥运会的“临时大项”。

第二要考虑的是经济效益——从某种意义上说这点更重要，而这其实也和观赏性相辅相成。

从 1984 年洛杉矶奥运会开始，奥运会的商业价值大大凸显，项目能否带来经济效益被放到了一个前所未有的重要位置。比赛有观赏性—电视转播机构愿意转播—有更多的观众观看—更多的金主愿意砸钱赞助，这已经成了一个各界达成共识的链条。所以，连奥运会一些项目比赛开始时间的设置也会考虑赞助商的利益。

比如 2008 年北京奥运会，美国的 NBC（全国广播公司）向国际奥委会支付了 8.94 亿美元的天价转播费用，鉴于美国观众都很喜欢观看游泳比赛，所以北京奥运会的绝大多数游泳决赛都放在了上午举行——照顾到美国观众的时差。

而关于经济效益，还有另外一方面的考量。棒球、垒球被 2012 年伦敦奥运会踢出奥运比赛项目，有一个重要原因就是为此建造的比赛场馆在奥运会后会长期闲置（其实这和该项运动在全球的普及性有关），造成主办国的经济浪费。一些场馆建设费用昂贵、比赛后不会被经常使用的项目，其实都面临这样的处境。

第三就是政治考量了。

体育赛事如果吸引到一定关注度，就不可能摆脱政治——奥运会就更不可能了。

早期的奥运会并没有特别明显的“国家”概念，但越往后发展，越成了各个国家展示风采、实力乃至科技的舞台，这固然给奥运会在全球普及注入了强大推动力，但也使奥运会不可避免地会被政治影响——东道主对项目设置的决定权就是一个很明显的例子。

1964 年的东京奥运会是奥运会首次在亚洲举行，具有非常特别的意义，也新增了两个项目：排球和柔道。当时的日本女排横扫世界排坛，在这届奥运会上也以摧枯拉朽之势 3∶0 击败苏联女排获得冠军。而柔道一共设置 4 枚金牌，日本拿走了 3 块。

摔跤项目能在被踢出奥运会之后成为临时大项，背后也有摔跤强国日本的推力。而 2020 年东京奥运会还增设了空手道项目，加回了棒球垒球项目，背后的一部分原因也可想而知。

第四个影响项目增减的，是女权主义。

按照现代奥运会创始人顾拜旦的说法，奥运会应该是："以国际主义为基础的，以忠诚为手段的，以艺术为环境的，以女性的喝彩为奖赏的庄严的、周期性的男子体育精神的展示。"所以第一届现代奥运会根本不允许女性参加。在此之后，随着女权主义运动的不懈努力，国际奥委会只能步步退让，女性参加的项目从一开始不计成绩到计成绩，从表演观赏性项目到竞技乃至格斗项目，在奥运会上的比例逐届增加。

2012 年伦敦奥运会颁奖典礼上的"礼宾先生"

2012 年的伦敦奥运会在整个人类奥运会史上未必是最出色的，但也成了一个里程碑：这是有史以来第一届所有项目都设男、女项的奥运会（北京奥运会拳击项目没有设女子项目），也是有史以来第一届所有国家都派女性参加比赛的奥运会（北京奥运会有三个国家没派女性运动员参赛）。值得一提的是，伦敦奥运会上有些女性运动员登上领奖台，负责送花的是男性司仪。

第五个不能忽视的影响因素，就是年轻人喜欢的潮流和趋势。

这点其实并不难理解，北京奥运会新增 BMX 小轮车项目，2020 年东京奥运会增设攀岩、冲浪和滑板成为竞赛项目，以及 2024 年巴黎奥运会增设霹雳舞项目，都是出于这个考虑。

5

奥运会比赛项目的增减除了对奥运会本身有影响，对各个参赛队伍的影响也是很大的。

以中国为例。

众所周知，1984 年洛杉矶奥运会是新中国第一次正式派团参加的奥运会，许海峰在男子自选手枪 50 米慢射的比赛中，为中国代表团夺得有史以来第一枚奥运会金牌。（2020 年东京奥运会，这个项目已被取消。）那届奥运会，中国代表团一举夺得 15 枚金牌，震惊世界体坛。但必须承认的一点是，那届奥运会遭到了以苏联为首的不少社会主义国家的抵制，除了苏联，民主德国、保加利亚这些实力国家的缺席，客观上给中国奥运军团的夺金带来了不少便利。

到了 1988 年汉城奥运会，踌躇满志的中国奥运军团只拿到了 5 枚金牌，很多国人觉得落差太大，接受不了现实，甚至认为是“兵败汉城”，其实有些人并未意识到 1984 年奥运会有它的特殊性。而更值得指出的是，汉城奥运会时，中国其实沾了奥运会“增项”的光——乒乓球首次被列为奥运会正式项目。如果不是这样，中国军团在那届奥运会上就只有 3 枚金牌入账了。

从总体来看，以 1984 年洛杉矶奥运会为起点，在奥运会项目“扩容”的过程中，中国奥运军团整体是大大得利的，因为在 1984 年洛杉矶奥运会上，以下这些都还不是奥运会项目：乒乓球（1988 年奥运会列入）、羽毛球（1992 年奥运会列入）、女子柔道（1992 年奥运会列入）、女子举重（2000 年奥运会列入）、双人跳水（2000 年奥运会列入）、跆拳道（2000 年奥运会列入）、蹦床（2000 年奥运会列入）。

没错，这些项目都是中国的优势项目。

当然，中国也不总是受益者。巴黎奥运会一下子将举重项目砍掉了 4 个小项，对举重强国中国的影响就不小（举重被裁减也与这个项目长期爆出兴奋剂丑闻有关），而新增的攀岩、冲浪、滑板和霹雳舞，没有一个是中国的强项。

当然，不仅仅是中国，奥运会每一个项目的增减，都会影响到一批参赛队伍。

以摔跤项目被踢出奥运会为例，焦虑的不仅仅是日本，俄罗斯、伊朗等摔跤强国也心急如焚，这些国家的奥委会官员其实是一起抱团向国际奥委会“施压”，最终才让摔跤成为“临时大项”的。

而另一方面，也有日本媒体抱怨，之所以是摔跤而不是同样具有高危险性的跆拳道项目被踢出，与韩国奥委会在幕后做了大量工作有关，其中不排除有“金元外交”因素。

1996 年亚特兰大奥运会男子 100 公斤自由式摔跤冠军科特·安格还抱怨：更应该被踢出奥运会的，是无论普及性还是观赏性都不高，却长期霸占奥运项目位置的“现代五项”。

2012 年伦敦奥运会，曹忠荣为中国代表团夺得现代五项的银牌，这是中国运动员有史以来在这个项目中取得的最好成绩。

按照安格的说法，现代五项之所以还留在奥运会，主要是因为这个项目是顾拜旦创立的，而萨马兰奇的儿子一直是现代五项协会的第一副主席，且是国际奥委会执行委员。

项目调整会影响到国家和地区利益，也会最终影响到这个国家和地区从事这个项目的运动员和教练员。尤其是这个项目如果没有市场化支撑或职业联赛体系，其地位就会立刻一落千丈。以中国为例，棒球垒球、摔跤这些项目是不是奥运项目，将很大程度决定国家对这个项目的经费投入。

当然，这一切的前提，还是奥运会是否还受到各国家和地区的重视。

而这，其实也是奥运会不断增减和调整项目的主要诉求所在。

馒头说

我曾经举过一个美国足球大联盟的例子。

足球这项运动风靡全世界，但在美国却一直处于尴尬境地。借1994年美国举办世界杯的东风，国际足联终于欣喜地看到美国成立了足球大联盟，并在1996年进行了首赛季的比赛。

但让国际足联头疼的是，美国人的脑洞实在太大，想出了一系列的“创新”。比如，美国人提出把90分钟的足球比赛分成四节来打，便于赞助商在每节休息时插播广告；又比如，美国人不喜欢体育比赛有平局，要求必须每场比赛都分出胜负；美国人还嫌原来的罚点球规则不刺激，提出一个新规则：35码（大约32米）外，罚球队员开始带球突向球门，守门员可以选择出击或不动，进攻球员可以选择过人或射门，总之一切自由发挥，保证比赛精彩、刺激、有观赏性。

当然，这些奇葩规则，有的直接被国际足联否定了，有的试行几年后被取消了。

但无论如何，我觉得美国人的一个出发点是没问题的：只有保证一项赛事的观赏性，才能保证这项赛事不会消亡。

其实，奥运会现在也面临这个问题。

在20世纪70年代末，由于奥运会成了一个无底的“吞金洞”，1984年奥运会只有洛杉矶一个城市申办。结果凭借尤伯罗斯的超级商业头脑，奥运会反而成了名利双收的“摇钱树”，这才让后来越来越多的城市参与到申办之中。

然而时至今日，命运又一次轮回：2024年的奥运会只有巴黎和洛杉矶两个城市参与申办，这导致国际奥委会的筛选过程简化成只要决定谁先办就行了：巴黎办2024年的，洛杉矶办2028年的。之所以这样做，可能也是因为如果淘汰了洛杉矶，那2028年恐怕就没城市愿意申办了。

奥运会又开始乏人问津了。这背后自然有互联网时代人们娱乐渠道和手段更丰富多彩的因素，但也无法回避另一个原因：奥运会项目越来越臃肿，观赏性确实在逐步下降。

在这样的背景下，奥运会项目的更迭只会越来越频繁，越来越试图吸引年轻人，所以出现冲浪、攀岩、滑板乃至霹雳舞这样的项目，就不让人意外了。在不久的将来，一群戴着耳麦、操控着鼠标的少年坐在电脑屏幕前代表自己的国家搏杀一块奥运会电竞金牌的场面也不是不可能发生。

奥运精神鼓舞和激励着每一代人，但它也需要不断变换承载精神的容器和载体。

并不是每一次增减项目都必然合理，也不是都被证明有效，但至少我们看到奥运会又一次展开了“自救”。

在时代的巨浪面前，变，总比不变要好。

本文主要参考来源：

1.《历届夏季奥运会竞赛项目增减变化研究》（赵海龙，苏州大学硕士论文，2007年）

2.《夏季奥运会竞赛项目膨胀原因分析及对策研究》（黄小波，《安徽体育科技》，2016年05期）

3.《夏季奥运会竞赛项目全球影响力定量分析》（刘健、舒盛芳，《上海体育学院学报》，2011年03期）

4.《夏季奥运会项目设置演变过程与发展趋势》（李玲蔚，北京体育大学博

士论文，2007 年）

5.《现代夏季奥运会（1984—2020）项目设置变化研究》（罗姣，湖南师范大学硕士论文，2020 年）

6.《东京奥运会射击项目调整取消男子 50 米手枪慢射项目》（《广州日报》，2018 年 3 月 26 日）

7.《奥运射击比赛血泪史：1900 年近 300 只鸽子被杀》（韩雪晨，《北京晨报》，2016 年 8 月 12 日）

8.《伦敦奥运男女到底平等么？真正平等任重而道远》（陈华，《解放日报》，2012 年 8 月 1 日）

9.《奥运最大革新！滑板冲浪攀岩入 2020 年东京奥运会》（沈楠、李铮，新华社，2016 年 8 月 4 日）

10.《摔跤被踢出 2020 年奥运会　马文广：没任何准备》（毛烜磊，《京华时报》，2013 年 2 月 13 日）

11.《摔跤强国组团保项目》（《华商晨报》，2013 年 2 月 17 日）

附录　读者评论

辜鸿铭："末代狂儒"的矛盾与孤独

鲜花🌸盛放：看《觉醒年代》让我明白了，我们现在都是在以上帝视角评价他们，身在那个年代，每个人都按自己认为好的方式救中国，每个个体都是鲜活生动、令人钦佩的。

Change：看完《觉醒年代》前十集，嬉笑怒骂的遗老狂客骨子里是铮铮爱国之志。历史人物从不能以是非黑白来判定，也许这就是历史的魅力所在。

EmilyWZJ：馒头这篇文章写得真好，把这个文化怪杰的矛盾之处写出来了，他的主张虽不现实，但也算一种探索吧。

胡萝卜🥕：百年后的人们枉作清醒予以一竿子评价是不妥当的，当时的世道人情，那种迷茫压抑困惑，也远非我们这些人可以体悟。

蔡元培：一生请辞，一世楷模

曹磊：参观过蔡元培上海故居，一楼、三楼是展馆，至于二楼，先生后人还会偶尔来居住。先生一生清贫，奔波多年居然没有置业，房子都是租的。

简：想起两副对联。其一，是蔡元培先生写给北大毕业生的："各勉日新志，共证岁寒心。"另一副是周恩来总理给蔡先生的挽联："从排满到抗日战争，先生之志在民族革命；从五四到人权同盟，先生之行在民主自由。"

Cathy：蔡元培在杭州创立艺术学院，请当时不到 30 岁的林风眠做校长，同时还在上海创办了音乐学院，不愧为一代大教育家。

"六君子"之死

阿荣木：补充几点林旭的生平。1. 林旭跟谭嗣同不一样，谭嗣同出身豪门，林旭则只是普通人家的孩子。虽然爷爷林福祚在道光年间中过举人，但父亲林百敬却仅仅是一个秀才，而且在林旭孩提时代就已经去世。两年后，母亲也去世了。幸亏还有两个叔叔在他 7 岁时把他送进私塾（就义后也是叔叔帮他收殓了尸骸运回故乡）。他立刻在读书上崭露头角：过目成诵，手不释卷，而且偏爱诗词曲赋，常常"语出惊人"，可以说是神童了。2. 林旭慷慨就义的消息传来，沈鹊应痛不欲生，写下一首《浪淘沙》词："报国志难酬，碧血谁收。箧中遗稿自千秋。肠断招魂魂不到，云暗江头。绣佛旧妆楼，我已君休。万千悔恨更何尤。拼得眼中无尽泪，共水长流。"而后她以服毒、绝食的方式要随夫君一起走，但都未成。一年以后，她因哀恸过度离开人世，年仅 24 岁，两人无后。沈鹊应生前曾留下一副表明心迹的挽联："伊何人？我何人？全凭六礼结成，惹得今朝烦恼。生不见，死不见，但愿三生有幸，来世再结姻缘。"

卡兔：谭嗣同死之前在狱中写的原版《狱中题壁诗》应该是这样的："望门投止怜张俭，直谏陈书愧杜根。手掷欧刀仰天笑，留将公罪后人论。"

咱们熟悉的后两句"我自横刀向天笑，去留肝胆两昆仑"去哪里了？原本就没有，是梁启超偷梁换柱的结果。

“我自横刀向天笑”如此豪气冲天、充满大无畏革命气概的诗句，出自苗沛霖这个投机者、墙头草所写的《秋宵独坐》一诗：“手披残卷对青灯，独坐寨帷数列星。六幅屏开秋黯黯，一堂虫鸣夜冥冥。杜鹃啼血霜华白，魑魅窥人灯火青。我自横刀向天笑，此生休再误穷经。”

也就是说，梁启超属于借用。梁启超果然大手笔，这一改，“我自横刀向天笑”，仿佛比原诗更加豪迈，却违背了先烈的原意。这一小小的改动完全遮掩了康有为所代表的维新派曾有武装夺权的谋划，没有了谭嗣同“留将公罪后人论”的坦诚。

曹锟这个人

吹个泡泡 2 毛 5： 北洋时期的很多军阀，评价下来可以说是：有道德，无文明。

双重人格 X： 能在历史上留名的人都是有自己的本事的，哪怕是一个土匪。他们不懂什么大道理，却能成为名人，因为他们心中有忠，有义。仔细看看近代史，风云变幻，云卷云舒，品天下大事，论时政英雄，这就是近代史最大的魅力。

中国动画功成日，勿忘万籁鸣

帆： 我觉得这部动画电影最大的影响，就是孙悟空的形象。它让几代人都认为孙悟空“理所当然”就是这个样子的。

Wang Liu Hua： 有一年暑假带孩子去上海电影博物馆，里面有一整面墙是留给《大闹天宫》的，还有一些设计手稿。看到我小时候看过的上美所有动画片的剧照，明显我比娃更激动！（作者：那个博物馆值得一去。）

赵刚：《三个和尚》、《渔童》、木偶动画片《阿凡提》、《天才杂技演员》也非常经典。那是中国动画片最辉煌的时代。

稻米飘香，勿忘袁隆平

王磊（脂肪猫）：我记得采访另一位杂交稻专家时，记者问了一个问题："你做出了非常出色的成就，但是国人只知道袁隆平，没有多少人知道你，你怎么看？"当时这位先生说："有一个人能出名，为整个研究事业带头，能让大家都受益。不需要每个人都出名，整个事业需要很多的奉献，每个人做好自己的事就行。"这就是做实事的人的想法，和"喷子"是完全不一样的。

Shelleypipi：袁爹爹追悼会，下了一个多礼拜雨的长沙终于天晴了。早晨路过湘雅附一院看到堆得高高的鲜花和带着泥土的水稻，地图导航上有一条深红色的去明阳山的路，老百姓心中是有一杆秤的。

五云天北：外公曾经说过，他小时候饿就扒树皮、摘树叶吃，我很纳闷，虽说家里穷，但饭总是能吃饱的，总觉得外公在骗我，后来上学的时候读到袁老的故事才知道外公没有骗我。吃水不忘挖井人，吃饭不忘袁老恩！

真实的"一休哥"：癫狂一世，风流一生

素衣：随华叟修行了几年之后，有一天晚上，一休在漆黑的琵琶湖上搭船坐禅，忽然听到一声乌鸦嘶叫，顿时觉得自己悟了。他后来的诗歌集《狂云集》中有一首题为《闻鸦有省》的诗，其中有两句是：钟声当当响，乌鸦嘎嘎叫。

琉璃：感觉一休和中国的济公很像，被民间赋予了很多传奇色彩。

BillyChou：一休的所作所为颇有魏晋风度。另外说一句，虽然那个身份他很不屑，但也许就是那个身份才让他能这么狂，才让他的狂可以被权贵接受。

他究竟做了什么，会被称为“史上最危险的间谍”？

晓风：一下子就想起了叶文洁、章北海、罗辑……意识形态对人的精神世界的影响远超过想象。有时候，改变人类命运的，真的就只是某一个人某一瞬间的认知。

斡期草灯：天平失衡容易垮塌。一个家庭是这样，一个集体是这样，一个国家是这样。客观规律下，世界也是这样。

2466：科学家不应只关注技术本身，还应有人文精神，所以我不认为他是间谍，更不用说危险了。

辛卯科场案：一桩让皇帝都头痛的“高考”舞弊案

思默默：噶礼的母亲没有包庇自己的儿子，是个明事理、心中有大义的人，一般人受限于亲情很难做到。

可爱大菠萝：陈春秀所在的学校，是武训高中。武训是谁？是一边讨饭让人随意取乐打骂，一边把乞讨来的钱用于办学的清末著名乞丐。武训这个名字，是光绪皇帝下旨取的，他一辈子的目标，是让穷人家的孩子能有书读。我不知道武训若泉下有知，对在以自己名字命名的学校发生这样的事情，会做何感想。请不要放过让陈春秀和苟晶们绝望的顶替者，请一定找出背后的黑手。为了未来。

权力的游戏：一次“性贿赂”引发的政坛大乱斗

八宝饭：看到女性在动荡的历史时局中，往往承担配角、棋子、开关的角色，挺感慨的——慈禧太后也是女性啊，她的选择绝对是能影响中国近代史走向的。

Cathy：不得不说，慈禧很有政治手腕，然而与武则天不同。

斩杀安德海：晚清宫廷的一场暗斗

王璐：要想让他灭亡，就先使其疯狂。安德海确实没弄清楚自己的身份和现实，以为在宫里可以横行无忌，到了外面依然……其实很多历史事件的发生都是在一念之间，然后路就不一样了。说到晚清，真是可气可叹。安德海只是其中的一点点缩影，"眼前道路无经纬，皮里春秋空黑黄"的比比皆是……这些样子组成的朝廷，上行下效，怎一个乱字了得。所以，看看历史，看看现在，生于和平，我们很幸福啦。

W：有作为才会有地位，经历得越多，越觉得踏实办事的重要性，溜须拍马者能浮得了一时，浮不了一世。

东芝事件：当年美国是如何强行"敲打"日本的

Ezio：300% 的利润就能让资本家卖吊死自己的绳子。

鱼：这件事情告诉我们，多么强的外敌都没啥，最可怕的是内部的"二鬼子"。

鵺：几百年来，西方国家的许多自私自利的行为，总是充斥着虚伪的借口和理由。

麦凯恩：幽灵的复仇

王磊（脂肪猫）：没有上过战场的人，千万不要说战俘不是英雄。谁愿意做战俘？

John ko：1967 年 7 月 29 日 10 时 51 分，"福莱斯特号"航母右舷后甲板上停放的一架 F4B 战斗机，在飞机加电的过程中，"阻尼"火箭弹意外走火发射，打中前方一架攻击机，并连续引爆甲板上的武器弹药。走火的原因是，在高速甲板风下，火箭弹安全销被系着的警示用红布连带着吹跑了。在极短时间内，"福莱斯特号"上就连续发生了 9 次爆炸，其中 8 次是

1 000 磅（450 公斤）的炸弹，甲板被炸出了 7 个大坑。

那架被打爆的攻击机的飞行员便是麦凯恩。

利库路特事件：日本战后第一大腐败案的台前幕后

物与：全世界的老百姓其实都不需要官员喊什么口号，宣什么誓——只要真正有一套行之有效的制度来制约，违法必究的法律来惩戒，公开透明的体系来监督，就足够了。

能能：没有制约的天下为公肯定不存在，一呼百应的权力在手，谁又能把自己关进笼子里?

流血的分割线：印度和巴基斯坦是怎么分家的?

Peiwen：即使是江苏这样经济发展较为均衡的省份，从苏南到苏北都仍能让人感受到巨大的落差，更不用说印度这样贫富悬殊的国家了，最好和最糟恐怕远不是通过文字、图片、视频就可以了解的。

小叨丽：看了一本印裔美籍医生阿图·葛文德写的书《最好的告别：关于衰老与死亡，你必须知道的常识》，作者的父亲（也是印裔美籍医生）要求去世后自己三分之一的骨灰被撒到恒河内。文中这样写道："河边那些赶早带着香皂来洗浴的人、一排排在石板上敲打衣服的男洗衣工人，以及一只歇坐在泊船上的翠鸟都被这歌声环绕着。我们经过河岸平台，上面堆着巨大的栈木，等候那天要火化的几十具尸体……梵学家从船头拿过来一个小杯子，要我喝下三小勺恒河水……"作者提前喝下了适量抗生素，但还是感染了贾第虫。所以，也许没有什么能对抗信仰的力量。

中国曾经有一种神奇的货币，叫"金圆券"

detail~：不难理解，为什么家里 90 岁的婆婆爷爷直到现在都节衣缩食，什么东西都留起来舍不得扔。因为他们见证了那段历史，怕。（作者：我们的上一代人，大多是经历过饿肚子的，所以能理解。）

新：在委内瑞拉，2006 年一杯咖啡 2 元（当地货币），2014 年 60 元（当地货币），这是我对通货膨胀最直观的认识。（作者：我第一次去土耳其，买电车票，两站路，140 万元；打个车要 4 600 万元。）

翰旭：作为金融业人士想到的是：苏联解体前，1 美元基本相当于 1 卢布；解体后，1 美元 =2 300 卢布。也就是说，中了美国计的苏联金融货币体系被美元做空到这种程度，前一天两位千万富翁还平起平坐，第二天俄罗斯富翁就变成了早餐都买不起的赤贫。所以，大国打小国用导弹，大国打大国用货币，用金融。而这场仗，当下就在进行，关乎你我。

荒诞与真实：1938 年，火星人“入侵”美国

卡兔：想起一句话：“所信者目也，而目犹不可信；所恃者心也，而心犹不足恃。弟子记之，知人固不易矣。”

敏敏特穆尔：好多人越来越失去了独立思考的能力，只会用别人的、自己愿意相信的观点来武装自己。

薛华伟：以前一直以为古代人很愚昧，指鹿为马的事情都做得出来。现在才发现如果整个世界都在说鹿是马，这头鹿就是马，你硬要说是鹿，这个世界都容不下你。其实真理往往掌握在少数人手里，而最可怕的是社会不允许少数派的存在！

“人民圣殿教”：从“世外桃源”到集体自杀

green day：那个议员把求生纸条给了琼斯，但凡有一点点人性和政治头脑的人都不会这么做，他出卖了别人，也出卖了自己，自己走上黄泉路。（作者：那两个人他也确实带走了。）

小煦：真的，邪教害人不浅，腐蚀心灵啊！但我真的不明白为什么很

多大学生甚至研究生都会去相信这些愚蠢的东西，一听就是骗人的啊，怎么会去拿生命开玩笑？太令人痛心了。

地铁里的杀人毒气：邪教究竟是怎样形成的？

一猫叫秋：麻原当年还搞过一个奇怪的建国方案，建立一个神国，太子、皇妃都设立了，最绝的是他废除了天皇，还赐了奇怪的姓氏给天皇一支，因为从古至今，历代天皇家族都没有姓。

猫又霏子：日本真的是个奇怪的国家，有如此发达的文明却纵容邪教组织和各种传销组织。20 世纪 80 年代他们有个摇滚天团叫 X Japan，主唱就误入邪教被洗脑，在巅峰期搞得团队解散，经过 20 年终于脱离组织，结果那个邪教换个名字继续存在……警方毫无办法。

世纪审判：一桩“铁证如山”的凶杀案，为何能翻盘？

文轩：就像数学上要证明一个假说成立必须面面俱到，而要证伪只需要一个反例一样，法律判定一个人有罪需要非常严谨的证据，而无罪是基本假设。虽然理智如此，但我仍然不能尊重替辛普森辩护的律师团的人格，有些钱确实是不义之财。

作为医生，他为何成了世界第一连环杀手……

苏曼祺：作为一名曾经的医生，我觉得有必要说一句，现在的临床人文关怀，不仅仅是对病人，对医生也应该有相应的关怀措施，不然几乎一年 365 天见到的都是在病痛中挣扎的病人，吃不好、睡不好、持续性挨骂被打，有时还要目睹由于疾病导致的兄弟反目、家庭破碎，没有一颗强大的心，如何保持仁心？最后说一句，这个 58 岁上吊的坏医生，给妻子的保单也体现了他仅存的善良吧。每个人心中都有小天使和小恶魔，愿天使长存，恶魔不现。

罗斯威尔事件：人类到底有没有发现外星人？

霍摄會：我始终相信有外星文明，地球只是宇宙空间里的一枚小小的星球。也许在某一天，我们就会接触到外星文明。想起 20 世纪 90 年代一部香港电影里面的一句台词："人生短短数十年，相信一些东西总没有坏处。"只有相信，才会不断地探索。这是人类文明进步的最大动力。

Raker：蚂蚁能意识到人类的存在吗？当文明级数差别太大的时候，即使有外星人在我们眼前，我们也会视而不见的。

庄士敦：紫禁城里的洋"帝师"

Eloise Stark：我在天津的静园看到溥仪保存的庄士敦送的皮夹和那副眼镜，已经非常破旧了，但是他一直留着它们，大概也忘不掉庄士敦吧……

Allen：刚看完溥仪的自传《我的前半生》，通过庄士敦的引导，溥仪对西方文明是充满向往的。庄士敦教溥仪的教材是《爱丽丝漫游仙境》，这也有点搞笑，溥仪多次想逃出紫禁城去欧洲，庄士敦多次阻止，难保不是因为享受了紫禁城"小朝廷"的礼遇并陶醉其中，不想自己的学生到欧美成为一个逊位流亡君主。最后，没出国的溥仪经冯玉祥和孙殿英一刺激，才去了日本。假设庄士敦帮助溥仪去了欧美，又会是怎样一段历史呢？

黑船事件：让日本人心情复杂的"蛮夷入侵"

Lucas：有的人明白得早，而有的人明白得晚，明白越晚，代价越大。

凉风：对于日本的黑船事件，确实感情复杂，羡慕其能以这种方式从闭关锁国中清醒，却恨其获利之后的狼子野心。

精神冲突之拯救与逍遥：日本人确实很感激佩里将军，一共立了 3 处还是 4 处和黑船事件相关的纪念碑、铜像之类的，年初去北海道函馆就看见一处。黑船事件也成为压倒没落腐朽的德川幕府统治的最后一根稻草，日本自上而下开始了比中国洋务运动力度大得多的明治维新！

曾经是“亚洲第一”的北洋水师，是怎么建立起来的？

S. 苏：不能把所有的问题都推给短短四个字“封建制度”就完了，一概而论恰巧是什么都没论。北洋水师的悲剧除了受制度的影响，也掺杂了很深的官场文化和派系斗争。而且一支军队需要的是令行禁止，是占优，是胜利，而不是留下一幕幕无奈的英雄悲歌。

大扬：没有先进的理念、严格的制度、批量的人才以及完善的保障，坚船利炮也会霎时变成木壳舢板……

橡树：去福州玩的时候，特地去了马尾，闽江的景色很漂亮，那里还保留着海战的纪念馆，非常值得参观。去大连的时候，去了旅顺，也参观了那里的海战纪念馆，还去了威海的刘公岛。各地都有纪念馆，纪念那么多海战的屈辱历史，前车之鉴，永远不要轻易忘记。

那个不远万里去送死的倒霉皇帝

Capo：他是个充满理想主义的白鹭帝王，只可惜生在了野兽蠢动的荒野。豺狼想生啖他的血肉，鸡犬看不惯他的高傲。

tarquin：奥地利共和国在 1997—1999 年连续三年发行了主题为“哈布斯堡皇室悲剧”的金银纪念币，三枚金币上的图案依次是玛丽·安托瓦内特（法王路易十六的王后，在法国大革命中被推上断头台）、茜茜公主、卡尔一世（奥匈帝国末代皇帝），三枚银币上的图案依次是马克西米连、鲁道夫皇储（茜茜的独子，自杀殉情）、斐迪南大公夫妇（萨拉热窝刺杀），铸造非常精美，值得收藏。

平型关伏击战的背后

极点印记 @sls：我有个舅姥爷从平型关大捷，一直打到解放战争，又打过鸭绿江，打了一辈子仗。我为家里长辈自豪，他们用血肉之躯打出一个新中国。过年的时候总听他讲起打仗时候的事，平型关大捷需要三个人才能打赢一个日军，当时的日军战斗力很强，白刃战需要两个人挑起刺刀，再由一名战士击杀。日军还配备有牛磺酸和藿香正气水，还有充足的弹药。能打出一个新中国真的不容易，我们应该珍惜现在来之不易的和平生活。

明日醉卧逍遥：日本如此重视共产党，为什么没有轰炸延安？（作者：从 1938 年 11 月开始轰炸的。据《解放日报》记载，抗日战争期间，日机共轰炸延安 17 次，投弹 1 690 枚，伤 184 人、死 214 人，毁坏公共房产 1 176 间、石洞 5 座、民房 14 452 间，牲畜伤亡 197 头，毁坏粮食 34.4 万斤。当然，这和轰炸重庆还是不能比，日本最希望的是迫使蒋介石投降。）

宝山保卫战：另一个关于“六佰”的故事

小脸猫猪：宝山有条路叫子青路，我们都还记得这群为国家、为民族流血牺牲的人，无论党派、信仰。

黄承涛：只道宝山阴气重，却无人知埋忠骨；而今中华复崛起，吾辈英烈可安魂！

1943，血战常德

凡哥：是的，作为一名常德人，关于家乡常德，我们从小就知道“虎责之师”、英雄之城、中国的“斯大林格勒保卫战”！那场战役着实惨烈，对，日本还在常德用上了毒气弹……我们常德至今在城区还保存着老城墙、抗战时期的高标号水泥碉堡掩体。更重要的是，常德市中心烈士公墓至今保存着为数不多的纪念国民党抗日烈士的纪念牌坊！我想，这就是我们城市不忘历史、永记烈士、不分你我的最好的铭记！

浅澄：我曾想，我要怎样才能回报这些为我们争取新生活的先烈，隔着时间的长河空余怒吼和悲愤。最后的最后，我只在心里与“他们”达成约定：你们流血牺牲换来的太平人间，我一定好好去走每一步路，生活就是“战场”，昂扬向上，不管面对什么困难，决不后退！

1944，血战腾冲

鲜衣怒马少年郎：记得小时候看过一部纪录片《腾冲，腾冲》，讲的就是中国远征军的事，好像还有营救过 7 000 名英军的事。顺便多说一句，我是退伍老兵，今日之中国不再是当初那个任人宰割的中国，若有战，召必回！中国军魂！

Niki：推荐余戈写的 1944 滇西抗战三部曲——《1944：松山战役笔记》《1944：腾冲之围》《1944：龙陵会战》。

红场 1941：漫天飞雪中的悲壮阅兵

Opal：工业化的苏联流血牺牲都这么不容易，当时还是农业国家的中国更是不容易，为先辈们自豪，谢谢他们的奋不顾身。

杨犁庭：316 师是在阿拉木图组建的，许多战士都是中亚人，许多人都是在参加莫斯科保卫战的时候才第一次到莫斯科。莫斯科保卫战后，316 师因为英勇善战，用阵亡的师长命名，就是大名鼎鼎的潘菲洛夫师，后来更是升级成了近卫步兵第 8 师，直到现在依然在俄军中保有番号。

萨马兰奇：挽救了奥运会的老人

spensersheng：1980 年那次对中国来说蛮可惜的，因为 1979 年刚刚取得联合国认可，获得了参赛资格，最后因为苏联的事件没有参赛。这一事件也解释了为什么新中国成立了那么多年，直到 1984 年才在洛杉矶奥运会上拿到第一枚金牌。

赵宇晨：西方人有通过肢体接触向他人表达友好的习惯，很多中国人却不是特别习惯。文化的差异性无可厚非，最关键的是看这个人的人性是否纯粹。老萨为了奥运会鞠躬尽瘁，是个大写的“人”！

柏林 1936：一届“史无前例”的奥运会

包：有一部杰西·欧文斯的传记电影叫《黑色闪电》，比较完整地还原了 1936 年的柏林奥运会。

PiPi：不论从事什么竞技活动，人们都希望有一个清澈的环境，技不如人就愿赌服输，继续磨炼，追求至高的自我雕琢。所以，即使在充满政治氛围的奥运会上，仍会有高手与高手的惺惺相惜，这是竞技人心中的圣地。

1964，日本豪赌奥运

光明磊落：与其说是豪赌奥运，不如说是日本人借助奥运这个由头，发动全社会搞了一次大扫除、大清理、大建设和大发展，事实证明效果很好。不是奥运成就了日本，是日本人自己成就了日本。

卡兔：对于奥运会的未来我是这么看的：奥运会该精简瘦身了——路得走了才知道对不对，不走出那一步永远没指望，只能先走着看，先迈出第一步（反复做着不习惯的事情，最后也会习惯）；还有，有时利益要从多种角度去看；最后，世俗总要人无所畏惧。

从射活鸽到霹雳舞：奥运会项目增减背后的博弈

MaxMa-forever：曾经感觉蹦床进奥运蛮滑稽的。后来每日遛狗时都看到一个邻居小孩子在后院蹦床上蹦跳翻滚，连烈日高温也不例外，我就站在院外给他鼓掌，我对此奥运项目的看法也改变了。

双重人格 X：奥运会项目的增删从来都是依据观赏者的兴趣进行的，而这个过程也体现了大众审美的变化。